교역 강남홍전

홍순필 지음 **김동욱** 옮김

보고사
BOGOSA

머리말

〈강남홍전〉은 1840년경 담초(潭樵) 남영로(南永魯, 1810~1857)가 지은 〈옥루몽(玉樓夢)〉을 1926년 회동서관에서 여성 주인공인 강남홍(江南紅)을 중심으로 개작한 작품이다. 저작자가 홍순필(洪淳泌)로 되어 있으나, 이는 발행자가 저작권을 갖던 당시의 관행에 따른 것이다. 몽자류 소설의 하나로 분류되는 〈옥루몽〉은 남녀 주인공의 애정담, 전쟁터에서 영웅적 인물의 눈부신 활약상, 귀족 집안에서 처첩 사이의 갈등 등을 다양하게 다루고 있어서, 영웅소설, 군담소설, 염정소설, 쟁총형 가정소설 등으로도 규정되어 오고 있다.

그 가운데 〈강남홍전〉은 남주인공 양창곡과 여주인공 강남홍의 결연담, 강남홍의 여성영웅적 군담 부분을 중심으로 재편한 작품이다. 이 작품에서 특이한 점은 원작의 사건 전개를 그대로 따르지 않고 강남홍의 투신 장면에서 시작한다는 점이다. 또한 주인공 강남홍을 자주적이고 적극적이며 진취적인 여성으로 그리고 있다는 것이다. 압강정 시회에서 강남홍은 스스로의 결정으로 양창곡을 선택한다. 소주 자사 황여옥이 지위를 이용한 갑질로 핍박하자 강남홍은 지기로 삼은 양창곡에 대한 지조를 지키기 위해 강물로 투신하고,

백운도사를 만나 병법과 도술을 익혀 장수가 된 뒤에는 총명함, 담대함과 재치로 어려운 국면을 헤쳐 나가는 적극적인 여성으로 그려져 있다.

강남홍은 당시의 사회규범 속에서 비교적 자유롭게 남자들과 만날 수 있는 기녀로 설정되어 자주적인 여성으로 그려질 개연성이 확보되기도 했지만, 작가의식의 결과로 볼 수 있는 측면도 없지 않다. 전쟁 중에 위급한 순간마다 양창곡의 조력자가 되었고, 심지어는 자신의 목숨을 걸고 양창곡의 생명을 구하기도 한 것으로 보면, 정실인 윤 부인이나 황 부인보다 오히려 기생 출신인 강남홍이야말로 명실상부한 조강지처임을 보여주고 있는 것이다. 〈강남홍전〉의 이러한 점들은 고전소설을 개작하면서 신문학기의 새로운 세계관과 소설적 기법 등이 수용된 결과로 풀이할 수 있을 것이다.

끝으로, 늘 수익판단을 떠나서 우리 고전의 보급에 앞장서시는 보고사 김흥국 사장님께 경의를 표하며, 표지를 매력적으로 꾸며 주신 손정자 님, 보기 좋은 책으로 편집해 주신 김하놀 님과 편집진 여러 분께도 진심으로 감사를 드린다.

무술년 단오 무렵 김동욱이 삼가 씀

차례

일러두기

1. 이 책의 국역 대본은 홍순필(洪淳泌) 저작, 회동서관 간행(1926) 구활자본 〈강남홍젼〉이다.
2. 1차적으로 원문에 대한 교주를 하고, 원문을 현대어로 국역하였다.
3. 원문에서 발견되는 오자는 그 글자 뒤의 [ ] 속에 바루고, 탈자는 ( ) 속에 기웠으며 한자어는 모두 ( ) 속에 병기하였다.
4. 등장인물의 한자 이름은 〈원본 현토 옥루몽〉(서울 : 세창서관, 1962)을 참고하였다.
5. 원문에서 설명이 필요한 곳에는 주석을 달아 설명하였다.
6. 국역문은 가능한 한 평이하게 풀어썼다.
7. 대화는 " "로 묶고, 대화 속의 대화, 생각이나 강조 부분, 문서의 내용 등은 ' '로 묶었다.

등장인물

가달(賈韃) : 축융국(祝融國)의 둔갑장군(遁甲將軍).

강남홍(江南紅) : 항주(杭州)의 기녀(妓女). 본래의 성은 사씨(謝氏). 일명 홍랑(紅娘)·홍혼탈(紅渾脫). 양창곡(楊昌曲)의 첩으로, 뒤에 난성후(鸞城侯)에 봉해짐.

나탁(哪咤) : 남만(南蠻)의 왕. 명(明)나라에 대항하나 끝내 복속됨.

뇌천풍(雷天風) : 양창곡의 휘하 장수로, 상장군(上將軍)에 봉해짐.

동초(董超) : 양창곡의 휘하 장수로, 전전 좌장군(殿前左將軍)에 봉해짐.

마달(馬達) : 양창곡의 휘하 장수로, 전전 우장군(殿前右將軍)에 봉해짐.

발해(拔解) : 홍도국왕(紅桃國王) 탈해(脫解)의 아우로, 소대왕(小大王)으로 불림.

백운도사(白雲道士) : 탈탈국(脫脫國) 백운동(白雲洞)에 거처하는 도사로, 운룡도인(雲龍道人)·청운도사(靑雲道士)·강남홍 등의 스승임.

벽성선(碧城仙) : 강주(江州)의 기녀. 본래의 성은 가씨(賈氏). 일명 선랑(仙娘). 양창곡의 첩.

설파(薛婆) : 윤 소저(尹小姐)의 유모. 강남홍을 구하려는 윤 소저의 부탁을 받고, 손삼랑(孫三娘)을 소개함.

소보살(小菩薩) : 홍도국왕 탈해의 부인. 여우의 정령으로 요술에 능통하여, 탈해와 함께 반군을 이끌었으나 양창곡과 강남홍에게 평정됨.

소유경(蘇裕卿) : 양창곡 휘하의 행군사마(行軍司馬). 일명 소 사마(蘇司馬). 공을 세워 형부상서(刑部尙書) 겸 어사대부(御史大夫)가 됨.

손삼랑(孫三娘) : 수중야차란 별명을 지닐 만큼 물길에 익숙한 여장부. 일명 손야차(孫夜叉). 강남홍의 시비인 연옥(蓮玉)의 이모. 윤 소저의 부탁으로 전당호에 투신한 강남홍을 구해준 뒤, 평생토록 그녀와 고락을 함께 함. 파로장군(破虜將軍)에 봉해짐.

아발도(兒拔都) : 남만왕 나탁 휘하의 장수.

양현(楊賢) : 옥련봉의 처사로 양창곡의 부친. 창곡이 입신양명하자 예부원외랑(禮部員外郎)이 되어 양 원외(楊員外)로 불림. 뒤에 연국(燕國) 태공(太公)이 됨.

연옥(蓮玉) : 강남홍의 몸종. 손삼랑의 조카.

운룡도인(雲龍道人) : 오계도(午溪都) 채운동(彩雲洞)의 도인. 남만왕 나탁의 부탁을 받고 명군을 대적하러 나왔으나, 자신이 양창곡의 힘에 미치지 못함을 알고, 스승인 백운도사를 소개함.

윤 소저(尹小姐) : 항주자사(杭州刺史) 윤형문(尹衡文)의 딸로 양창곡의 정처. 강남홍이 그녀의 현숙함을 알고, 양창곡의 본부인이 되도록 적극 알선함. 뒤에 연국(燕國) 상원부인(上元夫人)이 됨.

윤형문(尹衡文) : 윤 소저의 부친으로 항주자사를 지냄.

일지련(一枝蓮) : 축융국왕의 딸. 무예와 미모가 뛰어남. 부친을 따라 남만왕 나탁을 구하러 왔다가 양창곡과 가연을 맺음. 뒤에 양창곡의 첩이 됨.

주돌통(朱突通) : 축융국의 천화장군(天火將軍).

철목탑(鐵木塔) : 남만왕 나탁 휘하의 장수.

첩목홀(帖木忽) : 축융국의 촉산장군(觸山將軍).

청운도사(靑雲道士) : 백운도사의 제자로 운룡도인, 강남홍과 함께 무예와 병법을 배움.

탈해(脫解) : 아비를 죽이고 왕위를 찬탈할 정도로 무도함. 홍도국왕(紅桃國王)으로 있다가 아내인 소보살과 함께 반란을 일으킴. 양창곡과 강남홍에게 평정됨.

허씨(許氏) : 양창곡의 모친. 뒤에 연국(燕國) 태비(太妃)가 됨.

황 소저(黃小姐) : 승상(丞相) 황의병(黃義炳)의 딸로, 양창곡의 두 번째 부인이 됨. 뒤에 연국(燕國) 하원부인(下元夫人)이 됨.

황여옥(黃汝玉) : 승상 황의병의 아들로, 소주자사(蘇州刺史)로 있을 때 강남홍을 겁탈하려고 함.

황의병(黃義炳) : 명나라의 승상. 황여옥과 황 소저의 부친.

교주편(校註篇)

텬하졔일(天下第一) 승디강산(勝地江山)[1] 도쳐(到處)마다 재자가인(才子佳人) 자최[2]로다. 젹벽강(赤壁江)[3] 츄월야(秋月夜)에 쇼자쳠(蘇子瞻)[4]이 놀아 잇고, 긔산(箕山)[5] 영수(潁水)[6] 별건곤(別乾坤)[7]에 소부(巢父)[8] 허유(許由)[9] 놀앗스며, 셕교상(石橋上) 춘풍시(春風時)에 승[성]진도사(性眞道士)[10] 놀아 잇고, 등왕각(滕王閣)[11] 무림디(茂林地)[12]

---

1 승지강산(勝地江山) : 경치가 빼어난 강과 산.

2 자취.

3 적벽강(赤壁江) : 중국 호북성(湖北省) 적벽시에 있는 강. 후한(後漢) 말 건안13년(208), 조조와 손권·유비의 연합군 사이에 '적벽의 싸움'이 벌어진 곳임. 북송(北宋)의 소식(蘇軾)은 원풍5년(1082) 7월 16일 적벽강에서 배를 타고 유람하며 〈전적벽부〉를 짓고 동년 10월 15일 다시 이곳에 찾아와 〈후적벽부〉를 지었음.

4 소자첨(蘇子瞻) : 중국 북송(北宋)의 문인인 소식(蘇軾). '자첨'은 그의 자(字)임.

5 기산(箕山) : 중국 하남성(河南省) 등봉현(登封縣) 동남쪽에 있는 산.

6 영수(潁水) : 중국 하남성의 숭산(嵩山)에서 발원하여 등봉현을 거쳐 회하(淮河)로 흘러드는 강.

7 별건곤(別乾坤) : 별천지(別天地).

8 소부(巢父) : 중국 고대 요(堯) 임금 때의 은자(隱者).

9 허유(許由) : 중국 고대 요 임금 때의 은자.

10 성진도사(性眞道士) : 김만중의 고소설 〈구운몽(九雲夢)〉에 등장하는 인물로, 꿈속에서 양소유(楊少遊)가 됨.

11 등왕각(滕王閣) : 중국 강서성(江西省) 남창시(南昌市)에 있는 누각. 당 태종의 아우 등왕 이원영(李元嬰)이 홍주도독으로 갔을 때 세웠음. 왕발(王勃)의 서(序)와 한유(韓愈)의 기(記)로 유명함.

12 무림지(茂林地) : 숲이 무성한 곳.

에 왕자안(王子安)[13]이 놀앗스며, 담박류슈(淡泊流水)[14] 약야계(若耶溪)[15]에 월 서시(越西施)[16]가 종출(從出)하고, 낙화류수(落花流水) 금강변(錦江邊)[17]에 설도 문군(薛濤文君)[18] 환출(幻出)[19]이라.

즁원(中原) 황[항]주(杭州)[20] 젼당호(錢塘湖)[21]는 남(南)으로 동졍호(洞庭湖)[22]와 양자강(揚子江)[23]을 연졉(連接)하고, 셔(西)흐로 압강정(壓江亭)[24]과 동(東)으로 련노정(燕勞亭)[25]은 금벽(金碧)이 찬란(燦爛)하고 단쳥(丹靑)이 무루[르]녹아, 양양(揚揚) 빅구(白鷗)는 홍요[료]변(紅蓼邊)[26]에 빅회(徘徊)하고, 쌍쌍(雙雙) 어적(漁笛)[27]은 금강변(錦

---

13 왕자안(王子安) : 당나라 초기의 시인인 왕발(王勃). 초당사걸(初唐四傑)의 한 사람으로, '자안'은 그의 자(字)임.

14 담박류슈(淡泊流水) : 맑게 흐르는 강물.

15 약야계(若耶溪) : 중국 절강성(浙江省) 소흥시(紹興市) 약야산의 계곡. 월(越)나라의 범려(范蠡)가 서시(西施)를 만난 곳으로, 완사계(浣紗溪)라고도 함.

16 서시(西施) : 중국 춘추시대 월나라의 미인. 월왕 구천(句踐)이 오왕 부차(夫差)에게 미인계로 바쳤음.

17 금강변(錦江邊) : 꽃잎이 떨어져 흐르는 금강의 강가. '금강'은 중국 사천성(四川省)의 강.

18 설도 문군(薛濤文君) : 설도와 탁문군(卓文君). '설도'는 당나라 덕종 때의 명기이자 시인. '탁문군'은 전한(前漢)시대 사천성의 부호인 탁왕손(卓王孫)의 딸로, 남편과 사별하고 친정에 와 있다가 문인인 사마상여(司馬相如)와 눈이 맞아 사랑의 도피를 한 것으로 널리 알려짐.

19 환출(幻出) : 환생(幻生)함. 형상을 바꾸어 다시 태어남.

20 항주(杭州) : 중국 절강성의 성도(省都).

21 전당호(錢塘湖) : 전당강(錢塘江). 중국 절강성 항주시를 흐르는 강.

22 동정호(洞庭湖) : 중국 호남성(湖南省) 북쪽에 있는 호수.

23 양자강(揚子江) : 중국 청해성(靑海省)에서 발원하여 중국 대륙을 가로질러 황해로 흘러드는 강. 장강(長江).

24 압강정(壓江亭) : 전당강에는 본디 압강정이 없으나 소설 속에서 설정한 정자. 본디 '압강정'은 등왕각 유랑(游廊)의 남쪽을 가리킴.

25 연로정(燕勞亭) : 역시 소설 속에서 설정한 정자. 본디 '연로정'은 나그네의 객고를 위로하는 잔치를 벌이기 위해 큰길가에 세워놓은 정자를 가리킴.

26 홍료변(紅蓼邊) : 붉은 여뀌 꽃이 핀 시냇가.

江邊)[28]에 료[요]량(嘹喨)[29]하다.

이이(而已)[30]오. 때는 임의[31] 오월(五月)이오, 날은 오즉[직] 오일(五日)이라. 호호(浩浩)[32] 장강(長江)에 풍광(風光)이 조요(照耀)하고, 거울 갓흔[같은] 물이 천 리(千里)에 맑아난대[았는데], 엇던[어떤] 빅 십여 척(十餘隻)이 십여 패(十餘牌) 기악(妓樂)을 싯[싣]고 압강정(壓江亭)으로부터 북을 치며 발션(發船)하야 즁류(中流)로 나[내]려가니, 강구월음(江謳越音)[33]은 어룡(魚龍)을 놀내이고[34], 사죽(絲竹)[35]이 질탕(跌宕)[36]하야 사람의 풍정(風情)을 경동(驚動)하니, 강두(江頭)에 구경하ᄂᆞᆫ 재(者ㅣ) 산(山) 갓[같]더라.

배 가온대[운데] 엇더[어떠]한 쇼년(少年)이 오사(烏紗) 절각모(折角帽)[37]를 두상(頭上)에 비기[껴]쓰고, 강사(絳紗)[38] 학창의(鶴氅衣)[39]를 압흘[앞을] 헤쳐 걸처[쳐] 입고, 허리에 야자대(也字帶)[40]를 느지

---

27 어적(漁笛) : 어촌에서 들려오는 피리소리.

28 금강변(錦江邊) : 여기서는 '비단결 같은 전당강가'라는 뜻임.

29 요량(嘹喨) : 소리가 맑고 낭랑함.

30 이이(而已) : (그러할) 뿐이오. 머지않아. 이윽고. 곧.

31 이미.

32 호호(浩浩) : 호수나 강 따위가 가없이 드넓음.

33 강구월음(江謳越吟) : '강구'는 중국 강소성(江蘇省)과 절강성(浙江省) 일대의 민요를 가리킴. '월음'은 월(越)나라의 민요. 중국 전국시대 때 월나라 사람 장석(莊舃)이 초(楚)나라에서 벼슬하여 높은 관직에 올라 부귀를 누리게 되었으나 고국을 잊지 못하여 병중에도 월나라 노래를 불렀다는 고사에서 '월음'은 고향을 그리워하는 노래를 뜻함.

34 놀라게 하고.

35 사죽(絲竹) : 현악기와 목관악기.

36 질탕(跌宕) : 음악의 가락이 생동적이어서 흥취를 일으킴.

37 절각모(折角帽) : 예전에 도인(道人)들이 쓰던 검은 모자.

38 강사(絳紗) : 붉은 비단.

39 학창의(鶴氅衣) : 소매가 넓고 뒤 솔기가 갈라진 흰옷의 가를 검은 천으로 넓게 댄 웃옷.

기 씌고[41], 한 손에는 홍남[접]션(紅摺扇)[42]을 들고, 한 손은 들어 배젼[뱃전]을 치며 노릭하고, 한편에는 엇더[어떠]한 일 미인(一美人)이 헛흔[흩은] 머리는 봄바름이[에] 요란(搖亂)하고, 때 뭇은[43] 얼골[굴]은 가을 안개가 밝은 달을 가리온[44] 듯, 담박(淡泊)한 태도(態度)와 초취[췌](憔悴)한 모양은 록수(綠水)에 부용(芙蓉)이 설이[서리]를 씌고[45] 밋[미]친 바름이 도리화(桃李花)를 썰친 듯[46], 주순(朱脣)[47]을 반개(半開)하야 소년(少年)의 노릭을[래에] 화답(和答)하고, 또 한편에는 수십 명(數十名) 미인(美人)들이 션즁(船中)에 갓[가]득 안자[앉아] 풍악(風樂)을 알외드니[48] 홀연(忽然) 쇼년(少年)이 좌우(左右)를 호령(號令)하야 일쳑(一隻) 소션(小船)을 쥰비(準備)하야 강즁(江中)에 씌우고, 그 미인(美人)을 붓드러[붙들어] 션즁(船中)에 올니[리]고, 션즁(船中)에 금장(錦帳)[49]을 쳡쳡(疊疊)이 드리우고 장즁(帳中)에 쒸여들어 미인(美人)의 손을 잡아[고] 왈(曰),

"홍랑(紅娘)아, 네 비록 철석간장(鐵石肝腸)[50]이나 황여옥(黃汝玉)의 불 갓흔[같은] 욕심(慾心)에 엇지[어찌] 녹지 아니[않으]리오? 금일(今日)은 내 오호편쥬(吳湖片舟)로 서시(西施)를 싯[싣]고 범 대부

---

40 야자대(也字帶) : 관리가 공복(公服)에 띠던 관대(冠帶).

41 느직하게 띠고.

42 홍접선(紅摺扇) : 붉은 빛의 쥘 부채. '쥘 부채'는 접었다 폈다 하는 부채.

43 때 묻은.

44 가린.

45 푸른 물에 서리가 내린 듯한 흰 연꽃과 같다는 뜻.

46 떨어지게 한 듯.

47 주순(朱脣) : 붉은 입술.

48 아뢰더니. 연주(演奏)하더니.

49 금장(錦帳) : 비단 휘장(揮帳).

50 철석간장(鐵石肝腸) : 의지(意志)나 지조(志操)가 쇠나 돌처럼 굳고 단단함.

(范大夫)[51]을[를] 효칙(效則)하야 평ᄉᆡᆼ(平生)을 쾌[쾌]락(快樂)하리라."

차시(此時)[52] 홍랑(紅娘)이 이 거동(擧動)을 보고 조수불급(措手不及)[53]하야 강포지욕(强暴之辱)[54]을 면(免)치 못할지라. 안ᄉᆡᆨ(顔色)을 불변(不變)하고 태연(泰然) 소왈(笑曰)[55],

"상공(相公)의 쳬즁(體重)[56]하심으로 일개(一個) 천기(賤妓)[57]를 이갓치[같이] 겁박(劫迫)[58]하시니 좌우(左右)에 수치(羞恥)라. 첩(妾)이 임의[이미] 청루천종(青樓賤蹤)[59]으로 엇지[어찌] 감(敢)히 조고[그]마한 지조(志操)를 말삼하올잇가[60]? 다만 평ᄉᆡᆼ(平生)에 직힌[61] 뜻을 오날[늘]날 발젼(發展)치 못하니[62] 원(願)컨ᄃᆡ 셕상(席上)에[의] 거문고를 비러[빌려] 수곡(數曲)을 알외여[아뢰어] 심회(心懷)를 푸러[풀어] 화락(和樂)한 긔상(氣像)으로 상공(相公)의 질[즐]기심을 돕사올가[63] 하나이다."

황여옥(黃汝玉)이 홍(紅)의 락종(樂從)[64]함을 보고 자긔(自己) 위풍(威風)을 두리여[65] 회심(回心)함인가 하야[여] 바야흐로 홍(紅)의 손

---

51 범 대부(范大夫) : 춘추시대 월나라에서 대부 벼슬을 한 범려(范蠡).
52 차시(此時) : 이때.
53 조수불급(措手不及) : 일이 썩 급하여 손을 댈 겨를이 없음.
54 강포지욕(强暴之辱) : 몹시 우악스럽고 사나운 행패나 모욕.
55 태연소왈(泰然笑曰) : 얼굴빛을 변치 않고 태연히 웃으며 말하기를.
56 체중(體重) : 지위가 높고 점잖음.
57 천기(賤妓) : 천한 기생.
58 겁박(劫迫) : 으르고 협박함.
59 청루천종(青樓賤蹤) : 천한 기생의 신분.
60 하잘것없는 지조를 말씀하오리까?
61 지킨. 지켜온.
62 펼치지 못하니. 펼칠 수가 없으니.
63 도와드릴까.
64 낙종(樂從) : 즐겁게 따름.

을 노코[놓고] 쇼왈(笑曰),

"랑(娘)은 진실(眞實)노[로] 녀즁호걸(女中豪傑)이오, 수단(手段) 잇[있]는 명기(名妓)로다! 내 일즉[찍] 황셩(皇城) 쳥루(青樓)[66]를 편답(遍踏)[67]하야[여] 유명(有名)한 기녀(妓女)와 지조(志操) 잇[있]는 여자(女子)ㅣ[가] 닉[내] 슈즁(手中)에 버셔[벗어]난 재(者ㅣ) 업[없]거늘, 랑(娘)이 일향(一向)[68] 고집(固執)하야[여] 순죵(順從)치 아니한즉(則) 거위[의] 위태(危殆)한 거조(擧措)[69]를 당(當)할 번[뻔]하얏[였]도다. 이에 이갓치[같이] 회심(回心)하야[여] 젼화위복(轉禍爲福)[70]하니, 이는 랑(娘)의 복(福)이라. 닉[내] 비록 부귀(富貴)치 못하나 당시(當時) 승상(丞相)의 춍자(寵子)[71]로 일도(一道) 방빅(方伯)[72]의 죤귀(尊貴)함을 겸(兼)하얏스[였으]니 맛당[마땅]히 황금옥(黃金屋)[73]을 지어 랑(娘)으로 하여금 평싱(平生) 부귀(富貴)를 누리게 하리라."

셜파(說罷)[74]에 친(親)히 거문고를 집어 홍(紅)을 주며 왈(曰),

"랑(娘)은 재조(才操)[75]를 다하야[여] 화락(和樂)[76]한 곡조(曲調)로 금실우지(琴瑟友之)[77]하라."

---

65 두려워하여.

66 청루(青樓) : 기생이 있는 술집.

67 편답(遍踏) : 두루 다님.

68 일향(一向) : 한결같이.

69 거조(擧措) : 말이나 행동 따위를 하는 태도. 몸가짐. 행동.

70 전화위복(轉禍爲福) : 재앙(災殃)과 화난(禍難)이 바뀌어 오히려 복이 됨.

71 총자(寵子) : 총애(寵愛)를 받는 아들.

72 방백(方伯) : 지방을 다스리는 우두머리. 당나라 때는 자사(刺史)를 일컬음.

73 황금옥(黃金屋) : 황금으로 지은 집.

74 설파(說罷) : 말을 마침.

75 재조(才操) : 재주.

76 화락(和樂) : 화평(和平)하고 즐거움.

77 금슬우지(琴瑟友之) : 《시경(詩經)》에 나오는 말로, 부부간의 금슬이 좋아 마치 친

홍(紅)이 미소(微笑)하고 바다[받아] 한 곡조(曲調)를 타니[78], 그 소릐 화창방탕(和暢放蕩)[79]ᄒᆞ야 삼월츈풍(三月春風)[80]에 ᄇᆡᆨ화만발(百花滿發)[81]ᄒᆞᆫ 듯, 오릉소년(五陵少年)[82]이 준마(駿馬)를 달니[리]는 듯, 언덕에 버들은 비 긔운(氣運)을 ᄯᅴ이[띠]고, 물ᄉᆡ[새]는 분분(紛紛)[83]이 춤을 추니, 황여옥(黃汝玉)이 호탕(豪宕)ᄒᆞᆷ[함]을 이기기 못ᄒᆞ야[하여] 장(帳)[84]을 것[걷]고 좌우(左右)를 돌아보아 다시 ᄇᆡ반(杯盤)을 나[내]와 홍(紅)을 의심(疑心)치 아니ᄒᆞ[하]거늘, 홍(紅)이 다시 옥슈(玉手)[85]로 줄을 골나[라][86] ᄯᅩ[또] 일곡(一曲)을 알외[아뢰]니, 그 소ᄅᆡ[리가] 소슬강ᄀᆡ(蕭瑟慷慨)[87]하여 소상반죽(瀟湘斑竹)[88]에 셕[셩]긴[89] 비 떨어지고, ᄉᆡ외청총(塞外青塚)[90]에 찬 바ᄅᆞᆷ[람]이 니러[일어]나니 강(江) 우에[위의] 나무입흔[뭇잎은] 풍우소소(風雨蕭蕭)[91]ᄒᆞ[하]고, ᄒᆞ[하]늘 가에 돌아가는 기럭이[러기]는 ᄋᆡ원(哀怨)이[92] 소ᄅᆡᄒᆞ[리하]

구처럼 지내는 것을 말함.

78 연주(演奏)하니.

79 화창방탕(和暢放蕩) : 온화(溫和)하고 맑으면서도 마음이 들떠 갈피를 잡을 수 없음.

80 삼월춘풍(三月春風) : 늦봄에 부는 봄바람.

81 백화만발(百花滿發) : 온갖 꽃들이 가득 핌.

82 오릉소년(五陵少年) : 서울 부호가(富豪家)의 자제. '오릉'은 한나라 때 장안(長安)의 귀족들이 살던 지역.

83 분분(紛紛) : 어지럽게 나는 모양.

84 휘장(揮帳).

85 옥수(玉手) : 섬섬옥수(纖纖玉手). 희고 가는 미인의 손.

86 골라. 제 기능을 발휘하도록 다듬고 손질하여. 조율(調律)하여.

87 소슬강개(蕭瑟慷慨) : 으스스하고 쓸쓸하며 의기가 북받치어 슬픔.

88 소상반죽(瀟湘斑竹) : 중국 호남성 소상강(瀟湘江)에서 나는 대나무. 순(舜) 임금의 두 왕비가 흘린 피눈물이 튀어 붉은 반점(斑點)이 있다고 함.

89 성긴. 사이가 배지 않고 뜬.

90 새외청총(塞外青塚) : 변방에 있는 푸른 무덤.

91 풍우소소(風雨蕭蕭) : 비바람 소리가 쓸쓸함.

92 애절(哀切)하게 원망(怨望)하는 듯.

니, 일좌추연(一座惆然)[93]ᄒᆞ고, 좌중(座中) 졔기(諸妓ㅣ) 무단함루(無斷含淚)[94]ᄒᆞ[하]더라.

홍(紅)이 이에 곡조(曲調)를 변(變)ᄒᆞ야[하여] 소현(小絃)을 거두고 ᄃᆡ현(大絃)을 울녀[려] 곡조(曲調)를 알외[아뢰]니, 그 소ᄅᆡ[리가] 비창강ᄀᆡ(悲愴慷慨)[95]하여 도문셕양(屠門夕陽)에 검심(劒心)을 의논(議論)ᄒᆞ[하]고[96] 연남ᄇᆡᆨ일(燕南白日)에 가축(歌筑)을 화답(和答)ᄒᆞ야[하여][97] 불평(不平)한 심사(心思)와 오열(嗚咽)한 흉금(胸襟)이 일좌(一座)를 경동(驚動)ᄒᆞ니, 쥬중(舟中) 졔인(諸人)이 일시(一時)에 츄연읍하(惆然泣下)하더라.

홍(紅)이 거문고를 밀치고 절졀(切切)한 빗치 미우(眉宇)[98]에 가득하야 왈(曰),

"유유창텬(悠悠蒼天)[99]아, 홍(紅)을 ᄂᆡ실 졔 엇지 그 몸은 천(賤)이 하시고 마음은 달나[리] 픔[품]수(稟授)[100]ᄒᆞ시뇨? 광활(廣闊)한 셰계(世界)에 져근 몸을 용납(容納)할 ᄶᅡ히 업스니 청강어복(淸江魚腹)[101]

---

93 일좌추연(一座惆然) : 그 자리에 있던 사람들이 모두 처량하게 슬퍼함.

94 무단함루(無斷含淚) : 아무 이유 없이 눈물을 머금음.

95 비창강개(悲愴慷慨) : 슬픔이 복받치어 마음이 아픔.

96 도문석양논검심(屠門夕陽論劒心)이라는 시 구절. '저물녘 고기 파는 시장의 칼잡이의 마음'이라는 뜻으로, 남은 시간이 많지 않은데 강남홍을 어찌해 보려는 황여옥의 조바심치는 마음을 비유적으로 나타낸 것임.

97 연남백일화가축(燕南白日和歌筑)이라는 시 구절. '연남의 대낮에 축을 뜯으며 노래로 화답하네.'라는 뜻으로, 강남홍이 악기를 연주하며 노래로 자신의 뜻을 나타내는 것을 비유적으로 나타낸 것임. '연남'은 연나라 남쪽 지방, 혹은 북경(北京)의 남쪽 지방을 뜻하는 말로, 여기서는 항주(杭州)를 말함. '축'은 대나무로 거문고 비슷하게 만든 악기 이름.

98 미우(眉宇) : 이마의 눈썹 근처.

99 유유창천(悠悠蒼天) : 한없이 멀고 푸른 하늘. 주로 원한을 표현할 때 쓰는 말임.

100 품수(稟授) : 품부(稟賦). 선천적으로 타고 남.

101 청강어복(淸江魚腹) : 맑은 강에 사는 물고기의 뱃속.

에 굴 삼려(屈三閭)[102]를 조칠[좇을]지라. 바라건ᄃᆡ, 첩(妾)이 죽은 후(後)에 신[시](屍體)를 건지지 말아 죽어도 정결(淨潔)한 ᄯᅡ에 놀게 ᄒᆞ쇼셔."

말을 맛치며 션두(船頭)에 ᄯᅥ러지니, 오호석재(嗚呼惜哉)라. 한 숑이 모란화(牡丹花)가 봄비에 이우러졋도다[103].

황여옥(黃汝玉)은 승상(丞相) 황의병(黃義秉)의 아들이니, 소주자사(蘇州刺史)오. 홍랑(紅娘)은 황[항]주(杭州) 졔일방(第一坊) 청루(靑樓)에 강남홍(江南紅)이라. 숭[성](姓)은 ᄉᆞ씨(謝氏)니, 그 부모(父母)는 강남(江南) ᄯᅡ 사ᄅᆞᆷ으로 홍(紅)을 쳐음 밸 제 몽즁(夢中)에 엇더한 선녀(仙女)(가) ᄇᆡᆨ운(白雲)을 타고 나려와 갈오ᄃᆡ,

"나는 텬상 션녀(天上仙女) 홍란셩(紅鸞星)이러니, 문창성(文昌星)과 희롱(戲弄)ᄒᆞᆫ 죄(罪)로 인간(人間)의 젹강(謫降)[104]ᄒᆞ시와 귀ᄐᆡᆨ(貴宅)에 잠시(暫時) 인연(因緣)이 잇노라."

하고 품으로 달녀들거늘 놀나 ᄭᆡ치니 한 ᄭᅮᆷ이라. 그 달부터 ᄐᆡ긔(胎氣ㅣ) 잇셔 십삭(十朔)[105] 만에 일녀(一女)을[를] 나으니 용뫼(容貌ㅣ) 비범(非凡)ᄒᆞᆷ에 그 부모(父母)(가) 금지옥엽(金枝玉葉)[106] 갓치 기르더라.

겨우 삼셰(三歲)에 산동(山東)에 도적(盜賊)이 이러나 부모(父母)를 난즁(亂中)에 일코 젼젼포[표]박(轉轉漂泊)[107], 청루(靑樓)에 팔니

---

102 굴 삼려(屈三閭) : 중국 전국시대 초(楚)나라의 정치가이자 시인으로, 이름은 평(平), 자는 원(原). 삼려대부(三閭大夫)를 지냈으므로 '굴 삼려'라고 불렀음. 멱라수(汨羅水)에 투신하여 자살하였음.

103 이울었도다. 시들어 떨어졌도다.

104 천상에서 죄를 짓고 인간세상으로 귀양 옴.

105 열 달.

106 금지옥엽(金枝玉葉) : '금으로 된 가지와 옥으로 된 잎'이라는 뜻으로, 왕족이나 귀한 자손을 이르는 말.

107 정처 없이 이리저리 떠돌아다님.

여 무수(無數)흔 고락(苦樂)을 젹[겪]으며 열심(熱心)으로 글을 배와 시셔한묵(詩書翰墨)[108]에 무불통지(無不通知)[109]하고, 침선여공(針線女工)[110]이며 관현사죽(管絃絲竹)[111]과 가무금곡(歌舞琴曲)[112]이며, 목란(木蘭)[113]의 제절(諸節)[114]을 흉즁(胸中)에 가득 품어씀에 자사(刺史) 수령(守令)이 마음을 기우리지 안는 재(者ㅣ) 업스나 성품(性品)이 청고(淸高)하고 표강(剽强)[115]하야 졔 뜻에 안니 든 즉(則) 죽어도 허신(許身)[116]치 안니 흐더니, 이쎄 소주 자사(蘇州刺史) 황여옥(黃汝玉)이 이 소문(所聞)을 듯고 마음이 환장(換腸)[117]되야 압강뎡(壓江亭)에 대연(大宴)을 배설(配設)흐고 항주 자사(杭州刺史)와 강남홍(江南紅)을 쳥(請)함익 홍(紅)이 사양(辭讓)치 못하고 항주 자사(杭州刺史)를 따라 압강정(壓江亭)에 일으러 봄익 취와홍란(翠瓦紅欄)[118]은 반공(半空)에 조요(照耀)흐고, 황금딕자(黃金大字)로 현판(懸板)을 써스되, '압강경(壓江亭)'이라 하엿더라. 쳡쳡(疊疊)한 비단장(緋緞帳)은 풍편(風便)에 나부쳐[껴] 상셔(祥瑞) 구름이 일어나고 몽몽(濛濛)[119]한 향연(香煙)[120]은 강상(江上)에 흣터져, 푸른 안긔 엉기여스며[121], 수빅 간

---

108 시서한묵(詩書翰墨) : 시문을 짓고 글씨를 쓰는 일.

109 무불통지(無不通知) : 무슨 일이든지 다 통하여 모르는 것이 없음.

110 침선여공(針線女工) : 바느질과 길쌈 등 과거에 여성들이 하던 일.

111 관현사죽(管絃絲竹) : 관악기와 현악기.

112 가무금곡(歌舞琴曲) : 노래하고 춤추는 일과 거문고를 타는 일.

113 목란(木蘭) : 중국 당(唐)나라 때의 효녀. 아버지를 대신하여 남자의 복장을 바꾸어 입고 변방에 갔다가 12년 만에 돌아왔는데 아무도 여자인 줄을 몰랐다고 함.

114 제절(諸節) : 모든 행동.

115 표강(剽强) : 사납고 억셈.

116 허신(許身) : 몸을 허락함.

117 환장(換腸) : 환심장(換心腸). 마음이 전보다 막되게 아주 달라짐.

118 취와홍란(翠瓦紅欄) : 푸른 기와와 붉은 난간.

119 몽몽(濛濛) : 비, 안개, 연기 따위가 자욱한 모양.

(數百間) 되는 금벽단청(金碧丹青)이 궁사극치(窮奢極侈)[122]하야, 진짓[123] 강남루관 중(江南樓觀中) 졔일(第一)일너라.

추파(秋波)[124]를 드러 좌중(座中)을 봄ᄋᆡ 동편(東便) 교의(交椅) 우에 오사홍포(烏紗紅袍)로 반취(半醉)ᄒᆞ야 안저스니, 이는 쇼주 자사(蘇州刺史)라. 좌중(座中) 모든 션배를[125] ᄉᆞᆲ혀봄ᄋᆡ[126] 방탕(放蕩)ᄒᆞᆫ 거동(擧動)과 용속(庸俗)[127]한 말삼이 모다 구구록록(區區碌碌)[128]한 자(者)로대 그 중(中) 일ᄀᆡ(一介) 슈재(秀才ㅣ)[129] 말셕(末席)에 안져스니[130] 초초(草草)[131]한 의복(衣服)과 정정(亭亭)[132]한 모양이 비록 고단(孤單)[133]한 죵적(踪跡)에 양양(洋洋)[134]한 거동(擧動)과 락락(落落)[135]한 긔질(氣質)이 일좌(一座)를 압두(壓頭)[136]ᄒᆞ야 단산봉황(丹山鳳凰)[137]이 ᄃᆞᆰ의 물이의[138] 쳐(處)하고, 허다열인(許多閱人)[139]하얏스나

---

120 향연(香煙) : 향이 타며 나는 연기.

121 엉기었으며.

122 궁사극치(窮奢極侈) : 사치가 극도에 달함.

123 짐짓. 과연(果然). 아닌 게 아니라 정말로.

124 추파(秋波) : '가을의 잔잔하고 아름다운 물결'이라는 뜻으로, 이성의 관심을 끌기 위하여 은근히 보내는 눈길을 비유적으로 나타낸 말.

125 선비를.

126 살펴보매.

127 용속(庸俗) : 평범하고 속되어 이렇다 할 특징이 없음.

128 구구녹록(區區碌碌) : 떳떳하지 못하고 졸렬하여 하잘것없음.

129 수재(秀才) : 예전에 미혼남자를 높여 이르던 말.

130 앉아 있으니.

131 초초(草草) : 갖출 것을 다 갖추지 못하여 초라한 모양.

132 정정(亭亭) : 높이 솟아 우뚝한 모양.

133 고단(孤單) : 단출하고 외로움.

134 양양(洋洋) : 사람의 앞날이 한없이 넓어 발전의 여지가 많음.

135 낙락(落落) : 작은 일에 얽매지 않고 대범함.

136 압두(壓頭) : 상대편을 누르고 첫째 자리를 차지함.

137 단산봉황(丹山鳳凰) : 단산의 봉황새. '단산'은 옛날 사람들이 봉황이 사는 곳으로

엇지 져 갓흔[140] 긔남자(奇男子)[141]를 보아슬리오[142]? 자조[143] 거동(擧動)을 살피며, 그 슈재(秀才) 또한 정신(精神)을 쏘아[144] 은근(慇懃)이 홍랑(紅娘)의 긔식(氣色)을 보더니, 황 자사(黃刺史)ㅣ 유싱(儒生)을 청상(廳上)에 모든[145] 후(後) 홍랑(紅娘)을 도라보며 왈(曰),

"압강뎡(壓江亭)은 강남 즁(江南中) 가려(佳麗)한 루관(樓觀)이오. 금일(今日) 문인재사(文人才士) 만좌(滿座)하니, 랑(娘)은 일곡청가(一曲淸歌)을[를] 날녀[146] 졔공(諸公)의 흥치(興致)를 도음이[147] 엇더하뇨?"

홍랑(紅娘)이 초연(悄然)[148]히 머리를 숙이고 침음양구(沈吟良久)[149]에 대왈(對曰),

"상공(相公)이 풍채(風采)를 빗내사[150] 소객(騷客)[151]이 가득한 자리에 엇지 시속곡조(時俗曲調)로 지리(支離)[152]히 귀 읾[알]흠[153]을 돕사

믿었던 산.

138 닭의 무리에.

139 허다열인(許多閱人) : 많은 사람들을 겪어 봄.

140 저 같은. 저러한.

141 기남자(奇男子) : 재주와 슬기가 남달리 뛰어난 남자.

142 보았으리오?

143 자주.

144 쏟아.

145 모은. 모이게 한.

146 날려. 불러.

147 도움이. 돕는 것이.

148 초연(悄然) : 뜻이 없어 기운이 없는 모양.

149 침음양구(沈吟良久) : 한동안 생각함.

150 빛내시어.

151 소객(騷客) : 시인(詩人)이나 문장가(文章家).

152 지리(支離) : 지루함.

153 귀 앓음. 귀를 앓게 함.

올리오[154]? 맛당히 제공(諸公)에[의] 금수문장(錦繡文章)[155]을 비러 황하빅운(黃河白雲)[156]에[의] 청신(淸新)한 가곡(歌曲)으로 긔졍갑을(旗亭甲乙)[157]을 효측[칙](效則)[158]할가 하나이다."

모든 션비[159] 일제(一齊)히 소래를 아올나[160] 응락(應諾)하니, 황 자사(黃刺史) ㅣ 심즁(心中)에 불열(不悅)하야 싱각하되,

'오날 놀음은 풍유수단(風流手段)으로 홍랑(紅娘)을 보이고져 함이러니, 만일(萬一) 좌상(座上)에 왕자안(王子安)[161]의 재조 잇슨 즉(則) 엇지 도로혀[162] 무색(無色)지 아니리오? 그러나 홍랑(紅娘)의 뜻과 제유(諸儒)의 응낙(應諾)함이 져러하니 만일(萬一) 져희(沮戲)[163]한 즉(則) 더욱 용속(庸俗)한지라. 찰아리[164] 몬져[165] 일수(一首)를 지어 좌즁(座中)을 압두(壓頭)하고 홍(紅)으로 하여금 나의 재조를 알게 하리라.'

이에 흔연 소왈(欣然笑曰),

---

154 돕사오리오? 돕겠습니까?

155 금수문장(錦繡文章) : 비단에 수를 놓은 듯 아름다운 문장.

156 황하백운(黃河白雲) : 일명 양주사(涼州詞)로 불리는 당나라 왕지환(王之渙)의 〈출새(出塞)〉시에, "황하는 멀리 흰 구름 사이로 오르고[黃河遠上白雲間]"라는 구절이 있는데, 이 노래는 당시 기녀들이 애창하던 가곡이었다고 함.

157 기정갑을(旗亭甲乙) : 술집이나 요릿집에서 시나 노래의 으뜸과 버금의 서열을 가리는 일.

158 효칙(效則) : 본받음.

159 선비들이.

160 소리를 아울러. 다 같이 소리를 내서.

161 왕자안(王子安) : 당나라 초기의 시인인 왕발(王勃, 650~676)을 가리킴. '자안'은 그의 자(字)임.

162 도리어.

163 저희(沮戲) : 훼방을 놓아 막음.

164 차라리.

165 먼저.

"홍랑(紅娘)의 말이 경(正)이 내 뜻과 합(合)하니 시령(詩令)[166]을 밧비 나리라[167]."

하며 졔유(諸儒)다려 왈(曰),

"각각(各各) 일장(一張) 채전(彩牋)[168]을 주나니 압강뎡시(壓江亭詩)를 지으라."

하니, 소항 다싀(蘇杭多士ㅣ)[169] 승긔(勝氣)[170]를 내여 분분(紛紛)히 붓을 쌔혀[171] 재조를 다톨식[172], 황 자사(黃刺史) 즉시(卽時) 몸을 일어 방(房)에 들어가 마음이 착급(着急)[173]하야 눈살을 찝흐리고[174] 좌불안셕(坐不安席)[175]하더니, 졔사(諸士) 다 글을 지엿다 하거늘, 황 자사(黃刺史)ㅣ 무연(憮然)[176]이 나와 안지며[177] 소왈(笑曰),

"옛적에 조자건(曹子建)[178]은 칠보셩시(七步成詩)[179]하엿거늘, 이졔 졔공(諸公)은 시령(詩令) 드른 지[180] 반일(半日)[181]에 일슈(一首) 시(詩)

---

166 시령(詩令) : 여러 사람이 시를 짓기 전에 미리 정하여 두는 약속.

167 바삐 내리라.

168 채전(彩牋) : 채전(彩箋). 시를 지어 쓰는 데 쓰는 무늬 있는 색종이.

169 소항다사(蘇杭多士)ㅣ : 소주(蘇州)와 항주(杭州)의 많은 선비들이.

170 승기(勝氣) : 지지 않고 이기려는 기개. *뛰어난 기상(氣像).

171 빼어. 빼내어.

172 다투는데.

173 착급(着急) : 몹시 급함.

174 찌푸리고.

175 좌불안석(坐不安席) : '앉아도 자리가 편안하지 않다'는 뜻으로, 마음이 불안하거나 걱정스러워서 한군데에 가만히 앉아 있지 못하고 안절부절못하는 모양을 이르는 말.

176 무연(憮然) : 크게 낙심하여 허탈해하거나 멍한 모양.

177 앉으며.

178 조자건(曹子建) : 중국 삼국시대 위(魏)나라 조조(曹操)의 아들인 조식(曹植).

179 칠보성시(七步成詩) : 일곱 걸음을 걷는 사이에 시를 완성함.

180 들은 지.

181 반일(半日) : 한나절. 하루 낮의 반.

를 셩편(成篇)ᄒᆞ니, 엇지 그리 더대뇨[182]?"

차시(此時) 홍낭(紅娘)이 추파(秋波)를 흘녀 슈ᄌᆡ(秀才)의 거동(擧動)을 보니, 슈ᄌᆡ(秀才 ㅣ) 시영(詩令)을 듯고 미소(微笑)하며 채젼(彩牋)을 펴고 조금도 ᄉᆡᆼ각 업시 경각간(頃刻間)에 삼장(三章)[183]을 일워[184] 셕상(席上)에 더지거늘[185], 홍낭(紅娘)이 짐짓 소항(蘇杭) 션배의[186] 글을 취(取)ᄒᆞ야 슈십여 장(數十餘張)을 보나 도시(都是) 진담(陳談)[187]이오, 출즁(出衆)한 자(者) ㅣ 업거늘, 아미(蛾眉)를 소[수]그리며[188] 무료(無聊)함이 잇셔 양 공자(楊公子)의 더진[189] 채젼(彩牋)을 집어 보니, 종왕(鍾王)[190]의 필법(筆法)으로 안류(顔柳)[191]의 체ᄌᆡ(體裁)를 바다[192] 룡사비등(龍蛇飛騰)[193]하고 풍운(風雲)이 니러나[194] 안목(眼目)이 현황(眩慌)[195]하고, 다시 그 글을 보니 건안ᄌᆡ자(建安才子)[196]

182 더딘가?

183 삼장(三章) : 삼편(三篇). 세 편의 시나 글.

184 이루어.

185 던지거늘.

186 선비의.

187 진담(陳談) : 낡고 진부(陳腐)한 이야기.

188 여자가 다소곳이 머리를 숙이며.

189 양 공자가 던진.

190 종왕(鍾王) : 중국 위(魏)나라의 종요(鍾繇)와 진(晉)나라의 왕희지(王羲之)를 함께 이르는 말. 모두 명필(名筆)임.

191 안류(顔柳) : 당(唐)나라의 명필인 안진경(顔眞卿)과 유공권(柳公權)을 함께 이르는 말. 안진경의 글씨에는 살이 많은 반면 유공권의 글씨에는 뼈가 많아, 세간에서 안유(顔柳)라 함께 불리며 주목을 받았음.

192 받아.

193 용사비등(龍蛇飛騰) : 용이 살아 움직이는 것같이 아주 활기 있는 필력을 비유적으로 이르는 말.

194 일어나.

195 현황(眩慌) : 정신이 어지럽고 황홀함.

196 건안재자(建安才子) : 건안칠자(建安七子). 중국 후한 건안(헌제의 연호) 때, 시문

의 긔려(綺麗)[197]한 슈단(手段)으로 셩당졔공(盛唐諸公)[198]의 웅심(雄深)한 자(者) 잇고, 유 개부(庾開府)[199]의 쳥신(淸新)을 겸(兼)하엿스니, 진짓 텬중지월(天中之月)[200]이오, 경중지화(鏡中之花)[201]라. 기시(其詩)에 왈(曰),

놉고 놉흔 정자(亭子) 강(江) 머리에 대(對)하니,
崔嵬亭子對江頭
그림 기동과 구슬 란간(欄干)이 푸르게 흐르는 것을 눌넛더라.
畵棟珠欄壓碧流
흰 해오래기는[202] 종경(鐘磬)[203] 소래을[를] 닉이 드러[204],
白鷺慣聞鍾聲響
빗긴 볏에[205] 졈졈(點點)이 평(平)한 물가에 써러지더라.
斜陽點點落平洲

에 뛰어난 일곱 사람의 유명한 문학가들을 이르던 말. 공융(孔融)·진림(陳琳)·왕찬(王粲)·서간(徐幹)·완우(阮瑀)·응창(應瑒)·유정(劉楨)을 이름.

197 기려(綺麗) : 곱고 아름다움.

198 성당제공(盛唐諸公) : 당나라 시문학사에서 성당 시기의 여러 시인. 이백(李白)·두보(杜甫)·왕유(王維) 등이 이에 속함.

199 유 개부(庾開府) : 중국 남북조시대 북주(北周)의 시인인 유신(庾信). 개부의동삼사(開府儀同三司)라는 벼슬을 지냈으므로 '유 개부'로 불렸음.

200 천중지월(天中之月) : '하늘에 뜬 달'이라는 뜻. 눈에 보이나 잡을 수 없는 것으로, 시의 정취(情趣)가 말로 표현할 수 없을 정도로 훌륭함을 이르는 말.

201 경중지화(鏡中之花) : '거울에 비친 꽃'이라는 뜻. 눈에 보이나 잡을 수 없는 것으로, 시의 정취가 말로 표현할 수 없을 정도로 훌륭함을 이르는 말.

202 흰 해오라기는. 흰 왜가리는. 백로(白鷺)는.

203 종경(鐘磬) : 아악기(雅樂器)의 하나인 편종(編鐘)과 편경(編磬).

204 소리를 익숙하게 들어.

205 비낀 볕에. 비스듬히 비치는 햇볕에.

평(平)한 모래에 달이 얼키고 나무에 연긔(煙氣ㅣ) 얼키엿스니[206]
平沙籠月樹籠烟
싸인 물이 뷔고[207] 밝아 한 빗 한 날일너라. 積水空明一色天
조타[208] 그대는 평지(平地)로좃차 바라보라. 好是君從平地望
그림 가온대 누각(樓閣)이오, 거울 가온대 신션(神仙)이로다.
畵中樓閣鏡中仙

강남(江南) 팔월(八月)에 향긔(香氣)로온 바람을 드르니,
江南八月聞香風
일만(一萬) 줄기 연(蓮)솟에 한 줄기 붉엇도다. 萬朶蓮花一朶紅
원앙(鴛鴦)을 쳐셔 솟 아래 니르켜지 말나. 莫打鴛鴦花下起
원앙(鴛鴦)은 날아가고 솟 썩기만 옵[것]거질가[209] 하노라.
鴛鴦飛去折花叢

홍낭(紅娘)이 삼장시(三章詩)를 보다가 홀연(忽然) 취미(翠眉)[210]를 쓸고 단슌(丹脣)[211]을 여러[212] 머리에 쏘진[213] 금봉차(金鳳釵)를 셱혀[214] 셔안(書案)을 치며 낭년(朗然)[215]이 묽은 목을 굴녀 노래하니, 남젼(藍田)[216]에 맑은 옥(玉)을 석상(石上)에 바으난 듯[217], 청텬(靑天)에 외로

206 얽히었으니.
207 비고.
208 좋다.
209 꺾어질까.
210 취미(翠眉) : 푸른 눈썹이라는 뜻으로, 화장한 눈썹을 이르는 말.
211 단순(丹脣) : 여자의 아름다운 붉은 입술. 연지(臙脂)를 바른 입술.
212 열어.
213 꽂은.
214 빼어.
215 낭연(朗然) : 말소리가 낭랑한 모양.
216 남전(藍田) : 중국 섬서성 남전현에 있는 산으로, 예로부터 좋은 옥(玉)의 산지로

온 학(鶴)이 벽공(碧空)에 소래하난 듯, 들보의 틔끌이 날아나며[218] 맑은 바람이 삽삽(颯颯)[219]하거늘, 일좌(一座) 선연변색(洒然變色)[220] 하고, 소항문새(蘇杭文士ㅣ) 상고(相顧)하며 뉘 글인 줄 몰나 하더라. 홍랑(紅娘)이 노래을[를] 마친 후(後) 채전(彩牋)을 밧들어 황 자사(黃刺史)의게 알외니 황 자사(黃刺史)는 가장 불쾌(不快)한 빗이[221] 있고, 윤 자사(尹刺史)는 재삼(再三) 읇흐며[222] 격절칭찬(擊節稱讚)[223]하고 일홈을 밧비 써여[224] 봄을 재촉하니, 차시(此時) 홍랑(紅娘)이 다시 심두(心頭)[225]에 생각 왈(曰),

'닉 비록 조감(藻鑑)[226]이 업스나 평생(平生)의 지긔(知己)를 맛나 일생(一生)을 의탁(依託)코저 하되, 반악(潘岳)[227]의 풍채(風采) 가진 자(者)는 한부(韓富)[228]의 사업(事業)을 긔필(期必)치 못하며, 리두(李杜)의 문장(文章)을 품은 자(者)는 장경(長卿)[229]의 방탕(放蕩)함이 만

유명함.

217 바수는 듯.

218 사방으로 날아서 흩어지며.

219 삽삽(颯颯) : 바람이 몸으로 느끼기에 쌀쌀함.

220 선연변색(洒然變色) : 놀라 얼굴빛이 변함.

221 빛이.

222 읊으며.

223 격절칭찬(擊節稱讚) : 무릎을 손으로 치면서 매우 칭찬함.

224 바삐 떼어.

225 심두(心頭) : 순간적인 생각이나 마음.

226 조감(藻鑑) : 사람을 겉만 보고도 그 인격을 알아보는 식견.

227 반악(潘岳, 247~300) : 중국 서진(西晉)의 문인. 풍채가 좋은 미남의 대명사로 불렸으나 세상의 명리를 따른 나머지 석숭(石崇) 등과 함께 당시의 권신인 가밀(賈謐)에게 아첨하였음.

228 한부(韓富) : 중국 북송(北宋) 때의 명재상이었던 한기(韓琦)와 부필(富弼)을 가리킴. 이들의 공명(功名)은 역사에 드러났으나 문장은 전해지지 않음.

229 장경(長卿) : 중국 전한(前漢) 때의 문인인 사마상여(司馬相如)를 가리킴. '장경'은 그의 자(字)임. 과부가 된 탁문군(卓文君)과 야반도주를 한 이야기가 널리 전하고

ᄒᆞ니, 다 나의 소원(所願)이 아니라. 의외(意外)에 저 양원(梁園)[230] 말셕(末席)에 한미(寒微)한 수재(秀才ㅣ) 엇지 구슬을 품어 잘이 우에[231] 보배 될 줄 알앗스리오? 이는 하날이 홍(紅)에 짝 업슴을 불상이 보사 영웅군자(英雄君子)와 개세풍유(蓋世風流)[232]로써 홍(紅)의 소원(所願)을 일워[233] 주심이라. 수연(雖然)[234]이나 수재(秀才)의 행색(行色)이 필경(畢竟) 소항(蘇杭) 션배 아니라. 만일(萬一) 승[성]명(姓名)을 노츌(露出)하면 황 자사(黃刺史)의 방탕무의(放蕩無儀)[235]함과 중문사(衆文士)[236]의 위패불법(違悖不法)[237]함으로 필경(畢竟) 재조를 시긔(猜忌)하야 고단(孤單)한 수재(秀才)를 곤(困)케 하리니 엇지면[238] 죠흐리오?'

한 꾀를 생각하고 량 자사(兩刺史)게 고왈(告曰),

"쳡(妾)이 금일(今日) 제공(諸公)의 글로 한 번(番) 노래함은 성회(盛會)에 환락(歡樂)함을 돕고저 함이오, 궃하여[239] 그 재조의 우렬(優劣)을 발켜 좌중(座中)으로 도로혀 무색(無色)하게 함이 아니오니, 원(願)컨대 그 일홈을 들어ᄂᆡ지 말고 종일(終日) 동락(同樂)한 후(後)

있음.

230 양원(梁園) : 전한 경제(景帝) 때 양 효왕(梁孝王)이 만든 토원(兎園)으로, 그곳에서 술에 취해 춤추고 즐기며 사부(辭賦)에 능한 사람을 좋아했다는 고사가 전함. 여기서는 압강정을 양원에 빗대어 말한 것임.

231 자리 위의.

232 개세풍류(蓋世風流) : 세상을 뒤덮을 만한 풍류.

233 이루어.

234 수연(雖然) : 비록 그러하나.

235 방탕무의(放蕩無儀) : 방탕하여 예의가 없음.

236 중문사(衆文士) : 여러 문사들.

237 위패불법(違悖不法) : 못되고 고약하여 법에 어긋남.

238 어찌하면.

239 구태여.

일모(日暮)하거든 쎄여 봄이 조흘가 하나이다."

량 자사(兩刺史) 허락(許諾)하니, 아이(俄而)[240]오 배반(杯盤)[241]으로 동락(同樂)할새 봉생룡관(鳳笙龍管)[242]과 연가조무(燕歌趙舞)[243]는 강텬(江天)[244]에 질탕(跌宕)[245]하고 슈륙지픔[품](水陸之品)[246]과 팔진지미(八珍之味)[247]는 좌셕(座席)에 림니(淋漓)[248]하더라.

자사(刺史) ㅣ 제기(諸妓)를 명(命)하야 각각(各各) 행배(行杯)할새, 수재(秀才)는 본대[249] 과인(過人)한 주량(酒量)이 잇더니, 연(連)하야 사양(辭讓)치 아니하고 쏘한 미취(微醉)한 긔색(氣色)이 잇거늘, 홍랑(紅娘)이 그 실슈(失手)할가 염녀(念慮)하야 몸을 일워 졔기(諸妓)와 갓치 행배(行杯)함을 청(請)하고 차레[례](次例)로 잔(盞)을 도를식[250] 슈재(秀才)에게 밋쳐 홍랑(紅娘)이 짐짓 술잔을 업치고[251] 놀나는 체하니, 슈재(秀才) 그 쯧을 알고 거즛[252] 대취(大醉)하야 슌배(巡杯)를 고사(固辭)하더라.

---

240 아이(俄而) : 머지않아.

241 배반(杯盤) : 술상에 차려 놓은 그릇. 또는 거기에 담긴 음식. 흥취 있게 노는 잔치.

242 봉생용관(鳳笙龍管) : 봉황과 용을 아로새긴 관악기.

243 연가조무(燕歌趙舞) : 연나라의 노래와 조나라의 춤이라는 뜻으로, 춤과 노래를 말함.

244 강천(江天) : 멀리 보이는 강 위의 하늘.

245 질탕(跌宕) : 신이 나서 정도가 지나치도록 흥겨움.

246 수륙지품(水陸之品) : 바다와 육지에서 나는 여러 가지 음식.

247 팔진지미(八珍之味) : 팔진미(八珍味). 중국에서 성대한 음식상에 갖춘다고 하는 진귀한 여덟 가지 음식의 아주 좋은 맛.

248 임리(淋漓) : 피, 땀, 물 따위의 액체가 흘러 흥건함. 여기서는 음식이 푸짐한 것을 가리킴.

249 본디. 본래.

250 돌리는데.

251 엎어뜨리고.

252 거짓(으로).

술이 다시 십여 배(十餘杯)에 지나니 좌즁(座中)이 대취(大醉)하야 거지착란(擧止錯亂)[253]ᄒᆞ고 언사해패(言辭駭悖)[254]ᄒᆞ더니, 소항(蘇杭) 선배 즁(中) 슈인(數人)이 일어나 자사(刺史)게 청왈(請曰),

“ᄉᆡᆼ등(生等)이 셩회(盛會)에 참예(參預)ᄒᆞ야 황잡(荒雜)한 글귀로 홍ᄅᆞᆼ(紅娘)의 조감(藻鑑)을 속이지 못하얏스니 원망(怨望)할 배 업사오나[255] 드르니 금일(今日) 홍ᄅᆞᆼ(紅娘)의 노래한 글이 소항(蘇杭) 선배에 지은 배 아니오니 생등(生等)이 글 임자를 차자 다시 한 번(番) 비교(比較)하야 자웅(雌雄)을 결단(決斷)하고 소항 량주(蘇杭兩州)의 슈치(羞恥)를 풀고져 하나이다.”

자사(刺史) 밋쳐 답(答)지 못하야 홍ᄅᆞᆼ(紅娘)이 심즁(心中)에 대경왈(大驚曰),

‘저 무뢰지배(無賴之輩) 취즁(醉中)에 불[분]울(憤鬱)[256]함이 이 갓흐니, 슈재(秀才) 필연(必然) 화(禍)를 밧을지라. 내 구원(救援)치 아니한 즉(則) 못 쓰리라.’

하고 즉시(卽時) 슈즁(手中) 단판(檀板)[257]을 돌녀 좌우(左右)에 나아가 왈(曰),

“소항 문장(蘇杭文章)이 텬하 유명(天下有名)함은 세상(世上)이 다 아는 배라. 금일(今日) 다사(多士)의 분울(憤鬱)하심은 쳡(妾)의 시안(詩眼)이 불명(不明)한 죄(罪)라. 날이 임의 져물고 좌즁(座中)이 과(過)히 취(醉)하엿거늘 다시 시문(詩文)을 의론(議論)함은 불가(不可)

---

253 거지착란(擧止錯亂) : 행동거지가 어지러움.

254 언사해패(言辭駭悖) : 말투가 도리에 어긋나고 흉악해짐.

255 원망할 바가 없사오나.

256 분울(憤鬱) : 분한 마음이 일어나 답답함.

257 단판(檀板) : 박자를 맞추는 목판 악기.

하오니, 쳡(妾)이 맛당히 슈곡(數曲) 노래로 제공(諸公)의 취흥(醉興)을 돕고, 글을 밝게 꼬느지[258] 못한 죄(罪)를 속(贖)하리이다."

윤 자사(尹刺史)ㅣ 웃고,

"조타[259]!"

하니, 홍랑(紅娘)이 다시 아미(蛾眉)를 쓸고 단판(單板)을 치며 노래 삼장(三章)을 부르니 기가(其歌)에 왈(曰),

[초장(初章)]

전당호(錢塘湖) 발근[260] 달에 채련(採蓮)하는 아희(兒孩)들아. 심[십]리(十里) 청강(淸江) 배를 띄여 물결이 급(急)다 마라[261]. 네 노래에 잠든 룡(龍) 깨면 풍파(風波) 일가 하노라.

[즁장(中章)]

청노식 밧비 몰아 져긔 가는 져 사람아. 힉는 지고 길은 머니 주점(酒店)에 쉬지 마소. 네 뒤에 사오나온[262] 바람 급(急)한 비 오니 옷 저즐가[263] 하노라.

[삼장(三章)]

항주성(杭州城) 도라들제[264] 대도청루(大道靑樓)[265] 몃 곳인고? 문(門) 압헤[266] 벽도화(碧桃花)는 우물 우에[267] 피여 잇고 담 머리 쇼슨[268] 루각(樓

---

258 꼬느지. 꼲지. 평가(評價)하지.

259 좋다!

260 밝은.

261 맑은 강에 배를 띄워 놓고 물결이 급하다고 하지 말라.

262 사나운.

263 젖을까.

264 돌아 들 적에.

265 대도청루(大道靑樓) : 큰 길 가의 기생이 있는 술집.

閣) 강남풍월(江南風月) 분명(分明)하다. 그곳에 아해(兒孩) 불너 나오거든 련옥(蓮玉)[269]인가 하소.

이 노래는 홍랑(紅娘)의 창졸간(倉卒間)[270] 쇼작(所作)[271]이라. 초장(初章)은 자사(刺史)와 다사(多士)ㅣ 공자(公子)의 재조를 시긔(猜忌)하야 풍파(風波) 일니란[272] 말이오. 중장(中章)은 수재(秀才)다려 밧비[273] 도망(逃亡)하란 말이오. 종장(終章)은 홍랑(洪娘)이 제 집을 가라침이라[274].

차시(此時) 자사(刺史)와 소항(蘇杭) 다사(多士)ㅣ 모다[275] 대취(大醉)하야 짓거리며[276] 자세(仔細)히 듯지 못하나 재조 잇고 지략(智略)이 과인(過人)한 이 수재(秀才)야 엇지 홍(紅)의 뜻을 모로리오. 심중(心中)에 황연대각(晃然大覺)[277]하야 즉시(卽時) 여측(如厠)[278]함을 말하고 몸을 니러[279] 루(樓)에 나려가니, 이 수재(秀才)는 별(別)사름이[280] 아니라 려남(汝南)[281] 양현(楊賢)에 아들 양창곡(楊昌曲)이라.

---

266 앞에. 앞의.
267 위에.
268 솟은.
269 연옥(蓮玉) : 강남홍의 몸종 이름.
270 창졸간(倉卒間) : 급작스러운 동안.
271 소작(所作) : 지은 것. 지은 작품.
272 일어날 것이라는.
273 수재더러 바삐.
274 가리킴이라.
275 모두.
276 지껄이며. 떠들어 대며.
277 황연대각(晃然大覺) : 환하게 모두 깨달음.
278 여측(如厠) : 뒷간에 감.
279 몸을 일으켜.
280 다른 사람이.

현(賢)이 일즉[282] 무자(無子)하다가 늣게야 일자(一子)를 나으니[283], 얼골이 관옥(冠玉)[284]이오, 미우(眉宇)[285]에 산천정긔(山川精氣)[286]를 가득히 씌엿스며, 량안(兩眼)에 일월지광(日月之光)[287]이 어리여 청슈(淸秀)한 자질(資質)과 준일(俊逸)한 풍채(風采ㅣ) 진짓 션풍도골(仙風道骨)[288]이오, 영웅군자(英雄君子)라.

십뉵 세(十六歲) 됨익 문장(文章)은 리두(李杜)[289]를 압두(壓頭)하고, 풍채(風采)는 두목지(杜牧之)[290]를 겸비(兼備)하엿드니, 이때 신천자(新天子) 즉위(卽位)하사 대사텬하(大赦天下)[291]하시고, 만방다사(萬方多士)[292]를 모화[293] 셜과취재(設科取才)[294]하심을 듯고 부모(父母)게 하직(下直)하고, 일기(一介) 가동(家僮)으로 일필(一匹) 쳥여(靑驢)[295]를 멍에하야[296] 가다가 즁도(中途)에셔 봉적(逢賊)[297]하야 힝장(行裝)을 몰

281 여남(汝南) : 중국 하남성(河南省) 남동부에 있는 고을.
282 일찍. 일찍이.
283 낳으니.
284 관옥(冠玉) : 관(冠)의 앞을 꾸미는 옥. 남자의 아름다운 얼굴을 비유하는 말.
285 주) 98 참조.
286 산천정기(山川精氣) : 자연의 신령스러운 기운.
287 일월지광(日月之光) : 해와 달의 밝은 빛.
288 선풍도골(仙風道骨) : 신선(神仙)의 풍채(風采)와 도인(道人)의 골격(骨格)이라는 뜻으로, 뛰어나게 고아(高雅)한 풍채를 이르는 말.
289 이두(李杜) : 중국 당나라 때의 시인인 이백(李白)과 두보(杜甫).
290 두목지(杜牧之) : 중국 당나라 때의 시인인 두목(杜牧). 목지(牧之)는 그의 자(字)임.
291 대사천하(大赦天下) : 온 나라에 사면(赦免)을 베풂.
292 만방다사(萬方多士) : 모든 곳의 여러 선비들.
293 모아.
294 설과취재(設科取才) : 과거시험을 베풀어 관리를 선발함.
295 청려(靑驢) : 털빛이 검푸른 당나귀.
296 멍에(수레나 쟁기를 끌기 위하여 마소의 목에 얹는 구부러진 막대)를 지게 해서.
297 봉적(逢賊) : 도둑을 만남.

슈(沒收)[298]히[하여] 손실(損失)하고 무료(無聊)[299]이 긱점(客店)에 유숙(留宿)하더니, 록림 소년(綠林少年)[300]의 권면(勸勉)[301]을 인연(因緣)하야 압강정(壓江亭)에서 홍랑(紅娘)의 노래를 듯고 가니라.

아이(俄而)[302]오. 일락서산(日落西山)[303]함에 등촉(燈燭)을 밝히고 장차(將次) 파연(罷宴)[304]코져 하야 황 자사(黃刺史) 좌우(左右)를 명(命)하야 그 장원(壯元) 글을 갓다 써혀 보니[305], 이에 여남(汝南) 양창곡(楊昌曲)이라. 급(急)히 창곡(昌曲)을 차지니[306] 대답(對答)하는 자(者) 업고[307] 좌우 보왈(左右報曰),

"앗가[308] 말셕(末席)에 안졋든[309] 슈재(秀才ㅣ) 간 곳이 업는이다[310]."

황 자사(黃刺史)ㅣ 대로왈(大怒曰),

"엇더한 요마(幺麽)[311] 쇼동(小童)이 우리 셩회(盛會)를 규시(窺視)[312]하야 고시(古詩)를 외와[313] 좌즁(座中)을 소기고[314] 본싀(本色)이

298 몰수(沒收) : 법이 금하는 물건이나 범죄로 얻은 물건을 관아에서 모두 거두어들임. 또는 그런 일. 여기서는 도둑에게 행장을 모두 빼앗긴 것을 말함.

299 무료(無聊) : 부끄럽고 열없음. 흥미 있는 일이 없어 심심하고 지루함.

300 녹림소년(綠林少年) : 도둑의 일당 가운데 젊은이.

301 권면(勸勉) : 알아듣도록 권하고 격려하여 힘쓰게 함.

302 아이(俄而) : 머지않아. 잠시 후에.

303 일락서산(日落西山) : 해가 서쪽 산으로 짐.

304 파연(罷宴) : 잔치를 끝냄.

305 가져다가 떼어 보니.

306 찾으니.

307 없고.

308 아까.

309 앉았던. 앉아 있던.

310 없습니다.

311 요마(幺麽) : 조그마한. 변변치 못한.

312 규시(窺視) : 몰래 훔쳐봄.

313 외워서.

탈로(綻露)[315]할가 하야 가만히 도망(逃亡)함이니, 엇지 당돌(唐突)치 아니하리오?"

좌우(左右)를 호령(號令)하야 밧비 ᄎᆞ자 오라 하니, 소항(蘇杭) 다사 즁(多士中) 무뢰배(無賴輩)들이 성군작당(成群作黨)[316]하야 양비대담(攘臂大談)[317] 왈(曰),

"우리 소항(蘇杭) 량쥐(兩州ㅣ)[318] 시주풍유(詩酒風流)[319]로 텬하(天下)에 유명(有名)하거늘, 이졔 비러먹는 아희(兒孩)에게 롱락(籠絡)[320]을 밧아[321] 정(正)이[322] 무ᄉᆡᆨ(無色)[323]하니, 이는 우리의 슈치(羞恥)라. 이 아희(兒孩)를 긔여(期於)히[324] 잡아 셜치(雪恥)[325]하리라."
하고 일졔(一齊)히 이러나더라.

각셜(却說)[326] ᄎᆞ시(此時) 홍랑(紅娘)이 공자(公子) 탈신(脫身)[327]하

314 속이고.

315 탄로(綻露) : 비밀 따위를 드러냄.

316 성군작당(成群作黨) : 무리를 이루어 패거리를 만듦. 또는 그 무리.

317 양비대담(攘臂大談) : 양비대언(攘臂大言). 소매를 걷어 올리고 팔뚝을 뽐내며 큰 소리를 침.

318 소주(蘇州)와 항주(杭州) 두 고을이.

319 시주풍류(詩酒風流) : 시와 술과 풍류.

320 농락(籠絡) : 새장과 고삐라는 뜻으로, 남을 교묘한 꾀로 휘잡아서 제 마음대로 놀리거나 이용함.

321 받아.

322 정히. 진정으로 꼭.

323 무색(無色) : 겸연쩍고 부끄러움. 무안함.

324 기어이. 기어코.

325 설치(雪恥) : 부끄러움을 씻음.

326 각설(却說) : 주로 글 따위에서, 화제를 돌려 다른 이야기를 꺼낼 때, 앞서 이야기하던 내용을 그만둔다는 뜻.

327 탈신(脫身) : 몸을 뺌. 위험에서 벗어남.

야 루(樓)에 나림을 보고[328], 연쇼(年少)한 공자(公子)ㅣ 초초(草草)[329] 한 행색(行色)으로 배주(杯酒)[330]의 곤(困)한 배 되야[331] 소루(疏漏)[332] 함이 잇슬가 념려(念慮)할 쏀 아니라 임의[333] 내 집을 가르쳣스니, 긔경(機警)[334]한 슈재(秀才ㅣ) 반닷이[335] 눈치를 채이고 ᄎᆞ자갈 지니[336], 소민평생(素昧平生)[337]으로 열요(熱拗)[338]한 곳에 엇지 하는고? 마음이 조급(躁急)하야 몸을 쎄여[339] 뒤를 싸르고져 하나 방약(方略)[340]이 업더니, 황 자사(黃刺史)ㅣ 대취(大醉)하고 좌셕(座席)이 요란(擾亂)하며 모든 션배 작란(作亂)코져 함을 보고 경왈(驚曰),

'져 무뢰배(無賴輩ㅣ) 저 갓치 분울(憤鬱)[341]하니, 공자(公子)의 고단(孤單)함이 엇지 즁노(中路)에 곤욕(困辱)을 당(當)치 아니리오? 내 맛당히 좌셕(座席)을 안돈(安頓)[342]케 하리라.'

하고 황 자사(黃刺史)게 고왈(告曰),

"쳡(妾)이 당돌(唐突)이 다사(多士) 문장(文章)을 주장(主張)[343]하야

328 누정[압강정]에서 내려감을 보고.
329 초초(草草) : 주) 131 참조.
330 배주(杯酒) : 한 잔의 술.
331 한 잔의 술로 괴로운 바가 되어.
332 소루(疏漏) : 생각이나 행동 따위가 꼼꼼하지 않고 거칢.
333 이미.
334 기경(機警) : 재빠르고 재치가 있음.
335 반드시.
336 찾아갈 것이니.
337 소매평생(素昧平生) : 견문이 좁고 세상 형편에 어두운 채 지낸 한 평생.
338 열요(熱拗) : 매우 시끄럽고 떠들썩함.
339 빼내어.
340 방략(方略) : 일을 꾀하고 해 나가는 방법과 계략.
341 분울(憤鬱) : 분한 마음이 일어나 답답함.
342 안돈(安頓) : 마음이나 생각 따위가 정리되어 안정됨. 또는 그렇게 되게 함.
343 주장(主張) : 주재(主宰). 어떤 일을 중심이 되어 맡아 처리함.

졔공(諸公)의 분울(憤鬱)함이 이 갓사오니, 쳡(妾)이 엇지 언연(偃然)[344]이 좌셕(座席)에 안졋스리오[345]? 맛당히 물너가 대죄(待罪)하리이다."

황 자사(黃刺史) ᄎᆞ언(此言)을 듯고 생각하되,

'내 금일(今日) 노름은[346] 전(全)혀 홍랑(紅娘)을 위(爲)함이오, 문장(文章)을 교계(較計)[347]함이 아니라. 홍(紅)의 편셩(偏性)[348]으로 피석(避席)함을 고집(固執)한 즉(則) 이 엇지 살풍경(殺風景)[349]이 아니리오?'

셩닌 빗을 곳쳐 우슴을 씌여[350] 다사(多士)를 위로 왈(慰勞曰),

"창곡(昌曲)은 요마(幺麽) 쇼동(小童)이라. 엇지 족(足)히 교계(較計)하리오? 맛당히 다시 좌중(座中)을 정돈(整頓)하고 곳쳐 시령(詩令)을 내여 밤으로 즐길가 하노라."

홍랑(紅娘)이 ᄎᆞ언(此言)을 듯고 더욱 대경 왈(大驚曰),

'양 공재(楊公子ㅣ) 무주공사(無主空舍)[351]에 나를 고대(苦待)할 ᄲᅮᆫ 아니라, 황 자사(黃刺史)의 방탕(放蕩)함으로 내 여긔셔[352] 경야(經夜)[353]함이 온당(穩當)치 아니함이나 다시 모면(謀免)할 방약(方略)이 업스니 엇지면 조흐리오[354]?'

---

344 언연(偃然) : 언건(偃蹇). 거드름을 피우며 거만함.
345 앉아 있겠습니까?
346 재미있는 일을 하며 즐겁게 지냄은.
347 교계(較計) : 서로 견주어 살펴봄.
348 편성(偏性) : 한 쪽으로 치우친 성격.
349 살풍경(殺風景) : 매몰차서 흥취가 없음.
350 성을 내던 얼굴빛을 고쳐 웃음을 띠어.
351 무주공사(無主空舍) : 주인 없는 빈 집.
352 여기서. 이곳에서.
353 경야(經夜) : 밤을 지냄.

반향(半餉)[355]을 침음(沈吟)[356]하다가 한 꾀를 생각하고 우슴을 씌여 황 자사(黃刺史)게 다시 고왈(告曰),

"제공(諸公)의 풍유(風流) 관홍(寬弘)[357]하심으로 천쳡(賤妾)의 당돌(唐突)한 죄(罪)를 사(赦)[358]하시고 밤으로 낫을 이여 질기고져[359] 하시니 엇지 더욱 미사(美事) 아니리오? 쳡(妾)은 드르니 글을 지음에 시령(詩令)이 잇고, 술을 마심에 주령(酒令)이 잇나니, 원(願)컨대 주령(酒令)을 닉여 좌상(座上)의 즐기심을 도울가 하나이다."

홍랑(紅娘)이 한 번(番) 개구(開口)[360]함에 황 자사(黃刺史) 엇지 거역(拒逆)하리오? 크게 깃거[361] 주령(酒令)이 무엇임을 무른대 홍랑(紅娘)이 소왈(笑曰),

"쳡(妾)이 비록 총명(聰明)이 부족(不足)하오나 앗가 본 바 소항다ᄉ(蘇杭多士)의 아름다온 글귀를 흉중(胸中)에 긔록(記錄)하엿ᄉ오니 맛당이 차례(次例)로 외울지라. 쳡(妾)이 일편(一篇)을 외우거든 일졔(一齊)이 한 슌배(巡杯)[362] 술을 사양(辭讓)치 마르사[363] 졔공(諸公)의 주량(酒量)과 쳡(妾)의 총명(聰明)을 시험(試驗)하야 서로 내기한 즉(則), 이 엇지 후일(後日) 문주연셕(文酒宴席)[364]의 미사(美事) 되

---

354 어찌하면 좋으리오?

355 반향(半餉) : 반나절.

356 침음(沈吟) : 속으로 깊이 생각함.

357 관홍(寬弘) : 관대(寬大)함. 마음이 너그럽고 큼.

358 사(赦) : 용서(容恕)함.

359 밤으로 낮을 이어 즐기고자.

360 개구(開口) : 입을 열어 말함.

361 기꺼워하며.

362 순배(巡杯) : 술자리에서 술잔을 차례로 돌림. 또는 그 술잔.

363 사양하지 마시어서.

364 문주연석(文酒宴席) : 술을 마시며 글을 짓는 잔치자리.

지 아니하리오?"

소항다ᄉᆞ(蘇杭多士) ᄎᆞ언(此言)을 듯고 일졔(一齊)이 무릅을 치며 칭찬(稱讚)하고 자ᄉᆞ(刺史)게 쳥왈(請曰),

"생등(生等)의 츄(醜)한 글귀가 홍랑(紅娘)의 쇼래에[365] 오르지 못함을 붓그려하더니[366] 이졔 한 번(番) 외옴을 어든 즉(則) 족(足)히 무료(無聊)[367]함을 씨슬가[368] 하나이다."

황 자새(黃刺史ㅣ) 허락(許諾)하니, 홍랑(紅娘)이 웃고 자리에 나와 아미(蛾眉)[369]를 숙이고 쇄옥셩(碎玉聲)[370]을 날녀[371] 다사(多士)의 글을 차례(次例)로 외올새[372], 일자차착(一字差錯)[373]이 업거늘, 좌즁(座中)이 모다 책책칭찬(嘖嘖稱讚)[374]하며 홍랑(紅娘)의 총명(聰明)이 긔졀(奇絶)[375]함을 놀내더라.

ᄆᆡ양[376] 한 번(番) 외은 후(後) 홍랑(紅娘)이 졔기(諸妓)를 돌아보아 슌배(巡杯)를 재촉하니, ᄎᆞ시(此時) 졔인(諸人)이 십분(十分) 취(醉)하얏스나 각각(各各) 제 글귀 외음을 영화(榮華)로이 아라[377] 잔(盞)

---

365 소리에. 노래에.

366 부끄러워하였더니.

367 무료(無聊) : 부끄럽고 열없음.

368 씻을까.

369 아미(蛾眉) : 누에나방의 눈썹이라는 뜻으로, 가늘고 길게 굽어진 아름다운 눈썹을 이르는 말. 미인의 눈썹을 이름.

370 쇄옥성(碎玉聲) : 옥을 깨뜨리는 소리라는 뜻으로, 아름다운 목소리를 이르는 말.

371 날려.

372 외우는데.

373 일자차착(一字差錯) : 한 글자의 착오(錯誤).

374 책책칭찬(嘖嘖稱讚) : 여러 사람들이 떠들썩하게 칭찬함.

375 기절(奇絶) : 매우 신기하고 절묘함.

376 매양. 번번이.

377 영화롭게 알아서.

을 바드며 외옴을 도로혀 재촉하니, 홍랑(紅娘)이 연(連)하야 오륙십 편(五六十篇)을 외오니, 술이 ᄯᅩ한 오륙십 배(五六十杯) 지낸지라.

좌상(座上)이 바야흐로 진취(盡醉)[378]하야 혹(或) 동퇴서븨(東頹西圮)[379]하며, 혹(或) 술을 토(吐)하고 잔(盞)을 업질으며[380] ᄎᆞ례(次例)로 쓰러지거늘, 황 자새(黃刺史ㅣ) ᄯᅩ한 취안(醉眼)[381]이 몽롱(朦朧)[382]하고 말을 일우지 못하야 왈(曰),

"홍랑 홍랑(紅娘紅娘), 춍명 춍명(聰明聰明)…."

하고 인(因)하야 서안(書案)을 의지(依支)하야 혼도불성(昏倒不省)[383]하니, ᄎᆞ시(此時) 윤자사(尹刺史)는 임의 주셕(酒席)을 피(避)하야 방즁(房中)에 들어가고 나지[384] 아니하거늘, 홍랑(紅娘)이 이에 옷을 고침을[385] 말하고 가만이 정자(亭子)에 나려[386] 항주(杭州) 창두(蒼頭)[387]를 보고 왈(曰),

"내 이제 배주간(杯酒間)[388]에 실수(失手)하야 본주 자사(本州刺史)게 득죄(得罪)하니 명재경각(命在頃刻)[389]이라. 이 길로 도망(逃亡)코져 하노니, 네 창두(蒼頭)의 의복(衣服)을 잠간(暫間) 빌니라[390]."

---

378 진취(盡醉) : 만취(滿醉). 술에 잔뜩 취함.
379 동퇴서비(東頹西圮) : 여기저기서 (술에 취해) 쓰러짐.
380 엎지르며.
381 취안(醉眼) : 술에 취한 눈.
382 몽롱(朦朧) : 의식이 흐리멍덩함.
383 혼도불성(昏倒不省) : 어지러워 쓰러져서 정신을 차리지 못함.
384 나오지.
385 갈아입겠다고.
386 정자에서 내려와.
387 창두(蒼頭) : 머리에 푸른 수건을 둘렀다는 뜻으로, 사내종을 가리킴.
388 배주간(杯酒間) : 술을 마시는 동안.
389 명재경각(命在頃刻) : 거의 죽게 되어 곧 숨이 끊어질 지경에 이름.
390 빌려 달라.

하고 머리에 쏘진[391] 금봉ᄎᆡ(金鳳釵)[392]를 ᄲᆡ혀[393] 창두(蒼頭)를 주며 왈(曰),

"이 물건(物件)이 갑[값]이 쳔금(千金)이라. 너를 주나니 내 이제 하[항]주(杭州)로 감을 누설(漏泄)치 말나."

창두(蒼頭) 임의 동향(同鄕)인 졍(情)이 잇고 쏘 쳔금(千金)을 어드니[394] 대희과망(大喜過望)[395]하야 머리에 쓴 청건(靑巾)[396]과 몸에 입은 청의(靑衣)와 일쌍 초혜(一雙草鞋)[397]를 버서[398] 주거늘, 홍(紅)이 즉시(卽時) 장속(裝束)[399]을 곳친[400] 후(後) 황망(慌忙)[401]이 문(門)을 나[402] 항주(杭州) 길을 바라보고 십여 리(十餘里)를 행(行)함ᄋᆡ 밤이 임의 삼사경(三四頃)[403]이 되얏더라.

월ᄉᆡᆨ(月色)이 희미(稀微)하야 길을 분변(分辨)치 못하는 즁(中) 이슬이 분분(紛紛)[404]하야 옷이 임의 저졋스니[405], 주점(酒店)을 ᄎᆞ자 문(門)을 두다린대[406], 점인(店人)이 나와 반야행ᄀᆡᆨ(半夜行客)[407]을 괴이

391 머리에 꽂은.
392 금봉채(金鳳釵) : 머리 부분에 봉황의 모양을 새겨서 만든 금비녀.
393 빼내어. 빼서.
394 얻으니.
395 대희과망(大喜過望) : 기대 이상의 성과로 매우 기뻐함.
396 청건(靑巾) : 푸른 수건.
397 일쌍 초혜(一雙草鞋) : 짚신 한 켤레.
398 벗어.
399 장속(裝束) : 입고 매고 하여 몸차림을 든든히 갖추어 꾸밈. 또는 그런 차림새.
400 고친.
401 황망(慌忙) : 황망(遑忙). 마음이 몹시 급하여 당황하고 허둥지둥하는 면이 있음.
402 나서서. 나와서.
403 삼사경(三四頃) : 밤 11시경부터 새벽 3시경 사이.
404 분분(紛紛) : 여럿이 한데 뒤섞여 어수선함.
405 젖었으니.
406 두드리니까. 두드린 즉.

(怪異)히 여겨 뭇거늘[408] 홍(紅)이 답왈(答曰),

"나는 항주(杭州) 창두(蒼頭)러니 급(急)한 일로 본부(本府)로 가거니와, 이 길로 엇더한 수재(秀才) 가지 아니하더뇨?"

점인 왈(店人曰),

"우리 졈문(店門)을 다든 지[409] 오래지 안코, 나는 술 파는 사람이라 밤이 깁도록[410] 길가에 안젓스나[411] 수재(秀才)의 지나감을 보지 못하얏노라."

홍(紅)이 ᄎᆞ언(此言)을 듯고 더욱 착급(着急)하야 점인(店人)을 망망(忙忙)[412]이 작별(作別)하고 또 십여 리(十餘里)을[를] 행(行)하야 길에 오는 자(者) 잇슨 즉(則) 수재(秀才)의 행색(行色)을 탐문(探問)하되, 다 보지 못하얏다 하거늘, 홍(紅)이 심신(心身)이 황겁(惶怯)[413]하야 전진(前進)할 뜻이 업서 로변(路邊)에 안저 ᄉᆡᆼ각하되,

'양 공자(楊公子)ㅣ 이 길로 가신 즉(則) 필연(必然) 만나는 자(者) 잇슬지니[414], 이제 오는 자(者)ㅣ 다 못 보앗다 하니, 이는 소루(疏漏)[415]함이 잇서 무뢰배(無賴輩)[416]에게 잡히여 곤욕(困辱)[417]을 당(當)함이라. 이는 다 나의 탓이라.'

---

407 반야행객(半夜行客) : 한밤중에 찾아온 나그네.

408 묻거늘. 물으므로.

409 닫은 지.

410 깊도록.

411 앉아 있었으나.

412 망망(忙忙) : 매우 바쁜 모양.

413 황겁(惶怯) : 겁이 나서 얼떨떨함.

414 (마땅히) 있을 것이니.

415 소루(疏漏) : 생각이나 행동 따위가 꼼꼼하지 않고 거칢.

416 무뢰배(無賴輩) : 불량배(不良輩). 무뢰한(無賴漢)의 무리. 성품이 막되어 예의와 염치를 모르며, 일정한 소속이나 직업이 없이 불량한 짓을 하며 돌아다니는 사람들.

417 곤욕(困辱) : 심한 모욕이나 참기 힘든 일.

하고 다시 소로(小路) 길을 향(向)하야 오니라.

ᄎᆞ셜(且說)[418] 양 공자(楊公子)ㅣ 당일(當日) 여측(如厠)함을 팽[핑]계하고 루(樓)에 나려 동자(童子)를 다리고[419] 다시 점즁(店中)에 도라와 점인(店人)을 보고 왈(曰),

“내 길이 밧부고[420], 행자(行資)[421] 핍진(乏盡)[422]하얏스니 져 나귀를 뎜즁(店中)에 두어 귀로(歸路)에 ᄎᆞ자 가리라.”

뎜인(店人)이 소왈(笑曰),

“비록 일시(一時)라도 주긱지의(主客之宜)[423] 잇거늘, 이러한 말삼은[424] 도리(道理ㅣ) 아니라. 공자(公子)는 행리(行李)[425]를 보즁(保重)하사 과렴(過念)[426]치 마르쇼셔.”

하며 나귀를 도로 주거늘, 공자(公子) 재삼(再三) 사양(辭讓)하나 듯지 아니하는지라. 할 일 업셔[427] 후일(後日)을 긔약(期約)ᄒᆞ고 주인(主人)을 작별(作別)하고 동자(童子)로 ᄒᆞ여금 나귀를 모라 행(行)ᄒᆞ며 심즁(心中)에 자저 왈(赼趄曰),

‘홍낭(紅娘)이 비록 뎨 집을[428] 졍녕(丁寧)[429]이 가르쳣스나[430] 내 이

418 차설(且說) : 각설(却說). 주로 글 따위에서, 화제를 돌려 다른 이야기를 꺼낼 때, 앞서 이야기하던 내용을 그만둔다는 뜻으로 다음 이야기의 첫머리에 쓰는 말.

419 데리고.

420 바쁘고.

421 행자(行資) : 노자(路資). 먼 길을 떠나 오가는 데 드는 비용.

422 핍진(乏盡) : 재물(財物)이나 정력(精力) 따위가 모두 없어짐.

423 주객지의(主客之誼) : 주인과 손님 사이의 정의(情誼).

424 말씀은.

425 행리(行李) : 행장(行裝). 여행할 때 쓰는 물건과 차림.

426 과념(過念) : 지나치게 염려함. 또는 그런 염려.

427 하릴없어. 달리 어떻게 할 도리가 없어서.

428 제 집을. 저의 집을.

제 초행(初行)으로 엇지 차즈리오? 또 황성(皇城)으로 바로 가랴 한즉(則) 행자(行資) 업스니 엇지 가리오?'

다시 싱각 왈(曰),

'홍랑(紅娘)은 무쌍(無雙)[431]한 국색(國色)[432]이라. 사긔(事機)[433] 공교(工巧)[434]하야 이갓치 맛나니[435], 내 또한 장부(丈夫)의 마음이라, 엇지 그 은근(慇懃)한 뜻을 져바리이오[436]? 이졔 다만 차자봄이 올토다[437].'

하고 나귀를 밧비 모라 항주(杭州)로 행(行)할새 밤이 깁고 행인(行人)이 희소(稀少)하야 길이 희미(稀微)하거늘 주점(酒店)을 ᄎᆞ자 문(門)을 두다리니 뎜인(店人)이 나와 행색(行色)을 자셰(仔細)히 보고 혼자말노[438] 왈(曰),

'이졔야 오도다.'

하니, 공자(公子)ㅣ 괴문왈(怪問曰),

"주인(主人)과 안면(顔面)이 업거늘 엇지 이졔야 옴을 말하나뇨?"

주인(主人)이 왈(曰),

"악가[439] 일기(一介) 창두(蒼頭) 급(急)히 항주(杭州)로 가며 수재

---

429 정녕(丁寧) : 충고하거나 알리는 태도가 매우 간곡함. 조금도 틀림없이 꼭.

430 가리켜주었으나.

431 무쌍(無雙) : 서로 견줄 만한 것이 없을 정도로 뛰어나거나 심함.

432 국색(國色) : 나라 안에서 으뜸가는 미인.

433 사기(事機) : 일이 되어 가는 가장 중요한 기틀.

434 공교(工巧) : 생각지 않았거나 뜻하지 않았던 사실이나 사건과 우연히 마주치게 된 것이 기이하다고 할 만함.

435 이같이 만나니.

436 저버리리오?

437 찾아봄이 옳도다.

438 혼잣말로.

439 아까.

(秀才)의 행색(行色)을 탐문(探問)하더이다."

공자(公子)ㅣ 우문왈(又問曰),

"그 창두(蒼頭)ㅣ 무삼 일노[440] 간다 하더뇨?"

주인(主人)이 왈(曰),

"그는 밋쳐 뭇지 못하얏스나[441] 긔색(氣色)이 심(甚)이 급(急)하더이다."

공자(公子)ㅣ 다시 뭇지 아니하고 다시 나귀을[를] 모라 갈새 심즁(心中)에 의혹왈(疑惑曰),

'홍랑(紅娘)의 노래에 주점(酒店)에 쉬지 말나 하얏스니, 내 부지럽시 드러왓도다[442]. 창두(蒼頭)는 필연(必然) 황 자사(黃刺史)의 창두(蒼頭)라. 나를 밟아 옴이니 만일(萬一) 상봉(相逢)한 즉(則) 엇지 불행(不幸)치 아니리오?'

수리(數里)를 행(行)함에 원촌(遠村)에 게[계]성(鷄聲)이 악악(喔喔)[443]하며 동방(東方)에 서색(曙色)[444]이 의희(依稀)[445]한 즁(中) 멀니[446] 바라보니 일기(一介) 창두(蒼頭) 망망(忙忙)이 마조[447] 오거늘, 공자(公子) 헤[혜]오듸[448],

'오는 자(者)ㅣ 필연(必然) 소주(蘇州) 창두(蒼頭)ㅣ라. 내 종적(踪跡)을 보지 못하고 도라옴이니 내 잠시(暫時) 피(避)하리라.'

---

440 무슨 일로.

441 그것은 미처 묻지 못하였으나.

442 내가 부질없이 들어왔도다.

443 악악(喔喔) : 닭이나 새가 우는 소리.

444 서색(曙色) : 새벽 빛.

445 의희(依稀) : 어슴푸레함. 희미함. 거의 비슷함.

446 멀리.

447 마주.

448 헤아리되. 생각하되.

하고 동자(童子)와 나귀를 돌녀 길가 수풀에 은신(隱身)하얏섯더니[449], 그 창두(蒼頭) 급(急)히 거러 지나감의[450] 공자(公子) 다시 나귀를 채쳐[451] 수십 리(數十里)을[를] 행(行)하니, 하날이 임의 밝은지라[452]. 행인(行人)다려 항주(杭州) 리수(里數)를 무르니 불과(不過) 삼십여 리(三十餘里)라 하더라.

한 곳에 이르니 산(山)은 낫고 물은 깁허[453] 그림 속 갓고 언덕의 버들과 물가의 루각(樓閣)이 경개절승(景概絶勝)[454]하야, 큰 다리는 공즁(空中)에 무지개를 이루엇고 열두 구비 돌 란간(欄干)이 빅옥(白玉)으로 색여[455] 해빗예[456] 령롱(玲瓏)하니, 이는 쇼공제(蘇公堤)[457]라. 녯적에[458] 송(宋)나라 소동파(蘇東坡)가 항주 자사(杭州刺史)로 서호(西湖)의 물을 인도(引導)하야 긴 언덕을 모으고[459] 다리를 노앗스니[460], 다리 우에 뎡자(亭子)를 지어 칠팔월(七八月)에 련화(蓮花) 성개(盛開)한 즉(則) 제기(諸妓)를 다리고[461] 수즁(水中)에 채련(採蓮)[462] 하며 노는 곳이라.

---

449 은신하였었더니.

450 걸어(서) 지나가매.

451 채찍을 쳐서.

452 하늘이 이미 밝았는지라.

453 산은 낮고 물은 깊어.

454 경개절승(景概絶勝) : 경치가 빼어남.

455 새겨.

456 햇빛에.

457 소공제(蘇公堤) : 중국 북송(北宋) 때 소식(蘇軾)이 항주의 서호(西湖)에 쌓은 제방(堤防).

458 옛적에.

459 쌓고.

460 놓았으니.

461 데리고.

462 채련(採蓮) : 연밥을 따거나 연근을 캠.

공자(公子)ㅣ 풍광(風光)[463]의 뜻이 업서 바로 성문(城門)을 드러[464] 대로(大路)을[를] 조ᄎᆞ 갈새, 인물(人物)이 번화(繁華)하고 시졍(市井)[465]이 열요(熱拗)[466]하야 소주(蘇州)에 비(比)할 배[467] 아니라.

청루주사(青樓酒肆)[468] 로변(路邊)에 무슈(無數)하야 곳곳이 불근 긔(旗)를 루변(樓邊)에 ᄭᅩᆺ자스니[469], 공자(公子) 라귀를 모라[470] 문전(門前)에 벽도화(碧桃花) 핀 곳을 ᄉᆞᆲ히되[471] 보지 못하니 심즁(心中)에 의혹(疑惑)하야 뭇고저 하나 청루(青樓)를 ᄎᆞ짐이[472] 괴이한지라.

이에 로변(路邊) 주뎜(酒店)에 라귀를 나려 쉬는 톄하고[473] 짐짓 로파(老婆)다려 문왈(問曰),

"저 길가에 긔(旗) ᄭᅩᆺ즌[474] 집은 다 뉘 집이뇨?"

로파(老婆) 소왈(笑曰),

"공자(公子)ㅣ 이곳을 쳐음 보도다. 져긔 긔(旗) ᄭᅩᆺ즌 집은 다 청루(青樓)라. 우리 항주(杭州) 쳥루(青樓)가 모다 칠십여 쳐(七十餘處)니, ᄂᆡ교방(內敎坊)이 삼십륙(三十六)이오, 외교방(外敎坊)이 ᄉᆞᆷ십륙(三十六)이라. 외교방(外敎坊)은 娼女ㅣ 잇고 ᄂᆡ교방(內敎坊)은 기녀(妓

463 풍광(風光) : 경치(景致).

464 성문으로 들어가서.

465 시정(市井) : 사람들이 모여 사는 곳.

466 열요(熱拗) : 매우 시끄럽고 떠들썩함.

467 비할 바가.

468 청루주사(青樓酒肆) : 주사청루(酒肆青樓). 술집, 기생집, 매음굴 따위를 통틀어 이르는 말.

469 꽂았으니.

470 나귀를 몰아.

471 살피되.

472 찾음이. 찾는 것이.

473 나귀에서 내려 쉬는 체하고.

474 꽂은.

女) 잇셔 닉외방(內外坊)이 현수(懸殊)[475]하니이다."

공자(公子)ㅣ 소왈(笑曰),

"닉 고셔(古書)를 보니 창기(娼妓)는 일류(一類)[476]라. 무슴 분간(分揀)이 잇스리오?"

로패 왈(老婆ㅣ曰),

"타쳐(他處)에서는 분간(分揀)이 업스나 우리 항주(杭州)는 창기(娼妓)의 분간(分揀)이 절엄(截嚴)[477]하니, 창녀(娼女)는 외교방(外敎坊)에 쳐(處)하야 행인과긱(行人過客)이 재물(財物)만 잇슨 즉(則) 보기 용이(容易)하고, 기녀(妓女)라 하는 것은 내교방(內敎坊)에서 처(處)하야 그 픔수(品數)[478] 네 칭[층](層)이라. 뎨일(第一)은 그 지조(志操)를 보고, 졔이(第二)는 문장(文章)을 보고, 졔숨(第三)은 가무(歌舞)를 보고 졔사(第四)는 자색(姿色)을 보나니, 행인(行人) 과객(過客)의 금빅(金帛)[479]이 산(山) 갓흐나 문장(文章) 지조(志操)의 취(取)할배 업슨 즉(則) 보지 아니하고, 궁유한사(窮儒寒士)[480]라도 지긔상합(志氣ㅣ相合)[481]한 즉(則) 수졀불개(守節不改)[482]하나니, 엇지 분간(分揀)이 업스리오?"

공자(公子)ㅣ 또 문왈(問曰),

"연즉(然則)[483] 내교방(內敎坊)이 어대 잇스며[484] 기녀(妓女ㅣ) 몟치

475 현수(懸殊) : 현격(懸隔)하게 다름.

476 일류(一類) : 같은 종류(種類).

477 절엄(截嚴) : 지엄(至嚴)함. 매우 엄함.

478 품수(品數) : 등급으로 나눈 차례.

479 금백(金帛) : 금과 비단.

480 궁유한사(窮儒寒士) : 생활이 곤궁한 유생과 출신이 미천한 선비.

481 지기상합(志氣相合) : 의지(意志)와 기개(氣槪)가 서로 맞음.

482 수절불개(守節不改) : 절개(節槪)를 지켜 고치지 아니함.

483 연즉(然則) : 그렇다면.

나 되나뇨[485]?"

로파 왈(老婆曰),

"이 길가에 긔(旗) 쏫친 집은 다 외교방(外教坊) 쳥루(青樓)라. 남문(南門)으로 드러올 제 도라 드는 길이 잇스니, 그 길노 나려가며 좌우(左右)에 잇는 집이 내교방(內教坊) 쳥루(青樓)니, 외교방(外教坊) 기녀(妓女)는 수빅여 명(數百餘名)이오, 내교방(內教坊) 기녀(妓女)는 겨오[486] 삼십여 명(三十餘名)이라. 그 즁(中) 지조(志操) 문장(文章)과 가무(歌舞) 자식(姿色)을 겸(兼)한 기녀(妓女)는 졔일방(第一坊)에 처(處)하고, 지조(志操) 문장(文章)만 잇는 자(者)는 졔이방(第二坊)에 처(處)하야, 각각(各各) 픔수(品數) 졀엄(切嚴)하나이다."

공자(公子)ㅣ 우문왈(又問曰),

"지금(只今) 졔일방(第一坊) 기녀(妓女) 누구뇨?"

로파 왈(老婆曰),

"강남홍(江南紅)이니, 항주(杭州) 공론(公論)이 그 지조(志操) 문장(文章)과 가무(歌舞) 자색(姿色)이 강남(江南)에 독보(獨步)한다 하나이다."

공자(公子)ㅣ 쇼왈(笑曰),

"파파(婆婆)[487]는 항주(杭州)를 너모[488] 포장(褒奬)[489]치 말나. 내 길이 총총(悤悤)[490]하니 다시 보자."

---

484 어디에 있으며.
485 몇이나 되는가?
486 겨우.
487 파파(婆婆) : 노파(老婆). 할미.
488 너무.
489 포장(褒奬) : 칭찬하여 장려함.
490 총총(悤悤) : 바쁨.

하고 나귀를 타고 남문(南門) 길노 다시 나가보니 과연(果然) 도라드러가는 길이 잇거늘, 공자(公子)ㅣ 황연대각[491] 왈(晃然大覺曰),

'홍낭(紅娘)의 노래에, 항주(杭州) 성문(城門) 도라들 제 대도(大道) 청루(青樓) 몃 곳인고?라고 함이 엇지 자세(仔細)치 아니리오?'

하고 그 길노조ᄎᆞ 나려가며[492] 좌우(左右)를 살펴보니, 동구(洞口) 정졔(整齊)하고 루각(樓閣)이 정정(亭亭)[493]ᄒᆞ야 외교방(外教坊)에 십배(十倍)나 더하니, 청기홍람[렴](青旗紅帘)[494]이 해빗에[495] 찰란(燦爛)[496]하고, 약(弱)한 버들과 긔이(奇異)한 ᄭᅩᆺ이[497] 름름[틈틈]이 버려스니[498], 처처(處處)의 사죽(絲竹)[499]소래와 가가(家家)의 로래 곡조(曲調) 풍편(風便)에 랑자(狼藉)[500]하야 인심(人心)을 호탕(豪宕)[501]케 하는지라.

공자(公子)ㅣ 완완(緩緩)[502]이 행(行)하야 ᄉᆞᆷ십오(三十五) 청루(青樓)를 지나 한 곳을 바라보니 장원(牆垣)[503]이 놉고 루대(樓臺)가 가려(佳麗)하야, 청계(淸溪)에 명사(鳴砂)를 ᄭᆞᆯ아 수졍(水晶) 갓흔 물을 인도(引導)ᄒᆞ야 젹은 다리는 홍에[예](虹霓)[504]를 이루웟스니, 공자(公

491 황연대각(晃然大覺) : 환하게 모두 깨달음.
492 그 길을 따라 내려가며.
493 정정(亭亭) : 우뚝하게 솟은 모양.
494 청기홍렴(青旗紅帘) : 주막집을 표시하는 푸른 깃발과 붉은 발.
495 햇빛에.
496 찬란(燦爛) : 빛이 눈부시게 아름다움.
497 실버들과 기이한 꽃이.
498 틈이 난 곳마다 벌여 있으니.
499 사죽(絲竹) : 현악기와 목관악기.
500 낭자(狼藉) : 왁자지껄하고 시끄러움.
501 호탕(豪宕) : 호기롭고 걸걸함.
502 완완(緩緩) : 느릿느릿한 모양.
503 장원(牆垣) : 담.
504 홍예(虹霓) : 무지개.

子)ㅣ 셕교(石橋)를 건너 십여 보(十餘步)를 행(行)ᄒᆞ니 과연(果然) 일수(一樹)[505] 벽도화(碧桃花) 우물 우에 피엿거늘, 라귀를 나려 문전(門前)에 이르니 문(門) 우에 금자(金字)로 써스되 졔일방(第一坊)이라 하얏고, 동편(東便)의 한 구뷔 분장(粉牆)[506]이 버들 새[사]이에[507] 은은(隱隱)한대, 수층(數層) 루각(樓閣)이 창두(窓頭)에 표연(飄然)이 소삿스니, 분벽(粉壁)[508] 사창(紗窓)[509]에 주염(珠簾)을 느리엿고[510], 서호풍월(西湖風月) 네 글자가 분명(分明)이 씨엿는지라[511].

동자(童子)로 문(門)을 두다리니[512], 일개(一介) 차환(叉鬟)[513]이 록의홍상(綠衣紅裳)으로 나오거늘 公子ㅣ 문왈(問曰),

"네 일홈[이름]이 연옥(蓮玉)이 아니냐?"

차환(叉鬟)이 소왈(笑曰),

"公子ㅣ 어대 계시며 소환(小鬟)의 일홈을 엇지 긔역(記憶)하시나잇가?"

공자(公子)ㅣ 왈(曰),

"네 주인(主人)이 집의 잇느냐?"

옥(玉)이 대왈(對曰),

"어졔 본부(本府) 자사(刺史)를 뫼셔 소[항]주(杭州) 압강뎡(壓江亭) 노름에 참네(參預)하고 아즉[514] 도라오지[515] 아니 하얏나이다."

---

505 일수(一樹) : 일주(一株). 한 그루.

506 분장(粉牆) : 갖가지 색깔로 화려하게 꾸민 담.

507 버드나무 사이에.

508 분벽(粉壁) : 희게 회칠을 한 담벼락.

509 사창(紗窓) : 깁으로 바른 창.

510 늘어뜨렸고.

511 쓰여 있는지라.

512 두드리니.

513 차환(叉鬟) : 머리를 얹은 젊은 여자(女子) 종을 이르는 말.

공자(公子)ㅣ 왈(曰),

"네 주인(主人)과 일즉 친분(親分)이 잇더니 어느 때에 도라오리오?"

옥왈(玉曰),

"금일(今日) 회환(回還)할가 하나이다."

공자(公子)ㅣ 왈(曰),

"연즉(然則) 주인(主人) 업는 집에 엇지 머몰리오? 이 압 주점(酒店)에 가 기달릴 것이니[516], 주인(主人)이 오시거든 즉시(卽時) 통(通)할소냐[517]?"

옥왈(玉曰),

"임의 주인(主人)을 차자 오사 주점(酒店)에 방황(彷徨)하심이 불가(不可)하오니 쇼환(小鬟)의 방(房)이 비록 추(醜)하오나 가장 종용(從容)[518]하오니 잠간(暫間) 쉬여 기다리소서."

공자(公子)ㅣ 싱각하되,

'청루(青樓)는 열요(熱拗)한 곳이라. 내 이졔 수재(秀才)로 두류(逗留)[519]함이 남의 이목(耳目)에 거리끼지 안으리오[520]?'

라귀를 타며 련옥(蓮玉)을 도라보아 왈(曰),

"네 주인(主人)이 온 후(後) 다ㅣ 오리라."

하고 갓가온 주점(酒店)을 가리여[521] 쉬며 홍랑(紅娘)의 옴을 기다리

---

514 아직.

515 돌아오지.

516 가서 기다릴 것이니.

517 통지(通知)하겠느냐? 알려주겠느냐?

518 종용(從容) : 조용함.

519 두류(逗留) : 체류(滯留). 한 곳에 머묾.

520 거리끼지 않으리오?

더라.

차설(且說) 홍랑(紅娘)이 도로 소주(蘇州) 길노 향(向)하야 을[올]ᄉᆡ[522], 발이 부릇고 다리 압하 전진(前進)치 못하는 즁(中) 텬색(天色)이 점점(漸漸) 밝아오니, 비록 복색(服色)이 창두(蒼頭)ㅣ나 용모(容貌)를 감출 길이 업는지라.

을[올]졔 지ᄂᆡ든[523] 주색[점](酒店)을 다시 차자 드러가니 쥬인(主人)이 마저 왈(曰),

"그대 작야(昨夜)[524]에 지나가든 창두(蒼頭) 안이냐?"

홍랑 왈(紅娘曰),

"밤에 본 사람을 오히려 긔역(記憶)하니 쥬인(主人)의 다졍(多情)함을 알니로다."

쥬인 왈(主人曰),

"그대 수재(秀才)의 행색(行色)을 뭇더니 과연(果然) 계명시(鷄鳴時)[525]에 그 수재(秀才ㅣ) 이 길노 항주(杭州)를 향(向)하야 가더이다."

홍랑(紅娘)이 차언(此言)을 듯고 ᄎᆞ경차희(且驚且喜)[526]하야 자세(仔細)이 문왈(問曰),

"그 수재(秀才)의 행색(行色)이 엇더하더뇨?"

쥬인 왈(主人曰),

"밤이라 십분(十分)[527] 분명(分明)치 못하나 일개(一介) 동자(童子)

---

521 가까운 주점을 가려.

522 소주 길로 향하여 오는데.

523 올 적에 지났던.

524 작야(昨夜) : 어젯밤.

525 계명시(鷄鳴時) : 닭이 울 때. 새벽에.

526 차경차희(且驚且喜) : 한편으로 놀라며 한편으로 기뻐함.

와 일필(一匹) 청려(青驢)로 행장(行裝)이 초초(草草)ᄒᆞ야 입은 의복(衣服)이 셩양(成樣)[528]치 못하고, 가는 긔ᄉᆡᆨ(氣色)이 가장 총요(悤擾)[529]ᄒᆞ나 용모(容貌) 풍채(風采) 심(甚)히 비범(非凡)ᄒᆞ니, 아지 못게라[530]. 엇지하야 상봉(相逢)치 못하뇨?"

홍왈(紅曰),

"밤길이 어긋남이 괴이(怪異)치 안이ᄒᆞ나[531] 그 슈재(秀才) 졍령(丁寧)[532]이 항주(杭州)로 가더뇨?"

뎜인 왈(店人曰),

"졍령(丁寧)이 항주(杭州)로 가더라."

하며,

"길을 몰나 재삼(再三) 무르니 초ᄒᆡᆼ(初行)인가 ᄒᆞ노라."

홍(紅)이 뎜인(店人)의 말을 일일(一一)이 듯고 심즁(心中)에 ᄉᆡᆼ각ᄒᆞ되,

'공자(公子)ㅣ 임의 이 길노 갓슨 즉(則) 그 면화(免禍)[533]함을 알배나[534] 내 집을 차ᄌᆞ가 주인(主人)이 업스니 셔어(齟齬)[535]함이 만을지라[536]. 엇지하는고?'

도로혀 조급(躁急)ᄒᆞ야 치신(置身)[537]할 도리(道理ㅣ) 망연(茫然)ᄒᆞ

---

527 십분(十分) : 아주 충분히.

528 성양(成樣) : 모양이나 형식을 갖춤.

529 총요(悤擾) : 바쁘고 부산함.

530 알지 못하겠네. 모르겠네.

531 아니하나. 않으나.

532 정녕(丁寧) : 주) 429 참조.

533 면화(免禍) : 화를 면함.

534 알 바이나. 알 것이나.

535 서어(齟齬) : 익숙하지 아니하여 조금 서먹함.

536 많을지라. 많을 것이라.

더니 홀영[연](忽然) 드르미 문외(門外)에 갈도(喝導)[538] 소래 나며 일위관원(一位官員)이 지나가거늘, 홍랑(紅娘)이 문(門)틈으로 여허보이[니][539] 별인(別人)[540]이 아니라 이에 항주자사(杭州刺史) 윤공(尹公)이라.

윤공(尹公)이 그날 압강정(壓江亭)에셔 소주자사(蘇州刺史)와 모든 션배 대취(大醉)ᄒᆞ야 요란(搖亂)함을 보고 심즁(心中)에 불열(不悅)ᄒᆞ든 차(次)[541], 슈재(秀才)와 홍랑(紅娘)의 거쳐(去處) 업슴애[542] 소주자사(蘇州刺史) 잠을 깨더니 ᄃᆡ로(大怒)ᄒᆞ야 좌우(左右)를 호령(號令)ᄒᆞ야 부하관속(府下官屬)[543]을 기우려[544] 두 패(牌)에 난와[545] 한 패(牌)는 황셩(皇城) 길노 가 창곡(창曲)을 좃고 또 한 패(牌)는 항주(杭州) 길노 가 강남홍(江南紅)을 잡아오라 하니, 부즁(府中)이 진동(震動)ᄒᆞ고, 소항다ᄉᆞ(蘇杭多士)ㅣ 취(醉)함을 타 긔운(氣運)을 부려 긔셰(氣勢ㅣ) 가장 위태(危殆)ᄒᆞ거늘, 윤 자사(尹刺史)ㅣ 졍ᄉᆡᆨ왈(正色曰),

"로뷔(老夫ㅣ)[546] 명공(明公)[547]과 텬은(天恩)[548]을 입어 승평무사지

537 치신(置身) : 어디에다 몸을 둠.

538 갈도(喝導) : 가금(呵禁). 가도(呵導). 창도(唱導). 예전에 높은 벼슬아치가 다닐 때 길을 인도하는 하인이 앞에서 소리를 질러 행인들을 비키게 하던 일. 또는 그 일을 맡은 하인.

539 엿보니.

540 별인(別人) : 다른 사람.

541 불쾌하던 때에.

542 간 곳이 없으매.

543 부하관속(府下官屬) : 소주부(蘇州府)에 속한 아랫사람들.

544 기울여. 총동원(總動員)하여.

545 두 패로 나누어.

546 노부(老夫) : 늙은 남자가 자기를 낮추어 이르는 1인칭 대명사.

547 명공(明公) : 듣는 이가 높은 벼슬아치일 때, 그 사람을 높여 이르던 2인칭 대명사.

548 천은(天恩) : 천자(天子)의 은덕(恩德). 황제(皇帝)의 은혜(恩惠).

시(昇平無事之時)[549]에 풍류명구(風流名區)[550]를 방빅(方伯)[551]으로 맛기시니[552], 빅셩(百姓)이 안락(安樂)ᄒᆞ고 부쳡(簿牒)[553]이 한가(閑暇)ᄒᆞ야 시주셩기(詩酒聲妓)[554]로 루관(樓館)[555]에 우유(優遊)[556]함은 장ᄎᆞ(將次) 우으로 춘ᄃᆡ옥촉(春臺玉燭)[557]의 문치(文治)[558]를 찬양(讚揚)하고, 아ᄅᆡ로 강구연월(康衢煙月)[559]에 격양가(擊壤歌)[560]를 화답(和答)ᄒᆞ야 셩은(聖恩)의 만일(萬一)[561]을 도보(圖報)[562]할지라. 이제 압강졍(壓江亭) 노름을 소항일경(蘇杭一境)[563]이 못 드른 자(者)ㅣ 업거늘, 명공(明公)의 톄즁(體重)[564]함과 로부(老夫)의 졂지 아니함으로 일기(一介) 창기(娼妓)에 풍졍(風情)[565]을 인연(因緣)ᄒᆞ야 요란(擾亂)함을

549 승평무사지시(昇平無事之時) : 태평스럽고 아무 일이 없는 시절.
550 풍류명구(風流名區) : 풍류로 이름난 고장.
551 방백(方伯) : 지방 고을을 다스리는 벼슬아치. 여기서는 자사(刺史)를 가리킴.
552 맡기시니.
553 부첩(簿牒) : 관아(官衙)의 장부(帳簿)와 문서(文書).
554 시주성기(詩酒聲妓) : 시와 술과 노래하는 기생.
555 누관(樓館) : 높게 지은 다락집.
556 우유(優遊) : 하는 일 없이 편안하고 한가롭게 지냄.
557 춘대옥촉(春臺玉燭) : 조선조 순조 때 제작된 향악정재(鄕樂呈才). 여기서는 기후가 온화한 태평성대를 말함. 《노자(老子)》 20장에 "사람들이 마냥 흥겨워하는 것이, 흡사 진수성찬을 먹은 듯도 하고 봄날의 누대에 오른 듯도 하네.[衆人熙熙如享太牢 如登春臺]"라는 말이 있고, '옥촉'은 촛불이 온윤(溫潤)하게 밝게 비치듯 사시의 기후가 화창한 것을 말함.
558 문치(文治) : 학문과 법령으로 세상을 다스림. 또는 그런 정치.
559 강구연월(康衢煙月) : 번화한 큰 길거리에서 달빛이 연기에 은은하게 비치는 모습을 나타내는 말로, 태평한 세상의 평화로운 풍경을 이르는 말.
560 격양가(擊壤歌) : 풍년이 들어 농부가 태평한 세월을 즐기는 노래. 중국의 요(堯)임금 때에, 태평한 생활을 즐거워하여 불렀다고 함.
561 만일(萬一) : 만분의 일. 아주 적은 것을 이르는 말.
562 도보(圖報) : 보답(報答)하기를 꾀함.
563 소항일경(蘇杭一境) : 소주와 항주를 중심으로 한 일부 지역.
564 체중(體重) : 지위가 높고 점잖음. *몸무게.

닐희엿고[566] 삼척동자(三尺童子)[567]의 재조를 시긔(猜忌)ᄒᆞ야 과거(過擧)[568]를 지으니, 듯는 자(者)ㅣ 반닷이 말ᄒᆞ되[569],

'소주 자사(蘇州刺史)ㅣ 경자[사](政事)를 폐각(廢擱)[570]ᄒᆞ고 주ᄉᆡᆨ(酒色)을 일삼아 실톄(失體)[571]하엿다.' ᄒᆞ리니, 엇지 셩은(聖恩)을 보답(報答)ᄒᆞ는 배리오[572]? 강남홍(江南紅)은 로부(老夫)의 부기(府妓)[573]라 불고(不告)ᄒᆞ고 도망(逃亡)함이 필유곡졀(必有曲折)[574]함이니 죵용쳐치(從容處置)[575]함이 더대지 안일 것이오[576]. 지어(至於)[577] 양창곡(楊昌曲)은 타군(他郡)[578] 션배라[579]. 부거(赴擧)[580]ᄒᆞ는 길에 죵젹(踪跡)을 감초고 재조를 빗내여[581] 문장(文章)으로 희롱(戲弄)함이 문인(文人)의 상사(常事)여늘[582], 명공(明公)이 이졔 관예(官隷)[583]를 노

---

565 풍정(風情) : 정서와 회포를 자아내는 풍치나 경치.

566 닐의혓고. 일으켰고.

567 삼척동자(三尺童子) : 키가 석 자 정도밖에 되지 않는 어린아이. 철없는 어린아이를 이름. *무식한 사람을 비유적으로 이르는 말.

568 과거(過擧) : 정도에 지난친 행동.

569 반드시 말하기를.

570 폐각(廢擱) : 업무를 처리하지 않고 그냥 둠.

571 실체(失體) : 체면이나 면목을 잃음.

572 보답하는 바이리오? 보답하는 것이리오?

573 부기(府妓) : 관부(官府)에 딸린 기생. 관기(官妓).

574 필유곡절(必有曲折) : 반드시 곡절이 있음. 틀림없이 이유가 있음.

575 종용처치(從容處置) : 조용히 일을 처리함.

576 더디지 아니할 거시오.

577 ~에 이르러는.

578 타군(他郡) : 다른 고을.

579 선비라. 선비이다.

580 부거(赴擧) : 과거(科擧)를 보러 감.

581 재주를 빛내어.

582 상사이거늘. 예사로운 일인데.

583 관예(官隷) : 관노(官奴). 관아에서 부리는 종.

아[584] 셩군작당(成群作黨)[585]ᄒᆞ야 즁노(中路)에 직[작]경(作梗)[586]함이 엇지 히연(駭然)[587]치 안이리오? 로뷔(老夫ㅣ) 불힝(不幸)이 참셕(參席)ᄒᆞ니 진실(眞實)로 참괴(慙愧)[588]ᄒᆞ도다."

언필(言畢)[589]에 긔ᄉᆡᆨ(氣色)이 엄숙(嚴肅)ᄒᆞ거늘, 황 자사(黃刺史)ㅣ 무연(憮然)[590] 사례왈(謝禮曰),

"시ᄉᆡᆼ(侍生)[591]이 소년예긔(少年銳氣)[592]로 밋쳐[593] 생각지 못함이로소이다."

인(因)하야 좌우(左右)를 물니치니, 다사(多士)ㅣ 불열왈(不悅曰),

"항주(杭州) 상공(相公)이 일ᄀᆡ(一介) 창기(娼妓)를 위(爲)ᄒᆞ야 즁인(衆人)의 분로(忿怒)ᄒᆞᆷ을 위로(慰勞)치 아니시니[594] 생등(生等)이 아혹(訝惑)[595]함을 이긔지 못하나이다."

윤 자사(尹刺史)ㅣ 정색왈(正色曰),

"사ᄌᆞ(士子)의 도리(道理ㅣ) 학업(學業)을 힘쓰고 재조를 닥가[596] 나보더[597] 나은 ᄌᆞ(者)를 원망(怨望)치 안이하고[598] ᄂᆡ 도리(道理)를 ᄎᆞ

---

584 놓아.
585 성군작당(成群作黨) : 무리를 이루어 패거리를 만듦. 또는 그 무리.
586 작경(作梗) : 못된 행실을 부림.
587 해연(駭然) : 몹시 이상스러워 놀라움.
588 참괴(慙愧) : 매우 부끄러움.
589 언필(言畢) : 말을 마침.
590 무연(憮然) : 크게 낙심하여 허탈해하거나 멍함.
591 시생(侍生) : 어른을 모시는 사람이라는 뜻으로, 말하는 이가 자기를 문어적으로 낮추어 이르는 1인칭 대명사.
592 소년예기(少年銳氣) : 젊은이의 날카로운 기세.
593 미처. 아직 거기까지 미치도록.
594 위로하지 않으시니.
595 아혹(訝惑) : 괴이하고 의심스러움.
596 재주를 닦아.
597 나보다.

릴지라[599]. 이제 남의 일홈을 시긔(猜忌)ᄒᆞ야 ᄌᆞ긔(自己)의 거조(擧措)[600]를 해망(駭妄)[601]이 하니, 로뷔(老夫ㅣ) 비록 불민(不敏)하나 빅셩(百姓)을 님(臨)ᄒᆞᆫ 즉(則) 법관(法官)이오, 션배를 대(對)한 즉(則) 스승이라. 만일(萬一) 교훈(敎訓)을 듯지 아니ᄒᆞ는 자(者) 잇슨 즉(則)[602] 맛당히 종아리를 쳐 써[603] 션ᄉᆡᆼ제ᄌᆞ(先生弟子)에 존엄(尊嚴)함을 알게 하리라."

인(因)ᄒᆞ야 행장(行裝)를[을] 재촉ᄒᆞ야 가랴 하거늘, 황 자사(黃刺史)ㅣ 말류(挽留)[604]ᄒᆞ야 부즁(府中)에 잠간(暫間) 들어감을 청(請)ᄒᆞ고 주배(酒杯)[605]를 나와[606] 은근(慇懃)이 대졉(待接)하며 죵용(從容)이 다시 고왈(告曰),

"시ᄉᆡᆼ(侍生)이 무간(無間)[607]한 후의(厚誼)를 밋상[삽]고[608] 우러러 쳥(請)할 말삼이 잇스니, 션생(先生)은 그 당돌(唐突)ᄒᆞᆷ을 용셔(容恕)ᄒᆞ쇼셔."

윤 자사(尹刺史)ㅣ 쇼왈(笑曰),

"무삼 일니뇨[609]?"

황 ᄌᆞ사(黃刺史)ㅣ 왈(曰),

---

598 원망하지 아니하고.
599 차릴 것이다.
600 거조(擧措) : 몸가짐. 말이나 행동 따위를 하는 태도.
601 해망(駭妄) : 행동이 해괴하고 요망스러움. 또는 그런 행동.
602 있은 즉. 있으면.
603 종아리를 침으로써.
604 만류(挽留) : 붙들고 못하게 말림.
605 주배(酒杯) : 술과 술잔. 주안상(酒案床).
606 주안상을 차려 내와서.
607 무간(無間) : 서로 허물없이 가까움.
608 믿사옵고.
609 무슨 일인가?

"시싱(侍生)의 나이 삼십(三十)이 넘지 못하고, 일쳐일첩(一妻一妾)[610]은 남자(男子)의 상사(常事)[611]라. 텬하(天下) 물색(物色)을 다 보지 못ᄒᆞ엿스나, 이졔 강남홍(江南紅) 갓흔 국색(國色)은 거의 젼고소무(前古所無)[612]요, 당세무쌍(當世無雙)[613]이라. 시싱(侍生)이 홍(紅)을 좌우(左右)에 두지 못한 즉(則) 텬명(天命)을 보전(保全)치 못할가 하오니, 복망(伏望)[614] 선싱(先生)은 홍(紅)을 효유(曉諭)[615]ᄒᆞ야 소원셩취(所願成就)[616]ᄒᆞ게 하소셔."

윤 자사(尹刺史)ㅣ 소왈(笑曰),

"홍(紅)이 비록 쳔기(賤妓)나 그 직힌[617] 심사(心事)[618]를 로뷔(老夫ㅣ) 엇지 하리오? 다만 져희(沮戱)[619]치는 아니리라[620]."

황 자사(黃刺史)ㅣ 소왈(笑曰),

"연즉(然則)[621] 시싱(侍生)이 이졔 이 세상(世上)에 락(樂)을 맛볼가 ᄒᆞ나이다. 시싱(侍生)이 일계(一計ㅣ) 잇스니, 몬져[622] 금은채단(金銀綵緞)[623]으로 홍(紅)의 마음을 달래고, 오월오일(五月五日) 젼당호(錢

---

610 일처일첩(一妻一妾) : 한 사람의 아내와 한 사람의 첩.

611 상사(常事) : 예사(例事). 보통 있는 일.

612 전고소무(前古所無) : 전고미증유(前古未曾有). 전에는 없었던 (인물).

613 당세무쌍(當世無雙) : 현세에 견줄 만한 대상이 없을 정도로 뛰어남.

614 복망(伏望) : 엎드려 바라건대.

615 효유(曉諭) : 깨달아 알아듣도록 타이름.

616 소원성취(所願成就) : 바라는 바를 이룸.

617 (자신을) 지키는.

618 심사(心事) : 마음속으로 생각하는 일. 또는 그 생각.

619 주) 163 참조.

620 아니하리라.

621 연즉(然則) : 그렇다면.

622 먼저.

623 금은채단(金銀綵緞) : 금, 은과 온갖 비단.

塘湖)에 경도희(競渡戱)[624]를 차려 션싱(先生)을 청(請)ᄒᆞ고 홍(紅)을 부른 즉(則) 아니 오지 못할지니, 시싱(侍生)이 승시(乘時)[625]ᄒᆞ야 자연(自然) 묘리(妙理ㅣ) 잇슬가 ᄒᆞ나이다."

윤 자사(尹刺史)ㅣ 웃고 허락(許諾)한 후(後) 황 자사(黃刺史)를 작별(作別)ᄒᆞ고 항주(杭州)로 도라올ᄉᆡ 야심 후(夜深後)[626] 쥬졈(酒店)을 지나더니, ᄎᆞ시(此時) 홍랑(紅娘)이 치신무로(置身無路)[627]ᄒᆞ야 뎜중(店中)에 안졋다가[628] 반겨 내다라[629] 거젼(車前)[630]에 문후(問候)[631]ᄒᆞ니, 윤 자사(尹刺史)ㅣ 그 복ᄉᆡᆨ(服色)이 다름을 보고 의희(依稀)[632]하야 문왈(問曰),

"네 엇더한 사ᄅᆞᆷ인고?"

홍(紅)이 대왈(對曰),

"항주(杭州) 기녀(妓女) 강남홍(江南紅)이로소이다."

자사(刺史)ㅣ 경왈(驚曰),

"네 파연(罷宴)[633]치 아니ᄒᆞ야 무단(無斷)[634]이 변복도망(變服逃亡)[635]함은 무삼[636] 곡졀(曲折)인고?"

---

624 경도희(競渡戱) : 배를 저어 빨리 물을 건너가는 것을 겨루는 놀이.
625 승시(乘時) : 적당한 때를 탐. 적당한 기회를 탐.
626 야심 후(夜深後) : 밤이 깊어진 뒤에.
627 치신무로(置身無路) : 몸 둘 곳이 없음.
628 앉았다가. 앉아 있다가.
629 반갑게 내달려.
630 거전(車前) : 수레 앞.
631 문후(問候) : 문안(問安). 안부를 여쭘.
632 의희(依稀) : 어렴풋함. *거의 비슷함.
633 파연(罷宴) : 잔치가 끝남.
634 무단(無斷) : 사전에 허락이 없음. 또는 아무 사유가 없음.
635 변복도망(變服逃亡) : 옷을 바꿔 입고 달아남.
636 무슨.

홍(紅)이 사례왈(謝禮曰),

"첩(妾)은 드르니 주(周)나라 녀상(呂尙)[637]은 팔십 년(八十年) 곤(困)ᄒᆞ고, 은(殷)나라 부열(傅說)[638]은 ᄋᆞᆷ하(巖下)[639]에 담을 싸아 죵젹(蹤跡)이 곤궁(困窮)ᄒᆞ나 범주(凡主)[640]를 섬기지 아니ᄒᆞ고 주문(周文)[641]과 은탕(殷湯)[642]을 기다려 허신(許身)[643]ᄒᆞ니, 지긔(知己)를 불우(不遇)ᄒᆞᆫ 즉(則) 지조(志操)를 굽히지 아니할 마음은 고인(故人)과 다름이 업거늘, 소주(蘇州) 상공(相公)이 그 사람을 천대(賤待)ᄒᆞᄉᆞ 그 마음을 핍박(逼迫)ᄒᆞ시니, 첩(妾)의 도망(逃亡)ᄒᆞᆷ은 그 긔틀[644]을 봄이라. 불고(不告)[645]한 죄(罪)는 만ᄉᆞ무석(萬死無惜)[646]이로소이다."

자ᄉᆞ(刺史)ㅣ 묵연부답(默然不答)[647]ᄒᆞ고 침음양구(沈吟良久)[648]에 문왈(問曰),

"항주(杭州) 길이 머니 엇지 젼진(前進)코저 하나뇨?"

홍(紅)이 딕왈(對曰),

"쳡(妾)이 밤을 타 옴에 다리 힘이 진(盡)ᄒᆞ고 신긔불평(身氣不

637 여상(呂尙) : 중국 주(周)나라 초기의 정치가. 성은 강(姜). 이름은 상(尙). 속칭은 강태공(姜太公). 무왕(武王)을 도와 은(殷)나라를 멸하고 천하를 평정하였음.

638 부열(傅說) : 중국 은(殷)나라 고종(高宗) 때의 재상(宰相). 토목공사의 일꾼이었는데, 재상으로 등용되어 중흥(中興)의 대업을 이루었음.

639 암하(巖下) : 부암(傅巖) 아래. 중국 은나라의 재상이 된 부열은 재상이 되기 전에 부암 아래서 담을 쌓는 노역을 하였음.

640 범주(凡主) : 평범한 군주.

641 주문(周文) : 중국 주나라의 창업주인 문왕(文王).

642 은탕(殷湯) : 중국 은나라의 창업주인 성탕(成湯).

643 허신(許身) : 몸을 허락함. 여기서는 신하가 되는 것을 말함.

644 기틀. 기미(機微). 낌새. 어떤 일을 알아차릴 수 있는 눈치.

645 불고(不告) : 아뢰지 아니함.

646 만사무석(萬死無惜) : 만 번 죽어도 아까울 것이 없을 만큼 죄가 무거움.

647 묵연부답(默然不答) : 잠자코 대답하지 아니함.

648 침음양구(沈吟良久) : 속으로 깊이 생각한 지 오랜 뒤.

平)[649]ᄒᆞ야 젼진(前進)할 방약[략](方略)[650]이 업나이다."

자ᄉᆞ왈(刺史曰),

"너 올 ᄶᅢ 탓던 슈래[651] 이 뒤에 공(空)이[652] 오니 다시 타고 감이 엇더하뇨?"

홍(紅)이 ᄉᆞ례(謝禮)ᄒᆞ고 즉시(卽時) 창두(蒼頭)에 옷을 버셔 주며[653] 슈례 우에 올나 자ᄉᆞ(刺史)에 뒤를 좃ᄎᆞ 항주(杭州)로 갈ᄉᆡ 부즁(府中)ᄭᅡ지 이르러 자ᄉᆞ(刺史)의 환관(還官)[654]함을 보고 물너 오려 한 즉(則) 자ᄉᆞ왈(刺史曰),

"소주 자사(蘇州刺史)ㅣ 오월(五月) 오일(五日)에 너를 청(請)ᄒᆞ야 뎐당호(錢塘湖)에 경도희(競渡戲)를 하려 ᄒᆞ니 알아 두라."

홍(紅)이 머리를 숙이고 대답(對答)지 아니하니, 자사(刺史)ㅣ 그 ᄯᅳᆺ을 알고 즉시(卽時) 명(命)ᄒᆞ야,

"물너가 쉬라."

하니, 홍(紅)이 문(門)을 나와 슈례에 올을ᄉᆡ 공자(公子)의 소식(消息)을 몰나 슈례 틈으로 로변(路邊)을 엿보며 집을 향(向)하야 오더니, 남문(南門) 안 젹은 주뎜(酒店)에 일기(一介) 동자(童子)ㅣ 로변(路邊)에 라귀를 매고 잇거ᄂᆞᆯ 자세(仔細) 보니 뎜즁(店中)에 안진 슈재(秀才ㅣ) 이에 양 공자(楊公子)ㅣ라.

홍(紅)이 비록 깃븜을 이기지 못아[하]나 다시 ᄉᆡᆼ각ᄒᆞ되,

'공자(公子)를 다른 좌셕(座席)에 총총상대(悤悤相對)[655]하야 비록

---

649 신기불평(身氣不平) : 몸의 기력이 편안하지 아니함.

650 방략(方略) : 일을 꾀하고 해 나가는 방법과 계략.

651 네가 올 때 탔던 수레가.

652 비어서. 빈 채로.

653 창두에게 옷을 벗어 주며.

654 환관(還官) : 관아(官衙)로 돌아감.

용모(容貌) 문장(文章)을 대강(大綱) 알아스나 덕(德)과 지조(志操)을[를] 알 길이 업스니, 쟝ᄎᆞ(將次) ᄇᆡᆨ년(百年)을 의탁(依託)코저 하야 거연(遽然)이[656] 허신(許身)치 못할지라. ᄂᆡ 맛당이 권도(權道)[657]를 써 다시 마음을 시험(試驗)하리라.'

슈래를 몰아 바로 지나 딥에[658] 이르니, 연옥(蓮玉)이 반겨 내다라 맛거ᄂᆞᆯ 홍랑(紅娘)이 문왈(問曰),

"기간(其間)[659] 나를 찾는 자(者)ㅣ 업더냐?"

옥왈(玉曰),

"앗까 한 슈ᄌᆡ(秀才ㅣ) 랑자(娘子)를 ᄎᆞᄌᆞ 왓다가 주인(主人) 업슴으로 압 주뎜(酒店)에 머무러 랑자(娘子)를 기다리나이다."

홍왈(紅曰),

"손이 온 것을 주인(主人)이 업셔 ᄃᆡ졉(待接)지 못하니 도리(道理)가 아니라. 네 주과(酒果)를 가지고 주뎜(酒店)에 가 슈ᄌᆡ(秀才)를 ᄃᆡ졉(待接)ᄒᆞ고 여ᄎᆞ여ᄎᆞ(如此如此)[660]하라."

옥(玉)이 웃고 가니라.

ᄎᆞ시(此時) 공자(公子)ㅣ 주뎜(酒店)에 반일(半日)을 무료(無聊)히 안졋스니 셕양(夕陽)이 셔산(西山)에 넘어가고 젼역[661] 연긔(煙氣ㅣ) 쳐쳐(處處)에 니러나니, 바야으로[662] 대인란(待人難)[663]이라 흠을 쌔다

655 총총상대(悤悤相對) : 급하게 마주 대함.

656 거연(遽然)히 : 허둥지둥 조급하게.

657 권도(權道) : 목적 달성을 위하여 그때그때의 형편에 따라 임기응변으로 일을 처리하는 방도.

658 집에.

659 기간(其間) : 그 동안.

660 여차여차(如此如此) : 이렇게 이렇게.

661 저녁.

662 바야흐로.

를지라.

홀연(忽然) 노변(路邊)이 요란(擾亂)ᄒᆞ며 일위(一位) 관원(官員)이 지나가거ᄂᆞᆯ 사ᄅᆞᆷ다려[664] 물은 즉(則) 본주(本州) 자사(刺史)라 ᄒᆞ니, 공자(公子)ㅣ 심즁(心中)에 ᄉᆡᆼ각하되,

'윤 자사(尹刺史) 파연(罷宴)ᄒᆞ고 도라오니 홍랑(紅娘)의 도라옴이 불원(不遠)할지라.'

동ᄌᆞ(童子)를 명(命)하야 라귀를 빗기며[665] 련옥(蓮玉)의 옴을 고ᄃᆡ(苦待)ᄒᆞ더니, 일ᄀᆡ(一介) ᄎᆞ환(叉鬟)이 주합(酒盒)[666]을 가지고 오거ᄂᆞᆯ 이에 연옥(蓮玉)이라.

공ᄌᆞ(公子)ㅣ 깃거[667] 문왈(問曰),

"네 주인(主人)이 돌라왓느냐[668]?"

옥(玉)이 ᄃᆡ왈(對曰),

"본부(本府) 자사(刺史)ㅣ 환관(還官)하신 편(便)의 소식(消息)을 드르니, 주인(主人)이 소쥬(蘇州) 상공(相公)게 잡히여 오륙일 후(五六日後) 도라오마 하니이다."

공자(公子)ㅣ 청파(聽罷)에 긔ᄉᆡᆨ(氣色)이 락막(落寞)[669]하야 묵연양구(默然良久)[670]에 왈(曰),

"져 주과(酒果)는 엇지한 것이뇨[671]?"

---

663 대인난(待人難) : 약속한 시간에 오지 않는 사람을 기다리는 안타까움과 괴로움.
664 사람더러. 사람에게.
665 빗겨주며. 나귀의 털을 빗 따위로 가지런히 골라 주며.
666 주합(酒盒) : 술과 안주를 담아서 들고 다닐 수 있게 만든 찬합(饌盒).
667 기뻐서. 기뻐하며.
668 돌아왔느냐?
669 낙막(落寞) : 마음이 쓸쓸함.
670 묵연영구(默然良久) : 한동안 말이 없음.
671 어찌된 것인가?

옥왈(玉曰),

"공자(公子)ㅣ 젹막(寂寞)히 안즈사[672] 심란(心亂)하실지라. 박주(薄酒)[673] 산과(山果)[674]로 쥬인(主人)을 ᄃᆡ신(代身)하야 가져오니이다[675]."

공자(公子)ㅣ 그 은근(慇懃)한 뜻을 긔특(奇特)이 녁이여[676] 일배(一杯)를 마시고 초창(怊悵)[677]한 마음을 진졍(鎭靜)치 못하야 옥(玉)을 보며 왈(曰),

"ᄂᆡ 길이 밧바 머물기 어려오나 금일(今日)은 일모(日暮)하야 등졍(登程)[678]치 못하고 객종(客踪)[679]이 셔어하니[680] 여졈(旅店)[681]을 지시(指示)ᄒᆞ라."

옥(玉)이 응락왈(應諾曰),

"소환(小鬟)[682]의 집이 쥬인댁(主人宅)과 멀지 아니ᄒᆞ고 정쇄(精灑)[683]ᄒᆞ오니, 공자(公子) 비록 ᄇᆡᆨ일(百日)을 류(留)ᄒᆞ셔도[684] 무방(無妨)ᄒᆞᆯ가 하나이다."

공자(公子)ㅣ 대희(大喜)하야 련옥(蓮玉)을 ᄯᅡ라 그 집에 이르니

---

672 앉으셔서.

673 박주(薄酒) : 남에게 대접하는 술을 겸손하게 이르는 말. *맛이 좋지 못한 술.

674 산과(山果) : 산에서 나는 과일.

675 가져왔습니다.

676 기특하게 여겨.

677 초창(怊悵) : 실의(失意)한 모양. 마음에 섭섭하게 여김.

678 등정(登程) : 길을 떠남.

679 객종(客踪) : 나그네의 행적. 나그네로 이리저리 떠돌아다닌 발자취나 행적.

680 서어하니. 익숙하지 아니하여 서름서름하니.

681 여점(旅店) : 객점(客店). 오가는 길손이 음식을 사 먹거나 쉬는 집.

682 소환(小鬟) : 계집종이 자신을 겸양하여 하는 말.

683 정쇄(精灑) : 매우 맑고 깨끗함.

684 백일을 머무셔도.

과연(果然) 극(極)히 죵용(從容)하더라.

공자(公子)ㅣ 라귀와 동자(童子)를 련옥(蓮玉)에게 부탁(付託)하고 일간(一間) 객실(客室)을 정(定)하야 쉬일식[685], 옥(玉)이 도라가 랑(娘)에게 일일(一一)히 고(告)하니 홍랑(紅娘)이 쇼왈(笑曰),

"셕반(夕飯)을 ᄎᆞ려 줄 것이니 루설(漏泄)치 말나."

옥(玉)이 응락(應諾)ᄒᆞ고 셕반(夕飯)을 갓초와[686] 객뎜(客店)에 이르니, 공자(公子)ㅣ 먹기를 다ᄒᆞ고 옥(玉)을 향(向)ᄒᆞ야 치사왈(致謝曰),

"일시(一時) 과객(過客)[687]을 너모 관대(款待)[688]ᄒᆞ니 불안(不安)하도다."

옥(玉)이 소왈(笑曰),

"주인(主人)이 업셔 츄(醜)한 객실(客室)에 거츤 밥과 나물국을 잡슈시게 하오니 불승미안(不勝未安)[689]하여이다."

인(因)하야 밤에 잘 쉬임을 말하고 도라와 홍(紅)다려 고(告)ᄒᆞ니 홍(紅)이 쇼왈(笑曰),

"내 공자(公子)를 보니 녹록(碌碌)[690]한 젹은 션ᄇᆡ 안이라[691]. 풍류남자(風流男子)의 긔상(氣像)을 ᄯᅳ엿스니[692], 금야(今夜)는 ᄂᆡ 슈단(手段)[693]에 드러 고ᄉᆡᆼ(苦生)ᄒᆞ리라."

---

685 쉬는데.

686 갖추어.

687 과객(過客) : 지나가는 나그네.

688 관대(款待) : 정성을 다해 대접함.

689 불승미안(不勝未安) : 미안함을 이기지 못함.

690 녹록(碌碌) : 평범하고 보잘것없음. 만만하고 상대하기 쉬움.

691 (도량 따위가) 작은 선비가 아니다.

692 띠었으니.

693 수단(手段) : 일을 처리하여 나가는 솜씨와 꾀. 어떤 목적을 이루기 위한 방법. 또는 그 도구.

련옥(蓮玉)다려 가만이 일너 왈(曰),

"다시 객실(客室)에 가 공자(公子)의 거동(擧動)을 보고 도라와 보(報)하라."

옥(玉)이 웃고 긱실(客室)에 이르러 공자(公子)에 자는 창(窓) 밧게[694] 은신(隱身)ᄒᆞ야 엿드르니 적적(寂寂)[695]히 숨 쉬는 소래도 업더니, 홀연(忽然) 등(燈) 도도는 긔척[696]이 잇거늘 창(窓) 틈으로 자세(仔細)이 보니, 공자(公子)ㅣ 정신(精神)업시 벽(壁)을 의지(依支)하야 안져 등잔(燈盞)을 바라보며 초창(怊悵)한 긔식(氣色)과 우량(踽凉)[697]한 모양(模樣)이 얼골에 나타나고, 요요(擾擾)[698]한 심사(心事)와 음음(黯黯)[699]한 정회(情懷ㅣ)[700] 미우(眉宇)[701]에 가득ᄒᆞ야 홀연(忽然) 탄식(歎息)하고 침상(寢牀)에 누으며 자는 듯ᄒᆞ다가 다시 일어나 문(門)을 열고 나오거늘, 옥(玉)이 다시 몸을 일어 담 모퉁이에 피(避)ᄒᆞ야 셔서 여어보니[702], 공자(公子)ㅣ 뜰에 날여 건일식[703] 밤이 거의 숨사경(三四頃)[704]이나 된지라. 반륜신월(半輪新月)[705]이 셔산(西山)에 걸니고, 찬이슬이 공즁(空中)에 가득ᄒᆞ니, 공자(公子)ㅣ 향월(向月)ᄒᆞ야 셧다가[706] 홀연(忽然) 글을 읇흐니[707] 기시(其詩)에 왈(曰),

---

694 공자가 자는 창 밖에.

695 적적(寂寂) : 조용하고 쓸쓸함.

696 기척. 누가 있는 줄을 짐작하여 알 만한 소리나 기색.

697 우량(踽凉) : 외롭고 쓸쓸함.

698 요요(擾擾) : 뒤숭숭하고 어수선함.

699 암암(黯黯) : 속이 상하여 시무룩함.

700 정회(情懷ㅣ) : 생각하는 마음이.

701 주) 98 참조.

702 엿보니.

703 뜰에 내려 거니는데.

704 삼사경(三四更) : 삼경(三更 : 밤 11~1시) 혹은 사경(四更 : 밤 1~3시).

705 반륜신월(半輪新月) : 새로 돋은 반달.

쇠북은 쇠잔(衰殘)ᄒᆞ고 루슈(漏水)는 ᄌᆡ촉하야
별과 은하(銀河)가 굴넛으니[708], 鍾殘漏促轉星河
객(客)에 집에 외로온 등잔(燈盞)에
ᄭᅩᆺ을 여러 번(番) 갈기도다[709]. 客館孤燈屢剪花
엇지하야 바람이 ᄯᅳᆫ구름을 ᄭᅳᆯ러[710] 니르켜셔[711], 如何風掇浮雲起
월궁(月宮)을 향(向)하야 흰 계집[712]을 보기 어렵도다. 難向月宮見素娥

련옥(蓮玉)이 본대 총명(聰明)ᄒᆞᆫ 녀자(女子)로 홍(紅)을 좃ᄎᆞ 문ᄌᆞ(文字)를 ᄒᆡ득(解得)한 고(故)로 심즁(心中)에 ᄌᆞ세(仔細)히 긔역(記憶)ᄒᆞ고 도라와 홍(紅)다려 일장(一章)을 역력(歷歷)히 고(告)하니 홍랑(紅娘)이 문왈(問曰),

"공자(公子)의 용모(容貌) 긔ᄉᆡᆨ(氣色)이 엇더하든뇨[713]?"

옥(玉)이 쇼왈(笑曰),

"어제는 공ᄌᆞ(公子)의 용광(容光)[714]이 번화화려(繁華華麗)ᄒᆞ야 동풍ᄇᆡᆨ화(東風百花) 츈우(春雨)를 ᄲᅵᆷ 갓더니[715], 일야지간(一夜之間)[716]에 안ᄉᆡᆨ(顔色) 초췌(憔悴)ᄒᆞ야 상풍홍엽(霜楓紅葉)[717]이 이운 빗을 먹

706 달을 향하여 서 있다가.

707 읊으니.

708 굴렀으니.

709 날카로운 연장으로 곁가지나 줄기 따위를 단번에 베어 떨어뜨리도다.

710 끌어.

711 일으켜서.

712 흰 계집[소아(素娥)] : '달'을 달리 이르는 말인데, 여기서는 나타나지 않는 강남홍에 빗대어 말한 것임.

713 어떠하더냐?

714 용광(容光) : 얼굴빛. 빛나는 얼굴.

715 봄바람[동풍(東風)]이 불어 온갖 꽃들이 봄비를 맞은 것 같더니.

716 일야지간(一夜之間) : 하룻밤 사이.

717 상풍홍엽(霜楓紅葉) : 서리를 맞아 붉게 물든 단풍잎.

음은 듯ᄒᆞ니[718] 고이하더이다[719]."

홍랑(紅娘)이 책왈(責曰),

"네 말이 너모 허덜감스럽도다[720]."

옥왈(玉曰),

"천비(賤婢) 오히려 어울[눌](語訥)[721]ᄒᆞ야 이로[722] 형용(形容)치 못하나니, 공ᄌᆞ(公子) 침상(寢牀)에 누으심에 신음(呻吟)ᄒᆞ시는 소ᄅᆡ 긋치지 아니ᄒᆞ고, 등(燈)을 ᄃᆡ(對)ᄒᆞ사 쳐량(凄凉)ᄒᆞ야 하심을 보기 어려우니 몸이 불평(不平)치 아니신 즉(則) 무삼 회포(懷抱) 잇슴인가 ᄒᆞ나이다."

홍(紅)이 듯기를 다하고 심즁(心中)에 ᄉᆡᆼ각하되,

'ᄌᆞ고(自古)로 대장뷔(大丈夫ㅣ) 녀ᄌᆞ(女子)에게 아니 속는 ᄌᆞ(者)ㅣ 업스나 내 너모 조롱(嘲弄)치 못하리라.'

옥(玉)을 도라보아 왈(曰),

"공ᄌᆞ(公子)ㅣ 져갓치 심란(心亂)하실진대 엇지 위로(慰勞)치 아니ᄒᆞ리오?"

협즁(篋中)[723]으로서 한 벌 남복(男服)을 ᄂᆡ여 입고 거울을 드러 비최이며[724] 소왈(笑曰),

"녯적에 무산선녀(巫山仙女)[725]는 위운위우(爲雲爲雨)[726]하야 초(楚)

---

718 시든 빛깔을 머금은 듯하니.

719 괴이(怪異)합디다.

720 헛얼간스럽도다. 허황되고 얼간이 같도다.

721 어눌(語訥) : 말을 유창하게 하지 못하고 떠듬떠듬하는 면이 있음.

722 이루. 여간하여서는 도저히. 있는 대로 다.

723 협중(篋中) : 옷상자 속.

724 거울을 들어 비추어 보며.

725 무산선녀(巫山仙女) : 중국 전국시대 초(楚)나라의 양왕(襄王)이 송옥(宋玉)과 더불어 운몽택(雲夢澤)에 있는 고당(高唐)이란 누대에서 놀다가 꿈속에서 어떤 여인

양왕(襄王)을 속엿더니, 이제 강남홍(江南紅)은 위녀위남(爲女爲男)[727] ᄒᆞ야 양 공ᄌᆞ(楊公子)를 희롱(戲弄)ᄒᆞ니 엇지 우습지 아니리오?"

옥(玉)이 소왈(笑曰),

"랑자(娘子) 남복(男服)을 입으심이 용모(容貌) 풍채(風采ㅣ) 양 공자(楊公子)와 흡사(恰似)하나 오히려 얼골에 분(粉) 흔적(痕迹)이 잇셔 복[본]ᄉᆡᆨ(本色)을 감츄지 못할가 ᄒᆞ나이다."

홍랑(紅娘)이 소왈(笑曰),

"녯젹에 반악(潘岳)[728]은 남자로대 얼골이 분(粉) 바름과 갓다 ᄒᆞ니, 셰간(世間)에 ᄇᆡᆨ면셔ᄉᆡᆼ(白面書生)[729]이 만흔지라[730]. ᄒᆞ물며 밤에 보는 자(者)ㅣ 엇지 알니오?"

량인(兩人)이 가가ᄃᆡ소(呵呵大笑)[731] ᄒᆞ며 가만이 귀에말하고[732] 표연(飄然)[733]이 문(門)에 나가니라.

을 만났는데, 그 여인이 말하기를, "첩은 무산(巫山)의 여자로 고당의 나그네가 되었는데, 임금께서 고당에 노닌다는 소식을 듣고 왔습니다. 바라건대 잠자리를 받들어 모시고자 합니다." 하니, 왕이 허락하고 흠뻑 사랑을 나누었다. 그 뒤 여인이 이별하는 즈음에 말하기를, "첩은 무산의 남쪽 고구(高丘)의 산속에 사는데, 아침이면 떠가는 구름[조운(朝雲)]이 되고 저녁이면 내리는 비[모우(暮雨)]가 되어 매일 아침과 저녁마다 양대(陽臺)의 아래로 내려옵니다." 하였는데, 다음 날 아침에 보니 과연 그 말과 같았으므로 그곳에 사당을 세우고는 조운묘(朝雲廟)라고 하였다고 함.

726 위운위우(爲雲爲雨) : 구름이 되고 비가 됨.

727 위녀위남(爲女爲男) : 여자가 되고 남자가 됨.

728 반악(潘岳, 247~300) : 중국 서진(西晉)의 문인. 자는 안인(安仁). 권세가인 가밀(賈謐)의 집에 드나들며 아첨하다가 뒤에 손수(孫秀)의 무고로 주살되었음. 미남이었으므로 미남의 대명사로 자주 쓰임.

729 백면서생(白面書生) : 한갓 글만 읽고 세상일에는 전혀 경험이 없는 사람.

730 많은지라.

731 가가대소(呵呵大笑) : 소리를 내어 크게 웃음.

732 귀엣말하고. 귓속말하고. 남의 귀 가까이에 입을 대고 소곤거리고.

733 표연(飄然) : 훌쩍 나타나거나 떠나는 모양.

차설(且說) 양 공자(楊公子)ㅣ 압강정(壓江亭)에셔 홍랑(紅娘)을 잠간(暫間) 본 후(後) 사모(思慕)ᄒᆞ든 졍(情)이 임의 오ᄆᆡ(寤寐)[734]에 깁헛스나[735] 다시 만남이 조셕(朝夕)에 잇슬가 하엿더니 호사다마(好事多魔)[736]하야 아름다온 긔약(期約)이 느져가니[737], 려관(旅館) 고등(孤燈)에 젹젹(寂寂)한 근심이 경경초초(耿耿悄悄)[738]ᄒᆞ야 밤이 깁도록 잠을 일우지 못하고 월하(月下)에 건일며[739] 일 슈 시(一首詩)를 지어 읇흐고[740], 초[추]창방황(惆悵彷徨)[741]하야 찬이슬에 옷 졋즘를[을][742] ᄭᆡ닷지 못하더니, 홀연(忽然) 셔편(西便) 이웃에 글 외우는 쇼ᄅᆡ 나거늘 귀를 기우려 자세(仔細)히 드르니 남녀셩음(男女聲音)[743]은 분간(分揀)치 못하나 글은 좌태즁[충](左太沖)[744]의 초은조(招隱操)[745]라. 소ᄅᆡ 쳥아(淸雅)하야 음률(音律)에 부합(符合)ᄒᆞ니, 츄풍(秋風)의 도라가는 기럭이 무리를 ᄎᆞᆺ는 듯[746], 단산(丹山)[747]의 외로운 봉(鳳)이

---

734 오매(寤寐) : 자나 깨나 언제나.

735 깊었으나.

736 호사다마(好事多魔) : 좋은 일에는 흔히 방해되는 일이 많음. 또는 그런 일이 많이 생김.

737 늦어가니. 늦어지니.

738 경경초초(耿耿悄悄) : 마음에서 사라지지 않고 염려가 되어 시름겨워 함.

739 달빛 아래 거닐며.

740 시 한 편을 지어 읊고.

741 추창방황(惆悵彷徨) : 실망하여 슬퍼하며 이리저리 헤매어 돌아다님.

742 젖음을.

743 남녀성음(男女聲音) : 남녀의 목소리.

744 좌태충(左太沖) : 중국 서진(西晉)의 시인인 좌사(左思). '태충'은 그의 자(字)임. 〈삼도부(三都賦)〉가 유명함.

745 초은조(招隱操) : 은자(隱者)를 부르는 노래 곡조. 《초사(楚辭)》〈초은사(招隱士)〉에서 온 말로, 초은사의 본뜻은 은사(隱士)들에게 은거하지 말고 세상에 나와서 출사(出仕)하도록 권유하는 내용을 담고 있는데, 후세에는 그와 반대로 선비들을 은거하도록 권유하는 뜻으로 쓰기도 하였음.

746 가을바람에 돌아가는 기러기가 무리를 찾는 듯.

짝을 불으는 듯[748], 범인(凡人)의 음영(吟詠)흠이 아니라.

공자(公子)ㅣ 긔이(奇異)히 역여 조자건(曹子建)[749]의 락[낙]신부(洛神賦)[750]를 외야 화답(和答)ᄒᆞ니, 그 소ᄅᆡ 동셔샹응(東西相應)[751]ᄒᆞ야, 동[셔]셩(西聲)은 료당[량](嘹喨)[752]하야 은반(銀盤)에 구슬을 구을니고[753], 셔[동]셩(東聲)은 호방(豪放)하야 전장(戰場)에 도창(刀槍)[754]을 울니는 듯 일창일화(一唱一和)[755]하야 반향(半餉)[756]을 슈창(酬唱)[757]ᄒᆞ더니, 홀연(忽然) 동[셔]성(西聲)이 긋치며 문외(門外)에 박탁(剝啄)[758]ᄒᆞ는 소래 나거늘, 공자(公子)ㅣ 밧비 나가 보니 일ᄀᆡ(一介) 슈ᄌᆡ(秀才ㅣ) 월하(月下)에 셧스니[759], 옥안성모(玉顏星眸)[760]에 정신(精神)이 돌올(突兀)[761]ᄒᆞ고 풍채(風采ㅣ) 발월(發越)[762]ᄒᆞ야 진세인물(塵世人物)[763]이 아니오, 옥경요대(玉京瑤臺)[764]의 적강(謫降)[765]한 션

747 단산(丹山) : 옛날 사람들이 봉황(鳳凰)이 사는 곳으로 믿었던 산.
748 단산의 외로운 봉새가 짝을 부르는 듯.
749 주) 178 참조.
750 낙신부(洛神賦) : 중국 삼국시대 위나라의 시인 조식이 지은 글.
751 동서상응(東西相應) : 다른 것이 서로 응하여 어울림.
752 요량(嘹喨) : 소리가 맑고 낭랑함.
753 은쟁반에 구슬을 굴리고.
754 도창(刀槍) : 칼과 창.
755 일창일화(一唱一和) : 한 사람은 부르고 한 사람은 화답함.
756 주) 355 참조.
757 수창(酬唱) : 시나 노래를 서로 주고받으며 부름.
758 박탁(剝啄) : 문을 열라고 똑똑 두드림.
759 섰는데. 서 있는데.
760 옥안성모(玉顏星眸) : 잘생기고 환한 얼굴에 별처럼 빛나는 눈동자.
761 돌올(突兀) : 두드러지게 뛰어남.
762 발월(發越) : 용모가 깨끗하고 훤칠함.
763 진세인물(塵世人物) : 속세(俗世)의 인물.
764 옥경요대(玉京瑤臺) : 옥황상제가 다스린다고 하는 하늘나라의 궁전.
765 적강(謫降) : 신선이 인간 세상에 내려오거나 사람으로 태어남.

자(仙子)라.

공자(公子)ㅣ 황망(慌忙)[766]이 마즈 왈(曰),

"밤이 깁고 객관(客館)이 적요(寂寥)[767]하거늘 엇더한 슈재(秀才ㅣ) 신근(辛勤)[768]이 심방(尋訪)[769]ᄒᆞ얏나뇨?"

슈ᄌᆡ(秀才ㅣ) 소왈(笑曰),

"뎨(弟)는 셔천(西川)[770] 사ᄅᆞᆷ이라. 산수(山水)의 벽(癖)이 잇셔 소항(蘇杭)이 텬하(天下)에 유명(有名)함을 듯고 월색(月色)을 ᄯᅡ라 반야한담(半夜閑談)[771]으로 피ᄎᆞ(彼此) 심회(心懷)를 위로(慰勞)코져 왓나이다."

공ᄌᆡ(公子ㅣ) 대희(大喜)하야 ᄌᆞ긔(自己) 객실(客室)로 드러감을 청(請)하나 그 슈ᄌᆡ(秀才ㅣ) 왈(曰),

"여ᄎᆞ명월(如此明月)[772]을 두고 방(房)에 드러가 무엇하리오? 월하(月下)에 안져[773] 말함이 조흘가 ᄒᆞ나이다."

공ᄌᆞ(公子)ㅣ 웃고 셔로 향월(向月)하야 안즈니 공ᄌᆞ(公子)의 총명(聰明)홈으로 엇지 반일(半日) 상ᄃᆡ(相對)한 홍랑(紅娘)의 얼골을 모르리오마는 월ᄉᆡᆨ(月色)이 조요(照耀)[774]하나 ᄇᆡᆨ주(白晝)[775]와 다르고, ᄯᅩ한 남복(男服)을 입어스며 긔ᄉᆡᆨ(氣色)을 곳쳐 일분(一分)[776] 슈삽(羞

---

766 주) 401 참조.

767 적요(寂寥) : 적적하고 고요함.

768 신근(辛勤) : 힘든 일을 맡아 애쓰며 부지런히 일함.

769 심방(尋訪) : 방문(訪問)함. 찾아가거나 찾아 봄.

770 서천(西川) : 중국 사천성 중서부 지역의 옛 지명.

771 반야한담(半夜閑談) : 한밤중에 한가롭게 나누는 이야기.

772 여차명월(如此明月) : 이처럼 밝은 달.

773 앉아.

774 조요(照耀) : 밝게 비쳐서 빛남.

775 백주(白晝) : 환한 대낮.

澁)[777]한 태도(態度) 업스나, 공자(公子)ㅣ이에 경신(精神)이 황홀(恍惚)하야 가만이 ᄉᆡᆼ각하되,

'강남 인물(江南人物)[778]이 텬하(天下) 아름다와 산쳔슈긔(山川秀氣)[779]를 응(應)하야 남자(男子)도 혹(或) 녀자(女子) 갓흔 자(者)ㅣ 만타[780] 하나 엇지 져 갓튼 미남자(美男子)가 잇스리오?'

하더니 슈ᄌᆡ(秀才ㅣ) 문왈(問曰),

"형(兄)은 어대로 가시는잇가[781]?"

공자(公子)ㅣ왈(曰),

"뎨(弟)는 여람(汝南) 사ᄅᆞᆷ으로 황셩(皇城)에 부거(赴擧)[782]ᄒᆞ려 가더니 맛참 이곳에 소친(所親)[783]을 ᄎᆞ자 왓다가 주인(主人)이 업습으로 객관(客館)에 두류(逗留)ᄒᆞ노라."

슈재(秀才ㅣ) 소왈(笑曰),

"남아(男兒)의 평수상봉(萍水相逢)[784]이 이갓치 긔이(奇異)하니, 부유(蜉蝣)[785] 갓흔 인세(人世)[786]에 쉽지 안인[787] 연분(緣分)이라. 엇지 셔로 상ᄃᆡ(相對)ᄒᆞ야 월ᄉᆡᆨ(月色)을 무료(無聊)히 보ᄂᆡ리오? 랑즁(囊中)에 슈엽청동(數葉青銅)[788]이 잇고 문외(門外)에 다려온[789] 동자(童

776 일분(一分) : 조금도. 아주 적은 양.

777 수삽(羞澁) : 몸을 어찌하여야 좋을지 모를 정도로 수줍고 부끄러움.

778 강남 인물(江南人物) : 중국의 장강(長江) 이남의 인물.

779 산천수기(山川秀氣) : 산천의 빼어난 기운.

780 많다.

781 어디로 가시나이까?

782 주) 580 참조.

783 소친(所親) : 비슷한 나이로 친하게 지내는 사이. 또는 그런 관계에 있는 사람.

784 평수상봉(萍水相逢) : 물 위에 뜬 개구리밥처럼 이리저리 떠돌아다니다가 만남.

785 부유(蜉蝣) : 하루살이.

786 인세(人世) : 인간 세상.

787 쉽지 않은.

子) 잇스니 일ᄇᆡ쥰주(一杯樽酒)[790]를 형(兄)이 사양(辭讓)치 안일소냐[791]?"

공자(公子) ㅣ 왈(曰),

"ᄂᆡ 비록 태ᄇᆡᆨ금셕[귀](太白金龜)[792]의 주량(酒量)이 업스나 형(兄)이 능(能)히 하지장(賀知章)[793]의 금초환주(金貂換酒)[794]할 풍치(風致) 잇스니 일ᄇᆡ주(一杯酒)를 엇지 사양(辭讓)할이오?"

슈재(秀才 ㅣ) 웃고 금랑(金囊)[795]을 열어 주채(酒債)[796]를 내여 동자(童子)를 불너 술을 사 오라 하니 슈유(須臾)[797]에 ᄇᆡ반(杯盤)[798]이 니르거늘, 량인(兩人)이 잔(盞)을 드러 마시기를 다함ᄋᆡ 각각(各各) 미

---

788 수엽청동(數葉靑銅) : 두어 닢의 구리돈. 몇 푼의 동전(銅錢).

789 데려온.

790 일배준주(一杯樽酒) : 술동이의 한 잔 술.

791 사양하지 않겠지요?

792 태백금귀(太白金龜) : 중국 당나라 시인 이백(李白, 701~762)의 관인(官印). 이백이 지은 〈술을 마주하고 하감을 그리다[對酒憶賀監]〉라는 시의 서문에 "태자빈객 하감(賀監)이 장안에서 나를 보자마자 적선인(謫仙人)이라 불렀다. 그리하여 허리에 찬 금 거북을 끌러 술과 바꾸어 마시며 즐겼다.[太子賓客賀監 於長安一見 呼予爲謫仙人 因解金龜 換酒爲樂]"라고 하였음. 그 시는, "사명(四明)에 미친 나그네 있었으니, 풍류 넘치는 하계진(賀季眞)이로다. 장안에서 한 번 보자마자, 나를 적선인이라 불렀지. 그 옛날 술을 그리도 좋아하더니, 어느새 솔 밑의 티끌이 되었구려. 금 거북으로 술 바꿔 마시던 일, 생각만 하면 눈물이 수건을 적시네.[四明有狂客 風流賀季眞 長安一相見 呼我謫仙人 昔好杯中物 翻爲松下塵 金龜換酒處 却憶淚沾巾]" 라고 하였음. '금귀'는 관인(官印)을, '하감'은 하지장(賀知章)을 가리킴.

793 하지장(賀知章, 659~744) : 중국 당나라 때의 시인. 자는 계진(季眞), 호는 사명광객(四明狂客). 비서감(秘書監)을 지냈으므로 하감(賀監)이라고 하였음.

794 금초환주(金貂換酒) : '금초'는 관(冠)의 장식물인 금당(金璫)과 초미(貂尾)를 말함. 중국 동진(東晋) 때 완부(阮孚)가 금초로 술을 바꾸어 마셨다가 탄핵을 당하였으나 황제의 용서를 받았다는 고사가 전함.

795 금낭(金囊) : 돈을 넣어두는 주머니나 지갑.

796 주채(酒債) : 술값. 또는 술값으로 진 빚.

797 수유(須臾) : 잠시(暫時). 짧은 시간.

798 주) 241 참조.

취(微醉)[799]하니 이에 수재 왈(秀才曰),

"갓치 모힌 자최를[800] 표(表)할 길이 업스니 심상ᄒᆞᆫ담(尋常閑談)[801]이 슈귀(數句) 글만 못할지라. 내 비록 리청련(李靑蓮)[802]의 일두빅편(一斗百篇)[803]하는 재조 업스나 또한 뇌문포고(雷門布鼓)[804]의 북그럼을[805] 타지 아니ᄒᆞ오니 형(兄)은 목과경거(木瓜瓊琚)[806]의 투보(投報)[807]홈을 앗기지 말나."

셜파(說罷)에 공자(公子)의 (부)채를 청(請)하야 향월(向月)하는 일슈 시(一首詩)를 쓰니 기시(其詩)에 왈(曰),

---

799 미취(微醉) : 술이 조금 취함.

800 같이 모인 자취를.

801 심상한담(尋常閑談) : 심심하거나 한가할 때 나누는 대수롭지 않은 이야기.

802 이청련(李靑蓮) : 중국 당나라 때의 시인인 이백(李白)을 가리킴. 자는 태백(太白), 호는 청련거사(靑蓮居士).

803 일두백편(一斗百篇) : 당나라의 시인 이백은 술 한 말에 시 백 편을 지었다고 함.

804 뇌문포고(雷門布鼓) : 중국 한(漢)나라 때의 직신(直臣) 왕준(王尊)이 일찍이 동평왕(東平王)의 상(相)이 되었을 때, 동평왕의 태부(太傅)가 왕의 앞에서 《시경》 용풍(鄘風) 〈상서(相鼠)〉시를 강설(講說)하자, 왕준이 태부에게 말하기를, "베로 메운 북을 가지고 뇌문을 지나지 말라.[毋持布鼓過雷門]"라고 했던 데서 온 말임. '뇌문'은 바로 회계(會稽)의 성문(城門)을 가리키는데, 뇌문 위에 걸린 북은 소리가 커서 낙양(洛陽)에까지 들릴 정도이므로, 소리가 나지 않는 베로 메운 북을 가지고 그 앞을 지나다가는 오히려 조소와 모욕만 당할 뿐이라는 뜻으로, 고수(高手) 앞에서 작은 재주를 과시하는 것을 비유함.

805 부끄러움을.

806 목과경거(木瓜瓊琚) : 《시경》 위풍(衛風) 〈모과(木瓜)〉시에, "내게 모과를 던져주기에 아름다운 패옥으로 답례했네.[投我以木瓜 報之以瓊琚]"라고 한 대목을 가리킴. 사랑하는 남녀가 선물을 주고받으며 사랑을 다짐하는 내용임.

807 투보(投報) : 모과를 던져준 데 대한 답례로 아름다운 패옥을 줌. 여기서는 강남홍이 지은 시에 대해 화답함을 아끼지 말라는 뜻임.

곱은[808] 교방(敎坊)[809] 삼십 리(三十里)에 동셔(東西)를 무르니, 曲坊三十問東西
연긔(煙氣)비에 루대(樓臺) 곳곳이 희미(稀微)하도다. 烟雨樓臺處處迷
꼿 속에 새가 무심(無心)하다 이르지 말나. 莫道無心花裏鳥
소래를 변(變)하고 다시 뜻을 다하야 울고저 하더라. 變音更欲盡情啼

공자(公子)ㅣ 보고 그 재예(才藝ㅣ) 절묘(絶妙)함과 시정(詩情)의 핍진(逼眞)[810]함을 탄복(歎服)하나 오즉 글 박게 뜻이 잇셔[811] 무삼[812] 탁의(託意)[813]홈을 고이히 녁이여[814] 재삼(再三) 보고, 또 수재(秀才)의 부채를 청(請)하야 일 슈 시(一首詩)를 화답(和答)하니 기시(其詩)에 왈(曰),

꼿다운 풀은 쳐쳐(萋萋)[815]하고 날이 임의 빗겻스니[816], 芳草萋萋日已斜
벽도(碧桃) 나무 아레[래] 뉘 집을 차졋는고[817]? 碧桃樹下訪誰家
강남(江南)에 도라가는 손이 신션(神仙) 인년(因緣)이 엷어서, 江南歸客仙緣薄
다만 전당호(錢塘湖)만 보고 꼿은 보지 못하갯[겟]더라. 只見錢塘不見花

808 한쪽으로 휜. 구부러진.
809 교방(敎坊) : 기녀(妓女)들에게 가무(歌舞) 등을 가르치던 학교.
810 주) 422 참조.
811 오직 글 밖에 뜻이 있어.
812 무슨.
813 탁의(託意) : 다른 일에 빗대어 자신의 뜻을 나타냄.
814 괴이(怪異)하게 여겨.
815 처처(萋萋) : 초목이 무성한 모양.
816 해가 이미 기울어졌으니. 날이 저물었으니.
817 누구의 집을 찾았는가?

수재(秀才ㅣ) 보고, 랑인[낭연(朗然)][818]이 한 번(番) 읇허 왈(曰),

"형(兄)의 문장(文章)은 뎨(弟)에 밋칠 배 안이로다[819]. 연(然)이나 쳣 귀(句) 밧작에[820] '벽도수하방수가(碧桃樹下訪誰家)'라 함은 뉘 집을 이름이뇨?"

공자(公子)ㅣ 소왈(笑曰),

"우연(偶然)이 씀이로다."

ᄎᆞ시(此時) 홍랑(紅娘)이 가만이 ᄉᆡᆼ각하되,

'공쟈(公子)의 문쟝(文章)은 더 볼 배 업스나[821] 내 이제 다시 그 마음을 시험(試驗)하리라.'

하고 나문 술을 기우려[822] 공자(公子)를 권(勸)하여 왈(曰),

"이 갓흔 날에 취(醉)치 안니코[823] 무엇 하리오? 드르니 항쥬(杭州) 쳥루(青樓)에 물색(物色)이 텬하(天下)에 유명(有名)하니, 우리 이제 월색(月色)을 씌여[824] 잠간(暫間) 구경함이 엇더하뇨?"

공자(公子)ㅣ 침음량구(沈吟良久)에 왈(曰),

"사자(士子)ㅣ 청루(青樓)에 놀미 불가(不可)하고[825], 또 형(兄)과 내 동시(同時) 수재(秀才)라. 열요(熱拗)한 곳에 갓다가 타인(他人) 이목(耳目)에 괴이(怪異)히 뵌 즉(則) 두리건대[826] 후회(後悔) 잇슬가 하노라."

---

818 낭연(朗然) : 낭랑(朗朗)함. 목소리가 맑고 또렷함.

819 이 아우의 미칠 바가 아니로다.

820 바깥짝에. '바깥짝'은 한시(漢詩)에서 한 구를 이루는 두 짝 가운데 뒤에 있는 짝.

821 더 볼 바가 없으나. 더 볼 것이 없으나.

822 남은 술을 기울여.

823 취하지 아니하고.

824 월색을 띠어. 달빛 아래.

825 선비가 기생집에서 노는 것이 옳지 않고.

826 두려워하건대. 두려워하는데.

수재(秀才ㅣ) 소왈(笑曰),

"형언(兄言)이 과(過)하도다.[827] 고담(古談)에 운(云)하되, '론인어쥬ᄉᆡᆨ지외(論人於酒色之外)[828]'라 하니, 한(漢)나라 소자경(蘇子卿)[829]은 츙열(忠烈)이 빙셜(氷雪) 갓ᄒᆞ나 호희(胡姬)[830]를 갓가이 하야 통국(通國)[831]을 낫코, 사마장경(司馬長卿)[832]은 문장(文章)이 절세(絶世)하나 탁문군(卓文君)[833]을 사모(思慕)하야 봉황곡(鳳凰曲)[834]을 알외엿스니, 이로 본 즉(則) ᄉᆡᆨ계상(色界上)[835]에 성인군자(聖人君子)[836] 업다 하노라."

공자(公子)ㅣ 소왈(笑曰),

---

827 형의 말이 지나치도다.

828 논인어주색지외(論人於酒色之外) : 인물을 논할 때 주색에 관해서는 논외로 함.

829 소자경(蘇子卿) : 중국 전한(前漢) 무제(武帝) 때의 인물인 소무(蘇武). '자경'은 그의 자(字)임. 흉노(匈奴)에 사신으로 갔다가 억류되어, 흉노의 선우(單于)가 갖은 협박을 하는데도 굴하지 않다가 큰 구덩이 속에 갇혀 눈을 먹고 가죽을 씹으면서 지냈음. 그러다가 다시 북해(北海)로 옮겨져 양을 치며 지냈는데, 그때에도 한나라의 절(節)을 그대로 잡고 있었다고 함. 갖은 고생을 하면서 19년 동안 머물러 있다가 소제(昭帝) 때 흉노와 화친하게 되어 비로소 한나라로 돌아왔음.

830 호희(胡姬) : 오랑캐 여자. 흉노족의 여인을 가리킴.

831 통국(通國) : 중국 전한 무제(武帝) 때 소무(蘇武)가 흉노에 사신으로 갔다가 억류되어 그곳의 여인과 사이에 낳은 아들 소통국(蘇通國)을 가리킴.

832 사마장경(司馬長卿) : 중국 전한 무제 때의 문인인 사마상여(司馬相如). '장경'은 그의 자. 과부인 탁문군(卓文君)을 사모하여 사랑의 도피 행각을 한 것으로 유명함.

833 탁문군(卓文君) : 중국 전한 촉군(蜀郡) 임공(臨邛) 사람. 탁왕손(卓王孫)의 딸로, 거문고를 잘 연주했고, 음률(音律)에도 정통했음. 사마상여가 아버지와 술을 마시는데, 그 때 탁문군은 막 과부가 되어 집으로 돌아온 처지였음. 사마상여가 주위의 권유 때문에 거문고를 들어 〈봉구황곡(鳳求凰曲)〉을 연주하니 그녀의 마음이 동요되어 마침내 함께 몰래 성도(成都)로 달아났음.

834 봉황곡(鳳凰曲) : 사마상여가 연주하였다는 〈봉구황곡(鳳求凰曲)〉. 수컷인 봉(鳳)이 암컷인 황(凰)을 찾는 곡임.

835 색계상(色界上) : 여색(女色)에 관해서는.

836 성인군자(聖人君子) : 지식과 인격이 함께 훌륭한 사람.

"불연(不然)[837]하다. 사마상여(司馬相如) 탁문군(卓文君)을 씌여 내야[838] 독비훈[곤](犢鼻褌)[839]을 닙고 로변(路邊)에 매쥬(賣酒)하니, 그 주ᄉᆡᆨ(酒色)에 방탕(放蕩)ᄒᆞᆷ을 범부(凡夫)로 효측[칙](效則)[840]한 즉(則) 명교(名敎)[841]에 득죄(得罪)[842]함이 쳔츄(千秋)[843]에 기인(棄人)[844]이 될지라. 오즉[직] 장경(長卿)의 문쟝(文章)이 당세(當世)에 독보(獨步)[845]ᄒᆞ고 츙셩(衷誠)[846]이 인군(人君)[847]을 풍간(諷諫)[848]ᄒᆞ야 교화유풍(敎化遺風)[849]이 촉즁(蜀中)[850]에 우뢰 갓고[851], 풍채(風采) 긔상(氣像)이 후세(後世)에 휘황(輝煌)ᄒᆞ니, 풍류주ᄉᆡᆨ(風流酒色)[852]의 적은 허물이 그 일홈을 가리오지 못ᄒᆞ야[853] 불과련셩지ᄒᆞ(不過連城之瑕)[854]

837 불연(不然) : 그렇지 아니함.

838 꾀어내어.

839 독비곤(犢鼻褌) : 쇠코잠방이. 여름에 농부가 일할 때에 입는 잠방이. 가랑이가 잠방이보다 길고 사발고의보다 짧음.

840 효칙(效則) : 본받아 법으로 삼음.

841 명교(名敎) : 유교(儒敎)를 달리 이르는 말. 사람이 마땅히 지켜야 할 바를 가르침. 또는 그런 가르침.

842 득죄(得罪) : 남에게 큰 잘못을 저질러 죄를 얻음.

843 천추(千秋) : 천년(千年). 오래고 긴 세월.

844 기인(棄人) : 도리에서 벗어난 행동을 하여 버림을 받은 사람. 폐인(廢人).

845 독보(獨步) : 남이 감히 따를 수 없을 만큼 혼자 앞서감. 또는 그런 사람.

846 충성(衷誠) : 마음속에서 우러나온 정성.

847 인군(人君) : 임금.

848 풍간(諷諫) : 완곡한 표현으로 잘못을 고치도록 간함.

849 교화유풍(敎化遺風) : 가르치고 이끌어서 좋은 방향으로 나아가도록 후대에 남겨진 풍속.

850 촉중(蜀中) : 중국의 파촉(巴蜀)지역. 오늘날의 사천성 중부 지역.

851 우레 같고.

852 풍류주색(風流酒色) : 술과 여자를 더불어 멋스럽게 노는 일.

853 그 이름을 가리지 못하여.

854 불과연성지하(不過連城之瑕) : 기다란 성에 묻은 티 한 점에 지나지 않음. 아주 작은 허물에 지나지 않음.

라. 형(兄)과 우리 문장(文章)이 고인(故人)을 당(當)치 못ᄒᆞ고 명망(名望)이 당세(當世)에 밋붐이 업거늘[855], 이제 고인(故人)의 덕업(德業)은 말ᄒᆞ지 안코 다만 그 허물을 효측[칙](效則)ᄒᆞ면 엇지 붓그럽지 아니ᄒᆞ리오?"

수ᄌᆡ(秀才) 문왈(問曰),

"그는 그러ᄒᆞ나 고어(古語)에 운(云)ᄒᆞ되, '사위지긔자사(士爲知己者死)[856]'라 ᄒᆞ니 무엇을 지긔(知己)라 ᄒᆞ나뇨?"

공자(公子)ㅣ 쇼왈(笑曰),

"형(兄)이 모름이 아니나 내 뜻을 보고져 함이로다. 사람이 상친(相親)[857]홈애 능(能)히 그 사람을 아는 자(者) 잇슨 즉(則) 지긔(知己)인가 ᄒᆞ노라."

수ᄌᆡ 왈(秀才ㅣ曰),

"나는 비록 저 사람의 마음을 아나 저 사람은 내 마음을 모륵[른] 즉(則) 또한 지긔(知己)라 할소냐?"

공자(公子)ㅣ 쇼왈(笑曰),

"ᄇᆡᆨ아(伯牙)[858] 금(琴)을 알윈 즉(則) 종자긔(鍾子期ㅣ)[859] ᄉᆡᆼ기나니[860] 사ᄅᆞᆷ이 ᄌᆡ조를 닥고[861] 문장(文章)이 놉흔 즉(則) 운종룡 풍종호(雲從

---

855 믿음성이 없거늘.

856 사위지기자사(士爲知己者死) : 선비는 자신을 알아주는 사람을 위해 목숨을 바침.

857 상친(相親) : 서로 친하게 지냄.

858 백아(伯牙) : 중국 춘추시대의 거문고의 명인. 그의 거문고 소리를 즐겨 듣던 친구 종자기(鍾子期)가 죽자 자기의 거문고 소리를 이해하는 사람을 잃었다고 슬퍼한 나머지 거문고의 줄을 끊고 일생 동안 거문고를 타지 않았다고 함.

859 종자기(鍾子期) : 중국 춘추시대 초(楚)나라 사람으로, 지기(知己)인 백아의 음악 세계를 잘 이해하였다고 함.

860 생기나니. 생기는 것이니.

861 사람이 재주를 닦고.

龍風從虎)[862] ᄒᆞ며, 동셩상응(同聲相應)[863] ᄒᆞ야 동긔상구(同氣相求)[864] ᄒᆞ나니, 엇지 모를 배 잇스리오[865]?"

수ᄌᆡ 왈(秀才ㅣ曰),

"그는 그러ᄒᆞ나 세강속말(世降俗末)[866] ᄒᆞ야 신의(信義ㅣ) 업슨 지 오래니 왕왕(往往) 궁도(窮途)에 사괴인 정(情)을[867] 부귀(富貴)ᄒᆞᆫ 후(後)에 잇는 ᄌᆞ(者) 만으니[868], 형(兄)이 혹(或) 널니 노라[869] 부귀궁달(富貴窮達)[870]에 종시여일(終始如一)[871] ᄒᆞ야 유시유종(有始有終)[872]한 ᄌᆞ(者)를 보왓나뇨?"

공자(公子)ㅣ 쇼왈(笑曰),

"고어(古語)에 운(云)하되, '빈쳔지교(貧賤之交)는 불가망(不可忘)[873]이오, 조강지쳐(糟糠之妻)는 불하당(不下堂)[874]이라.'하니, 부귀궁달(富貴窮達)노 변역(變易)[875] ᄒᆞᆷ은 경박ᄌᆞ(輕薄子)[876]의 일이라. 엇지 이

---

862 운종룡 풍종호(雲從龍風從虎) : '용 가는 데 구름 가고, 범 가는 데 바람 간다.'는 뜻으로, 마음과 뜻이 서로 맞는 사람끼리 서로 구(求)하고 좇음을 일컫는 말.

863 동성상응(同聲相應) : '같은 소리끼리는 서로 응하여 울린다.'는 뜻으로, 같은 무리끼리 서로 통하고 자연히 모인다는 말.

864 동기상구(同氣相求) : 동성상응(同聲相應). 기풍(氣風)과 뜻을 같이하는 사람은 서로 동류를 찾아 모임.

865 어찌 모를 바가 있으리오?

866 세강속말(世降俗末) : 세상이 그릇되어 풍속이 어지러움.

867 가난하고 어려운 처지에서 사귄 정을.

868 잊는 자(가) 많으니.

869 널리 노닐어서.

870 부귀궁달(富貴窮達) : 부귀함과 가난함과 출세함.

871 종시여일(終始如一) : 시종여일(始終如一). 처음부터 끝까지 변함없이 한결같음.

872 유시유종(有始有終) : 시작할 때부터 끝을 맺을 때까지 변함이 없음.

873 빈천지교 불가망(貧賤之交不可忘) : 가난하고 천할 때 사귄 친구는 잊을 수가 없음.

874 조강지처 불하당(糟糠之妻不下堂) : 지게미와 쌀겨를 먹으며 가난할 때 의지하며 살아온 아내는 버리지 않음.

것을 인연(因緣)하야 셰상(世上)을 의심(疑心)하리오?"

수지(秀才 ㅣ) 쇼왈(笑曰),

"차언(此言)은 튱후(忠厚)한 대 각갑도다[877]. 뎨(弟)는 본대 무재(無才)한 사람이라. 녯말에, '나는 새도 나무를 골나 깃드린다[878].'하니, 신하(臣下)가 인군(人君)을 셤기며 션배 붕우(朋友)를 사괴에 혹(或) 명망(名望)을 닥고 례졀(禮節)을 직히여 도리(道理)로 합(合)하는 자(者)도 잇스며, 혹(或) 지조를 나타내고 권리(權利)를 사양(辭讓)치 아니하야 친(親)함을 요구(要求)하는 자(者)도 잇나니, 형(兄)은 써[879] 엇더타 하나뇨[880]?"

공자(公子) ㅣ 답왈(答曰),

"사람에 츌쳐힝장(出處行藏)[881]을 엇지 경이(輕易)[882]히 의논(議論)하리오? 셩인(聖人)도 권경(權經)[883]이 잇나니 군신지제(君臣之際)[884]와 붕우지간(朋友之間)[885]에 다만 한 조각 밝은 마음을 셔로 비취일지라. 내 또한 부거(赴擧)하는 사람이라. 도덕(道德)을 닥가 일홈이 스사로 빗내게 못하고[886] 조박문장(糟粕文章)[887]으로 군부(君父)의 거

---

875 변역(變易) : 고쳐서 바꿈.

876 경박자(輕薄子) : 말이나 몸가짐이 가벼운 사람.

877 충후한 데에 가깝도다.

878 나는 새도 나무를 골라 깃들인다.

879 그것을 가지고. 그것으로 인하여. 그 문제를.

880 어떻게 생각하는가?

881 출처행장(出處行藏) : 나아가 벼슬하고 물러나 은둔하는 일.

882 경이(輕易) : 가볍고 쉬움.

883 권경(權經) : 목적 달성을 위하여 그때그때의 형편에 따라 임기응변으로 일을 처리하는 방도인 권도(權道)와 정당한 도리인 정도(正道).

884 군신지제(君臣之際) : 임금과 신하 사이.

885 붕우지간(朋友之間) : 친구 사이.

886 이름이 스스로 빛나도록 하지 못하고.

두심을 요구(要求)하니 엇지 규중쳐자(閨中處子)ㅣ 붓그럼을 무릅쓰고 스사로 즁매(仲媒)홈과 다르리오? 일로 본 즉(則) 츌쳐힝장(出處行藏)이 정대개결(正大介潔)[888]하야 고인(故人)의 붓그럼이 업는 주(者)ㅣ 몃몃치리오[889]?"

수재(秀才ㅣ) 미소(微笑)하고 즉시(卽時) 몸을 이러[890] 왈(曰),

"밤이 깁고 객즁실쉬(客中失睡ㅣ)[891] 됴섭(調攝)[892]하는 도리(道理ㅣ) 아니라. 무궁정화(無窮情話)[893]를 다시 명일(明日)로 긔약(期約)하노라."

공즈(公子)ㅣ 참아 써날 쁫이 업셔[894] 수재(秀才)의 손을 잡고 월식(月色)을 다시 구경할새, 수재(秀才ㅣ) 홀연(忽然) 침음(沈吟)하더니 글 한 슈(首)를 외오니 기시(其詩)에 왈(曰),

덤덤(點點)한 셩긴 별과 경경(耿耿)[895]한 은하(銀河)에, 點點疎星耿耿河
푸른 창(窓)에 깁히 벽도화(碧桃花)를 잠겻더라[896]. 綠窓深鎖碧桃花
엇지 오날 밤에 달을 보는 손이 那識今宵看月客
젼 몸이 일즉이 월궁(月宮)에 계집[897]인지 알앗스랴? 前身曾是月宮娥

---

887 조박문장(糟粕文章) : 술을 거르고 남은 지게미나 기름을 짜고 남은 깻묵처럼 남아 전하는 옛 성현들의 글.

888 정대개결(正大介潔) : 의지나 언행 따위가 올바르고 당당하며 깨끗하고 굳음.

889 몇몇이리오? 몇이나 되리오?

890 몸을 일으키며.

891 객중실수(客中失睡) : 여행 중에 잠을 이루지 못함.

892 조섭(調攝) : 조리(調理). 쇠약해진 몸을 보살피며 병을 다스림.

893 무궁정화(無窮情話) : 끝이 없는 다정한 이야기.

894 차마 떠날 뜻이 없어서.

895 경경(耿耿) : 빛이 약하게 환함. 불빛이 깜박깜박함.

896 잠갔더라.

공ᄌᆞ(公子)ㅣ 수재(秀才)의 외우는 글이 수상(殊常)하야 무삼 뜻이 잇는 줄 알고 뭇고저 하더니, 수재(秀才ㅣ) 쇼매를 썰쳐 표연(飄然)이 가니라.

ᄎᆞ시(此時) 홍랑(紅娘)이 양 공ᄌᆞ(楊公子)를 대(對)하야 슈어(數語)를 드르니 가(可)히 그 지견(持見)[898]을 알지라. 지긔허심(知其許心)[899] 하야 ᄇᆡᆨ년(百年)을 맹셰ᄒᆞᆷ이 그르지 안일 듯ᄒᆞᆷ애[900] 짐짓 일 슈 시(一首詩)를 지여 종적(踪跡)을 드러내고 표연(飄然)이 도라와 즉시(卽時) 장속(裝束)[901]을 곳쳐 션명(鮮明)한 의상(衣裳)과 무르녹은 단장(丹粧)으로 본ᄉᆡᆨ(本色)을 내야 등촉(燈燭)을 도도고 련옥(蓮玉)을 명(命)ᄒᆞ야 객실(客室)에 가 공ᄌᆞ(公子)를 쳥(請)하니, ᄎᆞ시(此時) 공ᄌᆞ(公子)ㅣ 수재(秀才)를 보ᄂᆡ고 여취여몽(如醉如夢)[902]ᄒᆞ야 방즁(房中)에 드러와 수재(秀才)의 거동(擧動)과 외오든 글을 ᄉᆡᆼ각ᄒᆞ니[903] 황연대각(晃然大覺)[904]할지라. 혼ᄌᆞ 웃고 왈(曰),

'ᄂᆡ 저에게 속음이로다.'

하더니 창외(窓外)에 기침 쇼래 나며 련옥(蓮玉)이 웃고 고왈(告曰),

"쥬인(主人)이 이제 도라와 공자(公子)를 쳥(請)하나이다."

공ᄌᆞ(公子)ㅣ 쏘한 미쇼(微笑)하고 옥(玉)을 ᄯᅡ라 홍(紅)의 집에 니르니, 홍랑(洪娘)이 임의 문(門)에 나와 기다리다가 웃고 마져[905]

---

897 월궁의 계집[월궁아(月宮娥)] : 항아(姮娥, 嫦娥). 달 속에 있다는 선녀.

898 지견(持見) : 전부터 지니고 있던 견해.

899 지기허심(知其許心) : 그(양 공자)가 마음을 허락한 것을 앎.

900 백 년을 맹세하는 것이 그릇되지 않을 듯하매.

901 장속(裝束) : 입고 매고 하여 몸차림을 든든히 갖추어 꾸밈. 또는 그런 차림새.

902 여취여몽(如醉如夢) : 술에 취한 듯하기도 하고 꿈같기도 함.

903 외우던 글을 생각하니.

904 황연대각(晃然大覺) : 환하게 모두 깨달음.

905 웃고 맞으며.

왈(曰),

"첩(妾)의 도라옴이 더대여[906] 공자(公子)로 객졈(客店) 고초(苦楚)[907]를 비상(備嘗)[908]케 하오니 비록 불민(不憫)[909]ᄒᆞ오나, 량쇼월하(良宵月下)[910]에 새 친구(親舊)를 사괴여 시쥬(詩酒)로 쇼견(消遣)하시니 치하(致賀)ᄒᆞ나이다."

공자(公子)ㅣ 왈(曰),

"사람이 셰상(世上)에 쳐(處)홈애 취상[산]봉별(聚散逢別)[911]이 도시(都是) 쑴이라. ᄂᆡ 압강정(壓江亭)에 미인(美人)을 언약(言約)홈도 쑴이오, 객졈(客店) 월하(月下)에 수재(秀才)를 ᄒᆡ후(邂逅)[912]홈도 쑴이라. 허허대몽(栩栩大夢)[913]이 표탕무정(飄蕩無情)[914]ᄒᆞ니 장쥬(莊周)[915]의 호졉(蝴蝶)[916]됨과 호졉(蝴蝶)의 장주(莊周)됨[917]을 뉘라셔 분

906 더디어.

907 고초(苦楚) : 고난(苦難). 괴로움과 어려움을 아울러 이르는 말.

908 비상(備嘗) : 여러 가지 어려움을 두루 맛보아 겪음.

909 불민(不憫) : 불민(不愍). 사정이 딱하고 가엾음.

910 양소월하(良宵月下) : 좋은 밤 달빛 아래.

911 취산봉별(聚散逢別) : 모였다가 흩어지고 만났다가 헤어짐.

912 해후(邂逅) : 오랫동안 헤어졌다가 뜻밖에 다시 만남.

913 허허대몽(栩栩大夢) : 생생한 꿈.

914 표탕무정(飄蕩無情) : 비정하게도 정처 없이 헤매어 떠돎.

915 장주(莊周) : 중국 전국시대의 사상가인 장자(莊子)의 본명.

916 호접(胡蝶) : 나비.

917 《장자》〈제물론(齊物論)〉 끝에 "언젠가 장주가 꿈속에서 나비가 되었다. 나풀나풀 잘 날아다니는 나비의 입장에서 스스로 유쾌하고 만족스럽기만 하였을 뿐 자기가 장주인 것은 알지도 못하였는데, 조금 뒤에 잠을 깨고 보니 엄연히 장주라는 인간이었다. 모를 일이다. 장주의 꿈속에 나비가 된 것인가, 나비의 꿈속에 장주가 된 것인가. 하지만 장주와 나비 사이에는 분명히 구분이 있을 것이니, 이것을 일러 물의 변화라고 한다.[昔者莊周夢爲胡蝶 栩栩然胡蝶也 自喻適志與 不知周也 俄然覺則蘧蘧然周也 不知周之夢爲胡蝶與 胡蝶之夢爲周與 周與胡蝶則必有分矣 此之謂物化]"라는 우화가 전함.

별(分別)하리오?"

량인(兩人)이 대소(大笑)ᄒᆞ고 승당(昇堂) 좌정(坐定)에 홍(紅)이 염용사왈(斂容謝曰)[918],

"쳡(妾)이 창기(娼妓)의 천(賤)ᄒᆞᆷ으로 로류장화(路柳墻花)[919]의 본ᄉᆡᆨ(本色)을 도망(逃亡)치 못ᄒᆞ야 공자(公子)를 노ᄅᆡ로 언약(言約)ᄒᆞ고 반야(半夜) 려관(旅館)에 변복(變服)ᄒᆞ야 롱락(籠絡)[920]하니, 군자(君子)의 용접(容接)[921]ᄒᆞ실 배 아니로대 구구소회(區區所懷)[922]는 밋친 바름의 나는 솟이[923] 측중(廁中)[924]에 써러지고, 씌끌에 무친 옥(玉)이 광채(光彩)를 일치 아니ᄒᆞ야[925] 해셔산맹(海誓山盟)[926]을 일인(一人)의게 의탁(依託)ᄒᆞ고, 종고금슬(鐘鼓琴瑟)[927]노 ᄇᆡᆨ년(百年)을 긔약(期約)고저 함이라. 이제 공자(公子)ㅣ 일언(一言)의 즁(重)함을 앗기지 아니신 즉(則) 쳡(妾)이 또한 십 년(十年) 청루(青樓)의 고심(苦心)을 변역(變易)지 아니하야 평ᄉᆡᆼ소원(平生所願)을 일울가 하나이다."

언미필(言未畢)에 사긔(辭氣)[928] 쳐연(悽然)[929]ᄒᆞ고 안ᄉᆡᆨ(顔色)이 강

918 염용사왈(斂容謝曰) : 자숙(自肅)하여 몸가짐을 조심하고 용모를 단정히 하여 사례하기를.

919 노류장화(路柳墻花) : '아무나 꺾을 수 있는 길가의 버드나무와 담 밑에 핀 꽃'이라는 뜻으로, 기생을 이르는 말.

920 농락(籠絡) : 새장과 고삐라는 뜻으로, 남을 교묘한 꾀로 휘잡아서 제 마음대로 놀리거나 이용함.

921 용접(容接) : 가까이하여 사귐. *찾아온 손님을 만나 봄.

922 구구소회(區區所懷) : 이런저런 생각.

923 미친바람에 날리는 꽃이.

924 측중(廁中) : 뒷간 속.

925 티끌에 묻혀 있는 옥이 광채를 잃지 아니하여.

926 해서산맹(海誓山盟) : 맹산서해(盟山誓海). '영구히 존재하는 산과 바다에 맹세한다'는 뜻으로, 매우 굳게 맹세함을 이르는 말.

927 종고금슬(鐘鼓琴瑟) : 종과 북, 거문고와 비파가 화음을 이루듯이, 부부 사이가 화목한 것을 이름.

개(慷慨)하거늘, 공자(公子) ㅣ 집수 왈(執手曰),

"내 비록 호탕(豪宕)한 남자(男子)나 고셔(古書)를 닑어 신의(信義)를 드럿스니[930], (어찌) 탐화광접(探花狂蝶)[931]의 무정(無情)한 태도(態度)를 본밧아 오월비상(五月飛霜)[932]의 ᄒᆞᆷ원(含怨)[933]ᄒᆞᄂᆞᆫ 뜻을 ᄉᆡᆼ각지 아니ᄒᆞ리오?"

홍(紅)이 사왈(謝曰),

"공자(公子) 쳔신(賤身)을 수습(收拾)고져 하시니 맛당이 견마(犬馬)의 정셩(精誠)[934]을 다하려니와 아지 못게라 공자(公子)의 향[행]ᄉᆡᆨ(行色)이 엇지 뎌리 초초(草草)[935]하시며, 량위존당(兩位尊堂)[936]께 새[서] ᄉᆡᆨ기를[937] 희롱(戲弄)ᄒᆞ고 반의(斑衣)[938]로 춤추시는 즐기심이 계시니잇가?"

공자(公子) ㅣ 답왈(答曰),

"나ᄂᆞᆫ 여ᄂᆞᆷ(汝南) 사ᄅᆞᆷ이라. 량친(兩親)이 구존(俱存)[939]ᄒᆞ사 츈츄(春秋)[940] 독로(篤老)[941]치 아니하시나 집이 한미(寒微)하야 망녕(妄靈)

---

928 사기(辭氣) : 사색(辭色). 말과 얼굴빛.

929 처연(悽然) : 애달프고 구슬픔.

930 고서를 읽어 신의를(신의에 대해) 들었으니.

931 탐화광접(探花狂蝶) : '꽃을 찾아다니는 미친 나비'라는 뜻으로, 여색(女色)을 좋아하는 사람의 비유.

932 오월비상(五月飛霜) : 5월에 내리는 서리.

933 함원(含怨) : 원한을 품음.

934 견마지성(犬馬之誠) : 개나 말의 정성이라는 뜻으로, 자신의 정성을 낮추어 이르는 말.

935 주) 131 참조.

936 양위존당(兩位尊堂) : 두 분 부모님.

937 새끼를. 자식(子息)을.

938 반의(斑衣) : 여러 빛깔의 옷감으로 지어 만든 어린아이의 때때옷.

939 구존(俱存) : (부모님이) 모두 살아 계심.

940 춘추(春秋) : '나이'를 높여 이르는 말.

으로[942] 공명(功名)을 뜻 두고 황셩(皇城)에 부거(赴擧)하더니 즁로(中路)에 봉적(逢賊)[943]하야 행자(行資)를 일코 젼진(前進)할 방략[략](方略)이 업는 고(故)로 점즁(店中)에 두류(逗留)ᄒᆞ다가 압강뎡(壓江亭)을 구경코저 갓더니, 랑(娘)을 맛나니 ᄎᆞ역연분(此亦緣分)[944]이라. 랑(娘)은 엇더한 사람이며 셩(姓)이 무엇이뇨?"

홍왈(紅曰),

"쳡(妾)은 본대 강남(江南)사ᄅᆞᆷ이오, 셩(姓)은 사시(謝氏)라. 쳡(妾)이 난 지 삼셰(三歲)에 산동(山東)에 도젹(盜賊)이 이러나 부모(父母)를 란즁(亂中)에 일코 뎐젼표박(轉轉漂泊)[945]하야 청루(靑樓)에 팔이니[946] ᄯᅩ한 명되기박(命途ㅣ奇薄)[947]함이라. 셩품(性品)이 괴이(怪異)하야 범부(凡夫)에게 허신(許身)할 뜻이 업셔 청루(靑樓) 십 년(十年)에 허다열인(許多閱人)[948]하나 지긔(知己)를 불우(不遇)하엿더니, 이졔 공자(公子)를 뵈오니 쳡(妾)이 비록 조감(藻鑑)[949]이 업스나 거의 당셰(當世) 일인(一人)이 되올지라. 일신(一身)을 의탁(依託)하고 쳔(賤)한 일홈을 신셜(伸雪)[950]코저 하나이다."

배반(杯盤)을 나와[951] 은근(慇懃)한 졍화[회](情懷)와 번[온]화(溫

---

941 독로(篤老) : 몹시 늙음.

942 망령(妄靈)되게도.

943 봉적(逢賊) : 도둑을 만남.

944 차역연분(此亦緣分) : 이 또한 연분임.

945 전전표박(轉轉漂泊) : 여기저기로 돌아다니거나 옮겨 다니면서 삶.

946 팔리니. 팔렸으니.

947 명도기박(命途奇薄) : 팔자가 사나움.

948 허다열인(許多閱人) : 수많은 사람들을 겪어 봄.

949 주) 226 참조.

950 신설(伸雪) : 신원설치(伸冤雪恥). 가슴에 맺힌 원한을 풀어 버리고 창피스러운 일을 씻어 버림.

951 내와. 내와서. 차려 와서.

和)한 담(소)(談笑)은[는] 록슈(綠水)의 원앙(鴛鴦)이 츈풍(春風)을 희롱(戲弄)하고 단산(丹山)의 봉황(鳳凰)이 화명쌍쌍(和鳴雙雙)[952]함 갓더라.

이에 금금(錦衾)[953]을 베풀고 원앙침(鴛鴦枕)[954]을 련(連)하야[955] 운우(雲雨)[956]를 쉬술새, 홍(紅)이 라삼(羅衫)을 버슴애[957] 옥(玉) 갓흔 팔이 드러나며 일졈(一點) 앵혈(鶯血)[958]이 촉하(燭下)에 완연(宛然)하니, 동풍도화(東風桃花)[959] 츈셜(春雪)에 써러진 듯[960] 힉상홍일(海上紅日)[961]이 운간(雲間)에 소사난 듯하거늘 공자(公子)ㅣ 경왈(驚曰),

'늬 홍랑(紅娘)의 얼골을 보고 그 마음을 아나 그 지조(志操)의 탁월(卓越)함이 져 갓흠을 오히려 밋지 못하엿더니, 청루(靑樓) 명기(名妓)의 탕일(蕩逸)[962]한 몸으로 홍규(紅閨)[963] 부녀(婦女)의 졍정(貞靜)[964]한 마음을 직힐 줄을[965] 알앗스리오?'

하더라.

---

952 화명쌍쌍(和鳴雙雙) : 새들이 쌍쌍이 지저귐.

953 금금(錦衾) : 비단 이불.

954 원앙침(鴛鴦枕) : 원앙을 수놓은 베개. 부부가 함께 베는 베개.

955 이어서. 함께 베고.

956 운우(雲雨) : 남녀 사이에 육체적으로 관계함. *구름과 비를 아울러 이르는 말.

957 벗음에.

958 앵혈(鶯血) : 여자의 팔에 꾀꼬리의 피로 문신한 자국. 성교를 하면 이것이 없어진다고 하여 처녀의 징표로 여겼다고 함.

959 동풍도화(東風桃花) : 봄바람 속의 복사꽃.

960 봄눈 위에 떨어진 듯.

961 해상홍일(海上紅日) : 바다 위로 떠오른 붉은 태양.

962 탕일(蕩逸) : 방탕(放蕩)하여 절제(節制)가 없음.

963 홍규(紅閨) : 여인이 거처하는, 화려하게 꾸민 방. *기루(妓樓). 창기(娼妓)를 두고 영업하는 집.

964 정정(貞靜) : 여자의 행실이 곧고 깨끗하며 조용함.

965 지킬 줄을. 지키고 있는 것을.

ᄎᆞ시(此時) 홍랑(紅娘)은 졀대가인(絶代佳人)[966]이오, 공자(公子)ᄂᆞᆫ 쇼년재사(少年才士)[967]라. 임셕풍졍(衽席風情)[968]이 엇지 담연(淡然)[969]하리오? 춍춍(悤悤)[970]ᄒᆞᆫ 루고(漏鼓)[971]와 경경(耿耿)[972]한 셩하(星河)[973]ᄂᆞᆫ 리삼랑(李三郎)[974]이 륙경(六更)[975]이 져름을[976] 한(恨)하더니, 홍(紅)이 누[침]상(寢牀)에 루[누]어 공자(公子)게 고왈(告曰),

"공자(公子)ㅣ 년긔졍[장]셩(年旣長成)[977]하시니 고문갑뎨(高門甲第)[978]에 젼안(奠雁)[979]하실지라. 임의 졍(定)하신 대 잇나니잇가[980]?"

공자(公子)ㅣ 왈(曰),

"집이 한미(寒微)[981]하고 하토(遐土)[982]에 잇ᄂᆞᆫ 고(故)로 아즉[983] 정

---

966 절대가인(絶代佳人) : 절세가인(絶世佳人). 세상에 견줄 만한 사람이 없을 정도로 뛰어나게 아름다운 여인.

967 소년재사(少年才士) : 재주 있는 젊은 선비.

968 임석풍정(衽席風情) : 부부가 동침하는 잠자리의 정회(情懷).

969 담연(淡然) : 욕심이 없고 깨끗함.

970 총총(悤悤) : 바쁜 모양.

971 누고(漏鼓) : 예전에 시간을 알리기 위해 치던 북.

972 경경(耿耿) : 불빛이 깜빡거림.

973 성하(星河) : 은하수(銀河水).

974 이삼랑(李三郎) : 중국 당나라의 현종(玄宗). 현종은 자신이 예종(睿宗)의 셋째아들이었으므로 '삼랑'이라고 자칭하였음.

975 육경(六更) : 궁궐의 문을 여는 시간.

976 짧음을.

977 연기장성(年旣長成) : 이미 장성한 나이가 됨. 어른이 됨.

978 고문갑제(高門甲第) : 양반 가운데서도 으뜸가는 양반의 집안을 이르던 말.

979 전안(奠雁) : 전통혼례 때 신랑이 기러기를 가지고 신부 집에 가서 상 위에 놓고 절함. 또는 그런 예(禮). 여기서는 혼인(婚姻)의 뜻으로 쓰였음.

980 정하신 데가 있으십니까?

981 한미(寒微) : 가난하고 지체가 변변하지 못함.

982 하토(遐土) : 하방(遐方). 서울에서 멀리 떨어진 지방.

983 아직.

혼(定婚)함이 업노라."

홍(紅)이 소왈(笑曰),

"첩(妾)이 츙곡(衷曲)[984]의 일언(一言)이 잇스나 공ᄌ(公子)ㅣ 그 참람(僭濫)[985]함을 칙(責)지 아니시리잇가[986]?"

공ᄌ(公子)ㅣ 답왈(答曰),

"닉 임의 허심(許心)하엿스니 소호(小毫)[987]를 은희[회](隱晦)[988]치 말나."

홍(紅)이 쇼왈(笑曰),

"첩(妾)이 공ᄌ(公子)의 삼배쥬(三杯酒)[989]는 먹을지언정 세 번(番) 뺨은 맛지 아니하리니[990], 규목(樛木)[991]의 그늘이 두터운 후(後) 갈류(葛藟)[992]의 의탁(依託)이 번성(繁盛)하나니, 공ᄌ(公子)의 요됴호구(窈窕好逑)[993]를 정(定)하심은 천첩(賤妾)의 복(福)이라. 지금(只今) 본

---

984 충곡(衷曲) : 심곡(心曲). 여러 가지로 생각하는 마음의 깊은 속.

985 참람(僭濫) : 분수에 넘쳐 너무 지나침.

986 꾸짖지 아니하시렵니까?

987 소호(小毫) : 작은 터럭이라는 뜻으로, 아주 적은 분량이나 정도를 이르는 말. 조금.

988 은회(隱晦) : 숨기거나 감춤. 모습을 감춤.

989 삼배주(三杯酒) : 석 잔의 술. 혼인의 중매를 잘 섰을 경우 '삼배주'를 얻어 마신다고 함.

990 세 번의 뺨은 맞지 아니할 것이니.

991 규목(樛木) : 가지가 아래로 늘어져 휘어진 나무. 후비(后妃)의 훌륭한 덕을 읊었다고 하는 《시경》 주남(周南)의 편명임. 그 시에 "아래로 늘어진 남산의 나뭇가지, 칡덩굴이 의지하고 얽혀 있구나.[南有樛木 葛藟纍之]"라고 하였는데, 여기에서 나뭇가지는 문왕(文王)의 후비인 태사(太姒)를 가리키고, 칡덩굴은 후궁들을 가리킴. 태사가 투기하지 않고 미천한 후궁들에게 두루 은혜를 베풀자, 후궁들이 그 덕에 감복하여 이렇게 노래했다고 함.

992 갈류(葛藟) : 칡덩굴(칡의 벋은 덩굴). ＊이리저리 얽혀서 곤란한 상태를 비유적으로 이르는 말.

993 요조호구(窈窕好逑) : 행동이 얌전하고 정숙한 배필(配匹).

주(本州) ᄌᆞᄉᆞ(刺史) 윤공(尹公)이 일위소녀(一位少女)[994] 잇스니, 연방(年方)[995] 십뉵 세(十六歲)라. 월태화용(月態花容)[996]이 정정유한(貞靜幽閑)[997]하야 짐짓 군ᄌᆞ(君子)의 ᄶᅡᆨ이라. 윤공(尹公)이 오래 가셔(佳壻)[998]를 구(求)하나 지금(至今)ᄭᅡ지 정(定)함이 업나니, 공ᄌᆞ(公子)ㅣ 이번 길에 룡문(龍門)[999]에 오르사 안탑(雁塔)[1000]에 뎨명(題名)[1001]하실 줄은 첩(妾)이 미리 짐작(斟酌)하나니, 타쳐(他處)에 배필(配匹)을 구(求)치 말르시고[1002] 쳡(妾)의 말삼을 ᄉᆡᆼ각하소셔."

공자(公子)ㅣ 점두(點頭)[1003]하더라.

아이(俄而)[1004]오 동방(東方)이 긔빅(旣白)[1005]하니 홍랑(紅娘)이 효장(曉粧)[1006]을 파(罷)하고 거울을 대(對)ᄒᆞ니 봉용(丰茸)[1007]한 얼골에

---

994 일위소녀(一位少女) : 한 사람의 나이 어린 딸.

995 연방(年方) : 나이가 바야흐로. 지금 나이가 막.

996 월태화용(月態花容) : 화용월태(花容月態). 아름다운 여인의 얼굴과 맵시를 이르는 말.

997 정정유한(貞靜幽閑) : 유한정정(幽閑貞靜). 부녀의 태도나 마음씨가 얌전하고 정조가 바름.

998 가서(佳壻) : 훌륭한 사위.

999 용문(龍門) : 등용문(登龍門). '용문에 오른다'는 뜻으로, 어려운 관문을 통과하여 크게 출세하게 됨. 또는 그 관문을 이르는 말. 잉어가 중국 황하(黃河) 상류의 급류인 용문을 오르면 용이 된다는 전설에서 유래함.

1000 안탑(雁塔) : 중국 산시성 장안(長安) 자은사(慈恩寺)의 대안탑(大雁塔). 과거에 급제한 것을 말함. 당나라 때 진사과에 합격한 사람들이 자은사의 대안탑 아래에다 이름을 기록해 넣은 고사에서 유래한 것임.

1001 제명(題名) : 과거 급제자의 명부에 이름을 올림. *제목(題目).

1002 마시고.

1003 점두(點頭) : 승낙하거나 옳다는 뜻으로 머리를 약간 끄덕임.

1004 아이(俄而) : 머지않아. 얼마 되지 않아.

1005 기백(旣白) : 날이 이미 환하게 밝음.

1006 효장(曉粧) : 새벽에 하는 단장(丹粧).

1007 봉용(丰茸) : 아름답고 예쁨. *초목이 우거져 무성함.

화기(和氣ㅣ) 돈싱(頓生)[1008]하야 미개목단[모란](未開牡丹)[1009]이 춘풍(春風)에 란개(爛開)[1010]한 듯 일야지간(一夜之間)[1011]에 화열(和悅)[1012]한 용광(容光)[1013]이 더욱 아릿다온지ᄅᆞ[1014], 심중(心中)에 차경ᄎᆞ희(且驚且喜)[1015]하더라.

공자(公子)ㅣ 홍랑(紅娘)다려[1016] 왈(曰),

"ᄂᆡ 길이 춍춍(悤悤)하니 오ᄅᆡ 머무지 못할지라. 명일(明日)은 황성(皇城)으로 가고져 하노라."

홍(紅)이 츄[초]연왈(悄然曰),

"아녀(兒女)의 셰세(細細)한 사정(私情)으로 군자(君子)의 대사(大事)를 그릇치지[1017] 못할지니 맛당이 행리(行李)를 쥰비(準備)하려니와 재명일(再明日)[1018]에 등정(登程)하소서."

공자(公子)ㅣ 쏘한 ᄯᅥ날 ᄯᅳᆺ이 업셔 수일후(數日後) 발행(發行)할ᄉᆡ 홍왈(紅曰),

"공자(公子)의 행ᄉᆡᆨ(行色)이 너무 초초(草草)하시니, 쳡(妾)이 비록 집이 간한ᄒᆞ나[1019] 행자유신(行者有贐)[1020]이라, 일습(一襲)[1021] 의복

1008 돈생(頓生) : 갑자기 생김.
1009 미개모란(未開牡丹) : 미처 피지 않은 모란.
1010 난개(爛開) : 꽃이 한창 만발함.
1011 일야지간(一夜之間) : 하룻밤 사이.
1012 화열(和悅) : 마음이 화평하여 기쁨.
1013 주) 714 참조.
1014 아리따운지라. 아리따우므로.
1015 차경차희(且驚且喜) : 한편으로 놀랍고, 한편으로는 기쁨.
1016 홍랑더러. 홍랑에게.
1017 그르치지.
1018 재명일(再明日) : 모레.
1019 가난하나.
1020 행자유신(行者有贐) : 길 떠나는 사람에게 전별(餞別)의 선물을 줌.

(衣服)과 다쇼(多少) 은자(銀子)를 더럽다 마압쇼셔[1022]. 또 황셩(皇城)이 여긔셔 쳔여 리(千餘里)라. 일녀단복(一驢單僕)[1023]으로 또 낭패(狼狽)할가 두리나니[1024], 쳡(妾)에게 일개(一個) 창두(蒼頭) 잇셔 족(足)히 행리(行李)를 슈힐 만하오니 치[1025]를 잡아 뒤에 싸름을 허(許)하소셔."

공자(公子)ㅣ 허락(許諾)하고 등졍(登程)할ᄉᆡ, 홍(紅)이 배반(杯盤)을 갓초아 련옥(蓮玉)과 창두(蒼頭)를 다리고 쇼거(小車)를 타고 십리(十里) 력뎡(驛亭)[1026]에 나와 젼송(餞送)하랴 하니, 그 뎡자(亭子) 일홈은 연로뎡(燕勞亭)이라. 동비ᄇᆡᆨ로셔비연(東飛伯勞西飛燕)[1027]을 취(取)함이오, ᄃᆡ로(大路)를 임(臨)하야 홍교(虹橋)[1028] 잇스니, 자고(自古)로 송객(送客)하는 곳이라.

공자(公子)ㅣ 뎡하(亭下)에 이르러서 손을 잡고 뎡자(亭子)에 오르니, 차시(此時)는 사월(四月) 초순(初旬)이라. 버들 사이에 ᄭᅬᄭᅩ리 소래는 간관(間關)[1029]하고 시ᄂᆡ가의[1030] 쏫다온 풀은 쳐쳐(萋萋)하니, 심

1021 일습(一襲) : 옷, 그릇, 기구 따위의 한 벌.

1022 더럽다 마옵소서.

1023 일려단복(一驢單僕) : 나귀 한 마리와 하인 한 명.

1024 두렵나니.

1025 채. 발구, 달구지, 수레 따위의 앞쪽 양옆에 댄 긴 나무.

1026 역정(驛亭) : 역참(驛站)에 마련되어 있던 정자.

1027 동비백로서비연(東飛伯勞西飛燕) : 연로정의 연로(燕勞)는 제비와 백로로 벗과의 이별을 표현할 때 쓰는 말임. 중국의 고악부(古樂府)와 《옥대신영(玉臺新詠)》 권9 〈양무제가사(梁武帝歌辭)〉에 "동쪽으로 백로가 날고 서쪽으로 제비가 난다. [東飛伯勞西飛燕]" 한 데서 유래하였음.

1028 홍교(虹橋) : 무지개다리. 홍예(虹霓)다리.

1029 간관(間關) : 지저귀는 새소리가 아름다움. ＊길이 험함. 수레바퀴 따위가 굴러가며 내는 소리가 요란함.

1030 시냇가의.

상(尋常)한 행객(行客)이라도 혼(魂)을 살오고[1031] 창재 끈어지려든[1032] 함을며[1033] 미인(美人)이 옥낭(玉郎)을 보니고 옥낭(玉郎)이 미인(美人)을 리별(離別)함이리오. 공자(公子)와 홍낭(紅娘)이 초연(悄然) 상디(相對)하야 맥맥(脈脈)[1034]히 말이 업더니, 련옥(蓮玉)이 배쥬(杯酒)를 나옴애[1035] 홍낭(紅娘)이 기연(慨然)이 잔(盞)을 드러 공자(公子)게 드리며 일 슈 시(一首詩)를 로래하니[1036] 기시(其詩)에 월[왈](曰),

빅로(伯勞)는 동(東)으로 날고 제비는 셔(西)으로 나라가니,

東飛伯勞西飛燕

약(弱)한 버들이 일쳔(一千) 실이오 다시 일만(一萬) 실리더라.

弱柳千絲復萬絲

실마다 끈어지고자 하야 풍정(風情)이 적어셔, 絲絲欲斷風情少

위(爲)하야 로릭하는 자리에 썰쳐 리별(離別)를[을] 섭섭히 역이더라.

爲拂歌筵悵別離

공자(公子)ㅣ 마시고 다시 일배(一杯)를 부어 홍낭(紅娘)을 주며 화답(和答)하니 기시(其詩)에 왈(曰),

빅로(伯勞)는 동(東)으로 날고 제비는 셔(西)흐로 나라가니,

東飛伯勞西飛燕

양류(楊柳)는 푸르고 푸르러 위셩(渭城)에 썰쳣도다. 楊柳青青拂渭城

1031 사르고. 불사르고. 어떤 것을 남김없이 없애 버리고.

1032 창자가 끊어지려 하거든.

1033 하물며.

1034 맥맥(脈脈) : 계속되어 끊어지지 않는 모양.

1035 내오매.

1036 노래하니.

평싱(平生)에 길이 남북(南北)으로 남을 미워하노라. 生憎岐路分南北
손을 보닉는 정(情)이 가는 손의 정(情)과 엇더하뇨? 送客何如去客情

홍(紅)이 잔(盞)을 밧들며 루슈영영(漏水盈盈)[1037] 왈(曰),

“쳡(妾)의 구구소회(區區所懷)[1038]는 공자(公子)의 거울 갓치 아시는 배니[1039] 다시 말삼할 배 아니오나 평수죵적(萍水蹤跡)[1040]이 쳔 리(千里)의 구름 갓치 난오이니[1041] 유유(悠悠)한 압 긔약(期約)이 업승이 안이로대[1042], 인사(人事)의 변[번]복(飜覆)[1043]함과 취산(聚散)[1044]의 무졍(無定)[1045]함을 엇지 측양(測量)하리오? 하물며 쳡(妾)의 몸이 관부(官府)에 매야[1046] 직휜 뜻을[1047] 핍박(逼迫) ᄒᆞ는 자(者)ㅣ 만으니 래두(來頭)[1048]의 일을 알 길이 업는지라. 다만 바라건ᄃᆡ 공ᄌᆞ(公子)는 천금(千金)의 몸을 보중(保重)하사 행리(行李)를 삼가시고[1049] 공명(功名)을 힘쓰사 타일(他日)의 금의환향(錦衣還鄕)[1050]하시는 날 쳔쳡(賤妾)을 잇지 마르소셔.”

1037 누수영영(漏水盈盈) : 눈에 눈물이 그렁그렁함.

1038 구구소회(區區所懷) : 이런저런 생각.

1039 거울같이 아시는 바이니.

1040 평수종적(萍水蹤跡) : 이리저리 떠돌아다니는 자취.

1041 천 리에 구름같이 나누이니.

1042 없음이 아니로되.

1043 번복(飜覆) : 이리저리 뒤집힘.

1044 취산(聚散) : 모임과 흩어짐.

1045 무정(無定) : 정해진 것이 없음.

1046 매이어. 매여 있어.

1047 지키는 뜻을. 지키려는 뜻을.

1048 내두(來頭) : 지금부터 다가오게 될 앞날.

1049 행장을 조심하시고.

1050 금의환향(錦衣還鄕) : 비단옷을 입고 고향에 돌아온다는 뜻으로, 출세를 하여 고향에 돌아가거나 돌아옴을 비유적으로 이르는 말.

공자(公子) 쏘한 창연(悵然)[1051]함을 이기지 못하야 홍[홍](紅)의 손을 잡고 위로왈(慰勞曰),

"세간만사(世間萬事)[1052] 무비텬정(無非天定)[1053]이라 인력(人力)으로 못할 배니, 닉 낭(娘)으로 더부러 상봉(相逢)함도 텬정(天定)이오 금일(今日) 상리(相離)[1054]함도 텬정(天定)이니, 다시 텬정(天定)을 이여[1055] 부귀영화(富貴榮華)로 환낙(歡樂)이[1056] 지냄이 엇지 텬졍(天定)에 업는 줄 알니오? 잠간(暫間) 리별(離別)함을 과도(過度)히 상심(傷心)하야 가는 ᄌᆞ(者)의 마음을 요란(擾亂)케 말나."

홍(紅)이 이에 창두(蒼頭)를 보아 왈(曰),

"네 공ᄌᆞ(公子)를 뫼셔 원로(遠路)에 죠심(操心)하라. 단여온[1057] 후(後) 별(別)로 중상(重賞)이 잇스리라."

창두(蒼頭) 낙낙(諾諾)[1058]하니라.

공ᄌᆞ(公子)ㅣ 이러[1059] 뎡ᄌᆞ(亭子)에 나리니, 홍(紅)이 다시 잔(盞)을 드러 왈(曰),

"종차별후(從此別後)[1060]로 운산(雲山)이 묘막(杳邈)[1061]하고 어안(魚雁)[1062]이 창망(滄茫)[1063]하니, 풍조우석(風朝雨夕)[1064]과 객관잔등(客館

1051 창연(悵然) : 서운하고 섭섭함.

1052 세간만사(世間萬事) : 세상의 온갖 일.

1053 무비천정(無非天定) : 모든 것을 하늘이 정함.

1054 상리(相離) : 상별(相別). 서로 헤어짐.

1055 이어.

1056 환락하게. 기쁘고 즐겁게.

1057 다녀온.

1058 낙낙(諾諾) : 예, 예 하면서 오로지 남의 말대로 순종하여 응낙함.

1059 일어나.

1060 종차별후(從此別後) : 이제 헤어진 뒤로.

1061 묘막(杳邈) : 아득히 멂.

1062 어안(魚雁) : 물고기와 기러기라는 뜻으로, 편지나 통신을 이르는 말. 잉어나 기

殘燈)[1065]에 쳔쳡(賤妾)의 단장(斷腸)[1066]함을 생각하쇼셔."

공자(公子) 묵연부답(默然不答)하고 라귀에 올나 동자(童子)와 챵두(蒼頭)를 다리고 셕교(石橋)를 건너 표연(飄然)이 가거늘, 홍(紅)이 란두(欄頭)[1067]를 의지(依支)하야 행진(行塵)[1068]을 바라보니 쳡쳡(疊疊)한 먼 산은 져녁 볏을 씌여 푸르럿고 망망(茫茫)한 들빗은 졈은[1069] 연긔(煙氣)를 먹음어[1070] 널녓스니[1071] 한 졈(點) 푸른 나귀의 가는 곳을 보지 못하겟고 다만 슈풀 사이의 식소릐는 바룸을 부르고 하놀가의 도라가는 구름은 비 긔운(氣運)을 희롱(戱弄)하니, 홍(紅)이 라삼(羅衫)을 자조 들어 얼골을 가리오고 눈물 흐름을 깨닷지 못하더니, 련옥(蓮玉)이 배반(杯盤)을 거두어 도라감을 직촉하니 홍(紅)이 할 일 업셔 눈물을 쌔리고 슈레에 올나 도라오니라.

추시(此時) 양 공주(楊公子)ㅣ 홍(紅)을 작별(作別)하고 황셩(皇城)으로 갈싀 경경일념(耿耿一念)[1072]이 홍(紅)에게 잇셔 객관(客館)에 든 즉(則) 고등(孤燈)을 대(對)하야 잠을 일우지 못하고 길에 올은 즉(則) 고산류슈(高山流水)[1073]를 림(臨)하야 우량초[추]창(踽凉惆悵)[1074]

러기가 편지를 날랐다는 데서 유래함.

1063 창망(滄茫) : 넓고 멀어서 아득함.

1064 풍조우석(風朝雨夕) : 아침저녁으로 불어오는 비바람. 고르지 않은 날씨를 말함.

1065 객관잔등(客館殘燈) : 나그네가 투숙한 숙소의 꺼질락 말락 하는 희미한 등불.

1066 단장(斷腸) : 애가 끊김. 몹시 슬퍼서 창자가 끊기는 듯함.

1067 난두(欄頭) : 난간머리.

1068 행진(行塵) : 말이나 수레가 지나가며 길가에 이는 먼지.

1069 저문.

1070 머금어.

1071 널렸으니. 여기저기 흩어져 놓여 있으니.

1072 경경일념(耿耿一念) : 마음에 잊히지 않는 오직 한 가지 생각.

1073 고산유수(高山流水) : 높은 산과 흐르는 물.

1074 우량추창(踽凉惆悵) : 외롭고 쓸쓸하여 비통해 함.

한 심사(心事)를 정(定)치 못하더니 십여 일(十餘日)만에 황성(皇城)에 이르니 궁궐(宮闕)에 장려(壯麗)함과 시정(市井)의 열요[료](熱鬧)함이 상국(上國) 번화(繁華)를 가(可)히 알너라. 긱관(客館)을 정(定)하야 행리(行李)를 안돈(安頓)[1075]하고 슈일(數日)을 쉬여 창두(蒼頭)를 항주(杭州)로 보닉고져 하야 채전(彩箋)[1076]을 싸혀 일봉셔(一封書)[1077]를 닥가 창두(蒼頭)에게 붓치고 오냥(五兩)[1078] 은자(銀子)를 주며 밧비 도라감을 분부(分付)하니, 창두(蒼頭) 호직(下直)호고 창연왈(悵然曰),

"소지(小的)[1079] 임의 객관(客館)을 알아스니 다시 랑자(娘子)의 셔간(書簡)을 가져 왕릭(往來)할가 호나이다."

인(因)호야 동자(童子)를 상별(相別)한 후(後) 항주(杭州)로 가니라.

추셜(且說) 강남홍(江南紅)이 공즈(公子)를 보닉고 도라와 병(病)드럿다 닐커러[1080] 문(門)을 닷고 손을 보지 아니하야 남루(襤褸)한 의복(衣服)과 때무든 얼골에[1081] 지분(脂粉)[1082]을 단장(丹粧)치 아니하더니, 일일(一日)은 싱각하되,

'닉 임의 자사(刺史)의 소교(小嬌)로 공자(公子)의게 즁매(仲媒)하엿스니 공즈(公子)는 유신남자(有信男子)[1083]라 거의 닛지 안일지

1075 안돈(安頓) : 사물이나 주변 따위가 잘 정돈됨. 또는 그렇게 되게 함.

1076 채전(彩箋) : 무늬가 있는 편지지.

1077 일봉서(一封書) : 한 통의 편지.

1078 오냥(五兩) : 닷 냥. 다섯 냥.

1079 소지(小的) : 예전에 신분이 낮은 사람이 신분이 높은 사람을 상대하여 자기를 낮추어 이르던 1인칭 대명사.

1080 병들었다고 일컬어.

1081 때 묻은 얼굴에.

1082 지분(脂粉) : 연지(臙脂)와 분(粉).

라[1084]. 그러한 즉(則) 소져(小姐)는 나와 빅년고락(百年苦樂)[1085]을 갓치 할 사름이니 닉 엇지 먼져 정의(情誼)로 두텁게 아니리오?' 하고 즉시(卽時) 담장성[설]복(淡粧褻服)[1086]으로 부즁(府中)에 드러가 자사(刺史)게 문후(問候)한대 자사(刺史)ㅣ 소왈(笑曰),

"랑(娘)이 병(病)드럿다 하더니 엇지 한가(閑暇)로이 부(府)를 찻나뇨?"

홍(紅)이 쇼왈(笑曰),

"쳡(妾)이 관부(官府)에 매인 몸으로 부르시지 아니시니 현알(見謁)[1087]치 못하엿스나 금일(今日)은 구구소회(區區所懷ㅣ)[1088] 잇셔 감(敢)히 드러왓나이다."

자사(刺史)ㅣ 왈(曰),

"로부(老夫)ㅣ 근일(近日) 공사(公事) 업고[1089] 정(正)히 무료(無聊)한 때 만아[1090] 랑(娘)을 불너 소견(消遣)[1091]코져 하나 낭(娘)의 칭병(稱病)을 인연(因緣)하야 못하엿더니 무삼 소회(所懷ㅣ) 잇나뇨?"

홍왈(紅曰),

"쳡(妾)이 요사이 심복지질(心腹之疾)[1092]이 잇셔 청루(青樓)의 열

1083 유신남자(有信男子) : 신의(信義)가 있는 남자.

1084 잊지 않을 것이라.

1085 백년고락(百年苦樂) : 평생의 괴로움과 즐거움.

1086 담장설복(淡粧褻服) : 수수하게 한 엷은 화장과 평상복 차림.

1087 현알(見謁) : 알현(謁見). 지체가 높고 귀한 사람을 찾아가 뵘.

1088 구구소회(區區所懷) : 이런저런 생각.

1089 공사가 없고.

1090 무료한 때가 많아.

1091 소견(消遣) : 소일(消日). 어떠한 것에 재미를 붙여 심심하지 아니하게 세월을 보냄.

1092 심복지질(心腹之疾) : 심복지환(心腹之患). 쉽게 고치기 어려운 병.

요[료](熱鬧)함이 괴롭사오니 원(願)컨대 부중(府中)에 출입(出入)하야 ᄂᆡ당(內堂)의 소져(小姐)를 뫼셔 침션여공(針線女工)[1093]을 ᄇᆡ호고[1094] 쇄소건즐(灑掃巾櫛)[1095]을 밧드러 종용(從容)이[1096] 병(病)을 조섭(調攝)[1097]ᄒᆞᆯ가 하나이다."

ᄌᆞ사(刺史)ㅣ 본ᄃᆡ 홍(紅)의 위인(爲人)이 단정정일(端正貞一)[1098]ᄒᆞ야 규즁부녀(閨中婦女)의 풍도(風度)[1099] 잇슴을 사랑하더니 ᄃᆡ희허락(大喜許諾)[1100]ᄒᆞ고 홍[홍](紅)과 ᄂᆡ당(內堂)에 드러가 쇼져(小姐)를 불너 왈(曰),

"네 고적(孤寂)히 잇슴을 로부(老父) ᄆᆡ양 근심ᄒᆞ더니, 홍(紅)이 제 집이 분요(紛擾)[1101]함을 슬케 녁여[1102] 너를 좃ᄎᆞ 종용(從容)이 놀고ᄌᆞ ᄒᆞ기로 내 임의 허락(許諾)ᄒᆞ엿스니 이제 네 뜻이 엇더ᄒᆞ뇨?"

쇼제(小姐ㅣ) 심즁(心中)에 생각ᄒᆞ되,

'홍(紅)은 창기(娼妓)라, 비록 지죄(志操ㅣ) 잇슴을 드럿스나 본ᄉᆡᆨ(本色)이 엇지 젼(全)혀 업스리오? 이졔 동거(同居)함이 불가(不可)ᄒᆞ나 부친(父親)이 임의 허락(許諾)ᄒᆞ신지라 엇지 ᄒᆞ리오?'

즉시(卽時) ᄃᆡ왈(對曰),

1093 침선여공(針線女工) : 바느질과 길쌈.

1094 배우고.

1095 쇄소건즐(灑掃巾櫛) : 물을 뿌리고 비로 쓸며 낯을 씻고 머리를 빗는다는 뜻으로, 집이나 몸을 거두는 일.

1096 조용히.

1097 조섭(調攝) : 조리(調理). 건강이 회복되도록 몸을 보살피고 병을 다스림.

1098 단정정일(端正貞一) : 몸가짐이 단정하고 바른 도리를 지키며 변함없이 한결같음.

1099 풍도(風度) : 풍채(風采)와 태도(態度).

1100 대희허락(大喜許諾) : 매우 기뻐하며 허락함.

1101 분요(紛擾) : 어수선하고 소란스러움.

1102 싫게 여겨.

"명(命)ᄃᆡ로 ᄒᆞ리이다."

ᄌᆞ사(刺史)ㅣ 대희(大喜)ᄒᆞ야 홍(紅)을 불너 자리를 주고 반일(半日)을 한담(閑談)ᄒᆞ다가 나가니라.

홍(紅)이 소저(小姐)의 압헤 나아가 왈(曰),

"첩(妾)이 나이 어리고 배혼 배 업셔[1103] 청루주사(青樓酒肆)[1104]의 방탕(放蕩)함만 보고 규범ᄂᆡ측[칙](閨範內則)[1105]의 례절(禮節)을 듯지 못한 고(故)로 ᄆᆡ양 소져(小姐)를 뫼셔 교훈(敎訓)을 듯잡고져 ᄒᆞ엿더니 이졔 좌우(左右)에 두심을 허(許)ᄒᆞ시니 감사(感謝)ᄒᆞ여이다."

쇼져(小姐)ㅣ 미쇼부답(微笑不答)ᄒᆞ더라.

일모 후(日暮後) 홍(紅)이 다시 드러옴을 고(告)ᄒᆞ고 집에 도라가 옥(玉)을 불너 집을 ᄆᆡᆺ기고[1106], 익일(翌日) 다시 부중(府中)에 드러와 바로 쇼져(小姐)의 침실(寢室)에 니르니 쇼졔(小姐ㅣ) 바야흐로 렬녀젼(烈女傳)을 보거늘, 홍(紅)이 셔안(書案) 압헤 나아가 문왈(問曰),

"쇼져(小姐)의 보시는 책(冊)이 무삼 책(冊)이잇가?"

쇼졔 왈(小姐ㅣ 曰),

"열녀전(烈女傳)이로다."

홍(紅)이 문왈(問曰),

"첩(妾)이 드르매 렬여전(烈女傳)에 ᄒᆞ엿스되, '주(周)나라 태사(太姒)[1107]는 문왕(文王)의 안ᄒᆡ라. (중첩(衆妾)이 <규목(樛木)>[1108]시(詩)를

1103 나이가 어리고 배운 바가 없어서.

1104 청루주사(青樓酒肆) : 술집, 기생집, 매음굴 따위를 통틀어 이르는 말.

1105 규범내칙(閨範內則) : 부녀자가 가정에서 지켜야 할 법도나 예절.

1106 맡기고.

1107 태사(太姒) : 중국 주(周)나라 문왕(文王)의 아내이자 무왕(武王)의 어머니. 부덕(婦德)의 표상으로 칭송되었음.

1108 주) 991 참조.

지어 덕(德)을 칭송(稱頌)하였다.)'하니, 덕(德)이 잇셔 즁첩(衆妾)이 감동(感動)하니잇가, 즁첩(衆妾)이 셤김을 잘ᄒᆞ야 태사(太姒) 감동(感動)ᄒᆞ니잇가? 고언(古言)에 ᄒᆞ얏스되, '녀무미악(女無美惡)이라 입궁견투(入宮見妬)[1109]라.'하니, 부녀(婦女)의 투기(妬忌)는 자고(自古)로 잇ᄂᆞᆫ 빅라. 일인(一人)의 덕화(德化)로 즁첩(衆妾)의 투심(妬心)을 감화(感化)함은 쳡(妾)이 밋지 안나이다[1110]."

쇼졔(小姐ㅣ) 츄파(秋波)[1111]를 들어 홍(紅)을 보며 슈삽(羞澀)[1112]하더니 양구(良久)에 왈(曰),

"ᄂᆡ 드르니, '근원(根源)이 맑은 즉(則) 흐름이 조결(操潔)[1113]하고 형용(形容)이 단정(端正)한 즉(則) 그림재 바르'나니[1114] ᄂᆡ 몸을 닥그면[1115] 비록 만맥지방(蠻貊之邦)[1116]이라도 가(可)히 행(行)하려든 ᄒᆞᆷ을며 일실지인(一室之人)[1117]이리오?"

홍(紅)이 쇼왈(笑曰),

"주역(周易)에 운(云)하되, '운종룡(雲從龍) 풍종호(風從虎)[1118]'라

1109 《사기(史記)》 추양전(鄒陽傳)에 나오는 말로, "여성이 아름답든 추하든 궁궐에 들어가면 질투의 대상이 된다."는 말임.

1110 믿지 않나이다.

1111 추파(秋波) : 이성의 관심을 끌기 위하여 은근히 보내는 눈길.

1112 주) 777 참조.

1113 조결(操潔) : 지조가 깨끗함.

1114 그림자가 바른 것이니.

1115 닦으면. 수양(修養)하면.

1116 만맥지방(蠻貊之邦) : 오랑캐가 사는 나라라는 뜻으로, 미개한 나라를 비유적으로 이르는 말. 《논어(論語)》 위령공(衛靈公) 편에, "말을 충심으로 신의 있게 하고 행동을 독실하고 공손하게 한다면 비록 오랑캐 나라에 간다 할지라도 행해질 수 있겠지만, 말을 그렇게 하지 못하고 행동을 그렇게 하지 못한다면 비록 가까운 고장에 있다 하더라도 어떻게 행해질 수 있겠는가![言忠信 行篤敬 雖蠻貊之邦行矣. 言不忠信 行不篤敬 雖州里 行乎哉!]"라는 말이 있음.

1117 일실지인(一室之人) : 한 집안의 사람들.

하니, 요순(堯舜)[1119]의 덕화(德化)로도 직설(稷契)[1120] 갓흔 신히(臣下ㅣ) 안인 즉(則) 엇지 당우지치(唐虞之治)[1121]를 ᄒᆞ엿스며, 탕무(湯武)[1122]의 인의(仁義)로도 이주(伊周)[1123] 갓흔 보필(輔弼)이 안인 즉(則) 은주(殷周)의 화(化)를 엇지 행(行)ᄒᆞ리오? 일로써 보면 태사(太姒)의 덕(德)이 비록 크시나 중첩(衆妾)이 포사(褒姒)[1124] 달기(妲己)[1125]의 간사(奸邪)함이 잇슨 즉(則) 규목지화(樛木之化)[1126]를 나타닉지 못할가 ᄒᆞ나이다."

쇼졔(小姐ㅣ) 쇼왈(笑曰),

"닉 드르니 현불현(賢不賢)은 닉게 잇고 행불행(幸不幸)은 ᄒᆞ날에 잇스니, 군자(君子)는 닉게 잇는 도리(道理)를 말ᄒᆞ고 ᄒᆞ날에 잇는 명(命)은 의론(議論)치 아니하나니, 중첩(衆妾)에 착(하)지 믓[못]함을 맛남은 명(命)이라. 태사(太姒) 덕(德)을 닥글 다름이니[1127] 엇지 ᄒᆞ리오?"

홍(紅)이 탄복(歎服)ᄒᆞ더라.

일로좃차[1128] 홍(紅)은 쇼져(小姐)의 현숙(賢淑)함을 심복(心服)ᄒᆞ

1118 《주역(周易)》 문언전(文言傳)에 나오는 말. '용 가는 데 구름 가고 범 가는 데 바람 간다'는 뜻으로, 뜻과 마음이 맞는 사람끼리 서로 좇음을 이르는 말.

1119 요순(堯舜) : 중국 고대의 전설적인 제왕인 요 임금과 순 임금.

1120 직설(稷契) : 중국 고대 순 임금의 신하인 후직(后稷)과 설(契).

1121 당우지치(唐虞之治) : 도당씨(陶唐氏) 요 임금과 유우씨(有虞氏) 순 임금의 치세(治世). 태평성대를 이름.

1122 탕무(湯武) : 중국 은(殷)왕조의 첫 임금인 성탕(成湯)과 주(周)왕조를 세운 무왕(武王).

1123 이주(伊周) : 중국 은나라의 명신인 이윤(伊尹)과 주나라의 명신인 주공(周公).

1124 포사(褒姒) : 중국 서주(西周)의 마지막 왕인 유왕(幽王)의 애첩.

1125 달기(妲己) : 중국 은나라의 마지막 왕인 주왕(紂王)의 애첩.

1126 주) 991 참조.

1127 태사는 덕을 닦을 따름이니.

고 소져(小姐)는 홍(紅)의 춍명(聰明)홈을 ᄉᆞ랑하야 정의일심(情誼日深)[1129]ᄒᆞ야 안진 즉(則) 자리를 갓치 ᄒᆞ고 누은 즉(則) 벼개를 련(連)ᄒᆞ야[1130] 고금(古今)을 의론(議論)ᄒᆞ며 문장(文章)을 토론(討論)ᄒᆞ야 그 사괴이 느짐을[1131] 한(恨)ᄒᆞ더라.

일일(一日)은 홍(紅)이 집에 나와 련옥(蓮玉)다려 문왈(問曰),

"황셩(皇城) 간 창두(蒼頭) 올 재 지나되 오지 아니ᄒᆞ니 엇지 괴이(怪異)치 아니리오?"

심란(心亂)히 란간(欄干)을 의지(依支)ᄒᆞ야 버들을 바라보며 초창(悄愴)[1132]홈을 이기지 못ᄒᆞ더니, 홀연(忽然) 일쌍(一雙) 청작(青雀)[1133]이 버들가지를 스쳐 란두(欄頭)에 안저 울거늘 홍(紅)이 괴이(怪異)히 녁여 혼자 말ᄒᆞ야 왈(曰),

'ᄂᆡ 집에 반가운 일이 업스리니, 혹(或) 황셩(皇城) 갓든 창두(蒼頭)ㅣ 도라오는가?'

ᄒᆞ더니 말이 맛지 못ᄒᆞ야[1134] 창두(蒼頭) 드러와 공자(公子)의 셔간(書簡)을 드리니, 홍(紅)이 망망(忙忙)이[1135] 바다 봉(封)한 것을 써이며[1136] 안부(安否)를 무른대, 창두(蒼頭)ㅣ 무ᄉᆞ득달(無事得達)[1137]ᄒᆞ심

1128 이로조차. 이때로부터.

1129 정의일심(情誼日深) : 서로 사귀어 친하여진 정이 날로 깊어짐.

1130 앉을 때면 자리를 같이 하고 누울 때면 베개를 함께 베어.

1131 그 사귐이 늦은 것을.

1132 초창(悄愴) : 근심스럽고 슬픔.

1133 청작(青雀) : 청조(青鳥). 반가운 소식을 알려준다는 새.

1134 말을 마치지도 못해서.

1135 매우 급하게.

1136 떼며.

1137 무사득달(無事得達) : 아무 일 없이 도착함.

과 긱관(客館)에 안돈(安頓)ᄒᆞ신 쇼식(消息)을 일일(一一)이 고(告)하거늘, 홍(紅)이 깃븜과 초창(怊悵)흠을 이기지 못ᄒᆞ야 편지(便紙)를 급(急)히 보니 그 편지(便紙)에 왈(曰),

'여남(汝南) 양 슈재(楊秀才)는 강남(江南) 풍월주인(風月主人)[1138]에게 글월을 붓치나니, 나는 옥련봉하(玉蓮峰下)의 일개(一介) 소졸(疎拙)[1139]한 셔생(書生)이오, 랑(娘)은 강남중(江南中) 열요(熱鬧)한 쳥루가희(靑樓佳姬)라. ᄂᆡ 임의 장경(長卿)[1140]의 거문고로 도도는[1141] 슈단(手段)이 업스니, 랑(娘)이 엇지 양주(揚州)[1142]의 귤(橘) 던지는 풍정(風情)[1143]을 효측[칙](效則)하리오? 하날이 록림객(綠林客)[1144]을 보ᄂᆡ이사[1145] 월ᄒᆞ적승(月下赤繩)[1146]의 연분(緣分)을 일우시니 압강뎡(壓江亭)의 숫 희롱(戱弄)흠과 연로뎡(燕勞亭)의 버들 썩금은 실(實)

1138 풍월주인(風月主人) : 맑은 바람과 밝은 달 따위의 아름다운 자연을 즐기는 사람이라는 뜻으로, 여기서는 강남홍을 가리킴.

1139 소졸(疎拙) : 소졸(疏拙). 꼼꼼하지 못하고 서투름.

1140 주) 229 참조.

1141 돋우는. 도발(挑發)하는.

1142 양주(揚州) : 중국 강소성(江蘇省) 중부 장강(長江) 하류의 북쪽에 있는 상업 도시.

1143 귤 던지는 풍정. 중국 당나라 때의 시인인 두목(杜牧)은 인물과 풍채가 좋기로 유명하였는데, 그가 지나가면 여성들이 귤을 던져 수레에 가득 찼다는 고사가 있음.

1144 녹림객(綠林客) : 녹림호객(綠林豪客). 화적이나 도둑을 달리 이르는 말.

1145 보내시어. 보내셔서.

1146 월하적승(月下赤繩) : 달빛 아래 노인의 붉은 끈. 부부의 인연을 말함. 당나라 위고(韋固)는 장가를 들기 전에, 송성(宋城)에 머물렀는데, 어느 날 달빛 아래 글을 읽는 노인을 만나 무슨 일을 하시는 분인지 물으니, 자신은 천하의 혼인을 주관한다고 대답하였음. 다시 주머니 속의 붉은 끈[赤繩]이 무엇이냐고 묻자, 대답하기를 "이 끈으로 남녀의 발을 묶으면 원수의 집이나 이역만리라 할지라도 부부의 인연을 바꿀 수 없다."라는 고사가 있음.

로 풍유셩식(風流聲色)[1147]에 유의(留意)홈이 아니라 고산류수(高山流水)[1148]의 지긔(知己)를 만남이니 창진(昌津)[1149]의 칼과 셩도(成都)의 거울[1150]이 일시(一時) 써남을 엇지 족(足)히 설워ᄒᆞ리오? 다만 려관한등(旅館寒燈)[1151]에 외로이 누어 식벽 종(鐘) 쇠잔(衰殘)한 루슈(漏水)에 경경불미(耿耿不寐)[1152]ᄒᆞ며 셔호전당(西湖錢塘)[1153]의 가련[려](佳麗)한 경기(景槪)와 곡방청루(曲房靑樓)[1154]의 오유(遨遊)하든 자최[1155] 안전(眼前)에 삼삼하니[1156], 무단(無斷)이 남텬(南天)을 바라 우

1147 풍류성색(風流聲色) : 음악과 여색을 좋아하는 멋.

1148 고산유수(高山流水) : 자기 마음속과 가치를 잘 알아주는 참다운 친구를 비유적으로 이르는 말.

1149 창진(昌津) : 연평진(延平津)의 잘못. 중국 진(晉) 나라 뇌환(雷煥)이 용천(龍泉)과 태아(太阿)라는 두 명검을 얻어 하나는 자기가 차고 하나는 장화(張華)에게 주었는데, 그 뒤에 장화가 복주(伏誅)되면서 그 칼도 없어졌음. 그런데 뇌환의 칼을 아들이 차고 다니다가 복건성(福建省) 연평진(延平津)에 이르렀을 때, 차고 있던 칼이 갑자기 물속으로 뛰어들면서, 없어졌던 장화의 칼과 합하여 두 마리의 용으로 변한 뒤 사라졌다는 고사가 전함.

1150 성도의 거울 : 중국 남북조시대 남조(南朝)의 마지막 왕조인 진(陳)이 멸망하게 되었을 때 서덕언(徐德言)은 수(隨)나라 대군이 양자강 북쪽에 도착하자 자기의 아내인 낙창공주(樂昌公主)를 불러 거울을 반으로 쪼개어 한 쪽을 아내에게 주며, 소중히 간직하고 있다가 정월 대보름날 시장에 내놓고 팔라고 당부하였음. 그 뒤 낙창공주는 수나라 양소(楊素)의 집으로 들어가게 되었음. 이듬해 정월 대보름에 살아남은 서덕언은 시장에서 깨진 반쪽의 거울을 파는 사람을 보고 아내가 살아 있음을 확인하고는 나머지 반쪽의 거울과 "거울은 사람과 함께 갔으나, 거울은 돌아오고 사람은 돌아오지 않네. 항아의 그림자는 다시없고, 밝은 달빛만 헛되이 머무네.[鏡與人俱去 鏡歸人不歸 無復姮娥影 空留明月輝]"라는 시를 적어 보냈음. 돌아온 거울을 받아든 서덕언의 아내가 아무 것도 먹지 않고 울기만 하자, 양소는 두 사람의 사랑에 감동이 되어 그들이 함께 고향으로 돌아갈 수 있도록 해 주었다고 함.

1151 여관한등(旅館寒燈) : 나그네가 묵는 객관의 쓸쓸한 등불.

1152 경경불매(耿耿不寐) : 염려되고 잊히지 않아 잠을 이루지 못함.

1153 서호전당(西湖錢塘) : 중국 항주(杭州)의 호수인 서호와 강인 전당강.

1154 곡방청루(曲房靑樓) : 남들의 눈이 미치지 못하는 기생집의 밀실.

1155 즐겁고 재미있게 놀던 자취가.

량초[추]창(踽凉惆悵)[1157]하고 쇼혼단장(消魂斷腸)[1158]할 쌘이라. 창두(蒼頭) 도라감을 고(告)ᄒᆞ니 종차(從此)로 산쳔(山川)이 요원(遙遠)하고 어안(魚雁)[1159]이 무빙(無憑)[1160]이라. 바람을 임(臨)ᄒᆞ야 슈행(數行) 글월에 면면정회(綿綿情懷)[1161]를 엇지 다하리오? 구구소망(區區所望)은 노력가찬(努力加餐)[1162]ᄒᆞ야 쳔만보즁(千萬保重)ᄒᆞ고 쳔만ᄌᆞᄋᆡ(千萬自愛)ᄒᆞ야 천리원객(千里遠客)[1163]의 연련(戀戀)[1164]ᄒᆞᆷ을 위로(慰勞)하라.'

홍(紅)이 남필(覽畢)[1165]에 산연(潸然)[1166]한 누수(淚水) 옷깃을 덕시며 다시 재삼(再三) 보고 더욱 초[추]창(惆悵)하야 믁믁[묵묵]무언(默默無言)[1167]터니 창두(蒼頭)를 불너 십금(十金)을 상(賞)주고 타일(他日) 다시 감을 분부(分付)한 후(後) 몸을 이러 부즁(府中)에 드러가랴 ᄒᆞ더니[1168] 홀연(忽然) 연옥(蓮玉)이 보왈(報曰),

"문외(門外)에 쇼주(蘇州) 창두(蒼頭) 왓다."

1156 잊혀지지 않고 눈앞에 보이는 듯 또렷하니.

1157 우량추창(踽凉惆悵) : 외롭고 쓸쓸함을 한탄함.

1158 소혼단장(消魂斷腸) : 근심과 슬픔으로 넋이 빠지고 창자가 끊어지는 듯함.

1159 어안(魚雁) : 물고기와 기러기라는 뜻으로, 편지나 통신을 이르는 말. 잉어나 기러기가 편지를 날랐다는 데서 유래함.

1160 무빙(無憑) : 기댈 데가 없음. 증명할 근거가 없음. 여기서는 하인이 항주로 돌아가게 되어 더 이상 편지를 전해줄 사람이 없다는 뜻임.

1161 면면정회(綿綿情懷) : 끊어지지 않고 이어지는 정.

1162 노력가찬(努力加餐) : 애써 밥을 더 먹음.

1163 천리원객(千里遠客) : 먼 길을 떠난 나그네.

1164 연연(戀戀) : 애틋하게 그리워함.

1165 남필(覽畢) : 보기를 마침.

1166 산연(潸然) : 눈물이 줄줄 흐르는 모양.

1167 묵묵무언(默默無言) : 입을 다문 채 아무 말이 없음.

1168 들어가려고 하더니.

ᄒᆞ거늘 홍(紅)이 악연실식(愕然失色)[1169] ᄒᆞ니 엇지 홈인고?

각설(却說) 황 ᄌᆞ사(黃刺史)ㅣ 방탕호ᄉᆡᆨ지심(放蕩好色之心)[1170]으로 압강뎡(壓江亭) 노름에 뜻을 일우지 못하고 홍랑(紅娘)의 도망(逃亡)함을 통한(痛恨)하나 사모(思慕)하는 마음이 잇습애[1171] 통한(痛恨)함은 적고 무정(無情)함을 근심하며 오매일염(寤寐一念)[1172]에 경경불망(耿耿不忘)[1173]하야 위력(威力)으로 겁박(劫迫)지 못하리니 부귀(富貴)로 달내고저 하야[1174] 황금(黃金) ᄇᆡᆨ 량[냥](百兩)과 채단(彩緞) ᄇᆡᆨ필(百疋)과 잡패(雜佩)[1175] 일습(一襲)[1176]으로 일봉셔(一封書)를 닥가[1177] 홍(紅)의게 보낼ᄉᆡ 심복창두(心腹蒼頭)[1178]로 압령(押領)[1179]하야 홍ᄅᆞᆼ(紅娘) 쳥루(青樓)에 드리니, 홍(紅)이 펴보고 긔색(氣色)이 참담불락(慘淡不樂)[1180] 심즁(心中)에 생각하되,

'황 ᄌᆞ사(黃刺史)ㅣ 비록 방탕(放蕩)하나 ᄯᅩ한 혼암(昏暗)[1181]한 자(者) 아니라. 내 일개(一介) 기녀(妓女)로 고(告)치 안코 도망(逃亡)함을 엇지 로(怒)함이 업스리오? 이졔 도로혀 이갓치 달냄은[1182] 가장

1169 악연실색(愕然失色) : 깜짝 놀라 얼굴빛이 달라짐.
1170 방탕호색지심(放蕩好色之心) : 주색잡기에 빠져 여색을 좋아하는 마음.
1171 있으매. 있으므로.
1172 오매일념(寤寐一念) : 자나 깨나 한 가지 생각만 함.
1173 경경불망(耿耿不忘) : 마음에서 사라지지 않아 잊지 못함.
1174 달래고자 하여.
1175 잡패(雜佩) : 몸치장을 하는 데 쓰는 여러 가지 장신구(裝身具).
1176 일습(一襲) : 한 벌.
1177 닦아. 편지 한 통을 써서.
1178 심복창두(心腹蒼頭) : 마음 놓고 부리거나 일을 맡길 수 있는 하인.
1179 압령(押領) : 물건을 호송(護送)함. ＊죄인을 맡아서 데리고 옴.
1180 참담불락(慘淡不樂) : 끔찍하고 절망적이어서 즐겁지 아니함.
1181 혼암(昏暗) : 어리석고 못나서 사리에 어두움. 캄캄하게 어두움.

그 뜻이 깁흐니 닉 장차(將次) 엇지 모면(謀免)하리오? 또 소항(蘇杭)은 린읍(隣邑)이라 그 주는 것을 사양(辭讓)한 즉(則) 도리(道理ㅣ) 아니오, 밧고저 한 즉(則) 내 뜻이 아니라 엇지면 조흐리오?'

침음반향(沈吟半晌)[1183]에 회답 왈(回答曰),

'항주(杭州) 쳔기(賤妓) 강남홍(江南紅)은 소주(蘇州) 샹공(相公) 합하(閤下)게 글월을 올니오니, 쳡(妾)이 본대 심복지병(心腹之病)[1184]이 잇셔 약셕(藥石)[1185]으로 곳치지 못할지라. 향일(向日) 성회(盛會)에 고(告)치 못하고 도라옴을 이졔 죄(罪)치 아니시고 도로혀 상(賞)을 주시니 감(敢)히 그 밧자올 배 안임을 아오나[1186] 소항(蘇杭)은 형졔지읍(兄弟之邑)[1187]이라 쳔기(賤妓)의 사상(事上)[1188]하는 도리(道理ㅣ) 부모(父母)와 다름이 업거늘, 그 주심을 물니친 즉(則) 불효막대(不孝莫大)[1189]라. 감(敢)히 봉(封)하야 두고 황공대죄(惶恐待罪)[1190]하나이다.'

홍(紅)이 쓰기를 맛고[1191] 소주(蘇州) 창두(蒼頭)를 주어 보닌 후

1182 이제 도리어 이같이 달래는 것은.

1183 침음반향(沈吟半晌) : 반나절 동안을 생각에 잠김.

1184 심복지병(心腹之病) : 심복지질 (心腹之疾). 쉽게 고치기 어려운 병.

1185 약석(藥石) : 약과 침이라는 뜻으로, 여러 가지 약을 통틀어 이르는 말. 또는 그것으로 치료하는 일.

1186 그 (상을) 받잡을 바가 아님을 아오나.

1187 형제지읍(兄弟之邑) : 형제간처럼 우애가 있는 이웃고을.

1188 사상(事上) : 윗사람을 섬김.

1189 불효막대(不孝莫大) : 그보다 더한 불효가 없음.

1190 황공대죄(惶恐待罪) : 두려워하며 처벌을 기다림.

1191 쓰기를 마치고.

(後) 심즁(心中)에 울울불락(鬱鬱不樂)[1192]하야 도로 부즁(府中)에 드러가 쇼저(小姐) 침실(寢室)에 니르니 쇼졔(小姐ㅣ) 맛참 창하(窓下)에 안자 붉은 비단(緋緞)을 들고 원앙(鴛鴦)을 수(繡)놓아 잠착(潛着)[1193]히 홍(紅)의 옴을 깨닷지 못하거늘, 홍(紅)이 가만히 서셔 보니 소저(小姐) 셤셤옥수(纖纖玉手)[1194]로 금사(金絲)[1195]를 쏍아 발 우의[1196] 봄누에 경륜(經綸)[1197]을 토(吐)하는 듯, 바람 압헤 호졉(蝴蝶)이 쏫송이를 어루는 듯[1198], 홍(紅)이 읍읍(悒悒)[1199]한 심사(心思) 풀어지고 우음을 씌여[1200] 왈(曰),

"쇼저(小姐) 침션(針線)만 알으시고 사람은 모로시나니잇가[1201]?"

소저(小姐) 놀나 도라보고 우어[1202] 왈(曰),

"경(正)히 심심하기로 소견(消遣)코져 하더니 랑(娘)에게 노졸(露拙)[1203]하도다."

량인(兩人)이 대소(大笑)하며 수(繡) 노은 것을 보니, 이에 일쌍(一雙) 원앙(鴛鴦)이 쏫 아래 안자 조으는 모양이라[1204]. 홍(紅)이 다시 긔색(氣色)이 참담(慘淡)하야 원앙(鴛鴦)을 가라치며 탄왈(歎曰),

---

1192 울울불락(鬱鬱不樂) : 마음이 답답하여 즐겁지 않음.
1193 잠착(潛着) : 참척(한 가지 일에만 정신을 골똘하게 씀)의 원말.
1194 주) 85 참조.
1195 금사(金絲) : 금빛이 나는 실.
1196 발[簾] 위의.
1197 경륜(經綸) : 실.
1198 꽃송이를 어르는 듯. 꽃송이를 희롱하는 듯.
1199 읍읍(悒悒) : 마음이 매우 불쾌하고 답답하여 편하지 아니함.
1200 웃음을 띠고.
1201 소저는 바느질만 아시고 사람은 모르시옵니까?
1202 놀라서 돌아보고 웃으며.
1203 노졸(露拙) : 옹졸하고 못남을 드러내 보임.
1204 곧 한 쌍의 원앙이 꽃 아래 앉아 조는 모양이었다.

"져 원앙(鴛鴦)이라 하는 식는 나셔 정(定)한 짝이 잇셔 서로 어즐럽지[1205] 아니하나, 이제 사람의 지령(至靈)[1206]함으로 금됴(禽鳥)[1207]만 못하야 제 마음을 제 임의(任意)로 못하게 되니, 이 엇지 가련(可憐)치 아니리오?"

하거늘, 소제(小姐ㅣ) 그 연고(緣故)를 물은대, 홍(紅)이 소주자사(蘇州刺史)의 자긔(自己)를 협박(脅迫)하는 말를[을] 일일(一一)히 고(告)하며 루슈영영(淚水盈盈)[1208]하거늘 쇼제(小姐ㅣ) 초연(愀然)[1209] 위로 왈(慰勞曰),

"랑(娘)의 지조(志操)는 임의 아는 바라. 엇지 평생(平生)을 홀노 늘고져 하나뇨[1210]?"

홍(紅)이 츄[초]연 왈(愀然曰),

"쳡(妾)은 드르니 봉황(鳳凰)이 죽실(竹實)[1211]이 아니면 먹지 아니하고, 오동(梧桐)이 아니면 깃드리지[1212] 아니하나니, 이졔 그 주림을 보고 쥐를 더지며[1213], 그 집 업습을 보고 가시덤불을 가라친 즉(則)[1214] 엇지 지긔(知己)라 하리오?"

셜파(說罷)에 앙앙(怏怏)[1215]하는 빗이 잇거날, 쇼제(小姐ㅣ) 개용

1205 어지럽지. 모든 것이 뒤섞이거나 뒤얽혀 갈피를 잡을 수 없지.
1206 지령(至靈) : 지극히 신령(神靈)스러움.
1207 금조(禽鳥) : 새. 날짐승.
1208 주) 1037 참조.
1209 초연(愀然) : 정색을 하여 얼굴에 엄정(嚴正)한 빛이 있음.
1210 홀로 늙고자 하느뇨?
1211 죽실(竹實) : 대나무 열매의 씨를 한방에서 이르는 말.
1212 깃들이지.
1213 굶주린 것을 보고 쥐를 던지며.
1214 집이 없는 것을 보고 가시덤불을 가리킨다면.
1215 앙앙(怏怏) : 매우 마음에 차지 않거나 야속함.

사왈(改容謝曰)[1216],

“내 엇지 ᄅᆞᆼ(娘)의 뜻을 모로리오? 우연(偶然)이 희롱(戱弄)함이라. 연(然)이나 ᄅᆞᆼ(娘)의 긔색(氣色)을 보니 심즁(心中)에 무삼 란쳐(難處)한 일이 잇는 듯하니, 규즁녀자(閨中女子)의 의론(議論)할 배 아니나 모름직이 부친(父親)게 종용(從容)이 고(告)하야 보리라.”

홍(紅)이 사례(謝禮)하더라.

차셜(且說) 황 ᄌᆞ사(黃刺史)ㅣ 홍(紅)의 편지(便紙)를 보고 대로(大怒)하야 생각하되,

‘제 불과(不過) 린읍(隣邑) 쳔기(賤妓)로 나를 욕(辱)하고져 하니 ᄂᆡ 엇지 법(法)으로 속이지 못하리오?’

또 다시 생각하고 소왈(笑曰),

‘자고(自古)로 명긔(名妓)의 버릇이 지조(志操)를 가탁(假託)하고 짐짓 교만(驕慢)하야 제 뜻을 직히는 톄하나[1217] 필경(畢竟)은 재물(財物)과 위세(威勢)에 버서나지 못하나니, 내 엇지 묘(妙)한 방법(方法)이 업스리오?’

오월 오일(五月五日)을 고대(苦待)하야 경도희(競渡戱) 제구(諸具)를 준비(準備)하더라.

광음(光陰)[1218]이 홀홀[홀홀](忽忽)[1219]하야 오월(五月) 길일(吉日)이 되니, 황 자사(黃刺史) 윤 자사(尹刺史)게 통(通)하야,

‘초사일(初四日) 압강뎡(壓江亭)에 배를 타고 소류(遡流)[1220]하야 초

1216 개용 사왈(改容謝曰) : 얼굴빛을 고치고 사죄(謝罪)하기를.

1217 제 뜻을 지키는 체하나.

1218 광음(光陰) : 세월(歲月).

1219 홀홀(忽忽) : 갑작스럽거나 빠른 모양.

오일(初五日) 죠죠(早朝)에 젼당호(錢塘湖)에 니를지니[1221], 강남홍(江南紅)과 기악(妓樂)을 거나려 나오라.'

하엿거늘, 윤 자사(尹刺史)ㅣ 홍(紅)을 불너 황 자사(黃刺史)의 편지(便紙)를 뵈인대, 홍(紅)이 묵묵무언(默默無言)하고 즉시(卽時) 집에 도라와 련일(連日) 부즁(府中)에 들어가지 아니ᄒᆞ고 울울불락(鬱鬱不樂)하야 ᄉᆡᆼ각하되,

'황 자사(黃刺史)의 방탕무도(放蕩無道)함으로 일젼(日前) 편지(便紙)에 압강뎡(壓江亭) 여한(餘恨)이 잇스니 금번(今番) 노름에 불측(不測)한 계교(計巧) 허슈치 안일지라[1222]. ᄂᆡ 임의 모면(謀免)할 방약(方略)이 업스니 사긔(事機)[1223]를 보아 찰아리[1224] 만경청파(萬頃青波)[1225]에 몸을 됴결(操潔)[1226]이 하야 죽는이만 갓지 못ᄒᆞ도다[1227].'

계교(計巧)를 뎡(定)ᄒᆞᆷ의 마음이 도로혀 태연(泰然)하나 오즉[1228] 양 공자(楊公子)를 다시 보지 못하니 유유원한(悠悠怨恨)[1229]이 잇슬 분아니라[1230] ᄉᆡᆼ리사별(生離死別)[1231]에 일언(一言)이 업슴은 이 엇지 인정(人情)이리오?

1220 소류(遡流) : 강을 거슬러 올라감.

1221 이를 것이니.

1222 허수하지 않을 것이다. 느슨하지 않을 것이다.

1223 사기(事機) : 일의 기미(機微).

1224 차라리.

1225 만경청파(萬頃青波) : 만경창파(萬頃蒼波). 만 이랑의 푸른 물결이라는 뜻으로, 한없이 넓고 넓은 바다를 이르는 말.

1226 조결(操潔) : 지조가 깨끗함.

1227 죽느니만 같지 못하도다.

1228 오직.

1229 유유원한(悠悠怨恨) : 억울하고 원통한 일을 당하여 오래도록 응어리진 마음.

1230 있을 뿐만 아니라.

1231 생리사별(生離死別) : 살아 있을 때에는 멀리 떨어져 있고 죽어서는 영원히 헤어짐.

셕반(夕飯)을 파(罷)ᄒᆞ고 루(樓)에 올나 북편(北便)을 바라보며 희허탄식(唏嘘歎息)[1232]하니, 차시(此時) 반륜신월(半輪新月)[1233]이 쳠아에 걸녀 잇고[1234] 경경셩한(耿耿星漢)[1235]이 야ᄉᆡᆨ(夜色)을 재촉ᄒᆞ니, 홍(紅)이 란간(欄干)을 의지(依支)하야 아연(俄然)[1236]이 리젹션(李謫仙)[1237]의 <원별리(遠別離)>[1238] 한 곡죠(曲調)를 노래하고 쟝탄왈(長歎曰),

"인간(人間) 차곡(此曲)이 능(能)히 광릉산(廣陵散)[1239]이 아니될소냐?"

ᄒᆞ더라.

다시 침실(寢室)에 도라와 촉(燭)을 도도고[1240] 채젼(彩箋)을 ᄂᆡ여 일봉셔(一封書)를 써 촉하(燭下)에 재솜(再三) 보고 다시 탄식(歎息)ᄒᆞ다가 침상(寢牀)에 의지(依支)하야 젼젼불ᄆᆡ(輾轉不寐)[1241]하더니 동창(東窓)이 ᄉᆡ이거늘[1242] 창두(蒼頭)를 불너 셔간(書簡)과 은자(銀

1232 희허탄식(唏噓歎息) : 한숨을 지으며 탄식함.

1233 반륜신월(半輪新月) : 둥그스름한 초승달.

1234 처마에 걸려 있고.

1235 경경성한(耿耿星漢) : 반짝이는 은하수(銀河水).

1236 아연(俄然) : 급작스러운 모양.

1237 이적선(李謫仙) : '적선'은 천상에서 인간으로 귀양 온 신선이라는 뜻으로, 중국 당나라 때의 시인인 이백(李白)을 가리킴.

1238 원별리(遠別離) : 이백이 지은 악부시(樂府詩). 중국 고대 순(舜)임금과 그의 두 왕비인 아황(娥皇)·여영(女英)의 사별(死別)을 소재로 한 노래임.

1239 광릉산(廣陵散) : 중국 삼국시대 위(魏)나라의 혜강(嵇康)이 즐겨 연주하던 금곡(琴曲). 혜강이 사마소(司馬昭)에게 끌려 동시(東市)의 형장으로 갔을 때 태학생 3천 명이 나서서 그를 스승으로 모시겠다고 청했으나 사마소가 불허하자, 혜강은 그 전에 화양정(華陽亭)에서 자면서 어느 나그네에게 전수받았던 광릉산(廣陵散)을 마지막으로 거문고 가락에 울려 연주했다고 함.

1240 돋우고. 등불의 심지를 올리고.

1241 전전불매(輾轉不寐) : 전전반측(輾轉反側). 누워서 몸을 이리저리 뒤척이며 잠을 이루지 못함.

1242 새거늘. 밝아 오거늘.

子) 빅 량(百兩)을 쥬고 분부(分付)하며 루슈영영(淚水盈盈)ᄒᆞ거늘, 창두(蒼頭) 괴이(怪異)히 녁여 위로 왈(慰勞曰),

"소디[1243] 맛당히 쌜니 도라와[1244] 공자(公子)의 평안(平安)하신 소식(消息)을 알으시게 할지니[1245] ᄅᆞᆼ자(娘子)는 슬어 말으소셔[1246]." ᄒᆞ고 황셩(皇城)으로 가니라.

차시(此時) 황 자사(黃刺史)ㅣ 부귀(富貴)를 자ᄅᆞᆼ코쟈 긔구(器具)[1247] 일신(一新)히 하야 오월(五月) 초사일(初四日) 압강정(壓江亭) 아래셔 ᄇᆡ를 타고 항주(杭州)로 갈ᄉᆡ, 십여 척(十餘隻) 배를 결션(結船)하야 소쥬(蘇州) 기악(妓樂)을 열두 패(牌)로 난워[1248] 선상(船上)에 싯고[1249] 북을 치며 발선(發船)할ᄉᆡ 강구월음(江謳越吟)[1250]은 어룡(魚龍)을 놀ᄂᆡ고 계도금범(桂櫂錦帆)[1251]은 대강(大江)을 덥허스니[1252] 강두(江頭)에 구경ᄒᆞ난 ᄌᆞ(者)ㅣ 구름 갓더라. 윤 자사(尹刺史)ㅣ 황 자사(黃刺史)의 옴을 듯고 홍(紅)을 부르니, 홍(紅)이 곳 부즁(府中)에 드러가 소저(小姐) 침실(寢室)에 니른대 소제(小姐ㅣ) 반겨 왈(曰),

"ᄅᆞᆼ(娘)이 엇지 슈일(數日) 절적(絶跡)[1253]하뇨?"

홍(紅)이 소왈(笑曰),

1243 주) 1079 참조.

1244 마땅히 빨리 돌아와.

1245 아시게 할 것이니.

1246 슬퍼하지 마소서.

1247 기구(器具) : 세간, 도구, 기계 따위를 통틀어 이르는 말. 예법에 필요한 것이 골고루 갖추어져 있는 형세.

1248 열두 패로 나누어.

1249 배 위에 싣고.

1250 주) 33 참조.

1251 계도금범(桂櫂錦帆) : 계수나무로 만든 노와 비단 돛.

1252 큰 강을 덮었으니.

1253 절적(絶跡) : 자취를 끊음.

"슈일(數日) 절적(絶跡)이 엇지 평싱(平生) 절적(絶跡)이 아니될 줄 알니잇고?"

소저(小姐) 놀나 무른딕 홍왈(紅曰),

"첩(妾)이 소저(小姐)의 익휼(愛恤)[1254]하시는 은덕(恩德)을 닙사와 종신(終身)을 좌우(左右)에 뫼셔 견마지셩(犬馬之誠)[1255]을 다홀가 ᄒᆞ엿삽더니 조물(造物)[1256]이 저희(沮戲)[1257]하야 금일(今日) 리별(離別)이 긔한(期限)이 업사오니, 복망(伏望)[1258] 소저(小姐)는 타일(他日) 군자(君子)를 마즈사[1259] 동[종]고금실(鐘鼓琴瑟)[1260]노 영화(榮華)를 누리실 ᄯᅢ 금일(今日) 천첩(賤妾)의 먹음은 심ᄉᆞ(心事)를[1261] ᄉᆡᆼ각하쇼셔." 하고 쇼저(小姐)의 손을 잡으며 루슈여우(淚水如雨)[1262]ᄒᆞ니, 소졔(小姐ㅣ) 비록 연고(緣故)를 모르나 역시(亦是) 눈물 흐름을 ᄭᆡ닷지 못하야[1263] 왈(曰),

"랑(娘)이 항상(恒常) 불길지언(不吉之言)[1264]을 입 박게 닉지 아니 ᄒᆞ더니[1265] 금일지언(今日之言)[1266]은 엇지 그리 수상(殊常)하뇨?"

1254 애휼(愛恤) : 불쌍히 여기어 은혜를 베풂.

1255 주) 934 참조.

1256 조물(造物) : 조물주(造物主). 우주의 만물을 만들고 다스리는 신. *조물주가 만든 온갖 물건.

1257 주) 163 참조.

1258 주) 614 참조.

1259 군자를 맞으시어. 남편을 맞으셔서.

1260 주) 927 참조.

1261 오늘 제가 머금었던 생각을.

1262 누수여우(淚水如雨) : 눈물이 비 오듯 쏟아짐.

1263 눈물이 흐르는 것을 깨닫지 못하고. 자신도 모르게 눈물을 흘리며.

1264 불길지언(不吉之言) : 불길한 말. 운수 따위가 좋지 아니하거나 예사롭지 아니한 말.

1265 입 밖에 내지 아니하더니.

1266 금일지언(今日之言) : 오늘 하는 말.

홍(紅)이 다시 대답(對答)지 아니ᄒᆞ고 외당(外堂)[1267]에 나와 ᄌᆞ사(刺史)게 뵈온ᄃᆡ, 자사(刺史)ㅣ 그 루흔(淚痕)[1268]을 보고 책왈(責曰),

"황 ᄌᆞ사(黃刺史)의 금일(今日) 노름은 로부(老夫)ㅣ 비록 그 뜻을 아나 불행(不幸)이 린읍(隣邑)에 쳐(處)하야 간청(懇請)ᄒᆞᆷ을 괄시(恝視)[1269]치 못ᄒᆞᆷ이니, ᄅᆞᆼ(娘)도 쏘한 편협(偏狹)[1270]한 마음을 두지 말고 사긔(事機)를 보아 쥬선(周旋)[1271]ᄒᆞ라."

홍(紅)이 ᄉᆞ례(謝禮)ᄒᆞ고 집에 ᄂᆞ와 행장(行裝)을 찰일ᄉᆡ[1272] ᄒᆡ여진 옷에[1273] 병(病)든 모양으로 단장(丹粧)치 아니ᄒᆞ고 쳔[처]연(悽然)이 슈레에 오를ᄉᆡ[1274] 련옥(蓮玉)을 보며 쇼ᄆᆡ로 낫을 가리고 눈물이 수래 아래 ᄯᅥ러지거늘[1275], 옥(玉)이 감(敢)히 뭇지 못ᄒᆞ고 심즁(心中)에 의아(疑訝)하더라.

차시(此時) 윤 ᄌᆞᄉᆞ(尹刺史)ㅣ ᄂᆡ당(內堂)에 들어가 전당호(錢塘湖)에 나감을 말하니 쇼저 왈(小姐曰),

"앗가 홍랑(紅娘)이 쏘한 전당호(錢塘湖)에 가노라 하직(下直)ᄒᆞ며 긔ᄉᆡᆨ(氣色)이 가장 괴이(怪異)하니 아지 못ᄒᆞ거니와[1276] 금일(今日) 노름이 무삼 연고(緣故) 잇나니잇가[1277]?"

1267 외당(外堂) : 사랑(舍廊). 집의 안채와 떨어져 있는, 바깥주인이 거처하며 손님을 접대하는 곳.

1268 누흔(淚痕) : 눈물자국.

1269 괄시(恝視) : 업신여겨 하찮게 대함.

1270 편협(偏狹) : 한쪽으로 치우쳐 도량이 좁고 너그럽지 못함. *땅 따위가 좁음.

1271 주선(周旋) : 일이 잘되도록 여러 가지 방법으로 힘씀.

1272 차릴 새. 차리는데.

1273 해진 옷에. 닳아서 떨어진 옷에.

1274 애달프고 구슬픈 모습으로 수레에 오르는데.

1275 소매로 낯을 가리고 눈물이 수레 아래로 떨어지거늘.

1276 알지 못하거니와. 모르겠으나.

1277 오늘 놀이에 무슨 까닭이 있는 것이옵니까?

ᄌᆞᄉᆞ(刺史)ㅣ 침음 왈(沈吟曰),

"쇼주 자사(蘇州刺史)ㅣ 홍(紅)을 ᄉᆞ모(思慕)하야 계교(計巧)로 겁탈(劫奪)[1278]코저 ᄒᆞᆷ인가 ᄒᆞ노라."

쇼졔(小姐ㅣ) 악연 왈(愕然曰),

"홍(紅)이 죽으리로쇼이다[1279]. 홍(紅)은 녀즁절[열]협(女中烈俠)[1280]이라, 탕ᄌᆞ(蕩子)의 핍박(逼迫)한 배 되지 안일지니[1281], 무죄(無罪)한 녀ᄌᆞ(女子)로 어복고혼(魚腹孤魂)[1282]이 되게 마르쇼셔."

언필(言畢)[1283]에 ᄌᆞᆷ[잠]연(潛然)[1284]이 눈물이 흐르거늘 윤 자사(尹刺史)ㅣ 묵묵(默默)히 말이 업시 나가더라.

윤 자사(尹刺史)ㅣ 좌우(左右)를 분부(分付)하야 본부(本府) 기악(妓樂)을 강두(江頭)로 대령(待令)하라 하고 슈레에 올나 젼당호(錢塘湖)에 니르니, 황 자사(黃刺史)ㅣ 한헌레[훤례]필(寒暄禮畢)[1285]에 홍(紅)의 옴을 뭇거늘, 윤 자사(尹刺史)ㅣ 소왈(笑曰),

"홍(紅)이 비록 오나 근일(近日) 신병(身病)이 잇셔 가장 무료(無聊)하더니이다."

황 자사(黃刺史)ㅣ 소왈(笑曰),

"병(病)은 시ᄉᆡᆼ(侍生)이 아나니, 풍류명기(風流名妓)의 남자(男子)를 낙구는[1286] 본색(本色)이라. 션ᄉᆡᆼ(先生) 갓흐신 츙후장자(忠厚長

1278 겁탈(劫奪) : 위협하거나 폭력을 써서 성관계를 맺거나 물건을 빼앗음.
1279 강남홍은 죽을 것이옵니다.
1280 여중열협(女中烈俠) : 여자 가운데 매우 호방하고 의협심이 강한 사람.
1281 탕자에게 핍박당하지 않을 것이니.
1282 어복고혼(魚腹孤魂) : 물고기의 배에 장사 지낸 외로운 넋이라는 뜻으로, 물에 빠져 죽은 외로운 넋을 이르는 말.
1283 언필(言畢) : 언파(言罷). 말을 마침.
1284 잠연(潛然) : 말없이 조용한 모양.
1285 한훤예필(寒暄禮畢) : 날씨의 춥고 더움을 말하는 인사를 마침.

者)[1287]는 속이려니와 시싱(侍生)은 못 속일지니 금일(今日) 연셕(宴席)에 슈단(手段)을 보소서."

윤 자사(尹刺史)ㅣ 어이업셔 웃고 대답(對答)지 아니하더라.

어언간(於焉間)[1288]에 멀니 바라보니 젹은 슈레 북편(北便)으로 오거늘, 황 자사(黃刺史)ㅣ 란두(欄頭)에 나아 안져[1289] 자세(仔細) 보니, 량개(兩個) 창두(蒼頭) 한 젹은 슈레를 모라 뎡자(亭子) 아레[래] 니르러, 일위(一位) 미인(美人)이 거즁(車中)으로 나오니 이에 홍낭(紅娘)이라. 황 자사(黃刺史)ㅣ 우으며 오름을 재촉ᄒᆞ니[1290] 홍(紅)이 뎡상(亭上)에 올나 추파(秋波)를 흘녀 황 자사(黃刺史)의 거동(擧動)을 보니, 오사절각모(烏紗折角帽)[1291]를 두상(頭上)에 빗겨 쓰고[1292] 강사학창의(絳紗鶴氅衣)[1293]를 압흘 헤쳐 닙고, 허리에 야자대(也字帶)[1294] 느즉이 씌고[1295], 한 팔은 란간(欄干)에 걸치고 한 손에 홍랍[접]션(紅摺扇)[1296]을 흔들며 취안(醉眼)[1297]이 몽롱(朦朧)[1298]하야 안젓스니[1299],

---

1286 남자를 낚는. 남자를 꼬이는.

1287 충후장자(忠厚長者) : 충직하고 온순하며 인정이 두터운 어른.

1288 어언간(於焉間) : 어느덧. 어느새.

1289 나아가 앉아서.

1290 웃으며 (정자에) 오를 것을 재촉하니.

1291 오사절각모(烏紗折角帽) : 검은 깁으로 만들어 문사(文士)들이 쓰던 관.

1292 비스듬히 쓰고.

1293 강사학창의(絳紗鶴氅衣) : 붉은 깁으로 만든, 소매가 넓고 뒤 솔기가 갈라진 웃옷.

1294 야자대(也字帶) : 조복(朝服)이나 공복(公服)에 띠는 서각대(犀角帶)로, 한 끝이 아래로 늘어져 '也' 자 모양으로 되기 때문에 붙여진 이름임.

1295 느직하게 띠고.

1296 홍접선(紅摺扇) : 붉은 빛의 쥘부채. '쥘부채'는 접었다 폈다 하게 된 부채.

1297 취안(醉眼) : 술에 취해 흐릿한 눈.

1298 몽롱(朦朧) : 의식이 흐리멍덩함.

1299 앉아 있으니.

방탕(放蕩)한 용지(容止)[1300]와 추패(麤悖)[1301]한 긔상(氣像)이 지척쳥파(咫尺淸波)[1302]에 보든 눈을 씻고 십흔지라[1303]. 홍(紅)이 마지 못하야 압헤 나아가 문후(問候) 례필(禮畢)에 황[항]주(杭州) 졔기(諸妓)를 조차 안즈니[1304], 황 자사(黃刺史)ㅣ 수지져 왈(曰),

"소항(蘇杭)은 린읍(隣邑)이라. 홍(紅)이 압강뎡(壓江亭) 연셕(宴席)을 파(罷)하지 아니하고 감안이[1305] 도망(逃亡)하니, 엇지 사상(事上)하는[1306] 도리(道理)리오?"

홍(紅)이 염임(斂衽)[1307] 사왈(謝曰),

"도망(逃亡)한 죄(罪)는 신병(身病)을 인연(因緣)함이니 거의 상공(相公)이 용셔(容恕)하실 배오[1308], 당일(當日) 쳔쳡(賤妾)의 죄(罪ㅣ) 세 가지라. 군자(君子)의 시주(詩酒)로 잔채하는 자리에 쳔(賤)한 몸으로 참례[예](參預)[1309]하니 죄(罪ㅣ) 하나이오. 망녕[령](妄靈)[1310]도이[1311] 다사(多士)의 문장(文章)을 의론(議論)하니 죄(罪ㅣ) 둘이오. 창기(娼妓)라 하는 것이 매인열지(每人悅之)[1312]하야 힝실(行實)을 족

1300 용지(容止) : 몸가짐이나 태도.

1301 추패(麤悖) : 거칠고 막됨.

1302 지척청파(咫尺淸波) : 아주 가까운 거리의 맑은 물결.

1303 보던 눈을 씻고 싶은지라.

1304 항주의 여러 기생들을 따라 앉으니.

1305 가만히. 몰래.

1306 윗사람을 섬기는.

1307 염임(斂衽) : 염금(斂襟). 삼가 옷깃을 여밈.

1308 용서하실 바요. 용서하실 일이오.

1309 참예(參預) : 참여(參與). 어떤 일에 끼어들어 관계함.

1310 망령(妄靈) : 늙거나 정신이 흐려서 말이나 행동이 정상을 벗어남. 또는 그런 상태.

1311 망령되이. 망령되게.

1312 매인열지(每人悅之) : 모든 사람의 마음을 기쁘게 함.

(足)히 의론(議論)한[할] 배 업거늘[1313] 당돌(唐突)이[1314] 구구(區區)한[1315] 쇼견(所見)을 직히여[1316] 고집(固執)하니 죄(罪ㅣ) 셋이라. 첩(妾)이 이 세 가지 큰 죄(罪ㅣ) 잇거늘, 상공(相公)의 인후관대(仁厚寬大)[1317]하심으로 방빅슈령(方伯守令)[1318]의 톄모(體貌)[1319]를 도라보사[1320] 풍화(風化)[1321]로 빅셩(百姓)을 림(臨)하시고 예절(禮節)로 일읍(一邑)을 훈도(訓導)[1322]하사 그 몸의 쳔(賤)함을 불상이 역이고[1323] 그 뜻이 그르지 아니함을 솗히사[1324] 도로혀 상(賞)을 주시니, 쳡(妾)이 더욱 쥭을 곳을 아지 못하나이다."

황 자사(黃刺史)ㅣ 무연 왈(憮然曰)[1325],

"긔왕(旣往)은 물셜(勿說)하고[1326] 내 임의 강두(江頭)에 슈척션(數隻船)[1327]을 매얏스니 반일(半日) 쇼견(消遣)함을 사양(辭讓)치 말나." 하고 윤 자사(尹刺史)게 배에 오름을 청(請)하니, 차시(此時) 량주(兩州) 자사(刺史)ㅣ 량부(兩府) 기악(妓樂)을 다리고[1328] 뎡자(亭子)에 나

1313 족히 행실을 따질 것이 없거늘.

1314 당돌하게.

1315 구구(區區) : 잘고 많아서 일일이 언급하기가 구차스러운. 각각 다른. 떳떳하지 못하고 졸렬한.

1316 지키어. 지켜서.

1317 인후관대(仁厚寬大) : 어질고 후덕하며 마음이 너그럽고 큼.

1318 방백수령(方伯守令) : 지방 고을을 다스리는 으뜸 벼슬.

1319 체모(體貌) : 체면(體面). 남을 대하기에 떳떳한 도리나 얼굴.

1320 돌아보시어.

1321 풍화(風化) : 교육이나 정치의 힘으로 풍습을 잘 교화하는 일.

1322 훈도(訓導) : 가르치고 이끎.

1323 불쌍히 여기고.

1324 그 뜻이 그르지 아니함을 살피시어.

1325 크게 낙심하여 허탈해 하며 말하기를.

1326 이미 지나간 일은 말하지 말고.

1327 수척선(數隻船) : 두어 척의 배.

려 주중(舟中)에 오르니, 큰 강(江)에 바람이 자고 거울 갓흔 물결이 쳔 리(千里)에 묽엇는대[1329] 편편(翩翩)[1330]한 빅구(白鷗)는 춤추는 자리에 썰치고[1331] 열열(咽咽)[1332]한 물소릐는 노릐 쇼래와 갓치 흘너스니[1333], 배를 즁류(中流)에 노아[1334] 배반(杯盤)이 낭자(狼藉)하고[1335] 사쥭(絲竹)[1336]이 질탕(跌宕)[1337]하니, 황 자사(黃刺史)ㅣ 즐거운 흥(興)을 이긔지 못하야 술을 련(連)하야 마시고 배젼을[1338] 치며 노래하니 그 노래에 왈(曰),

아름다온 사름을 잇글미여[1339]! 携美人兮!
흐르는 빗[1340]을 거슬느는도다[1341]. 溯流光.
즁류(中流)에 노닐미여[1342]! 中流逍遙兮!
즐김이 가온대 못 되엿도다[1343]. 樂未央.

1328 (소주와 항주) 두 고을의 자사가 두 관부(官府)의 기생과 악공들을 데리고.
1329 맑았는데.
1330 편편(翩翩) : 나는 모양이 가볍고 날쌤.
1331 춤추는 자리에서 날개를 퍼덕이고.
1332 열열(咽咽) : 강물 등이 흐느껴 우는 듯 콸콸 흐르는 모양.
1333 콸콸 흐르는 물소리는 노랫소리와 같이 흘렀으니.
1334 띄워.
1335 술잔과 안주를 담은 접시가 어지럽게 흩어져 있고. 술을 마시며 한창 노는 모양을 말함.
1336 사죽(絲竹) : 관현(管絃). 관악기와 현악기를 아울러 이르는 말.
1337 질탕(跌宕) : 신이 나서 정도가 지나치도록 흥겨움.
1338 뱃전을. 배의 양쪽 가장자리 부분을.
1339 이끎이여!
1340 흐르는 빛[유광(流光)] : 흐르는 물과 같이 빠른 세월을 비유적으로 이르는 말. *물결에 비치는 달빛.
1341 거스르도다.
1342 노닒이여!
1343 가운데가 못 되었도다[미앙(未央)] : 끝이 없다. 한이 없다. 다하지 않다.

황 자사(黃刺史)ㅣ 노래를 맛치고 紅을 도라보아 和答하라 하거늘 紅이 辭讓치 아니하고 가왈(歌曰),

말근 물결에 써셔 닷토아[1344] 건넘이여! 泛淸波而競渡兮!
언덕에 단풍(丹楓)이 잇슴이여! 물가에 란초(蘭草)가 잇도다.
岸有楓兮汀有蘭.
배[물] 가온대가 초(楚)나라보다 큼이여! 舟[水]中大於楚國兮!
츙신(忠臣)의 외로은[운] 혼(魂)을 의탁(依托)하얏도다. 托忠臣之孤魂.
자네는 다토아 건너 외로온 혼(魂)을 부르지 말지어다!
君莫競渡招孤魂兮!
외로온 혼(魂)이 편안(便安)하도다.[은 어디서 반진(返眞)[1345]할까?]
孤魂安(所返眞)?

홍(紅)이 가필(歌畢)에 황 자사(黃刺史)ㅣ 소왈(笑曰),

"랑(娘)은 강남(江南) 사름이라, 능(能)히 경도희(競渡戱)의 근본(根本)을 알소냐[1346]?"

이째에 홍(紅)이 쳥강(淸江)을 림(臨)하야 눈에 가득한 풍광(風光)이 강[감]개울읍(感慨鬱悒)[1347]한 심사(心思)를 돕는지라. 토설(吐說)[1348]할 곳이 업더니 황 자사(黃刺史)의 무름을[1349] 인(因)하야 츄[초]연(悄然)[1350] 대왈(對曰),

---

1344 다투어.
1345 반진(返眞) : '자연으로 돌아간다'는 뜻으로, 도교(道敎)에서 죽음을 이르는 말.
1346 알 것이냐?
1347 감개울읍(感慨鬱悒) : 마음속 깊이 사무치게 느껴 답답하고 울적(鬱寂)함.
1348 토설(吐說) : 숨겼던 사실을 비로소 밝히어 말함.
1349 물음을.
1350 초연(悄然) : 처량한 모양. 서글픈 모양. 의기(意氣)가 떨어져 기운이 없음.

"쳡(妾)이 드르니 옛적에 삼려대부(三閭大夫)[1351]는 초(楚)나라 츙신(忠臣)이라. 진츙(盡忠)하야 회왕(懷王)[1352]을 셤기더니, 회왕(懷王)이 참소(讒訴)[1353]를 듯고 강(江) 우에 내침에 삼려대부(三閭大夫) 묽은 마음과 개결(介潔)한 뜻으로 흐린 세상(世上)에 쳐(處)하야 지조(志操)를 보젼(保全)치 못함을 셜워ᄒᆞ야 회사부(懷沙賦)[1354]를 짓고 돌을 안고 오월(五月) 오일(五日)에 강심(江心)에 빠지니, 후인(後人)이 원통(冤痛)이 죽음을 불상이 녀여 그 날을 당(當)한 즉(則) 배를 강(江)에 씌여 충혼(忠魂)을 건지랴 하는 노름이라. 그러나 만일(萬一) 굴삼려(屈三閭)[1355]로 정혼(精魂)이 잇슨 즉(則) 청강어복(淸江魚腹)[1356]에 죠결(操潔)[1357]이 탄식[탁신](托身)하야 진세속연(塵世俗緣)[1358]의 더러움을 면(免)함이 도로혀 쾌활안낙(快活安樂)[1359]할지라. 탕자범부(蕩子凡夫)[1360]의 돗대를 희롱(戲弄)하고 물결을 희작여[1361] 건짐

1351 삼려대부(三閭大夫) : 중국 전국시대 초(楚)나라의 문인이자 정치가인 굴원(屈原)의 벼슬.

1352 회왕(懷王) : 중국 전국시대 초(楚)의 왕으로 장의(張儀)의 변설(辯舌)에 넘어가 국력을 소진하였고, 결국은 진(秦)에 사로잡혀 유폐(幽閉)되었다가 죽었음. 재위 BC 329~BC 299.

1353 참소(讒訴) : 남을 헐뜯어서 죄가 있는 것처럼 꾸며 윗사람에게 고하여 바침.

1354 회사부(懷沙賦) : 중국 전국시대 초나라의 굴원이 지은 부(賦). 굴원은 조국의 장래를 근심하고 회왕(懷王)을 사모하여 노심초사한 끝에 이 글을 짓고 멱라수에 투신자살하였음.

1355 굴삼려(屈三閭) : 굴원을 가리킴.

1356 청강어복(淸江魚腹) : 맑은 강에 사는 물고기의 뱃속.

1357 조결(操潔) : 지조(志操)가 깨끗함.

1358 진세속연(塵世俗緣) : 인간세상에서의 속세와의 인연.

1359 쾌활안락(快活安樂) : 명랑하고 활발하며 몸과 마음이 편안하고 즐거움.

1360 탕자범부(蕩子凡夫) : 방탕을 일삼는 평범한 사내. 여기서는 소주자사인 황여옥(黃汝玉)을 가리킴.

1361 휘저어. 마구 뒤흔들어서 어지럽게 만들어.

을 바라리오."

잇때 황 자사(黃刺史)ㅣ 대취(大醉)하야 엇지 홍(紅)의 말이 유[우]의(寓意)[1362]함을 짐작(斟酌)하리오? 미소 왈(微笑曰),

"내 성쥬(聖主)를 뫼셔 소년공명(少年功名)[1363]이 재렬(宰列)[1364]에 쳐(處)하야 부귀(富貴) 족(足)하고 영화(榮華) 극(極)하니 굴삼녀(屈三閭)의 초체[췌]불우(憔悴不遇)[1365]함을 조롱(嘲弄)하야, 좌슈(左手)로 강산풍월(江山風月)[1366]을 읍(挹)[1367]하고 우슈(右手)로 절대가인(絶代佳人)을 잇끌어, 한 번(番) 우음에[1368] 춘풍(春風)이 동탕(動蕩)[1369]하고 한 번(番) 성남에 상설(霜雪)[1370]이 이러나 심지지소욕(心志之所慾)[1371]과 이목지소낙(耳目之所樂)[1372]을 막을 자(者) 업슬지라. 엇지 젹막(寂寞)한 강즁(江中)에 소슬(蕭瑟)[1373]한 충혼(忠魂)을 말하리오?"

제기(諸妓)를 명(命)하야 풍류(風流)를 알외라 하니, 관현(管絃)은 질탕(跌宕)하야 공즁(空中)에 써러지고, 무슈(舞袖)[1374]는 완만(緩慢)하야 강풍(江風)에 번득이니 쥬취홍장(珠翠紅粧)[1375]은 수즁(水中)에

1362 우의(寓意) : 다른 사물에 빗대어 비유적인 뜻을 나타내거나 풍자함. 또는 그런 의미.

1363 소년공명(少年功名) : 젊은 나이에 공을 세워 자신의 이름을 널리 드러냄.

1364 재열(宰列) : 재상(宰相)의 반열(班列).

1365 초췌불우(憔悴不遇) : 때를 만나지 못한 근심으로 몸이 여위고 파리함.

1366 강산풍월(江山風月) : 자연의 아름다운 경치.

1367 읍(挹) : 받아들임.

1368 웃으매.

1369 동탕(動蕩) : 동요(動搖)함. 흔들림.

1370 상설(霜雪) : 눈서리. 서리와 눈을 아울러 이르는 말.

1371 심지지소욕(心志之所欲) : 마음과 뜻이 하고자 하는 것.

1372 이목지소락(耳目之所樂) : 눈으로 보고 귀로 들어 즐거운 것.

1373 소슬(蕭瑟) : 으스스하고 쓸쓸함.

1374 무수(舞袖) : 춤추는 사람의 소맷자락.

1375 주취홍장(珠翠紅粧) : 진주와 비취로 꾸미고 단장(丹粧)을 한 미인. 여기서는 여

조요(照耀)[1376]하야 십 리(十里) 젼당(錢塘)이 쏫빗을 일웟거늘[1377], 황 자사(黃刺史)ㅣ 다시 대빅(大白)[1378]를[을] 기우려 십여 배(十餘杯)를 마시고 취홍(醉興)이 대발(大發)함에 홍랑(紅娘)의 억개를 치며[1379] 소왈(笑曰),

"인싱(人生) 빅년(百年)이 류수(流水) 갓흐니 구구(區區)한 심회(心懷)를 엇지 족(足)히 교게[계](較計)[1380]하리오? 황여옥(黃汝玉)은 풍류재자(風流才子)[1381]오, 강남홍(江南紅)은 절대가인(絶代佳人)[1382]이라. 재자가인(才子佳人)이 이 갓치 아름다온 경개(景槪)와 쾌활(快闊)한 강산(江山)에 풍정(風情)[1383]을 맛나니[1384] 엇지 하날이 주신 인연(因緣)이 아니리오?"

홍(紅)이 사긔(事機ㅣ) 점점(漸漸) 위틱(危殆)함을 보고 묵연부답(默然不答)한대, 황 자사(黃刺史)ㅣ 밋친 흥(興)을 것잡지 못하야 좌우(左右)를 호령(號令)하야 일척소션(一隻小船)[1385]을 준비(準備)하얏다가 강즁(江中)에 띄이고[1386] 소쥬(蘇州) 졔기(諸妓)를 명(命)하야 홍(紅)을 붓드러 선샹(船上)에 올인 후(後)[1387] 황 자싀(黃刺史ㅣ) 선중

러 기생들을 가리킴.

1376 조요(照耀) : 밝게 비쳐서 빛나는 데가 있음.

1377 십 리에 걸친 전당강이 꽃빛을 이루었거늘.

1378 대백(大白) : 큰 술잔.

1379 어깨를 치며.

1380 교계(較計) : 계교(計較). 서로 견주어 살펴봄.

1381 풍류재자(風流才子) : 멋있고 재주가 뛰어난 젊은 남자.

1382 절대가인(絶代佳人) : 절세가인(絶世佳人). 세상에 견줄 만한 사람이 없을 정도로 뛰어나게 아름다운 여인.

1383 풍정(風情) : 정서와 회포를 자아내는 풍치나 경치.

1384 만났으니.

1385 일척소선(一隻小船) : 작은 배 한 척.

1386 띄우고.

(船中)에 씌여드러 홍(紅)을 휘여잡고 불 갓흔 정욕(情慾)을 이루고자 하더니, 거문고 두어 곡조(曲調)에 홍(紅)이 물노 뛰여드니 주중좌우(舟中左右)[1388] 창황대경(蒼黃大驚)[1389]하야 급(急)히 붓들고져 하나 날닌 몸이 밋쳐 것잡지 못하야[1390] 물결 바람에 라군(羅裙)[1391]이 나붓기여 간 곳이 업거늘, 소항제기(蘇杭諸妓 ㅣ) 아니 우는 자(者) 업고 량 자사(兩刺史) ㅣ 악연실식(愕然失色)[1392]하야 사공(沙工)을 호령(號令)하야 건짐을 재촉하니, 결선(結船)[1393]한 배를 풀어 강중(江中)을 덥허 차즈나 긔척을 보지 못함에[1394] 모든 사공(沙工)이 서로 도라보며 왈(曰),

"사름이 빠진 즉(則) 다시 수상(水上)에 쓰거늘[1395], 이는 거쳐(去處) 업스니 슈샹(殊常)치 아니리오[1396]?"

하더라.

량 자사(兩刺史) ㅣ 할 일 업셔 사공(沙工)과 어부(漁夫)를 풀어 물목을 직히여[1397] 구(救)하라 하니 사공(沙工)과 어부(漁夫) ㅣ 고왈(告曰),

"이 호중(湖中)에셔 찻지 못한 즉(則) 아래는 조석슈(潮汐水)[1398] 미는 곳이라. 수세(水勢 ㅣ) 가장 급(急)하야 모래에 뭇치여 차질 길이

1387 강남홍을 붙들어 배 위에 올린 후.

1388 주중좌우(舟中左右) : 배 안에 가까이 있던 사람들.

1389 창황대경(蒼黃大驚) : 깜짝 놀라 미처 어찌할 사이 없이 매우 급작스러움.

1390 날랜 몸을 미처 건잡지 못하여.

1391 나군(羅裙) : 얇은 비단 치마.

1392 악연실색(愕然失色) : 몹시 놀라 얼굴빛이 달라짐.

1393 결선(結船) : 여러 척의 배를 한데 연결함.

1394 강을 덮어 찾았으나 기척을 보지 못하매.

1395 사람이 (물에) 빠지면 다시 물 위로 떠오르거늘.

1396 이는 간 곳이 없으니 수상하지 아니한가?

1397 물이 흘러 들어오거나 나가는 어귀를 지키어.

1398 조석수(潮汐水) : 미세기. 밀물과 썰물을 통틀어 이르는 말.

업다[1399]."
하거늘, 량 자사(兩刺史)ㅣ 더욱 차석(嗟惜)[1400]하야 각각(各各) 도라 가니라.

차셜(且說) 윤 소제(尹小姐ㅣ) 홍(紅)을 보내고 싱각하되,
'홍(紅)의 성품(性品)과 금일(今日) 사긔(事機ㅣ) 반닷이 구차투싱(苟且偸生)[1401]치 안일지라[1402]. 내 뎌로 더부러 지긔(知己)로 사괴엿스니 구(救)하지 아니한 즉(則) 의(義ㅣ) 아니라.'
하고 구(救)할 방약(方略)을 싱각하더니 유모(乳母) 설파(薛婆)가 드러오거늘, 설파(薛婆)는 경셩(京城) 사람이라 위인(爲人)이 령리(伶俐)치 못하나 마암이 정직(正直)한 고(故)로 소져(小姐)를 조차 부중(府中)에 잇슨 지 임의 슈년(數年)이라. 자연(自然) 항주(杭州) 사람을 친(親)한 자(者) 만터니, 차시(此時) 소제(小姐ㅣ) 설파(薛婆)를 보고 반겨 왈(曰),
"내 파(婆)에게 청(請)할 일이 잇스니 능(能)히 나를 위(爲)ᄒᆞ야 주선(周旋)할소냐[1403]?"
설패 왈(薛婆ㅣ曰),
"로신(老身)[1404]이 소져(小姐)를 위(爲)하야 비록 부탕도화(赴湯蹈

1399 모래에 묻혀서 찾을 길이 없다.
1400 차석(嗟惜) : 애달프고 아까움.
1401 구차투생(苟且偸生) : 구차하게 산다는 뜻으로, 죽어야 마땅할 때에 죽지 아니하고 욕되게 살기를 꾀함을 이르는 말.
1402 반드시 구차하게 살려고 하지 않을 것이라.
1403 나를 위해 주선할 것인가?
1404 노신(老身) : 노구(老軀). 늙은 몸. 늙은이가 나이 어린 사람에게 자신을 낮추어 이르는 말.

火)[1405]라도 사양(辭讓)치 안일 것이니 무삼 일이니잇고?"

소제 소왈(小姐ㅣ笑曰),

"내 드르니 강남(江南) 사람이 물에 익어 혹(或) 물속으로 몸을 감초아 슈십 리(數十里)를 행(行)하는 자(者) 잇다 하니 파(婆)는 혹(或) 알소냐?"

패(婆ㅣ) 침음 왈(沈吟曰),

"광구(廣求)[1406]하면 잇슬가 하나이다."

소져 왈(小姐曰),

"일이 급(急)하야 지금(只今) 시각(時刻)이 지닌 즉(則) 쓸데업스니 파(婆)는 밧비 한 사람을 청(請)하라."

설파(薛婆) 다시 침음양구(沈吟良久)[1407]에 먼 산을 바라보며 왈(曰),

"소져(小姐)는 규중부녀(閨中婦女)[1408]라. 이러한 사람을 구(求)하야 쓸 곳을 노신(老身)이 해득(解得)[1409]지 못하겟나이다."

소제(小姐ㅣ) 아미(蛾眉)[1410]를 찡긔려[1411] 왈(曰),

"파(婆)는 다만 그 사람을 천거(薦擧)[1412]하고 곡절(曲折)[1413]을 드르라."

1405 부탕도화(赴湯蹈火) : 끓는 물에 뛰어들고 불을 밟는다는 뜻으로, 위험을 피하지 않음을 비유적으로 이르는 말.

1406 광구(廣求) : 널리 찾음.

1407 침음양구(沈吟良久) : 속으로 깊이 생각한 지 오랜 뒤.

1408 규중부녀(閨中婦女) : 집 안에 들어앉아서 살림하는 여자.

1409 해득(解得) : 뜻을 깨달아 앎. 알아들음.

1410 주) 369 참조.

1411 찡그리며. 찌푸리며.

1412 천거(薦擧) : 어떤 일을 맡아 할 수 있는 사람을 그 자리에 쓰도록 소개하거나 추천함.

1413 곡절(曲折) : 순조롭지 아니하게 얽힌 이런저런 복잡한 사정이나 까닭.

셜파(薛婆) 바야흐로 몸을 이러 나가거늘, 소제(小姐ㅣ) 따라나오며 신신부탁(申申付託)[1414]하니, 패(婆ㅣ) 점두(點頭)[1415]ᄒᆞ고 나간 지 슈유(須臾)[1416]에 일인(一人)을 다리고 드러와 소져(小姐)를 보고 왈(曰),

"맛참 그런 사람이 남자(男子)는 업고 녀자(女子)를 어드니 강호샹(江湖上)에 구슬[연실](蓮實) 줍는 사름이라[1417]. 물속으로 능(能)히 오륙십 리(五六十里)을[를] 행(行)하ᄂᆞᆫ 고(故)로, 닐컨ᄂᆞᆫ 자(者)ㅣ[1418] 손삼랑(孫三娘)이라 하나이다."

소제(小姐ㅣ) 그 녀자(女子)임을 신통(神通)이 역여 불너 보니, 그 녀자(女子)ㅣ 신장(身長)이 팔 척(八尺)이오 머리털이 누르고 얼골이 검으며 겻헤 옴애[1419] 비린내 촉비(觸鼻)[1420]하니 소져(小姐) 놀나 물어 왈(曰),

"삼랑(三娘)이 능(能)히 물속으로 몃 리(里)나 행(行)할소냐?"

대왈(對曰),

"로신(老身)이 일즉 절강(浙江)[1421] 어귀에서[1422] 구슬[연실](蓮實)을 줍다가 이심이[1423]를 맛나 셔로 싸와 삼십여 리(三十餘里)를 좃차 다니다가 필경(畢竟)[1424] 잡아 억개에 메이고 나올ᄉᆡ[1425] 져녁 조슈(潮水)

1414 신신부탁(申申付託) : 거듭하여 간곡히 하는 부탁.

1415 점두(點頭) : 승낙하거나 옳다는 뜻으로 머리를 약간 끄덕임.

1416 주) 797 참조.

1417 강과 호수에서 연밥을 줍는 사람입니다.

1418 일컫는 사람들이. 이르는 사람들이.

1419 곁에 오매.

1420 촉비(觸鼻) : 냄새가 코를 찌름.

1421 절강(浙江) : 전당강(錢塘江)의 별칭. *중국 남동부의 동중국해 연안에 있는 성. 성도는 항주(杭州).

1422 드나드는 목의 첫머리에서.

1423 이시미 : 이무기의 방언. '이무기'는 전설상의 동물로 뿔이 없는 용.

1424 필경(畢竟) : 마침내. 결국(結局).

에 밀녀 다시 슈십여 리(數十餘里)를 긔여 물 박게 나오니[1426], 만일(萬一) 홋몸으로 행(行)한 즉(則) 칠팔십 리(七八十里)를 갈 것이오, 무엇을 가진 즉(則) 겨우 수십 리(數十里)를 행(行)하나이다."

소제(小姐ㅣ) 놀나 탄왈(歎曰),

"삼랑(三娘)을 잠간(暫間) 쓸 대[데] 잇스니 랑(娘)이 그 슈고(手苦)를 앗기지 안일소냐?"

삼랑 왈(三娘曰),

"맛당히 힘을 다하리이다."

소져(小姐) 이에 빅금(白金) 이십 량(二十兩)을 주며 주며 왈(曰),

"이것이 젹으나 몬져 정(情)을 표(表)하나니 성공(成功)한 후(後) 다시 중상(重賞)하리라."

삼랑(三娘)이 대희(大喜)하야 그 쓸 곳을 무른대 소져(小姐) 좌우(左右)를 물니고 왈(曰),

"금일(今日) 전당호(錢塘湖)에 소항(蘇杭) 량주(兩州) 상공(相公)이 경도희(競渡戲)를 하실시 반다시 일개(一個) 녀자(女子)ㅣ 슈중(水中)에 싸질 것이니 랑(娘)이 물속에 가만이 숨엇다가 즉시(卽時) 구(救)하야 물속으로 기여 도망(逃亡)하되, 만일(萬一) 소주(蘇州) 사름에 눈에 쓰인 즉(則) 대화(大禍) 잇슬 것이니 십분(十分) 죠심(操心)하라. 셩공(成功)한 후(後) 내 다시 중상(重賞)할 쌘아니라 활인지은(活人之恩)[1427]이 불소(不少)[1428]하리라."

삼랑(三娘)이 응락(應諾)하고 가거늘, 소져(小姐) 두세 번(番) 부탁

1425 잡아 어깨에 메고 나오는데.

1426 수십여 리를 기어서 물 밖에 나오니.

1427 활인지은(活人之恩) : 남을 살려준 은혜.

1428 불소(不少) : 적지 않음.

(付託)하야,

"대사(大事)를 루셜(漏泄)치 말나."

하니, 삼랑(三娘)이 이십 량(二十兩) 은자(銀子)를 가져 집에 두고 밧비 젼당호(錢塘湖) 물가에 가 반일(半日)을 안져 경도희(競渡戱)를 구경하더니 종시(終是) 슈중(水中)에 빠지는 자(者)ㅣ 업난지라. 석양(夕陽)이 셔산(西山)에 지고 일엽소션(一葉小船)[1429]에 소주(蘇州) 제기(諸妓ㅣ) 일개(一個) 미인(美人)을 붓드러 올니거늘, 삼랑(三娘)이 생각하되,

'반닷이 곡절(曲折)이 잇슴이라.'

하고 슈중(水中)에 쒸여 들어가 가만이 긔여 비 밋히 업드렷더니[1430], 아이(俄而)오[1431] 비 가온대 거문고 소래 나거늘 삼랑(三娘)이 귀를 기우려 가만이 듯더니 홀연(忽然) 비 가온대가 요란(擾亂)하며 일위미인(一位美人)[1432]이 비머리에셔 써러지니, 삼랑(三娘)이 몸을 소사두루쳐 업고 살 갓치 기여[1433] 순식간(瞬息間)[1434]에 륙칠십 리(六七十里) 행(行)하야 생각하되,

'인젹(人跡)이 업고 등에 업은 녀자(女子)ㅣ 살 길이 업는 듯한지라.'

슈상(水上)에 소사 언덕을 차자 나오랴 하더니 물 우에 일척어션(一隻漁船)[1435]이 오며 비 우에 두낫 어뷔(漁夫ㅣ) 손 가온대 작살을

1429 일엽소선(一葉小船) : 하나의 나뭇잎 같은 작은 배.

1430 수중에 뛰어 들어가 가만히 배 밑에 엎드려 있었는데.

1431 얼마 되지 않아. 머지않아. 잠깐 사이에.

1432 일위미인(一位美人) : 한 사람의 미인.

1433 삼랑이 몸을 솟구쳐 들쳐 업고 쏜살같이 기어서.

1434 순식간(瞬息間) : 눈을 한 번 깜짝하거나 숨을 한 번 쉴 만한 아주 짧은 동안. 눈 깜짝할 사이.

1435 일척어선(一隻漁船) : 고기잡이배 한 척.

들고[1436] 노래하며 오거늘 삼랑(三娘)이 외여[1437] 왈(曰),

"급(急)한 사람을 구(救)하라."

한대 노래소래 긋치며 빅를 쌜니 져어 니르거늘, 삼랑(三娘)이 그 녀자(女子)을[를] 업은 채 배 가운대 쒸여 올나 나려노코 보니, 운빈(雲鬢)[1438]이 훗허지고 옥안(玉顔)이 푸르러 일분생되(一分生道ㅣ)[1439] 업는지라. 마른자리를 구(求)하야 누이고 져즌 의상(衣裳)을 짜 말니며[1440] 회생(回生)함을 기다리더니, 그 어부(漁夫)ㅣ 문왈(問曰),

"엇더한 랑자(娘子) 이러한 익(厄)을 맛나시뇨?"

삼랑 왈(三娘曰),

"나는 구슬[연실](蓮實) 줍는 사름으로 맛참 져 랑자(娘子)의 쌔짐을 보고 구(救)하야 왓더니, 아지 못게라[1441] 어부(漁夫)는 어대로 가느뇨?"

어부(漁夫) 답왈(答曰),

"우리는 고기 잡는 사름이라. 강호(江湖)에 생장(生長)하야 슈환(水患)[1442] 만난 자(者)를 만이 보앗스나 이러한 거동(擧動)은 처음이라. 이곳에 인가(人家) 업스니 엇지 구(救)하리오?"

삼랑 왈(三娘曰),

"조곰 기다려 생도(生道) 잇슨 즉(則) 다시 의론(議論)하리라."

1436 배 위에 두 사람의 어부가 손 가운데 작살을 들고.

1437 외쳐. 소리쳐.

1438 운빈(雲鬢) : 구름 같은 귀밑머리라는 뜻으로, 귀밑으로 드리워진 아름다운 머리를 이르는 말.

1439 일분생되(一分生道ㅣ) : 약간의 살아날 방도가.

1440 마른자리를 찾아 눕히고 젖은 의상을 짜서 말리며.

1441 알지 못하겠네.

1442 수환(水患) : 수해(水害)로 인하여 생기는 근심.

ᄒᆞ고 슈족(手足)을 만져보니 회생(回生)할 희망(希望)이 잇더니 슈유(須臾)에 정신(精神)을 차려 눈을 써보고 목 속에 소래하야[1443] 문왈(問曰),

"로랑(老娘)은 엇더한 사람으로 쓴어진 목숨을 살니나뇨?"

삼랑(三娘)이 이목(耳目)이 번거함을[1444] 염녀(念慮)하야 왈(曰),

"랑자(娘子)는 정신(精神)을 슈습(收拾)하야 천천이 드르소셔."

어부(漁夫)를 도라보아 왈(曰).

"히가 임의 점을고[1445] 인가(人家) 머니 불가불(不可不) 중류(中流)에셔 류숙(留宿)할지라. 우리는 한데[1446] 잇셔 무방(無妨)하나 뎌 녀자(女子)는 규중약질(閨中弱質)[1447]노 만사여생(萬死餘生)[1448]이라. 풍로(風露)를 쏘임이 민망(憫惘)하니 혹(或) 주중(舟中)에 방풍(防風)할 제구(諸具) 잇나뇨?"

어부(漁夫)ㅣ 조각 씀[1449]으로 의지(依支)할 곳을 하야 주거늘, 배 중류(中流)에 닷을 주어[1450] 야심(夜深)함에 양개(兩個) 어부(漁夫) 임의 잠든 닷하니[1451] 삼랑(三娘)이 가만이 홍(紅)다려 문왈(問曰),

"랑자(娘子) 항주 자사(杭州刺史)의 소교(小嬌) 윤 소져(尹小姐)를 아느냐?"

홍(紅)이 놀나 일어 안져 뭇는 곡절(曲折)을 물은대[1452], 삼랑(三娘)

1443 눈을 떠서 보고 억지로 소리를 내서

1444 주의나 관심이 번거로움을.

1445 해가 이미 저물고.

1446 사방, 상하를 덮거나 가리지 아니한 곳. 곧 집채의 바깥을 이름.

1447 규중약질(閨中弱質) : 허약한 체질의 부녀자.

1448 만사여생(萬死餘生) : 여러 번 죽을 고비를 넘기고 살게 된 목숨.

1449 여러 조각의 뜸. '뜸'은 짚, 띠, 부들 따위로 엮어 배나 수레를 덮는 거적.

1450 배가 중류에 닻을 내려 멈추고.

1451 두 사람의 어부가 이미 잠든 듯하니.

이 이에 윤 소져(尹小姐)의 자긔(自己)를 구(求)하야 보내든 말을[1453] 일일(一一)이 고(告)하니, 홍(紅)이 위연(喟然)[1454] 탄식(歎息)하고 눈물을 흘녀 왈(曰),

"나는 별인(別人)이 아니라, 이에[1455] 항주(杭州) 강남홍(江南紅)이라."

그 죽으랴 하든 곡절(曲折)을 자세(仔細)이 말하니 삼랑(三娘)이 대경 왈(大驚曰),

"연즉(然則) 랑자(娘子) 제일방(第一坊) 청루(靑樓) 홍랑(紅娘)이니잇가?"

홍왈(紅曰),

"로랑(老娘)이 엇지 내 일홈을 아나뇨?"

삼랑(三娘)이 다시 경왈(驚曰),

"랑자(娘子)의 차환(叉鬟)이 연옥(蓮玉)이 아니니잇가?"

홍왈(紅曰),

"그러하다."

삼랑(三娘)이 악연(愕然)하야 홍(紅)에 손을 잡고 왈(曰),

"로신(老身)은 즉(卽) 련옥(蓮玉)의 이모(姨母)라. 매양 랑자(娘子)의 절개(節槪)와 일홈을 칭찬(稱讚)하기 우뢰 갓치 듯고 한 번(番) 뵈옵고져 하나 로신(老身)의 생애(生涯ㅣ) 괴이(怪異)하야 추(醜)한 모양을 붓그러 다만 향앙(向仰)[1456]하는 마음만 간절(懇切)하더니, 궁

1452 강남홍이 놀라 일어나 앉아서 묻는 까닭을 물으니.

1453 윤 소저가 자신을 찾아내서 보냈던 이야기를.

1454 위연(喟然) : 서글프게 한숨을 쉬는 모양.

1455 곧. 바로.

1456 향앙(向仰) : 향하여 우러름.

도(窮途)[1457]에 이갓치 뵈오니 이는 하날이 지시(指示)하심이라." 하고 더욱 공경(恭敬)하거늘, 홍랑(紅娘)이 역시(亦是) 놀나 반겨 각별(恪別)[1458] 친숙(親熟)하야 서로 위로(慰勞)하며 누엇더니, 강천(江天)[1459]에 달이 지고 야심(夜深)함에 뜸 집 박게 양개(兩個) 어부(漁夫) 셔로 가만히 수작(酬酌)하는 소릭 나거늘, 삼랑(三娘)이 귀를 기우려 드르니 일개 왈(一個曰),

"분명(分明)이 모르고 엇지 경솔(輕率)이 하리오?"

일개 왈(一個曰),

"닉 젼일(前日) 생션(生鮮)을 팔냐 하야 항주(杭州) 청루(青樓)를 지낼식 루상(樓上)에 안즌 녀자(女子)ㅣ 이 녀자(女子)와 방불(髣髴)[1460]하더니, 이제 로랑(老娘)의 수작(酬酌)을 드르니 정령(丁寧)[1461] 한 항주(杭州) 졔일방(第一坊) 홍랑(紅娘)이로다."

일개 우왈(一個又曰),

"우리 강호상(江湖上)에서 여러 힉 도적(盜賊)질하되 일즉 가속(家屬)[1462]이 업셔 근심하더니, 강남홍(江南紅)은 강남(江南) 명기(名妓)라, 묘(妙)한 긔회(機會)를 허송(虛送)치 못할지니, 우리 두리 합력(合力)하야 로랑(老娘)을 죽인 즉(則) 한낫 잔약(孱弱)[1463]한 녀자(女子)를 근심하리오?"

1457 궁도(窮途) : 가난하고 어려운 경우나 처지.
1458 각별(恪別) : 각별(各別). 어떤 일에 대한 마음가짐이나 자세 따위가 유달리 특별함.
1459 강천(江天) : 멀리 보이는 강 위의 하늘.
1460 방불(髣髴) : 방불(彷彿). 거의 비슷함.
1461 주) 429 참조.
1462 가속(家屬) : 식솔(食率). 한 집안에 딸린 구성원.
1463 잔약(孱弱) : 가냘프고 약함.

하거늘 삼랑(三娘)이 듯기를 맛고 홍랑(紅娘)의 귀에 대이고 가만이 고왈(告曰),

"위디(危地)를 면(免)하야 사디(死地)에 드럿스니[1464] 엇지 금야(今夜)에 주중인(舟中人)이 적국(敵國)인 줄 알앗스리오?"

홍(紅)이 탄왈(歎曰),

"나는 하날이 임의 쥭이시는 사름이라 할 일 업거니와 로랑(老娘)은 도피(逃避)할 묘책(妙策)을 생각하라."

삼랑 왈(三娘曰),

"로신(老身)이 비록 용밍(勇猛)이 업스나 족(足)히 일인(一人)을 당(當)하려니와, 다만 이인(二人)을 대적(對敵)하기 어려우니 엇지 면(免)하리오?"

홍(紅)이 침음양구(沈吟良久)에 왈(曰),

"구차투생(苟且偸生)[1465]이 쥭음만 못하나 로랑(老娘)을 위(爲)하야 한 쇠 잇스니 여차여차(如此如此)[1466]하리라."

하고 적연(寂然)[1467]이 잠든 체하니, 슈유(須臾)에 한 자(者)ㅣ 부지불각(不知不覺)[1468]에 쓸집을 박차고 달려들거늘, 삼랑(三娘)이 놀나 크게 소릐ᄒᆞ고 물로 쒸여드니[1469], 그 한 자(者)ㅣ 삼랑(三娘)을 도라보지 아니하고 홍(紅)을 보며 왈(曰),

"랑자(娘子) 명(命)이 우리 손에 달엿스니 순종(順從)한 즉(則) 살

1464 위태로운 지경을 면하여 죽을 지경에 들었으니.

1465 구차투생(苟且偸生) : 구차하게 산다는 뜻으로, 죽어야 마땅할 때에 죽지 아니하고 욕되게 살기를 꾀함을 이르는 말.

1466 여차여차(如此如此) : 이러이러함.

1467 적연(寂然) : 조용하고 고요함.

1468 부지불각(不知不覺) : 자신도 모르는 결.

1469 크게 소리를 지르며 물로 뛰어드니.

려니와 거역(拒逆)한 즉(則) 죽으리라."

홍(紅)이 닝소(冷笑)하고 배머리에 나 안저[1470] 왈(曰),

"ᄂᆡ 년소 녀자(年少女子)로 풍류장(風流場)[1471]에 놀아 노류장화(路柳墻花)로 허다열인(許多閱人)[1472]하니 엇지 슌종(順從)치 아니리오마는, 량인(兩人)이 일 녀자(一女子)를 다톰은[1473] 더욱 붓그리는 배라. 만일(萬一) 하나이 담당(擔當)하야 나션 즉(則)[1474] ᄂᆡ 맛당이 허락(許諾)ᄒᆞ리라."

한대 그 즁(中) 졂은 장ᄃᆡ자(壯大者)ㅣ 손에 작살을 들고 션두(船頭)에 나셔며 왈(曰),

"내 맛당히 ᄂᆞᆼ자(娘子)를 구(救)하리라."

언미필(言未畢)에 뒤에 셧든[1475] 한 자(者)ㅣ 손에 작살로 그 한 자(者)를 질너 물에 ᄶᅥ러치ᄆᆡ[1476], 손삼ᄂᆞᆼ(孫三娘)이 물속에 업드려다가[1477] 그 한 자(者)ㅣ ᄶᅥ러짐을 보고 그 손에 작살을 ᄲᆡ아셔 들고[1478] 주즁(舟中)에 ᄯᅱ여올나 주즁(舟中)에 잇는 한 자(者)를 마져 질너[1479] 슈즁(水中)에 던지고 배 닷줄을 ᄭᅳᆫ어 언덕을 차자가랴 하더니[1480] ᄉᆡ벽 조슈(潮水) 밀어오며[1481] 급(急)한 바ᄅᆞᆷ이 일엽소션(一葉小船)을

1470 뱃머리에서 바깥쪽으로 옮겨 앉아.
1471 풍류장(風流場) : 풍류를 즐기려고 남녀가 모이는 장소.
1472 허다열인(許多閱人) : 허다한 사람들을 많이 겪어 봄.
1473 두 사람이 한 여자를 두고 다투는 것은.
1474 한 사람이 전담하여 나선다면.
1475 뒤에 서 있던.
1476 손의 작살로 그 한 사람을 찔러 물에 떨어뜨리매.
1477 물속에 엎드려 있다가.
1478 빼앗아 들고.
1479 마저 찔러.
1480 배 닻줄을 끊고 강 언덕을 찾아가려 하더니.
1481 밀려오며.

나는 살 갓치 불어 닷거늘[1482], 홍랑(紅娘)이 경신(精神)을 ᄎᆞ리지 못하야 주중(舟中)에 업ᄃᆡ여[1483] 어ᄃᆡ로 가는 곳을 아지 못하니, 삼랑(三娘)이 비록 물에는 익숙ᄒᆞ나 배 부리는 법(法)을 아지 못하는지라 배 가는 ᄃᆡ로 가더니 ᄂᆞᆯ이 점점(漸漸) 밝으며 풍세(風勢ㅣ) 더욱 급(急)ᄒᆞ야 배를 것잡지 못ᄒᆞ니, 다만 하날이 돌고 ᄯᅡ이 ᄲᅥ지는 듯 지척풍랑(咫尺風浪)[1484]이 뫼 갓치 이러스니[1485], 삼랑(三娘)이 역시(亦是) 경신(精神)이 아득ᄒᆞ야 홍(紅)을 붓들고 업듸려 잇더니 반일(半日)만에 바야흐로 풍세(風勢ㅣ) 침식(寢息)[1486]ᄒᆞ고 슈파(水波) 정(定)하거늘, 홍(紅)이 삼랑(三娘)과 정신(精神)을 차려 찬찬이 살펴보니 망망ᄃᆡ양(茫茫大洋)[1487]에 가를 보지 못할지라. 향방(向方)을 몰나 다만 물결을 ᄯᅡ라 배 가는 ᄃᆡ로 향(向)ᄒᆞ더니, 멀니 하날가에 일점청산(一點靑山)[1488]이 보이거늘 그곳을 향(向)ᄒᆞ야 배를 져어 ᄯᅩ 반일(半日)을 행(行)홈ᄋᆡ 비로소 언덕이 잇고 우에 갈ᄃᆡ 슈풀이 욱어져[1489] 슈삼촌가(數三村家)[1490] 은은(隱隱)이 뵈이거늘 배를 ᄃᆡ이고 슈풀을 헷쳐[1491] 문(門)을 두다리니, 한 사람이 낫이 검고 눈이 깁흐며[1492] ᄉᆡᆼ소(生疎)한 의관(衣冠)과 셔어(齟齬)[1493]한 성음(聲音)으로 당황(唐惶)

1482 쏜살같이 불어 달리게 하거늘.

1483 엎드려.

1484 지척풍랑(咫尺風浪) : 아주 가까운 거리의 바람과 물결.

1485 산처럼 일어났으니.

1486 침식(寢息) : 떠들썩하던 일이 가라앉아서 그침.

1487 망망대양(茫茫大洋) : 망망대해(茫茫大海). 한없이 크고 넓은 바다.

1488 일점청산(一點靑山) : 한 점의 푸른 산.

1489 위에 갈대 수풀이 우거져.

1490 수삼촌가(數三村家) : 두어 채의 시골집.

1491 배를 대고 수풀을 헤쳐.

1492 낯이 검고 눈이 깊숙하며.

1493 서어(齟齬) : 익숙하지 아니하여 서름서름함.

이 나와 슈상(殊常)이 보고 문왈(問曰),

"엇더한 사룸이 뉘 집을 춫나뇨?"

삼랑 왈(三娘曰),

"우리는 강남(江南) 사람으로 풍도(風濤)에 표박(漂泊)ᄒᆞ야 이곳의 니르니 이곳 지명(地名)이 무엇니뇨?"

그 사람이 ᄃᆡ경 왈(大驚曰),

"이곳은 남방(南方) 나탁히(哪咤海)오, 국명(國名)은 탈(탈)국(脫脫國)이니 강남(江南)셔 륙로(陸路)로 심[십]만여 리(十萬餘里)오, 슈로(水路)로 칠만여 리(七萬餘里)라."

하거늘 삼랑 왈(三娘曰),

"우리 만사여싱(萬死餘生)으로 갈 곳을 모르니 일야유숙(一夜留宿)[1494]ᄒᆞ고 갈가 하노라."

주인(主人)이 허락(許諾)ᄒᆞ고 즉시(卽時) 일간객실(一間客室)을 정(定)ᄒᆞ야 주니, 갈입새로[1495] 첨아(檐牙)[1496]를 덥고, 돌을 싸아[1497] 벽(壁)을 하고 ᄃᆡ자리와 방셕(方席)이 일시(一時) 머물기 어려우나 날이 임의 점은지라[1498], 부득이(不得已) 류숙(留宿)홀ᄉᆡ, 주인(主人)이 셕반(夕飯)을 나아오니 마름[1499] 열매로 밥을 짓고 비린 고기와 거친 나물이 먹을 길이 업셔, 삼랑(三娘)은 요긔(療飢)하나 홍(紅)은 먹지 못하고 정신(精神)이 혼혼(昏昏)[1500]ᄒᆞ야 누엇스니, 루습(漏濕)[1501]한 긔

1494 일야유숙(一夜留宿) : 하룻밤 머물러 잠.

1495 갈대의 잎으로.

1496 첨아(檐牙) : 처마. 지붕이 도리 밖으로 내민 부분.

1497 돌을 쌓아.

1498 날이 이미 저문지라.

1499 능실(菱實). 마름과의 한해살이풀. 열매는 식용함.

1500 혼혼(昏昏) : 정신이 가물가물하고 희미함.

운(氣運)과 훈증(熏蒸)[1502]한 바ᄅᆞᆷ에 잠을 일우지 못할너라.

홍(紅)이 삼ᄅᆞᆼ(三娘)다려 왈(曰),

"나를 인연(因緣)하야 무단(無斷)[1503]이 표박(漂泊)한 죵적(蹤跡)이 되니, 이곳은 일시(一時) 머무지 못할지라. 나는 죽음이 원통(冤痛)치 아니하나 로ᄅᆞᆼ(老娘)은 살아 고국(故國)에 도라갈 도리(道理)를 ᄉᆡᆼ각하라."

삼ᄅᆞᆼ(三娘)이 ᄀᆡ연 왈(慨然曰),

"평일(平日) 로신(老身)이 사모(思慕)하든 정(情)을 오날 시험(試驗)하야 사ᄉᆡᆼ고락(死生苦樂)[1504]을 맛당히 갓치 할이니[1505], 이곳에 산(山)이 놉고 물이 ᄆᆞᆰ아 반닷시 도관승당(道觀僧堂)[1506]이 잇슬지라. 명일(明日) 다시 차자봄이 올을가 ᄒᆞ나이다[1507]."

량인(兩人)이 안져 밤을 지내고, 익일(翌日) 주인(主人)다려 문왈(問曰),

"이 근쳐(近處)에 혹(或) 승당도관(僧堂道觀)이 잇느냐?"

주인 왈(主人曰),

"이곳에 본ᄃᆡ 도사(道士) 승니(僧尼)는 업고 산즁(山中)에 혹(或) 쳐사(處士) 잇스나 운유죵적(雲遊蹤跡)[1508]이 왕ᄅᆡ무쌍[상](往來無常)[1509]

1501 누습(漏濕) : 축축한 기운이 스며 있음.

1502 훈증(熏蒸) : 찌는 듯이 더움.

1503 무단(無斷) : 사전에 허락이 없음. 또는 아무 사유가 없음.

1504 사생고락(死生苦樂) : 생사고락(生死苦樂). 삶과 죽음, 괴로움과 즐거움을 통틀어 이르는 말.

1505 마땅히 같이 하리니. 마땅히 함께 할 것이니.

1506 도관승당(道觀僧堂) : 도교(道敎)와 불교(佛敎)의 사원(寺院).

1507 내일 다시 찾아보는 것이 옳을까 합니다.

1508 운유종적(雲遊蹤跡) : 뜬구름처럼 널리 돌아다니며 노니는 자취.

1509 왕래무상(往來無常) : 오가는 것이 일정하지 않음.

ᄒᆞ니이다."

량인(兩人)이 주인(主人)을 작별(作別)하고 죽장(竹杖)을 집고 산(山)길을 차자 방향(方向) 업시 가더니 한 곳에 니르니 골이 깁고 길이 업거늘 바위 우에 안져 다리를 쉬일ᄉᆡ[1510] 홀연(忽然) 한 줄기 시ᄂᆡ[1511] 산(山) 머리로 나려오는지라. 홍(紅)이 손을 씨스며 물을 움키여 마시고 삼ᄅᆞᆼ(三娘)다려 왈(曰),

"이 물이 이상(異常)한 향(香)내 촉비(觸鼻)하니, 우리 그 근원(根源)을 차자봄이 엇더하뇨?"

삼ᄅᆞᆼ(三娘)이 응락(應諾)하고 물를[을] ᄯᅡ라 올나갈ᄉᆡ 슈ᄇᆡᆨ여 보(數百餘步)를 행(行)ᄒᆞᆷᄋᆡ 한 동학(洞壑)이 잇고 동즁(洞中)에 들어가니 ᄭᅩᆺ다온 나무와 긔이(奇異)한 ᄭᅩᆺ이 경개절승(景槪絶勝)[1512]하야 남방(南方)에 비습(卑濕)[1513]한 긔운(氣運)이 업거늘, 홍(紅)이 삼ᄅᆞᆼ(三娘)을 보아 왈(曰),

"내 고국(故國)을 ᄯᅥ난 지 오ᄅᆡ지 아니하나 남중풍토(南中風土)[1514]에 긔운(氣運)이 저상(沮喪)[1515]하더니 금일(今日) 이곳은 별유텬지비인간(別有天地非人間)[1516]이로다."

1510 바위 위에 앉아 다리를 쉬고 있는데.

1511 한 줄기 시냇물이.

1512 경개절승(景槪絶勝) : 경치가 매우 빼어남.

1513 비습(卑濕) : 바닥이 낮고 습기가 많음.

1514 남중풍토(南中風土) : 남쪽 지방의 기후와 토지의 상태.

1515 저상(沮喪) : 기운을 잃음.

1516 별유천지비인간(別有天地非人間) : 중국 당나라 시인인 이백(李白)의 〈산중문답(山中問答)〉시의 한 구절. 그 시는 "내가 왜 산 속에 사느냐고 묻지만, 나 웃을 뿐 대답 않으나 내 마음 한가로워. 복사꽃 뜬 냇물 저쪽 아득히 흘러가나니, 이곳은 별천지이지 인간세상이 아닐세.[問余何事栖碧山 笑而不答心自閒 桃花流水杳然去 別有天地非人間]"임.

셔로 말하며 슈십 보(數十步)를 더 행(行)ᄒᆞ니 한 구뷔 시ᄂᆡ 잇고 시ᄂᆡ 우에 일좌반셕(一座盤石)[1517]이 노엿는대 셕상(石上)에 일ᄀᆡ(一個) 도동(道童)이 류슈(流水)를 임(臨)하야 차(茶)를 다리거늘, 홍(紅)이 나아가 동자(童子)다려 문왈(問曰),

"우리는 길 일흔 사ᄅᆞᆷ이라. 잠간(暫間) 지도(指導)[1518]함이 엇더ᄒᆞ뇨?"

동자(童子)ㅣ 왈(曰),

"이곳에 다른 길이 업고 일즉 행인(行人)이 드러오지 아니ᄒᆞ거늘[1519] 그대는 엇더한 사람으로 이곳에 왓나뇨?"

홍(紅)이 밋쳐 답(答)지 못하야 일위(一位) 도사(道士)ㅣ 홍안ᄇᆡᆨ발(紅顔白髮)[1520]에 머리에 갈건(葛巾)[1521]을 쓰고 손에 ᄇᆡᆨ우션(白羽扇)[1522]을 들고 우슴을 씌우고 대슈풀로 나아오거늘[1523], 홍(紅)이 나아가 례필(禮畢)에 쑬어 고왈(告曰),

"이역(異域) 사ᄅᆞᆷ이 풍파(風波)에 표박(漂泊)ᄒᆞ야 ᄀᆞᆯ 곳을 아지 못ᄒᆞ오니 션ᄉᆡᆼ(先生)은 ᄉᆡᆼ도(生道)를 지시(指示)하소셔."

도사(道士)ㅣ 숙시량구(熟視良久)[1524]에 동자(童子)를 명(命)ᄒᆞ야,

"인도(引導)하라."

하고 돌쳐서[1525] 대슈풀로 들어가거늘, 홍(紅)과 삼랑(三娘)이 동자(童

1517 일좌반석(一座盤石) : 넓고 평평한 큰 돌 하나.
1518 지도(指導) : 길을 가리켜 인도(引導)함.
1519 일찍이 행인이 들어오지 아니하였거늘.
1520 홍안백발(紅顔白髮) : 늙어서 머리는 세었으나 얼굴은 붉고 윤이 나는 모습.
1521 갈건(葛巾) : 칡베로 만든 두건(頭巾).
1522 백우선(白羽扇) : 새의 흰 깃털로 만든 부채.
1523 웃음을 띠고 대숲에서 나오거늘.
1524 숙시양구(熟視良久) : 한동안 눈여겨 자세하게 들여다봄.
1525 돌이켜서. 몸을 돌려.

子)를 따라 두어 거름을 행(行)하니, 슈간초당(數間草堂)[1526]이 극(極)히 정결(淨潔)훈대 일쌍(一雙) 빅학(白鶴)은 솔 그늘에 조을고 슈기(數個) 사슴은 돌길에 배회(徘徊)하나[니], 홍(紅)이 평싱(平生) 열요번화(熱鬧繁華)한 대 자라 쳥졍(淸淨)훈 션경(仙境)을 처음 봄애 흉금(胸襟)이 상쾌(爽快)하고 정신(精神)이 쇄락(灑落)하야 거의 진세(塵世) 정연[념](情念)을 니즐러라.

도사(道士)ㅣ 양인(兩人)을 명(命)하야 당(堂)에 오르라 하며 왈(曰), "나는 산야지인(山野之人)이라. 허물치 말나."

홍(紅)이 삼랑(三娘)과 당(堂)에 올나 방(房)에 들어가 좌우(左右)에 시립(侍立)하니 도사(道士)ㅣ 왈(曰),

"그대의 모양을 보니 뭇지 안여도 중국(中國) 인물(人物)을 알지라[1527]. 이곳이 그윽ᄒᆞ야 원방(遠方) 사람이 왕닉(往來)치 못할지라. 아즉 로부(老夫)에게 머무러 고국(故國)에 도라갈 긔회(機會)를 기다리라."

홍(紅)이 빅배ᄉᆞ례(百拜謝禮)[1528]하고 도사(道士)의 도호(道號)를 물른ᄃᆡ 도사(道士)ㅣ 소왈(笑曰),

"로부(老夫)는 운유종적(雲遊踪跡)이라 무삼 도호(道號) 잇슬이오? 닐컨는 자(者)ㅣ 빅운도사(白雲道士)라 하노라.

홍(紅)이 자ᄎᆞ(自此)로 산중(山中)에 의탁(依託)홈애 신세(身世ㅣ) 편안(便安)홈이 객회(客懷)를 니졋스나 고국(故國)을 ᄉᆡᆼ각ᄒᆞ고 심사(心事) 비창(悲愴)ᄒᆞ더니, 일일(一日)은 도사(道士) 홍랑(紅娘)을 불너 왈(曰),

1526 수간초당(數間草堂) : 두어 칸 되는, 억새나 짚 따위로 지붕을 인 조그마한 집채.
1527 묻지 않아도 중국 사람임을 알겠다.
1528 백배사례(百拜謝禮) : 거듭 절을 하며 고맙다는 뜻을 나타냄.

"로부(老夫) 홍랑(紅娘)의 얼골을 봄애 타일(他日) 부귀(富貴)할 긔상(氣像)이 잇스니 로부(老夫)ㅣ 비록 아는 배 업스나 약간(若干) 드른 술법(術法)으로써 랑(娘)에게 젼(傳)코저 하노라."

홍랑(紅娘)이 ᄌᆡ배(再拜)하고 차일(此日)부터 사제지의(師弟之誼)를 매저 도동(道童)의 옷을 입고 가라침을 청(請)한ᄃᆡ 도사(道士)ㅣ ᄃᆡ열(大悅)ᄒᆞ야 몬저 의약복셔(醫藥卜筮)[1529]와 텬문지리(天文地理)[1530]를 ᄎᆞ졔(次第)로 가라치니, 홍랑(紅娘)의 총명(聰明)으로 문일지십(聞一知十)[1531]ᄒᆞ야 배옴이 쉬웁고 가라침이 어렵지 아니ᄒᆞ니, 도사(道士)ㅣ 일변(一邊) 깃거하며 이에 병법(兵法)으로써 젼슈(傳授)ᄒᆞ야 왈(曰),

"륙도삼략(六韜三略)[1532]의 합변(合變)[1533]하는 슈단(手段)과 팔문(八門)[1534]의 변화(變化)하는 방법(方法)은 오히려 세간(世間)에 젼(傳)ᄒᆞ는 바라 ᄇᆡ호기 어렵지 아니ᄒᆞ나[1535] 로부(老夫)에게 잇는[1536] 병법(兵法)은 이에 션천비계[세](先天秘書ㅣ)[1537]라. 그 사ᄅᆞᆷ이 안인 쥭[즉](則) 젼수(傳授)치 못하니, 그 법술(法術)이 젼(全)혀 삼재(三才ㅣ) 상

1529 의약복서(醫藥卜筮) : 의술(醫術)과 점술(占術)을 아울러 이르는 말.

1530 천문지리(天文地理) : 천문학과 지리학.

1531 문일지십(聞一知十) : 하나를 들으면 열을 앎.

1532 육도삼략(六韜三略) : 중국 병법의 고전으로, 태공망(太公望)이 지은《육도(六韜)》와 황석공(黃石公)이 지은《삼략(三略)》을 아울러 이르는 말.

1533 합변(合變) : 합하여 변화함.

1534 팔문(八門) : 음양(陰陽)이나 점술에 능한 사람이 구궁(九宮)에 맞추어서 길흉을 점치는 여덟 문(門). 휴문(休門), 생문(生門), 상문(傷門), 두문(杜門), 경문(景門), 사문(死門), 경문(驚門), 개문(開門)을 이름.

1535 배우기 어렵지 아니하나.

1536 노부가 지니고 있는.

1537 선천비서(先天秘書) : 현재의 천지가 이루어지기 이전 세상에서 사람의 길흉화복을 미리 예언하여 적은 책.

생(相生)하고[1538] 오힝(五行) 상극(相剋)하야[1539] 일호(一毫)[1540] 권술(權術)[1541]이 업스나 그 풍운조화지묘(風雲造化之妙)[1542]와 역귀강[항]마지법(役鬼降魔之法)[1543]이 지졍치뭇[지묘](至精至妙)[1544]하니, 네 평싱(平生)을 수용(需用)[1545]하나 요탄(妖誕)[1546]한 일홈을 듯지 아니리라."

홍랑(紅娘)이 일일(一一)히 븨와 수월지간(數月之間)[1547]에 무불달통(無不達通)[1548]하니, 도사(道士)ㅣ 대경 왈(大驚曰),

"너는 텬재(天才)라. 로부(老夫)ㅣ 당(當)치 못하리니 이만 하야도 거의 세간(世間)에 무적(無敵)하려니와 다시 한 무예(武藝)를 배호라. 드대여 금[검]술(劍術)을 가라처 왈(曰),

"녯적에 셔 부인(徐夫人)[1549]은 다만 칼 치는 법(法)을 알고[1550] 그 쓸 줄은 모르며[1551], 공손딕랑(公孫大娘)[1552]은 그 쓸 줄은 아나 그 치

1538 천(天)·지(地)·인(人) 삼재(三才)가 서로 북돋우며 다 같이 잘 살아가고.

1539 오행(五行) 가운데 금(金)은 목(木)과, 목은 토(土)와, 토는 수(水)와, 수는 화(火)와, 화는 금과 조화를 이루지 못하여.

1540 일호(一毫) : 털끝만큼.

1541 권술(權術) : 권모술수(權謀術數). 목적 달성을 위하여 수단과 방법을 가리지 아니하는 온갖 모략이나 술책.

1542 풍운조화지묘(風雲造化之妙) : 바람이나 구름이 예측하기 어렵게 변화하는 오묘함.

1543 역귀항마지법(役鬼降魔之法) : 귀신을 부려 마귀를 퇴치하는 방법.

1544 지정지묘(至精至妙) : 지극히 정밀하고 오묘함.

1545 수용(需用) : 사물을 꼭 써야 할 곳에 씀. 또는 그 일이나 물건.

1546 요탄(妖誕) : 언행이 괴상하고 허무맹랑함.

1547 수월지간(數月之間) : 두어 달 사이.

1548 무불달통(無不達通) : 모든 것에 통달함.

1549 서 부인(徐夫人) : 중국 전국시대 조(趙)나라 사람. 진시황을 암살하러 가는 자객 형가(荊軻)에게 독약을 바른 비수(匕首)를 주었다고 함.

1550 다만 격검(擊劍)하는 법을 알고.

1551 용검(用劍)할 줄은 모르며.

1552 공손대랑(公孫大娘) : 중국 당(唐)나라 때 교방기생으로, 검무(劍舞)를 잘 추었다

난 법(法)을 몰나스니, 로부(老夫)의 젼(傳)하는 바는 이에 텬상참창션관(天上欃槍仙官)[1553]의 비결(秘訣)이라. 그 주션(周旋)홈은 풍우(風雨) 갓고 그 변화(變化)홈은 운우(雲雨)를 닐우니[1554], 이 비단(非但) 만인(萬人)을 대적(對敵)할 샏아니라 닉 협중(篋中)[1555]에 두어 자루 칼이 잇스니 일홈은 부용검(芙蓉劍)이라. 일월정긔(日月精氣)[1556]와 셩두문장(星斗文章)[1557]을 씌여 돌을 치믹 돌이 쌔여지고 쇠를 버힘애 쇠 긋어지나니, 룡텬태아(龍泉太阿)[1558]와 간장막야(干將莫耶)[1559]에 비(比)할 배 아니라. 범인(凡人)에게 젼(傳)치 아니랴 두엇더니 이졔 너를 쥬노니 잘 쓰게 ᄒ라."

홍(紅)이 배슈(拜受)[1560]하야 ᄌ차(自此)[1561]로 밤이면 도사(道士)를 뫼셔 병법(兵法)과 금[검]술(劍術)을 강론(講論)하고 낫이면 손삼랑(孫三娘)을 다리고 산중(山中)에 터를 닥가 진법(陣法)을 사습(私

고 함.

1553 천상참창선관(天上欃槍仙官) : 혜성(彗星)의 이름으로, 천참성(天欃星)과 천창성(天槍星)을 가리킴. 흉한 별로 전쟁의 발발을 상징한다고 함.

1554 구름과 비를 일으키니.

1555 주) 723 참조.

1556 일월정기(日月精氣) : 해와 달의 생기 있고 빛이 나는 기운.

1557 성두문장(星斗文章) : 북두성(北斗星)과 같은 문장이라는 뜻으로, 훌륭한 문장을 말함.

1558 용천태아(龍泉太阿) : 중국 고대의 보검(寶劍). 진(晉)나라 장화(張華)와 뇌환(雷煥)이 용천(龍泉)과 태아(太阿)라는 두 보검을 소유하고 있었는데, 그들이 죽고 나서 두 보검이 절로 연평진(延平津) 속으로 날아 들어가서 두 마리 용으로 바뀐 채 유유히 모습을 감췄다는 전설이 있음.

1559 간장막야(干將莫耶) : 중국 춘추시대 오(吳)나라의 보검. 오나라 왕 합려(闔閭)는 유명한 대장장이인 간장(干將)에게 명검을 주문하였고, 이에 간장은 그의 아내인 막야(莫耶)의 머리털과 손톱을 쇠와 함께 가마 속에 넣어 칼을 만든 뒤 그 칼에 자신과 아내의 이름을 붙였다고 함.

1560 배수(拜受) : 공경하는 마음으로 삼가 받음.

1561 자차(自此) : 이로부터. 이때부터.

習)[1562]하여 검술(劍術)을 공부(工夫)하야 쥬야(晝夜)로 소견(消遣)ᄒᆞ니 젹막우량(寂寞踽凉)[1563]함을 자못 니즐너라[1564].

일일(一日)은 홍(紅)이 부용검(芙蓉劍)을 들고 연무장(鍊武場)에 니르러 검술(劍術)을 ᄉᆞ습(私習)ᄒᆞ더니 도동(道童) 쳥운(靑雲)이 무삼 책(冊)을 들고 와 쇼왈(笑曰),

"사형(師兄)이 검술(劍術)도 ᄇᆡ호려니와 이것을 보라. 이는 선텬둔갑방셔(先天遁甲方書)[1565]니 선ᄉᆡᆼ(先生)이 감츄어 두신 고(故)로 도젹(盜賊)ᄒᆞ야 왓노라."

홍(紅)이 경왈(驚曰),

"사부(師父)ㅣ 우리를 사ᄅᆞᆼᄒᆞ사 아니 가라치신 배 업거늘 이것은 반다시 망령(妄靈)도이 볼 바 안닌가 ᄒᆞ나니[1566] ᄲᆞᆯ니 갓다 두라[1567]."

쳥운(靑雲)이 쇼왈(笑曰),

"밤이면 선ᄉᆡᆼ(先生)이 취침(就寢)하심을 타 이 방셔(方書)[1568]를 도젹(盜賊)하야 보니 가장 신통(神通)한 법(法)이라. ᄂᆡ 잠간(暫間) 시험(試驗)하야 보리라."

하고 풀입을 ᄯᅳᆺ어[1569] 진언(眞言)[1570]을 념(念)하며 풀납ᄉᆡ를 공즁(空

1562 사습(私習) : 스승 없이 혼자 스스로 배워서 익힘. *활쏘기에서 정식으로 쏘기 전에 연습으로 쏘는 일.

1563 적막우량(寂寞踽凉) : 의지할 데 없어 외롭고 쓸쓸함.

1564 자못 잊을레라. 제법 잊겠더라.

1565 선천둔갑방서(先天遁甲方書) : 현재의 천지가 이루어지기 이전 세상에서 마음대로 자기 몸을 감추거나 다른 것으로 변하게 하는 둔갑술(遁甲術)을 적은 책.

1566 망령되게 볼 것이 아닌가 하노니.

1567 빨리 갖다 두라.

1568 방서(方書) : 신선의 술법인 방술(方術)을 적은 글이나 책.

1569 풀잎을 뜯어.

1570 진언(眞言) : 진실하여 거짓이 없는 말이라는 뜻으로, 비밀스러운 어구를 이르는 말.

中)에 더짐애[1571] 일개(一個) 쳥의동자(青衣童子)ㅣ 되거늘, 쳥운(青雲)이 웃고 다시 진언(眞言)을 념(念)ᄒᆞ며 풀입을 무슈(無數)히 던지니 채운(彩雲)이 니러나며 그 닙식 낫낫치 화(化)하야 신장귀졸(神將鬼卒)[1572]과 션관선녀(仙官仙女)[1573] 되어 분분(紛紛)[1574]이 하강(下降)하더니 홀연(忽然) 신 ᄭᅳ으는 소래 나며[1575] 도사(道士)ㅣ 청운(青雲)을 불너 왈(曰),

"쳥운(青雲)아, 네 엇지 요탄(妖誕)한 ᄌᆡ조(才操)를 자ᄅᆡᆼ ᄒᆞ나뇨? 섈니 거두라!"

하고 홍(紅)을 보아 왈(曰),

"도가(道家)에 둔갑(遁甲)은 허황(虛荒)한 술법(術法)이라 네게 젼(傳)코저 아니ᄒᆞ엿더니, 임의 누설(漏泄)하얏스니 대강(大綱) 배홈이 무방(無妨)하나 타일(他日) 도(道)를 엇어[1576] 신명(神明)[1577]을 더러이고[1578] 크게 낭패(狼狽)[1579]할 자(者)는 쳥운(青雲)이라."

하더라.

1571 풀 잎사귀를 공중에 던지매.

1572 신장귀졸(神將鬼卒) : 귀신 가운데 사방의 잡귀나 악신을 몰아 장수신인 신장과 온갖 잡스러운 귀신을 통틀어 이르는 귀졸.

1573 선관선녀(仙官仙女) : 선경(仙境)에서 벼슬살이를 하는 신선과 선녀.

1574 분분(紛紛) : 여럿이 한데 뒤섞여 어수선한 모양.

1575 신발 끄는 소리가 나며.

1576 도를 얻어.

1577 신명(神明) : 천지(天地)의 신령.

1578 더럽히고.

1579 낭패(狼狽) : 계획한 일이 실패로 돌아가거나 기대에 어긋나 매우 딱하게 됨. 낭(狼)과 패(狽)는 전설 속에 나오는 동물들로서, 낭은 용감하긴 하나 뒷다리가 없거나 아주 짧고 겁쟁이인 대신에 패는 꾀가 많고 앞다리가 없거나 아주 짧았음. 낭과 패는 떨어지면 모든 일이 하고자 하는 대로 되지 않고 실패로 돌아가게 되었다고 함.

일일(一日)은 홍(紅)이 도사(道士)를 뫼셔 둔갑(遁甲)을 의논(議論)하고 야심 후(夜深後) 침소(寢所)로 도라갈싀 문(門) 밧게 나섬의 일기(一個) 녀자(女子) ㅣ 초당(草堂) 창(窓)밧게셔 도사(道士)와 홍(紅)에 슈작(酬酌)[1580]을 듯다가 홍(紅)에 나옴을 보고 놀나 인홀불견(因忽不見)[1581]하니, 홍(紅)이 대경(大驚)하야 도사(道士)에게 고(告)한듸 도사(道士) ㅣ 소왈(笑曰),

"이곳은 산즁(山中)이라. 귀믹(鬼魅)[1582]와 호경(狐精)[1583]이 잇셔 왕왕(往往)이 이러하니 경동(驚動)[1584]치 말녀니와[1585] 다만 불행(不幸)한 바는 우리 둔갑방셔(遁甲方書)의 슈작(酬酌)흔 말를[을] 드럿슨 즉(則) 타일(他日) 후환(後患)이 되야 잠간(暫間) 인간(人間)을 쇼동(騷動)[1586]할가 흐노라."

하며 홍(紅)다려 닐너 왈(曰),

"산즁(山中)에 잇슬 날은 적고 나갈 날이 불원(不遠)하니 무비일시연분(無非一時緣分)[1587]이라 초창(怊悵)[1588]하야 말나."

하고 협즁(篋中)으로 일기(一個) 옥적(玉笛)을 닉여 친(親)히 수곡(數曲)을 불고 홍(紅)을 가라처 왈(曰),

"네 이 옥적(玉笛)을 배와 둔 즉(則) 쓸 곳이 잇스리라."

1580 수작(酬酌) : 서로 말을 주고받음. 또는 그 말. *술잔을 주고받음.

1581 인홀불견(因忽不見) : 문득 사라져 보이지 않음.

1582 귀매(鬼魅) : 도깨비와 모질고 사나운 귀신의 하나인 두억시니 따위를 이르는 말.

1583 호정(狐精) : 여우의 넋.

1584 경동(驚動) : 놀라서 움직임.

1585 말려니와. 말겠거니와.

1586 소동(騷動) : 사람들이 놀라거나 흥분하여 시끄럽게 법석거리고 떠들어 대는 일.

1587 무비일시연분(無非一時緣分) : 한때의 연분이 아닌 것이 없음. 모두가 한때의 연분임.

1588 초창(怊悵) : 한탄스러워 하고 슬퍼함.

홍(紅)이 본디 음률(音律)에 싱소(生疎)[1589]치 안인지라. 삽시간(霎時間)[1590]에 곡조(曲調)를 졍통(精通)하니 도사(道士)ㅣ 디희 왈(大喜曰),

"이 옥적(玉笛)이 본디 한 쌍(雙)으로 일개(一個)는 문창셩군(文昌星君)[1591]에게 잇나니, 네 타일(他日) 고국(故國)에 도라갈 긔회(機會ㅣ) 여긔 잇슬가 ᄒᆞ노라. 일치 말고[1592] 잘 두라."

하더라.

광음(光陰)이 홀홀(忽忽)하야 홍(紅)이 닙산(入山)한 지 쟝근(將近)[1593] 이년(二年)이라.

일일(一日)은 도사(道士)ㅣ 홍(紅)을 다리고 초당(草堂) 압헤 배회(徘徊)하며 달을 구경하다가 죽장(竹杖)을 들어 텬상(天上)을 가라처[1594] 왈(曰),

"네 져 별을 알소냐?"

홍(紅)이 봄이 한낫[1595] 큰 별이 자미원(紫薇垣)[1596]에 둘렷거늘[1597] 대왈(對曰),

"문창셩(文昌星)인가 하나이다."

1589 생소(生疎) : 익숙하지 못하고 서투름.

1590 삽시간(霎時間) : 매우 짧은 시간.

1591 문창성군(文昌星君) : 천하의 문장에 관한 일을 주관하는 별. 북두칠성의 여섯 번째 별.

1592 잃지 말고. 잃어버리지 말고.

1593 장근(將近) : 거의 ~에 가까워짐.

1594 가리키며.

1595 한낱. 하나의.

1596 자미원(紫薇垣) : 천제(天帝)의 자리를 상징하는 별인 태미성(太薇星)과 자궁(紫宮). 태미성은 북두칠성의 남쪽에 있고, 자궁은 북두칠성의 북쪽에 있는 별자리로, 자미궁(紫微宮)·자미원(紫薇垣)이라고도 함.

1597 둘렀거늘. 둘러쌌거늘.

도사(道士)ㅣ 웃고 남방(南方)을 가라처 왈(曰),

"근일(近日) 태빅(太白)[1598]이 남두(南斗)[1599]를 범(犯)하니 남방(南方)에 병화(兵火)[1600] 잇슬 것이오, 문창(文昌)이 광채(光彩ㅣ) 휘황(輝煌)하야 젼[제]원(帝垣)[1601]을 호위(護衛)하엿스니 즁국(中國)에 인직(人才)라. 칠십 년(七十年) 태평지치(太平之治)[1602]를 일울가[1603] 하노라."

홍(紅)이 쇼왈(笑曰),

"임의 병화(兵火) 잇슨 즉(則) 엇지 태평지치(太平之治)를 일우리잇가?"

도사(道士)ㅣ 미소 왈(微笑曰),

"일난일치(一亂一治)[1604]는 순환지리(循環之理)[1605]라. 일시(一時) 병화(兵火)를 엇지 족(足)히 말하리오?"

하더라.

홍(紅)이 도라와 잠간(暫間) 잠을 들엇더니 신혼(神魂)[1606]이 표탕(飄蕩)[1607]한 즁(中)에 한 곳에 니르니 살긔등텬(殺氣騰天)[1608]하고 풍우딕작(風雨大作)[1609]홈이 일기(一箇) 밍수(猛獸) 크게 쇼래하며 한 놈

1598 태백(太白) : 태백성(太白星). 저녁 무렵 서쪽 하늘에 보이는 금성(金星)을 이르는 말.

1599 남두(南斗) : 남두육성(南斗六星). 궁수자리에 있는 국자 모양의 여섯 개의 별.

1600 병화(兵火) : 전쟁으로 말미암아 일어나는 화재.

1601 제원(帝垣) : 자미원(紫薇垣). 제왕을 상징하는 별자리.

1602 태평지치(太平之治) : 태평스러운 다스림.

1603 이룰까.

1604 일란일치(一亂一治) : 치세(治世)와 난세(亂世)가 교차함.

1605 순환지리(循環之理) : 순환하는 이치.

1606 신혼(神魂) : 정신(精神)과 넋.

1607 표탕(飄蕩) : 정처 없이 헤매어 떠돎. *홍수로 재산을 떠내려 보냄.

1608 살기등천(殺氣騰天) : 독살스러운 기운이 하늘에까지 뻗침.

자(男子)를 물고져 하거늘, 그 남자(男子)를 자셔[세](仔細)히 보니 이에 양 공자(楊公子)ㅣ라. 홍(紅)이 대로(大怒)하야 부용검(芙蓉劍)을 들어 그 맹수(猛獸)를 치며 쇼래하니 손삼랑(孫三娘)이 엽헤 누엇다가 깨여 왈(曰),

"랑자(娘子)는 무삼 꿈을 꾸시뇨?"

하거늘 홍(紅)이 잠을 깨여 젼젼불매(輾轉不寐)[1610]하며 심즁(心中)에 생각하되,

'우리 공자(公子)ㅣ 반닷이 무삼 액회(厄會ㅣ) 잇슴이라. 내 이졔 말[만]리(萬里) 박게 망연(茫然)이 쇼식(消息)을 모르니 비록 구(救)코져 하나 엇지 구(救)하리오?'

은근(慇懃)한 념녀(念慮)와 무궁(無窮)한 생각이 밤새도록 분분(紛紛)하더라.

일일(一日)은 홍(紅)이 도사(道士)를 뫼시여 병법(兵法)을 강논(講論)하더니 홀연(忽然) 산문(山門) 박게 말 쇼래 나며 동자(童子)ㅣ 창황(蒼黃) 보왈(報曰),

"남만왕(南蠻王)이 문(門)에 와 쳥알(請謁)하나이다."

하거늘 도사(道士)ㅣ 홍(紅)을 도라보며 웃고 즉시(卽時) 나탁(哪咤)을 나아가 마저[1611] 례필(禮畢)에 나탁(哪咤)이 피셕(避席)[1612] 재배 왈(再拜曰),

---

1609 풍우대작(風雨大作) : 바람이 몹시 불고 비가 많이 쏟아짐.

1610 주) 1241 참조.

1611 맞아. 맞이하여.

1612 피석(避席) : 공경의 뜻을 나타내기 위하여 웃어른을 모시던 자리에서 일어남. *자리를 피하여 물러남.

"과인(寡人)이 션싱(先生)의 고명(高名)을 우레갓치 듯ᄌᆞ오나[1613] 정셩(精誠)이 쳔박(淺薄)[1614]하와 이졔 뵈오니 그윽히 불민(不敏)하야 하나이다.[1615]"

도사(道士) 대왈(對曰),

"이 엇지 산즁한인(山中閑人)[1616]을 이 갓치 심방(尋訪)하시나잇가[1617]?"

만왕(蠻王)이 쏘 재배 왈(再拜曰),

"남방(南方) 오대동천(五大洞天)[1618]은 과인(寡人)의 세세상전(世世相傳)[1619]ᄒᆞᆫ 구긔(舊基)[1620]라. 이졔 무단(無斷)이 즁국(中國)에 일케 되얏스니[1621] 션싱(先生)은 불상이 녁이시쇼셔[1622]."

도사(道士)ㅣ 쇼왈(笑曰),

"산야(山野) 로객(老客)이 다만 산(山)을 ᄃᆡ(對)하며 물을 구경할 ᄯᆞ름이라. 무삼 계교(計巧) 잇셔 대왕(大王)을 도으리잇고?"

만왕(蠻王)이 눈물을 흘녀 왈(曰),

"과인(寡人)은 들름애[1623] '월(越)나라 ᄉᆡ는 남녁 가지를[에] ᄉᆡᆼ각하[깃들이]고, 대(臺)[되(胡)] ᄯᅡ 말은 북녁 바람을 (향해) 사랑한다[고개를 돌린다].'[1624] ᄒᆞ니, 선ᄉᆡᆼ(先生)이 쏘한 남방(南方) 사람이라. 그

1613 우레같이 들었사오나.

1614 쳔박(淺薄) : 학문이나 생각 따위가 얕거나, 말이나 행동 따위가 상스러움.

1615 몹시 어리석고 둔하여 재빠르지 못하였다고 생각하옵니다.

1616 산중한인(山中閑人) : 산 속에서 한가하게 지내는 사람.

1617 산 속에서 한가하게 지내는 사람을 무슨 일로 이같이 찾아오셨습니까?

1618 오대동천(五大洞天) : 다섯 개의 큰 동천. '동천'은 산천으로 둘러싸인 경치 좋은 곳.

1619 세세상전(世世相傳) : 대대로 전해져 옴.

1620 구기(舊基) : 옛 터전. 예전에 자리 잡아 살림의 근거지가 되는 곳.

1621 잃게 되었으니.

1622 불쌍하게 여기시옵소서.

1623 과인이 들으매.

싸에 쳐(處)하사 환란[난](患難)을 구(救)치 아니하시니 엇지 의긔(義氣)리잇고? 복망(伏望) 션싱(先生)은 과인(寡人)의 실소(失所)함을 불상히 보사 그 회복(回復)할 방책(方策)을 지시(指示)하소셔."

도사(道士) ㅣ 쇼왈(笑曰),

"로부(老夫) ㅣ 다시 싱각ᄒᆞ야 보리니 왕(王)은 잠간(暫間) 밧게 쉬이소셔."

나탁(哪咤)이 ᄃᆡ희(大喜)하야 외당(外堂)으로 나아가니 도사(道士) ㅣ 홍(紅)을 불너 집슈(執手) 초창 왈(怊悵曰),

"금일(今日)은 랑(娘)이 고국(故國)으로 도라갈 날이라. 로부(老夫) ㅣ 랑(娘)으로 더부러 슈년(數年) 사뎨지의(師弟之誼)[1625]를 ᄆᆡ져 셔로 적막(寂寞)한 회포(懷抱)를 위로(慰勞)하더니, 이제 길이 이별(離別)함을 당(當)하니 엇지 창연(悵然)치 아니리오?"

홍(紅)이 차경차희(且驚且喜)[1626]ᄒᆞ야 그 곡졀(曲折)을 무른대 도사(道士) ㅣ 왈(曰),

"로부(老夫)는 별인(別人)이 아니라 셔쳔(西天) 문수보살(文殊菩薩)[1627]이러니 관세음(觀世音)[1628]의 명(命)을 바다 그대에게 병법(兵法)

1624 중국 남북조시대 양(梁)나라의 소명태자(昭明太子)가 엮은《문선(文選)》잡시(雜詩)에 실려 있는 구절임. 중국 한(漢)나라 때 작자 미상의 고시(古詩) 19수(首) 가운데 첫째 시에, "호마는 북풍 따라 북으로 머리 돌리고, 월 땅의 새는 남쪽 나뭇가지에 깃들인다네.[호마의북풍(胡馬依北風) 월조소남지(越鳥巢南枝)]"라는 대목이 있음. 고향을 떠나 사는 사람들이 읊조리며 고향 생각에 젖어 눈물을 흘리는 명구(名句)로 알려져 있음.

1625 사제지의(師弟之誼) : 스승과 제자 사이의 정의(情誼).

1626 차경차희(且驚且喜) : 한편으로 놀라고 또 한편으로는 기쁨.

1627 문수보살(文殊菩薩) : 묘덕(妙德)·묘수(妙首)·묘길상(妙吉祥)의 뜻. 보현보살(普賢菩薩)과 짝하여 석가(釋迦)의 왼편에 있어, 지혜(智慧·知慧)를 맡은 보살(菩薩).

1628 관세음(觀世音) : 관세음보살(觀世音菩薩). 천수대비(千手大悲). 천안대비(千眼

을 전(傳)코저 옴이라. 이제 그ᄃᆡ의 ᄋᆡᆨ운(厄運)이 진(盡)하고 길운(吉運)이 도라오니 고국(故國)에 도라가 영화(榮華)를 누리려니와 오히려 미우(眉宇)[1629]에 반년(半年) 살긔(殺氣) 잇셔 병화(兵火)로 ᄯᅢ일지니[1630] 십분(十分) 조심(操心)하라."

홍(紅)이 함루 왈(含淚曰),

"뎨자(弟子)ㅣ 일ᄀᆡ(一個) 여자(女子)로 비록 약간(若干) 병법(兵法)을 배왓스나 고국(故國)에 도라갈 길을 아지 못하나니 밝히 가라치쇼셔."

도사(道士)ㅣ 쇼왈(笑曰),

"그대는 본대 세상(世上) 사람이 아니라 텬상(天上) 셩정(星精)으로 문창(文昌)과 숙연(宿緣)이 잇셔 인간(人間)에 적강(謫降)ᄒᆞ야 차생(此生)에 상봉(相逢)ᄒᆞ야 타일(他日) 부귀(富貴)를 눌일 것이니, 관세음(觀世音)에 지도(指導)하신 배라. 자연(自然) 즉[주]합(湊合)[1631] ᄒᆞ야 인력(人力)으로 할 배 안이니 근심치 말나."

또 일너 왈(曰),

"나탁(哪咤)은 역시(亦是) 텬상(天上) 텬랑성신(天狼星辰)[1632]이라. 그대 만일(萬一) 구(救)하지 아니한 즉(則) 의(義ㅣ) 안일가 하노라[1633]."

홍(紅)이 재배슈명(再拜受命)[1634]ᄒᆞ고 눈물이 영영(盈盈)[1635] 왈(曰),

大悲). 아미타불(阿彌陀佛)의 왼편에서 교화를 돕는 보살. 사보살의 하나임.

1629 주) 98 참조.

1630 반년 간의 살기가 있어 전쟁으로 말미암아 일어나는 화재로 때울 것이니.

1631 주합(湊合) : 그러모아 하나로 합함.

1632 천랑성신(天狼星辰) : 천랑성(天狼星). 별자리의 하나. 시리우스. 큰개자리에서 가장 밝은 청백색의 별.

1633 의리가 아닐까 하노라.

1634 재배수명(再拜受命) : 두 번 절하고 명을 받듦.

1635 영영(盈盈) : 눈물 따위가 가득 차서 찰랑찰랑함. ＊용모가 곱고 아름다움.

"션생(先生)을 금일(今日) 배별(拜別)[1636]한 즉(則) 어느 쌔에 다시 뵈오리잇가?"

도사(道士)ㅣ 쇼왈(笑曰),

"평수봉별(萍水逢別)[1637]은 미리 뎡(定)치 못하나 길이 달나 텬상극낙(天上極樂)[1638]을 갓치 즐겨함은 칠십 년 후(七十年後)에 잇슬가 하노라."

설파(說罷)에 만왕(蠻王)을 다시 청(請)ᄒᆞ야 왈(曰),

"로부(老夫)ㅣ 병(病)들고 늙어 뎨자(弟子) 일인(一人)을 대행(代行)하노니, 그 일홈은 홍혼탈(紅渾脫)이라. 맛당히 대왕(大王)에 구긔(舊基)를 영실(永失)[1639]치 안일가 하나이다."

나탁(哪咤)이 사례(謝禮)ᄒᆞ고 산문(山門)에 나가거늘, 홍(紅)이 도사(道士)게 ᄒᆞ직(下直)ᄒᆞ며 눈물을 금(禁)치 못ᄒᆞ니, 도사(道士)ㅣ 쏘 창연 왈(悵然曰),

"불가(佛家) 계률(戒律)이 정연(情緣)[1640]을 밋지 아니ᄒᆞ나니 로부(老夫)ㅣ 부지럽시[1641] 랑(娘)으로 더부러 셔로 맛나 그 재죠(才操)를 사랑하야 자연(自然) 허심(許心)함이[1642] 쏘ᄒᆞᆫ 정연(情緣)이 깁허스니, 이제 비록 청산빅운(青山白雲)에 봉별(逢別)이 무정(無情)ᄒᆞ나 옥경(玉京)[1643] 청도(淸都)[1644]에 후약(後約)이 잇슬지니 바라건대 인간숙연

1636 배별(拜別) : 절하고 작별한다는 뜻으로, 존경하는 사람과의 작별을 높여 이르는 말.

1637 평수봉별(萍水逢別) : 물 위에 떠다니는 개구리밥처럼 우연히 만났다가 우연히 헤어짐.

1638 천상극락(天上極樂) : 하늘나라에서의 지극한 즐거움.

1639 영실(永失) : 길이 잃어버림. 영원히 잃음.

1640 정연(情緣) : 남녀 사이의 인연.

1641 부질없이. 대수롭지 아니하거나 쓸모가 없이.

1642 마음을 허락하매.

(人間宿緣)[1645]을 쌜니 맛치고 상계극낙(上界極樂)[1646]으로 도라오라."

홍(紅)이 눈물을 쓰리며 고왈(告曰),

"뎨자(弟子)ㅣ 만왕(蠻王)을 구(救)한 후(後) 고국(故國)에 도라가ᄂᆞᆫ 날 다시 산문(山門)에 니르러 선ᄉᆡᆼ(先生)게 배알(拜謁)코져 하나이다."

도사(道士)ㅣ 쇼왈(笑曰),

" 로부(老夫)ㅣ 쏘한 셔텬(西天)으로 ᄀᆞᆯ길이 밧부니 그대 비록 밧비 오나 보지 못할리라."

홍(紅)이 울며 참아 써나지 못ᄒᆞ니, 도사(道士)ㅣ 위로(慰勞)ᄒᆞ며 ᄌᆡ삼(再三) 가기를 ᄌᆡ촉한대, 홍(紅)이 할일업셔[1647] ᄇᆡ사(拜辭)[1648]하고 청운(靑雲)과 악수상별(握手相別)[1649]한 후(後) 손삼랑(孫三娘)을 다리고 만왕(蠻王)을 짜라 진즁(陣中)에 니름ᄋᆡ[1650] 죵적(踪跡)을 감초니[1651] 진짓[1652] 일재[개](一個) 쇼년명장(少年名將)이라 칭찬(稱讚)하더라.

차셜(且說) 윤 소제(尹小姐ㅣ) 삼랑(三娘)을 보내고 조민(躁悶)[1653]이

1643 옥경(玉京) : 백옥경(白玉京). 하늘 위에 옥황상제가 산다고 하는 가상적인 서울.

1644 청도(淸都) : 옥황상제가 거처한다는 천상의 궁궐.

1645 인간숙연(人間宿緣) : 인간세상에서의 묵은 인연.

1646 상계극락(上界極樂) : 극락정토(極樂淨土).

1647 하릴없어. 달리 어떻게 할 도리가 없어서.

1648 배사(拜辭) : 하직 인사를 올림.

1649 악수상별(握手相別) : 손을 잡고 작별 인사를 나눔.

1650 이르매. 도착하매.

1651 (여성의) 자취를 감추니.

1652 짐짓. 아닌 게 아니라 정말로. 과연(果然).

1653 조민(躁悶) : 마음이 조급하여 가슴이 답답하고 괴로움.

안젓더니 윤 자사(尹刺史)ㅣ 전당호(錢塘湖)로 도라와 홍(紅)의 죽음을 말ᄒᆞ니, 소져(小姐) 대경차악(大驚且愕)[1654]ᄒᆞ야 함누 왈(含淚曰),

"그 죽음이 불상할 ᄲᅮᆫ아니라 그 위인(爲人)이 앗갑도소이다[1655]."

일변(一邊) 심즁(心中)에 삼낭(三娘)의 회보(回報)를 은근(慇懃)이 고대(苦待)ᄒᆞ더니 맛참ᄂᆡ 소식(消息)이 업고, 수일 후(數日後) 자사(刺史)ㅣ ᄂᆡ당(內堂)에 드러와 소저(小姐)를 ᄃᆡ(對)하야 왈(曰),

"홍(紅)의 용모(容貌) 위인(爲人)이 엇지 수중원혼(水中冤魂)[1656]이 될 쥴 알얏스리오[1657]?"

쇼뎨(小姐ㅣ) 경왈(驚曰),

"홍(紅)의 신뎨(身體)[1658]을 건진이잇가[1659]?"

자사(刺史)ㅣ 왈(曰),

"오날 절강(浙江) 어귀 직힌 사공(沙工)이 고(告)하되,

'강변(江邊) 조셕수(潮汐水)[1660] 나는 곳에 량인(兩人)의 신뎨(身體ㅣ) 잇스되 모래와 돌에 상(傷)한 ᄇᆡ 되야 남녀로소(男女老少)을[를] 분간(分揀)치 못ᄒᆞ고 인(因)ᄒᆞ야 그날 저녁 조슈(潮水)에 밀니여 간 곳이 업다.'

ᄒᆞ니, 다만 그 둘 됨이 고이하나 홍(紅)에 신뎨(身體)인가 하노라."

소뎨(小姐ㅣ) 심즁(心中)에 더욱 경동(驚動)ᄒᆞ더라.

1654 대경차악(大驚且愕) : 크게 놀라고 또한 경악(驚愕)함. 소스라치게 깜짝 놀람.
1655 아깝습디다.
1656 수중원혼(水中冤魂) : 분하고 억울하게 물에 빠져 죽은 사람의 넋.
1657 알았으랴?
1658 신체(身體) : 갓 죽은 사람의 송장. ＊사람의 몸.
1659 건졌습니까?
1660 조석수(潮汐水) : 밀물과 썰물.

각셜(却說) 련옥(蓮玉)이 홍(紅)에 죽음을 듯고 발을 굴으며 통곡(痛哭)ᄒᆞ고 관문(官門)을 두다려[1661] 왈(曰),

"소녀(小女)는 강남홍(江南紅)의 종 련옥(蓮玉)이라. 홍(紅)도 부모친척(父母親戚)이 업고 쇼녀(小女)도 부모친척(父母親戚)이 업셔 고단(孤單)한 신셰(身世ㅣ) 노쥬(奴主) 셔로 의지(依支)하야 형뎨골륙(兄弟骨肉)[1662]에 다름이 업더니, 홍(紅)이 이제 무죄(無罪)히 강즁원혼(江中冤魂)[1663]이 되야 남은 쌔를 거둘 자(者)ㅣ 업사오니, 쇼녀(小女)는 원(願)컨ᄃᆡ 관력(官力)을 비러[1664] ᄇᆡᆨ골(白骨)을 슈습(收拾)ᄒᆞ야 뭇어줄가 ᄒᆞ나이다."

자사(刺史)ㅣ 그 씃을 참혹(慘酷)히 녁녀[1665] 즉시(卽時) 관션(官船) 수십 척(數十隻)을 푸니, 옥(玉)이 십여 일(十餘日) 강두(江頭)로 울며 찻되 흔적(痕迹)도 업거늘 하릴업셔 집에 도라와 제전(祭奠)[1666]을 갓초아[1667] 강(江) 우에셔 혼(魂)을 부르고 홍(紅)의 입든 의상(衣裳)과 패물(佩物)을 강즁(江中)에 더져 불우지저 우니[1668], 오고가ᄂᆞᆫ 행인(行人)과 보ᄂᆞᆫ 사람마다 눈물을 흘니지 아니ᄒᆞ는 자(者)ㅣ 업더라.

옥(玉)이 초혼(招魂)을 맛치고 돌아옴ᄋᆡ 적막(寂寞)한 루대(樓臺)에 틔ᄭᅳᆯ이 어지럽고 링락(冷落)[1669]한 문전(門前)에 풀빗이 깁허스니 전일(前日) 풍류(風流) ᄌᆞ최를 물을 곳이 업셔 다만 문(門)을 닷치고

1661 두드리며.

1662 형제골육(兄弟骨肉) : 핏줄이 같은 형제.

1663 강중원혼(江中冤魂) : 분하고 억울하게 강물에 빠져 죽은 사람의 넋.

1664 관가의 힘을 빌려.

1665 비참하고 끔찍하게 여겨서.

1666 제전(祭奠) : 의식을 갖춘 제사와 갖추지 아니한 제사를 통틀어 이르는 말.

1667 갖추어.

1668 강물 속에 던지고 부르짖어 우니.

1669 냉락(冷落) : 외롭고 쓸쓸함.

주야(晝夜)로 호곡(號哭)ᄒᆞ며 황셩(皇城) 간 창두(蒼頭)의 회환(回還)함을 기다리더라.

ᄎᆞ셜(且說) 양 공자(楊公子)ㅣ 고향(故鄕)을 ᄉᆡᆼ각ᄒᆞ고 밤마다 잠을 니루지 못ᄒᆞ더니 홀연(忽然) 항쥬(杭州) 창두(蒼頭)ㅣ 니르러 홍(紅)의 셔간(書簡)을 드리거늘 밧비 ᄯᅦ여 보니 기셔(其書)에 왈(曰),

'쳔첩(賤妾) 강남홍(江南紅)은 명도(命途)[1670]ㅣ 긔박(奇薄)[1671]ᄒᆞ야 어려셔 부모(父母)의 교훈(敎訓)을 모로고 청루(靑樓)에 탁신(託身)ᄒᆞ야 일편고심(一片苦心)[1672]이 한 번(番) 지긔(知己)을[를] 맛나 영문ᄇᆡᆨ셜(郢門白雪)[1673]의 놉흔 쇼래를 화답(和答)하야 평생숙원(平生宿願)[1674]을 일워 볼가 ᄒᆞ얏더니, 의외(意外) 공ᄌᆞ(公子)를 맛남ᄋᆡ 흉금(胸襟)[1675]이 상조(相照)[1676]ᄒᆞ야 군자(君子)의 말삼이 견여금석(堅如金石)[1677]하시니 쳔첩(賤妾)의 쇼망(所望)이 하ᄒᆡ(河海) 갓치 깁삽더니, 조믈[물](造物)[1678]이 시긔(猜忌)[1679]ᄒᆞ고 신명(神明)이 져희(沮戱)[1680]ᄒᆞ

1670 명도(命途) : 명수(命數). 운명과 재수를 아울러 이르는 말.

1671 기박(奇薄) : 팔자, 운수 따위가 사납고 복이 없음.

1672 일편고심(一片苦心) : 한 조각 애타는 마음.

1673 영문백설(郢門白雪) : '영문'은 중국 춘추시대 초(楚)나라의 수도로, 영성(郢城), 영도(郢都)로도 씀. '백설'은 초나라의 영문에서 어떤 사람이 불렀다는 〈양춘백설곡(陽春白雪曲)〉으로, 그 수준이 워낙 높아 그에 화답한 자가 수십 명에 지나지 않았다고 함. 따라서 '영문백설'은 격조가 고아한 악곡 또는 시문을 비유함.

1674 평생숙원(平生宿願) : 평생토록 품어온 염원이나 소망.

1675 흉금(胸襟) : 마음속 깊이 품은 생각. *앞가슴의 옷깃.

1676 상조(相照) : 서로 통함.

1677 견여금석(堅如金石) : 단단하기가 쇠나 돌과 같음.

1678 주) 1256 참조.

1679 시기(猜忌) : 남이 잘되는 것을 샘하여 미워함.

1680 주) 163 참조.

야 쇼쥬(蘇州) 자사(刺史) 탕ᄌᆞ(蕩子)의 마음으로 창기(娼妓)임을 쳔대(賤待)하야 리히(利害)로 달ᄂᆡ며 위세(威勢)로 겁박(劫迫)하야 압강뎡(壓江亭) 남은 풍파(風波) 전당호(錢塘湖)에 이러나니, 오월(五月) 오일(五日)에 경도희(競渡戲)로 밋기삼아[1681] 천첩(賤妾)을 낙구고저 ᄒᆞ니[1682] 여루잔명(如縷殘命)[1683]이 농중지조(籠中之鳥)[1684]오 망중지어(網中之魚)[1685]라. 지쳑(咫尺) 쳥파(淸波)에 향(向)하ᄂᆞᆫ 션ᄇᆡ[1686]를 좃차가고저 ᄒᆞ나 망부산두(望夫山頭)에 도라오ᄂᆞᆫ 행인(行人)을 보지 못ᄒᆞ니[1687], 어복고혼(魚腹孤魂)[1688]이 영욕(榮辱)을 이젓스나[1689] ᄇᆡᆨ마한조(白馬寒潮)[1690]에 남은 한(恨)을 말하기 어려운지라. 복ᄆᆡᆼ(伏望) 공ᄌᆞ(公子)ᄂᆞᆫ 천첩(賤妾)을 유렴(留念)치 마시고 청운(靑雲)에 ᄯᅳᆺ을 두사 금의(錦衣)로 환향(還鄕)ᄒᆞ시ᄂᆞᆫ 날 고정(故情)을 긔렴(紀念)

1681 미끼삼아.

1682 낚고자 하니.

1683 여루잔명(如縷殘命) : 실낱같이 얼마 남지 아니한 쇠잔한 목숨.

1684 농중지조(籠中之鳥) : 조롱 안에 갇힌 새.

1685 망중지어(網中之魚) : 그물에 걸린 물고기.

1686 가까운 곳에 있는 맑은 물결을 향하는 선비. 중국 전국시대 제(齊) 나라의 고사(高士)인 노중련(魯仲連)을 말함. 그는 진(秦) 나라를 제국(帝國)으로 받들자는 신원연(新垣衍)의 건의를 받고 "나는 동해를 밟고 죽을지언정 그렇게 할 수는 없다." 고 하였음.

1687 망부산 꼭대기에서 돌아오는 행인을 보지 못하니. 당나라 때의 시인인 유우석(劉禹錫)의 〈망부산(望夫山)〉시에 "온종일 기다려도 낭군님은 오지 않으시니[終日望夫夫不歸]"라는 구절이 있음.

1688 어복고혼(魚腹孤魂) : 물고기의 배에 장사 지낸 외로운 넋이라는 뜻으로, 물에 빠져 죽은 외로운 넋을 이르는 말.

1689 잊었으나.

1690 백마한조(白馬寒潮) : 전당강(錢塘江)의 차가운 조수(潮水). 중국 춘추시대 오나라의 대부였던 오자서(伍子胥)가 오왕 부차(夫差)의 명으로 자결한 뒤 전당강에 버려졌는데, 그의 넋이 조수(潮水)의 신이 되어 항상 백마를 타고 흰 상여를 끌고 다녔다는 고사가 있음.

ᄒᆞ사 일ᄆᆡᆨ지전(一陌紙錢)[1691]으로 강상고혼(江上孤魂)[1692]을 위로(慰勞)ᄒᆞ야 쥬쇼셔. 첩(妾)이 죽은 후(後) 알음이 없은 즉(則) 말할 비 아니나, 만일(萬一) 일분(一分) 정령(精靈)[1693]이 민멸(泯滅)[1694]치 안인즉(則) 명부(冥府)[1695]의 발원(發願)[1696]하야 ᄎᆞᄉᆡᆼ(此生)[1697]에 미진(未盡)한 인연(因緣)을 후ᄉᆡᆼ(後生)[1698]으로 긔약(期約)할가 하나이다. 일백량(一百兩) 은ᄌᆞ(銀子)ᄂᆞᆫ 객즁(客中)에 주비(籌備)[1699]를 도으사 기리 가ᄂᆞᆫ[1700] 사람으로 ᄒᆞ야금 유유구원(悠悠九原)[1701]에 전전(轉轉)[1702]ᄒᆞᆫ ᄉᆡᆼ각을 일분(一分) 덜게 하쇼셔. 붓대를 잡음이[1703] 흉즁(胸中)이 억ᄉᆡᆨ(抑塞)[1704]ᄒᆞ야 ᄉᆡᆼ리ᄉᆞ별(生離死別)[1705]에 회포(懷抱)를 다ᄒᆞ지 뭇[못]하나이다.'

이때 양공ᄌᆞ(楊公子) ㅣ 편지(便紙)를 보고 악연실ᄉᆡᆨ(愕然失色)[1706]

1691 일맥지전(一陌紙錢) : 100장의 종이돈.

1692 강상고혼(江上孤魂) : 물에 빠져 죽은 외로운 넋.

1693 정령(精靈) : 죽은 사람의 영혼.

1694 민멸(泯滅) : 자취나 흔적이 아주 없어짐.

1695 명부(冥府) : 명도(冥途). 사람이 죽은 뒤에 간다는 영혼의 세계. 사람이 죽은 뒤에 심판을 받는 곳.

1696 발원(發願) : 신이나 부처에게 소원을 빎. 또는 그 소원.

1697 차생(此生) : 이승. 지금 살고 있는 세상.

1698 후생(後生) : 내생(來生). 죽은 뒤의 생애.

1699 주비(籌備) : 어떤 일을 하기 위하여 미리 계획하고 준비함.

1700 길이 가는. 영영 가고 돌아오지 아니한다는 뜻으로, 사람의 죽음을 완곡하게 이르는 말.

1701 유유구원(悠悠九原) : 아득히 먼 저승.

1702 전전(轉轉) : 이리저리 굴러다니거나 옮겨 다님.

1703 붓대를 잡으매.

1704 억색(抑塞) : 억눌러 막음.

1705 주) 1231 참조.

1706 악연실색(愕然失色) : 깜짝 놀라 얼굴빛이 달라짐.

셔안(書案)[1707]을 치며 두 줄기 눈물이 옷깃을 적셔 왈(曰),

"홍랑(紅娘)이 죽단 말가[1708]?"

다시 편지(便紙)를 보고 여취여광(如醉如狂)[1709]하야 눈물을 금(禁)치 못하야 심즁(心中)에 싱각하되,

'홍(紅)은 절대국식(絶代國色)[1710]이오 무상[쌍]인물(無雙人物)[1711]이라. 조물(造物)이 시긔(猜忌)[1712]하도다.'

또 싱각 왈(曰),

'홍(紅)의 텬셩(天性)이 너무 강(强)하야 절[열]협지풍(烈俠之風)[1713]이 잇스나 그 번화(繁華)한 긔상(氣像)과 아름다온 얼골이 슈즁원혼(水中冤魂)[1714]이 되지 안일지라. 필연(必然) 숨이로다.'

상두(床頭)[1715]에 채젼(彩箋)[1716]을 닉여 답장(答狀)을 쓰랴다가 다시 붓을 더지며[1717] 탄왈(歎曰),

"홍(紅)이 정령(丁寧)[1718]이 죽엇도다. 닉 압강정 시(壓江亭詩)에 '원앙비거절화총(鴛鴦飛去折花叢)[1719]'이라 한 글구[귀](句) ㅣ 엇지 언참

1707 서안(書案) : 예전에 책을 얹던 책상.

1708 죽었단 말인가?

1709 여취여광(如醉如狂) : 여광여취(如狂如醉). 너무 기쁘거나 감격하여 미친 듯도 하고 취한 듯도 하다는 뜻으로, 이성을 잃은 상태를 비유적으로 이르는 말.

1710 절대국색(絶代國色) : 절대가인(絶代佳人). 절세미인(絶世美人). 세상에 견줄 데가 없을 만큼의 미인.

1711 무쌍인물(無雙人物) : 대적할 사람이 없는 인물.

1712 주) 1679 참조.

1713 열협지풍(烈俠之風) : 남을 위하여 희생하는 마음이 강한 기질.

1714 주) 1656 참조.

1715 상두(床頭) : 침상 머리. 머리맡.

1716 채전(彩箋) : 무늬가 있는 편지지.

1717 답장을 쓰려다가 다시 붓을 던지며.

1718 주) 429 참조.

1719 원앙비거절화총(鴛鴦飛去折花叢) : 원앙은 날아가고 꽃떨기만 꺾이네.

(言讖)[1720]이 아니리오? 연직[즉](然則)[1721] ᄂᆡ 비록 답장(答狀)ᄒᆞᄂᆞ 누가 보리오?"

하더니 쏘 탄왈(歎曰),

"그러ᄒᆞᄂᆞ ᄂᆡ 심즁(心中)에 싸힌 졍회(情懷)를 어느 곳에 토셜(吐說)[1722]하며, 창두(蒼頭)를 참아 엇지 거저 돌여보내리오[1723]?"

다시 붓을 잡아 슈항[행](數行)을 쓰니 답장(答狀)에 왈(曰),

'홍ᄅᆞᆼ(紅娘)아, 나를 속임이냐? 그 만남이 엇지 그리 긔이(奇異)ᄒᆞ며 그 니즘이[1724] 엇지 그리 용이(容易)ᄒᆞ뇨? 만일(萬一) 속임이 안인즉(則) ᄂᆡ 쑴이로다. 네 번화(繁華)ᄒᆞᆫ 긔상(氣像)과 영발(英拔)[1725]한 ᄌᆞ질(資質)로 혈마[1726] 소슬(蕭瑟)한 강즁(江中)에 젹막고혼(寂寞孤魂)[1727]이 되리오? 홍ᄅᆞᆼ(紅娘)아, 쑴이냐 참이냐? 창두(蒼頭)에 말과 편지(便紙)를 보니 참인 듯ᄒᆞ나 참과 쑴을 뉘다려 무르며[1728] 뉘에게 질정(質定)[1729]ᄒᆞ리오? 이졔 쳔 리(千里) 남북(南北)에 ᄉᆡᆼ사(生死)가 아득ᄒᆞ니, 이는 내 너를 저바림이오[1730], 일시(一時) 협긔(俠氣)[1731]로 ᄇᆡᆨ년긔약(百年期約)을 초ᄀᆡ(草芥)[1732]갓치 니졋슨 즉(則), 이는 네 나를 져

1720 언참(言讖) : 참언(讖言). 미래의 사실을 꼭 맞추어 예언하는 말.
1721 연즉(然則) : 그렇다면.
1722 토설(吐說) : 숨겼던 사실을 비로소 밝히어 말함.
1723 아무 노력이나 대가 없이 돌려보내랴?
1724 잊음이. 헤어짐[離]의 오기인 듯함.
1725 영발(英拔) : 영발(英發). 재기(才氣)가 두드러지게 드러남.
1726 설마. 그럴 리는 없겠지만.
1727 적막고혼(寂寞孤魂) : 의지할 데 없이 외로운 넋.
1728 참인지 꿈인지 누구더러 물으며.
1729 질정(質定) : 갈피를 잡아서 분명하게 정함.
1730 저버림이요.
1731 협기(俠氣) : 호방하고 의협심이 강한 기상.
1732 초개(草芥) : 풀과 티끌을 아울러 이르는 말로 흔히 지푸라기를 이르는데, 쓸모없

바림이라. 금일(今日) 루슈(淚水ㅣ)[1733] 엇지 등도ᄌ(登徒子)[1734]에 호ᄉᆡᆨ지심(好色之心)[1735]이리오? ᄇᆡᆨ아(伯牙)[1736]의 거문고 업슴을 슬어하노라[1737]. 창두(蒼頭)ㅣ 고귀(告歸)함이[1738] 슈항[행](數行) 글월을 붓치나니, 홍ᄅᆞᆼ(紅娘)아, 네 능(能)히 살아 이 답장(答狀)을 볼소냐[1739]?'

양 공ᄌ(楊公子)ㅣ 쓰기를 맛치고 창두(蒼頭)를 주며,

"밧비 도라가 다시 소식(消息)을 젼(傳)하라."

하니 창두(蒼頭) ᄒᆞ직(下直)하고 창황(蒼黃)이 가니라.

차셜(且說), 련옥(蓮玉)이 강즁(江中)에 초혼(招魂)ᄒᆞᆷ을 맛치고 집에 도라와 적막(寂寞)한 공방(空房)에 눈물로 셰월(歲月)을 보ᄂᆡ며 황셩(皇城) 창두(蒼頭)를 고대(苦待)하더니, 문외(門外) 벽도(碧桃)나무에 일상[쌍](一雙) 오작(烏鵲)이 울며 황셩(皇城) 창두(蒼頭)ㅣ 망망(忙忙)[1740]이 들어오거늘 반기며 슬허하야 ᄯᅡ에 업더져[1741] 긔식(氣塞)[1742]한ᄃᆡ, 창두(蒼頭)ㅣ 공ᄌ(公子)의 말을 ᄉᆡᆼ각ᄒᆞ고 방셩통곡(放聲痛哭)[1743]ᄒᆞ며 곡절(曲折)을 무른대, 옥(玉)이 오렬(嗚咽)[1744]ᄒᆞᆫ 소ᄅᆡ로

고 하찮은 것을 비유적으로 이르는 말임.

1733 누수(淚水) : 눈물.

1734 등도자(登徒子) : 중국 전국시대 초(楚)나라의 문인인 송옥(宋玉)이 지은 〈등도자호색부(登徒子好色賦)〉에 나오는 초나라의 대부(大夫). 여색을 몹시 좋아하였다고 함.

1735 호색지심(好色之心) : 여색(女色)을 몹시 좋아하는 마음.

1736 주) 858 참조.

1737 백아와 종자기 같은 지기(知己)가 없음을 슬퍼하노라.

1738 돌아간다고 아뢰므로.

1739 볼 것이냐?

1740 주) 412 참조.

1741 반기며 슬퍼하여 땅에 엎어져.

1742 기색(氣塞) : 심한 흥분이나 충격으로 호흡이 일시적으로 멎음.

세세(細細)히 말하니, 창두(蒼頭)ㅣ 회즁(懷中)[1745]으로 일봉셔(一封書)를 ᄂᆡ여 왈(曰),

"공ᄌᆞ(公子)의 셔간(書簡)이라. 장차(將次) 어대로 젼(傳)ᄒᆞ리오?" 하며 반향(半晌)[1746]을 통곡(痛哭)하다가 옥(玉)이 상[향]탁(香卓)[1747]을 배셜(排設)하고 편지(便紙)를 상두(床頭)[1748]에 놋코 창두(蒼頭)와 련옥(蓮玉)이 일장ᄃᆡ곡(一場大哭)[1749]ᄒᆞ고 그 셔간(書簡)을 심심장지(深深藏之)[1750]ᄒᆞ니라.

윤 소졔(尹小姐ㅣ) 련옥(蓮玉)과 창두(蒼頭)의 의탁(依託) 업슴을[1751] ᄉᆡᆼ각하고 부즁(府中)에 슈습(收拾)ᄒᆞ야 두엇더니 마참 윤 ᄌᆞ사(尹刺史)ㅣ 병부상셔(兵部尚書)[1752]로 승차(陞差)[1753]케 되야 옥(玉)과 창두(蒼頭)를 다리고 황셩(皇城)으로 가니라.

차셜(且說), 양 공ᄌᆞ(楊公子)ㅣ 홍(紅)의 ᄉᆞᄉᆡᆼ(死生)을 분명(分明)이 알고져 하야 동ᄌᆞ(童子)를 항주(杭州)로 보ᄂᆡ려 하더니, 홀연(忽然) 항쥬(杭州) 창두(蒼頭) 한 소복(素服)ᄒᆞᆫ 녀자(女子)를 다리고 와 보거늘, 공ᄌᆞ(公子)ㅣ ᄌᆞ세(仔細)히 보니 이에 련옥(蓮玉)이라. 초최

1743 방성통곡(放聲痛哭) : 대성통곡(大聲痛哭). 큰 소리로 몹시 슬프게 욺.

1744 오열(嗚咽) : 목메어 욺. 또는 그런 울음.

1745 회중(懷中) : 품속.

1746 주) 355 참조.

1747 향탁(香卓) : 향로를 올려놓는 탁자.

1748 주) 1715 참조.

1749 일장대곡(一場大哭) : 한 바탕 크게 욺.

1750 심심장지(深深藏之) : 매우 깊숙이 갈무리함.

1751 연옥과 창두가 의탁할 곳이 없음을.

1752 병부상서(兵部尙書) : 중국 명(明)나라 때 군사에 관한 일을 관장하던 장관(長官). 대사마(大司馬).

1753 승차(陞差) : 한 관청 안에서 윗자리의 벼슬로 오름.

[췌](憔悴)[1754]한 긔쇡(氣色)과 우냥[량](踽凉)한 모양(模樣)으로 계하(階下)에 니르러 공ᄌ(公子)를 우러러보고 사ᄆᆡ로 얼골을 가리우고[1755] 실셩오열(失聲嗚咽)[1756]ᄒᆞ니 공자(公子)ㅣ 쏘한 눈물을 금(禁)치 못하야 왈(曰),

"네 모양(模樣)을 보니 창상호겁(滄桑浩劫)[1757]을 뭇지 아냐 알지라[1758]. ᄂᆡ 굿하여 듯고자 아니ᄒᆞ나[1759] 젼후곡절(前後曲折)을 ᄃᆡ강(大綱) 말ᄒᆞ라."

옥(玉)이 목 메인 소ᄅᆡ로 말을 이루지 못ᄒᆞ며 홍(紅)이 공ᄌ(公子) 가신 후(後)로 칭병두문(稱病杜門)[1760]ᄒᆞ던 말과 윤 소저(尹小姐)를 ᄉᆞ괴여 졍약골육(定約骨肉)[1761]ᄒᆞ던 말과 황 ᄌᆞ사(黃刺史)의 변(變)을 맛나 ᄇᆡᆨ골(白骨)을 강즁(江中)에 거두지 못한 말을 일일(一一)히 고(告)하니, 공ᄌ(公子)ㅣ 허희류톄(歔欷流涕)[1762] 왈(曰),

"ᄎᆞᆷ의ᄎᆞᆷ의(慘矣慘矣)[1763]라! ᄂᆡ 져를 바림이로다."

하고 다시 문왈(問曰),

"네 엇지 경셩(京城)에 온다?"

옥(玉)이 ᄃᆡ왈(對曰),

"윤 쇼저(尹小姐)ㅣ 쳔비(賤婢)의 의지(依支) 업슴을 불상이 녁이

1754 초췌(憔悴) : 병, 근심, 고생 따위로 얼굴이나 몸이 여위고 파리함.
1755 소매로 얼굴을 가리고.
1756 실성오열(失聲嗚咽) : 목메어 욺.
1757 창상호겁(滄桑浩劫) : 뽕나무 밭이 푸른 바다로 바뀐 것 같은 큰 재난.
1758 묻지 않아도 알겠다.
1759 내가 구태여 듣고자 하지는 않으나.
1760 칭병두문(稱病杜門) : 병을 핑계로 바깥출입을 하지 않음.
1761 정약골육(定約骨肉) : 자매(姊妹)가 되기로 약속을 정함.
1762 허희유체(歔欷流涕) : 한숨을 지으며 눈물을 흘림.
1763 참의참의(慘矣慘矣) : 참혹(慘酷)하고도 참혹함.

사 거두어 오시니이다[1764]."

공자(公子)ㅣ 쳥파(聽罷)에 싱각하되,

'윤 쇼져(尹小姐)ㅣ 규중녀자(閨中女子)로 신의(信義)를 져바리지 아니함이 이 갓흐니 홍(紅)의 조감(藻鑑)[1765]이 헛되지 아님을 족(足)히 알니로다.'

하더라.

공자(公子)ㅣ 련옥(蓮玉)과 창두(蒼頭)를 도라보아 왈(曰),

"닉 엇지 네 쥬인(主人) 업슴을 인연(因緣)하야 너의를 이즈리오마는[1766] 아즉[1767] 수습(收拾)할 힘이 업스니 윤 소져(尹小姐)게 탁신(託身)하야 나의 차즘을 기다리라[1768]."

한대 옥(玉)과 창두(蒼頭)ㅣ 울며 사례(謝禮)하고 가더라.

그 후(後) 광음(光陰)[1769]이 홀홀[홀홀](忽忽)[1770]하야 과일(科日)[1771]을 당(當)하야 공자(公子)ㅣ 칙문(策文)[1772] 수쳔 어(數千語)를 지어 일텬(一天)[1773]에 을[올]엿더니[1774], 텬자(天子)ㅣ 보시고 대열(大悅)하사 양창곡(楊昌曲)으로 제일방(第一坊) 장원(壯元)을 닉이사[1775] 한림학사

1764 의지할 데가 없음을 불쌍히 여기시어 거두어 오셨습니다.

1765 주) 226 참조.

1766 너희를 잊으랴마는.

1767 아직.

1768 내가 찾을 때를 기다려라.

1769 주) 1218 참조.

1770 홀홀(忽忽) : 빠르거나 갑작스러운 모양.

1771 과일(科日) : 과거(科擧)를 치르는 날.

1772 책문(策文) : 책문(策問)에 답하던 글. '책문(策問)'은 정치에 관한 계책을 물어서 답하게 하던 과거(科擧) 과목.

1773 일천(一天) : 과거나 백일장 따위에서 또는 여럿이 모여 한시 따위를 지을 때 첫 번째로 글을 지어서 바치던 일. 또는 그 글.

1774 올렸더니. 제출(提出)하였더니.

(翰林學士)[1776]를 제수(除授)[1777]하시고 홍포옥대(紅袍玉帶)[1778]와 이원풍악(梨園風樂)[1779]을 하사(下賜)하시니, 양 공자(楊公子) 사은숙배(謝恩肅拜)[1780]하고 삼일유가(三日遊街)[1781] 후(後) 상소(上疏)[1782]하야 근친(覲親)[1783]함을 쳥(請)하니, 상(上)이 탑전(榻前)[1784]에 인견(引見)[1785]하시고 왈(曰),

"짐(朕)이 경(卿)을 새로 어더 오래 좌우(左右)의 써나게 함이 창연(悵然)하나 경(卿)의 부모(父母)의 의려지정(倚閭之情)[1786]을 위로(慰勞)코저 하야 수월(數月) 수유(授由)[1787]을[를] 허(許)하나니 속(速)히 량친(兩親)을 밧드러 경제(京第)[1788]로 모흐게 하라[1789]."

하시고 다시 하교(下敎)하사,

1775 내시어. 배출하시어.

1776 한림학사(翰林學士) : 한림원(翰林院)에 소속된 벼슬로, 제왕의 조서(詔書) 짓는 일을 담당하였음.

1777 제수(除授) : 추천의 절차를 밟지 않고 임금이 직접 벼슬을 내리던 일.

1778 홍포옥대(紅袍玉帶) : 과거 급제자가 입던, 붉은 관복과 옥으로 꾸민 허리띠.

1779 이원풍악(梨園風樂) : 중국 당나라 이래로 가무(歌舞)를 교습하던 기관인 '이원'의 기악단.

1780 사은숙배(謝恩肅拜) : 예전에 임금의 은혜에 감사하며 공손하고 경건하게 절을 올리던 일.

1781 삼일유가(三日遊街) : 과거에 급제한 사람이 사흘 동안 시험관과 선배 급제자와 친척을 방문하던 일.

1782 상소(上疏) : 임금에게 글을 올리던 일. 또는 그 글.

1783 근친(覲親) : 본가에 가서 부모님을 뵙는 일. *시집간 딸이 친정에 가서 부모를 뵘. 출가한 승려가 속가(俗家)의 어버이를 뵘.

1784 탑전(榻前) : 어전(御前). 임금의 자리 앞.

1785 인견(引見) : 윗사람이 아랫사람을 불러서 만나 봄.

1786 의려지정(倚閭之情) : 의문지망(倚門之望). 어머니가 대문에 기대어 서서 자식이 돌아오기를 기다리는 마음.

1787 수유(授由) : 말미를 줌. 휴가(休暇)를 줌.

1788 경제(京第) : 임시로 시골에 나가 있는 사람이 서울에 있는 본가를 이르는 말.

1789 서울 집으로 모이게 하라.

"창곡(昌曲)의 부(父) 양현(楊賢)으로 예부원외(禮部員外)[1790]을[를] 배(拜)[1791]하야 본군(本郡)으로 거마(車馬)를 보닉여 치송(治送)[1792]하라."

하시니 특별(特別)한 은뎐(恩典)[1793]이라. 제우(際遇)[1794]의 융즁(隆重)[1795]함을 알지로다.

학사(學士)ㅣ 퇴궐(退闕)하니 문전(門前) 거마(車馬)가 락역(絡繹)[1796]하야 수이 돌아옴을 말하더니 이이(已而)[1797]오, 좌우(左右) 보(報)하되,

"황 각로(黃閣老)[1798] 로야(老爺)[1799] 오신다."

하니, 황 각로(黃閣老)는 즉(卽) 이부시랑(吏部侍郎)[1800] 위언복(衛彦復)의 녀셔(女婿)[1801]니, 위언복(衛彦復)의 쳐(妻) 마시[씨](馬氏)는 황틱후(皇太后)와 즁표형뎨(中表兄弟)[1802]라. 틱후(太后) 마시[씨](馬氏)의 현숙(賢淑)함을 사랑하사 정(情)이 골육(骨肉)과 갓더니, 마시

1790 예부원외(禮部員外) : 외교와 교육 등을 담당하는 예부에 정원 외로 임명하는 벼슬.

1791 배(拜) : 조정에서 벼슬을 주어 임명함.

1792 치송(治送) : 짐을 챙겨서 길을 떠나보냄.

1793 은전(恩典) : 예전에 나라에서 은혜를 베풀어 내리던 혜택.

1794 제우(際遇) : 제회(際會). 임금과 신하 사이에 뜻이 잘 맞음.

1795 융중(隆重) : 권한이나 책임, 의의 따위가 매우 크고 무거움.

1796 낙역(絡繹) : 왕래가 끊임이 없음.

1797 주) 30 참조.

1798 각로(閣老) : 중국 명나라 때 재상(宰相)을 이르던 말.

1799 노야(老爺) : 나이 많은 사람을 높여 이르는 말.

1800 이부시랑(吏部侍郎) : 중국 명나라 때 관리의 인사에 관한 일을 맡아보던 이부상서(吏部尙書)를 보좌하던 벼슬.

1801 여서(女婿) : 사위.

1802 중표형제(中表兄弟) : 내종사촌(內從四寸)과 외종사촌(外從四寸)을 아울러 이르는 말.

[씨](馬氏) 아달이 업고 늣게 한 쫄을 나으니 곳 위시[씨](衛氏)라. 마시[씨](馬氏) 일즉 죽음에 틱후(太后) 그 무자(無子)함을 불상히 녁이사 위시[씨](衛氏)를 고호(顧護)[1803]하시니, 황 각로(黃閣老) 매양 그 부인(夫人)의 세(勢)를 자릐(藉賴)[1804]함이 만코, 그 아달 소쥬자사(蘇州刺史) 황여옥(黃汝玉)의 쏘한 일즉 영귀(榮貴)함이 틱후(太后)의 사랑하심이러라.

한림(翰林)이 항상(恒常) 미흡(未洽)히 역이더니 급기(及其) 황 각로(黃閣老)의 옴을 듯고 조정(朝廷) 체통(體統)을 차려 하당영지(下堂迎之)[1805]하야 좌뎡 후(坐定後) 각로 왈(閣老曰),

"학사(學士)의 소년공명(少年功名)[1806]이 일세(一世)에 빗나니 오래지 아니하야 로부(老夫)의 지위(地位)에 올을 것이니[1807], 엇지 국가(國家)의 득인(得人)한 깃붐이 업스리오[1808]? 쏘한 닉 늣게 한 쫄이 잇셔 범절(凡節)이 족(足)히 군자(君子)의 건질[즐](巾櫛)[1809]을 밧들지라[1810]. 학사(學士)ㅣ 아즉 미취(未娶)[1811]하엿스니 진진지의(秦晉之誼)[1812]를 믹즘이 엇더하뇨?"

1803 고호(顧護) : 마음을 써서 돌보아 줌.

1804 자릐(藉賴) : 무엇을 빙자하여 의지함.

1805 하당영지(下堂迎之) : 뜰에 내려 맞이함.

1806 소년공명(少年功名) : 젊은 나이에 공을 세워 이름을 떨침.

1807 오를 것이니.

1808 어찌 나라에서 인재를 얻은 기쁨이 없겠는가?

1809 건즐(巾櫛) : 수건과 빗을 아울러 이르는 말.

1810 마땅히 군자의 건즐을 받들기에 충분할 것이다. '건즐을 받들다'는 여자가 남의 아내나 첩이 됨을 겸손하게 이르는 말.

1811 미취(未娶) : 아직 장가를 가지 않음.

1812 진진지의(秦晉之誼) : 진진지호(秦晉之好). 혼인을 맺은 두 집 사이의 가까운 정의(情誼)를 이르는 말. 중국의 진(秦)나라와 진(晉)나라의 왕실이 혼인을 맺고 지낸 데서 유래함.

한림(翰林)이 미타(未妥)[1813]히 역여 답왈(答曰),

"시싱(侍生)이 우으로 부모(父母) 게[계]시니 혼인대사(婚姻大事)[1814]를 엇지 임의(任意)로 쳐단(處斷)하리잇고?"

각로 왈(閣老曰),

"로부(老夫)ㅣ 엇지 이를 모로리오마는 학사(學士) 의향(意向)을 알고져 함이라. 일(언)(一言)을 앗기지 마라[1815] 로부(老夫)의 마음을 위로(慰勞)하라."

한림(翰林)이 뎡식 왈(正色曰),

"불고이취(不告而娶)[1816]는 인자(人子)의 도리(道理ㅣ) 아니오니[1817] 엇지 허락(許諾)하오릿가?"

각로(閣老) 무연무어(憮然無語)[1818]하고 수이 단여옴을[1819] 말하고 가니, 윤 상셔(尹尚書) 또 이르러 간절(懇切)한 언사(言辭)와 은근(慇懃)한 뜻이 언사(言辭)에 늠치더니[1820] 좌우(左右)의 분주(奔走)함을 혐의(嫌疑)[1821]하야 몸을 이러[1822] 왈(曰),

"학사(學士)는 원로(遠路)에 행리(行李)[1823]를 보중(保重)하라. 환제(還第)[1824]하는 날 다시 와 보리라."

1813 미타(未妥) : 온당(穩當)하지 아니함.

1814 혼인대사(婚姻大事) : 종신대사(終身大事). 평생에 관계되는 큰일인 혼인.

1815 한 마디 말을 아끼지 말아서.

1816 불고이취(不告而娶) : 부모에게 알리지 않고 장가 듦.

1817 남의 자식 된 도리가 아니오니.

1818 무연무어(憮然無語) : 크게 낙심하여 멍하니 말이 없음.

1819 쉬이 다녀오라고.

1820 넘치더니.

1821 혐의(嫌疑) : 꺼리고 미워함.

1822 몸을 일으키며.

1823 주) 425 참조.

1824 환제(還第) : 집으로 돌아옴.

하고 가니라.

명일(明日) 양 한림(楊翰林)이 긔구(器具)를 갓초와[1825] 동자(童子)를 다리고 등졍(登程)[1826]하야 수십 일(數十日) 만에 항쥬(杭州)에 다다라 제문(祭文) 지어 강즁(江中)에 제사(祭祀)하고 소쥬(蘇州) 싸에 니르러 석일(昔日) 지나던 객점(客店)을 차자 빅금(百金)으로 치사(致謝)하고 슈일(數日) 만에 집에 도라와 량친(兩親)게 뵈오니, 원외(員外) 부부(夫婦) 대희(大喜)하야 텬은(天恩)[1827]을 길이 축수(祝壽)[1828]하고 수일 후(數日後) 등정(登程) 상경(上京)하야 오니라.

잇때 량[양]부(楊府)의 입셩(入城)한 말을 듯고 매파(媒婆)[1829]를 보내여 청혼(請婚)하난 자(者)ㅣ 연락부절(連絡不絶)[1830]하나 일병불청(一竝不聽)[1831]하고 윤 소저(尹小姐)와 셩혼(成婚)하니, 그 위의(威儀)에 장(壯)함과[1832] 원외(員外) 내외(內外)의 깃붐은 이로 말하지 말고[1833], 동방화촉(洞房華燭)[1834]의 한림(翰林)이 윤 소저(尹小姐)를 대(對)하야 깃붐이 가득하나 다만 홍(紅)의 일을 싱각하고, 소저(小姐)도 쏘한 시로이 초[추]창(惆悵)하더라[1835].

1825 기구를 갖추어.
1826 등정(登程) : 길을 떠남.
1827 천은(天恩) : 임금의 은덕.
1828 축수(祝壽) : 장수(長壽)를 빎.
1829 매파(媒婆) : 혼인을 중매하는 할멈.
1830 연락부절(連絡不絶) : 왕래가 잦아 소식이 끊이지 아니함.
1831 일병불청(一竝不聽) : 일체 듣지 아니함.
1832 그 예법(禮法)에 맞는 몸가짐이 크고 성대함과.
1833 기쁨은 이루 다 말하지 말고. 기쁨은 있는 그대로 다 말하지 말고.
1834 동방화촉(洞房華燭) : 동방에 비치는 환한 촛불이라는 뜻으로, 혼례를 치르고 나서 첫날밤에 신랑이 신부 방에서 자는 의식을 이르는 말.
1835 새로이 비통해 하였다.

차셜(且說), 황 각로(黃閣老) 먼저 통혼(通婚)하고 윤부(尹府)의 쎄아김을 분(忿)히 역여[1836] 탑젼(榻前)에 알외니 상(上)이 허락(許諾)하고 한림(翰林) 부자(父子)를 명소(命召)[1837]하사 중미(仲媒)하신대, 원외(員外)는 묵묵(默默)하고 한람[림](翰林)은 황 각로(黃閣老)가 사사(私事)[1838]를 궁즁(宮中)에 쥬달(奏達)[1839]ᄒᆞ야 조반(朝班)[1840]에 오르게 함을 미타(未妥)이 역여 청명(聽命)치 아니하거늘, 상(上)이 대로(大怒)하ᄉᆞ 강주(江州)[1841]에 정배(定配)하시니, 한림(翰林)이 집에 도라와 양당(兩堂)[1842]에 하직(下直)ᄒᆞ고 곳 강주(江州)로 가니라.

이쌔 강주(江州)에 한 미인(美人)이 잇스니 일홈은 벽셩션(碧城僊)이라. 강남홍(江南紅)과 일즉이 셩긔상통(聲氣相通)[1843]하나 그 만남이 더듸믈[1844] 항상(恒常) 한(恨)하더니, 문득 홍(紅)이 양 공자(楊公子)를 만나 허신(許身)[1845]하엿다가 항[소]주 자사(蘇州刺史)의 위협(威脅)으로 인(因)하야 몸을 강즁(江中)에 더짐을 듯고[1846] 홍(紅)의 박명(薄命)ᄒᆞᆷ과[을 슬퍼하고] 공자(公子)의 다정(多情)ᄒᆞᆷ을 칭션(稱善)ᄒᆞ더니 급기(及其) 한림(翰林)이 강주(江州)에 젹거(謫居)[1847]ᄒᆞ는 쌔를 당(當)ᄒᆞ야 마음으로 ᄉᆞ괴여[1848] 일ᄉᆡᆼ(一生)을 부탁(付託)하고저

1836 빼앗김을 분하게 여겨.
1837 명소(命召) : 임금이 신하를 은밀히 불러들이던 일.
1838 사사(私事) : 사사로운 일. 사적(私的)인 일.
1839 주달(奏達) : 임금에게 아뢰던 일.
1840 조반(朝班) : 조정(朝廷)의 반열(班列). 여기서는 조정을 말함.
1841 강주(江州) : 중국 강서성 구강시(九江市)의 옛 지명.
1842 양당(兩堂) : 남의 부모를 높여 이르는 말.
1843 성기상통(聲氣相通) : 목소리와 얼굴빛이 서로 통함. 목소리와 기운이 서로 통함.
1844 더딤을. 늦음을.
1845 허신(許身) : 몸을 허락함. 주로 여자가 남자에게 자기 몸을 내맡김을 이름.
1846 던짐을 듣고. 던졌다는 말을 듣고.
1847 적거(謫居) : 귀양살이를 함.

하야 한림(翰林)게 고왈(告曰),

"쳡(妾)에게 일ᄀᆡ(一個) 옥젹(玉笛)[1849]이 잇스니 녯젹에 황졔 헌원시[씨](黃帝軒轅氏ㅣ)[1850] ᄒᆡ곡(嶰谷)[1851]의 대를 버혀[1852] 봉황(鳳凰)의 소래를 응(應)하야 음률(音律)을 지을ᄉᆡ 자웅셩(雌雄聲)[1853]을 합(合)ᄒᆞ야 십이률(十二律)[1854]을 만드니 웅셩(雄聲)은 률(律)이 되고 자셩(雌聲)은 여(呂)가 되여, 웅률(雄律)을 분 즉(則) 쳔신(天神)이 감동(感動)하고 자를[려](雌呂)을[를] 푼[분] 즉(則) 인심(人心)이 호탕(豪宕)하나니, 이제 쳡(妾)에게 잇는 옥젹(玉笛)은 웅률(雄律)에 합(合)하야 셰상(世上)에 능(能)히 부는 자(者)ㅣ 업고 흔이 잇는 ᄇᆡ 아니오[1855], 쳡(妾)이 어려셔 신인(神人)에게 배와 조박(糟粕)[1856]은 아오나, 그 신인(神人)이 말하되,

'텬상(天上)의 문창셩(文昌星)이 음률(音律)을 아나니 네 이 옥젹(玉笛)을 잘 간슈하얏다가[1857] 문창(文昌)에게 젼(傳)하라.'

하기로 두엇스니, 상공(相公)은 한 번(番) 시험(試驗)하여 부러 보쇼

1848 사귀어.

1849 옥적(玉笛) : 옥피리.

1850 황제 헌원씨(黃帝軒轅氏) : 중국 고대 전설상의 제왕. 삼황(三皇)의 한 사람으로, 처음으로 곡물 재배를 가르치고 문자·음악·도량형 따위를 정하였다고 함.

1851 해곡(嶰谷) : 중국 서북쪽의 곤륜산(崑崙山)에 있는 골짜기. 황제(黃帝)의 신하 영륜(伶倫)이 해곡의 대나무를 베어 피리를 만들어 악률(樂律)을 정했는데, 그 피리를 불면 봉황의 울음소리가 났다고 함.

1852 대나무를 베어.

1853 자웅성(雌雄聲) : 봉황의 암컷과 수컷의 소리.

1854 십이율(十二律) : 동양 음악에서 열두 음의 이름. 육률(六律)과 육려(六呂)가 있음.

1855 흔히 있는 바가 아니요.

1856 조박(糟粕) : 학문이나 서화·음악 따위에서, 옛사람이 다 밝혀서 지금은 새로운 의의가 없는 것을 이르는 말. *재강. 술지게미. 양분을 빼고 난 필요 없는 물건.

1857 간수하였다가.

셔[1858]."

한림(翰林)이 웃고 한 번(番) 부니 청아(淸雅)한 소릭 임의 률녀(律呂)[1859]에 합(合)하는지라. 션랑(仙娘)이 대희(大喜)하여 옥젹(玉笛)을 한림(翰林)게 드리니라.

이러구러[1860] 한림(翰林)의 젹거(謫居)훈 지 슈삭(數朔)[1861]이라.

이때 맛참 텬자(天子)ㅣ 탄일(誕日)을 당(當)하사 양창곡(楊昌曲)의 죄(罪)를 ᄉ(赦)하시고[1862] 례부시랑(禮部侍郎)으로 부르시니, 창곡(昌曲)이 ᄉ은(謝恩)하고 도라와 텬자(天子)게 뵈온대, 텬자(天子)ㅣ 다시 황 각로(黃閣老)의 혼인(婚姻)을 권(勸)ᄒ시니, 시랑(侍郎)이 할 일 업셔[1863] 복지응명(伏地應命)[1864]ᄒ고 나와 황 소져(黃小姐)를 마자 셩혼(成婚)[1865]하니, 황 소져(黃小姐)의 위인(爲人)이 요조숙녀(窈窕淑女)[1866]의 유순(柔順)[1867]한 본식(本色)이 부족(不足)하더라.

차셜(且說), 차시(此時) 교지(交趾)[1868] 남만(南蠻)이 자로 반(叛)하니, 텬자(天子) 쥬야(晝夜) 근심ᄒᄉ 미일(每日) 빅관(百官)을 모와 변무(邊務)를 의론(議論)ᄒ시더니, 일일(一日)은 익주 자사(益州刺史)

1858 불어 보소서.

1859 율려(律呂) : 십이율(十二律). 육률(六律)과 육려(六呂)를 아울러 이르는 말.

1860 이럭저럭 시간이 흘러서.

1861 수삭(數朔) : 2~3개월. 두어 달.

1862 용서하시고.

1863 하릴없어. 어찌할 수 없어서.

1864 복지응명(伏地應命) : 땅에 엎드려 명에 응함.

1865 성혼(成婚) : 혼인을 함.

1866 요조숙녀(窈窕淑女) : 말과 행동이 품위가 있으며 얌전하고 정숙한 여자.

1867 유순(柔順) : 성질이나 태도, 표정 따위가 부드럽고 순함.

1868 교지(交趾) : 중국 한(漢)나라 때에, 지금의 베트남 북부 통킹, 하노이 지방에 둔 행정 구역. 전한(前漢)의 무제가 남월(南越)을 멸망시키고 설치하였음.

소유경(蘇裕卿)이 장계(狀啓)[1869]를 올녓시니[1870] 하엿스되,

'남만(南蠻)이 또 반(叛)하야 남방(南方) 수십 군(數十郡)을 함몰(陷沒)[1871]ᄒᆞ고 불구(不久)[1872]에 익주(益州) 지경(地境)을 범(犯)하겟다.' ᄒᆞ엿거늘 텬자(天子) 보시고 대경(大驚)ᄒᆞᄉᆞ 즉시(卽時) 양창곡(楊昌曲)으로 병부상셔(兵部尙書) 겸(兼) 정남도원수(征南都元帥)[1873]를 배(拜)하야 절월궁시(節鉞弓矢)[1874]와 홍포금갑(紅袍金甲)[1875]을 쥬시고, 뢰천풍(雷天風)으로 파로장군(破虜將軍)을 배(拜)하시고, 행군(行軍)을 ᄌᆡ촉ᄒᆞ시니 창곡(昌曲)이 돈수슈명(頓首受命)[1876]ᄒᆞ고 부즁(府中)에 도라와 양친(兩親)과 량부인(兩夫人)을 ᄒᆞ직(下直)ᄒᆞ고 익일(翌日) 발행(發行)ᄒᆞ야 남(南)으로 갈ᄉᆡ, 차시(此時) 남만왕(南蠻王) 나탁(哪咤)이 ᄃᆡ군(大軍)을 몰아 즁원(中原)[1877] 지경(地境)에 니르러 슈십 쥬(數十州)를 엄살(掩殺)[1878]ᄒᆞ고 의긔양양(意氣揚揚)[1879]ᄒᆞ더니 명장ᄃᆡ군(名將大軍)[1880]이 니름을 보고 대경(大驚)ᄒᆞ야 도로 남방(南方)

1869 장계(狀啓) : 왕명을 받고 지방에 나가 있는 신하가 자기 관하(管下)의 중요한 일을 왕에게 보고하던 일. 또는 그런 문서.

1870 올렸으니.

1871 함몰(陷沒) : 결딴이 나서 없어짐. 또는 결딴을 내서 없앰.

1872 불구(不久) : 오래지 않음.

1873 정남도원수(征南都元帥) : 남방을 정벌하는 군대의 최고사령관.

1874 절월궁시(節鉞弓矢) : 절부월(節斧鉞)과 궁시(弓矢). '절부월'은 임금의 명을 받은 관리가 지방에 부임할 때 임금이 내어주던 수기(手旗) 모양의 절(節)과 도끼 모양의 부월(斧鉞). '궁시'는 활과 화살.

1875 홍포금갑(紅袍金甲) : 붉은 빛의 전포(戰袍)와 황금빛 갑옷.

1876 돈수수명(頓首受命) : 머리를 조아리고 명을 받듦.

1877 중원(中原) : 중국의 황하(黃河) 중류의 남부 지역. 흔히 한때 군웅이 할거했던 중국의 중심부나 중국 땅을 이름.

1878 엄살(掩殺) : 별안간 습격하여 죽임.

1879 의기양양(意氣揚揚) : 뜻한 바를 이루어 만족한 마음이 얼굴에 나타난 모양.

1880 명장대군(名將大軍) : 이름난 장수에 군사의 수가 많은 군대.

빅여 리(百餘里) 밧 흑풍산(黑風山) 아래 진(陣) 치더니, 양 원슈(楊元帥) 대군(大軍)을 모라 흑풍산(黑風山) 아릭 결진(結陣)ᄒᆞ야 만진(蠻陣)[1881]의 진셰(陣勢)를 보고 연화계(烟火計)[1882]로 크게 엄습(掩襲)[1883]ᄒᆞ야 치니 만왕(蠻王) 나탁(哪咤)이 딕패(大敗)ᄒᆞ야 오록동(五鹿洞)으로 다라나니라.

딕져(大抵)[1884] 만왕(蠻王)에 오딕동(五大洞)이 잇스니, 일(一)은 오록동(五鹿洞)이오, 이(二)는 철목동(鐵木洞)이오, 삼(三)은 태을동(太乙洞)이오, 사(四)는 화과동(花果洞)이오, 오(五)는 딕록동(大鹿洞)이라.

이때 만왕(蠻王) 나탁(哪咤)이 흑풍산(黑風山)에 딕패(大敗)ᄒᆞ고 오록동(五鹿洞)에 웅거(雄據)ᄒᆞ엿더니, 양 원슈(楊元帥) 오록동(五鹿洞)에 딕진(對陣)ᄒᆞ야 가형계(假形計)[1885]로 오록동(五鹿洞)을 파(破)ᄒᆞ니 만왕(蠻王)이 또 딕패(大敗)ᄒᆞ야 오[대]록동(大鹿洞)으로 다라나니 양 원슈(楊元帥) 또 싸라 히태진법(懈怠陣法)[1886]으로 딕록동(大鹿洞)을 파(破)ᄒᆞ니 만왕(蠻王)이 또 딕패(大敗)ᄒᆞ야 태을동(太乙洞)으로 가 군사(軍士)를 슈습(收拾)ᄒᆞ고 익일(翌日) 다시 태을동(太乙洞) 젼(前)에 도전(挑戰)ᄒᆞ다가 양 원수(楊元帥)의 긔정팔문진(奇正八門陣)[1887]에 싸여 반일(半日)[1888]을 뇌곤(惱困)[1889]하다가 도라와 허희

1881 만진(蠻陣) : 남만국의 군진(軍陣).

1882 연화계(烟火計) : 불을 질러 연기를 피우는 계책.

1883 엄습(掩襲) : 기습(奇襲). 뜻하지 아니하는 사이에 습격함.

1884 대저(大抵) : 대체로 보아서. 무릇.

1885 가형계(假形計) : 거짓 모습으로 적을 교란시키는 계책.

1886 해태진법(懈怠陣法) : 경계를 게을리 하는 듯이 꾸며 적을 유인하는 진법.

1887 기정팔문진(奇正八門陣) : 중국 삼국시대 촉한(蜀漢)의 제갈량(諸葛亮)이 창안한 진법. 매복(埋伏)이나 기습(奇襲) 등의 방법을 쓰는 것을 '기(奇)'라고 하고, 정면으로 접전을 벌이는 것을 '정(正)'이라고 함.

장탄[1890] 왈(歔欷長歎曰),

"닉 이졔 구차(苟且)히 생명(生命)을 보젼(保全)ᄒᆞ야 셰궁력진(勢窮力盡)[1891]하니 졔장(諸將)은 각각(各各) 경륜(經綸)[1892]을 닉야[1893] 과인(寡人)의 붓그럼을[1894] 씻게 하라."

계하(階下)의 일인(一人)이 오계군(五溪郡) 채운동(彩雲洞) 운룡도인(雲龍道人)을 천긔[거](薦擧)하거늘, 나탁(哪咤)이 대희(大喜)하야 즉시(卽時) 채운동(彩雲洞)에 니르러 운룡도인(雲龍道人)을 보고 울며 왈(曰),

"오대동(五大洞)은 남방(南方)에 세전지디(世傳之地)[1895]라. 이졔 즁국(中國)에 일케 되얏스니 복망(伏望) 션싱(先生)은 재조(再造)[1896]를 애기지 말으사[1897] 과인(寡人)을 위(爲)하야 찻게 하쇼셔."

운룡(雲龍)이 쇼왈(笑曰),

"대왕(大王)의 영웅(英雄)으로 일으신[1898] 동학(洞壑)[1899]을 일기(一個) 산인(山人)[1900]이 엇지 차즈리오?"

1888 반일(半日) : 한나절.

1889 뇌곤(惱困) : 괴롭고 피곤함.

1890 허희장탄(歔欷長歎) : 한숨을 지으며 길게 탄식함.

1891 세궁역진(勢窮力盡) : 기세가 꺾이고 힘이 다 빠져 꼼짝할 수 없게 됨.

1892 경륜(經綸) : 일정한 포부를 가지고 일을 조직적으로 계획함. 또는 그 계획이나 포부. *천하를 다스림.

1893 내어.

1894 부끄러움을.

1895 세전지지(世傳之地) : 대대로 전하여 내려오는 땅.

1896 재조(再造) : 나라나 집단을 다시 세우거나 이룸.

1897 아끼지 마시어.

1898 영웅인 대왕께서 잃으신.

1899 동학(洞壑) : 동천(洞天). 산천으로 둘러싸인 경치 좋은 곳.

1900 산인(山人) : 산속에 사는 사람이라는 뜻으로, 승려나 도사를 이르는 말.

나탁(哪咤)이 읍왈(泣曰),

"션싱(先生)이 만일(萬一) 구원(救援)치 아니ᄒᆞ신 즉(則) 과인(寡人)은 ᄎᆞ라리 죽어 도라가지 말고저 하나이다."

운룡(雲龍)이 할 일 업셔 만왕(蠻王)을 ᄯᆞ라 태을동(太乙洞)에 니르러 왈(曰),

"대왕(大王)은 양 원수(楊元帥)와 도전(挑戰)하쇼셔. 빈도(貧道)ㅣ 그 진세(陣勢)를 보고저 하나이다."

나탁(哪咤)이 즉시(卽時) 원수(元帥)와 싸홈을 청(請)하니, 원수(元帥) 쇼왈(笑曰),

"만취(蠻酋ㅣ) 반닷이 청병(請兵)을 함이로다."

ᄒᆞ고 대군(大軍)을 거나려 태을동 젼(太乙洞前)에 진세(陣勢)를 베푸니, 운룡(雲龍)이 바라보고 놀나더니 홀연(忽然) 진언(眞言)[1901]을 념(念)하며 칼을 둘너 사방(四方)을 가라침이 풍우대작(風雨大作)[1902]ᄒᆞ야 뇌성(雷聲)이 진동(震動)하며 무슈(無數)한 신장귀졸(神將鬼卒)[1903]이 명진(明陣)을 에워싸 반향(半晌)을 침이 ᄽᆡ치지 못하니, 운룡(雲龍)이 칼을 더지며 탄왈(歎曰),

"명(明) 원수(元帥)ᄂᆞᆫ 범인(凡人)이 아니라 경텬위지(經天緯地)[1904] 할 재조 잇스니 대왕(大王)은 각승(角勝)[1905]치 말으쇼셔. 진법(陣法)은 이에 텬상무곡션관(天上武曲仙官)에 션텬음양진(先天陰陽陣)이라. 진손방(震巽方)[1906]으로 닷아스니[1907] 신장귀졸(神將鬼卒)이 범(犯)

1901 진언(眞言) : 진실하여 거짓이 없는 말이라는 뜻으로, 비밀스러운 어구를 이르는 말.

1902 주) 1609 참조.

1903 신장귀졸(神將鬼卒) : 신병(神兵)을 거느리는 장수와 온갖 잡귀(雜鬼).

1904 경천위지(經天緯地) : 온 천하를 조직적으로 잘 계획하여 다스림.

1905 각승(角勝) : 승부(勝負)를 겨룸.

하기 어려운지라. 요슐(妖術)로 이긔지 못하리로소이다."

나탁(哪咤)이 이 말을 듯고 방셩대곡 왈(放聲大哭曰),

"연즉(然則) 과인(寡人)의 오대동텬(五大洞天)을 어내날 ᄎᆞ즈리오[1908]? 바라건대 션싱(先生)은 방략(方略)을 가라치압쇼셔[1909]."

운룡(雲龍)이 란쳐(難處)하야 왈(曰),

"빈도(貧道) 한 방약(方略)이 잇스나 만일 루셜(漏泄)한 즉(則) 일을 이루지 못할 ᄲᅮᆫ아니라 빈도(貧道)에게 ᄒᆡ(害)됨이 잇슬리니 대왕(大王)은 자량(自諒)[1910]ᄒᆞ야 하쇼셔."

나탁(哪咤)이 즉시(卽時) 좌우(左右)를 물니고[1911] 방약(方略)을 물은대, 운룡(雲龍)이 바야흐로 말하야 왈(曰),

"빈도(貧道)의 사부(師父) 탈탈국(脫脫國) 총황(령)(叢篁嶺) ᄇᆡᆨ운동(白雲洞)에 잇스니 도호(道號)ᄂᆞᆫ ᄇᆡᆨ운도사(白雲道士)라. 음양조화지슐(陰陽造化之術)[1912]과 텬디현묘지리(天地玄妙之理)[1913]를 무불통지(無不通知)[1914]ᄒᆞ니, 이 안이면[1915] 명병(明兵)을 대적(對敵)지 못ᄒᆞ려니와 맑은 덕(德)과 놉흔 ᄯᅳᆺ으로 평ᄉᆡᆼ(平生)을 산문(山門)[1916]에 나지 아니하니, 대왕(大王)이 셩의(誠意)를 다하지 아니신 즉(則) 청득

1906 진손방(震巽方) : 동남방(東南方).

1907 닫았으니.

1908 어느 날 찾으리오?

1909 가르치옵소서. 가르쳐주옵소서.

1910 자량(自諒) : 스스로 살펴 앎.

1911 물리고. 물리치고.

1912 음양조화지술(陰陽造化之術) : 음양으로 만물을 창조하고 기르는 재주.

1913 천지현묘지리(天地玄妙之理) : 온 세상의 현묘한 이치.

1914 무불통지(無不通知) : 무슨 일이든지 환히 통하여 모르는 것이 없음.

1915 이 (분이) 아니면.

1916 산문(山門) : 절 또는 절의 바깥문.

(請得)[1917]지 못할가 하나이다."

언필(言畢)[1918]에 표연(飄然)이 채운동(彩雲洞)으로 도라가니라.

나탁(哪吒)이 즉시(卽時) 폐빅(幣帛)[1919]을 갓초와 빅운동(白雲洞)을 차자가 홍혼탈(紅渾脫)을 다리고 왓더라.

추셜(且說), 홍(紅)이 만왕(蠻王)을 짜라 진즁(陣中)에 니르러 동즁(洞中) 지형(地形)을 즈세(仔細) 봄애 동편(東便)에 일좌(一座) 쇼산(小山)이 잇스니 일홈은 련화봉(蓮花峰)이라. 홍(紅)이 봉상(峰上)에 올나 사면(四面)을 도라본 후(後) 만왕(蠻王)을 보아 왈(曰),

"내 명진(明陣)을 먼저 구경코저 하노라."

하고 시야(是夜)에 화과동(花果洞)에 니르러 디형(地形)을 보고 탄왈(歎曰),

"만일(萬一) 명진(明陣) 원수(元帥) 진(陣)을 동즁(洞中)에 쳐든들[1920] 한 군사(軍士)도 싱환(生還)치 못할 것이어늘 이제 싱왕방(生旺方)[1921]을 엇어스니[1922] 졸연(猝然)[1923]이 파(破)치 못할지라. 명일(明日) 대진(對陣)하야 그 용병(用兵)함을 보리라."

하고 즉시(卽時) 명진(明陣)에 격셔(檄書)[1924]를 전(傳)ᄒᆞ니 그 격문(檄文)에 왈(曰),

1917 청득(請得) : 청하여 허락을 얻음.

1918 언필(言畢) : 말을 마침.

1919 폐백(幣帛) : 임금에게 바치거나 제사 때 신에게 바치는 물건. 또는 그런 일.

1920 쳤던들.

1921 생왕방(生旺方) : 왕성하게 살 수 있는 방도.

1922 얻었으니.

1923 졸연(猝然) : 갑작스러운 모양.

1924 격서(檄書) : 격문(檄文). 군병을 모집하거나, 적군을 달래거나 꾸짖기 위한 글.

'남만왕(南蠻王)은 대명(大明) 원수(元帥)에게 격셔(檄書)를 보ᄂᆡ나니, 과인(寡人)은 들음에 셩왕(聖王)은 덕(德)으로써 빗취이고[1925] 힘으로써 싸호지 아니하나니, 이제 대국(大國)이 십만(十萬) 웅비지사(熊羆之士)[1926]로 편방(偏邦)[1927] 루지(陋地)[1928]에 림(臨)하시니 그 위틔(危殆)함이 조불려석(朝不慮夕)[1929]이라. 군령(軍令)을 어긔지 못ᄒᆞ야 잔병(殘兵)을 수습(收拾)하야 틔을동 젼(太乙洞前)에 다시 뵈올가 하노니 귀병(貴兵)을 거나려[1930] 욕식내회(蓐食來會)[1931]함을 바라나이다.'

양 원수(楊元帥) 격셔(檄書)를 보고 대경 왈(大驚曰),

"그 글이 간약(簡略)한 중(中) 쓰이 다하야 남만(南蠻)의 강한풍긔(强悍風氣ㅣ)[1932] 업고 중화(中華)의 문명(文明)한 긔상(氣像)이 잇스니 엇지 괴이(怪異)치 아니리오?"

하고 즉시(卽時) 답셔 왈(答書曰),

'대명(大明) 도원수(都元帥)는 남만왕(南蠻王)에게 답(答)하노니, 우리 황데(皇帝) 폐하(陛下) 만방(萬方)을 자시(子視)[1933]하사 유묘(有苗)[1934]의 래격(來格)[1935]함이 더듼 고(故)로 텬병(天兵)을 조발(調發)[1936]

1925 비치고.

1926 웅비지사(熊羆之士) : 곰이나 비휴(貔貅)같이 힘센 장사.

1927 편방(偏邦) : 편국(偏國). 멀리 외따로 동떨어져 있는 나라.

1928 누지(陋地) : 누추한 곳이라는 뜻으로, 자기가 사는 곳을 겸손하게 이르는 말.

1929 조불려석(朝不慮夕) : 형세가 절박하여 아침에 저녁 일을 헤아리지 못한다는 뜻으로, 당장을 걱정할 뿐이고 앞일을 생각할 겨를이 없음을 이르는 말.

1930 귀국의 병사들을 거느리고.

1931 욕식내회(蓐食來會) : 급히 서둘러 새벽밥을 먹고 와서 만남.

1932 강한풍기(强悍風氣) : 굳세고 사나운 태도나 기상(氣像).

1933 자시(子視) : 자식을 보듯함. 자식으로 대함.

1934 유묘(有苗) : 삼묘(三苗). 중국의 동정호(洞庭湖) 일대에 자리 잡고 있던 만족(蠻族).

1935 내격(來格) : 어떤 곳에 오거나 이름. 특히 제사 때에 귀신이 도착하는 것을 이름.

ᄒᆞ샤 청[공]모(貢茅)[1937]의 불입(不入)함을 문죄(問罪)코져 하시니 대군(大軍) 소도(所到)[1938]에 뢰려풍비(雷勵風飛)[1939]ᄒᆞ야 쥰이만형(蠢爾蠻荊)[1940]이 토붕와히(土崩瓦解)[1941]함을 볼 것이로ᄃᆡ 특별(特別)히 호생지덕(好生之德)[1942]을 베푸사 인의(仁義)로 감화(感化)ᄒᆞ고 위무(威武)[1943]로 육살(戮殺)[1944]치 아니하려 ᄒᆞ야 명일(明日) 맛당히 대군(大軍)을 거나려 긔약(期約)에 나아갈지니[1945] 차이(嗟爾)[1946] 만왕(蠻王)은 계이사졸(戒爾士卒)[1947] 하고 슈이괘[과]모(修爾戈矛)[1948]하야 칠종칠검[금](七縱七擒)[1949]에 뉘우침이 없게 ᄒᆞ라[1950].'

홍(紅)이 답셔(答書)를 보고 츄[초]연[1951] 왈(愀然曰),

"ᄂᆡ 만믹지방(蠻貊之邦)[1952]에 수년(數年)을 침[칩]복(蟄伏)[1953]하야

1936 조발(調發) : 징발(徵發). 군사로 쓸 사람을 강제로 뽑아 모음.

1937 공모(貢茅) : 청모(青茅)를 조공(朝貢)함. '청모'는 향기가 독한 남방의 띠풀로, 옛날 중국에서 천자가 산천에 제사를 지낼 때 화폐를 대신해서 바치게 하였다고 함.

1938 소도(所到) : 이른 곳. 도달한 곳.

1939 뇌려풍비(雷勵風飛) : 일을 해치움이 벼락같이 날쌔고 빠름.

1940 준이만형(蠢爾蠻荊) : 어리석은 남쪽 오랑캐. 《시경(詩經)》 채기편(采芑篇) 넷째 장의 첫머리 구절.

1941 토붕와해(土崩瓦解) : 흙이 무너지고 기와가 깨진다는 뜻으로, 어떤 조직이나 사물이 손을 쓸 수 없을 정도로 무너져 버림을 이르는 말.

1942 호생지덕(好生之德) : 사형에 처할 죄인을 특사하여 살려주는 제왕의 덕.

1943 위무(威武) : 위세와 무력을 아울러 이르는 말.

1944 육살(戮殺) : 살육(殺戮). 사람을 마구 죽임.

1945 기약한 대로 나아갈 것이니.

1946 차이(嗟爾) : 아아! 슬프다!

1947 계이사졸(戒爾士卒) : 그대의 군사들을 타이름.

1948 수이과모(修爾戈矛) : 그대의 무기를 정리함.

1949 칠종칠금(七縱七擒) : 마음대로 잡았다 놓아주었다 함을 이르는 말. 중국 삼국시대 촉한(蜀漢)의 제갈량이 맹획(孟獲)을 일곱 번이나 사로잡았다가 일곱 번 놓아주었다는 데서 유래함.

1950 후회가 없게 하라.

1951 초연(愀然) : 정색(正色)하는 모양.

고국(故國) 문물(文物)을 다시 보지 못할가 하얏더니 이 글을 듸(對)함에 즁화문장(中華文章)을 알지라. 엇지 반갑지 아니리오? ”
하더라.

익일(翌日) 홍(紅)이 일량소거(一輛小車)[1954]를 타고 만병(蠻兵)을 거나려 틱을동 전(太乙洞前)에 진(陣)을 베푼대, 양 원수(楊元帥) 쏘한 딕군(大軍)을 거나려 슈빅 보(數百步) 밧게 결진(結陣)ᄒᆞ니, 홍(紅)이 수릐를 모라[1955] 진전(陣前)에 나아가 명진(明陣)을 보니 긔치(旗幟ㅣ) 정정(亭亭)[1956]ᄒᆞ고 고각(鼓角)[1957]이 연연[훤천](喧天)[1958]한 즁(中) 일위(一位) 쇼년딕장(少年大將)이 홍포금갑(紅袍金甲)으로 딕우전(大羽箭)[1959]을 ᄎᆞ고 손에 수긔(手旗)를 들고 전후좌우(前後左右)에 제쟝(諸將)이 옹위(擁衛)하야 놉히 안졋스니, 홍(紅)이 그 명(明) 원수(元帥)임을 알고 손삼랑(孫三娘)으로 진전(陣前)에 웨어[1960] 왈(曰),

“소국(小國)이 남방(南方) 벽루(僻陋)한 듸 잇셔 문무(文武)ㅣ 겸전(兼全)ᄒᆞᆫ 자(者)ㅣ 업스나 금일(今日)은 진법(陣法)으로 싸호고저 함은 딕국(大國)에 용병(用兵)함을 보고저 함이니 명진(明陣) 원수(元帥)는 먼저 한 진(陣)을 치쇼셔.”
하거늘, 양 원수(楊元帥) 그 사령(辭令)[1961]이 옹용(雍容)[1962]ᄒᆞ야 삼딕

1952 주) 1116 참조.

1953 칩복(蟄伏) : 자기 처소에 들어박혀 몸을 숨김. ＊벌레 따위가 겨울 동안 땅속에 들어박힘.

1954 일량소거(一輛小車) : 한 대의 작은 수레.

1955 수레를 몰아.

1956 정정(亭亭) : 나무 따위가 높이 솟아 우뚝함.

1957 고각(鼓角) : 군중(軍中)에서 호령할 때 쓰던 북과 나발.

1958 훤천(喧天) : 하늘이 진동할 정도로 요란함.

1959 대우전(大羽箭) : 동개살. 깃을 크게 댄 화살.

1960 외쳐.

전국지풍(三代戰國之風)[1963]이 잇슴을 보고 심중(心中)에 경의(驚疑)[1964]하야 만진(蠻陣)을 바라보니 일ᄀᆡ(一個) 소년장군(少年將軍)이 초록검[금]루협수전포(草綠金縷狹袖戰袍)[1965]를 입고 병[벽]문원앙쌍요대(碧紋鴛鴦雙腰帶)[1966]를 띄고, 머리에 셩관(星冠)[1967]을 쓰고 허리에 부용검(芙蓉劍)을 차고 거중(車中)에 단정(端正)이 안졋스니, 션연(嬋娟)[1968]한 ᄐᆡ도(態度)는 츄텬명월(秋天明月)[1969]이 창해(蒼海)에 도닷고[1970], 돌올(突兀)[1971]한 긔상(氣像)은 추풍호응(秋風豪鷹)[1972]이 벽공(碧空)[1973]에 나림 갓거늘, 양 원수(楊元帥)ㅣ 대경(大驚)ᄒᆞ야 제장(諸將)을 보아 왈(曰),

“이ᄂᆞᆫ 반닷이 남방(南方) 인물(人物)이 아니라. 나탁(哪咤)이 어대가 저 갓흔 구원(救援)을 쳥(請)하뇨[1974]?”

북을 치며 수기(手旗)를 쓸고[1975], 진세(陣勢)를 변(變)하야 륙륙삼

1961 사령(辭令) : 남을 응대하는, 반드레하게 꾸미는 말.

1962 옹용(雍容) : 마음이나 태도 따위가 화락하고 조용함.

1963 삼대전국지풍(三代戰國之風) : 중국 고대의 하(夏)·은(殷)·주(周) 삼대와 전국시대의 기풍.

1964 경의(驚疑) : 놀라고 의심함.

1965 초록금루협수전포(草綠金縷狹袖戰袍) : 초록 바탕에 금실로 수를 놓은 소매가 좁은 전포. ‘전포’는 장수가 입던 긴 웃옷.

1966 벽문원앙쌍요대(碧紋鴛鴦雙腰帶) : 푸른 무늬에 한 쌍의 원앙을 수놓은 허리띠.

1967 성관(星冠) : 칠성관(七星冠). 도사(道士)들이 쓰는 갓.

1968 선연(嬋娟) : 몸맵시가 날씬하고 아름다움.

1969 추천명월(秋天明月) : 가을 하늘의 밝은 달.

1970 돋았고. 떠올랐고.

1971 돌올(突兀) : 높이 솟아 우뚝함. 두드러지게 뛰어남.

1972 추풍호응(秋風豪鷹) : 서늘한 바람을 일으키는 사나운 매.

1973 벽공(碧空) : 푸른 하늘.

1974 어디 가서 저 같은 구원할 사람을 청하였는가?

1975 수기를 휘두르고. 수기로 지휘하고.

십륙(六六三十六) 여셧 방위(方位)를 난와[1976] 진(陣)을 치니, 홍(紅)이 웃고 또한 북을 치며 만병(蠻兵)을 지휘(指揮)하야 쌍쌍이십사긔(雙雙二十四騎)을[를] 열두 쎄에 난와[1977] 호졉진(蝴蝶陣)[1978]을 쳐 륙화진(六花陣)[1979]을 츙돌(衝突)하며, 손삼랑(孫三娘)으로 외여 왈(曰),

"륙화진(六花陣)은 승평유장(昇平儒將)[1980]에 한가(閑暇)한 진법(陣法)이라. 쇼국(小國)에 호접진(蝴蝶陣)이 잇셔 족(足)히 대덕(對敵)할가 ᄒᆞ오니 다른 진(陣)을 치소셔."

양 원수(楊元帥)ㅣ 북을 치며 수긔(手旗)를 쓰러셔 화진(花陣)을 변(變)하야 팔팔륙십사(八八六十四) 팔방(八方)으로 난와 팔괘진(八卦陣)[1981]을 치니, 홍(紅)이 또한 북을 치며 만병(蠻兵)을 지휘(指揮)하야 대연오십오(大衍五十五) 다셧 방위(方位) 방원진(方圓陣)[1982]을 일워[1983] 팔괘진(八卦陣)을 츙돌(衝突)하야 생문(生門)[1984]으로 드러가 긔문(奇門)[1985]으로 나오며, 음방(陰方)[1986]을 쳐 양방(陽方)[1987]을 엄습(掩襲)ᄒᆞ

1976 여섯 방위로 나누어.

1977 열두 떼로 나누어. 열두 분대(分隊)로 나누어.

1978 호접진(蝴蝶陣) : 부채 모양의 진. 임진왜란 때 동래성 전투에서 왜군이 사용하였다고 함.

1979 육화진(六花陣) : 눈꽃의 6각 결정체 모양의 진. 중국 당나라의 이정(李靖)이 제갈량의 팔진(八陣)을 본떠서 만든 진법(陣法). 군사가 적어 9군(軍)을 만들기 곤란한 경우, 주위에 6진(陣)을 만들고 가운데에 중군(中軍)이 들어가는 형태의 7군(軍)으로 만든 것임. 이때 주위의 6진은 정병(正兵)으로, 가운데의 중군은 기병(奇兵)으로 배치함.

1980 승평유장(昇平儒將) : 태평시대 선비 출신의 장수.

1981 팔괘진(八卦陣) : 〈삼국지연의(三國志演義)〉에서 사마의(司馬懿)와 제갈량(諸葛亮)이 대결할 때 제갈량이 쓴, 팔각형 모양으로 늘어선 진.

1982 방원진(方圓陣) : 원형(圓形)으로 둥글게 치는 진.

1983 이루어.

1984 생문(生門) : 팔문(八門)의 하나. 구궁(九宮)의 팔백(八白)이 본자리가 되는 길(吉)한 문임.

며, 손삼랑(孫三娘)으로 웨어 왈(曰),

"한(漢)나라 제갈무후(諸葛武侯)[1988] ㅣ 륙화진(六花陣)과 양의진(兩儀陣)[1989]을 합(合)하니, 차소위(此所謂)[1990] 팔괘진(八卦陣)이라. 생사문(生死門)[1991]과 긔정문(奇正門)[1992]이 잇고 동정(방)(動靜方)[1993]과 음양방(陰陽方)[1994]이 잇스니, 쇼국(小國)에 대연진(大衍陣)[1995]이 잇셔 족(足)히 대적(對敵)할가 하오니 다른 진(陣)을 치쇼셔."

원수(元帥) 대경(大驚)ᄒᆞ야 급(急)히 팔괘진(八卦陣)을 거두고 좌우익(左右翼)을 일워[1996] 됴익진(鳥翼陣)[1997]을 치니, 홍(紅)이 ᄯᅩ한 방

1985 기문(奇門) : 점술가들이 길흉을 점치는 방법의 하나. 십간(十干) 가운데 을(乙)·병(丙)·정(丁)을 삼기(三奇)로 하고, 휴(休)·생(生)·상(傷)·두(杜)·경(景)·사(死)·경(警)·개(開)를 팔문(八門)으로 함.

1986 음방(陰方) : 서쪽과 남쪽.

1987 양방(陽方) : 동쪽과 북쪽.

1988 제갈무후(諸葛武侯) : 중국 삼국시대 촉한(蜀漢)의 승상(丞相)인 제갈량(諸葛亮)을 가리킴.

1989 양의진(兩儀陣) : 음양진(陰陽陣). 원앙진(鴛鴦陣)을 두 개로 나누어 만든 진. 원앙진과 함께 가장 기초적인 진형의 하나로서 중앙에 대장(隊長)이 있고 좌우에 군사를 2열 종대로 배치한 진. 원앙진보다 넓은 지형에서 적군이 흩어져 있을 때 사용하는 진형임.

1990 차소위(此所謂) : 이것이 이른바.

1991 생사문(生死門) : 술가(術家)가 구궁(九宮)에 맞추어서 길흉(吉凶)을 점치는 팔문(八門) 가운데 생문(生門)과 사문(死門).

1992 기정문(奇正門) : 병법에서 기습 공격을 하는 기문(奇門)과 정면 공격을 하는 정문(正門).

1993 동정방(動靜方) : 만물이 생동하는 동방(動方)과 만물이 병들거나 죽게 되는 정방(靜方).

1994 음양방(陰陽方) : 음방(陰方)과 양방(陽方).

1995 대연진(大衍陣) : 천지(天地)의 수(數)를 최대한으로 불린 수치를 대연수(大衍數)라고 하는 바, 즉 하도(河圖) 중궁(中宮)의 천수(天數) 5를 지수(地數) 10으로 곱한 수임. 군사 50명을 배치하여 그 중 49명을 운용하는 진법.

1996 좌우의 날개를 이루어.

1997 조익진(鳥翼陣) : 새의 날개 모양으로 치는 진.

원진(方圓陣)을 변(變)하야 한 줄기 장사진(長蛇陣)[1998]을 일워 됴익진(鳥翼陣)을 쑬으며 웨어 왈(曰),

"됴닉진(鳥翼陣)은 전군(全軍)을 대(對)하야 시살(廝殺)[1999]ᄒᆞ는 진(陣)이라. 쇼국(小國)이 맛당히 장사진(長蛇陣)으로 츙돌(衝突)함이니 다른 진(陣)을 치쇼셔."

양 원수(楊元帥)ㅣ 긔(旗)를 밧비 쓸어 좌우닉(左右翼)을 합(合)하야 학닉진(鶴翼陣)[2000]을 일워 장사진(長蛇陣) 머리를 치며 뢰텬풍(雷天風)으로 웨어 왈(曰),

"남방(南方) 아ᄒᆡ(兒孩ㅣ) 장사진(長蛇陣)으로 됴닉진(鳥翼陣) 쑬음만 알고 됴닉진(鳥翼陣)이 변(變)ᄒᆞ야 학닉진(鶴翼陣)이 되야 장사진(長蛇陣) 머리를 침은 엇지 생각지 못ᄒᆞ나뇨?"

홍(紅)이 미쇼(微笑)하고 북을 치며 장사진(長蛇陣)을 난와 두어 곳 어린진(魚鱗陣)[2001]을 치니, 이ᄂᆞᆫ 뎍국(敵國)을 속이ᄂᆞᆫ 진(陣)이라.

원수(元帥) 대로(大怒)하야 대군(大軍)을 열 쎼에 난와[2002] 어린진(魚鱗陣)을 가온대 두고 십면(十面)으로 에워싸니, 홍(紅)이 웃고 웨어 왈(曰),

"이ᄂᆞᆫ 회음후(淮陰侯)[2003]에 십면(十面) ᄆᆡ복(埋伏)이라. 굿하여[2004]

1998 장사진(長蛇陣) : 한 줄로 길게 벌인 군진(軍陣)의 하나.

1999 시살(廝殺) : 싸움터에서 마구 침.

2000 학익진(鶴翼陣) : 학이 날개를 편 듯이 치는 진. 적을 둘러싸기에 편리한 진형임.

2001 어린진(魚鱗陣) : 고기비늘이 벌어진 듯이 치는 진. 중앙부가 적에 가까이 나아가는 진형임.

2002 열 떼로 나누어. 열 분대(分隊)로 나누어.

2003 회음후(淮陰侯) : 중국 전한(前漢)의 개국에 공을 세운 삼걸(三傑) 가운데 한 사람인 한신(韓信)의 봉호(封號). 개국 후 초왕(楚王)에 봉해졌으나 고조(高祖) 유방(劉邦)의 의심을 받아 회음후로 강봉(降封)되었음.

2004 구태여.

진법(陣法)이 아니니 쇼국(小國)에 오히려 한 진(陣)이 잇셔 방비(防備)할가 하노니 보쇼셔."

하고 어린진(魚鱗陣)을 변(變)하야 다셧 쎄에 난와[2005] 오방진(五方陣)을 치니, 그 동방(東方)을 친 즉(則) 남북방(南北方)이 좌우닉(左右翼)이 되야 방비(防備)ᄒᆞ고, 북방(北方)을 친 즉(則) 동셔방(東西方)이 좌우익(左右翼)이 되야 방비(防備)하니, 양 원슈(楊元帥)ㅣ 바라보고 탄왈(歎曰),

"이는 텬하긔ᄌᆡ(天下奇才)[2006]라. 이 진법(陣法)은 고금(古今)에 업는 빅라[2007]. 오힝상극지리(五行相剋之理)[2008]를 응(應)하야 스사로[2009] 창ᄀᆡ(創開)[2010]한 진(陣)이니, 비록 손빈(孫臏)[2011] 오긔(吳起)[2012]라도 파(破)치 못하리로다."

하고 그 진법(陣法)으로 익이지[2013] 못할 줄 알고 즉시(卽時) 징을 쳐 군진(軍陣)을 거두고 뢰천풍(雷天風)으로 웨여 왈(曰),

"금일(今日) 량진(兩陣)이 임의 진법(陣法)을 보앗스나[니], 다시 무예(武藝)로 싸올 ᄌᆞ(者ㅣ) 잇거든 나오라."

철목탐[탑](鐵木塔)이 창(槍)을 들고 나가 뢰천풍(雷天風)과 대젼

2005 다섯 떼로 나누어. 다섯 분대(分隊)로 나누어.

2006 천하기재(天下奇才) : 세상에서 가장 뛰어난 재능. 또는 그런 재능을 지닌 사람.

2007 없는 바이라. 없는 것이라.

2008 오행상극지리(五行相克之理) : 오행이 서로 배척하고 부정하는 이치. 토극수(土剋水), 수극화(水剋火), 화극금(火剋金), 금극목(金剋木), 목극토(木剋土)의 이치임.

2009 스스로.

2010 창개(創開) : 창시(創始). 어떤 사상이나 학설 따위를 처음으로 시작하거나 내세움.

2011 손빈(孫臏) : 중국 전국시대(戰國時代) 제(齊)나라의 병법가.

2012 오기(吳起) : 중국 춘추시대(春秋時代) 위(衛)나라의 병법가.

2013 이기지.

(對戰) 십여 합(十餘合)에 자로[2014] 금[검](劍)을 피(避)ᄒᆞ거늘, 숀야채(孫夜叉ㅣ) 창(槍)을 들고 나가며 책왈(責曰),

"네 임의 진법(陣法)으로 졋스니 다시 무예(武藝)로 저보라."

뢰쳔풍(雷天風)이 대로 왈(大怒曰),

"늙은 수염(鬚髯) 업는 오랑캐 당돌(唐突)치 말나."

하고 수합(數合)을 싸홀ᄉᆡ, 홀연(忽然) 명진중(明陣中) 동초(董超) 마달(馬達)이 일시(一時)에 나와 뢰쳔풍(雷天風)을 돕거늘, 숀야ᄎᆡ(孫夜叉ㅣ) 대뎍(對敵)지 못ᄒᆞ야 말을 ᄈᆡ혀 다라나니[2015], 홍(紅)이 숀야채(孫夜叉ㅣ) 패(敗)함을 보고 대로(大怒)하야 말게 올나[2016] 진젼(陣前)에 나셔며 철목탑(鐵木塔)을 불으고[2017] 웨여 왈(曰),

"명장(明將)은 호란(胡亂)[2018]한 창법(槍法)을 자랑치 말고 몬져 내 살을 바드라[2019]."

언필(言畢)에 공즁(空中)에 나는 살이 드러와 뢰쳔풍(雷天風)의 투구[2020]를 맛쳐 짜에 썰어지니, 동초(董超) 마달(馬達)이 대로(大怒)하야 일시(一時)에 창검(槍劍)을 춤츄어 곳[2021] 홍(紅)을 취(取)코저 하더니, 홍(紅)이 옥수(玉手)를 번득이며 시위 소ᄅᆡ 나는 곳에[2022] 흐르는 살이 뒤를 이어 들어와 동(董)·마(馬) 량장(兩將)의 엄심갑(掩心

2014 자주.

2015 말을 빼내어 달아나니.

2016 말에게 올라. 말에 올라.

2017 부르고.

2018 호란(胡亂) : 한데 뒤섞여 어수선하고 분간하기 어려움.

2019 먼저 내 화살을 받으라.

2020 투구 : 예전에 군인들이 전투할 때에 적의 화살이나 칼날로부터 머리를 보호하기 위하여 쓰던 쇠로 만든 모자.

2021 곧. 곧바로.

2022 활시위 소리가 나는 곳에.

甲)[2023]을 일시(一時)에 맛쳐 징[장]연(鏘然)[2024]이 깨여진대, 량장(兩將)이 싸올 뜻이 업셔 말을 돌여 본진(本陣)으로 도라옴애 뢰쳔풍(雷天風)이 투구를 집어 곳쳐 쓰고 벽력부(霹靂斧)[2025]를 둘으며[2026] 대책왈(大責曰),

"요마(幺麽)[2027] 만장(蠻將)은 조금안 재조(才操)를 밋고[2028] 무례(無禮)치 말나."

하고 또 홍(紅)에게 달아드니, 홍(紅)이 쳔연(天然)이 웃고 홀연(忽然) 쌍검(雙劍)을 들며 몸을 반공(半空)에 쇼스니[2029], 쳔풍(天風)이 허공(虛空)을 치고 급(急)히 도취를 거두랴 하더니[2030], 머리 우에 징[장]연(鏘然)한 칼 쇼래 나며 나는 칼이 공중(空中)에 써러져 투구 깨야지니, 쳔풍(天風)이 황망(慌忙)[2031]하야 번신낙마(翻身落馬)[2032]한 대, 홍(紅)이 다시 도라보지 아니하고 다만 칼을 거두니, 원내[래](原來) 홍(紅)의 칼 쓰는 법(法)이 천심(淺深)[2033]이 잇셔 다만 투구를 깨칠 싸름이오 사람을 상(傷)치 안녓스나[2034], 로장(老將)이 임의 경신(精神)을 수습(收拾)지 못ᄒᆞ야 그 머리 업슴을 의심(疑心)하니, 엇지 다시 싸올 뜻이 잇스리오?

2023 엄심갑(掩心甲) : 가슴을 가리는 갑옷.

2024 장연(鏘然) : 옥이나 쇠붙이 따위가 울리는 소리가 큼.

2025 벽력부(霹靂斧) : 벼락도끼. 옛날 돌도끼를 일컫던 말.

2026 휘두르며.

2027 요마(幺麽) : 작은 상태임. 또는 그런 것. 변변하지 못함. 또는 그런 사람.

2028 조그만 재주를 믿고.

2029 솟으니. 솟구치니.

2030 급히 도끼를 거두려고 하더니.

2031 주) 401 참조.

2032 번신낙마(翻身落馬) : 몸을 뒤집으며 말에서 떨어짐.

2033 천심(淺深) : 얕음과 깊음.

2034 사람을 상하게 하지 않았으나.

급(急)히 말을 돌녀[려] 본진(本陣)으로 오니, 양 원수(楊元帥) ㅣ 진상(陣上)에셔 바라보다가 대로 왈(大怒曰),

"입에 젓내 나는 일ᄀᆡ(一個) 만장(蠻將)을 세 장수(將帥) ㅣ ᄃᆡ젹(對敵)지 못하니 내 맛당히 친(親)이 나가 이 장수(將帥)를 생금(生擒)[2035] 하리라. 만일(萬一) 생금(生擒)치 못하면 내 ᄆᆡᆼ세코 회군(回軍)치 안이리라."

하더라.

이때 홍(紅)이 만진(蠻陣)에 도라와 경야(經夜)할ᄉᆡ 심야(深夜)에 생각하되,

'ᄂᆡ 비록 여자(女子) ㅣ 나 엇지 ᄃᆡ의(大義)를 모로고 만왕(蠻王)을 위(爲)하야 고국(故國)을 저바리리오? 만일(萬一) ᄂᆡ 숀으로 일ᄀᆡ(一個) 명진(明陣) 장졸(將卒)을 살ᄒᆡ(殺害)하면 의(義 ㅣ) 아니나 사부(師父)의 명(命)으로 나탁(哪咤)을 구(救)하랴 왓다가 그저 감도 도리(道理 ㅣ) 안이니 엇지면 양편(兩便)[2036]하리오?'

하더니 홀연(忽然) 한 계교(計巧)를 생각하고 손야ᄎᆡ(孫夜叉 ㅣ)를 보아 왈(曰),

"금야(今夜) 월색(月色)이 가장 아름다오니 내 동구(洞口)에 나아가 련화봉(蓮花峰)에 올나 명진(明陣) 동정(動靜)을 구경하리라."

하고 월색(月色)을 띄여 ᄇᆡᆨ운도사(白雲道士)에 쥬던 옥뎍(玉笛)을[2037] 품에 품고 련화봉(蓮花峰)에 올나 명진(明陣)을 바라보니 고각(鼓角)이 뎍요(寂寥)하고 등촉(燈燭)이 명멸(明滅)한ᄃᆡ 경점(更點)[2038]은 삼

2035 생금(生擒) : 산 채로 잡음.

2036 양편(兩便) : 두 쪽 다 원만하고 편함. ＊상대가 되는 두 쪽.

2037 백운도사가 주었던 옥피리를.

2038 경점(更點) : 예전에 북이나 징을 쳐서 알려 주던 시간. 하룻밤의 시간을 다섯

경(三更)[2039]을 보(報)ᄒᆞ거늘, 홍(紅)이 회즁옥젹(懷中玉笛)[2040]을 내여 일곡(一曲)을 부니, 차시(此時) 셔풍(西風)이 소슬(蕭瑟)하고 성월(星月)이 명랑(明朗)한ᄃᆡ 홀연(忽然) 일셩옥젹(一聲玉笛)[2041]이 반공(半空)에 요요(寥寥)[2042]하야 곡죠(曲調)의 쳐량(凄凉)함은 철셕(鐵石)을 녹이고 소래의 오열(嗚咽)홈은 산쳔(山川)이 변ᄉᆡᆨ(變色)커늘, 시야(是夜)에 명진(明陣) 십만대군(十萬大軍)이 일시(一時)에 잠을 ᄭᅢ여 로자(老者)는 쳐자(妻子)를 ᄉᆡᆼ각ᄒᆞ고 소자(少者)는 부모(父母)를 사모(思慕)하야 혹(或) 눈물을 ᄲᅮ려 허희탄식(歔欷歎息)ᄒᆞ며, 혹(或) 고향(故鄕)을 ᄉᆡᆼ각ᄒᆞ야 니러 방황(彷徨)ᄒᆞ니, 자연(自然) 군중(軍中)이 요란(擾亂)ᄒᆞ야 부외(部伍ㅣ)[2043] 착란(錯亂)한ᄃᆡ, 마군장(馬軍將)[2044]은 채직을 일코 망연(茫然)이 셧스며[2045], 군문도위(軍門都尉)[2046]는 방패(防牌)를 안고 강기오열(慷慨嗚咽)[2047]ᄒᆞ니, 명장(明將) 소 사ᄆᆡ(蘇司馬ㅣ) 대경(大驚)하야 동(董)·마(馬) 량장(兩將)을 불너 군중(軍中)을 단속(團束)고져 하더니 ᄯᅩ 긔색(氣色)이 쳐량(凄凉)ᄒᆞ고 거지(擧止ㅣ)[2048] 슈상(殊常)ᄒᆞ거늘, 소 사ᄆᆡ(蘇司馬ㅣ) 급(急)히 원수(元帥)게

경(更)으로 나누고, 한 경은 다섯 점(點)으로 나누어서, 매 경을 알릴 때에는 북을, 점을 알릴 때에는 징을 쳤음.

2039 삼경(三更) : 하룻밤을 오경(五更)으로 나눈 셋째 부분. 밤 열한 시에서 새벽 한 시 사이임.

2040 회중옥적(懷中玉笛) : 품속의 옥피리.

2041 일성옥적(一聲玉笛) : 한 곡조의 피리소리.

2042 요요(寥寥) : 고요하고 쓸쓸함.

2043 부오(部伍) : 군진(軍陣)의 대오(隊伍).

2044 마군장(馬軍將) : 마군장군(馬軍將軍). 기마대(騎馬隊)를 지휘하는 장수.

2045 채찍을 잃고 멍하니 서 있으며.

2046 군문도위(軍門都尉) : 군영 내의 일을 주관하는 군관(軍官).

2047 강개오열(慷慨嗚咽) : 의롭지 못한 것을 보고 의기가 북받쳐 목메어 욺.

2048 거지(擧止) : 행동거지(行動擧止). 몸을 움직여 하는 온갖 동작.

고(告)ᄒᆞ니, 원수(元帥) 놀나 밤을 물으니[2049], 임의 ᄉᆞ오 경(四五更)에 갓갑고, 삼군(三軍)[2050]이 셔셜(棲屑)[2051]하야 진중(陣中)이 물 ᄭᅳᆯ 듯ᄒᆞ며, 일진셔풍(一陣西風)[2052]이 슈긔(手旗)를 불며, 풍편(風便)에 일성옥적(一聲玉笛)이 ᄋᆡ원쳐졀(哀怨悽絶)[2053]ᄒᆞ야 영웅(英雄)에 회포(懷抱)로도 비창(悲悵)[2054]ᄒᆞᆷ을 이긔지 못할지라.

원수(元帥) 귀를 기우려 한 번(番) 들음애 엇지 그 곡조(曲調)를 모르리오? 졔장(諸將)을 보아 왈(曰),

"녯날 장자방(張子房)[2055]이 계명산(鷄鳴山)[2056]에 올나 옥소(玉簫)를 불어 초병(楚兵)을 헛허스니[2057] 아지 못게라, 이곳에 엇더ᄒᆞᆫ 사람니[이] 능(能)히 이 곡조(曲調)를 아난고? ᄂᆡ ᄯᅩ한 어려셔 옥적(玉笛)을 배와 두어 곡죠(曲調)를 긔역(記憶)ᄒᆞ더니, 이제 ᄒᆞᆫ 번(番) 시험(試驗)하야 ᄉᆞᆷ군(三軍)에 처량(凄涼)한 심회(心懷)를 진졍(鎭靜)케 하리라."

하고 갑중(匣中)에 옥적(玉笛)을 ᄂᆡ여 한 곡조(曲調)를 부니 그 소래 화평(和平) 호탕(豪宕)ᄒᆞ야 군중(軍中)이 자연(自然) 안온(安穩)하거늘 원슈(元帥)ㅣ 다시 음률(音律)을 변(變)ᄒᆞ야 일곡(一曲)을 부니 기셩(其聲)이 웅장(雄壯) 뢰락(磊落)[2058]ᄒᆞ야 도문협객(屠門俠客)[2059]이 가

2049 원수가 놀라 밤 시간을 물으니.

2050 삼군(三軍) : 예전에 중군(中軍)·좌익(左翼)·우익(右翼) 등 군 전체를 이르던 말.

2051 서설(棲屑) : 한곳에 머물지 아니하고 떠돌아다님.

2052 일진서풍(一陣西風) : 한 줄기 서풍.

2053 애원처절(哀怨悽絶) : 슬피 원망함이 몹시 처절함.

2054 비창(悲悵) : 슬퍼하며 원망함.

2055 장자방(張子房) : 중국 전한(前漢)의 개국에 공을 세운 삼걸(三傑) 가운데 한 사람인 장량(張良). '자방'은 그의 자(字)임. 개국 후 유후(留侯)에 책봉되었으나 벼슬을 버리고 은거하였음.

2056 계명산(鷄鳴山) : 중국 안휘성(安徽省) 합비현(合肥縣) 서북쪽에 있는 산.

2057 흩었으니. 흩어지게 하였으니.

2058 뇌락(磊落) : 마음이 너그럽고 작은 일에 얽매이지 않음.

축(歌筑)[2060]을 화답(和答)ᄒᆞ고 츌ᄉᆡ장군(出塞將軍)[2061]이 텰[털]긔(鐵騎)[2062]를 울니는 듯 장ᄒᆞ숨군(帳下三軍)[2063]이 긔색(氣色)이 름름(凜凜)[2064]ᄒᆞ며 창(槍)을 어로만지며[2065] 칼을 춤츄어 한 번(番) 싸호고져 ᄒᆞ니, 원수(元帥)ㅣ 웃고 옥적(玉笛)을 그친 후(後) 도로 장즁(帳中)에 드러가 뎐젼불ᄆᆡ(輾轉不寐)[2066]하며 ᄉᆡᆼ각ᄒᆞ되,

'ᄂᆡ 비록 텬하(天下)에 널니 놀아 인재(人才)를 다 보지 못하엿스나 엇지 만ᄆᆡᆨ지방(蠻貊之邦)[2067]에 니러한 초군절륜(超群絶倫)[2068]ᄒᆞᆫ 인재(人才ㅣ) 잇슬 줄 아랏스리오? 이제 만장(蠻將)에 무예(武藝)와 병법(兵法)을 봄애 진짓 국사무쌍(國士無雙)[2069]이오, 텬하긔재(天下奇才)[2070]라. 옥적(玉笛)이 쏘한 범인(凡人)의 불 ᄇᆡ 안이니[2071], 이는 반닷이 하날이 명(明)나라를 돕지 아니ᄒᆞ심이라.'

하고 잠을 일우지 못하더라.

차시(此時) 홍(紅)이 사부(師父)의 명(命)으로 만왕(蠻王)을 구(救)ᄒᆞ라 왓스나[2072] 부모지향(父母之鄕)[2073]을 쏘한 져바리지 못하야 종용(從

2059 도문협객(屠門俠客) : 푸줏간에서 고기를 안주로 술을 마시는 협객.
2060 가축(歌筑) : 비파(琵琶)를 연주하며 부르는 노래.
2061 출새장군(出塞將軍) : 변방을 지키러 온 장군.
2062 철기(鐵騎) : 철갑(鐵甲)으로 무장한 기마(騎馬).
2063 장하삼군(帳下三軍) : 휘하(麾下)의 전군(全軍). 거느리고 있는 모든 군사.
2064 늠름(凜凜) : 생김새나 태도가 의젓하고 당당함.
2065 어루만지며.
2066 주) 1241 참조.
2067 주) 1116 참조.
2068 초군절륜(超群絶倫) : 남들보다 훨씬 뛰어남. 출중(出衆)함.
2069 국사무쌍(國士無雙) : 나라에서 견줄 사람이 없을 정도로 빼어난 선비.
2070 주) 2006 참조.
2071 범인이 볼 바가 아니니. 예사사람이 볼 수 있는 것이 아니니.
2072 구하러 왔으나.

容)한 옥적(玉笛)으로 장자방(張子房)을 효측[칙](效則)하야 강동자뎨(江東子弟)[2074]를 스ᄉ로 흣허지게 하랴더니 의외(意外)에 명(明) 진중(陣中)에 일ᄀ(一個) 옥적(玉笛)이 소래를 화답(和答)ᄒ야, 비록 곡죠(曲調) 부동(不同)ᄒᄂ 음률(音律)이 틀이지 아니ᄒ고[2075] 긔상(氣像)이 현수(懸殊)ᄒᄂ 의ᄉ(意思ㅣ) 다름이 업셔 죠양채봉(朝陽彩鳳)[2076]이 웅창자화(雄唱雌和)[2077]함과 갓흐니, 홍(紅)이 옥적(玉笛)을 멈츄고 망연자실(茫然自失)[2078]하야 머리를 숙이고 이윽히[2079] 생각 왈(曰),

'ᄇ운도사(白雲道士)ㅣ 말하되, 이 옥적(玉笛)이 본ᄃ 일쌍(一雙)으로, 일ᄀ(一個)는 문창(文昌)[2080]에게 잇셔 고국(故國)에 도라갈 긔회(機會ㅣ) 여긔 잇다 ᄒ시더니, 이졔 명(明) 원수(元帥)ㅣ 혹(或) 문창성정(文昌星精)[2081]이 안인 줄 엇지 알이오? 그러나 하날이 옥적(玉笛)을 ᄂ실 졔 엇지하야 한 쌍(雙)을 ᄂ시며, 임의 쌍(雙)이 잇슨 즉(則) 엇지하야 남북(南北)에 짝을 일코 그 합(合)함이 더대게 ᄒ시나뇨[2082]?'

또 다시 ᄉ각 왈(曰),

'이 옥적(玉笛)이 임의 정(定)한 짝이 잇슨 즉(則) 그 부는 자(者)ㅣ

2073 부모지향(父母之鄕) : 부모님이 사는 고향. 고국(故國).

2074 강동자제(江東子弟) : 중국 진(秦)나라 때 초(楚)나라 출신인 항우(項羽)가 함양(咸陽)을 공략하려고 이끌고 간 장강(長江) 남쪽 지방의 젊은이 8천 명.

2075 틀리지 아니하고.

2076 조양채봉(朝陽彩鳳) : 아침 햇살을 받은 빛깔이 곱고 아름다운 봉황새.

2077 웅창자화(雄唱雌和) : 수컷이 부르면 암컷이 화답함.

2078 망연자실(茫然自失) : 멍하니 정신을 잃음.

2079 뜻이나 생각이 깊게. *느낌이 은근하게.

2080 문창(文昌) : 문창성군(文昌星君). '문창성'은 북두칠성의 여섯째 별인 개양(開陽)을 달리 이르는 말. 학문을 맡아 다스린다고 함.

2081 문창성정(文昌星精) : 문창성의 정기(精氣). 또는 그 정기를 타고 난 사람.

2082 더디게 하시는가?

반다시 짝이 될지니, 황텬(皇天)[2083]이 부감(俯鑑)[2084]ᄒᆞ시고 명월(明月)이 죠림(照臨)[2085]하시니, 강남홍(江南紅)의 짝 될 자(者)는 양창곡(楊昌曲) 일인(一人)이라. 혹(或) 죠물(造物)[2086]이 도으시고 보살(菩薩)이 자비(慈悲)하사 우리 공자(公子)ㅣ 금일(今日) 명진(明陣) 도원수(都元帥) 되야 오시니잇가? ᄂᆡ 작일(昨日) 진젼(陣前)에 진법(陣法)을 보고 금일(今日) 월하(月下)에 적셩(笛聲)을 드름애 금세(今世) 무쌍(無雙)한 인재(人才)라. 내 맛당이 명일(明日) 도젼(挑戰)ᄒᆞ야 원수(元帥)의 용모(容貌)를 자세(仔細)히 보리라.'
하고 즉시(卽時) 도라와 ᄇᆞᆰ기를 고대(苦待)하야 만왕(蠻王)을 보고 왈(曰),

"금일(今日)은 맛당히 도젼(挑戰)ᄒᆞ야 자웅(雌雄)을 결단(決斷)ᄒᆞ리니 대왕(大王)이 먼저 동젼(洞前)에 진(陣)을 치쇼셔."

나탁(哪咤)이 응락(應諾)ᄒᆞ고 군사(軍士)를 거ᄂᆞ려 나가거늘, 홍(紅)이 말게 올나 손야채(孫夜叉ㅣ)를 다리고 진전(陣前)에 나아가니, 양 원수(楊元帥)ㅣ 또한 니르러 결진(結陣) 후(後) 홍(紅)이 권모셜화마(捲毛雪花馬)[2087]를 타고 부용검(芙蓉劍)을 차고 궁시(弓矢)를 ᄯᅴ여[2088] 문긔(門旗) 아래 완연(宛然)이 나셔며 손야채(孫夜叉ㅣ)로 크게 웨여 왈(曰),

"작일(昨日) 싸홈은 나에 무예(武藝)를 처음 시험(試驗)홈이라 용셔(容恕)홈이 잇거니와 금일(今日)은 자량(自量)ᄒᆞ야 능(能)히 당(當)

2083 황천(皇天) : 크고 넓은 하늘. 하느님.
2084 부감(俯鑑) : 굽어 봄. 굽어 살핌.
2085 조림(照臨) : 해나 달 따위가 위에서 내리비침.
2086 주) 1256 참조.
2087 권모설화마(捲毛雪花馬) : 털이 곱슬곱슬하고 눈처럼 흰 백마.
2088 활과 화살을 휴대하고.

할 자(者)ㅣ 잇거든 나오고 만일(萬一) 당(當)치 못할 자(者)는 부지럽시 나와 젼장(戰場) 빅골(白骨)을 보태지 말나."

동초(董超) 대로(大怒)ᄒᆞ야 급(急)히 나가 홍(紅)을 취(取)코저 하나 홍(紅)이 웃고 활을 다리여[2089] 동초(董超)에 번기갓치 두루는 창(槍)ᄭᅳᆺ에 상모(象毛)[2090]를 치고 련(連)ᄒᆞ야 좌편(左便) 눈을 맛치니, 동초(董超)ㅣ 경신(精神)을 일코 도라감애 양(楊)원슈(元帥)ㅣ 대로(大怒)ᄒᆞ야 분연(奮然)이 니러나 빅비쳥춍사자마(白鼻靑驄獅子馬)[2091]를 타고 장팔탱텬리화창(丈八撐天李花槍)[2092]을 들고 홍포금갑(紅袍金甲)에 궁시(弓矢)를 차고 진젼(陣前)에 나셔니, 홍(紅)이 원슈(元帥)에 스ᄉᆞ로 나옴을 보고 ᄯᅩ한 말을 노아[2093] 부용검(芙蓉劍)을 들고 셔로 마자 싸와 일합(一合)이 못 되야 홍(紅)의 춍명(聰明)으로 엇지 양 공자(楊公子)를 모로리오? 반김이 극(極)함애 눈물이 압셔고 경신(精神)이 황흘[홀](恍惚)하야 아모리 할 줄 모로나[2094] 다만 양 원슈(楊元帥)의 지긔지심(知己知心)[2095]흠으로 오히려 황텬(黃泉)[2096] 야대(夜臺)[2097]에 영결(永訣)한 홍랑(紅娘)이 만리절역(萬里絶域)[2098]에 졉

2089 활을 당겨.

2090 상모(象毛) : 삭모. 기(旗)나 창(槍) 따위의 머리에 술이나 이삭 모양으로 만들어 다는 붉은 빛깔의 가는 털.

2091 백비청총사자마(白鼻青驄獅子馬) : 코가 희고 갈기털이 길고 파르스름한 백마.

2092 장팔탱천이화창(丈八撐天李花槍) : 하늘을 찌를 듯 길이가 1장 8척이 되는 오얏꽃 장식의 창.

2093 말을 놓아. 말을 풀어.

2094 어찌할 줄 모르나.

2095 지기지심(知己知心) : 서로 마음이 통하여 지극하고 참되게 알아줌. 또는 그 마음.

2096 황천(黃泉) : 저승. 사람이 죽은 뒤에 그 혼이 가서 산다고 하는 세상.

2097 야대(夜臺) : 무덤을 달리 이르는 말.

2098 만리절역(萬里絶域) : 멀리 떨어져 있는 지역.

젼(接戰)ᄒᆞ는 만장(蠻將) 됨을 어이 알니오?

차시(此時) 양 원슈(楊元帥)ㅣ 창(槍)을 들어 홍(紅)을 취(取)ᄒᆞ랴 하거늘 홍(紅)이 급(急)히 허리를 굽혀 피(避)하야 슈즁(手中) 쌍검(雙劍)을 ᄯᅡ에 ᄯᅥ럿치고[2099] 소래 왈(曰),

"소쟝(小將)이 실수(失手)하야 칼을 노아스니[2100] 원슈(元帥)는 창(槍)을 잠간(暫間) 멈츄사 집기를 허(許)하소셔[2101]."

양 원슈(楊元帥)ㅣ 그 셩음(聲音)이 귀에 익음을 듯고 급(急)히 창(槍)을 거두며 용모(容貌)를 자셰(仔細)히 ᄉᆞᆯ히더니[2102], 홍(紅)이 칼을 집어 도로 말게 올으며[2103] 원슈(元帥)를 보아 왈(曰),

"천쳡(賤妾) 강남홍(江南紅)을 상공(相公)이 엇지 니즈시니잇가[2104]? 쳡(妾)이 이 길노 상공(相公)을 ᄯᅡ를 일이로되 슈하졸(手下卒)[2105]이 만진(蠻陣)에 잇스니 금야(今夜) 삼경(三更)에 군즁(軍中)으로 긔약(期約)ᄒᆞ나이다."

언필(言畢)에 말을 채 처[2106] 본진(本陣)으로 표연(飄然)이 도라가니, 양 원슈(楊元帥)ㅣ 창(槍)을 안고 얼인 닷이 셔셔[2107] 양구(良久)이 바라보다가 ᄯᅩ한 진중(陣中)으로 도라오니 쇼 사ᄆᆡ(蘇司馬ㅣ) 마져[2108] 문왈(問曰),

2099 땅에 떨어뜨리고.
2100 칼을 놓았으니. 칼을 놓쳤으니.
2101 창을 잠깐 멈추시어 (떨어뜨린 칼을) 집는 것을 허락하소서.
2102 용모를 자세히 살피더니.
2103 칼을 집어 도로 말에 오르며.
2104 어찌 잊으셨습니까?
2105 수하졸(手下卒) : 부하(部下).
2106 말을 채찍질하여.
2107 마비(痲痺)된 듯이 서서.
2108 소 사마가 맞이하며.

"금일(今日) 만장(蠻將)이 직조(才操)를 다ᄒᆞ지 아니함은 무슴 곡절(曲折)이니잇가?"

원수(元帥)ㅣ 소이부답(笑而不答)[2109]ᄒᆞ고 급(急)히 진(陣)을 물녀[2110] 화과동(花果洞)으로 오니라.

홍(紅)이 만왕(蠻王)을 보고 왈(曰),

"금일(今日) 명(明) 원수(元帥)를 거위[2111] ᄉᆡᆼ금(生擒)ᄒᆞᆯ 것을 신기불평(身氣不平)[2112]ᄒᆞ야 퇴진(退陣)ᄒᆞ얏스니, 금일(今日) 조섭(調攝)하야 명일(明日) 다시 싸호리라."

하고 시야(是夜)에 손삼랑(孫三娘)을 ᄃᆡ(對)하야 진상(陣上)에셔 공자(公子)를 맛나 금일(今日) 삼경(三更)에 명진(明陣)으로 가랴 하는 쯧을 말하니, ᄉᆞᆷ랑(三娘)이 ᄃᆡ희(大喜)하야 가만이 행구(行具)를 수습(收拾)하더라.

차셜(且說), 양 원수(楊元帥) 본진(本陣)에 도라와 장중(帳中)에 누어 ᄉᆡᆼ각ᄒᆞ되,

'금일(今日) 진상(陣上)에셔 만난 자(者)ㅣ 참 홍랑(紅娘)인 즉(則) 비단(非但) ᄭᅳᆫ어진 인연(因緣)을 이음이 긔이(奇異)할 ᄲᅮᆫ아니라 국가(國家)를 위(爲)하야 남만(南蠻)을 평정(平定)[2113]하기 ᄯᅩ한 쉬울지니 엇지 깁부지 아니리오마는 홍(紅)이 능(能)히 셰간(世間)에 ᄉᆡᆼ존(生存)하야 이곳에셔 다시 만놈은 몽믹(夢寐)에도 긔약(期約)지 못한 배

2109 소이부답(笑而不答) : 웃으며 대답하지 아니함.

2110 진을 물려. 퇴진(退陣)하여.

2111 거의.

2112 신기불평(身氣不平) : 몸의 기력이 떨어져 불편함.

2113 평정(平定) : 적을 쳐서 자기에게 예속되게 함. 반란이나 소요를 누르고 평온하게 진정함.

라. 아마도 남방(南方)은 자고(自古)로 츙신렬녀(忠臣烈女)의 익슈(溺水)[2114]한 자(者)ㅣ 만으니 홍(紅)의 원혼(冤魂)이 흣터지지 아니하고 초강청풍(楚江淸風)[2115]과 소상반죽(瀟湘斑竹)[2116]에 고혼(孤魂)이 상죵[존](尙存)하며 왕ᄂᆡ(往來) 쇼요(逍遙)하다가 ᄂᆡ가 이곳에 옴을 알고 그 평ᄉᆡᆼ(平生)의 원통(冤痛)한 졍회(情懷)를 셜원(雪冤)코져 함이 안인가? 졔 임의 금야(今夜) 삼경(三更)에 군즁(軍中)으로 긔약(期約)하얏스니 다만 기다려 보리라.'

하고 촉(燭)불을 도도고 셔안(書案)을 의지(依支)하야 경뎜(更點)을 헤며 안졋더니 아이(俄而)오 삼경(三更) 일점(一點)을 보(報)하거늘 원수(元帥) 좌우(左右)를 물니고 쟝즁(帳中)에 홀노 안져 기다리더니 홀연(忽然) 한풍(寒風)이 촉(燭)불을 불며 한 줄기 쳥긔(淸氣ㅣ) 쟝즁(帳中)으로 드러오니, 원수(元帥) 졍신(精神)을 차려 찬찬이 보니 일ᄀᆡ(一個) 소년장군(少年將軍)이 쌍검(雙劍)을 집고 포[표]연(飄然)이 나려 드러와 촉하(燭下)에 셔거늘, 원슈(元帥)ㅣ 일변(一邊) 놀나 자셰(仔細) 보니 완연(宛然)한 유유(悠悠)[2117] 구원(九原)[2118]의 ᄉᆡᆼ리사별(生離死別)[2119]하고 경경일렴(耿耿一念)[2120]의 오ᄆᆡ불망(寤寐不忘)[2121]하든 홍랑(紅娘)이라. 어린 듯이 말이 업다가 량구(良久)에 문왈(問曰),

"홍랑(紅娘)아, 네 죽어 령혼(靈魂)이 옴인냐, 사라 진면(眞面)이

2114 익수(溺水) : 물에 빠짐.

2115 초강청풍(楚江淸風) : 초강의 맑은 기풍. '초강'은 굴원(屈原)이 몸을 투신한 멱라수(汨羅水)를 가리킴. 굴원의 충혼(忠魂)을 말함.

2116 주) 88 참조.

2117 유유(悠悠) : 아득히 먼 모양.

2118 구원(九原) : 구천(九泉). 저승. 사람이 죽은 뒤에 그 혼이 가서 산다고 하는 세상.

2119 주) 1231 참조.

2120 경경일념(耿耿一念) : 마음에 잊히지 않는 오직 한 가지 생각.

2121 오매불망(寤寐不忘) : 자나 깨나 잊지 못함.

옴인냐[2122]? 닉 그 죽음을 알고 살아옴을 밋지 못하노라."

홍랑(紅娘)이 쏘한 허희오열(歔欷嗚咽)[2123]하야 말을 이루지 못하야 왈(曰),

"첩(妾)이 상공(相公)의 애휼(愛恤)[2124]하심을 닙사와 수중원혼(水中冤魂)[2125]이 되지 아니하고 만리절역(萬里絶域)[2126]에 그리든 용광(容光)[2127]을 다시 뵈오니 흉중(胸中)에 무한(無限)한 말삼을 창졸간(倉卒間)[2128] 다 못할지라. 좌우(左右)의 이목(耳目)이 번다(煩多)[2129]하오니 첩(妾)의 행식(行色)이 탈로(綻露)[2130]할가 저허하나이다[2131]."

원슈(元帥) 즉시(卽時) 몸을 이러[2132] 장(帳)을 나리고 홍(紅)의 손을 잡아 좌(座)에 안치며 눈물을 금(禁)치 못하거늘, 홍(紅)이 원슈(元帥)에 손을 밧들고 맥맥(脈脈)[2133] 추파(秋波)에 누수영영(淚水盈盈)[2134] 왈(曰),

"상공(相公)이 첩(妾)의 싱존(生存)함을 몽매(夢寐) 밧그로 아르시오나 첩(妾)은 상공(相公)이 금일(今日) 이곳에 니르심을 쏘한 꿈인가 하나이다."

2122 네가 죽어서 영혼이 온 것이냐, 살아서 참모습이 온 것이냐?
2123 허희오열(歔欷嗚咽) : 목이 메어 흐느껴 욺.
2124 주) 1254 참조.
2125 주) 1656 참조.
2126 주) 2098 참조.
2127 주) 714 참조.
2128 주) 270 참조.
2129 번다(煩多) : 번다(繁多). 번거롭게 많음.
2130 주) 315 참조.
2131 염려하거나 두려워하나이다.
2132 몸을 일으켜.
2133 주) 1034 참조.
2134 주) 1037 참조.

원수(元帥) 탄왈(歎曰),

"장부(丈夫) 행장(行藏)[2135]은 뎡(定)함이 업거니와 낭(娘)은 불과(不過) 혈혈녀자(孑孑女子)[2136] ㅣ라. 잔약(孱弱)[2137]ᄒᆞᆫ 몸이 풍도(風濤)[2138]의 환란(患亂)을 당(當)하야 이곳에 니름도 긔이(奇異)하거든 하물며 소년명장(少年名將)이 되야 만왕(蠻王)을 구(救)하려 옴은 의외(意外)로다."

홍(紅)이 이에 황[항]주(杭州)서 액운(厄運)을 당(當)하야 윤 소셔[저](尹小姐) 손삼랑(孫三娘)으로 구(救)하든 말과 표박죵적(漂泊蹤跡)[2139]이 도사(道士)를 맛나 빅운동(白雲洞)에 의탁(依託)하야 도사(道士) 병법(兵法)과 검술(劍術)을 가라치든 말과 만왕(蠻王)을 위(爲)하야 사부(師父)의 명(命)으로 출산(出山)한 곡절(曲折)을 일일(一一)히 고(告)하니, 원수(元帥) 쏘한 별후(別後) 사고(事故)를 세세(細細)히 말하고, 윤 소저(尹小姐)를 취(娶)함과 벽성션(碧城仙)을 다려옴과 황명(皇命)을 밧자와 황시[씨](黃氏)를 취(娶)한 전후(前後) 셜화(說話)를 형용(形容)치 못할너라.

원수(元帥) 촉하(燭下)에 홍랑(紅娘)의 얼골을 봄애 ᄇᆰ은 눈썹과 파리한 뺨이 일점(一點) 진애(塵埃) 긔상(氣像)이 업서 선연(嬋娟)하고 아릿다옴이 전일(前日)에 일칭[층](一層) 더하거늘 ᄉᆡ로이 사랑하야 전포(戰袍)를 글을고[2140] 장중(帳中)에 연침(聯枕)[2141]할ᄉᆡ 고정(古

2135 행장(行藏) : 나서서 일을 행함과 들어가 숨는 일.

2136 혈혈여자(孑孑女子) : 의지할 곳이 없는 외로운 여자.

2137 주) 1463 참조.

2138 풍도(風濤) : 바람과 큰 물결.

2139 표박종적(漂泊蹤跡) : 정처 없이 떠돌아다니는 발자취.

2140 끄르고. 풀고. 벗고.

2141 연침(連枕) : 연침(聯枕). 동침(同寢). 남녀가 잠자리를 같이함.

情)에 견권(繾綣)[2142]함과 신정(新情)의 은근(慇懃)함이 원문(轅門) 고각(鼓角)이 효색(曉色)[2143]을 재촉함을 한(恨)하더라.

하날이 발고져 하니 홍랑(紅娘)이 놀나 몸을 일어 다시 전포(戰袍)를 입으며 소왈(笑曰),

"쳡(妾)이 상공(相公)을 항주(杭州)에셔 맛날 제 변복(變服)하야 셔싱(書生)이 되얏더니 금일(今日) 이곳에 다시 변복(變服)하야 장수(將帥) 되오니 가위(可謂) 문무겸전(文武兼全)[2144]한 자(者) ㅣ라. 정남도원수(征南都元帥)의 소실(小室)됨이 붓그럽지 아니나 다만 규중녀자(閨中女子)의 복색(服色)이 아니라. 다시 산중(山中)에 자최를 감초와 원수(元帥)의 남만(南蠻) 토정(討征)[2145]하신 후(後) 후거(後車)[2146]를 타고 갈가 하나이다."

원수(元帥) 청파(聽罷)에 악연 왈(愕然曰),

"닉 이역(異域)에 드러와 심복(心腹)이 업고 군무(軍務)의 싱소(生疎)함이 만커늘 만일(萬一) 도라보지 아니한 즉(則) 이 엇지 빅년지긔(百年知己)[2147]의 환란(患亂)을 갓치 하는 뜻이리오?"

홍(紅)이 소왈(笑曰),

"상공(相公)이 쳡(妾)을 장수(將帥)로 부리고져 하실진대 세 가지 약속(約束)을 뎡(定)하나니, 환군(還軍)하시는 날까지 쳡(妾)을 갓가이 말으시며, 천쳡(賤妾)의 종적(蹤跡)을 숨기샤 제장(諸將)에게 루셜(漏泄)치 말으시며, 남방(南方)을 평뎡(平定)한 후(後) 나탁(哪咤)

2142 견권(繾綣) : 생각하는 정이 두터워 서로 잊지 못하거나 떨어질 수 없음.
2143 효색(曉色) : 먼동이 트는 빛.
2144 문무겸전(文武兼全) : 문식(文識)과 무략(武略)을 다 갖추고 있음.
2145 토정(討征) : 무력으로 쳐서 정벌(征伐)함.
2146 후거(後車) : 다음번에 오는 수레.
2147 백년지기(百年知己) : 평생토록 자기의 속마음을 참되게 알아주는 친구.

을 저바리지 말으소셔."

원수(元帥) 쾌락(快諾)하고 다시 미소 왈(微笑曰),

"두 가지 약속(約束)은 어렵지 아니나 다만 제일건사(第一件事)[2148]는 혹(或) 실신(失信)홈을 허물치 말나."

홍(紅)이 미소 왈(微笑曰),

"쳡(妾)이 임의 원슈(元帥)의 명(命)을 밧자와 장수(將帥) 되엿스니 상공(相公)이 비록 석일(昔日) 홍랑(紅娘)으로 대접(待接)고저 하시나 령(令)이 서지 못할가 하나이다."

인(因)하야 몸을 일며 고왈(告曰),

"쳡(妾)이 금야(今夜)에 상공(相公)을 뫼심은 사정(私情)이라. 군중(軍中)이 절엄(截嚴)하야 출입(出入)을 반닷이 광명(光明)히 할지니 이제 도라가 여차여차(如此如此)할 것이니, 상공(相公)은 또한 여차여차(如此如此)하소셔."

셜파(說罷)에 다시 쌍검(雙劍)을 들고 표연(飄然)이 객실(客室)로 도라와 손삼랑(孫三娘)을 대(對)하야 명진(明陣)에 가 원수(元帥)를 보고 여차여차(如此如此)함을 말하고, 옥적(玉笛)과 행장(行裝)을 거두어 손삼랑(孫三娘)을 다리고 련화봉(蓮花峰)에 니르러 완월(玩月)하며 방황(彷徨)하더니, 이때 양 원수(楊元帥) 홍(紅)을 보닌 후(後) 소 사마(蘇司馬)로 련화봉(蓮花峰) 아래 가 홍혼탈(紅渾脫)을 유인(誘引)하야 오라 하니, 소 사마(蘇司馬)ㅣ 청령(聽令)하고 가 완월(玩月)하는 홍혼탈(紅渾脫)을 감언리셜(甘言利說)[2149]로 무슈(無數)히 쇠히니, 홍(紅)이 닉염(內念)에 미소(微笑)하고 홀연(忽然) 쌍검(雙劍)을

2148 제일건사(第一件事) : 첫 번째의 일.

2149 감언이설(甘言利說) : 귀가 솔깃하도록 남의 비위를 맞추거나 이로운 조건을 내세워 꾀는 말.

들어 바회를 침애 바회 두 조각이 나거늘[2150], 칼을 잡고 이러셔며 왈(曰),

"대장부(大丈夫)ㅣ 일을 결단(決斷)함이 바회 갓흐리라."

하고 소 사마(蘇司馬)를 보아 왈(曰),

"장군(將軍)은 나를 위(爲)하야 소기(紹介)하라."

하니 소 사마(蘇司馬)ㅣ 대희(大喜)하야 홍랑(紅娘)과 로졸(老卒)을 다리고 본진(本陣)에 도라와 원수(元帥)게 고(告)한대, 원수(元帥) 대희(大喜)하야 원문(轅門) 밧게 나아가 홍흔[혼]탈(紅渾脫)의 손을 잡고 소왈(笑曰),

"사히(四海)[2151] 넓다 하나 일텬디하(一天之下)[2152]에 잇고, 구쥬(九州)[2153]ㅣ 크다 하나 륙합[2154]지닉(六合之內)에 쳐(處)하얏거늘, 복(僕)의 안목(眼目)이 좁아 영웅호걸(英雄豪傑)을 동셔[세](同世)의 생장(生長)한 지 몃 년(年)에 이곳에 와 이 갓치 맛나니, 엇지 참괴(慙愧)[2155]치 아니리오?"

흔[혼]탈(渾脫)이 앙연[2156] 대왈(昻然對曰),

"만장항졸(蠻將降卒)[2157]이 엇지 지긔(知己)를 말하리오마는, 이제 원수(元帥)의 하사지풍(下士之風)[2158]을 뵈오니 만장(蠻將)이 칼을 집

2150 바위를 치매, 바위가 두 조각이 나거늘.

2151 사해(四海) : 온 세상.

2152 일천지하(一天之下) : 한 하늘 아래. 다 같은 하늘 아래.

2153 구주(九州) : 중국 고대에 전국을 나눈 9개의 주.

2154 육합(六合) : 천지와 사방을 통틀어 이르는 말. 곧, 하늘과 땅, 동·서·남·북을 가리킴.

2155 참괴(慙愧) : 매우 부끄러워 함.

2156 앙연(昻然) : 우뚝한 모양. 의연(毅然)한 모양.

2157 만장항졸(蠻將降卒) : 오랑캐의 장수와 항복한 군졸.

2158 하사지풍(下士之風) : 선비에게 자신을 낮추는 기풍(氣風).

고 셔로 좃는 자최[2159] 거의 후회(後悔ㅣ) 업슬가 하나이다."

인(因)하야 셔로 손을 잡고 진중(陣中)에 들어올ᄉᆡ, 흔[혼]탈(渾脫)이 그 로졸(老卒)을 가랏쳐[2160] 왈(曰),

"뎌 로장(老將)은 소장(小將)의 심복(心腹)이라. 일홈은 손야채(孫夜叉ㅣ)오. 약간(若干) 병법(兵法)을 아오니 복망(伏望) 휘하(麾下)에 조용(調用)[2161]하소셔."

원수(元帥)ㅣ 허(許)하더라.

텬명(天明)에 원수(元帥) 제장(諸將)을 모으고 홍흔[혼]탈(紅渾脫)을 가랏처 왈(曰),

"홍 장군(紅將軍)은 본대 즁국(中國) 사람으로 남방(南方)에 류락(流落)[2162]하엿더니, 이제 도로 텬조(天朝)[2163] 명장(名將)이 되엿스니, 각각(各各) 한헌[훤]지례(寒暄之禮)[2164]를 베풀나."

하고 인(因)하야 소유경(蘇裕卿)으로 좌사마(左司馬) 청룡장군(靑龍將軍)을 삼고, 홍혼탈(紅渾脫)로 우사마(右司馬) 빅호장군(白虎將軍)을 삼고, 손야채(孫夜叉)로 전부 돌격장(前部突擊將)을 숨으니라.

차시(此時) 양 원슈(楊元帥)ㅣ 홍(紅)을 군중(軍中)에 두ᄆᆡ 긋어진 인연(因緣)을 다시 니으니 깃불 ᄲᅮᆫ 아니라 낫이면 군무(軍務)를 의론(議論)하고 밤이면 객회(客懷)를 위로(慰勞)하야 일시(一時) 좌우(左右)에 ᄯᅥ나지 아니하나 홍(紅)의 긔경민쳡(機警敏捷)[2165]함으로 승상

2159 칼을 짚고 서로 따르는 자취가.

2160 그 노졸을 가리키며.

2161 조용(調用) : 벼슬아치로 등용함.

2162 유락(流落) : 타향살이. 자기 고향이 아닌 고장에서 사는 일.

2163 천조(天朝) : '천자가 다스리는 조정'이라는 뜻으로, 여기서는 명나라 조정을 가리킴.

2164 한훤지례(寒暄之禮) : 날씨의 춥고 더움을 말하는 인사 예절.

접하(承上接下)[2166]하야 종적(蹤跡)을 툴로(綻露)치 안임에, 졔장(諸將) 숨군(三軍)[2167]이 그 여자(女子)임을 아는 자(者)ㅣ 업더라.

차셜(且說) 나탁(哪咤)이 홍(紅)의 도망(逃亡)한 줄 알고 대로불이(大老不已)[2168]하더니 장중(帳中) 일인(一人)이 운남(雲南) 축융국(祝融國) 축융왕(祝融王)을 천거(薦擧)하거늘 나탁(哪咤)이 대희(大喜)하야 즉시(卽時) 폐빅(幣帛)을 가지고 가셔 만진장(蠻陣將) 철목탑(鐵木塔) 아발도(兒拔都)를 불너 왈(曰),

"과인(寡人)이 회환(回還)하기 전(前)에는 츌전(出戰)치 말나."

량쟝(兩將)이 응락(應諾)하니라.

차시(此時) 홍 사마(紅司馬ㅣ) 원슈(元帥)게 고왈(告曰),

"만왕(蠻王) 나탁(哪咤)이 연일(連日) 동정(動靜)이 업스니 필연(必然) 쳥병(請兵)하려 감이라. 차시(此時)를 타 틱을동(太乙洞)을 취(取)함이 조흘가 하나이다."

원슈 왈(元帥曰),

"만왕(蠻王) 동학(洞壑)이 만부막개(萬夫莫開)[2169]라. 쟝군(將軍)은 무슴 묘게[계](妙計ㅣ) 잇나뇨?"

홍 사마(紅司馬ㅣ) 가만이 고왈(告曰),

"만진(蠻陣) 쟝졸(將卒)이 꾀 업셔 속이기 쉬울지니, 여차여차(如此如此)함이 조흘가 하나이다."

원슈(元帥) 칭션 왈(稱善曰),

2165 기경민첩(機警敏捷) : 재빠르고 재치가 있음.

2166 승상접하(承上接下) : 윗사람을 받들고 아랫사람을 거느려 그 사이를 잘 주선함.

2167 주) 2050 참조.

2168 대로불이(大老不已) : 크게 노하여 마지않음.

2169 만부막개(萬夫莫開) : 일만 명의 군사가 공격해도 열 수 없음.

"내 오래 군무(軍務)에 피곤(疲困)하니 장군(將軍)은 나를 대신(代身)하야 재조(才操)를 앗기지 말나."

홍 사미(紅司馬 ㅣ) 미쇼(微笑)하고 이날 밤 손야채(孫夜叉)를 장중(帳中)으로 불너 가만히 약속(約束)하니라.

익일(翌日) 평명(平明)에 원슈(元帥) 제장(諸將)을 모아 군중(軍中) 일을 상의(相議)할새 홍 사미(紅司馬 ㅣ) 원슈(元帥)게 고왈(告曰),

"남만(南蠻)에 텬셩(天性)이 간교(奸巧)하야 반복(反覆)[2170]이 무쌍(無雙)하니, 군중(軍中)에 싱금(生擒)[2171]한 만병(蠻兵)을 오래 둔 즉(則) 신긔(神機)[2172] 루셜(漏泄)할가 하오니, 일변[병](一竝) 진젼(陣前)에다 베혀 화근(禍根)을 제(除)하소셔."

손야채(孫夜叉 ㅣ) 간왈(諫曰),

"병셔(兵書)에 하엿스되, '항자(降者)는 불살(不殺)니라.'하엿거늘 이졔 다 베힌 즉(則) 이는 투항(投降)하는 길을 막아 적병(敵兵)의 일심(一心)을 도음이로소이다."

홍 사미(紅司馬 ㅣ) 로왈(怒曰),

"내 도량(度量)이 잇거늘 로장(老將)이 엇지 감(敢)히 잡담(雜談)을 하나뇨?"

손야채(孫夜叉 ㅣ) 왈(曰),

"장군(將軍)의 료량(料量)은 몰으나 만중(蠻中) 빅셩(百姓)이 쏘한 우리 셩텬자(聖天子)의 적자(嫡子) 창싱(蒼生)이라. 엇지 무단(無斷)이 살육(殺戮)을 일삼으리오?"

홍 사미(紅司馬 ㅣ) 대로(大怒)하야 부용검(芙蓉劍)을 쌔여 들고 호

2170 반복(反覆) : 언행이나 일 따위를 이랬다저랬다 하여 자꾸 고침.

2171 생금(生擒) : 생포(生捕). 산 채로 잡음.

2172 신기(神機) : 신묘한 기회와 계략.

령 왈(號令曰),

"로졸(老卒)이 엇지 닉 압헤 당돌(唐突)흠이 이 갓흐뇨? 네 불과(不過) 빅운동(白雲洞) 초당(草堂)에 뜰 쓸든 자(者)ㅣ라. 사부(師父)의 명(命)으로 나를 좃차 왓스나 엇지 쟝막지의(將幕之義ㅣ)[2173] 업스리오?"

손야채(孫夜叉ㅣ) 더욱 대로(大怒)하야 왈(曰),

"장군(將軍)이 만일(萬一) 사부(師父)의 명(命)을 싱각할진대 엇지 만왕(蠻王)을 바리고 반복(反覆) 투항(投降)하뇨?"

홍 사미(紅司馬ㅣ) 이 말을 듯고 칼을 쌔여 손야차(孫夜叉)를 버히려 한 대, 좌우(左右) 제장(諸將)과 원슈(元帥) 만류(挽留)하아[야] 손야차(孫夜叉)를 밧그로 닉여보닉니, 손야차(孫夜叉) 밧긔 나와 불승분도로(不勝憤怒)[2174]하야 창(槍)을 집고 밤든 후(後) 월하(月下)에 빅회(徘徊)하며 장탄(長歎)하고, 사로잡은 만병(蠻兵) 잇는 곳으로 지나가니 모든 만병(蠻兵)이 고두(叩頭) 사례 왈(謝禮曰),

"소디(小的) 등(等)이 금일(今日) 생존(生存)함은 장군(將軍)에 덕(德)이라. 장군(將軍)은 다시 생로(生路)를 지시(指示)하소셔."

손야차(孫夜叉) 탄왈(歎曰),

"너히 다 동향(同鄕) 사람이라. 심곡(心曲)을 엇지 은휘(隱諱)하리오? 작일(昨日) 홍 장군(紅將軍)의 거동(擧動)을 보라. 닉 쏘한 고향(故鄕)으로 가랴 하나니 너희도 일제(一齊)이 도망(逃亡)할지어다."

즉시(卽時) 칼을 쌔혀 민 것을 끈코,

"너희 밧비 월셩도주(越城逃走)[2175]흐라. 닉 쏘한 필마단긔(匹馬單

2173 장막지의(將幕之義) : 장수와 그가 거느리는 부하 사이의 의리.

2174 불승분노(不勝憤怒) : 분노를 이기지 못함.

2175 월성도주(越城逃走) : 성벽을 넘어 달아남.

騎)[2176]로 도망(逃亡)코져 하노라."

ᄒᆞ고 말게 올나 동문(洞門)에 나셔 월하(月下)에 슈리(數里)를 행(行)하더니 로변(路邊)에 오륙 ᄀᆡ(五六個) 민[만]병(蠻兵)이 마하(馬下)에 마져 왈(曰),

"장군(將軍)이 엇지 이졔야 나오시나뇨?"

손야채(孫夜叉ㅣ) 왈(曰),

"수다(數多) 만병(蠻兵)이 다 어대 가고 너의만 잇는다?"

만병 왈(蠻兵曰),

"소디(小的) 등(等)이 장군(將軍)의 ᄉᆡᆼ활(生活)하신 은덕(恩德)을 갑사올 길이 업셔 몬져 한 ᄑᆡ(牌)는 ᄐᆡ을동(太乙洞)에 가 철목장군(鐵木將軍)에게 셩덕(盛德)을 말삼하고 장군(將軍)을 뫼셔 동즁(洞中)에 드러가 만즁부귀(蠻中富貴)를 누일가[2177] ᄒᆞ나이다."

손야차(孫夜叉) 소왈(笑曰),

"내 엇지 구구(區區)한 일을 요[부귀(富貴)를] 구(求)하리오? 동향인(同鄕人) 경(情)을 위(爲)한 사[연]고(緣故)라. ᄂᆡ 이졔 산즁(山中)으로 가노라."

하고 행(行)ᄒᆞ거늘, 만병(蠻兵)이 눈물을 ᄲᅮ리며 곳비를 잡아 만류(挽留)ᄒᆞ더라.

이때 철목탑(鐵木塔) 아발도(兒拔都)ㅣ 태을동문(太乙洞門)을 닷고 나지 아니ᄒᆞ더니 홀연(忽然) 십여 ᄀᆡ(十餘個) 만병(蠻兵)이 명진(明陣)으로 도라와[2178] 홍 장군(紅將軍)이 베히려 ᄒᆞ든 말과 손 장군(孫將軍)이 만류(挽留)하다가 홍 장군(紅將軍)게 봉욕(逢辱)하고 자

2176 필마단기(匹馬單騎) : 혼자 한 필의 말을 탐. 또는 그렇게 하는 사람.

2177 누릴까.

2178 명나라 진영으로부터 돌아와.

긔(自己)들을 도망(逃亡)케 한 말을 하며 장군(將軍)을 만진(蠻陣)에 동거(同居)홈을 간쳥(懇請)ᄒᆞ니 아발도(兒拔都) 문왈(問曰),

"손 쟝군(孫將軍)이 지금(只今) 어대 잇나뇨?"

언미필(言未畢)에 수개(數箇) 만병(蠻兵)이 망망(忙忙)히 보왈(報曰),

"손 쟝군(孫將軍)이 지금(只今) 필마단긔(匹馬單騎)로 동젼(洞前)을 지남ᄋᆡ 소디(小的) 등(等)이 드러옴을 청(請)한ᄃᆡ 듯지 아니ᄒᆞ더이다."

아발도(兒拔都)ㅣ 철목탑(鐵木塔)을 보아 왈(曰),

"우리 군즁(軍中)에 쟝수(將帥) 업고, 숀 쟝군(孫將軍)이 도사(道士)를 좃차 응당(應當) ᄇᆡ홈이 만흘 것이오, 남방(南方) ᄉᆞ람이라. 우리 맛당히 조차가 긔ᄉᆡᆨ(氣色)을 보아 의심(疑心) 업슬진대 ᄡᅬ여 옴이 묘(妙)ᄒᆞᆯ가 ᄒᆞ노라."

철목탑(鐵木塔)이 종시(終是) 자저(趑趄)하거늘, 아발도(兒拔都) 창(槍)을 들고 만병(蠻兵) 오인(五人)을 다리고 말을 밧비 모라 니르니, 과연(果然) 숀야ᄎᆡ(孫夜叉ㅣ) 필마단창(匹馬單槍)[2179]으로 월하(月下)에 남(南)을 향(向)하고 우량초[추]창(踽涼惆悵)[2180]이 가거늘, 아발도(兒拔都)ㅣ 좃차 감언리셜(甘言利說)로 일숙지연(一宿之緣)[2181]을 간청(懇請)하니, 숀야채(孫夜叉ㅣ) 마지 못하야 ᄐᆡ을동(太乙洞)에 드러가니 철목탑(鐵木塔)이 불열(不悅)하나 단긔(單騎)로 옴을 보고 겁(怯)할 것이 업셔 마자 좌뎡 후(坐定後) 아발도(兒拔都) 철목탑(鐵木

2179 필마단창(匹馬單槍) : 창 한 자루를 지니고 한 필의 말에 탐.

2180 우량추창(踽涼惆悵) : 외롭고 쓸쓸하며 서글픈 모양.

2181 일숙지연(一宿之緣) : 숙상(宿桑). 상하일숙지연(桑下一宿之緣)의 준말로, 뽕나무 밑에서 하룻밤을 지낸 인연이란 뜻인데, 잠시 동안 머문 곳을 가리키는 말로 쓰임.

塔)을 향(向)하야,

"금일(今日) 숀 쟝군(孫將軍)은 작일(昨日) 숀 쟝군(孫將軍)이 아니라. 작일(昨日) 뎍국(敵國) 명쟝(名將)이오, 금일(今日) 동향(同鄕) 고인(故人)이라. 맛당히 심곡(心曲)을 감초지 말고 셔로 수작(酬酌)ᄒᆞ자."
하며 주찬(酒饌)을 나와 셔로 권(勸)하며 마실ᄉᆡ, 숀야채(孫夜叉ㅣ) 산(山)으로 도라감을 말하니, 철목탑(鐵木塔) 아발되(兒拔都ㅣ) 숀야채(孫夜叉)에 숀을 잡고 동거(同居)ᄒᆞ야 만중(蠻中) 일은[2182] 동학(洞壑)을 회복(回復)하기를 간청(懇請)하며 다시 술을 먹고 한담(閑談)할ᄉᆡ 밤이 임의 ᄉᆞ오경(四五更)이 지나 ᄉᆡ벽별이 동텬(東天)에 놉혓더라.

철목탑(鐵木塔) 아발도(兒拔都) 술이 대취(大醉)ᄒᆞ야 각각(各各) 갑옷을 벗고 미쳡(眉睫)[2183]에 조름이 몽롱(朦朧)[2184]하더니 홀연(忽然) 북문(北門) 밧게 ᄒᆞᆷ셩(喊聲)이 ᄃᆡ작(大作)ᄒᆞ거늘, 철목탑(鐵木塔) 아발도(兒拔都)ㅣ 대경(大驚)ᄒᆞ야 급(急)히 갑옷을 입고 ᄃᆡ군(大軍)을 호령(號令)하야 북문(北門)으로 가랴 하니 숀야채(孫夜叉ㅣ) 간왈(諫曰),

"이는 홍 장군(紅將軍)의 병법(兵法)이라. 장ᄎᆞ(將次) 남문(南門)을 치랴 하며 북문(北門)을 방비(防備)케 하나이다."

철목탑(鐵木塔)이 불청(不聽)하고 북문(北門)을 방비(防備)하더니 과연(果然) 그곳이 적연(寂然)하고, ᄯᅩ 셔문(西門)에 함셩(喊聲)이 대작(大作)ᄒᆞ거늘 숀야채(孫夜叉ㅣ) ᄯᅩ 간왈(諫曰),

"이는 동문(東門)을 치랴 ᄒᆞᆷ인가 ᄒᆞ나이다."

2182 남만국에서 잃은.

2183 미첩(眉睫) : 눈썹과 속눈썹. 용모(容貌). *아주 가까운 때나 곳.

2184 몽롱(朦朧) : 의식이 흐리멍덩함.

만장(蠻將)이 쏘 불청(不聽)ᄒᆞ고 셔북(西北) 양문(兩門)을 방비(防備)ᄒᆞ더니, 과연(果然) 긔척이 업고 동남문(東南門)에 포향(砲響)이 대작(大作)ᄒᆞ며 바회 갓흔 철환(鐵丸)이 동문(東門)을 깨치랴 ᄒᆞ거늘, 텰목(鐵木) 양장(兩將)이 바야으로[2185] 손 쟝군(孫將軍)의 말이 마즘을 알고 급(急)히 셔문(西門) 졍병(精兵)을 거두어 동남문(東南門)을 방비(防備)하더니 홀연(忽然) 손야채(孫夜叉ㅣ) 창(槍)을 들고 말게 올나 북문(北門)에 니르러 슈문(守門) 만병(蠻兵)을 한 창(槍)에 질으고[2186] 북문(北門)을 통개(洞開)[2187]ᄒᆞ니 일대(一隊) 명병(明兵)이 일시(一時)에 살갓치 돌입(突入)하며, 일원(一員) 대쟝(大將)이 벽력부(霹靂斧)를 들고 우뢰갓치[2188] 소래 왈(曰),

"대명(大明) 션붕[봉]쟝군(先鋒將軍) 뢰텬풍(雷天風)이 여긔 잇스니 텰목탑(鐵木塔)은 부즐업시[2189] 남문(南門)을 직히지 말나!"

하고, 뒤를 련(連)하야 소 사믜(蘇司馬ㅣ) 철긔(鐵騎)를 거나려 시살(廝殺)[2190]ᄒᆞ니, 손야채(孫夜叉ㅣ) 임의 셔문(西門)을 통개(洞開)한지라.

동초(董超) 마달(馬達)이 일지병(一枝兵)[2191]을 모라 시살(廝殺)하니, 텰목탑(鐵木塔) 아발도(兒拔都) 슈각(手脚)[2192]이 황망(慌忙)[2193]하야 방비(防備)치 못할 쥴 알고 창(槍)을 들어 명쟝(明將)을 대젹(對敵)할ᄉᆡ 뢰천풍(雷天風) 소 ᄉᆞ믜(蘇司馬ㅣ)와 동초(董超) 마달(馬達)

2185 바야흐로.

2186 찌르고.

2187 통개(洞開) : 문짝 따위를 활짝 열어 놓음.

2188 우레같이.

2189 부질없이. 대수롭지 아니하거나 쓸모가 없이.

2190 시살(廝殺) : 싸움터에서 마구 침. *세력을 갈라서 약하게 함.

2191 일지병(一枝兵) : 일지군(一枝軍). 한 무리의 군사.

2192 수각(手脚) : 손발. 팔과 다리.

2193 주) 401 참조.

사장(四將)이 합력(合力) 시살(厮殺)하니, 철목탑(鐵木塔) 아발도(兒拔都)ㅣ 엇지 뎌당(抵當)[2194]하리오?

손야채(孫夜叉ㅣ) 웃고 창(槍)을 두루며 말을 노아 남문(南門)으로 가셔 웨여 왈(曰),

"철목 장군(鐵木將軍)은 나를 싸르라. 내 남문(南門)을 마자[2195] 열고 도망(逃亡)할 길을 빌니리라."

하거늘 철목탑(鐵木塔)이 ᄃᆡ로(大怒)하야 창(槍)을 춤추어 바로 지를야 하니[2196], 손야채(孫夜叉ㅣ) 말을 돌녀 가며 가가대소(呵呵大笑)하고 남문(南門)에 니르러 또 남문(南門)올[을] 퉁[통]ᄀᆡ(洞開)하니, 양 원수(楊元帥)와 홍 사마(紅司馬) ᄃᆡ군(大軍)을 거나려 동즁(洞中)에 돌입(突入)하니, 철목탑(鐵木塔) 아발도(兒拔都)ㅣ 도망(逃亡)코져 하나 도ᄆᆞᆼ(逃亡)할 길이 업셔 하더니 홀연(忽然) 동문(東門)에 인긔(認旗)[2197] 업슴을 보고 동문(東門)을 열고 겨오 셩명(性命)을 보전(保全)하야 철목동(鐵木洞)으로 드러가 패(敗)한 만병(蠻兵)을 점고(點考)하니 졀반(折半)이나 업더라.

이때 양 원수(楊元帥) 다시 태을동(太乙洞)을 취(取)하고 대군(大軍)을 크게 호궤(犒饋)[2198]할ᄉᆡ 소 사마[매](蘇司馬ㅣ) 홍 사마(紅司馬)를 보아 왈(曰),

"금일(今日) 싸홈은 쟝군(將軍)에 쳐음 용병(用兵)함이라. 내 장군(將軍)을 한갓 무예(武藝ㅣ) 절윤(絶倫)[2199]한 소년(少年)으로 알앗더

2194 저당(抵當) : 맞서서 겨룸.

2195 마저.

2196 곧장 찌르려 하니.

2197 인기(認旗) : 주장(主將)이 부하들을 호령하고 지휘하는 데 쓰던 깃발.

2198 호궤(犒饋) : 군사들에게 음식을 주어 위로함.

2199 절륜(絶倫) : 아주 두드러지게 뛰어남.

니 엇지 그 옹용(雍容)[2200]한 긔상(氣像)과 정제(整齊)[2201]한 지략(智略)이 유장지풍(儒將之風)[2202]이 잇슴을 짐작(斟酌)하엿스리오?"
하더라.

차셜(且說), 나탁(哪咤)이 축융동(祝融洞)에 니르러 구원(救援)을 쳥(請)하니, 축융왕(祝融王)이 대희(大喜)ᄒᆞ야 슈하(手下) 만장(蠻將) 텬화장군(天火將軍) 쥬돌통(朱突通)과 촉산장군(觸山將軍) 쳘[첩]목홀[홀](帖木忽)과 둔갑장군(遁甲將軍) 가달(賈韃) 삼장(三將)과 축융소교(祝融小嬌) 일지련(一枝蓮)을 다리고 나탁(哪咤)을 ᄯᅡ라오니라.

ᄎᆞ시(此時) 나탁(哪咤)이 본국(本國)에 도라와 태을동(太乙洞) 일음을[2203] 보고 분도(憤悼)[2204]함을 마지아니하고 축융왕(祝融王)과 다시 회복(回復)함을 말할새, 축융대왕(祝融大王)이 분연(忿然)[2205]하야 불일(不日)[2206] 회복(回復)함을 장담하고, 익일(翌日) 만병(蠻兵)을 보ᄂᆡ여 도젼(挑戰)하니, 원쉬(元帥ㅣ) 쇼 사마(蘇司馬)를 다리고 철목동전(鐵木洞前)에 진(陣)을 칠ᄉᆡ 션텬십방(先天十方)[2207]을 응(應)하야 음양진(陰陽陣)을 치고, 젼부(前部) 션봉(先鋒) 뢰쳔풍(雷天風)으로

2200 옹용(雍容) : 마음이나 태도 따위가 화락하고 조용함.

2201 정제(整齊) : 정돈(整頓)하여 가지런히 함.

2202 유장지풍(儒將之風) : 선비인 장수의 풍모.

2203 잃음을.

2204 분도(憤悼) : 분하고 애통해 함.

2205 분연(忿然) : 분연(憤然). 성을 벌컥 내고 분해 함.

2206 불일(不日) : 불일내(不日內). 며칠 걸리지 아니하는 동안.

2207 선천시방(先天十方) : 선천수(先天數)와 사방(四方)·사우(四隅)·상하(上下) 등의 열 방향. '선천수'는 음양오행설에서, 천간(天干)과 지지(地支)에 각각 배정한 수. 갑(甲)·기(己)·자(子)·오(午)는 9, 을(乙)·경(庚)·축(丑)·미(未)는 8, 병(丙)·신(辛)·인(寅)·신(申)은 7, 정(丁)·임(壬)·묘(卯)·유(酉)는 6, 무(戊)·계(癸)·진(辰)·술(戌)은 5, 사(巳)·해(亥)는 4임.

도젼(挑戰)하니 일기(一個) 만장(蠻將)이 삼쳑모(三脊矛)[2208]를 두르며 말을 노와 오며 왈(曰),

"나는 텬화장군(天火將軍) 쥬돌통(朱突通)이라. 당(當)할 자(者)ㅣ 잇거든 밧비 닋 삼쳑모(三脊矛)를 밧으라."

뢰텬풍(雷天風)이 웃고 벽역부(霹靂斧)를 들고 마져 싸화[2209] 십여합(十餘合)에 불분승부(不分勝負)[2210]러니 홀연(忽然) 만진 중(蠻陣中) 쳘[쳡]목홀[홀](帖木忽)이 기산대부(開山大斧)[2211]를 들고 나와 쥬돌통(朱突通)을 돕거늘, 명진 중(明陣中) 동초(董超)ㅣ 창(槍)을 춤츄며 나와 사장(四將)이 범 갓치 달아들어 대전(大戰) 십여 합(十餘合)에 불분승부(不分勝負)러니, 또 만진 중(蠻陣中)에셔 둔갑장군(遁甲將軍) 가달(賈韃)이 월도(月刀)[2212]를 두루며 닋닷거늘 숀야채(孫夜叉ㅣ) 급(急)히 창(槍)을 들고 말게 올나 나가 마져 딕젼(大戰) 수합(數合)에 가달(賈韃)이 월도(月刀)를 녑헤 씨고[2213] 몸을 근두(筋斗)[2214]쳐 일기(一個) 빅익딕호(白額大虎)[2215] 되야 다라들거늘[2216] 뢰텬풍(雷天風)이 대경(大驚)하야 숀야채(孫夜叉)를 도으랴 하더니 빅익호(白額虎) 근두(筋斗)쳐 다시 변(變)하야 량기(兩個) 대호(大虎) 되야 달녀드니,

---

2208 삼척모(三脊矛) : 병장기인 창(槍)의 이름.

2209 맞아 싸워서.

2210 불분승부(不分勝負) : 승부를 가리지 못함.

2211 개산대부(開山大斧) : 병장기인 큰 도끼의 이름.

2212 월도(月刀) : 언월도(偃月刀). 초승달 모양의 창날이 있는 창.

2213 옆에 끼고.

2214 근두(筋斗) : '곤두'의 잘못. '곤두치다'는 '곤두박이' 곧 높은 데서 떨어지는 일을 말함.

2215 백액대호(白額大虎) : 백액호(白額虎). 이마와 눈썹의 털이 허옇게 센 늙은 호랑이.

2216 달려들거늘.

양 원슈(楊元帥) 진상(陣上)에셔 바라보다가 대경(大驚)하야 징(錚)[2217]을 쳐 삼장(三將)을 거두니, 츅융왕(祝融王)이 명(明) 원슈(元帥)에 징(錚) 처 삼장(三將) 거둠을 보고 급(急)히 수긔(手旗)를 들며 입으로 진언(眞言)[2218]을 염(念)하니 검은 구름이 사면(四面)에 니러나며 무수(無數) 귀줄[졸](鬼卒)이 만산편야(滿山遍野)[2219]에 입으로 불을 토(吐)하며 코으로 내을[를] 쑴어[2220] 명진(明陣)을 츙돌(衝突)하니, 양 원슈(楊元帥) 급(急)히 졔장(諸將)을 약속(約束)ᄒᆞ야 진문(陣門)을 닷고 방위(方位)를 차려 긔치(旗幟)를 정졔(整齊)히 하고 부오(部伍)[2221]를 착란(錯亂)치 말나 하니 츅융(祝融)의 귀병(鬼兵)이 사면(四面)으로 에워싸되 파(破)치 못ᄒᆞ는지라.

츅융대왕(祝融大王)이 진언(眞言)을 다시 염(念)ᄒᆞ며 현무방위(玄武方位)[2222]를 가르쳐[2223] 작법(作法)하니 경각 간(頃刻間)에 텬디(天地ㅣ) 혼흑(昏黑)하고[2224] 풍우대작(風雨大作)[2225]하야 양사주석(揚砂走石)[2226]하나 명진(明陣)에 긔치(旗幟ㅣ) 정정(正正)하고[2227] 고각(鼓角)이 연연(淵淵)하야[2228] 조금도 요동(擾動)치 아니하니, 원래(原來) 양

2217 쟁(錚) : 꽹과리. 풍물놀이와 무악 따위에 사용하는 타악기의 하나.

2218 진언(眞言) : 다라니. 범문(梵文)을 번역하지 아니하고 음(音) 그대로 외는 일.

2219 만산편야(滿山遍野) : '산과 들에 가득하다'는 뜻으로, 사람이 많음을 비유적으로 이르는 말.

2220 코로 연기를 뿜어.

2221 주) 2043 참조.

2222 현무방위(玄武方位) : 북쪽.

2223 가리키며.

2224 온 세상이 캄캄하게 어두워지고.

2225 주) 1609 참조.

2226 양사주석(揚砂走石) : 모래가 날리고 돌멩이가 구른다는 뜻으로, 바람이 세차게 붊을 이르는 말.

2227 깃발이 바르게 가지런하고.

원수(楊元帥)에 음량[양]진(陰陽陣)은 이에 무곡셩관(武曲星官)[2229]에 뎨원(帝垣)[2230]을 호위(扈衛)하는 진(陣)이니, 젼(全)혀 음양오행(陰陽五行)[2231] 상싱지리(相生之理)[2232]을[를] 응(應)하야 혼연(渾然)[2233]한 일단(一團)[2234] 화긔(和氣)[2235]라, 사긔[긔](邪氣ㅣ)[2236] 엇지 침범(侵犯)하리오?

축융(祝融)이 다만 요술(妖術)을 알고 진법(陣法)을 모르는 고(故)로 두 번(番) 침범(侵犯)하다가 파(破)치 못하고 심즁(心中)에 의아(疑訝)하야 즉시(卽時) 군사(軍士)를 거두어 도라가 나탁(哪咤)을 보고,

"명일(明日) 곳쳐[2237] 도전(挑戰)하야 륙경륙갑(六丁六甲)[2238]에 귀졸(鬼卒)로 명 원수(明元帥)를 생금(生擒)[2239]하리라."

하더라.

차셜(且說), 홍사마(紅司馬)ㅣ 신긔불평(神氣不平)[2240]하야 이번 싸

2228 북과 나발 소리가 크게 울려서.

2229 무곡성관(武曲星官) : 북두칠성(北斗七星) 가운데 여섯째인 무곡성(武曲星)을 뜻하는 선관(仙官).

2230 제원(帝垣) : 자미원(紫微垣). 제왕(帝王)의 거처에 비유되는 별자리.

2231 음양오행(陰陽五行) : 이 세상의 온갖 사물을 만들어 내는 상반하는 성질의 두 가지 기운인 음과 양, 그리고 우주 만물을 이루는 다섯 가지 원소인 금(金), 수(水), 목(木), 화(火), 토(土)를 통틀어 이르는 말.

2232 상생지리(相生之理) : 음양오행설에서, 금(金)은 수(水)와, 수는 목(木)과, 목은 화(火)와, 화는 토(土)와, 토는 금과 조화를 이루는 이치.

2233 혼연(渾然) : 다른 것이 조금도 섞이지 아니한 모양.

2234 일단(一團) : 한 덩어리.

2235 화기(和氣) : 조화(調和)로운 기운.

2236 사기(邪氣) : 사악(邪惡)한 기운. 요사(妖邪)스럽고 나쁜 기운.

2237 고쳐. 바로잡아 다시.

2238 육정육갑(六丁六甲) : 둔갑술을 할 때에 부르는 신장(神將)의 이름.

2239 생금(生擒) : 생포(生捕). 산 채로 잡음.

홈을 도라보지 못하얏다가 축융(祝融)에 요술(妖術)을 듯고 대경(大驚)하야 니러 장중(帳中)에 가 양 원슈(楊元帥)를 보고 적세(敵勢)를 무르니 원수 왈(元帥曰),

"나탁(哪吒)이 새로 구병(救兵)을 청득(請得)하야 오니, 소위(所謂) 축융대왕(祝融大王)이라. 도술(道術)이 비상(非常)하고 슈하(手下)의 믱장(猛將)이 만아[2241], 닉 남방(南方)에 온 후(後) 쳐음 당(當)하는 강적(强敵)이라. 경솔(輕率)이 대적(對敵)지 못할 듯한 고(故)로 문(門)을 닷고 직히엿스나[2242] 명일(明日) 다시 도전(挑戰)한 즉(則) 결승(決勝)할 방약(方略)이 망연(茫然)하니, 장군(將軍)은 무슴[2243] 묘게[계](妙計ㅣ) 잇나뇨?"

홍 사마(紅司馬) 대왈(對曰),

"소장(小將)이 앗가[2244] 보니 원수(元帥)의 치신 진(陣)은 션천음양진(先天陰陽陣)이라. 그 직힘은[2245] 족(足)하나 취승(取勝)[2246]함은 부족(不足)하니 소장(小將)이 맛당히 후텬진(後天陣)을 처 도적(盜賊)을 사로잡을가 하나니, 원수(元帥)는 수긔(手旗)를 빌니쇼셔[2247]."

원수(元帥) 대희(大喜)하야 허락(許諾)하니 홍 사마(紅司馬)ㅣ 즉시(卽時) 원수(元帥) 수긔(手旗)를 들고 후텬진(後天陣)을 치고 제장(諸將)을 불너 각각(各各) 약속(約束)을 뎡(定)한 후(後) 진중(陣中)

2240 신기불평(神氣不平) : 병으로 정신과 기운이 편하지 않음.

2241 많아.

2242 닫고 지켰으나.

2243 무슨.

2244 아까.

2245 지킴은. 지키는 것은.

2246 취승(取勝) : 승리를 차지함.

2247 빌려주소서.

중앙방(中央房)에 장(帳)을 나리고 목욕(沐浴)하고 오방(五方)을 응(應)하야 다섯 등잔(燈盞)을 밝히고 부용검(芙蓉劍)을 들고 가만이 작법(作法)할새 거조(擧措) 비밀(秘密)하야 외인(外人)이 알 길이 업더라.

익일(翌日) 축융(祝融)이 첩[첩]목홀(帖木忽) 가달(賈韃) 주돌통(朱突通) 숨장(三將)을 니여 보내여 도젼(挑戰)하니, 홍 사마(紅司馬) 뢰천풍(雷天風) 동초(董超) 마달(馬達)로 대적(對敵)할새, 대전(大戰) 십여 합(十餘合)에 불분승부(不分勝負)하니, 축융(祝融)이 대로(大怒)하야 급(急)히 긔(旗)를 쓰러[2248] 진언(眞言)을 염(念)하니 홀연(忽然) 광풍(狂風)이 대작(大作)하며 음운(陰雲)이 니러나는 곳에 무수(無數) 귀병(鬼兵)이 긔괴(奇怪)한 형용(形容)과·현황(眩慌)[2249]한 거동으로 만장(蠻將)을 도아 명진(明陣)을 충살(衝殺)[2250]하거늘, 홍 사마(紅司馬) 급(急)히 북을 치며 긔(旗)를 좌우(左右)로 쓴니[2251] 간방(間方)[2252] 군사(軍士) 일제(一齊)히 문(門)을 열고 갈나셔니[2253] 만장(蠻將) 숨인(三人)이 터진 곳을 보고 귀병(鬼兵)을 모라 돌입(突入)한대, 홍 사마(紅司馬) 다시 북을 치며 거믄 긔(旗)를 쓸어[2254] 간방(間方) 문(門)을 닷고 부용검(芙蓉劍)을 들러 오방(五方)을 향(向)하야 가만이 작법(作法)하니 홀연(忽然) 일진청풍(一陣淸風)[2255]이 칼끗

2248 쓸어. 휘둘러.

2249 현황(眩慌) : 현혹(眩惑). 정신을 빼앗겨 하여야 할 바를 잊어버림. 또는 그렇게 되게 함.

2250 충살(衝殺) : 들이치거나 찔러 죽임.

2251 쓰니. 휘두르니.

2252 간방(間方) : 정동(正東), 정남(正南), 정서(正西), 정북(正北) 네 방위의 각 사이를 가리키는 방위.

2253 갈라서니.

2254 검은 깃발을 휘둘러.

을 조차 니러나며[2256] 음운(陰雲)이 살아지고 무수(無數) 귀병(鬼兵)이 봄눈 슬듯[2257] 변(變)하야 분분(紛紛)[2258]한 풀쁘리와 곤곤(袞袞)[2259]한 나무 입새[2260] 되어 공중(空中)에 쩌러지니 주돌통(朱突通) 가달(賈韃) 쳡목홀(帖木忽)이 ᄃᆡ경(大驚)하야 필마단창(匹馬單槍)으로 진중(陣中)에 방황(彷徨)하며 사방(四方)을 충돌(衝突)하야 도라단일새[2261] 홍 사마(紅司馬) 진상(陣上)에 놉히 안져 부용검(芙蓉劍)을 드러 남(南)을 가라침에[2262] 륙감수(六坎水)[2263] 물이 쇼사[2264] ᄃᆡ히(大海ㅣ) 망망(茫茫)하며, 동셔(東西)를 가라침에 뢰우(雷雨) ᄃᆡ작(大作)하고, 큰 못이 압헤 당(當)하니 솜장(三將)이 정신(精神)이 미란(迷亂)[2265]하야 갈 바를 모를지라. 가달(賈韃)이 근두(筋斗)처 변신(變身)코져 하더니, 홍 사마(紅司馬) 쏘 부용검(芙蓉劍)을 들어 가라치니 한 줄기 긔운(氣運)이 머리를 눌으며[2266] 세 번(番) 근두(筋斗)처 변형(變形)치 못하고 한 마ᄃᆡ 쇼래를 지르며[2267] 낙마(落馬)하니, 주돌통(朱突通) 쳡목홀(帖木忽)이 앙텬탄식(仰天歎息)[2268]하고 칼을 쌔혀

2255 일진청풍(一陣淸風) : 한바탕 부는 맑고 시원한 바람.

2256 칼끝을 따라 일어나며.

2257 봄눈이 스러지듯. 봄눈이 녹듯.

2258 분분(紛紛) : 여럿이 한데 뒤섞여 어수선한 모양.

2259 곤곤(袞袞) : 끊임없이 이어지는 모양.

2260 잎새. 잎사귀. 이파리. 잎.

2261 돌아다닐새. 돌아다니는데.

2262 부용검을 들어 남쪽을 가리키매.

2263 육감수(六坎水) : 《하도낙서(河圖洛書)》의 복희팔괘(伏羲八卦)의 방위 가운데 북쪽을 가리키는 육감(六坎)의 물.

2264 물이 솟아.

2265 미란(迷亂) : 정신이 혼미(昏迷)하여 어지러움.

2266 머리를 누르며.

2267 한 마디 소리를 지르며.

2268 앙천탄식(仰天歎息) : 하늘을 우러러 탄식함.

목을 지르고져 하더니[2269], 홍 사마(紅司馬) 손야채(孫夜叉)로 진상(陣上)에 워여[2270] 왈(曰),

“만장(蠻將)은 드르라. 네 셩명(性命)을 빌여[2271] 죽이지 아니하나니 쌜니 도라가 축융(祝融)에게 젼(傳)하야 일즉이 와[2272] 항복(降伏)하게 하라. 만일(萬一) 더듼[2273] 즉(則) ᄃᆡ히(大害) 잇스리라.”

하고 즉시(卽時) 진문(陣門)을 열어주거늘, 숨장(三將)이 머리를 싸고 쥐 갓치 도망(逃亡)하아[야] 축융(祝融)을 보고 탄왈(歎曰),

“홍 장군(紅將軍)의 도술(道術)은 정정(正正)한 도(道)라, 당(當)치 못할지니 ᄃᆡ왕(大王)은 각승(角勝)[2274]치 말르시고[2275] 일즉이 항복(降伏)함이 가(可)할가 하나이다.”

축융왕(祝融王)이 ᄃᆡ로(大怒)하야 제장(諸將)을 물니치고 진언(眞言)을 염(念)하며 슈중(手中) 장검(長劍)을 공중(空中)에 한 번(番) 더지ᄆᆡ[2276] 숨척장검(三尺長劍)이 변(變)하아[야] 백여 척(百餘尺) 장검(長劍)이 되거늘 다시 근두(筋斗)처 몸을 변(變)하야 킈[2277] ᄇᆡᆨ여 장(百餘丈)이나 되어 장검(長劍)을 두루며 명진(明陣)을 향(向)하야 오니 홍 사마(紅司馬)ㅣ 바라보고 미소(微笑)하며 장즁(帳中)에 드러가 사면(四面)에 장(帳)을 나리고 적연(寂然)이 동졍(動靜)이 업더니 홀연(忽然) 한 줄기 ᄇᆡᆨ긔(白氣ㅣ) 장즁(帳中)으로 니러나 ᄇᆡᆨ여 장(百餘丈)

2269 목을 찌르고자 하더니.
2270 웨어. 외쳐. 불러서.
2271 네 목숨을 빌려.
2272 일찍이 와서.
2273 더딘.
2274 각승(角勝) : 승부를 겨룸.
2275 마시고.
2276 던지매.
2277 키가.

이나 되는 홍 사마(紅司馬) 되야 빅여 장(百餘丈) 부용겸[검](芙蓉劍)을 들고 츅융(祝融)을 딕적(對敵)하니, 츅융(祝融)이 다시 변(變)하야 힌 잣나뷔 되야 다라나거늘[2278], 홍 사마(紅司馬) 다시 변(變)하야 둥군 탄지(彈子ㅣ)[2279] 되야 잣나비를 맛침애[2280] 다시 변(變)하야 배암이 되야 바회 틈으로 들어가니 그 탄자(彈子)ㅣ 또 변(變)하야 벽력(霹靂)이 되야 바회를 깨친대 그 배암이 입으로 안기를 토(吐)하야 지척(咫尺)을 불변(不辨)하니 그 벽역(霹靂)이 일진(一陣) 대풍(大風)을 지여 안기를 불어 멀니 조침애[2281] 텬디(天地ㅣ) 청명(淸明)하며 아모 것도 업는지라.

아이(俄而)오, 홍 사마(紅司馬)ㅣ 웃고 장즁(帳中)으로 나오니 제장(諸將) 군졸(軍卒)이 정신(精神)이 현황(眩慌)하야 홍 장군(紅將軍)에 도술(道術)을 탄복(歎服)하더라.

차시(此時) 츅융(祝融)이 패(敗)하야 본진(本陣)에 도라와 불승분긔(不勝憤氣)[2282]하야 자결(自決)코져 하니 일지련(一枝蓮)이 만류(挽留)하며 츌젼(出戰)함을 고(告)하고 말게 올나 장창(長槍)을 들고 진젼(陣前)에 나가 도전(挑戰)한딕, 홍 사마(紅司馬) 진상(陣上)에셔 바라봄애 소년녀장(少年女將)이 홍포록의(紅袍綠衣)[2283]로 딕완마(大宛馬)[2284]를 타고 장창(長槍)을 춤추어 나오니 빅설(白雪) 갓흔 안면(顔

2278 흰 잔나비가 되어 달아나거늘.

2279 탄자(彈子) : 탄환(彈丸). 탄알. 총이나 포에 재어서 목표물을 향하여 쏘아 보내는 물건.

2280 맞히매.

2281 안개를 불어 멀리 쫓으매.

2282 불승분기(不勝憤氣) : 분한 생각을 이기지 못함.

2283 홍포녹의(紅袍綠衣) : 녹색 의상과 붉은 전포(戰袍).

2284 대완마(大宛馬) : 우즈베키스탄의 페르가나 지역에 있던 대완국(大宛國)의 천리마. 피땀을 흘리며 달린다고 하여 한혈마(汗血馬)라고도 함.

面)에 홍훈(紅暈)[2285]을 잠간(暫間) 씌여 도화(桃花) 반개(半開)함 갓흐니 그 년치(年齒)[2286] 어림을 알 것이오, 호치단슌(皓齒丹脣)[2287]에 절듸(絶代)[2288]한 자색(姿色)과 록빈운발(綠鬢雲髮)[2289]에 화려(華麗)한 긔상(氣像)이 엇지 남방(南方) 풍토(風土)에 싱장(生長)한 인물(人物)이리오?

홍 사마(紅司馬)ㅣ 심즁(心中)에 듸경(大驚)하야 쌍검(雙劍)을 들고 말게 올나 듸적(對敵) 십여 합(十餘合)에 홍 사마(紅司馬)ㅣ 부용검(芙蓉劍)을 엽혜 끼고 팔을 늘여 일지련(一枝蓮)을 마상(馬上)에 싱금(生擒)하야 본진(本陣)으로 도라오니, 일지연(一枝蓮)이 할 일 업서 말게 나려 항복(降伏)하고 부왕(父王)의 죄(罪)를 사(赦)하기를 간쳥(懇請)한듸, 원슈(元帥)ㅣ 쾌(快)히 허낙(許諾)하니, 일지연(一枝蓮)이 도라가 부왕(父王) 축융(祝融)게 말한듸, 축융(祝融)이 할 일 업서 휘하(麾下) 숨장(三將)과 일지연(一枝蓮)을 싸라 명진(明陣)에 투황[항](投降)하니, 원수(元帥) 흔[흔]연(欣然) 관듸(款待)하야[2290] 일호(一毫) 의심(疑心) 업시 막차(幕次)[2291]에 두니라.

차시(此時) 만왕(蠻王) 나탁(哪咤)이 축융(祝融)에 투황[항](投降)함을 보고 불승분긔(不勝憤氣)하야 이를 갈고 셩(城)을 굿게 직히여

2285 홍훈(紅暈) : 붉게 달아오른 기운.

2286 연치(年齒) : 나이.

2287 호치단순(皓齒丹脣) : 단순호치(丹脣皓齒). 붉은 입술과 하얀 치아라는 뜻으로, 아름다운 여자를 이르는 말.

2288 절대(絶代) : 당대(當代)에 견줄 만한 것이 없을 만큼 뛰어남.

2289 녹빈운발(綠鬢雲髮) : 윤이 나는 고운 귀밑머리와 구름처럼 숱이 많은 탐스러운 머리.

2290 기쁜 마음으로 정성껏 대접하여.

2291 막차(幕次) : 의식이나 거둥 때에 임시로 장막을 쳐서, 왕이나 고관들이 잠깐 머무르게 하던 곳.

나지 아니하니, 원수(元帥) 홍 사마(紅司馬)와 게[계]교(計巧)를 의론(議論)할새 홍 사마(紅司馬) ㅣ 가만이 고(告)하되,

"츅융(祝融)으로 하여금 여차여차(如此如此)하리라."

하고 츅융(祝融)을 불너 약속(約束)을 말한ᄃᆡ, 츅융(祝融)이 ᄃᆡ희쾌락(大喜快諾)하고 만진(蠻陣)으로 가니라.

원수(元帥) ㅣ 홍 사마(紅司馬)를 보아 왈(曰),

"랑(娘)은 츅융(祝融)다려 엇지 하라 하엿나뇨?"

홍 사마(紅司馬) 대왈(對曰),

"내 츅융(祝融)다려 철목동(鐵木洞)에 드러가 나탁왕(哪咤王)의 머리 우에 달인[2292] 정자(頂子)[2293]를 취(取)하여 오라 하니이다."

아이(俄而)오, 츅융(祝融)이 칼을 집고 장즁(帳中)에 드러셔며 탄식 왈(歎息曰),

"과인(寡人)이 요술(妖術)을 배온 지 십 년(十年)이라. 빅만지즁(百萬之中)[2294]에 검극(劍戟)[2295]이 셔리 갓흐나[2296] 왕래츌입(往來出入)이 무란[난](無難)하더니, 이제 철목동(鐵木洞)은 가위(可謂) 텬라지망(天羅地網)[2297]이라. 과인(寡人)이 함아[2298] '함양뎐상(咸陽殿上)에 다리 업는 귀신'[2299](鬼神)이 될 번하니이다."

2292 머리 위에 달린.

2293 정자(頂子) : 증자(鉦子). 전립(戰笠) 따위의 위에 꼭지처럼 만들어 달던 꾸밈새.

2294 백만지중(百萬之中) : 수많은 사람(또는 군사)들이 있는 가운데.

2295 검극(劍戟) : 칼과 창을 아울러 이르는 말.

2296 서리 같으나. 칼과 창의 흰빛이 번뜩이어 날카롭다는 뜻임.

2297 천라지망(天羅地網) : 하늘에 새 그물, 땅에 고기 그물이라는 뜻으로, 아무리 하여도 벗어나기 어려운 경계망이나 피할 수 없는 재액을 이르는 말.

2298 하마터면. *벌써.

2299 함양전상(咸陽殿上) 무각지귀(無脚之鬼). 중국 전국시대 진왕(秦王) 영정(嬴政 : 나중의 진시황)을 살해하러 함양전에 들어간 연(燕)나라의 자객 형가(荊軻)가 실

홍 사마(紅司馬) 그 곡졀(曲折)을 무른디 축융(祝融)이 탄왈(歎曰), "과인(寡人)이 동젼(洞前)에 니르러 셩(城)을 넘음애 셩상(城上)에 무수(無數) 만병(蠻兵)이 혹좌혹입(或坐或立)[2300]하야 잠드지 아니하얏거늘[2301], 과인(寡人)이 변(變)하야 바람이 되야 또 구셩(九城)을 넘어 여덜지 셩(城)을 니르니[2302], 셩상(城上)에 철망(鐵網)을 치고 처처(處處)에 쇠뢰를 뭇엇스며[2303], 그 셩(城)을 넘으니 평지(平地)에 궁장(宮墻)이 접텬(接天)하니[2304], 이는 나탁(哪咤)의 처쇼(處所)라. 주회(周回ㅣ)[2305] 칠팔 리(七八里)오, 놉기[2306] 수십 장(數十丈)이라. 몸을 쇼사[2307] 궁장(宮墻)을 넘고저 하더니 길이 업고 무숨 소릐[2308] 쟁쟁(錚錚)[2309]하거늘, 칼을 멈추고 자세(仔細) 보니 륙칠 (리)(六七(里)) 궁장(宮墻)을 구리 장막(帳幕)으로 덥허스니, 뉘 능(能)히 들어가리오? 다시 궁문(宮門)을 차자 들고저 하더니 별안간(瞥眼間)[2310]에 흉녕(兇獰)[2311]한 쇼릐 나며 좌우(左右)로 두 낫 즘생이 내닷는디[2312] 모양이 비록 개 갓흐나 키는 십여 척(十餘尺)이오, 날냄이 바람 갓하야 과인

패하고 왼쪽 다리가 잘린 뒤 죽은 고사를 말함.

2300 혹좌혹립(或坐或立): 어떤 사람은 앉아 있고, 어떤 사람은 서 있음.

2301 잠들지 아니하였거늘.

2302 여덟째 성에 이르니.

2303 곳곳에 쇠뇌(쇠로 된 발사 장치가 달린 활. 여러 개의 화살을 연달아 쏘게 되어 있음)를 묻어(숨겨) 놓았으며.

2304 궁궐의 담이 하늘에 닿아 있으니.

2305 주회(周回) : 둘레. 사물의 가를 한 바퀴 돈 길이. *둘레를 빙 돎.

2306 높이가.

2307 몸을 솟아. 몸을 솟구치어.

2308 무슨 소리가.

2309 쟁쟁(錚錚) : 쇠붙이 따위가 맞부딪쳐 울리는 맑은 소리.

2310 별안간(瞥眼間) : 눈 깜짝 할 사이. 갑작스럽고 아주 짧은 동안.

2311 흉녕(兇獰) : 성질이 흉악하고 사나움.

2312 두 낱의 짐승이 달려드는데. 두 마리의 짐승이 달려드는데.

(寡人)과 싸오니 과인(寡人)이 전렵(田獵)[2313]을 조와하여[2314] 능(能)히 손으로 밍호(猛虎)를 싸려잡더니, 이 기는 당(當)할 길이 업더이다. 나탁(哪咤)이 군[궁]중(宮中)에 매복(埋伏)한 공[군]사(軍士)를 발(發)하야 치랴 하기로 도망(逃亡)하얏스니, 나탁(哪咤)이 방비(防備)함은 고금(古今)에 듯지 못하든 배라[2315]."

하니 원래(原來) 나탁(哪咤) 진즁(陣中)에 이개(二個) 사자방(獅子狵)[2316]이 잇스니, 사자(獅子)와 혈[헐]교(猲狡)[2317]란 산량개와[2318] 교접(交接)하야 나은 색기를 일온 사자방이라[2319]. 그 사나옴이 범과 코키리를[2320] 잡으니 항상(恒常) 진중(陣中)을 직히더라.

홍 사마(紅司馬) 소왈(笑曰),

"불여의(不如意)[2321]하니 디왕(大王)은 도라가 쉬쇼셔. 명일(明日) 다시 의론(議論)하리라."

이때 홍 사마(紅司馬) 축융(祝融)을 보니고 원수(元帥)게 고왈(告曰),

"쳡(妾)이 축융(祝融)을 먼저 보냄은 나탁(哪咤)을 놀니여 방비(防備)하기를 더하게 한 후(後) 쳡(妾)이 힝(行)하야 머리에 달닌 증자(鏳子)[2322]를 쎄혀 오고저 함이니[2323] 이제 힝(行)할지라. 상공(相公)은

2313 전렵(田獵) : 사냥.

2314 좋아하여.

2315 예로부터 지금까지 듣지 못하던 바다.

2316 사자방(獅子狵) : 사자처럼 생긴 삽살개.

2317 헐교(猲狡) : 주둥이가 짧은 사냥개.

2318 사냥개와.

2319 낳은 새끼를 이르는 사자방이다.

2320 코끼리를.

2321 불여의(不如意) : 일이 되어 가는 과정이나 그 결과가 뜻한 바와 같지 아니함.

2322 주) 2293 참조.

잠간(暫間) 안저 기다리쇼셔."

원수(元帥) 경왈(驚曰),

"랑(娘)의 당돌(唐突)함이 이 갓도다. ᄂᆡ 비록 공(功)을 일우지 못하고 그저 도라갈지언정 랑(娘)을 보ᄂᆡ지 아니리라."

홍 사마(紅司馬) 소왈(笑曰),

"쳡(妾)이 셜마 상공(相公)을 긔망(欺罔)[2324]하고 스사로 위지(危地)에 들어가 우흐로 춍애(寵愛)하시는 뜻을 저바리고 아래로 제 몸에 안위(安危)를 가바야이 하리잇가[2325]? 스사로 사랑[량](思量)함이 잇사오니 상공(相公)은 방심(放心)[2326]하소셔."

원수(元帥) 반신반[반]의 왈(半信半疑曰),

"축융(祝融)이 일즉 철목동(鐵木洞)을 출입(出入)하야 향배(向背)[2327]를 짐작(斟酌)하나 오히려 드러가지 못하얏거늘 이졔 랑(娘)은 ᄉᆡᆼ소(生疎)한 죵적(蹤跡)이라 엇지 고단(孤單)[2328]이 위디(危地)에 드러가리오?"

홍 사마 왈(紅司馬曰),

"검술(劍術)이라 하는 것이 전(全)혀 신(神)으로 가고 신(神)으로 오나니, 축융(祝融)의 검술(劍術)이 신(神)이 부족(不足)한 고(故)로 향배(向背)에 자져(趑趄)하며 츌입(出入)에 랑패(狼狽)함이라. 쳡(妾)이 비록 잔약(孱弱)하나 검술(劍術)을 부려 신(神)을 엇은[2329] 즉(則)

2323 떼어 오고자 함이니.

2324 기망(欺罔) : 속임.

2325 가볍게 하리까?

2326 방심(放心) : 안심(安心). 마음을 놓음.

2327 향배(向背) : 좇는 것과 등지는 것이라는 뜻으로, 어떤 일이 되어 가는 추세나 어떤 일에 대한 사람들의 태도를 이르는 말. 여기서는 앞뒤의 방향을 뜻함.

2328 고단(孤單) : 단출하고 외로움.

그 행(行)함이 바람 갓고 그 도라옴이 물 갓흘지니 붓드러 잡지 못하며 방비(防備)하야 막지 못할 바는 이에 검술(劍術)이라. 엇지 그 싱소(生疎)함을 염녀(念慮)하리오?"

원수(元帥) 우문왈(又問曰),

"랑(娘)이 축융(祝融)을 몬저 보내여 나탁(哪吒)을 놀내야 방비(防備)함을 더하게 흠은 무삼 곡절(曲折)이뇨?"

홍왈(紅曰),

"동중(洞中)에 사나온 즘승이 잇다 하오니 엇지 개를 놀내리오? 이것이 축융(祝融)의 추솔(麤率)[2330]한 곳이라. 지어(至於) 나탁(哪吒)으로 방비(防備)하게 흠은 검술(劍術)의 신통(神通)함을 뵈야[2331] 그 항복(降伏)흠이 쌔르게 흠이니이다."

원수(元帥) 바야흐로 홍(紅)의 손을 놋코 친(親)히 화로(火爐)의 술을 데여[2332] 일배(一杯)를 권(勸)하며 왈(曰),

"밤이 셔늘하니 랑(娘)은 일배(一杯)를 마시고 행(行)하라."

홍랑(紅娘)이 웃고 잔(盞)을 바다 상두(床頭)에 노흐며 왈(曰),

"쳡(妾)이 맛당히 이 잔(盞)(의) 술이 식지 아니하야 도라오리이다."

언필(言畢)에 쌍검(雙劍)을 들고 표연(飄然)이 나가니라.

이씩 홍랑(紅娘)이 부용검(芙蓉劍)을 들고 바로 철목동(鐵木洞)의 셩(城)을 나라 넘을새, 시야장반(時夜將半)[2333]에 월쉭(月色)이 만공

2329 얻은.

2330 추솔(麤率) : 거칠고 차분하지 못함. 경솔하고 덤벙댐.

2331 보여주어서.

2332 데워. 덥혀서.

2333 시야장반(時夜將半) : 때는 한밤중임.

(滿空)하고 셩상(城上)에 등촉(燈燭)이 조요(照耀)하야 무슈(無數) 만병(蠻兵)이 창금[검](槍劍)을 들고 둘넛스니, 이는 축융(祝融)에게 놀나 더욱 방비(防備)함이라.

홍랑(紅娘)이 구즁셩(九重城)을 지나 내셩(內城)에 이름에 셩문(城門)이 닷치고 좌우(左右)로 푸른 삽살개 놀나 범 갓치 업드렷스니, 두 눈에 광채(光彩ㅣ) 셩월(星月) 갓치 굴너 가장 흉녕(兇獰)하더라.

홍랑(紅娘)이 즉시(卽時) 변(變)하야 붉은 긔운(氣運)이 되야 문틈으로 살 갓치 드러가 바로 나탁궁(哪咤宮)에 이르니, 나탁(哪咤)이 바야흐로 자객지변(刺客之變)을 격고[2334] 휘하(麾下) 만장(蠻將)을 모아 좌우(左右)에 뫼셧으니[2335], 금[검]극(劍戟)이 서리 갓고 등촉(燈燭)이 빅주(白晝)[2336]와 갓더라.

나탁(哪咤)이 장검(長劍)을 압헤 놋코 촉하(燭下)에 안저더니[2337] 홀연(忽然) 촉(燭)불이 잠간(暫間) 붓치이며[2338] 쟁[장]연(鏘然)[2339]한 칼 소래 머리 우흐로 나거늘, 나탁(哪咤)이 대경(大驚)하야 급(急)히 장검(長劍)을 집어 공즁(空中)을 치고저 하더니 다시 긔척이 업고 궁문(宮門) 밧게 한 소래 벽역(霹靂)이 나림에 궁중(宮中)이 대경(大驚)요란(擾亂)하야 모든 만장(蠻將)과 동중(洞中) 만병(蠻兵)이 일시(一時)에 닉다라 궁[구]중셩(九重城)을 뒤집어 차즈나[2340] 자최도 보지 못하고 다만 사자방(獅子狵)이 죽은지라. 자세(仔細)히 보니 전신(全

2334 자객으로 인한 변고를 겪고.

2335 모시고 서 있으니. 시립(侍立)하니.

2336 백주(白晝) : 환한 대낮.

2337 장검을 앞에 놓고 촛불 아래 앉아 있더니.

2338 부치며. 바람에 미동(微動)하며.

2339 장연(鏘然) : 금속이나 옥이 맞닿아 나는 소리를 형용한 말.

2340 찾으나. 찾았으나.

身)에 칼 흔적(痕迹)이 랑자(狼藉)[2341]하거늘, 나탁(哪吒)이 정신(精神)이 비월(飛越)[2342]하야 졔장(諸將)다려 상의 왈(相議曰),

"자고(自古)로 자긱지변(刺客之變)이 무슈(無數)하나 이 갓치 신통(神通)홈은 듯지 못하든 바라. 이 반닷이 사람의 한 배 아니오, 귀물(鬼物)의 조화(造化)로다."

하야 의론(議論)이 분분(紛紛)하더라.

이떠 양 원수(楊元帥) 홍랑(紅娘)을 보닉고 엇지 방심(放心)하리오? 철목동(鐵木洞) 원근(遠近)을 요량(料量)하며,

"홍랑(紅娘)이 거의 동구(洞口)를 바라보리로다."

하더니, 홀연(忽然) 장(帳)이 거두치며[2343] 홍랑(紅娘)이 드러오거늘, 원수(元帥) 차경차희[2344] 왈(且驚且喜曰),

"랑(娘)이 병여약질(病餘弱質)[2345]이라 중로(中路)에 회환(回還)홈을 닉 아노라."

홍랑(紅娘)이 쌍검(雙劍)을 더지고 천식(喘息)이 맥맥(脈脈)[2346] 왈(曰),

"쳡(妾)이 병여(病餘)라, 거의 동중(洞中)에 드러가 두 머[마]리 개에게 씽기인 배 되야[2347] 성명(性命)[2348]을 도망(逃亡)하니이다."

원수(元帥) 경왈(驚曰),

2341 낭자(狼藉) : 어지럽게 여기저기 흩어짐.

2342 비월(飛越) : 정신이 아뜩하도록 낢. ＊몸을 날려 위를 넘음. 특히 육상 경기나 마장 마술 따위에서 일정한 장애물을 뛰어넘는 것을 이름.

2343 휘장이 걷히며.

2344 차경차희(且驚且喜) : 한편으로 놀라면서 한편으로 기뻐함.

2345 병여약질(病餘弱質) : 병을 앓고 난 뒤에 허약해진 체질. 또는 그런 체질의 사람.

2346 주) 1034 참조.

2347 끼인 바가 되어.

2348 성명(性命) : 목숨. 생명(生命). ＊인성(人性)과 천명(天命)을 아울러 이르는 말.

"상(傷)한 곳이나 업나뇨?"

홍랑(紅娘)이 아미(蛾眉)[2349]를 찡그리며 신음(呻吟)하여 왈(曰),

"비록 상(傷)치는 아니하얏스나 놀남이 과(過)하더니 가삼이 결이는 듯하오니[2350] 더운 술을 마시고 만왕(蠻王)의 두상(頭上)에 달인 증자(鎗子)를 엇어야 쾌(快)할가 하나이다[2351]."

원수(元帥) 바야흐로 무사(無事)이 단여온 줄 알고 대희(大喜)하야 홍랑(紅娘)에게 사례(謝禮)하니, 홍랑(紅娘)이 웃고 회중(懷中)으로 나탁(哪咤)의 산호증자(珊瑚鎗子)를 닉야 노으며 상(床) 우를 가라쳐[2352] 왈(曰),

"쳡(妾)이 임의 군령(軍令)을 두엇스니 엇지 감(敢)히 허행(虛行)하리잇고?"

원수(元帥) 어이업셔 술을 보니 오히려 식지 아니하얏더라.

홍랑(紅娘)이 웃고 인(因)하야 징[증]자(鎗子) 취(取)하든 셜화(說話)를 셰셰(細細)히 고왈(告曰),

"과연(果然) 나탁(哪咤)의 방비(防備)함은 츅[축]융(祝融)의 하슈(下手)[2353]할 바 아니라. 쳡(妾)이 처음은 징[증]자(鎗子)만 취(取)하고 죵적(蹤跡)을 루셜(漏泄)치 말가 하얏더니 다시 생각함애 검슐(劍術)인 쥴 알닌 후(後)[2354] 나탁(哪咤)의 두려함이 더할지라[2355]. 짐짓 칼 쇼래를 내고[2356] 문(門)밧게 나오다가 두 마리 기를 죽엿스니, 금야(今

2349 주) 369 참조.

2350 가슴이 결리는 듯하오니.

2351 머리에 달린 정자(頂子)를 얻어야 쾌차(快差)할까 하나이다.

2352 상 위를 가리키며.

2353 하수(下手) : 착수(着手). 어떤 일에 손을 댐. 손을 대어 사람을 죽임.

2354 검술로 인한 것임을 알린 뒤.

2355 나탁의 두려워함이 더할 것이라.

夜) 나탁(哪咤)이 눈을 쓰고 안져 귀문관(鬼門關)[2357]을 삼술지라[2358]. 밝기를 기다려 일봉셔(一封書)를 닥가[2359] 징[증]자(鏳子)를 철목동(鐵木洞)에 보낸 즉(則) 나탁(哪咤)의 항복(降伏)함이미[2360] 쉬울가 하나이다."

원수(元帥) 대희(大喜)하야 홍랑(紅娘)으로 일봉셔(一封書)를 써 살에 매여[2361] 철목동(鐵木洞)으로 쏘니라.

차셜(且說), 나탁(哪咤)이 경혼(驚魂)이 미뎡(未定)하야 모든 만장(蠻將)을 보며 왈(曰),

"몬져 단녀간 자(者)는[2362] 모야무지(暮夜無知)[2363]에 츌기불의(出其不意)[2364]함이니 의심(疑心)될 게 업거니와 이번 일은 심상(尋常)한 자객지변(刺客之變)이 안이라. 궁즁(宮中)이 잠들지 아니하고 과인(寡人)의 방비(防備)함이 더하야 밤이 낫 갓거늘[2365] 자최 업시 드러와 긔쳑 업시 가니[2366], 이 엇지 형가(荊軻)[2367] 섭정(聶政)[2368]의 류(類ㅣ)리

2356 일부러 칼 소리를 내고.

2357 귀문관(鬼門關) : 귀관(鬼關). 저승으로 들어가는 문.

2358 꿈꿀 것이라.

2359 한 통의 편지를 닦아(써서).

2360 항복함이.

2361 화살에 매어. 화살에 묶어.

2362 먼저 다녀간 자는.

2363 모야무지(暮夜無知) : 이슥한 밤에 하는 일이라서 보고 듣는 사람이 없거나 알 사람이 없음.

2364 출기불의(出其不意) : 일이 뜻밖에 일어남. 뜻밖에 나섬.

2365 밤이 낮과 같거늘.

2366 자취 없이 들어왔다가 기척 없이 갔으니.

2367 형가(荊軻) : 중국 전국시대 위(衛)나라 사람. 연(燕)나라 태자 단(丹)의 부탁으로, 진(秦)나라의 망명한 장군 번오기(樊於期)의 목과, 안에 비수를 넣은 연나라 독항(督亢)의 지도를 가지고 진나라에 사신으로 가서 기회를 노려 진왕(秦王)을 죽이려고 했으나 진왕의 장검(長劍)에 다리를 베여 실패하고 그 자리에서 처형되었음.

오? 더욱 의징[심](疑心)된 바는 임의 궁즁(宮中)에 드러와 사람을 상(傷)하지 아니하고, 문외(門外)의 사자방(獅子狵)은 사납기 범에셔 더하거늘[2369] 삽시간(霎時間)[2370]에 쥭이되 칼 흔적(痕迹)이 이 갓치 랑자(狼藉)하니 이 엇지 괴변(怪變)이 아니리오?"

하고 궁속(宮屬)을 한 곳에 모와 잠드지 못하게 하다.

텬명(天明)에 슈문만장(守門蠻將)이 보(報)하되,

"명진(明陣) 원슈(元帥)) 일장(一張) 글월을 살에 매여 동즁(洞中)에 써러치기로[2371] 집어 오니이다."

하거늘 나탁(哪咤)이 보니 황룡슈(黃龍繡) 조각 비단(緋緞)에[2372] 두어 쥴 글을 써스니 왈(曰),

'대명(大明) 원슈(元帥) 대군(大軍)을 슈고(手苦)하야 철목동(鐵木洞)을 깨치지 아니하고 장즁(帳中)에 누어 일개(一個) 징[증]자(鑽子)를 취(取)하야 왓더니 쓸 대 업셔 도로 보내니 슯흐다[2373]! 만왕(蠻王)은 동학(洞壑)을 더 단단이 직힐지어다. 내 징[증]자(鑽子) 취(取)하든 슈단(手段)으로써 이 다음 다시 취(取)하야 올 것이 잇노라.'

나탁(哪咤)이 글을 펴 보다가 산호징[증]자(珊瑚鑽子) 그 속에 드럿거늘, 엇지 자긔(自己) 머리에 달엿든 것을 모로리오? 대경실식(大驚失色)[2374]하야 다시 썻든 홍도자(紅兜子)[2375]를 버셔 보니 과연(果然)

2368 섭정(聶政) : 중국 전국시대 한(韓)의 자객(刺客). 한경(韓卿)인 엄중자(嚴仲子)를 위하여 한(韓)의 승상 협루(俠累)를 죽이고 자신도 얼굴 가죽을 벗겨 자살하였음.

2369 사납기가 범보다도 더하거늘. 호랑이보다도 더 사납거늘.

2370 주) 1590 참조.

2371 떨어뜨렸기로. 떨어뜨렸기에.

2372 황룡을 수놓은 비단 조각에.

2373 슬프다!

2374 대경실색(大驚失色) : 몹시 놀라 얼굴빛이 하얗게 질림.

2375 홍도자(紅兜子) : 홍도(紅兜). 마래기. 중국 청나라 때 관리들이 쓰던 모자의 한

징[증]자(鐕子) 업고 칼 흔적(痕迹)이 완연(宛然)ᄒᆞ거늘, 쳥텬벽력(青天霹靂)[2376]이 삭뒤[2377]를 치며 홀디(忽地)[2378]에 빙셜(氷雪)을 품속에 품은 듯 모골(毛骨)[2379]이 송연(悚然)[2380]하고 간담(肝膽)[2381]이 셔늘하야 손을 드러 머리를 만지며 좌우(左右)다려 문왈(問曰),

"과인(寡人)의 머리 엇더하뇨?"

좌우 왈(左右曰),

"대왕(大王)의 영웅(英雄)하심으로 엇지 이 갓치 경동(驚動)하시나니잇고?"

나탁(哪咤)이 허희 탄식 왈(歔欷歎息曰),

"과인(寡人)이 자지 안코 죽지 아니하얏거늘 제 머리에 달닌 것을 칼로 버혀 가도 막연(漠然)이 몰나스니[2382] 엇지 그 머리를 보젼(保全)하리오?"

모든 만장(蠻將)이 일시(一時) 졔셩(齊聲)[2383]ᄒᆞ야 위로 왈(慰勞曰),

"위태(危殆)홈을 장[경]계(警戒)한 즉(則) 평안(平安)할 장본(張本)[2384]이오, 두려옴이 잇슨 즉(則) 깃분 일이 싱기나니, 요마(幺麽)[2385] 자객(刺客)을 엇지 이다지 근심ᄒᆞ시리오?"

종류. 둘레가 넓고 운두가 낮아 투구와 비슷함.

2376 청천벽력(青天霹靂) : '맑게 갠 하늘에서 치는 날벼락'이라는 뜻으로, 뜻밖에 일어난 큰 변고나 사건을 비유적으로 이르는 말.

2377 꼭두. 정수리나 꼭대기. 물체의 제일 윗부분.

2378 홀지(忽地) : 뜻하지 아니하게 갑작스러움.

2379 모골(毛骨) : 털과 뼈를 아울러 이르는 말.

2380 송연(悚然) : 두려워 몸을 옹송그릴 정도로 오싹 소름이 끼치는 듯함.

2381 간담(肝膽) : 간과 쓸개를 아울러 이르는 말. 속마음을 비유적으로 이르는 말.

2382 제 머리에 달린 것을 칼로 베어 가도 막연히 몰랐으니.

2383 제성(齊聲) : 여러 사람이 일제히 말함.

2384 장본(張本) : 어떤 일이 크게 벌어지게 되는 근원.

2385 요마(幺麽) : 변변하지 못함. 작은 상태임.

나탁(哪咤)이 묵묵양구(默默良久)[2386]에 왈(曰),

"과인(寡人)은 드르니 '역텬자(逆天者)는 망(亡)하고 슌쳔자(順天者)는 창(昌)한다'하니, 과인(寡人)이 오대동쳔(五大洞天)을 일코 철목동(鐵木洞)을 쏘 허탄(虛誕)이 일치 못하야 진력(盡力)하야 직히여 전후(前後) 슈십여 번(數十餘番) 싸홈의 한 번(番) 리(利)홈이 업스니 이 엇지 하날이 하신 바 아니리오? 내 만일(萬一) 구지 직히고저 한즉(則) 이는 역천(逆天)홈이오, 쏘 과인(寡人)이 누차(屢次) 위경(危境)을 당(當)ᄒᆞ나 양 원쉬(楊元帥ㅣ) 살히(殺害)치 아니하고 곡진(曲軫)[2387]이 싱활(生活)하니, 이제 항복(降伏)지 아니ᄒᆞᆫ 즉(則) 이는 은덕(恩德)을 모름이라. 하물며 양 원슈(楊元帥) 다시 자객(刺客)을 보ᄂᆡ여 숨척(三尺) 비슈(匕首)[2388]로 징[증]자(鐺子)를 취(取)ᄒᆞ든 슈단(手段)으로 쏘 시험(試驗)한 즉(則) 과인(寡人)이 살아 텬위셩덕(天威盛德)[2389]을 모르는 사람이 되고 죽어 머리 업는 귀신(鬼神)됨을 면(免)치 못할지니 엇지 한심(寒心)치 아니리오? 과인(寡人)이 맛당히 금일(今日) 투항(投降)하리라."

하고 즉시(卽時) 항번(降旛)[2390]을 셩(城)에 쏫고 만왕(蠻王)이 소거(素車)와 쇼긔(素旗)로 인(印) 끈을 목에 ᄆᆡ고 명진(明陣)에 니르러 항복(降伏)홈을 청(請)한ᄃᆡ 양 원슈(楊元帥) ᄃᆡ군(大軍)을 거나려 진세(陣勢)를 베풀고 국[군]법(軍法)으로 만왕(蠻王)의 항복(降伏)을 밧을ᄉᆡ, 원슈(元帥) 홍포금갑(紅袍金甲)[2391]으로 대우전(大羽箭)[2392]을 ᄎᆞ고 진

2386 묵묵양구(默默良久) : 한동안 말이 없이 잠잠함.
2387 곡진(曲軫) : 매우 정성스럽게 배려함.
2388 비수(匕首) : 날이 예리하고 짧은 칼.
2389 천위성덕(天威盛德) : 제왕(帝王)의 위엄과 크고 훌륭한 덕.
2390 항번(降旛) : 항복의 표시로 내거는 깃발.
2391 주) 1875 참조.

상(陣上)에 오르고, 좌편(左便)에 좌사마(左司馬) 쳥룡장군(靑龍將軍) 쇼유경(蘇裕卿)과 우편(右便)에 우사마(右司馬) 빅호장군(白虎將軍) 홍혼탈(紅渾脫)과 젼부션봉(前部先鋒) 뇌천풍(雷天風)과 좌익장군(左翼將軍) 동초(董超)와 우익장군(右翼將軍) 마달(馬達)과 돌격장군(突擊將軍) 숀야채(孫夜叉) 등(等) 일대(一隊) 제장(諸將)이 동셔(東西)로 뫼셧스니 정정(井井)한 긔치(旗幟)는 일광(日光)을 가리오고, 은은(殷殷)[2393]한 고각(鼓角)은 산천(山川)이 진동(震動)하니, 만왕(蠻王)이 슬행포복(膝行匍匐)[2394]하야 장하(帳下)에 고두청죄(叩頭請罪)[2395]하니, 철목탑(鐵木塔) 아발도(兒拔都) 모든 만장(蠻將)이 투구를 벗고 장젼(帳前)에 궤복청죄(跪伏請罪)[2396]하더라.

원슈(元帥) 즉시(卽時) 텬자(天子)게 승전(勝戰)한 표(表)[2397]을[를] 올닐새, 홍 사마(紅司馬) 윤 쇼져(尹小姐)게 일봉셔(一封書)를 닥가[2398] 동초(董超)를 불너 쥬야빅달[도](晝夜倍道)[2399]함을 분부(分付)하더라.

이쌔 텬자(天子) 표(表)를 보시고 대희(大喜)하사 동초(董超)를 불너 승전(勝戰)하든 말삼을 드르시고 대찬(大讚)하시며, 홍혼탈(紅渾脫)의 말을 드르시고 재삼(再三) 칭찬(稱讚)하시더니, 맛참 교지왕(交趾王)의 홍도국(紅桃國) 반(叛)하는 상쇼(上疏)[2400] 이르니 텬자(天子) 보시고 대경(大驚)ᄒᆞ사 즉시(卽時) 양 원슈(楊元帥)에게 조셔(詔書)

2392 대우전(大羽箭) : 동개살. 깃을 크게 댄 화살.

2393 은은(殷殷) : 멀리서 들려오는 대포, 우레, 차 따위의 소리가 요란하고 힘참.

2394 슬행포복(膝行匍匐) : 무릎을 꿇고 걷다가 배를 땅에 대고 김.

2395 고두청죄(叩頭請罪) : 머리를 조아리고 죄를 청함.

2396 궤복청죄(跪伏請罪) : 무릎을 꿇고 엎드려 죄를 청함.

2397 표(表) : 마음에 품은 생각을 적어서 임금에게 올리는 글.

2398 닦아. 써서.

2399 주야배도(晝夜倍道) : 밤낮으로 달려서 이틀에 갈 길을 하루에 감.

2400 주) 1782 참조.

를 나려 우승상(右丞相) 겸(兼) 정남ᄃᆡ도독(征南大都督)을 배(拜)[2401] 하시고 홍혼탈(紅渾脫)로 부원수(副元帥)를 배(拜)하시고 텬자(天子) ㅣ 왈(曰),

"회군(回軍)치 말고 교지(交趾)로 행(行)하야 도적(盜賊)을 마져 평뎡(平定)하라."

하셧더라.

차시(此時) 윤 쇼져(尹小姐) 홍랑(紅娘)의 편지(便紙)를 바다 밧비 쎄여보니 하엿시되[2402],

'천쳡(賤妾) 강남홍(江南紅)은 긔박(奇薄)[2403]한 명도(命途)[2404]로 편애(偏愛)[2405]하신 은덕(恩德)을 닙사와 강중(江中)에 놀난 혼(魂)이 산즁(山中)에 의탁(依託)하야 명도(命途) ㅣ 신고(辛苦)[2406]하나 하날이 가라치샤[2407] 도동(道童)으로 변복(變服)하고 장슈(將帥)로 환형(幻形)[2408] 하야 빅년(百年)에 긋어진 인연(因緣)을 삼군(三軍) 장[진]전(陣前)에 장막(帳幕)으로 니엇스니 천종(賤蹤)[2409]을 책망(責望)할 배 아니로대, 빅일(白日)에 환형(幻形)ᄒᆞ야 귀물(鬼物)과 갓흔지라, 참괴(慙愧)[2410] 로소이다. 다만 은근(慇懃)이 생각ᄒᆞ고 몽매(夢寐)에 앙모(仰慕)ᄒᆞ든, 세간(世間)에 죽은 몸이 몰[물]외(物外)[2411]에 생존(生存)ᄒᆞ야 맑은 얼

2401 배(拜) : 조정에서 벼슬을 주어 임명함.
2402 편지를 받아 바삐 떼어보니 그 글에 이르기를.
2403 기박(奇薄) : 팔자, 운수 따위가 사납고 복이 없음.
2404 명도(命途) : 명수(命數). 운명과 재수를 아울러 이르는 말.
2405 편애(偏愛) : 어느 한 사람이나 한쪽만을 치우치게 사랑함.
2406 신고(辛苦) : 어려운 일을 당하여 몹시 애씀. 또는 그런 고생.
2407 하늘이 지휘하시어.
2408 환형(幻形) : 늙거나 병이 들거나 하여 얼굴 모양이 변함. 또는 그런 모습.
2409 천종(賤蹤) : 천한 신분의 몸.
2410 참괴(慙愧) : 매우 부끄러워함.

골과 놉흔 말삼을 다시 뫼셔 여생(餘生)을 보낼지니 스사로 깃부오이다.'

윤 쇼저(尹小姐) 평생(平生) 뎐도(顚倒)[2412]함이 업더니 의외(意外) 홍랑(紅娘)의 편지(便紙)를 보고 급(急)히 련옥(蓮玉)을 불너 션후도착(先後倒錯)[2413]ᄒᆞ야 왈(曰),

"홍랑(紅娘)아, 련옥(蓮玉)이 살아고나."

련옥(蓮玉)이 당황(唐惶)[2414] 부답(不答)ᄒᆞ니 소져(小姐) 쇼왈(笑曰),

"내 말이 도착(倒錯)ᄒᆞ도다. 련옥(蓮玉)아, 네 고쥬(故主) 홍랑(紅娘)이 세간(世間)에 생존(生存)ᄒᆞ야 편지(便紙) 왓스니 엇지 긔특(奇特)지 아니리오?"

옥(玉)이 반가옴이 극진(極盡)함애 도로혀 대경실식(大驚失色)ᄒᆞ야 쇼저(小姐)게 달아들며[2415] 울어 왈(曰),

"쇼저(小姐) 그 무삼 말삼이니잇가?"

ᄒᆞ거늘 소저(小姐) 그 경상(景狀)을 불상히 녁여 위로 왈(慰勞曰),

"사생(死生)이 유명(有命)ᄒᆞ고 고락(苦樂)이 재텬(在天)이라. 홍(紅)의 얼골이 화길(和吉)ᄒᆞ야 필경(畢竟) 수즁원혼(水中冤魂)이 되지 아닐가 ᄒᆞ엿더니 과연(果然) 살앗도다."

ᄒᆞ고 셔간(書簡)을 내여쥬니, 련옥(蓮玉)이 보고 여취여광(如醉如狂)ᄒᆞ야 일변(一邊) 눈물을 색리며 일변(一邊) 우음을 씨여[2416] 왈(曰),

---

2411 물외(物外) : 구체적인 현실 세계의 바깥세상. 또는 세상의 바깥. 형체 있는 물건 이외의 세계.

2412 전도(顚倒) : 차례, 위치, 이치, 가치관 따위가 뒤바뀌어 원래와 달리 거꾸로 됨. 또는 그렇게 만듦.

2413 선후도착(先後倒錯) : 앞뒤가 뒤바뀌어 거꾸로 됨.

2414 당황(唐惶) : 당황(唐慌). 놀라거나 다급하여 어찌할 바를 모름.

2415 달려들며.

"천비(賤婢ㅣ) 고주(故主)를 보지 못한 지 삼 년(三年)이라. 엇지면 밧비 보올잇가[2417]?"

소져 왈(小姐曰),

"상공(相公)이 미구(未久)에 회환(回還)ᄒᆞ신 즉(則) 자연(自然) ᄯᅡ라오리라."

ᄒᆞ더라.

ᄎᆞ셜(且說), 양 원수(楊元帥) 텬조(天詔)를 보고 즉시(卽時) 행군(行軍)ᄒᆞ야 갈ᄉᆡ 나탁(哪咤)을 도로 만왕(蠻王)을 봉(封)ᄒᆞ고 축융(祝融)과 일지련(一枝蓮)을 작별(作別)ᄒᆞ고, 수십 일(數十日)만에 교지(交趾) ᄯᅡ에 이르러 오계동(五溪洞)을 행(行)할ᄉᆡ 자고성(鷓鴣城)에 밋쳐 유진(留陣)할ᄉᆡ, 이ᄯᆡ 홍도왕(紅桃王) 탈히(脫解ㅣ) 그 안ᄒᆡ 보살(菩薩)과 더부러 텬병(天兵)이 이름을 듯고 대경(大驚)ᄒᆞ야 즉시(卽時) 소대왕(小大王) 발히(拔解)를 대(對)ᄒᆞ야 말ᄒᆞ고, 발히(拔解)로 정병(精兵) 삼텬 긔(三千騎)를 주어 자고성(鷓鴣城)을 직히게 ᄒᆞ엿더라.

이ᄯᆡ 홍 원수(紅元帥) 동(董)・마(馬) 량장(兩將)으로 오천 긔(五千騎)를 거날여 약속(約束)을 뎡(定)한 후(後) ᄌᆞ고셩(鷓鴣城) 북편(北便)으로 보내고 고각(鼓角)을 울이며 대군(大軍)을 모라 오계동(五溪洞)을 향(向)ᄒᆞ고 풍우(風雨) 갓치 행군(行軍)ᄒᆞ니, 쇼대왕(小大王) 발히(拔解ㅣ) 셩문(城門)을 열고 정병(精兵)을 거나려 다라들거늘, 원수(元帥)와 도독(都督)이 대군(大軍)을 멈추고 바라보니 발히(拔解)

2416 웃음을 띠어.

2417 어찌하면 바삐(빨리) 보겠습니까?

의 신장(身長)이 십 척(十尺)이오, 얼골이 검고 범에 눈이오, 곰에 허리라. 흉녕(兇獰)한 모양이 인형(人形) 갓지 아니ᄒᆞ고, 두 손에 각각(各各) 철퇴(鐵槌)를 들고 다라드니 홍 원수(紅元帥) 도독(都督)게 고왈(告曰),

"소장(小將)이 비록 무용(無勇)ᄒᆞ나 한 번(番) 싸와 보리이다."

도독(都督)이 침음부답(沈吟不答)[2418]하니 원수(元帥) 다시 소왈(笑曰),

"쇼장(小將)에 쌍검(雙劍)은 평싱(平生) 사랑하는 칼이라, 요마(幺麽) 만장(蠻將)에 더러운 피를 엇지 뭇치리오? 허리에 찬 살이 오개(五個)오니 세 대에 만장(蠻將)을 취(取)치 못한 즉(則) 군령(軍令)을 두리이다[2419]."

하고 환도(環刀)[2420]와 궁시(弓矢)를 차고 말게 올나 나가니, 이쌔 쇼대왕(小大王) 발히(拔解ㅣ) 철퇴(鐵槌)를 두루며 무슈(無數) 질욕(叱辱)하여 싸홈을 도도니[2421], 홀연(忽然) 명진(明陣)으로 일ᄀᆡ(一個) 소년장수(少年將帥) 머리에 셩관(星冠)[2422]을 쓰고 몸에 금포(金袍)[2423]를 닙고 대완(大宛) 말를[을] 타고 우뎐(羽箭)[2424]을 차고 보됴궁(寶雕弓)[2425]을 씌고[2426] 표연(飄然)이 나오니, 옥(玉) 갓흔 용모(容貌)화[와] 별 갓흔 눈에 정신(精神)이 돌올(突兀)[2427]하고 풍채(風彩ㅣ) 표일(飄

2418 침음부답(沈吟不答) : 깊은 생각에 잠겨서 대답하지 않음.
2419 군령을 행하지 못할 때에는 벌을 받겠다는 다짐을 하겠습니다.
2420 환도(環刀) : 예전에 군복에 갖추어 차던 군도(軍刀).
2421 무수히 꾸짖고 욕하며 싸움을 돋우니.
2422 성관(星冠) : 칠성관(七星冠). 신선들이 쓰는 모자의 일종.
2423 금포(金袍) : 황금빛 전포(戰袍).
2424 우전(羽箭) : 깃이 달린 화살.
2425 보조궁(寶雕弓) : 보석을 아로새겨 붙인 활.
2426 띠고. 허리에 차고.

逸)[2428]하야 시속[석]풍진(矢石風塵)[2429]에 못 보든 인물(人物)이라.

또한 슈중(手中)에 병긔(兵器ㅣ) 업고 셤셤옥슈(纖纖玉手)[2430]로 말곱비를[2431] 거사려[2432] 완완(緩緩)[2433]이 나오니, 발히(拔解ㅣ) 바라보고 대쇼 왈(大笑曰),

"이는 묘소녀자(妙少女子)[2434]ㅣ라. 로야(老爺) 한 번(番) 쇼견(消遣)[2435]하리라."

하고 철퇴(鐵槌)를 공중(空中)에 더져 홍랑(紅娘)을 얼너[2436] 왈(曰),

"네 얼골을 보니 귀물(鬼物)이 안닌 즉(則) 경국가인(傾國佳人)[2437]이라. 로야(老爺) 맛당히 싱금(生擒)하리라."

하고 철퇴(鐵槌)를 녑헤 끼고 말을 노와 드러오거늘, 홍랑(紅娘)이 미쇼(微笑)하고 말을 돌니며 보조궁(寶雕弓)을 다려 옥수(玉手) 번득이는 곳에 발히(拔解)에 좌목(左目)을 맛쳐 눈알이 소스니, 발히(拔解) 한 마듸 소래를 벽역(霹靂) 갓치 지르고 숀으로 살을 쌔히며 한 숀으로 철퇴(鐵槌)를 드러 로기츙텬(怒氣衝天)하야 왈(曰),

---

2427 돌올(突兀) : 두드러지게 뛰어남. 높이 솟아 우뚝함.

2428 표일(飄逸) : 성품이나 기상 따위가 뛰어나게 훌륭함. 세상일을 마음에 두지 않고 태평함.

2429 시석풍진(矢石風塵) : 병진(兵塵). 화살과 돌이 날아다니는 전쟁터.

2430 주) 85 참조.

2431 말고삐를.

2432 긴 것을 힘 있게 빙빙 돌려서 포개어지게 해서.

2433 완완(緩緩) : 동작이 느리고 더딘 모양.

2434 묘소녀자(妙少女子) : 잘 생기고 예쁘장한 소녀.

2435 소견(消遣) : 소일(消日). 어떠한 것에 재미를 붙여 심심하지 아니하게 세월을 보냄.

2436 얼러. 놀리며 장난하여.

2437 경국가인(傾國佳人) : 경국지색(傾國之色). 임금이 혹하여 나라가 기울어져도 모를 정도의 미인이라는 뜻으로, 뛰어나게 아름다운 미인을 이르는 말.

"네 요괴(妖怪)로온 재조를 밋고 이 갓치 당돌(唐突)하니 시험(試驗)하야 다시 쏘라. 로야(老爺) 맛당히 가삼으로 밧으리라."

하고 니를 갈며 다라드니, 홍랑(紅娘)이 또 미쇼(微笑)하고 옥수(玉手)룰 번득여 시위 소래 나는 곳에 별 갓치 쌀은 살이 발히(拔解)에 발은눈[입]을 맛치매, 발히(拔解ㅣ) 오히려 살을 쌔히며 피를 뿜어 남은 눈의 등잔(燈盞) 갓흔 화광(火光)이 구을며 분긔(憤氣)를 익이지 못하야 말게 뛰어 나려 범 갓치 다라드니, 홍랑(紅娘)이 셜화마(雪花馬)를 채쳐 황망(慌忙)[2438]히 피(避)하며 대책 왈(大責曰),

"네 눈이 잇스나 하날 놉흔 줄을 모르는 고(故)로 닉 몬져 쏨이오, 입이 잇스나 말을 삼가지 아니함으로 내 두 번(番) 쏨이라. 닉 셋재 대[2439] 쏘 잇스니 다시 네 심통을 쏘아 막힌 궁글[2440] 통(通)케 하리라."

언미필(言未畢)에 읙[옥]수(玉手)를 번득이며 나르는 살이 바로 발히(拔解)에 가삼을 쏘아 등ᄭᅡ지 나가니, 발히(拔解ㅣ) 바야흐로 반(半) 길을 소사 한 소래를 지르고 ᄯᅡ에 업더지니, 홍랑(紅娘)이 환도(環刀)를 쌔혀 발히(拔解)에 두상(頭上)에 썻든 홍도자(紅兜子)를 벗겨 들고 본진(本陣)에 도라와 도독(都督)게 들이니, 도독(都督)이 대희(大喜)하야 원수(元帥)에 궁법(弓法)과 담대(膽大)함을 놀나더니, 동(董)·마(馬) 량장(兩將)이 자고셩(鷓鴣城) 북편(北便)에 매복(埋伏)하얏다가 발히(拔解)의 산(山)에 나림을 보고 일시(一時) 함매(銜枚)[2441]하며 자고셩(鷓鴣城)을 취(取)하니, 도독(都督)과 원슈(元帥)ㅣ

2438 주) 401 참조.

2439 셋째 대. '대'는 화살 따위와 같이 가늘고 긴 물건을 세는 단위.

2440 굼글. 굶을. 구멍을.

2441 함매(銜枚) : 군사가 행진할 때에 떠들지 못하도록 군졸들의 입에 나무 막대기를 물리던 일.

대군(大軍)을 모라 패병(敗兵)을 싀살(廝殺)하고 셩(城)에 드러가 쉬고, 익일(翌日) 도독(都督)이 원수(元帥)다려 병(病)을 조셥(調攝)하라 하고 대군(大軍)을 몰아 오계동(五溪洞)에 니르러 도전(挑戰)하니, 발[탈]히(脫解)와 쇼보살(小菩薩)이 즉시(卽時) 나와 수십여 합(數十餘合)에 도독(都督)이 진(陣)을 변(變)ᄒᆞ야 탈히(脫解)를 에워싸고 치니, 탈히(脫解)와 쇼보살(小菩薩)이 진력(盡力)ᄒᆞ야 몸을 ᄲᅢ여 도망(逃亡)ᄒᆞ야 본진(本陣)으로 도라와 의론(議論)할ᄉᆡ, 홀연(忽然) 단[만]병(蠻兵)이 보(報)ᄒᆞ되, 셩(城) 박게 명장(明將) 삼인(三人)이 와 ᄇᆡ회(徘徊)한다 ᄒᆞ거늘, 탈해(脫解)와 보살(菩薩)이 셩상(城上)에셔 바라볼ᄉᆡ 탈해(脫解ㅣ) 나가 삼장(三將)을 취(取)코져 ᄒᆞ거늘 보살(菩薩)이 말녀 왈(曰),

"이는 명진(明陣)에셔 우리 진세(陣勢)를 보고 금야(今夜)에 파진(破陣)코져 홈이니, 그 긔회(機會)를 타 주션(周旋)함이 조타."

ᄒᆞ거늘 탈해(脫解ㅣ) 올히 녁여 허락(許諾)ᄒᆞ고 즉시(卽時) 탈해(脫解)와 쇼보살(小菩薩)이 각각(各各) 군사(軍士)를 거나려 진(陣) 밧게 ᄆᆡ복(埋伏)ᄒᆞ니라.

ᄎᆞ셜(且說), 양 도독(楊都督)이 탈히(脫解ㅣ) 패(敗)ᄒᆞ야 나지 아니함을 보고 소 사마(蘇司馬), 동(董)·마(馬) 량장(兩將)을 보ᄂᆡ여[며],

"오게[계]동(五溪洞) 지형(地形)을 본 후(後) 물을 오계동(五溪洞)으로 대야 파(破)ᄒᆞ리라."

ᄒᆞ고 보ᄂᆡ더니 삼장(三將)의 말이 각각(各各)임을 고이 녁여 도독(都督)이 친(親)이 무사(武士) 백여 명(百餘名)과 동초(董超) 마달(馬達)과 뢰천풍(雷天風)을 다리고 시야(是夜) 삼경(三更)에 오계동(五溪洞) 디형(地形)을 살필ᄉᆡ 홀연(忽然) 오계동(五溪洞) 북편(北便)으로

포향(砲響)이 진동(震動)ᄒᆞ며 소보살(小菩薩)에 군사(軍士)와 발[탈]히(脫解)에 복병(伏兵)이 일시(一時)에 일어나 도독(都督)에 일행(一行)을 중중첩첩(重重疊疊)[2442] 에위[워]싸니 동초(董超) 마달(馬達)과 뇌천풍(雷天風)이 무사(武士)로 도독(都督)을 호위(護衛)케 ᄒᆞ고 일시(一時) 츙돌(衝突)할ᄉᆡ, 셔(西)흘 치ᄆᆡ 동(東)이 에워지고 남(南)을 치ᄆᆡ 북(北)이 에워져 엇지할 방약(方略)이 업셔 삼장(三將)이 일시(一時)에 고왈(告曰),

"소장 등(小將等)이 진력(盡力)하야 길을 ᄯᅮ를지니[2443] 도독(都督)은 단긔(單騎)로 ᄲᅡ르쇼셔."

하거늘 도독(都督)이 왈(曰),

"ᄂᆡ 국가(國家)를 위(爲)하야 죽을지언정 엇지 구구(區區)[2444]히 잔명(殘命)을 보젼(保全)하리오?"

하고 하날을 우러러 탄식(歎息)하며 진력(盡力)하야 막으나 만산편야(滿山遍野)[2445]한 만병(蠻兵)을 엇지 당(當)하리오?

이ᄯᅢ 홍 원수(紅元帥) 자고성(鷓鴣城)에 잇다가 경뎜(更點)이 이경(二更)을 보(報)하되 도독(都督)이 회군(回軍)치 아님을 보고 의아(疑訝)하야 천긔(天氣)를 보니 문창셩(文昌星)에 흑긔(黑氣)가 ᄡᅵᆷ을 보고 대경(大驚)하야 즉시(卽時) 말게 올나 쌍검(雙劍)을 들고 오계동(五溪洞)을 향(向)하야 가니 과연(果然) 도독(都督)이 만진즁(蠻陣中)에 싸엿거늘 망지소조(罔知所措)[2446]하야 엇지 할 주를 모르다가 말

2442 중중첩첩(重重疊疊) : 첩첩(疊疊). 여러 겹으로 겹쳐 있는 모양.

2443 길을 뚫을 것이니.

2444 주) 1315 참조.

2445 주) 2219 참조.

2446 망지소조(罔知所措) : 너무 당황하거나 급하여 어찌할 줄을 모르고 갈팡질팡함.

을 채쳐 쌍검(雙劍)을 공중(空中)에 더지며 진중(陣中)에 돌립(突入)하니 칼날이 이르는 곳에 다만 안개 갓흔 긔운(氣運)이 일며 진중(陣中)이 요란(擾亂)하거늘, 쇼보살(小菩薩)이 대로(大怒)ᄒᆞ야 만병(蠻兵)을 버혀 군중(軍中)을 진뎡(鎭靜)코자 하나 무가ᄂᆡ하(無可奈何)[2447]라. 난대업는[2448] 칼이 동편(東便)에 번득이며 만장(蠻將)에 머리 써러지고, 셔편(西便)에 지나가며 만졸(蠻卒)에 머리 써러져, 남(南)을 겨오 진뎡(鎭靜)한 즉(則) 북(北)이 또한 요란(擾亂)ᄒᆞ고, 압흘 겨오 방비(防備)한 즉(則) 뒤 다시 창황(蒼黃)하야, 그 표홀(飄忽)[2449]함은 바람 갓고 쌔름은 번개 갓흐며, 분분(紛紛)한 만병(蠻兵)에 머리 일시(一時)에 업셔지니, 소보살(小菩薩)이 대경(大驚)하야 일시(一時)에 활을 쏘라 하니, 만병(蠻兵)이 일시(一時) 동(東)으로 쏨애 셔(西)에 잇고, 셔(西)흘 쏨애 남(南)에 잇셔 공연(空然)한 만병(蠻兵)에 죽음만 산(山) 갓흐니, 소보살(小菩薩)이,

"도독(都督)을 노코 이 장수(將帥)를 에워싸라!"

하니 만병(蠻兵)이 일시(一時)에 양 도독(楊都督)을 노코 홍랑(紅娘)을 조차 에워쓰니, 차시(此時) 도독(都督)이 홍랑(紅娘)이 진(陣)에 듬을 알고 즉시(卽時) 셜화창(雪花槍)을 들고 홍랑(紅娘)을 차자 츙돌(衝突)하니, 이쌔 소 사마(蘇司馬) 대군(大軍)을 모라 지칠싀[2450] 홍원수(紅元帥) 대상(臺上)을 바라보고 살 갓치 다라드니 탈히(脫解)와 소보살(小菩薩)이 대경(大驚)하야 본진(本陣)으로 도망(逃亡)하니, 홍

2447 무가내하(無可奈何) : 막무가내(莫無可奈). 도무지 융통성이 없고 고집이 세어 어찌할 수 없음.

2448 난데없는.

2449 표홀(飄忽) : 홀연히 나타났다 사라지는 모양이 빠름.

2450 짓칠새. 짓치는데. 함부로 마구 치는데.

원수(紅元帥)의 횡행(橫行)[2451]함이 상산(常山) 조자룡(趙子龍)[2452]이 당양(當陽) 장판(長坂)에 횡행(橫行)에 지낼러라.

이때 양 도독(楊都督)과 홍 원슈(紅元帥), 동(董)・마(馬) 량장(兩將), 뢰쳔풍(雷天風), 소 사마(蘇司馬), 숀야채(孫夜叉)로 일시(一時)에 합력(合力)하야 만진(蠻陣)을 무인지경(無人之境) 갓치 싀살(厮殺)하고 본진(本陣)에 도라와 즉시(卽時) 슈거(水車)를 발(發)ᄒᆞ야 오계동(五溪洞)에 물을 대이고, 제장(諸將)으러 각각(各各) 군사(軍士)를 난호와 오게[계]동(五溪洞) 전후좌우(前後左右)에 ᄆᆡ복(埋伏)하니, 이ᄊᆡ 탈ᄒᆡ(脫解)와 소보살(小菩薩)이 본진(本陣)에 도라와 패병(敗兵)을 조사(調査)하니 졀반(折半)이나 죽어 초[추]창불이(惆悵不已)[2453]하더니 만병(蠻兵)이 급(急)히 보(報)ᄒᆞ되,

"물이 동구(洞口)에 창열[일](漲溢)한다!"

ᄒᆞ거늘, ᄐᆞᆯᄒᆡ(脫解)와 보살(菩薩)이 대경(大驚)ᄒᆞ야 바라보니 과연(果然) 호호대슈(浩浩大水)[2454]가 미구(未久)에 침셩(沈城)[2455]할지라. ᄒᆞ릴업셔 보살(菩薩)을 다리고 가만히 셩(城)을 넘어 걸어 대룡동(大龍洞)으로 도망(逃亡)하니라.

차셜(且說), 도독(都督)과 원슈(元帥) ᄐᆞᆯᄒᆡ(脫解)에 도망(逃亡)하기를 기다리되 종적(蹤跡)이 업슴애 가만히 도망(逃亡)한 쥴 알고 대군(大軍)을 모ᄅᆞ 가보니 망망대ᄒᆡ(茫茫大海)[2456]에 계견(鷄犬) 마필(馬

2451 횡행(橫行) : 아무 거리낌 없이 제멋대로 행동함.

2452 조자룡(趙子龍) : 중국 삼국시대 촉한(蜀漢)의 무장(武將). 상산(常山) 진정(眞定) 사람으로 본명은 운(雲), 자룡(子龍)은 그의 자(字)임.

2453 추창불이(惆悵不已) : 애통해 하며 한탄해 마지않음.

2454 호호대수(浩浩大水) : 도도(滔滔)한 큰 물.

2455 침성(沈城) : 성이 물에 잠김.

匹)이 부평초(浮萍草) 갓치 써나가더ᄅᆞ.

즉시(卽時) 대군(大軍)을 자고성(鷓鴣城)에 도ᄅᆞ와 틀히(脫解) 종적(蹤跡)을 탐지(探知)하니 과연(果然) 대룡동(大龍洞)에 이르러 슈병(水兵)을 모와 슈젼(水戰)을 쳥(請)한다 하거늘, 원슈(元帥) 즉시(卽時) 동(董)·마(馬) 량장(兩將)으로 강(江)에가 왕래(往來) 션쳑(船隻)을 잡게 하고 산(山)에 올나 슈목(樹木)을 버혀 쎄를 모으고 장인(匠人)을 불너 전션(戰船) 슈십 쳑(數十隻)을 만드니, 형용(形容)이 자라 갓흔 고(故)로 일홈은 타션(鼉船)이라. 왕래지속(往來遲速)[2457]이 자라와 갓흐여[2458] 임의(任意)로 하며 각양병긔(各樣兵器)[2459]와 군사(軍士) 십 명(十名)을 용납(容納)하니, 원슈(元帥) 그 쓰는 법(法)을 일일(一一)히 가라치니, 제장(諸將)이 막불칭찬(莫不稱讚)[2460]하더라.

수유(須臾)[2461]에 동(董)·마(馬) 량장(兩將)이 슈십 쳑(數十隻) 션박(船舶)을 틀취(奪取)하야 오니, 원수(元帥) 손야채(孫夜叉) 철목탑(鐵木塔)을 가라쳐 어션(漁船)을 쥬고 약속(約束)을 뎡(定)하야 보내니라.

차셜(且說), 틀히(脫解)(와) 소보살(小菩薩)이 대룡강샹(大龍江上)에 슈군(水軍)을 사습(使習)할ᄉᆡ 홀연(忽然) 슈상(水上)으로 슈ᄀᆡ(數箇) 어부(漁夫) 슈쳑(數隻) 어션(漁船)을 져어 나려오거늘, 소보살(小菩薩)이 션샹(船上)에셔 부른대 어부(漁夫) 불청(不聽)하고 가거늘,

2456 망망대해(茫茫大海) : 한없이 크고 넓은 바다.
2457 왕래지속(往來遲速) : 오가는 데 빠르고 느림.
2458 자라와 같아서.
2459 각양병기(各樣兵器) : 여러 가지 모양의 무기.
2460 막불칭찬(莫不稱讚) : 칭찬하지 않는 사람이 없음. 다들 칭찬함.
2461 주) 797 참조.

소보살(小菩薩)이 대로(大怒)하야 즉시(卽時) 배를 저어 잡아다가 수지진듸[2462], 어부(漁夫)ㅣ 대왈(對曰),

"쇼디 등(小的等)은 히상(海上) 어옹(漁翁)이라. 일젼(日前) 자고셩(鷓鴣城) 압헤셔 량 객장군(兩客將軍)[2463]을 맛나 슈십 척(數十隻) 어션(漁船)이 오다가 십여 척(十餘隻)을 쎽앗기고[슈십 척(數十隻) 어션(漁船)을 쎽앗기고 십여 척(十餘隻)만 남아] 여겁(餘怯)[2464]이 미진(未盡)하야 그리하니이다."

쇼보살(小菩薩)이 대희(大喜)하야,

"그 어션(漁船) 십여 척(十餘隻)은 어대 잇나냐?"

어부(漁夫)ㅣ 왈(曰),

"슈상(水上)에 잇셔 바람을 기다리나이다."

쇼보살(小菩薩)이 만쟝(蠻將) 슈인(數人)을 보내여 그 배를 쓰러오니 과연(果然) 슈십 척(數十隻) 배에 량개(兩個) 어부(漁夫)ㅣ 잇거늘, 쇼보살(小菩薩)이 즉시(卽時) 량개(兩個) 어부(漁夫)로 젼션(戰船)을 보게 하고 수군(水軍)을 뎡돈 후(整頓後) 명진(明陣)에 도전(挑戰)하니, 홍 원수(紅元帥) 쇼 사마(蘇司馬)로 이쳔 긔(二千騎)를 쥬어 타션(鼉船)을 타고 여ᄎ여ᄎ(如此如此)하라 하고, 동초(董超) 마달(馬達)로 각각(各各) 삼쳔 긔(三千騎)를 쥬어 여차여차(如此如此)하라 한 후(後) 기여(其餘) 졔장(諸將)과 대군(大軍)을 거나려 쎄를 타고 역류(逆流)하야 대룡강(大龍江)으로 올나갈새, 이쌔는 사월(四月) 망간(望間)[2465]이라, 남풍(南風)이 연일(連日) 대작(大作)하니 틀해(脫解)

2462 꾸짖으니.

2463 양 객장군(兩客將軍) : 두 사람의 객장군. '객장군'은 국적(國籍)이 다른 장군.

2464 여겁(餘怯) : 무서움을 당한 뒤에 사라지지 아니하고 남아 있는 겁.

2465 망간(望間) : 음력 보름께.

와 쇼보살(小菩薩)이 돗을 놉히 달고[2466] 풍셰(風勢)를 싸라 북을 치며 행군(行軍)하야 즁류(中流)에 니르니, 어션(漁船)에 난대업는 불이 니러나며[2467] 량개(兩個) 어부(漁夫)ㅣ 크게 쇼래를 지르고 일엽어션(一葉漁船)을 쌜니 저어 명진(明陣)으로 다라나니, 원래(原來) 량개(兩個) 어부(漁夫)는 손야차(孫夜叉) 철목탑(鐵木塔)이라. 원수(元帥)에 명(命)을 바다 화약(火藥)과 염초(焰硝)[2468]를 션즁(船中)에 감초앗다가 포향(砲響)[2469]을 응(應)하야 충화(衝火)[2470]하고 다라남이라. 급(急)한 불쏫이 풍셰(風勢)를 쬬차 백여 척(百餘隻) 전션(戰船)에 삽시간(霎時間) 번지니 탈해(脫解ㅣ) 분연(奮然)[2471]히 창(槍)을 들고 화렴[염](火焰)을 무릅쓰고 일척(一隻) 전션(戰船)을 쌔혀내여 쇼보살(小菩薩)과 슈개(數箇) 만장(蠻將)으로 배에 올나 언덕을 향(向)하더니 홀연(忽然) 명진(明陣)에셔 포향(砲響)이 진동(震動)하며 수십 척(數十隻) 타션(鼉船)이 물속으로 나와 입을 버리니[2472] 포향(砲響)과 철환(鐵丸)[2473]이 비발치듯하거늘, 탈해(脫解) 하릴업셔 남(南)을 향(向)하야 가니, 명(明) 원수(元帥) 급(急)히 쎄를 타고 강(江)을 덥허 좃차 싀살(廝殺)하더니, 홀연(忽然) 수상(水上)으로 무수(無數) 해랑션(海浪船)[2474]이 북을 치고 별[살]갓치 다라오며[2475] 션두(船頭)에 일원(一

2466 돛을 높이 달고.

2467 난데없는 불이 일어나며.

2468 염초(焰硝) : 화약(火藥).

2469 포향(砲響) : 대포를 쏠 때에 울리는 음향.

2470 충화(衝火) : 일부러 불을 지름.

2471 분연(奮然) : 떨쳐 일어서는 기운이 세차고 꿋꿋한 모양.

2472 물속에서 나와 입을 벌리니.

2473 철환(鐵丸) : '처란'의 원말. '처란'은 쇠붙이로 잔 탄알같이 만든 물건을 통틀어 이르는 말.

2474 해랑선(海浪船) : 해적선(海賊船). 배를 타고 다니면서, 다른 배나 해안 지방을

員) 쇼년장군(少年將軍)이 쌍창(雙槍)을 들고 나셔며 웨여 왈(曰),

"패(敗)한 도적(盜賊)은 닷지 말나[2476]. 대명 원수(大明元帥)의 일지군마(一枝軍馬)[2477] 여긔 잇스니 쌀니 항복(降伏)하라."

탈해(脫解)와 보살(菩薩)이 대경(大驚)하야 배를 급(急)히 저어 갓가온 언덕에 올나 대룡동(大龍洞)을 향(向)하야 다라나니라.

차시(此時) 수상(水上)으로 오든 배에 쌍창(雙槍) 든 장수(將帥) 창(槍)을 들고 읍왈(揖曰),

"원수(元帥)는 별내(別來) 만복(萬福)하시니잇가?"

홍 원수(紅元帥) 자셰(仔細) 보니 일지련(一枝蓮)이라. 원수(元帥) 일변(一邊) 반기며 놀나 집수 왈(執手曰),

"철목동 젼(鐵木洞前)에 길을 난와[2478] 장군(將軍)은 고국(故國)으로 향(向)하고 복(僕)[2479]은 남(南)으로 오니, 평수종적(萍水蹤跡)[2480]이 다시 이 갓치 맛남을 뜻하지 못한 배라."

일지련(一枝蓮)이 쇼왈(笑曰),

"쳡(妾)이 원수(元帥)에 재생(再生)하신 은덕(恩德)을 닙사와 엇지 초초수어(草草數語)[2481]로 길이 고별(告別)하리오? 장차(將次) 오날날을 긔약(期約)한 고(故)로 잠간(暫間) 휘하(麾下)를 써남이로쇼이다."

홍 원수(紅元帥) 대희 왈(大喜曰),

습격하여 재물을 빼앗는 해적의 배.

2475 쏜살같이 달려오며.

2476 달아나지 말라.

2477 일지군마(一枝軍馬) : 한 무리의 군대.

2478 길을 나누어. 헤어져서.

2479 복(僕) : 저. 자신을 겸양하여 이르는 말.

2480 평수종적(萍水蹤跡) : 이리저리 정처 없이 떠돌아다니는 자취.

2481 초초수어(草草數語) : 간략한 몇 마디 말.

"장군(將軍)이 국가(國家)를 위(爲)하야 이 갓치 진츙(盡忠)하니 그 공(功)이 불쇼(不少)하리라. 연(然)이나 지금(只今) 틸해(脫解)를 잡지 못하엿스니 장군(將軍)의 군사(軍士) 얼마나 되나뇨?"

일지련(一枝蓮)이 대왈(對曰),

"쳡(妾)에 부왕(父王)과 휘하(麾下) 장(수)(將帥) 쥬돌통(朱突通) 접[첩]목홀(帖木忽) 가달(賈韃)과 졍병(精兵) 칠쳔(七千)이로쇼이다."

원수(元帥) 대희(大喜)하야 도독(都督)게 고왈(告曰),

"쇼장(小將)이 임의 동(董)・마(馬) 량장(兩將)을 보내여 틸해(脫解)에 다라나는 길을 막아스니 밧비 대군(大軍)을 모라 뒤를 엄살(掩殺)[2482]함이 가(可)할가 하나이다."

도독(都督)이 즉시(卽時) 대군(大軍)을 거나려 륙지(陸地)에 올나 바로 대룡동(大龍洞)을 향(向)하야 호호탕탕(浩浩蕩蕩)[2483]이 행군(行軍)하니라.

차셜(且說), 틸해(脫解)와 쇼보살(小菩薩)이 언덕에 오름애 수개(數箇) 만장(蠻將)이 와 말을 대령(待令)함이 즉시(卽時) 대룡동(大龍洞)을 향(向)하더니 홀연(忽然) 바라봄애 동문(洞門)에 긔(旗)를 꼿고 일원(一員) 장군(將軍)이 크게 꾸지져 왈(曰),

"나는 대명(大明) 좌익장군(左翼將軍) 농[동]초(董超)라. 대룡동(大龍洞)을 임의 취(取)하야스니 틸해(脫解)는 어대로 가랴 하나뇨? 샐니 항복(降伏)하라."

틸해(脫解) 보살(菩薩)이 대경실식(大驚失色)하야 앙텬탄식(仰天

2482 주) 1878 참조.

2483 호호탕탕(浩浩蕩蕩) : 기세 있고 힘차게. 끝없이 넓고 넓게.

歎息)하며 졔장(諸將)을 다리고 남(南)을 향(向)하야 가더니 홀연(忽然) 함셩(喊聲)이 대작(大作)하며 일원(一員) 장군(將軍)이 길을 막아 왈(曰),

"대명(大明) 우익장군(右翼將軍) 마달(馬達)이 여긔 잇셔 기다린 지 오래니 툴해(脫解)와 소보살(小菩薩)은 쌜니 내 칼를[을] 바드라."

툴해(脫解ㅣ) 대로(大怒)하야 진력(盡力) 슈합(數合)에 홀연(忽然) 등 뒤에 포향(砲響)이 이러나며 고각(鼓角)이 헌[훤]텬(喧天)[2484]하고 졍긔(旌旗ㅣ)[2485] 폐공(蔽空)[2486]하야 도독(都督)에 대군(大軍)이 니르거늘, 툴희(脫解ㅣ) 황망(慌忙)히 닷고져[2487] 하더니 빅만대군(百萬大軍)이 임의 텰통(鐵桶) 갓치 에워싸고 급(急)히 치는지라, 탈희(脫解ㅣ) 창(槍)을 들고 분연(奮然)이 나셔며,

"닉 이졔 하늘이 돕지 아니샤 이 곳에[같이] 곤(困)하니 한 번(番) 명 도독(明都督)과 싸와 자웅(雌雄)을 결(決)코져 하노라."

좌편(左便)에 뢰천풍(雷天風)과 손야채(孫夜叉) 동초(董超) 마달(馬達)과 우편(右便)에 쥬돌통(朱突通) 텰[첩]목홀(帖木忽) 가달(賈韃)이 군사(軍士)를 모라 북을 치며 일제(一齊)히 내다라 침애 탈희(脫解ㅣ) 십여(十餘) 곳 창(槍)을 맛고 락마(落馬)하니, 제군(諸軍)이 일제(一齊)히 다라드러 결박(結縛)하야 본진(本陣)에 도라오니, 이쌔 소보살(小菩薩)이 탈희(脫解)의 싱금(生擒)됨을 보고 딕경(大驚)ᄒᆞ야 급(急)히 진언(眞言)을 념(念)하야 몸을 한 번(番) 근두침애 광풍(狂

2484 훤천(喧天) : 하늘을 진동할 정도로 시끄러움.

2485 정기(旌旗) : 깃발.

2486 폐공(蔽空) : 하늘을 뒤덮어 가림.

2487 달리고자.

風)이 니러나며 무슈(無數) 괴물(怪物)이 긔형괴상(奇形怪狀)[2488]으로 편만(遍滿)하야 에워싼 것을 뚤코져 하니, 홍 원슈(紅元帥) 딕경(大驚)하야 랑[낭]중(囊中)으로 빅운도사(白雲道士)의 쥬든 보리쥬(菩提珠)[2489]를 닉여 공중(空中)에 더지니 빅괄[팔] 개(百八個) 보리(菩提ㅣ) 화(化)하야 빅팔(百八) 금슈패[수파](金首帕)[2490] 되야 귀물(鬼物)을 일일(一一)히 씨우니[2491] 괴물(怪物)은 간 딕 업고 일개(一個) 소보살(小菩薩)이 머리를 부동키고 짜에 굴며[2492] 살기를 애걸(哀乞)한대, 홍 원수(紅元帥) 군사(軍士)를 호령(號令)하야,

"섈니 버히라."

하니 소보살(小菩薩)이 황겁(惶怯)하야 애(哀)이 비러[2493] 왈(曰),

"원수(元帥)는 엇지 빅운동(白雲洞) 초당(草堂) 밧게 섯든 여자(女子)를 모르시나뇨? 만일(萬一) 은덕(恩德)을 입사와 구일(舊日) 안면(顔面)으로 잔명(殘命)을 살니신 즉(則) 멀니 죵적(蹤跡)을 도망(逃亡)하야 다시 인간(人間)에 현형(現形)치 아니하리이다."

홍 원수(紅元帥) 이 말을 듯고 의희(依稀)[2494]히 쌔다라 왈(曰),

"네 엇지 요마(幺麼) 호정(狐精)으로 탈히(脫解)에 사오나옴을[2495] 도와 남방(南方)을 요란(擾亂)케 하뇨?"

보살 왈(菩薩曰),

2488 기형괴상(奇形怪狀) : 기괴한 형상.

2489 보리주(菩提珠) : 보리자(菩提子) 나무 열매로 만든 염주(念珠).

2490 금수파(金首帕) : 금 또는 금속으로 만든 목걸이. 여기서는 목을 조이는 쇠고리를 뜻함.

2491 씌우니. 쓰게 하니.

2492 머리를 부둥키고 땅에 구르며.

2493 슬피 빌어. 슬프게 빌어.

2494 의희(依稀) : 어렴풋함. 거의 비슷함.

2495 탈해의 사나움을.

"이 쏘한 텬디(天地) 운수(運數)라. 엇지 나에 할 배리오[2496]? ᄂᆡ 일즉 도사(道士)에 셜법(說法)을 닉(匿)이[2497] 절영[청](竊聽)[2498]하야 ᄭᆡ다름이 잇스니, 죵금(從今) 이후(以後)로 겁진(刦塵)[2499]을 벗고 불전(佛前)에 도라가 악업(惡業)을 짓지 아니할가 ᄒᆞ나이다."

하거늘 원수(元帥) 침음양구(沈吟良久)에 보리쥬(菩提珠)를 거두고 부용검(芙蓉劍)을 들어 보살(菩薩)에 머리를 치며 크게 소래하야 왈(曰),

"요물(妖物)은 썰니 가라! 만일(萬一) 다시 작란(作亂)한 즉(則) ᄂᆡ 오히려 부용검(芙蓉劍)이 잇스리라[2500]."

하니 보살(菩薩)이 ᄇᆡᆨ배사례(百拜謝禮)ᄒᆞ고 한낫 여호 되야[2501] 간 곳 업더라.

익일(翌日) 평명(平明)에 도독(都督)이 대군(大軍)을 동전(洞前)에 진(陣) 치고 탈히(脫解)를 잡아들여 쟝하(帳下)에 쑬리니, 탈히(脫解ㅣ) 질겨[2502] 쑬지 아니하고 우러러보며 크게 꾸지져 왈(曰),

"과인(寡人)이 쏘한 만승지군(萬乘之君)[2503]이라. 명(明) 텬자(天子)와 항례(抗禮)[2504]할지니 엇지 네 압헤 굴슬(屈膝)[2505]하리오?"

2496 어찌 내가 한 것이겠는가?

2497 숨어서.

2498 절청(竊聽) : 남의 이야기를 몰래 엿들음.

2499 겁진(刦塵) : 불교에서 천지가 온통 뒤집힐 때 일어난다고 하는 먼지.

2500 그때도 나는 부용검을 가지고 있을 것이다.

2501 한 낱의(한 마리의) 여우가 되어.

2502 즐겨. 기꺼이.

2503 만승지군(萬乘之君) : 만승지국(萬乘之國)의 임금이란 뜻으로, 천자(天子)를 이르는 말.

2504 항례(抗禮) : 한편으로 치우치지 아니하고 동등하게 교제함. 또는 그런 예(禮).

2505 굴슬(屈膝) : 무릎을 꿇음.

도독(都督)이 졔장(諸將)을 보며 탄왈(歎曰),

"이는 소위(所謂) 화외지맹(化外之氓)[2506]이라. 죽이지 아니한 즉(則) 엇지 이역(異域) 빅셩(百姓)을 증[징]계(懲戒)[2507]하리오?"

하고 무사(武士)를 명(命)하야,

"샐니 참(斬)하라!"

하니라.

수일 후(數日後) 딕군(大軍)을 호궤(犒饋)할싀 일지련(一枝蓮)이 함게 가기를 청(請)하니, 홍 원수(紅元帥) 허락(許諾)ᄒᆞ고 함게 행군(行軍)할싀 션봉장(先鋒將) 뢰천풍(雷天風)이 졔일대(第一隊) 되고, 우익장군(右翼將軍) 마달(馬達)이 졔삼대(第三隊) 되고, 좌익장군(左翼將軍) 동초(董超) 제이딕(第二隊) 되고, 도독(都督)과 원수(元帥)는 대군(大軍)을 거ᄂᆞ려 즁군(中軍)이 되고, 손야채(孫夜叉)는 (제)오딕(第五隊) 되고, 소 사마(蘇司馬)는 후군(後軍)이 되야 제륙대(第六隊) 되고, 일지련(一枝蓮)은 홍 원수(紅元帥) 군즁(軍中)에 싸르니라.

도독(都督)이 행군(行軍) 수십 일(數十日)에 남교(南郊) 십 리(十里) 박게 이름애 텬자(天子) 법가(法駕)[2508]를 명(命)하사 셩외(城外)에 삼충단(三層壇)을 모으시고[2509] 헌괵지례(獻馘之禮)[2510]를 밧고져 하사 문무빅관(文武百官)을 거나리시고 단상(壇上)에 전좌(殿座)[2511]

2506 화외지맹(化外之氓) : 교화가 미치지 못하는 지방의 백성.

2507 징계(懲戒) : 허물이나 잘못을 뉘우치도록 나무라며 경계함.

2508 법가(法駕) : 임금이 거둥할 때 타던 수레.

2509 쌓으시고.

2510 헌괵지례(獻馘之禮) : 적과 싸워 이긴 후 적장의 머리를 잘라 와서 임금에게 바치던 예식.

2511 전좌(殿座) : 임금 등이 정사를 보거나 조하(朝賀)를 받으려고 정전(正殿)이나 편전(便殿)에 나와 앉던 일. 또는 그 자리.

하신 후(後) 도독(都督)에 대군(大軍)을 기다리시더니, 이윽고 홍진(紅塵)이 니러나는 곳에 일대군마(一大軍馬) 전행(前行)하야 니르니, 이는 전부(前部) 션봉(先鋒) 뢰텬풍(雷天風)이라.

단하(壇下) ᄇᆡᆨ보(百步) 밧게 진세(陣勢)를 베푸니, 도독(都督)과 원수(元帥) 뒤를 이어 단하(壇下)에 결진(結陣)할새, 긔치창검(旗幟槍劍)[2512]은 일월(日月)을 가리고 고각(鼓角) 포향(砲響)은 텬디(天地)를 진동(震動)하야 츌전(出戰)하든 날과 조금 다름이 업더라.

도셩(都城) ᄂᆡ외(內外) 구경ᄒᆞ는 자(者)ㅣ 구름 갓치 모여 십 리(十里) 남교(南郊)에 사람이 바다를 일웟스니, 도독(都督)과 원수(元帥) 홍포금갑(紅袍金甲)으로 궁시(弓矢)를 차고 수긔(手旗)를 들고 제장(諸將)을 지휘(指揮)하야 헌괵지례(獻馘之禮)을[를] 행(行)할새 군악(軍樂)을 울녀 승전곡(勝戰曲)을 알외며, 삼군(三軍)이 춤추어 개가(凱歌)[2513]를 부르니, 그 소래 산악(山岳)이 문어지고 바다를 뒤집는 듯ᄒᆞ더라.

도독(都督)과 원수(元帥) 탈히(脫解)의 수급(首級)을 친(親)히 드러 어전(御前)에 놋코 삼보(三步)를 물너셔 군례(軍禮)로 뵈오니, 텬자(天子) 교의(交椅)에 나리사 읍(揖)[2514]하시니, 이는 종묘사직(宗廟社稷)[2515]을 위(爲)ᄒᆞᆷ이라.

도독(都督)과 원수(元帥) 헌괵지례(獻馘之禮)를 맛고[2516] 본진(本陣)에 도라와 삼군(三軍)을 호궤(犒饋)하고 파진악(罷陣樂)[2517]을 알욀ᄉᆡ,

2512 기치창검(旗幟槍劍) : 군대에서 쓰던 깃발, 창, 칼 따위를 통틀어 이르던 말.

2513 개가(凱歌) : 개선가(凱旋歌). 싸움에서 이기고 돌아올 때에 부르는 노래.

2514 읍(揖) : 읍례(揖禮). 두 손을 맞잡아 얼굴 앞으로 들어 올리고 허리를 앞으로 공손히 구부렸다가 몸을 펴면서 손을 내리는 인사법의 하나.

2515 종묘사직(宗廟社稷) : 왕실과 나라를 통틀어 이르는 말.

2516 마치고.

졔장(諸將)이 취포(醉飽)[2518]홈애 창검(槍劍)을 춤츄고 즐기는 소래 우뢰 갓더라.

장젼(帳前)[2519]에 징(錚)을 치며 대군(大軍)을 일시(一時)에 회송(回送)ᄒᆞ니, 졔군(諸軍)이 도로혀 도독(都督) 원수(元帥)의 휘하(麾下) ᄯᅥ남을 초[추]창(惆悵)[2520]하야 하더라.

텬자(天子) 단샹(壇上)에셔 파진(罷陣)홈을 보시고 대찬(大讚)ᄒᆞ시더라. 볍가(法駕) 환궁(還宮)ᄒᆞ심애 도독(都督)이 ᄯᅩ한 원수(元帥)를 다리고 부즁(府中)으로 도라올새 휘하(麾下) 쟝졸(將卒) 이ᄇᆡᆨ여 긔(二百餘騎)를 거ᄂᆞ리고 일지련(一枝蓮) 손야채(孫夜叉)로 입셩(入城)ᄒᆞ니라.

차셜(且說), 양부(楊府) 상하(上下) 도독(都督)의 입셩(入城)홈을 듯고 원외(員外)는 외당(外堂)[2521]을 치고[2522] 허 부인(許夫人)은 의문이망(倚門而望)[2523]하고 윤 소저(尹小姐)는 쥬식(酒食)을 쥰비(準備)하야 기다리더니, 도독(都督)이 원슈(元帥)를 자긔(自己) 침실(寢室)에 인도(引導)하고 바로 외당(外堂)으로 드러가 원외(員外)게 뵈온대, 원외(員外) 젼도(顚倒)[2524]ᄒᆞ야 아자(兒子)의 손을 잡고 ᄂᆡ당(內堂)[2525]

2517 파진악(罷陣樂) : 군대의 진영을 풀어 흩어지게 할 때 연주하는 음악.

2518 취포(醉飽) : 취차포(醉且飽). 취하도록 술을 마시고 배부르도록 음식을 먹음.

2519 장전(帳前) : 임금이 들어가 있는 장막의 앞.

2520 추창(惆悵) : 실망하여 슬픔.

2521 외당(外堂) : 사랑(舍廊). 집의 안채와 떨어져 있는, 바깥주인이 거처하며 손님을 접대하는 곳.

2522 치우고. 청소하고.

2523 의문이망(倚門而望) : 의려지망(倚閭之望). 자녀나 배우자가 돌아오기를 초조하게 기다리는 마음.

2524 전도(顚倒) : 엎어져 넘어지거나 넘어뜨림. 여기서는 반가움에 엎어질 듯 달려

에 드러가니, 허 부인(許夫人)이 도독(都督)의 손을 잡고 희불자승(喜不自勝)[2526]하야 왈(曰),

"윤 현부(尹賢婦)[2527]를 인연(因緣)ᄒᆞ야 홍랑(紅娘)에 ᄉᆡᆼ존(生存)ᄒᆞᆷ을 드럿더니 부원슈(副元帥) 부즁(府中)에 이르럿다 ᄒᆞ니, 이 홍랑(紅娘)이 아니냐?"

도독(都督)이 소이대왈(笑而對曰),

"연(然)하여이다."

원외(員外ㅣ) 대희(大喜)하야 쎌니 부르다.

차시(此時) 홍 원슈(紅元帥) 졔장(諸將)을 물니고 손야채(孫夜叉)로 문외(門外)에 서게 ᄒᆞ엿더니, 이때 련옥(蓮玉)이 심즁(心中)에 홍랑(紅娘)인 줄 알고 ᄂᆡ다라 보니 이에 손삼랑(孫三娘)이 문외(門外)에 셧거늘, 련옥(蓮玉)의 춍명(聰明)으로 엇지 손삼랑(孫三娘)을 모르이[리]오? 반겨 손을 잡고 실셩호곡(失聲號哭)[2528]하니 손야채(孫夜叉) 쏘한 흠루 왈(含淚曰),

"원슈(元帥) 방즁(房中)에 게[계]시니 크게 훤화(喧譁)[2529]치 말나." 하고 방(房)으로 드러가더니 즉시(卽時) 나와 련옥(蓮玉)을 부름애 련옥(蓮玉)이 원슈(元帥) 부르러 온 시비(侍婢)를 밧게 셰우고 손삼랑(孫三娘)을 싸라 침실(寢室)에 드러가니 구원일별(九原一別)[2530]에 음용(音容)[2531]이 젹막(寂寞)하야[2532] 안즁(眼中)에 삼삼하고[2533] 심상

나가 맞이한다는 뜻임.

2525 내당(內堂) : 안방. 안주인이 거처하는 방.

2526 희불자승(喜不自勝) : 어찌할 바를 모를 만큼 매우 기쁨.

2527 윤 현부(尹賢婦) : '어진 며느리 윤씨'라는 뜻임.

2528 실성호곡(失聲號哭) : 목이 쉬도록 통곡(痛哭)함.

2529 훤화(喧譁) : 시끄럽게 지껄이며 떠듦.

2530 구원일별(九原一別) : 영결(永訣)함. 죽은 사람과 산 사람이 영원히 헤어짐.

[중](心中)에 암암(暗暗)[2534]하든 고주(故主) 홍랑(紅娘)이 올연(兀然)[2535]이 안졋거늘, 련옥(蓮玉)이 반기며 놀나 원슈(元帥)에게 업드려 방셩ᄃᆡ곡(放聲大哭)ᄒᆞ니 홍랑(紅娘)의 장부(丈夫) 갓흔 심사(心事)[2536]로도 한 즐[줄]기 눈물을 금(禁)치 못하야 양구(良久)히 말을 못하다가 련옥(蓮玉)에 손을 잡아 왈(曰),

"우리 노주(奴主) 죽지 안코 다시 만낫스니 무궁(無窮)한 정회(情懷)는 후일(後日)이 잇슬지라. 급(急)히 문나니[2537] 도독(都督)이 어ᄃᆡ셔 나를 불느시더뇨[2538]?"

련옥(蓮玉)이 대왈(對曰),

"ᄂᆡ당(內堂) 시비(侍婢ㅣ) 상공(相公)의 명(命)을 밧자와 문(門) 밧게 왓나이다."

원슈(元帥) 즉시(卽時) 련옥(蓮玉)을 다리고 내당(內堂)에 드러갈ᄉᆡ, 모든 시비(侍婢ㅣ) 칭찬불니[이](稱讚不已)[2539]ᄒᆞ고 일기(一個) 동자(童子)와 일개(一個) 창두(蒼頭)마저 문후(問候)하니, 동자(童子)는 항주(杭州) 왓든 동자(童子)요, 창두(蒼頭)는 자긔(自己ㅣ) 청루(靑樓)에셔 부리든 창두(蒼頭)라. 츄[측]연개용(惻然改容)[2540]ᄒᆞ고 면면(面面)이 위로(慰勞)하더니, 원슈(元帥) 허 부인(許夫人) 침실(寢室) 당하

2531 음용(音容) : 음모(音貌). 음성과 모습을 아울러 이르는 말.
2532 (죽어서) 목소리가 들리지 않고 모습이 보이지 않음.
2533 눈에 삼삼하고. 잊히지 않고 눈앞에 보이는 듯 또렷하고.
2534 암암(暗暗) : 기억에 남은 것이 눈앞에 아른거리는 듯함.
2535 올연(兀然) : 홀로 우뚝한 모양.
2536 심사(心事) : 마음속으로 생각하는 일. 또는 그 생각.
2537 묻노니.
2538 어디서 나를 부르시더냐?
2539 칭찬불이(稱讚不已) : 칭찬해 마지않음.
2540 측연개용(惻然改容) : 가엽고 불쌍해하는 표정으로 바꿈.

(堂下)에 이르러 발을 멈츄고 시비(侍婢)로 고(告)한딕, 원외(員外)와 부인(夫人)이 오름을 재촉ᄒᆞ니, 원슈(元帥) 바야흐로 당(堂)에 올나 구고양친(舅姑兩親)[2541]을 뵈오니, 원외(員外)와 부인(夫人)이 그 자싁(姿色)과 젼장(戰場) 풍습(風濕)[2542]에 곤란(困難)ᄒᆞᆷ을 못ᄂᆡ 칭찬(稱讚)하더라.

원수(元帥) 즉시(卽時) 호외(戶外)[2543]에 나니, 차시(此時) 원수(元帥) 로부인(老夫人) 침실(寢室)에 이름을 알고 윤 소저(尹小姐) 련옥(蓮玉)과 모든 시비(侍婢)를 느려셰워[2544] 원슈(元帥)를 인도(引導)ᄒᆞ야 밧비 옴을 재촉하니, 원슈(元帥) 윤 소저(尹小姐) 침실(寢室)에 망망(忙忙)이 이르니, 윤 쇼져(尹小姐) 침문(寢門)[2545]에 마져 나오며 왈(曰),

"홍랑(紅娘)아, 네 능(能)히 죽지 아니하고 고인(故人)을 차자오나냐[2546]?"

원수(元帥) 소저(小姐)의 손을 잡고 양행옥뉘(兩行玉淚ㅣ)[2547] 전포(戰袍)를 적셔 왈(曰),

"쳡(妾)이 임의 죽은 목숨이라. 죵금(從今) 이후(以後)는 쇼저(小姐)에 주신 배니[2548], ᄉᆡᆼ아자(生我者)는 부모(父母)요, 애[활]아자(活我者)는 소저(小姐)로쇼이다.[2549]"

셔로 붓들고 침실(寢室)에 드러가 별후(別後) 흉금(胸襟)[2550]은 일

2541 구고양친(舅姑兩親) : 시부모(媤父母). 시아버지와 시어머니.
2542 풍습(風濕) : 바람과 습기.
2543 호외(戶外) : 문의 바깥. 또는 집의 바깥.
2544 늘어세워. 길게 줄 지어 세워.
2545 침문(寢門) : 침실로 드나드는 문.
2546 찾아오느냐?
2547 양행옥루(兩行玉淚) : 두 줄기 구슬 같은 눈물.
2548 소저가 주신 바이니. 소저가 주신 목숨이니.
2549 나를 낳아주신 분은 부모님이요, 나를 살려주신 분은 소저십니다.

희일비(一喜一悲)[2551]하고 무궁정회(無窮情懷)[2552]는 혹담혹소(或談或笑)[2553]하니 소저(小姐) 문왈(問曰),

"홍랑(紅娘)아, 그 수중(水中) 야채(夜叉) 손삼랑(孫三娘)이 엇지 된고?"

홍 원수 왈(紅元帥曰),

"쏘한 쳡(妾)을 좃차 밧게 왓나이다."

소저(小姐) 긔이(奇異)히 녁여 련옥(蓮玉)을 명(命)하야 부르라 흠애 야채(夜叉ㅣ) 즉시(卽時) 드러와 문후(問候)ᄒᆞ니, 쇼저(小姐) 반기며 놀나 왈(曰),

"랑(娘)에 셕일(昔日) 용모(容貌)를 알아볼 길이 업도다. 나로 인연(因緣)하야 수즁(水中) 겁혼(怯魂)[2554]이 된가 하엿더니 일홈이 국가(國家)에 빗날 줄 알앗스리오?"

야채 왈(夜叉ㅣ曰),

"이는 다 소져(小姐)와 원슈(元帥)의 은덕(恩德)이로소이다."

하더라.

도독(都督)이 후원(後園) 별당(別堂)을 원슈(元帥)의 쳐쇼(處所)로 뎡(定)하니, 원슈(元帥) 즉시(卽時) 일지련(一枝蓮) 손야채(孫夜叉) 련옥(蓮玉)으로 거쳐(居處)하니라.

익일(翌日) 텬자(天子)ㅣ 문무빅관(文武百官)을 모으시고 군공(軍功)을 의논(議論)하실식, 도독(都督)이 융복(戎服)[2555]을 갓초와 입궐

2550 흉금(胸襟) : 마음속 깊이 품은 생각. ＊앞가슴의 옷깃.

2551 일희일비(一喜一悲) : 한편으로는 기뻐하고 한편으로는 슬퍼함. 또는 기쁨과 슬픔이 번갈아 일어남.

2552 무궁정회(無窮情懷) : 가없는 정과 회포.

2553 혹담혹소(或談或笑) : 이야기를 나누다가 웃다가 함.

2554 겁혼(怯魂) : 겁먹은 넋.

(入闕)하라 하더니 홍 원슈(紅元帥) 고왈(告曰),

"쳡(妾)이 일시(一時) 권도(權道)[2556]로 장슈(將帥)되야 헌괵지젼(獻馘之前)[2557]은 비록 벼살을 사면(辭免)[2558]치 못하엿스나 금일(今日) 록훈(錄勳)[2559]하는 즈리에 다시 드러감은 불가(不可)ᄒᆞ오니 이제 상소(上疏)하야 일쟝[실상](實狀)[2560]을 알외고져 하나이다."

도독 왈(都督曰),

"ᄂᆡ 바야흐로 권(勸)코져 하얏더니 랑(娘)에 말이 당연(當然)하도다."

하고 도독(都督)이 즉시(卽時) 소유경(蘇裕卿) 뢰천풍(雷天風) 동초(董超) 마달(馬達) 일반(一般) 졔장(諸將)을 거ᄂᆞ려 조반(朝班)[2561]에 올음에, 천자(天子)ㅣ 홍 원수(紅元帥)의 아니 드러옴을 무르신ᄃᆡ, ᄒᆞᆫ림학사(翰林學士)[2562] 일장(一章) 표(表)를 가져 어젼(御前)에 쥬왈(奏曰),

"부원슈(副元帥) 홍흔[혼]탈(紅渾脫)이 조반(朝班)에 불참(不參)하고 표(表)를 올니나이다."

천자(天子)ㅣ 대경(大驚)하사 밧비 읽으라 하시니 그 표(表)에 대강 왈(大綱曰),

2555 융복(戎服) : 철릭(＊天翼)과 주립(朱笠)으로 된 옛 군복. 무신이 입었으며, 문신도 전쟁이 일어났을 때나 임금을 호종(扈從)할 때에는 입었음.

2556 권도(權道) : 목적 달성을 위하여 그때그때의 형편에 따라 임기응변으로 일을 처리하는 방도.

2557 헌괵지전(獻馘之前) : 헌괵지례(獻馘之禮)를 하기 전.

2558 사면(辭免) : 맡아보던 일자리를 그만두고 물러남.

2559 녹훈(錄勳) : 훈공(勳功)을 장부나 문서에 기록함.

2560 실상(實狀) : 실제의 상태나 형편.

2561 조반(朝班) : 조열(朝列). 조정에서 벼슬아치들이 조회 때에 벌여 서던 차례. 조회의 자리.

2562 한림학사(翰林學士) : 한림원(翰林苑)에 속하여 조칙(詔勅)의 기초를 맡아보던 벼슬.

'신쳡(臣妾) 홍혼[혼]탈(紅渾脫)은 강남(江南) 쳔기(賤妓)라.'

텬ᄌ(天子)ㅣ 드르시다가 악연변색(愕然變色)[2563]ᄒ사 좌우(左右)를 보시며 왈(曰),

"이 엇진 말이뇨? 밧비 읽으라."

학사(學士)ㅣ 대여[2564] 읽어 왈(曰),

'명도(命途) 긔박(奇薄)하야 풍도(風濤)에 표박(漂泊)하니 창히일속(滄海一粟)[2565]에 긔사근싱(幾死僅生)[2566]하고 유왕막래(有往莫來)[2567]라. 심산도관(深山道觀)[2568]에 도동(道童)으로 상죵(相從)하고 절력[역]풍진(絶域風塵)[2569]에 쟝슈(將帥)로 탁신(託身)[2570]흠은 고국(故國)에 도라옴을 위(爲)함이오, 공명(功名)을 바람이 아니러니, 의외(意外) 일홈이 조반(朝班)에 등철(登徹)[2571]ᄒ고 벼살이 원슈(元帥)에 밋사오니[2572], 남교(南郊) 헌괵(獻馘)에 임의 한츌첨배(汗出沾背)[2573]하와 긔군지죄(欺君之罪)[2574]를 도망(逃亡)치 못ᄒ려든[2575] 하물며 금일(今日) 론공(論功)에 다시 당돌(唐突)이 참례[예](參預)[2576]한 즉(則) 군부(君父)를

2563 악연변색(愕然變色) : 깜짝 놀라 낯빛이 변함.

2564 계속하여.

2565 창해일속(滄海一粟) : 넓고 큰 바닷속의 좁쌀 한 알이라는 뜻으로, 아주 많거나 넓은 것 가운데 있는 매우 하찮고 작은 것을 이르는 말.

2566 기사근생(幾死僅生) : 거의 죽을뻔하다가 겨우 살아남.

2567 유왕막래(有往莫來) : 가기는 갔으나 돌아오지 못함.

2568 심산도관(深山道觀) : 깊은 산 속에 있는 도교(道教)의 사원(寺院).

2569 절역풍진(絶域風塵) : 멀리 떨어진 곳의 전쟁 중.

2570 탁신(託身) : 몸을 의탁함.

2571 등철(登徹) : 상주문(上奏文)을 임금에게 올림.

2572 미쳤사오니. 이르렀사오니.

2573 한출첨배(汗出沾背) : 몹시 부끄럽거나 무서워서 흐르는 땀이 등을 적심.

2574 기군지죄(欺君之罪) : 임금을 속인 죄.

2575 못하거든.

2576 참예(參預) : 참여(參與). 어떤 일에 끼어들어 관계함.

길이 긔망(欺罔)[2577]하고 조뎡(朝廷)을 은휘(隱諱)[2578] 조롱(嘲弄)홈이라. 복원(伏願) 폐하(陛下)는 쳔지(天地) 부모(父母)라, 신쳡(臣妾)에 정지(情地)[2579]를 칙[측]은(惻隱)이 녁이사 분외(分外)의 벼살을 삭(削)ᄒᆞ시고[2580] 기군(欺君)한 죄(罪)를 다시리사[2581] 조졍(朝廷)의 언론(言論)홈이 업게 하소셔.'

쳔자(天子)ㅣ 대경(大驚)하야 양 도독(楊都督)을 보시며 왈(曰),

"이 엇지한 곡졀(曲折)인뇨?"

도독(都督)이 황공 돈슈 왈(惶恐頓首曰),

"신(臣)이 불츙(不忠)하와 금일(今日)까지 군부(君父)를 긔망(欺罔)한 ᄃᆡ 각갑ᄉᆞ오니[2582] 사죄사죄(死罪死罪)로소이다."

상(上)이 소왈(笑曰),

"이는 짐(朕)을 속임이 아니라 이에 짐(朕)을 위(爲)홈이니 그 자셔(仔細)홈을 듯고져 하노라."

도독(都督)이 더욱 불승황공(不勝惶恐)하야 이에 슈재(秀才)로 부거(赴擧)할 졔 홍(紅)을 맛난 말과 뎐당호(錢塘湖)에 ᄲᅡ져 죽은 줄 알앗든 말과 진상(陣上)에 만나 권도(權道)로 부리든 말삼을 일일(一一)히 주달(奏達)하니 쳔재(天子ㅣ) 무릅을 치시며 왈(曰),

"긔재긔재(奇哉奇哉)[2583]라. 쳔고소무(千古所無)[2584]로다! 짐(朕)이 흔

2577 기망(欺罔) : 기만(欺瞞)함. 속임.

2578 은휘(隱諱) : 꺼리어 감추거나 숨김.

2579 정지(情地) : 딱한 사정에 있는 처지.

2580 분수에 넘치는 벼슬을 삭탈(削奪)하시고.

2581 다스리사. 다스리시어.

2582 기망한 데 가깝사오니.

2583 기재기재(奇哉奇哉) : 기이하고 기이하도다.

2584 천고소무(千古所無) : 천고에 없던 바임. 아주 오랜 세월 동안 없던 일임.

[혼]탈(渾脫)을 일기(一個) 명쟝(名將)으로 알앗더니 엇지 렬협지풍(烈俠之風)[2585]이 이 갓흠을 짐작(斟酌)하얏스리오?"

하시고 즉시(卽時) 비답(批答)[2586]ᄒᆞ시니 그 비답(批答)에 왈(曰),

'긔이(奇異)하다, 경(卿)의 일이여! 주(周)나라 란신(亂臣) 십 인(十人)[2587]에 여자(女子) 참례[예](參預)하엿스니 국각[가](國家)에 용인(用人)홈이 다만 ᄌᆡ조(才操)를 취(取)홀지오, 엇지 남녀(男女)를 의논(議論)하리오? 경(卿)은 벼살을 사양(辭讓)치 말고 국가(國家)를 도아 ᄃᆡ새(大事ㅣ) 잇거든 남복(男服)으로 조반(朝班)에 올으고 소사(小事)는 가즁(家中)에셔 결단(決斷)ᄒᆞ게 하라.'

도독(都督)이 돈슈(頓首) 주왈(奏曰),

"홍흔[혼]탈(紅渾脫)이 비록 신(臣)을 좃차 시셕풍진(矢石風塵)에 견마지력(犬馬之力)[2588]을 효칙(效則)홈이 잇스나 그 분[본]의(本意)를 말삼한 즉(則) 불과(不過) 졔 가부(家夫)를 위(爲)홈이니, 신(臣)에 벼살이 홍혼탈(紅渾脫) 벼살이라. 미쳔(微賤)한 녀ᄌᆞ(女子)로 관직(官職)을 오래 모쳠(侮忝)[2589]홈이 불가(不可)하니이다."

상(上)이 소왈(笑曰),

2585 열협지풍(烈俠之風) : 남을 위하여 희생하는 마음이 강한 풍모.

2586 비답(批答) : 임금이 상주문(上奏文)의 말미에 적는 가부(可否)의 대답.

2587 중국 주(周)나라 무왕(武王)이 천하를 평정할 때 보좌한 대표적인 신하 열 명을 가리킴. 《서경(書經)》「태서 중(泰誓中)」에 "나는 나라를 잘 다스리는 신하 열 명을 두었다. [予有亂臣十人]"라고 하였는데, 그 열 사람은 주공 단(周公旦), 소공 석(召公奭), 태공 망(太公望), 필공(畢公), 영공(榮公), 태전(太顚), 굉요(閎夭), 산의생(散宜生), 남궁괄(南宮适)과 문모(文母)로, '문모'는 임금의 어머니를 가리키는 말로, 문왕(文王)의 어머니 태사(太姒)임.

2588 견마지력(犬馬之力) : 개나 말의 힘이라는 뜻으로, 임금이나 나라에 바치는 자신의 노력을 낮추어 이르는 말.

2589 모첨(侮忝) : 업신여기고 욕되게 함.

"총희(寵姬)[2590]를 위(爲)하야 짐(朕)에 간셩지ᄌᆡ(干城之材)[2591]를 쌔앗고져 하니 평일(平日) 밋든 바 아니로다. 짐(朕)이 다시 흔[혼]탈(渾脫)을 인견(引見)[2592]코져 하나 대신(大臣)의 소실(小室) 됨으로 인(因)ᄒᆞ야 못하거니와 그 벼살은 사면(辭免)치 못하리라."

하시고 군공(軍功)을 의논(議論)할ᄉᆡ, 남졍[정남]도독(征南都督) 양창곡(楊昌曲)은 연왕(燕王)을 봉(封)ᄒᆞ야 행우승상(行右丞相)[2593]하시고, 부원슈(副元帥) 홍혼탈(紅渾脫)은 란셩후(鸞城侯)를 봉(封)ᄒᆞ야 행병부상셔(行兵部尙書)하시고, ᄒᆡᆼ군사마(行軍司馬) 소유경(蘇裕卿)은 형부상셔(刑部尙書) 겸(兼) 어사ᄃᆡ부(御史大夫)를 배(拜)하고, 뢰천풍(雷天風)은 상쟝군(上將軍)을 배(拜)하고 동초(董超) 마달(馬達)은 전전(殿前)[2594] 좌우쟝군(左右將軍)을 배(拜)하고, 손야채(孫夜叉)는 파로쟝군(破虜將軍)을 배(拜)하고, 기여(其餘) 졔쟝(諸將)은 공(功)ᄃᆡ로 벼살을 더ᄒᆞ시니, 도독(都督)이 우 주왈(又奏曰),

"졔장 중(諸將中) 손야채(孫夜叉)는 ᄯᅩ한 강남(江南) 여자(女子)라 혼탈(渾脫)을 ᄯᅡ라 군공(軍功)이 비록 업다 못하나 관직(官職)은 불가(不可)하니이다."

상(上)이 드르시고,

"유공필관(有功必官)[2595]은 조가용인지법(朝家用人之法)[2596]이라."

2590 총희(寵姬) : 특별한 귀염과 사랑을 받는 여자.

2591 간성지재(干城之材) : '방패(防牌)와 성(城)의 구실을 하는 인재'라는 뜻으로, 나라를 지키는 믿음직한 인재를 이르는 말.

2592 주) 1785 참조.

2593 행우승상(行右丞相) : '연왕'이라는 높은 품계를 지닌 양창곡을 '우승상'이라는 상대적으로 낮은 관직에 임명할 때 관직명 앞에 행(行)을 붙였음.

2594 전전(殿前) : 어전(御前).

2595 유공필관(有功必官) : 공이 있는 사람에게는 반드시 벼슬을 내려줌.

2596 조가용인지법(朝家用人之法) : 조정에서 사람을 등용하는 법도.

하시고 직쳡(職牒)[2597]을 주시며 황금(黃金) 천 냥(千兩)을 별(別)로 샹사(賞賜)[2598]하시다.

연왕(燕王)이 사은(謝恩) 퇴조(退朝)할식, 샹(上)이 또 하교 왈(下敎曰),

"란성후(鸞城侯) 홍혼탈(紅渾脫)이 경성(京城) 제틱(第宅)[2599]이 업슬지니 탁지부(度支部)[2600]로 자금성(紫金城)[2601] 제일방(第一坊)에 연왕부(燕王府)를 연(連)하야 란성부(鸞城府)를 짓고, 가동(家僮) 빅 명(百名)과 시비(侍婢) 빅 명(百名)과 황금(黃金) 삼쳔 냥(三千兩)과 채단(彩緞)[2602] 오빅 필(五百疋)를[을] 사급(賜給)[2603](하라.)"

하시니, 연왕(燕王)과 란성후(鸞城侯) 재숨(再三) 샹소(上疏)ᄒᆞ야 ᄉᆞ양(辭讓)하나 샹(上)이 불윤(不允)[2604]하시더라.

수월 후(數月後) 란성부(鸞城府)를 준공(竣工)[2605]하니 장려광[굉]걸(壯麗宏傑)[2606]흠이 연왕부(燕王府)와 상등(相等)[2607]하더라.

탄[난]성훠(鸞城侯ㅣ) 거(居)하지 아니ᄒᆞ고 시비(侍婢) 가동(家僮)과 부속(府屬)을 두고 란성(鸞城)은 연왕부(燕王府)에 잇더라.

연왕(燕王)이 왕작(王爵)을 더흠애 례부(禮部)에셔 원외(員外)와

2597 직첩(職牒) : 조정에서 내리는 벼슬아치의 임명장.
2598 상사(賞賜) : 칭찬하여 상으로 물품을 내려 줌.
2599 제택(第宅) : 살림집과 정자를 통틀어 이르는 말.
2600 탁지부(度支部) : 호조(戶曹). 국가 전반의 재정(財政)을 맡아보던 중앙 관청.
2601 자금성(紫金城) : 중국 북경(北京)에 있는 명(明)·청(淸)시대의 황궁(皇宮).
2602 채단(彩緞) : 오색 비단.
2603 사급(賜給) : 사여(賜與). 나라나 관청에서 금품을 내려 줌.
2604 불윤(不允) : 임금이 신하의 청(請)을 허락하지 않는 일.
2605 준공(竣工) : 완공(完工)함. 공사를 다 마침.
2606 장려굉걸(壯麗宏傑) : 웅장하고 화려하여 훌륭함.
2607 상등(相等) : 서로 대등(對等)함.

허 부인(許夫人), 윤(尹)·황(黃) 냥 소져(兩小姐)에 직쳡(職牒)을 나리와, 원외(員外)는 연국 태공(燕國太公)이 되고, 허 부인(許夫人)은 연국 태비(燕國太妃ㅣ)이 되고, 윤 소져(尹小姐)는 연국 상원부인(燕國上元夫人)이 되고, 황 소져(黃小姐)는 연국 하원부인(燕國下元夫人)이 되고, 소실(小室)은 각각(各各) 숙인(淑人)을 봉(封)ᄒᆞ니라.

란성후(鸞城侯) 연왕(燕王)과 태공(太公) 태비(太妃)게 고(告)하야 일지련(一枝蓮)을 취(娶)[2608]케 ᄒᆞ니, 연왕(燕王)이 벽성션(碧城仙) 강남홍(江南紅) 일지련(一枝蓮)과 윤 부인(尹夫人) 황 부인(黃夫人), 양 부인(兩夫人) 삼랑(三娘)으로 종락(從樂)[2609]할ᄉᆡ 각각(各各) 유자생녀(有子生女)[2610]하야 동락태평(同樂太平)[2611]하더라.

2608 취(娶) : 아내를 맞음.

2609 종락(從樂) : 서로 좇아 함께 즐김.

2610 유자생녀(有子生女) : 아들도 두고 딸도 낳음.

2611 동락태평(同樂太平) : 태평함을 같이 즐김.

국역편(國譯篇)

천하에서 경치가 아름답기로 으뜸가는 곳마다 재주 있는 남자들과 아름다운 여인들의 자취가 남아 있다. 적벽강 가을 달밤에는 소동파가 노닐었고, 석교 위에 봄바람이 불 때에는 성진 도사가 노닐었으며, 숲이 무성한 등왕각에는 당나라 시인 왕발이 노닐었다. 맑은 물이 흐르는 약야산의 완사계에는 월나라의 미인 서시가 있었고, 꽃잎이 떨어져 강물에 흐르는 사천성 금강 가에는 당나라 때 시를 잘 지었던 기생 설도와 한나라 때 사마상여와 눈이 맞아 사랑의 도피를 한 탁문군이 환생할 듯하다.

중원 땅 항주의 전당호는 남쪽으로 동정호, 양자강과 잇닿았고, 서쪽의 압강정과 동쪽의 연로정은 황금빛과 푸른색의 단청이 찬란하게 무르녹아 있으며, 훨훨 나는 흰 갈매기는 붉은 여뀌 꽃이 핀 시냇가를 오락가락하고, 여기저기서 들려오는 어촌의 피리소리는 비단결 같은 전당강 가에 맑게 울려 퍼지고 있었다.

때는 이미 5월 5일이었다. 가없이 드넓은 장강의 풍광이 밝게 비쳐서 빛나고, 거울 같은 강물이 천 리 먼 곳까지 맑았다. 어떤 배 10여 척이 10여 패의 기생과 악공을 싣고 압강정으로부터 북을 치며 배를 띄워 중류로 내려오고 있었다. 강어귀에서 들려오는 월나라 민

요는 물고기를 놀라게 하고, 흥취를 일으키는 관현악기의 생동하는 가락은 사람들의 마음을 움직이게 하니, 강어귀에 구경하는 사람들이 산처럼 모여 있었다.

배 가운데 어떤 한 소년이 검은 깁으로 된 절각모를 머리에 비스듬히 쓰고, 붉은 비단으로 지은 학창의를 앞을 헤쳐 걸쳐 입고, 허리에는 야자대라는 허리띠를 느직하게 띠고, 한 손에는 붉은 죌부채를 들고, 한 손은 들어 뱃전을 치며 노래하고 있었다.

한편에는 어떤 한 미인이 타고 있었는데, 흐트러진 머리칼은 봄바람에 어지러이 날리고 때 묻은 얼굴은 가을 안개가 밝은 달을 가린 듯 담박한 태도와 초췌한 모양이 푸른 강물에 서리가 내린 듯한 흰 연꽃 같았다. 미친바람이 복사꽃과 오얏꽃을 떨어뜨린 듯 붉은 입술을 반쯤 벌려 소년의 노래에 화답하고 있었다. 또 한편에는 수십 명의 미인들이 배 안에 가득 앉아 풍악을 연주하고 있었다.

홀연 소년이 좌우에 호령하여, 작은 배 한 척을 준비하여 강물에 띄우고 그 미인을 붙들어 배에 태우게 하고 배에 비단 휘장을 겹겹이 드리우게 하고는 휘장 안으로 뛰어들어 그 미인의 손을 잡고 말하기를,

“홍랑아, 비록 너의 지조가 철석같다지만 이 황여옥의 불같은 욕심에 어찌 녹지 않으랴? 오늘은 내가 오나라 호수에 일엽편주를 띄우고 서시를 실었던 범려를 본받아 평생을 즐기리라.”
하였다. 이때 홍랑은 황여옥의 거동을 보고 손을 쓸 겨를이 없을 만큼 다급하여 그의 사나운 행패를 면치 못할 지경이었다. 홍랑은 안색을 변치 않고 태연하게 웃으며 말하였다.

“상공께서 점잖으신 체면으로 한낱 천한 기생을 이처럼 겁박하시

니 좌우에 수치입니다. 제가 이미 천한 기생의 신분으로 어찌 감히 하잘것없는 지조를 말씀하겠습니까? 다만 평생토록 지켜온 뜻을 오늘은 펼칠 수가 없겠네요. 바라건대 자리에 놓여 있는 거문고를 빌려 두어 곡을 연주함으로써 심회를 풀어 화락한 기상으로 상공께서 즐거워하시는 것을 도와드릴까 합니다."

황여옥은 홍랑이 선선히 따르는 것을 보고 자신의 위엄을 두려워하여 마음을 돌린 것이라 생각하고는 바야흐로 홍랑의 손을 놓고 웃으며 말하였다.

"홍랑은 진실로 여자들 가운데 호걸이요, 수단이 있는 명기로구나! 내가 일찍이 황성의 청루를 두루 다니며 유명한 기녀와 지조 있는 여자들이 내 수중에서 벗어난 사람이 없거늘, 네가 한결같이 고집하여 순종치 않았다면 거의 위태로운 일을 당할 뻔했구나. 이제 이처럼 마음을 돌려 전화위복이 되었으니, 이는 너의 복이로다. 내가 비록 부귀하지는 못하나 현직 승상의 총애를 받는 아들로 소주자사의 존귀함을 겸했으니, 마땅히 황금의 집을 지어 너로 하여금 평생의 부귀를 누리게 하리라."

말을 마친 황여옥은 손수 거문고를 집어 홍랑에게 주며 말을 이었다.

"너는 재주를 다하여 화평하고 즐거운 곡조로 우리 사이의 좋은 금슬을 나타내 보거라."

홍랑이 미소를 띠며 거문고를 받아 한 곡조를 연주하니, 그 소리가 온화하고 맑으면서도 마음이 들뜬 듯하여, 늦봄에 부는 봄바람에 온갖 꽃들이 활짝 핀 듯, 장안 부잣집의 자제들이 준마를 타고 달리는 듯, 언덕의 버들은 비 기운을 띠고 물새들은 어지럽게 날며 춤을 추었다.

황여옥은 호탕함을 이기지 못하여 휘장을 걷고 좌우를 돌아보며 다시 술과 안주를 내오라고 하며 홍랑을 의심하지 않는 듯했다.

홍랑이 다시 섬섬옥수로 거문고의 줄을 골라 또 한 곡을 연주하니, 그 소리가 으스스하고 쓸쓸하며 의기가 북받치도록 슬펐다. 소상강의 반죽에 성긴 비가 떨어지고 변방의 푸른 무덤에 찬바람이 일어나는 듯했다. 전당강 위의 나뭇잎은 비바람이 쳐 쓸쓸하고 하늘가에 돌아가는 기러기는 애절한 울음소리를 내니, 그 자리에 있던 사람들이 모두 처량하게 슬퍼하고, 여러 기생들은 아무 이유도 없이 눈물을 머금었다.

그러자 홍랑이 곡조를 바꾸어 작은 줄을 거두고 큰 줄을 울려 연주하니, 그 소리가 슬픔이 복받치게 하여 마음이 아팠다. 파장 무렵 남은 고기를 팔려는 칼잡이처럼 조급하게 홍랑을 어찌해 보려는 황여옥의 조바심치는 마음에 홍랑은 환한 대낮에 항주 전당강의 배 안에서 거문고를 연주하며 느긋한 마음으로 화답하는 것이었다. 못마땅한 심사와 목메어 울고 싶은 속마음이 그 자리에 있던 사람들을 놀라 움직이게 하니 모두들 슬퍼서 눈물을 흘렸다.

홍랑이 거문고를 밀쳐놓고 매우 간절한 빛이 미간에 가득하여 말하기를,

“한없이 멀고 푸른 하늘이시여! 저를 내실 제 어찌 그 몸은 천하게 하시고 마음은 달리 타고 나게 하셨습니까? 이 넓디넓은 세상에 제 작은 몸을 용납할 땅이 없으니, 맑은 강에 사는 물고기 뱃속에 몸을 던진 굴원을 따를 것입니다. 바라건대 제가 죽은 뒤에 시신을 건지

지 마셔서 죽어도 깨끗한 곳에 놀게 하소서."

하고 말을 마치며 뱃머리에서 떨어지니, 아아! 애석하도다. 한 송이 모란꽃이 봄비에 시들어 떨어졌도다.

황여옥은 승상 황의병의 아들로, 소주 자사로 있었다.

홍랑은 항주에서 으뜸가는 청루의 기생 강남홍이다. 성은 사씨이며, 그녀의 부모는 강남 땅 사람으로 그녀를 처음 배었을 때 꿈속에 어떤 선녀가 흰 구름을 타고 내려와 말하기를,

"나는 천상의 선녀인 홍란성으로, 선관인 문창성과 희롱한 죄로 인간 세상에 귀양 와서 귀댁에 잠시 인연이 있습니다."

하면서 품으로 달려드는 것이었다. 놀라서 깨어 보니 한바탕 꿈이었다.

그 달부터 태기가 있어 열 달 만에 한 딸을 낳으니, 용모가 비범하여 부모가 금지옥엽처럼 귀하게 길렀다.

그녀가 겨우 세 살이 되었을 때 산동지방에 도적들이 일어나 부모를 난중에 잃고 정처 없이 이리저리 떠돌아다니다가 청루에 팔려 무수한 고락을 겪으며 열심히 글을 배워 시문을 짓고 글씨를 쓰는 일에 어느 것 하나 못하는 것이 없게 되었다. 바느질과 길쌈 등의 일, 관현악기를 다루고 노래하고 춤추는 일과 거문고 연주, 아버지를 대신하여 남장여인으로 전쟁에 참여하였던 목란의 모든 행동을 가슴속에 가득 품고 있었다. 여러 고을의 자사와 수령들이 그녀에게 마음을 기울이지 않는 사람이 없었으나, 그녀는 성품이 맑고 고상하며 사납고 억세서 자신의 뜻에 들지 않으면 죽어도 몸을 허락하지 않

앉았다.

이때 소주 자사 황여옥이 그 소문을 듣고 마음이 막되게 아주 달라져서 압강정에 큰 잔치를 베풀고 항주 자사와 강남홍을 청하였다. 강남홍은 사양할 수가 없어서 항주 자사를 따라 압강정에 이르러 보니, 정자의 푸른 기와와 붉은 난간은 반공중에 밝게 비쳐서 빛나고 황금빛 큰 글씨로 현판을 썼는데, '압강정'이라고 하였다.

첩첩이 늘어뜨린 비단 휘장은 바람결에 나부껴 상서로운 구름이 일어나고, 향이 타며 나는 자욱한 연기는 강물 위로 흩어져 푸른 안개가 엉겼으며, 수백 칸 되는 정자의 황금빛과 푸른 단청은 사치가 극도에 달해 아닌 게 아니라 정말로 강남의 누정 가운데 으뜸이었다.

눈길을 들어 좌중을 살펴보니 동쪽의 교의 위에는 오사모를 쓰고 붉은 도포를 입은 채 반쯤 취하여 앉아 있는 사람이 있었으니, 이는 소주 자사인 황여옥이었다. 좌중의 모든 선비들을 살펴보니 방탕한 거동과 평범하고 속된 말들을 하는 것이 졸렬하고 하잘것없는 자들이었다.

그런데 그 중 말석에 앉아 있는 한 사람의 젊은이는 의복이 초라하였으나 우뚝한 모습이었다. 비록 단출하고 외로워 보였지만 희망차고 전망이 밝은 거동과 작은 일에 얽매지 않고 대범해 보이는 기질이 좌중을 압두하여, 단산의 봉황새가 닭의 무리 속에 있는 듯하였다. 많은 사람들을 겪어보았으나 어찌 저같이 재주와 슬기가 남달리 뛰어난 남자를 보았겠는가? 자주 거동을 살피는데, 그 젊은이도 정신을 집중하여 은근히 홍랑의 기색을 살펴보는 것이었다.

황 자사가 유생들을 대청 위에 모이게 한 뒤 홍랑을 돌아보며 말하기를,

"압강정은 강남에서 아름답기로 이름난 누정이오. 오늘 문인과 재주 많은 선비들이 자리를 가득 채웠으니, 홍랑은 잔치에 어울리는 노래 한 곡을 불러 여러 사람들의 흥취를 돕는 것이 어떠한가?"
하였다. 홍랑은 별다른 흥취가 없는 듯 고개를 숙이고 한동안 생각에 잠겼다가 대답하였다.

"상공께서 풍채를 빛내시어 문장가들을 가득 모이시게 한 자리에 어찌 유행가로 지루하게 귓병을 돕겠습니까? 마땅히 여러분들의 비단에 수를 놓은 듯한 아름다운 문장을 빌려 당나라 왕지환의 청신한 〈출새곡〉으로 청루에서 서열을 가리는 방법을 본받을까 합니다."

모든 선비들이 다 같이 소리를 내서 응낙하니, 황 자사는 마음속으로 기껍지 않아 생각하기를,

'오늘의 놀이는 풍류의 수단으로 홍랑에게 보이고자 함이니, 만일 이 자리에 당나라 시인 왕발과 같은 재주를 가진 사람이 있다면 어찌 도리어 무색하지 않으랴? 그러나 홍랑의 뜻과 여러 선비들의 응낙함이 저러하니 만일 훼방을 놓아 막는다면 더욱 용렬하고 비속할 것이다. 차라리 먼저 시 한 수를 지어 좌중을 압두하고 홍랑으로 하여금 나의 재주를 알게 하리라.'
하고는 흔연히 웃으며 말하였다.

"홍랑의 말이 진정으로 내 뜻과 부합하니 시를 짓기 전에 시 짓는 약속인 시령을 바삐 정하시오."

이어서 여러 선비들에게 말하기를,

"사람마다 시를 쓸 채전 한 장씩을 줄 테니 압강정 시를 지으시오."
하였다.

소주와 항주의 많은 선비들이 지지 않고 이기려는 기개로 떠들썩

하게 붓을 빼내어 재주를 다투었다.

황 자사는 즉시 몸을 일으켜 방에 들어가 마음이 몹시 급하여 눈살을 찌푸리고 안절부절못하였다. 여러 선비들이 다 글을 지었다고 하자, 황 자사는 허탈한 표정으로 나와 앉아서는 웃으며 말하였다.

"옛적에 조조의 아들 조식은 일곱 걸음을 걷는 사이에 시를 이루었거늘, 이제 여러분들은 시령을 들은 지 한나절에 시 한 편을 이루었으니 어찌 그리 더디시오?"

이때 홍랑이 눈길을 보내 젊은이의 거동을 보니, 그는 시령을 듣고 미소를 지으며 채전을 펼치고는 잠시 생각할 사이도 없이 순식간에 세 편의 시를 이루어 좌중에 던지는 것이었다.

홍랑이 일부러 소주와 항주 선비들의 글을 가져다가 수십여 장을 살펴보았으나 모두가 낡고 진부한 말들뿐이요 출중한 작품이 없었다.

다소곳이 머리를 숙이며 무료해진 홍랑은 젊은이, 곧 양 공자가 던진 채전을 집어 보았다. 명필로 유명한 위진시대 종요와 왕희지의 필법으로 당나라 안진경과 유공권의 체재를 받아 용이 날아오르는 듯 필체가 활기차고, 바람과 구름이 일어나 보는 눈이 황홀하였다. 다시 그 글을 보니 후한 말 건안연간의 일곱 시인들의 곱고 아름다운 수단으로, 성당 시기 여러 시인들의 크고 깊은 뜻이 담긴 작품이 있는가 하면, 남북조시대 유신이 지은 시의 맑고 신선함을 겸하였다. 그야말로 하늘에 뜬 달이나 거울에 비친 꽃처럼 눈에는 보이나 잡을 수 없듯이, 시의 정취가 말로 표현할 수 없을 정도로 훌륭하였다.

그 시에 이르기를,

높디높은 압강정이 강 머리에 마주하니, 崔嵬亭子對江頭
아름답게 채색한 기둥과 난간이 푸른 강물을 압두하였네. 畵棟珠欄壓碧流
흰 해오라기는 편종과 편경 소리를 익히 들어, 白鷺慣聞鍾磬響
지는 햇살에 점점이 평평한 물가로 내려앉누나. 斜陽點點落平洲

평평한 모래 물에 달이 비치고 나무에 연기가 자욱하니, 平沙籠月樹籠烟
고인 물이 텅 빈 듯 밝아 하늘빛과 한가지로세. 積水空明一色天
좋다, 그대는 평지에서 바라보라. 好是君從平地望
그림 속의 누각이요, 거울 속의 신선이로다. 畵中樓閣鏡中仙

강남의 8월에 향기로운 바람이 불어오니, 江南八月聞香風
수많은 연꽃 가운데 한 줄기가 붉었네. 萬朶蓮花一朶紅
원앙을 건드려 연꽃 아래서 날아오르게 하지 말라, 莫打鴛鴦花下起
원앙은 날아가고 꽃떨기조차 꺾어지는 것을. 鴛鴦飛去折花叢

라고 하였다.

홍랑이 세 편의 시를 보다가 홀연 곱게 그린 눈썹을 쓸며 붉은 입술을 열고는 머리에 꽂고 있던 비녀 금봉채를 빼내어 책상을 치며 낭랑한 목소리로 노래하였다. 남전에서 나는 맑은 옥을 바위 위에서 바수는 듯, 푸른 하늘에 외로운 학이 우는 듯, 대들보의 티끌이 사방으로 날아서 흩어지며 맑은 바람이 쌀쌀하게 느껴졌다. 그 자리에 있던 모든 사람들이 놀라 안색이 변하였고, 소주와 항주의 선비들은 서로 돌아보며 누구의 글인가를 궁금해 하였다.

홍랑이 노래를 마친 뒤 채전을 받들어 황 자사에게 아뢰니, 황 자사는 몹시 불쾌한 빛을 보였고, 윤 자사는 재삼 읊어보고 무릎을 치며 칭찬하면서 누구인지 이름을 빨리 떼어 보자고 재촉하였다.

이때 홍랑이 다시 순간적으로 생각하기를,

'내가 비록 사람의 겉만 보고도 그 됨됨이를 알아보는 식견은 없으나 평생의 지기를 만나 일생을 의탁하고자 하는데, 중국 서진의 문인 반악과 같이 훌륭한 풍채를 가진 사람은 북송 때 명재상인 한기나 부필과 같은 공명을 꼭 이룬다고 기약할 수가 없지. 당나라 때 이백이나 두보와 같은 문장을 품은 사람은 전한 시대 사마상여처럼 방탕함이 많으니 다 나의 바라는 바가 아니야. 뜻밖에도 압강정 시회의 말석에 앉아 있는 한미한 젊은이가 어떻게 구슬을 품어 자리 위의 보배가 될 줄 알았겠어? 이는 하늘에서 이 강남홍이 짝이 없음을 불쌍히 보시어 영웅적인 군자와 세상을 뒤덮을 만한 풍류로 나의 소원을 이루어 주시려는 것이야. 그렇기는 하지만 저 젊은이의 행색이 필경 소주나 항주 출신의 선비는 아닌 것 같아. 만일 성명을 들추어내면 황 자사의 방탕하고 예의 없는 거동과 여러 문사들의 못되고 고약한 불법적 행태로 보아 필경 그의 재주를 시기하여 단출하고 외로운 젊은이를 피곤하게 할 것이니 어찌하면 좋을까?'

하다가 한 가지 꾀를 생각하고 윤·황 두 자사에게 아뢰기를,

"제가 오늘 여러분의 글로 한 번 노래한 것은 성대한 모임에 즐거움을 돕고자 한 것일 뿐, 구태여 그 재주의 우열을 밝혀 이 자리에 계신 분들을 도리어 무안하게 하려는 것이 아닙니다. 바라건대, 그 이름을 드러내지 말고 온종일 함께 즐긴 뒤에 날이 저물거든 떼어 보는 것이 좋지 않을까 생각합니다."

라고 하였다.

두 자사가 허락하자 곧바로 술과 안주로 함께 즐기는데, 용과 봉황을 아로새긴 관악기의 연주와 연나라의 노래와 조나라의 춤이 멀리 보이는 강 위의 하늘까지 질탕하고, 물과 뭍에서 나는 갖가지 음식과 여덟 가지 진미로 치는 요리들이 술자리에 넘쳐났다.

자사가 여러 기생들에게 명하여 각각의 선비들에게 술잔을 채우게 하였다. 젊은이는 본디 남다른 주량이 있어서 연달아 주는 술잔을 사양하지 않아 약간 취한 기색이 있었다.

홍랑은 그가 실수를 할까 염려하여, 몸을 일으켜 여러 기생들과 같이 술잔 따르기를 청하고 차례대로 술잔을 돌렸다. 젊은이 차례가 되었을 때, 홍랑은 일부러 술잔을 엎지르고 놀라는 체하였다.

젊은이는 그 뜻을 알아차리고 거짓으로 크게 취한 체하며 돌리는 술잔 받기를 굳이 사양하였다.

술이 다시 십여 배 지나자, 좌중이 대취하여 행동거지가 어지러워지고 말투가 도리에 어긋나고 거칠어졌다. 소주와 항주의 선비들 가운데 두어 사람이 일어나더니 자사에게 청하였다.

"저희들이 성대한 잔치에 참여하여 거칠고 잡된 글귀로 홍랑의 안목을 속이지 못했으니 원망할 일은 없사오나, 듣자니 오늘 홍랑이 노래한 글이 소주나 항주의 선비가 지은 것이 아니라고 합니다. 저희들이 글 임자를 찾아 다시 한 번 견주어 자웅을 결함으로써 두 고을의 수치를 풀고자 합니다."

자사가 미처 대답하기 전에 홍랑이 마음속으로 깜짝 놀라 생각하기를,

'저 무뢰배가 취중에 분함이 이 같으니, 젊은이가 틀림없이 화를 받겠구나. 내가 구원하지 않으면 안 되겠다.'

하고 즉시 손에 쥐고 있던 박자를 치는 단판을 들고 좌중으로 나아가며 말하기를,

"소주와 항주의 문장이 천하에 유명함은 세상이 다 아는 것이지요. 오늘 많은 선비들께서 분해하시는 것은 저의 시를 보는 안목이 밝지 못한 죄입니다. 날이 이미 저물었고 좌중에 계신 분들이 거나하게 취하셨으니 다시 시문을 논하는 것은 어려울 듯합니다. 마땅히 제가 두어 곡의 노래로 여러분들의 취흥을 도와서 글을 밝게 평가하지 못한 죄를 갚을까 합니다."

라고 하자 윤 자사가 웃으며,

"좋다!"

하니 홍랑이 다시 곱게 그린 눈썹을 쓸고는 단판을 치며 노래 세 곡을 부르니 그 노래에 이르기를,

전당호 밝은 달에 연을 캐는 아이들아,
십 리 맑은 강에 배 띄워 놓고 물결이 급하다고 하지 마라.
네 노래에 잠든 용 깨면 풍파 일까 하노라.

청노새 바삐 몰아 저기 가는 저 사람아,
해는 지고 길은 머니 주막에 쉬지 마소.
네 뒤에 사나운 바람 급한 비 오니 옷 젖을까 하노라.

항주성 돌아 들 적에 큰길가의 청루가 몇 곳인가?
앞의 벽도화는 우물 위에 피어 있고, 담 머리 솟은 누각은 강남풍월 분명하다.
그곳의 아이 불러 나오거든 연옥인가 하소서.

이 노래는 홍랑이 창졸간에 지은 것이었다. 첫째 노래는 자사와 여러 선비들이 양 공자의 재주를 시기하여 풍파가 일어날 것이라는 뜻이었다. 둘째 노래는 양 공자더러 바삐 도망을 가라는 뜻이었다. 셋째 노래는 홍랑이 자신의 집을 가리켜 준 것이었다.

이때, 자사와 소주 항주의 많은 선비들이 모두 크게 취하여 떠들어대느라 자세히 듣지 못하였으나, 재주 있고 지략이 남다른 양 공자야 어찌 홍랑의 뜻을 몰랐겠는가. 내심 자신이 처한 상황을 환히 깨닫고는 즉시 뒷간에 간다고 하면서 몸을 일으켜 압강정에서 내려왔다. 이 젊은이는 다른 사람이 아니라 여남에서 온 양현의 아들 양창곡이었다.

양현이 일찍이 자식이 없다가 늦게야 한 아들을 낳았는데, 얼굴이 관옥처럼 아름답고 양미간에 산천의 정기를 가득 띠었으며 두 눈에는 해와 달의 밝은 빛이 어리어, 청수한 자질과 준일한 풍채가 그야말로 선풍도골이요 영웅군자였다.

양창곡의 나이 16세가 되자, 문장은 이백과 두보를 압두하고 풍채는 두목지와 같았다.

이때 새 천자께서 즉위하시어 온 나라에 사면을 베풀고 온 나라의 수많은 선비들을 모아 과거시험을 베풀어 관리를 선발한다는 소식이 들려왔다.

양창곡은 부모님을 하직하고 하인 하나와 나귀 한 필로 길을 나섰다가 도중에 도둑을 만나 행장을 모두 빼앗기고는 부끄럽고 열없어 주막에 묵게 되었는데, 한 젊은 도둑의 권유로 압강정에서 홍랑의 노래를 듣고 가게 되었던 것이다.

잠시 후에 해가 서산으로 기울자 등불을 밝히고 곧 잔치를 끝내려고 하였다. 황 자사는 좌우에게 명하여 그 장원한 글을 가져다가 떼어 보니 여남 출신 양창곡의 글임을 알게 되었다. 급히 양창곡을 찾았으나 대답하는 사람이 없었다. 좌우에서 아뢰기를,

"아까 말석에 앉아 있던 젊은이가 간 곳이 없습니다."

하는 것이었다. 황 자사가 크게 노하여 말하기를,

"어떤 변변치 못한 아이놈이 우리의 성대한 잔치를 훔쳐보고 옛사람의 시를 외워 좌중을 속이고 본색이 탄로 날까 하여 몰래 달아난 것이로구나. 이 어찌 당돌치 아니하랴?"

하고는 좌우에게 호령하여 바삐 찾아오라고 하니, 소주와 항주의 선비들 가운데 무뢰배들이 떼를 지어 소매를 걷어붙이고 팔뚝을 뽐내며 큰소리치기를,

"우리 소주와 항주 두 고을이 시와 술과 풍류로 천하에 유명하거늘, 이제 빌어먹는 아이에게 농락을 당해 진정으로 무안하니, 이는 우리의 수치가 아닐 수 없어. 이 아이를 기어이 잡아다가 부끄러움을 씻을 것이야."

하고는 일제히 일어났다.

이때 홍랑은 양 공자가 몸을 빼내어 압강정에서 내려가는 것을 보고, 젊은 나이의 공자가 바쁘고 급한 행색에 음주로 피곤하여 소루함이 있을까 염려가 되었다. 뿐만 아니라 이미 자신의 집을 가리켜 주었으니 재빠르고 재치가 있는 젊은이가 반드시 눈치를 채고 찾아갈 텐데, 평생 견문이 좁고 세상 물정에 어두운 사람이 항주처럼 시끄럽고 떠들썩한 곳에서 어떻게 찾아갈까 하는 생각에 마음이 조급하였다. 몸을 빼내어 뒤를 따르고 싶었으나 빠져나갈 방법이 없었다.

그녀는 황 자사가 만취한데다 좌석이 요란하여 모든 선비들이 난리를 일으키려고 하는 것을 보고 놀라 중얼거렸다.

'저 무뢰배들이 저처럼 분하고 울적해하니, 단출하고 외로운 공자가 어찌 도중에 곤욕을 치르지 않겠는가? 내 마땅히 좌석을 안돈시키리라.'

하고는 황 자사에게 아뢰었다.

"제가 당돌하게도 여러 선비들의 문장을 주재하여 여러분의 분울함이 이 같으니 제가 어찌 거드름을 피우며 거만하게 자리에 앉아 있겠습니까? 마땅히 물러가서 죄를 기다리겠습니다."

황 자사가 그 말을 듣고 생각하기를,

'내가 오늘 놀이를 마련한 것은 전적으로 홍랑을 위한 것이요, 문장을 서로 견주자는 것이 아니었어. 홍랑이 편협한 성격으로 자리를 피하겠다고 고집하면 이 어찌 살풍경이 아니겠는가?'

하고는 성난 빛을 고쳐 웃음을 띠고 여러 선비들을 달랬다.

"양창곡은 변변치 않은 어린아이인데 어찌 그런 아이와 문장을 견주겠는가? 마땅히 다시 좌중을 정돈하고 시령을 달리 내어 밤이 되도록 즐길까 하네."

홍랑이 그 말을 듣고 더욱 크게 놀라 생각하였다.

'양 공자가 주인도 없는 빈 집에서 나를 고대할 뿐만 아니라, 황 자사의 방탕한 성격 때문에 내가 여기서 밤을 지내는 것이 온당치 않으나, 다시 모면할 계책이 없으니 어찌하면 좋을까?'

그녀는 한동안 깊은 생각에 잠겨 있다가 한 가지 꾀를 생각하고 웃음을 띠며 황 자사에게 말하였다.

"여러 선비들께서 관대한 풍류로 저의 당돌한 죄를 용서해주시고,

낮을 이어 밤까지 즐기고자 하시니 어찌 더욱 아름다운 일이 아니겠습니까? 제가 듣자니, 글을 짓는 데는 시령이 있고, 술을 마시는 데는 주령이 있다고 합니다. 바라옵건대 주령을 내어 좌상의 즐기심을 도울까 합니다."

홍랑이 한 번 입을 열어 말하는데 황 자사가 어찌 거역하겠는가? 몹시 기뻐하며 주령이 무엇이냐고 물으니, 홍랑이 웃으며 말하였다.

"제가 비록 총명함이 부족하오나 아까 보았던 여러 선비들의 아름다운 글귀를 가슴속에 기억하였사오니, 마땅히 차례대로 외워 보겠습니다. 제가 글 한 편을 외우거든 다 같이 한 순배의 술을 사양하지 마소서. 여러분들의 주량과 저의 총명을 시험하여 서로 내기를 한다면 이 어찌 후일 술을 마시며 글을 짓는 자리의 미담이 되지 않겠습니까?"

여러 선비들은 그 말을 듣고 일제히 무릎을 치며 칭찬하고 자사에게 청하였다.

"저희들의 추한 글귀가 홍랑의 노래에 오르지 못한 것을 부끄럽게 여겼는데, 이제 홍랑이 한 번 외워준다면 충분히 무안함을 씻을 수 있지 않을까 합니다."

황 자사가 허락하니, 홍랑이 웃으며 자리에 나와 얼굴을 숙이고 옥구슬이 구르는 듯한 아름다운 목소리로 여러 선비들의 글을 차례로 외워 나갔다. 한 글자의 착오도 없이 외우자 좌중에서 모두들 떠들썩하게 칭찬하며 홍랑의 총명함이 매우 신기하고 절묘함에 놀랐다.

매번 한 차례 외운 뒤에는 홍랑이 여러 기생들을 돌아보며 술잔을 돌리라고 재촉하였다.

이때 모든 사람들이 충분히 취하였으나 저마다 홍랑이 제 글귀를 외우는 것을 영화롭게 알아 술잔을 받으며 외우라고 도리어 재촉하였다. 홍랑이 연달아 오륙십 편을 외우니, 술잔 또한 오륙십 잔이 돌게 되었다.

바야흐로 그 자리에 있던 사람들이 모두 만취하여 어떤 이들은 여기저기 술에 취해 쓰러지기도 하였고, 어떤 이들은 술을 토하고 술잔을 엎지르며 차례로 쓰러졌다.

황 자사도 취한 눈이 몽롱한 채 발음을 제대로 하지 못하며,

"홍랑, 홍랑… 총명, 총명…"

하다가 책상에 기댄 채 정신을 차리지 못하고 쓰러졌다.

이때 윤 자사는 이미 술자리를 피하여 방안으로 들어가서는 나오지 않았다.

이에 홍랑은 옷을 갈아입겠다고 말하고 몰래 정자에서 내려와 항주에서 온 하인에게 말하였다.

"내가 지금 술을 마시다가 실수하여 소주 자사께 죄를 지어 목숨이 경각에 달려 있네. 이 길로 도망치려고 하니, 자네가 입고 있는 옷을 잠깐 빌려주게."

홍랑은 머리에 꽂고 있던 봉황이 새겨진 금비녀를 빼서 하인에게 주며 말을 이었다.

"이 비녀 값이 천금이라네. 자네에게 줄 테니 내가 지금 항주로 갔다는 것을 누설하지 말게."

하인은 홍랑이 이미 동향 사람으로 정이 있는데다 천금을 얻게 되니 기대 이상이라 크게 기뻐하며 머리에 쓰고 있던 푸른 수건과 몸에 걸치고 있던 푸른 옷, 그리고 짚신 한 켤레를 벗어 주었다.

홍랑은 즉시 차림새를 고친 뒤 황망히 문을 나서서 항주로 향하는 길을 바라보고 10여 리를 갔다. 밤은 이미 자정을 넘어 새벽 세 시경이 되었다.

달빛이 희미하여 길을 분간하지 못하는 가운데 이슬이 어지럽게 내려 옷이 이미 젖었으므로 주막집을 찾아 문을 두드렸다. 주인이 나와 한밤중에 찾아온 나그네를 괴이하게 여기며 물으므로 홍랑이 대답하였다.

"나는 항주에서 온 하인인데 급한 일로 본부로 가는 길이오. 이 길로 어떤 젊은이가 가지 않았소?"

주인이 말하기를,

"우리 주막 문을 닫은 지 오래지 않고, 나는 술을 파는 사람이라 밤이 깊도록 길가에 앉아 있었으나 그런 젊은이가 지나가는 것을 보지 못했네."

홍랑은 그 말을 듣고 더욱 다급하여 주막집 주인과 바삐 작별하고 또 10여 리를 갔다. 길에서 마주 오는 사람이 있으면 양 공자의 행색을 탐문하였으나 다들 보지 못했다고 하는 것이었다.

홍랑은 몸과 마음이 겁에 질려 더 앞으로 나아갈 뜻이 없어 길가에 앉아 생각하였다.

'양 공자가 이 길로 가셨다면 틀림없이 만난 사람이 있을 것인데, 이제 오는 사람들이 다 못 보았다고 하지 않는가. 이건 틀림없이 소루하게 대처하여 무뢰배들에게 잡혀 곤욕을 당하시는 게 아닐까. 이 모두가 내 탓이야.'

그러고는 다시 좁은 길을 향해 갔다.

한편, 양 공자는 그날 뒷간에 간다는 핑계를 대고 정자에서 내려와 동자를 데리고 다시 주막집으로 돌아와 주인에게 말하였다.

"내가 갈 길이 바쁘고 노잣돈이 다 떨어졌으니 저 나귀를 주막에 좀 잡혔다가 돌아가는 길에 찾아 가겠소."

주인이 웃으며 말하기를,

"비록 잠시라도 주인과 손님 사이의 정의가 있는데, 그런 말씀은 도리가 아니지요. 공자께서는 행장이나 보중하시고 지나친 염려는 하지 마세요."

라고 하며 나귀를 도로 내주었다.

양 공자가 재삼 사양하였으나 듣지 않으므로 어쩔 도리가 없어서 후일을 기약하고 주인과 작별하였다. 그는 동자에게 나귀를 몰게 하여 가면서 마음속으로 주저하며 중얼거렸다.

'홍랑이 비록 제 집을 제대로 가리켜 주었으나 내 이제 초행길에 어찌 찾으랴? 또 황성으로 곧장 가려 한 즉 노잣돈이 없으니 어떻게 가겠는가?'

하다가 다시 생각하기를,

'홍랑은 견줄 데가 없는 경국지색이었어. 일이 공교로워 이같이 만나게 되니 나 또한 장부의 마음이라 어찌 그 은근한 뜻을 저버리랴? 이제 오직 찾아보는 것이 옳은 일이다.'

하고 나귀를 바삐 몰아 항주로 향하였다.

밤이 깊고 행인이 드물어서 길을 찾기가 어려우므로 주막을 찾아 문을 두드리니 주막집 사람이 나와 그의 행색을 자세히 살펴보고는 혼잣말로 말하기를,

'이제야 오는군.'

이라고 하므로 양 공자가 괴이하게 여기며 물었다.

“주인과 안면이 없는데 어째서 이제야 온다고 말하셨소?”

“아까 하인 한 사람이 급히 항주로 가면서 젊은이의 행색을 탐문했다오.”

양 공자가 다시 물었다.

“그 하인은 무슨 일로 항주로 간다고 합디까?”

“그것까지는 미처 묻지 못했으나 기색이 몹시 급합디다.”

양 공자는 더 이상 묻지 않고 다시 나귀를 몰아가면서 마음속에 의혹이 생겼다.

‘홍랑의 노래에 주막에서 쉬지 말라고 했는데, 내가 쓸데없이 주막에 들렀군. 그 하인이란 틀림없이 황 자사의 하인일 것이야. 내 뒤를 밟아 온 것이니 만일 그 하인을 만나게 되면 어찌 불행한 일이 아니겠어?’

몇 리를 가다 보니 먼 데 마을에서 새벽닭이 우는 소리가 나며 어슴푸레하게 동이 터 오고 있었다. 멀리 바라보니 하인 한 사람이 바쁜 걸음으로 마주 오고 있었다.

양 공자가 생각하기를,

‘저기 오는 자는 틀림없이 소주의 하인일 것이야. 내 종적을 보지 못하고 돌아가는 것일 테니 내가 잠시 피하리라.’

하고 동자와 나귀를 돌려 길가의 수풀에 몸을 숨겼다.

그 하인이 급히 걸어 지나가자 양 공자는 다시 나귀에게 채찍질을 하여 수십 리를 가다 보니 하늘이 이미 밝았다.

지나가는 사람에게 항주까지의 거리를 물으니 불과 30여 리가 남았다는 것이었다.

한 곳에 이르니 산은 낮고 물을 깊어 그림 속 같고, 언덕의 버들과 물가의 누각이 절경이었다. 큰 다리는 공중에 무지개를 이루었고 열두 구비 돌난간은 백옥으로 새겨 햇빛에 영롱하니, 이는 소공제라는 제방이었다.

옛적에 송나라 소동파가 항주 자사로 서호의 물을 이끌어 긴 언덕을 쌓고 다리를 놓았는데, 다리 위에 정자를 지어 7~8월에 연꽃이 활짝 피면 기생들을 데리고 호수에서 연을 캐며 놀던 곳이었다.

양 공자는 경치에 뜻이 없어서 바로 항주성 성문으로 들어가 대로를 따라 갔다. 인물이 번화하고 시정이 떠들썩하여 소주와 견줄 바가 아니었다. 술집과 기생집이 길가에 즐비하여 곳곳에 붉은 깃발이 집 주변에 꽂혀 있었다.

양 공자는 나귀를 몰아 대문 앞에 벽도화가 피어 있는 곳을 살펴보았으나 보이지 않았다. 마음속에 의혹이 생겨 물어보려고 하였으나 청루를 찾는 것이 이상하게 생각되었다.

길가에 있는 주막집에서 나귀에서 내려 쉬는 체하고 일부러 노파에게 말을 걸었다.

"저 길가에 깃발을 꽂은 집들은 다 누구의 집인가?"

노파가 웃으며 말하기를,

"공자는 이곳에 처음 오시나 보오. 저기 깃발 꽂은 집들은 다 청루라오. 우리 항주에 청루가 모두 일흔 남짓 있는데, 내교방이 서른여섯 군데요, 외교방이 서른여섯 군데라오. 외교방에는 창녀들이 있고, 내교방에는 기녀들이 있어, 내외 교방이 몹시 다르지요."

라고 하는 것이었다. 양 공자가 웃으며 물었다.

"내가 옛 문헌을 보니 창녀와 기녀는 한가지라던데, 무슨 분간이 있겠는가?"

노파가 대답하였다.

"다른 곳에서는 분간이 없으나 우리 항주는 창녀와 기녀의 분간이 매우 엄하다오. 창녀는 외교방에 거처하면서 지나가는 과객이 재물만 있으면 쉽게 만나볼 수 있고, 기녀라 하는 것은 내교방에 거처하면서 그 품수가 네 층이지요. 첫째는 그 지조를 보고, 둘째는 문장을 보고, 셋째는 노래와 춤 솜씨를 보고, 넷째는 자색을 본다오. 지나가는 과객의 금과 비단이 산처럼 쌓여 있어도 문장이나 지조에서 취할 바가 없으면 보지 아니하고, 가난하고 미천한 선비라도 의지와 기개가 서로 맞으면 절개를 지켜 고치지 않는데 어찌 분간이 없겠소?"

양 공자가 또 물었다.

"그렇다면 내교방은 어디에 있으며, 기녀들은 몇이나 되는가?"

"이 길가에 깃발이 꽂힌 집들은 다 외교방의 청루라오. 남문으로 들어올 때 돌아드는 길이 있는데, 그 길로 내려가며 좌우에 있는 집들이 내교방 청루지요. 외교방의 기녀는 수백여 명이요, 내교방의 기녀는 겨우 30여 명이라오. 그 중 지조와 문장과 가무와 자색을 겸한 기녀는 제1방에 거처하고, 지조와 문장만 있는 기녀는 제2방에 거처하여, 각각의 품수가 매우 엄하답니다."

양 공자는 또 물었다.

"지금 제1방에 속한 기녀는 누구인가?"

"강남홍이라오. 항주의 공론이, 그 지조와 문장과 가무와 자색이 강남에 독보라고 하더군요."

양 공자가 웃으며 말하였다.

"할멈은 항주를 너무 뽐내지 말게나. 내 갈 길이 바쁘니 다시 보세.”

그가 나귀를 타고 남문 길로 다시 나가보니 과연 돌아 들어가는 길이 있었다. 양 공자는 환하게 모든 것을 깨닫고 중얼거리기를,

‘홍랑의 노래에, 항주 성문 돌아들 제 큰길가의 청루가 몇 곳인가? 한 것이 참으로 자세한 말이로군.’

하고 그 길을 따라 내려가며 좌우를 살펴보니, 동네 어귀가 가지런하고 누각들이 우뚝우뚝 솟아 외교방보다 열 배나 더하였다.

청루임을 표시하는 푸른 깃발과 붉은 발이 햇빛에 찬란하고, 실버들과 기이한 꽃들이 틈틈이 벌여 있었다. 곳곳에서 현악기와 목관악기의 소리와 집집마다 부르는 노래 곡조가 바람결에 시끌시끌하여 사람의 마음을 호기롭게 해주었다.

양 공자가 느릿느릿 걸어 서른다섯 청루를 지나 한 곳을 바라보니 담장이 높고 누대가 아름다운데, 맑은 시내에 고운 모래를 깔아 수정 같은 물을 이끌고, 시내를 가로질러 조그만 무지개다리를 걸쳐 놓았다.

양 공자가 그 돌다리를 건너 십여 걸음을 가니 과연 벽도화 한 그루가 우물 위에 피어 있었다. 나귀에서 내려 대문 앞에 이르니, 문 위에는 ‘제일방’이라는 금빛 글자가 걸려 있었다. 동쪽으로는 한 구비 갖가지 색깔로 꾸민 꽃담이 버드나무 사이로 은은하고, 두어 층으로 된 누각이 창머리로 날아갈 듯 솟아 있었다. 희게 회칠을 한 담벼락에 난 사창에는 주렴을 늘어뜨렸고, ‘서호풍월’이라는 네 글자가 또렷하게 쓰여 있었다.

동자더러 문을 두드리라고 하니, 푸른 저고리에 붉은 치마를 입은 한 계집종이 나오므로 양 공자가 물었다.

"네 이름이 연옥이 아니냐?"

계집종이 웃으며 물었다.

"공자님은 어디서 오셨으며, 제 이름은 어떻게 기억하시는지요?"

"네 주인이 집에 있느냐?"

"어제 본부 자사를 모시고 항주 압강정 잔치에 참석하고 아직 돌아오니 아니하였습니다."

"네 주인과 일찍이 친분이 있었지. 주인은 어느 때에 돌아온다더냐?"

"오늘 돌아올 것으로 압니다."

"그렇다면 주인이 없는 집에 어찌 머물겠느냐? 이 앞의 주막에 가서 기다릴 것이니, 주인이 오시거든 즉시 알려주겠느냐?"

"이미 주인을 찾아오셨는데 주막에서 방황하셔서는 안 되지요. 저의 방이 비록 누추하지만 아주 조용하니 잠깐 쉬시면서 기다리시지요."

양 공자가 생각하기를,

'청루는 시끌벅적한 곳인데 나 같은 젊은이가 머무는 것이 남들의 이목에 거리끼지 않겠는가?'

하고는 나귀에 올라타며 연옥을 돌아보고 말하였다.

"네 주인이 온 후 다시 올 것이다."

하고 가까운 주막을 가려 쉬면서 홍랑이 오기를 기다렸다.

한편, 홍랑이 도로 소주로 가는 길을 향해 오는데 발이 부르트고 다리가 아파 앞으로 나아가지 못하고 있을 때 날이 점점 밝아왔다. 비록 그녀가 하인의 복색을 하였으나 용모는 감출 길이 없었다.

올 적에 지났던 주막을 다시 찾아 들어가니 주인이 맞으며,

"그대는 어젯밤에 지나가던 하인이 아니냐?"

하고 묻는 것이었다. 홍랑이 말하기를,

"밤에 본 사람을 오히려 기억하다니 주인의 다정함을 알겠어요."

하였다. 주인이 말을 이었다.

"그대가 어떤 젊은이의 행색을 묻더니 과연 새벽닭이 울 무렵에 그 젊은이가 이 길로 항주를 향해 갔다오."

홍랑은 그 말을 듣고 한편으로 놀라고 한편으로 기뻐하며 자세히 물었다.

"그 젊은이의 행색이 어땠어요?"

"밤이어서 아주 분명치는 못했지만, 동자 하나와 나귀 한 마리에 행장이 초라하고 입은 옷이 모양을 갖추지 못했더군. 가는 기색이 몹시 바쁜 듯했으나 용모와 풍채는 아주 비범합디다. 그런데 어째서 만나지 못했는지 모르겠네."

"밤길에 어긋나는 거야 괴이할 게 없지만, 그 젊은이가 정말 항주로 갑디까?"

"정녕 항주로 갑디다. 길을 몰라서 재삼 묻는 걸 보면 초행이지 싶소."

홍랑은 주막집 주인의 말을 일일이 듣고 마음속으로 생각하기를,

'공자께서 이미 이 길로 갔다면 화를 면한 것은 알 수 있으나, 내 집을 찾아가도 주인이 없으니 서먹서먹할 텐데 어찌하지?'

하고는 도리어 마음이 조급해져서 어디에 몸을 두어야 할지 방도를 몰라 멍하니 있는데, 홀연 주막집 밖으로 '물렀거라!'하고 행인을 금하는 소리가 들리며 어떤 관원 한 사람이 지나가는 것이었다. 홍랑

이 문틈으로 엿보니 그는 다른 사람이 아니라 항주 자사인 윤공이었다.

윤공은 그날 압강정에서 소주 자사와 모든 선비들이 크게 취하여 소란스러운 것을 보고 내심 불쾌하던 참이었다. 소주 자사는 잠을 깨더니 그 젊은이와 홍랑의 간 곳이 없으므로 크게 노하였다. 좌우 사람들에게 호령하여 부하 관속들을 모두 동원시키고는 두 패로 나누었다. 한 패는 황성 가는 길로 양창곡을 쫓고, 또 한 패는 항주 가는 길로 강남홍을 잡아 오라고 하니 관아가 진동하였다.

소주와 항주의 많은 선비들도 취한 기운을 부려 기세가 몹시 위태하므로, 윤 자사가 정색을 하며 말하였다.

“노부가 명공과 황은을 입어 태평시절에 풍류로 이름난 고장의 자사 버슬을 맡기시니, 백성들이 안락하고 관아의 일이 한가하여 시와 술, 그리고 노래하는 기생들과 더불어 높게 지은 누대에서 하는 일 없이 편안하고 한가롭게 지내고 있소. 이는 장차 위로는 사계절 고른 기후에 문치를 찬양하고, 아래로는 태평성대에 격양가를 화답하며, 황은에 만분의 일이라도 보답하기를 꾀하는 것이지요.

이제 압강정의 놀이에 대해 소주와 항주 일원에서 듣지 못한 사람이 없는데, 지위가 높고 점잖은 명공과 낫살이나 먹은 이 늙은이가 한낱 기생의 풍정 때문에 요란한 일을 일으켰고, 철없는 어린 선비의 재주를 시기하여 도가 넘치는 행동을 하고 말았으니, 이 소문을 듣는 사람들이 반드시 말하기를,

‘소주 자사가 정사를 저버려 둔 채 주색을 일삼아 체면을 잃었다.’ 라고 할 것이니, 어찌 황은에 보답하는 것이겠소?

강남홍은 노부가 다스리는 항주부에 딸린 기생으로, 보고도 없이

달아난 데에는 반드시 곡절이 있었을 것이오. 조용히 일을 처리하는 것이 더디지 아니할 것이오.

양창곡의 경우는 다른 고을 출신의 선비로, 과거 보러 가는 길에 종적을 숨기고 재주를 빛내어 문장으로 희롱함은 문인들에게는 예사로운 일이지요. 명공이 이제 관노들을 떼로 풀어 도중에 잘못된 일을 벌이니 어찌 해괴하지 않겠소? 노부가 불행히도 이 일에 관여가 되었으니 참으로 부끄럽구려."

말을 마친 윤 자사의 기색이 엄숙하므로, 황 자사가 허탈한 표정으로 사례하기를,

"시생이 젊은 예기로 미처 생각하지 못한 일이었습니다."

하고는 주변 사람들을 물리치자, 많은 선비들이 불만스러워 하며 말하였다.

"항주 상공께서 일개 창기를 위해 여러 사람들의 분노를 위로해주시지 않으니, 저희들은 괴이하고 의심스러움을 이기지 못하겠습니다."

윤 자사가 정색하며 말하기를,

"선비의 도리는 학업에 힘쓰고 재주를 닦아 나보다 나은 사람을 원망하지 아니하고 내 도리를 차리는 것이지. 지금 남의 이름을 시기하여 자신의 몸가짐을 해괴하고 요망스럽게 하니, 노부가 비록 불민하나 백성들을 대할 때는 법관이요, 선비들을 대할 때는 스승이므로, 만일 가르침을 듣지 않는 사람이 있으면 마땅히 종아리를 쳐서 제자에 대한 선생의 존엄함을 알게 해줄 것이다."

하고는 행장을 재촉하여 떠나려 하였다.

황 자사가 만류하며 소주 부중으로 잠깐 들어가자고 청하였다. 주

안상을 차려 내오게 하여 은근히 대접하며 다시 조용히 말하였다.

"시생이 허물없이 대해주시는 상공의 후의를 믿고 우러러 청할 말씀이 있습니다. 당돌함을 용서하소서."

윤 자사가 웃으며 물었다.

"무슨 일이오?"

"시생의 나이가 서른을 넘지 못하였고, 아내가 있는 남자라도 첩 하나쯤 두는 것이야 예사로운 일이 아니겠습니까? 천하의 물색을 다 보지는 못했으나, 이제 강남홍 같은 경국지색은 거의 전무후무하고 현세에 견줄 만한 미인이 없지요. 시생이 강남홍을 곁에 두지 못한다면 천명을 보전치 못할까 싶습니다. 제발 상공께서 강남홍을 타일러 제 소원을 이루게 해주십시오."

윤 자사가 웃으며 말하였다.

"강남홍이 비록 천한 기생이나, 자신을 지키겠다는 생각이야 노부가 어찌하겠소? 다만 방해는 하지 않으리다."

황 자사가 웃으며 말하였다.

"그러시다면 시생이 이제 이 세상에서 즐거움을 맛볼까 합니다. 시생에게 한 가지 계책이 있지요. 먼저 금과 은에 온갖 비단으로 강남홍의 마음을 달랜 뒤, 5월 초닷새 전당호에서 배 젓는 경기를 벌여 상공을 청하고 그녀를 부르면 제가 아니 오지 못할 것입니다. 시생이 적당한 기회를 타서 절로 묘한 도리가 있을 듯합니다."

윤 자사는 웃으며 허락한 뒤 황 자사를 작별하고 항주로 돌아갔다. 밤이 깊어진 뒤에야 주막집 앞을 지나게 되었다.

이때 홍랑이 어디로 가야 할지를 몰라 주막집에 앉아 있다가 반갑게 내달려 수레 앞에서 문안을 올렸다.

윤 자사는 그녀의 복색이 달라진 것을 보고 어렴풋하여 묻기를,

"너는 누구인고?"

"항주 기생 강남홍입니다."

윤 자사가 놀라 물었다.

"네가 잔치가 끝나기도 전에 허락도 없이 변복하고 달아난 것은 무슨 곡절인고?"

"제가 듣자니 주나라의 강태공은 위수에서 낚시를 하며 80년을 곤하게 지냈고, 은나라 재상 부열은 부암 아래서 담을 쌓으며 종적이 곤궁했으나 평범한 주군을 섬기지 않았다고 합니다. 그러다가 강태공은 주 문왕을 만나서, 부열은 은 탕왕을 기다려 신하가 되었다지요. 자신을 알아주는 사람을 만나지 못하면 지조를 굽히지 않을 마음이 옛사람과 다름이 없는데, 소주 자사께서는 사람을 천대하여 그 마음을 핍박하시니 제가 도망을 친 것은 그 낌새를 알아차렸기 때문입니다. 허락을 받지 않은 죄는 만 번 죽어도 싸옵니다."

윤 자사는 잠자코 대답이 없이 한동안 생각에 잠겼다가 물었다.

"항주까지 길이 먼데 어찌 가려고 하느냐?"

"제가 밤길을 달려오다 보니 다리에 힘이 빠지고 몸의 기운도 편치 않아 더 이상 갈 방도가 없습니다."

"네가 올 때 탔던 수레가 이 뒤에 빈 채로 오고 있으니 다시 타고 가면 어떻겠느냐?"

홍랑은 사례하고 즉시 하인에게 옷을 벗어 주며 수레에 올라 자사의 뒤를 따라 항주로 갔다. 항주부까지 이르러 자사가 관아로 돌아가는 것을 보고 물러나오려 하니, 윤 자사가 말하였다.

"소주 자사가 5월 초닷새에 너를 청하여 전당호에서 배 젓는 경기

를 하려고 하니 알아 두어라."

홍랑이 머리를 숙이고 대답을 하지 않으니, 윤 자사가 그 뜻을 알고 즉시 명하였다.

"물러가 쉬어라."

홍랑은 물러나와 수레에 오르면서 양 공자의 소식을 몰라 수레 틈으로 길가를 엿보며 집으로 향하였다.

남문 안의 조그만 주막집에 한 동자가 길가에 나귀를 매놓고 서 있으므로, 자세히 보니 주막집에 앉아 있는 젊은이는 바로 양 공자였다.

홍랑은 기쁨을 이길 수 없었으나 다시 생각하기를,

'다른 사람들과 앉아 있는 양 공자를 짧은 동안 대하여 비록 용모와 문장은 대강 알았지만 덕성과 지조는 알 길이 없구나. 장차 평생을 의탁하려고 하는데 조급하게 몸을 허락할 수는 없는 일이지. 내 마땅히 권도를 써서 다시 그의 마음을 시험해 보리라.'
하고는 곧장 수레를 몰아 집에 이르렀다. 연옥이 반갑게 달려 나오며 맞이하므로, 홍랑이 물었다.

"그 사이 나를 찾는 사람은 없었느냐?"

"아까 한 젊은이가 낭자를 찾아왔다가 주인이 없으니 저 앞의 주막에 머물며 낭자를 기다리고 있어요."

"손님이 오셨는데 주인이 없어서 대접을 하지 못했다니 도리가 아니다. 네가 술과 과일을 차려 가지고 주막에 가서 그 젊은이를 대접하고, 이리저리 해라."

연옥이 웃으며 나갔다.

이때 양 공자는 주막집에서 한나절을 무료히 기다리고 있었다. 석양이 서산에 넘어가고, 저녁 짓는 연기가 곳곳에서 피어오르니, 바야흐로 오지 않는 사람을 기다리는 것이 얼마나 괴로운지를 깨달을 수 있었다.

홀연 길가에서 소란스러운 소리가 들리며 한 사람의 관원이 지나가므로 사람들에게 누구냐고 물으니, 항주 자사라는 것이었다. 양 공자가 마음속으로 생각하기를,

'윤 자사가 잔치를 마치고 돌아오니, 홍랑도 머지않아 돌아오겠구나.'

하고는 동자에게 나귀의 털을 빗겨주라고 명한 뒤 연옥이 오기를 고대하고 있었다. 잠시 후에 한 계집종이 술과 안주를 담은 찬합을 들고 오는데, 바로 연옥이었다.

공자가 기뻐하며 물었다.

"네 주인이 돌아왔느냐?"

연옥이 대답하기를,

"본부 자사께서 돌아오신 편에 소식을 들으니, 저의 주인이 소주 상공께 잡히셔서 대엿새 뒤에나 돌아오리라 합니다."

하는 것이었다. 그 말을 들은 양 공자는 쓸쓸한 기색으로 한동안 말이 없다가 입을 열었다.

"저 술과 안주는 어찌 된 것이냐?"

"공자께서 적막하게 앉으셔서 심란하실 것 같아 주인을 대신해서 맛없는 술이나마 과일과 함께 가져왔습니다."

양 공자가 그 은근한 뜻을 기특히 여겨 한 잔을 따라 마시고 실망스러운 마음을 진정할 수가 없어서 연옥을 보며 말하였다.

"내가 갈 길이 바빠 머물기 어렵지만, 오늘은 날이 저물어 길을

떠날 수가 없구나. 낯선 곳이라 서먹서먹하니, 네가 묵을 만한 곳을 알려주면 좋겠다."

연옥이 응낙하였다.

"저의 집이 주인댁과 멀지 않고 정갈한 편입니다. 공자께서 비록 백날을 머무셔도 무방하답니다."

양 공자는 매우 기뻐하며 연옥을 따라 그녀의 집에 이르렀다. 과연 아주 조용한 집이었다. 그는 나귀와 동자를 연옥에게 부탁하고는 한 칸 객실을 정하여 쉬었다.

연옥이 돌아가서 홍랑에게 일일이 고하니, 홍랑이 웃으며 말하였다.

"저녁을 차려 줄 것이니, 누설하지 마라."

연옥이 응낙하고 저녁상을 갖추어 집으로 갔다. 저녁식사를 마친 양 공자는 연옥에게 사례하였다.

"한때 지나가는 나그네를 너무 정성을 다해 대접하니 괜히 불안하구나."

연옥이 웃으며 대답하였다.

"주인이 계시지 않아 누추한 방에 거친 밥과 나물국을 잡수시게 했으니 오히려 미안합니다."

하고는 밤에 편히 쉬라고 말한 뒤 돌아와 홍랑에게 보고하니, 그녀가 웃으며 말하였다.

"내가 양 공자를 보니 만만하고 도량이 작은 선비는 아니로구나. 풍류남자의 기상을 띠었으니, 오늘밤은 내 수단에 들어 고생 좀 하리라."

하고는 연옥에게 비밀리에 이르기를,

"다시 객실에 가서 양 공자의 거동을 보고 돌아와 알려라."
하였다. 연옥이 웃고 객실에 이르러 공자가 자는 창 밖에 몸을 숨기고 엿들으니 적막하게 숨 쉬는 소리도 들리지 않았다.

홀연 등불의 심지를 돋우는 기척이 있어서 창틈으로 자세히 보니, 공자는 정신없이 벽에 기대 앉아 등잔을 바라보고 있었다. 실망한 기색과 외롭고 쓸쓸한 모양이 얼굴에 나타나고, 어수선한 심사와 속이 상하여 시무룩한 정회가 미간에 가득하였다.

갑자기 한숨을 내쉬며 침상에 누워 자는 듯하던 공자는 다시 일어나 문을 열고 나오는 것이었다.

연옥이 다시 몸을 일으켜 담 모퉁이로 피해 서서 엿보니, 공자는 뜰에 내려 거닐고 있었다.

밤은 거의 삼경이나 사경쯤 되었다. 새로 돋은 반달이 서산에 걸려 있고, 찬 이슬이 공중에 가득하였다.

공자는 달을 향해 서 있다가 홀연 글을 읊기 시작하였다. 그 시에 이르기를,

쇠북소리 잦아들고 물시계 재촉하여 별과 은하수 기우는데, 鍾殘漏促轉星河
객관 외로운 등잔의 심지를 여러 차례 잘랐도다. 客館孤燈屢剪花
어찌하여 바람은 뜬구름을 끌어 일으켜서, 如何風掇浮雲起
월궁을 바라봐도 달구경을 하기 어렵구나. 難向月宮見素娥

라고 하였다.

연옥은 본디 총명한 여자로 강남홍을 따르며 문자를 해득한 까닭

에, 그 시를 마음속에 자세히 기억하고 돌아와 홍랑에게 글 전체를 또렷하게 말하니, 홍랑이 물었다.

"공자의 용모와 기색이 어떠하더냐?"

연옥이 웃으며 대답하였다.

"어제는 공자의 안색이 번화하고 화려하여 봄바람이 불어 온갖 꽃들이 봄비를 맞은 것 같더니, 하룻밤 사이에 안색이 초췌하여 서리 맞은 단풍잎이 시든 빛깔을 머금은 듯하니 괴이합니다."

홍랑이 연옥을 나무랐다.

"네 말이 너무 허황되고 얼간이 같구나."

"제가 오히려 표현을 제대로 하지 못해 있는 대로 다 형용치 못하겠어요. 공자께서 침상에 누우셔서는 신음하는 소리가 그치지 않고, 등잔불을 바라보며 처량해 하시는 것을 보기 민망할 정도였어요. 몸이 편치 않으신 게 아니면 무슨 시름이 있으신 것 같았어요."

그 말을 들은 홍랑이 마음속으로 생각하기를,

'예로부터 대장부 치고 여자에게 속지 않은 사람이 없었으나, 내 너무 지나치게 조롱해서는 안 되겠구나.'

하고는 연옥을 돌아보며 말하였다.

"공자께서 그처럼 심란해 하시는데 어찌 위로하지 아니하랴?"

홍랑은 옷상자에서 남자 옷 한 벌을 꺼내 입고 거울을 들어 비추어 본 뒤 웃으며 말하였다.

"옛적에 무산선녀는 구름이 됐다 비가 됐다 하며 초나라 양왕을 속였는데, 이제 강남홍은 여자가 됐다 남자가 됐다 하며 양 공자를 희롱하니 어찌 우습지 않겠느냐?"

연옥도 웃으며 말하였다.

“낭자께서 남자 옷을 입으시니 용모와 풍채가 양 공자와 흡사하긴 합니다만, 얼굴에 분 바른 흔적이 있어서 본색을 감추지 못할 듯 해요.”

홍랑이 웃으며,

“옛적에 반악은 남자였지만 얼굴이 분을 바른 것 같다고 하지 않던? 세상에는 얼굴이 뽀얀 백면서생들이 많은데, 하물며 밤에 보는 사람이 어찌 알겠느냐?”

하고, 두 사람이 깔깔대고 웃다가 몰래 귓속말을 나누고는 훌쩍 문을 나섰다.

한편, 양 공자는 압강정에서 홍랑을 잠깐 본 뒤로 사모하는 정이 이미 자나 깨나 생각이 날 정도로 깊어졌다. 오래지 않아 다시 만나려니 하였는데, 좋은 일에 방해 되는 일이 많이 끼어들어 아름다운 기약이 늦어지게 되었다.

객관의 외로운 등불에 적적한 근심과 시름이 겨워 밤이 깊도록 잠을 이루지 못하였다. 달빛 아래 거닐며 시 한 수를 지어 읊고, 실망과 슬픔에 이리저리 방황하며 찬이슬에 옷이 젖는 것을 깨닫지 못하였다.

홀연 서쪽 이웃에서 글 외우는 소리가 나므로 귀를 기울여 자세히 들어보니, 남자인지 여자인지 목소리를 분간하기는 어려웠으나, 서진 때 시인 좌사의 은자를 부르는 노래인 〈초은조〉였다. 소리가 청아하고 음률에 부합하여, 마치 가을바람에 돌아가는 기러기가 무리를 찾는 듯, 단산의 외로운 봉새가 짝을 부르는 듯, 예사사람의 읊조림이 아니었다.

양 공자는 기이하게 여기며, 삼국시대 위나라의 시인인 조식의 〈낙신부〉를 외워 화답하였다. 그 소리가 동서로 서로 응하여, 서쪽의 소리는 맑고 낭랑하여 은쟁반에 구슬을 굴리는 듯하고, 동쪽의 소리는 호방하여 전쟁터에서 칼과 창을 울리는 듯, 한쪽이 부르면 다른 한쪽이 화답하여 반나절이나 서로 주고받으며 불렀다.

홀연 서쪽의 소리가 그치며 대문을 똑똑 두드리는 소리가 나므로, 공자가 바삐 나가 보니 한 젊은이가 달빛 아래 서 있었다. 잘 생기고 환한 얼굴에 눈동자가 별처럼 빛나는 것이 정신이 빼어나고 풍채와 용모가 훤칠해서 인간 세상의 인물이 아니라 하늘나라에서 적강한 신선 같았다.

양 공자가 허둥지둥 맞으며 말하기를,

"밤이 깊고 객관이 고요한데 어떤 수재께서 애써 찾아오셨습니까?" 하자, 그 젊은이가 웃으며 말하였다.

"이 아우는 서천 사람으로, 산수자연을 즐기는 버릇이 있지요. 소주와 항주가 천하에 우명하다는 말을 듣고, 한밤중에 한가로운 이야기나 나누며 피차 적적한 심회를 달랠까 해서 달빛을 따라 왔습니다."

양 공자는 크게 기뻐하며 자신이 묵고 있는 객실로 들어가자고 청하자, 그 젊은이가 말하였다.

"이처럼 밝은 달을 두고 방에 들어가서 무엇 하리오? 달빛 아래 앉아 이야기를 하는 것이 좋을까 하오."

양 공자가 웃으며 서로 달을 향해 앉았다. 그의 총명함으로 어찌 한나절이나 상대한 홍랑의 얼굴을 모를까마는, 달빛이 밝게 비추기는 하지만 환한 대낮과는 다르고 게다가 남장을 하고 기색을 고쳐 조금도 수줍은 태도가 없으니 알아볼 수가 없었다.

양 공자는 정신이 황홀하여 남몰래 생각하기를,

'강남의 인물이 천하에 아름다운 것은 산천의 빼어난 기운을 타고 나서 남자도 간혹 여자같이 아름다운 사람이 많다고는 하나, 어찌 저런 미남자가 있으랴?'

하고 있는데 젊은이가 물었다.

"형은 어디로 가시는지요?"

"이 아우는 여남 사람으로 황성에 과거를 보러 가는 길이었는데 마침 이곳에 친구를 찾아왔다가 만나지 못하고 객관에 머물고 있다오."

젊은이가 웃으며 말하였다.

"사내가 이리저리 떠돌아다니다가 이처럼 기이하게 만났으니, 하루살이 같은 세상살이에 쉽지 않은 연분이오. 어찌 서로 마주하여 달빛을 무료히 보내겠소? 봇짐 속에 몇 푼의 돈이 있고 문 밖에 데려온 동자가 있으니 한 잔 술이라도 권하면 형께서 사양하시지는 않겠지요?

"내 비록 이태백이 관인과 바꾸어 마신 것 같은 주량은 못 되나, 형이 능히 하지장의 장신구를 술과 바꾼 풍치가 있는데, 한 잔 술을 어찌 사양하겠소?"

젊은이는 웃으며 엽전 자루를 열어 술값을 꺼내서는 동자를 불러 술을 사오라고 하였다. 잠시 후에 주안상이 이르자, 두 사람은 잔을 들어 사온 술을 다 마시니 약간씩 취하게 되었다. 젊은이가 입을 열었다.

"함께 모였던 자취를 표할 길이 없으니 한가하고 대수롭지 않은 이야기가 몇 구절의 글만 못할 것이오. 내 비록 이태백처럼 술 한 말에 시 백 편을 짓는 재주는 없지만 공자님 앞에서 문자를 쓰는 부끄러움은 타지 않을 정도니, 형은 이 아우가 지은 시에 화답함을 아끼지 마시오."

말을 마치고는 양 공자가 들고 있던 부채를 달라고 하여 〈달빛을 향하여〉라는 시 한 편을 썼다. 그 시에 이르기를,

굽이진 교방 삼십 리에 동서를 물으니, 曲坊三十問東西
안개비에 누대 곳곳이 희미하구나. 烟雨樓臺處處迷
꽃 속의 새가 무심하다 말하지 말라, 莫道無心花裏鳥
소리를 바꾼 채 다시 뜻을 다하여 울고자 하거늘. 變音更欲盡情啼

라고 하였다.

양 공자가 보고 그 재주의 절묘함과 시정의 핍진함을 탄복하였다. 다만 글 밖에 뜻이 있어, 어떤 뜻을 빗대어 표현한 듯해 괴이하게 여기며 재삼 읽어 보았다. 그리고는 젊은이의 부채를 달라고 하여 화답하는 시 한 수를 썼다. 그 시에 이르기를,

꽃다운 풀은 무성한데 해가 이미 기울었으니, 芳草萋萋日已斜
벽도 나무 아래 뉘 집을 찾았는가? 碧桃樹下訪誰家
강남에 돌아가는 나그네는 신선의 연분이 엷어서, 江南歸客仙緣薄
다만 전당호만 보고 꽃은 보지 못하겠더라. 只見錢塘不見花

라고 하였다.

젊은이가 보고는 낭랑하게 한 차례 읊어본 뒤 말하였다.

"형의 문장은 이 아우의 미칠 바가 아닙니다. 그러나 첫 구절 바깥

짝의 '벽도 나무 아래 집'은 누구의 집을 말하는 것인가요?"

양 공자가 웃으며 대답하였다.

"우연히 쓴 것이오."

이때 홍랑이 남몰래 생각하기를,

'공자의 문장은 더 볼 것이 없으나, 내 이제 그의 마음을 시험해 보리라.'

하고는 남은 술을 기울여 공자에게 권하며 말하였다.

"이 같은 날에 취하지 아니하고 무엇 하겠소? 듣자니 항주 청루의 물색이 천하에 유명하던데, 우리 이제 달빛 아래 잠깐 구경하는 것이 어떻겠소?"

양 공자가 한동안 생각에 잠겼다가 말하였다.

"선비로서 청루에 노는 것은 옳지 않고, 또 형과 이 아우는 동년배의 젊은이라, 시끄럽고 떠들썩한 곳에 갔다가 남들의 이목에 괴이하게 보인다면 후회하게 되지 않을까 두렵소만."

젊은이가 웃으며,

"형의 말이 지나치도다. 고담에 이르기를, '인물을 논할 때는 주색에 관해서는 논외로 한다.'지 않소. 한나라 때 소무는 충성스럽고 절의가 굳으며 빙설처럼 결백하면서도 흉노족의 여인을 가까이 하여 소통국을 낳았고, 사마상여는 문장이 세상에 빼어났으나 탁문군을 사모하여 〈봉구황곡〉을 지어 바쳤다지요. 이렇게 본다면 여색에 관해서는 성인군자가 없다고 하겠지요."

라고 하자 양 공자는 웃으며 말하였다.

"그렇지 않소. 사마상여는 탁문군을 꾀어내어 쇠코잠방이를 입고 길가에서 술을 팔았다지요. 그 주색에 방탕함을 예사사람이 본받는

다면 유교의 가르침에 죄를 얻어 천년토록 폐인이 될 것이오. 다만 사마상여의 문장이 당대에 독보적이었고, 마음속에서 우러나온 정성이 임금을 풍간하여 교화의 유풍이 파촉 지역에 우레 같고, 풍채와 기상이 후세에 휘황하니, 주색의 풍류로 인한 작은 허물이 기다란 성에 묻은 한 점의 티처럼 그의 명성을 가리지 못했던 것이지요. 형과 이 아우의 문장이 사마상여 같은 옛사람을 당할 수가 없고, 당대에 명망에 대한 신뢰가 없는데, 옛사람의 덕업에 관해서는 말하지 않고 그 허물을 본받는다면 어찌 부끄럽지 않겠소?"

젊은이가 물었다.

"그것은 그렇지만, 옛말에 이르기를, '선비는 자신을 알아주는 사람을 위해 목숨을 바친다.'고 하던데, 무엇을 '자신을 알아주는 사람'이라고 하나요?"

양 공자가 웃으며 대답하였다.

"형이 몰라서 묻는 것이 아니라 이 아우의 뜻을 보시고 싶구려. 사람이 서로 친하게 지내면서 능히 그 사람됨을 아는 사람이 있으면 '지기'라고 할 수 있겠지요."

"나는 비록 저 사람의 마음을 아는데, 저 사람은 내 마음을 모른다면, 이것도 지기라고 할 수 있겠어요?"

양 공자가 웃으며 대답하였다.

"백아가 거문고를 연주하면 종자기 같은 사람이 생겨나지요. 사람이 재주를 닦고 문장이 높으면, '용 가는 데 구름 가고 범 가는 데 바람 간다.'는 말처럼 서로 뜻이 맞는 사람끼리 따르게 되는 것인데, 어찌 모를 바가 있겠소?"

"그것은 그렇지만, 세상이 그릇되고 풍속이 어지러워져서 신의가 없어진 지 오래니, 가끔 가난하고 어려운 처지에서 사귄 정을 부귀해진 뒤에 잊는 사람들이 많지요. 형은 혹시 널리 노닐면서 부귀하든 가난하든 출세를 하든 처음부터 끝까지 한결같이 변함이 없는 사람을 보셨소?"

양 공자가 웃으며 말하였다.

"옛말에 '가난하고 천할 때 사귄 친구는 잊을 수가 없고, 지게미와 쌀겨를 먹으며 가난할 때 의지하며 살아온 아내는 버리지 않는다.' 라고 하니, 처지나 형편이 달라졌다고 마음을 바꾸는 것은 경박한 사람들이 하는 일이지요. 어찌 이런 사례 때문에 세상을 의심하겠소?"

젊은이도 웃으며 말하였다.

"그 말씀은 충직하고 인정이 두터운 데 가깝네요. 이 아우는 본디 재주가 없는 사람입니다. 옛말에 '나는 새도 나무를 골라 깃들인다.' 하더군요. 신하가 임금을 섬기고, 선비들이 친구를 사귀는데, 혹은 명망을 닦고 예절을 지켜 도리에 부합하는 사람도 있고, 혹은 재주를 나타내고 권리를 양보할 줄 모르면서 친하기를 요구하는 사람도 있습니다. 형은 그 문제를 어떻게 생각하십니까?"

"사람이 나아가 벼슬하고 물러나 은둔하는 일을 어찌 가볍고 쉽게 논하겠소? 성인에게도 정도와 권도가 있는 것이니, 군신 간에 또 친구 사이에 다만 한 조각 밝은 마음을 서로 내비칠 뿐이지요. 나 또한 과거를 보러 가는 사람입니다. 도덕을 닦아 이름이 스스로 빛나도록 하지 못하고, 고작 옛 성현들의 글을 익혀 임금님의 거두심을 요구하니, 어찌 규중의 처녀가 부끄러움을 무릅쓰고 스스로 중매하는 것과 다르겠소? 이렇게 본다면 나아가 벼슬하고 물러나 은둔하는 일이 올바르고 당당하며 깨끗하고 굳어서 옛사람들에게 부끄러움이 없는 사람이 몇이나 되겠소?"

젊은이가 미소를 짓고 즉시 몸을 일으키며 말하였다.

"밤이 깊었는데, 여행 중에 잠을 자지 않는 것은 몸을 조섭하는 도리가 아니지요. 끝이 없는 다정한 이야기는 다시 내일로 기약하십시다."

양 공자는 차마 떠날 뜻이 없어 젊은이의 손을 잡고 달빛을 다시 구경하는데, 젊은이가 홀연 생각에 잠겼다가 글 한 수를 외웠다. 그 시에 이르기를,

점점이 성긴 별과 은하수는 깜빡이는데,	點點疎星耿耿河
푸른 창 깊숙이 벽도화를 가두었네.	綠窓深鎖碧桃花
오늘밤 달구경하는 나그네가	那識今宵看月客
전생에 월궁 항아임을 어찌 알았으리오?	前身曾是月宮娥

양 공자는 젊은이가 외우는 글이 예사롭지 않아 무슨 뜻이 있는 것을 알고 물으려 하는데, 젊은이는 소매를 떨치고 표연히 사라졌다.

이때, 홍랑이 양 공자를 만나 몇 마디 말을 들어보니, 그가 지니고 있던 생각을 알 수 있었다. 그가 마음을 허락한 것을 알고, 평생을 맹세하는 것이 그릇되지 않을 듯하므로, 일부러 시 한 편을 지어 자신이 강남홍임을 드러내고 표연히 돌아온 것이었다.

홍랑은 즉시 차림새를 고쳐 선명한 의상과 짙게 무르녹은 화장으로 본색을 드러낸 뒤 등불을 더욱 환하게 밝히고는 연옥에게 객방으로 가서 공자를 모셔오라고 하였다.

이때 양 공자는 젊은이를 보내고 술에 취한 듯, 꿈을 꾸고 있는

듯 방으로 들어가 젊은이의 거동과 그가 외우던 시를 생각해보고는 진실을 환하게 모두 깨닫게 되었다. 그는 혼자 웃으며,

'내가 홍랑에게 속았구나.'

하는데 창밖에서 인기척이 나며 연옥이 웃음을 띠고 아뢰었다.

"주인이 이제 돌아와서 공자를 오시라고 청하십니다."

양 공자도 미소를 띠고 연옥을 따라 홍랑의 집으로 향하였다.

홍랑이 이미 문 앞에 나와 기다리고 있다가 웃음 띤 얼굴로 맞이하며,

"제가 더디게 돌아와 공자께서 객방의 여러 가지 고초를 겪게 해드렸으니 사정이 참으로 딱하게 되었습니다. 하지만 좋은 밤 달빛 아래 새로운 친구를 사귀시어 시와 술로 시간을 보내신 것을 치하드립니다."

라고 하였다. 양 공자가 이에 대답하였다.

"사람이 세상을 살아가는데 모였다가 흩어지고 만났다가 헤어지는 것이 모두 다 한바탕 꿈이지요. 내가 압강정에서 미인과 언약을 한 것도 꿈이요, 달빛 아래 객방에서 어떤 젊은이를 만난 것도 꿈이지요. 생생한 꿈이 비정하게도 정처 없이 헤매어 떠도니, 장자가 나비가 된 것인지 나비가 장자가 된 것인지 뉘라서 분별하겠소?"

두 사람은 크게 웃으며 마루에 올라 좌정한 뒤, 홍랑이 옷깃을 여미며 사례하였다.

"제가 천한 기생으로 노류장화의 본색을 버리지 못한 채 공자와 노래로 언약하고, 한밤중에 객방에서 변장을 하고 농락을 하였으니 군자께서 가까이 사귈 사람이 못 됩니다. 저의 이런저런 생각으로는, 미친바람에 날리는 꽃이 뒷간에 떨어졌으나 티끌에 묻힌 옥이

광채를 잃지 않아, 굳은 맹세로 한 분에게 의탁하고 화목한 부부로 평생을 기약하려는 것이었습니다. 이제 공자께서 한 마디 언약도 천금처럼 중하게 여기신다면, 저도 또한 십 년 동안 청루에서 고심했던 마음을 바꾸지 않고 평생의 소원을 이루었으면 합니다."

말을 미처 마치기도 전에 음성이 구슬프고 안색에 의기가 북받치므로, 양 공자가 그녀의 손을 잡으며 말하였다.

"내가 비록 호탕한 사내지만 고서를 읽어 신의에 대해 들은 바가 있소. 어찌 여색만 탐하는 무정한 태도를 본받아 오뉴월에 서리를 내리게 한다는 원한을 품게야 하겠소?"

홍랑이 사례하며 말하였다.

"공자께서 천한 이 몸을 거두시겠다 하시니 마땅히 저의 정성을 다하겠습니다. 그러나 제가 아직 모르고 있는 것은, 공자의 행색이 어찌 그리도 초라하시며 두 분 부모님께서는 생존해 계시는지요?"

"나는 여남이 고향이오. 양친이 모두 살아계시고, 연세는 그다지 많지 않으나 집이 가난하고 지체가 변변치 못하다오. 망령되게도 공명에 뜻을 두고 황성으로 과거를 보러 가다가 도중에 도적을 만나 노잣돈을 잃었다오. 더 이상 갈 수가 없어 주막집에 머물다가 압강정을 구경하러 갔지요. 거기서 낭자를 만났으니 이 또한 인연이 있어서겠지요. 낭자는 어떤 사람이며 성은 무엇이오?"

"저는 본디 강남 출신으로 성은 사 씨랍니다. 태어난 지 3년 만에 산동지방에 도적이 일어나 부모님을 난중에 잃고 이리저리 떠돌아다니다가 청루에 팔렸습니다. 이 또한 팔자가 사나워서겠지요. 성품이 별나서 평범한 사내에게는 몸을 허락할 뜻이 없었지요. 청루 생활 십 년에 수많은 사람들을 겪어보았으나 지기를 만나지 못했습니다. 이제 공자를 만나 뵈니, 제가 사람 보는 안목은 없지만 거의 당세에 으뜸가는 분이 되실 것 같았어요. 제 한 몸을 공자께 의탁하고 기생이라는 천한 이름을 씻으려고 합니다."

주안상이 나오고, 은근한 정회와 온화한 담소가 이어지니, 마치 푸른 강물에 앉은 원앙이 봄바람을 희롱하고 단산의 봉황이 쌍쌍이 지저귀는 듯하였다.

이에 비단이불을 펼치고 원앙을 수놓은 베개를 함께 벤 채 운우의 즐거움을 꿈꾸었다. 홍랑이 비단 적삼을 벗으니 옥 같은 팔이 드러나며 처녀의 징표인 앵혈 한 점이 촛불 아래 완연하였다. 봄바람 속에 복사꽃이 봄눈 위에 떨어진 듯, 바다 위로 떠오른 붉은 해가 구름 사이에 솟아난 듯하였다. 양 공자가 그것을 보고 놀라 말하였다.

"내가 홍랑의 얼굴을 보고 그 마음을 알았으나, 그 지조가 이토록 탁월하리라고는 믿지 못했었소. 절제하기 어려운 청루 명기의 몸으로 규중처녀의 곧고 깨끗한 마음을 지키리라고 어찌 알았겠소?"

이때, 홍랑은 절세가인이요, 양 공자는 재주 있는 젊은 선비인데 잠자리의 풍정이 어찌 담담하였겠는가? 시간을 알리기 위해 바쁘게 울려대는 북소리와 깜빡이는 은하수는 당나라 현종이 궁궐의 문을 여는 육경까지의 시간이 짧은 것을 한스러워 하는 듯하였다.

홍랑이 침상에 누운 채 양 공자에게 물었다.

"공자께서는 이미 장성한 어른이시니 지체 높은 가문에 혼인을 하셔야 할 텐데, 이미 정혼하신 데가 있습니까?"

"집안이 가난하고 지체가 변변치 못한데다가 먼 지방에 있는 까닭에 아직 정혼한 데가 없소."

홍랑이 웃으며,

"제게 마음속 깊이 드리고 싶은 말이 있는데, 공자께서 분수에 넘친다고 꾸짖지나 않으시려는지요?"
라고 하자 공자가 대답하였다.

"내 이미 마음을 허락했으니 털끝만큼도 숨기지 마시오."

홍랑이 웃으며 말하였다.

"제가 공자께 석 잔 술은 받아 마실지언정 뺨 세 대는 맞지 않을 것입니다. 가지가 아래로 늘어져 휘어진 규목의 그늘이 두터워진 뒤에라야 칡덩굴이 잘 감고 올라가 번성하는 법입니다. 그처럼 공자께서 얌전하고 정숙한 배필을 정하시는 것이 제게는 복이 되겠지요. 지금 이 고을 항주의 자사로 계시는 윤공에게 따님 한 분이 있답니다. 현재 나이가 16세로, 꽃다운 용모와 달처럼 환한 자태에 얌전하고 지조가 있어 그야말로 군자의 배필이 될 만한 분입니다. 윤공께서 오래도록 사윗감을 구하셨으나 아직 정하지 못하셨답니다. 공자께서 이번 길에 과거에 급제하시리라는 것은 제가 벌써 짐작하고 있었으니, 다른 곳에 배필을 구하지 마시고 저의 말씀을 생각하시기 바랍니다."

양 공자는 고개를 끄덕였다.

머지않아 동녘 하늘이 환하게 밝았다. 홍랑은 새벽 단장을 마치고 거울을 바라보았다. 아름답고 예쁜 얼굴에 문득 화기가 돌아, 약간 덜 피었던 모란이 봄바람에 활짝 핀 듯 하룻밤 사이에 화평하고 기쁨이 넘치는 얼굴이 더욱 아리따웠다. 홍랑은 거울을 보며 한편 놀라면서 한편 기뻐하였다.

양 공자가 홍랑에게 말하였다.

"나는 갈 길이 바빠서 오래 머물지는 못하겠소. 내일은 황성으로 떠날까 하오."

홍랑은 허탈한 표정으로 말하였다.

"아녀자의 세세한 사정으로 군자의 큰일을 그르치지는 못할 것입니다. 마땅히 행장을 준비하겠습니다마는 모레 떠나시지요."

양 공자도 서둘러 떠날 뜻이 없어서 며칠 뒤에 길을 나서는데 홍랑이 말하였다.

"공자의 행색이 너무 초라하시네요. 저의 집이 비록 가난하지만, 길 떠나는 사람에게는 전별의 선물을 한다고 합니다. 옷 한 벌과 약간의 은자를 마련했으니, 더럽다고 마시고 받아주세요. 또 황성은 여기서 천여 리 길입니다. 나귀 한 마리와 하인 한 사람으로는 또 낭패를 보실까 두렵습니다. 제게 하인 한 사람이 있어서 충분히 행장을 살필 만하니, 나귀의 채를 잡고 뒤를 따르도록 허락해 주세요."

공자는 허락하고 길을 나섰다. 홍랑은 술과 안주를 갖추어 연옥과 하인을 데리고 작은 수레에 올라 십 리가량 떨어진 연로정까지 가서 전송하였다. '동쪽으로 백로가 날고 서쪽으로는 제비가 난다'는 옛글에서 취한 정자 이름이었다. 연로정은 큰길가에 무지개다리에 이어져 있었는데, 예로부터 전별을 하는 곳이었다.

양 공자는 정자 아래 이르러서 홍랑의 손을 잡고 정자에 올랐다.

이때는 4월 초순이었다. 버드나무 사이에서 꾀꼬리는 아름다운 소리로 울고, 시냇가에는 향기로운 풀이 무성하였다.

평범한 나그네라도 넋을 사르고 애가 끊어지려 하는데, 하물며 미인이 옥 같은 낭군을 보내고 옥 같은 낭군이 미인과 이별함에랴.

양 공자와 홍랑이 허탈하게 마주 앉아 계속 말이 없다가 연옥이 술과 술잔을 내오자, 홍랑이 억울하고 분한 듯 잔을 들어 공자에게

드리며 시 한 수를 노래하였다. 그 시에 이르기를,

백로는 동쪽으로 날고 제비는 서쪽으로 날아가니, 東飛伯勞西飛燕
하늘하늘 버들가지는 천 가닥인 듯 만 가닥인 듯. 弱柳千絲復萬絲
가닥마다 끊어지려 하여 풍정은 적으나, 絲絲欲斷風情少
노래하는 자리에 떨쳐 이별을 슬퍼하는 것을. 爲拂歌筵悵別離

이라고 하였다.

양 공자는 술을 마시고 다시 한 잔을 부어 홍랑에게 주며 화답하였다. 그 시에 이르기를,

백로는 동쪽으로 날고 제비는 서쪽으로 날아가니, 東飛伯勞西飛燕
푸릇푸릇 수양버들은 위성에 떨쳤더라. 楊柳青青拂渭城
평생 길이 남북으로 갈라짐을 미워하노니, 生憎岐路分南北
보내는 정은 떠나는 정에 비해 어떠한가? 送客何如去客情

라고 하였다.

홍랑은 잔을 받들며 눈에 눈물이 그렁그렁하여 말하기를,

"저의 이런저런 생각이야 공자께서 거울같이 아실 것이니 다시 말씀드릴 일은 아닙니다. 그러나 우연히 만났다가 헤어지는 우리의 종적이 천 리의 구름같이 남북으로 헤어지게 되었습니다. 멀고 먼 앞날의 기약이 없는 것은 아니지만, 인간사가 이리저리 뒤집히기도 하고 모였다 흩어졌다 정해진 것이 없으니 어떻게 헤아리겠습니까? 하물며 저의 몸은 관아에 매여 있어 지키려는 뜻을 핍박하는 자들이 많으니 다가올 일을 알 길이 없습니다. 다만 바라건대, 공자께서는

천금같이 소중한 몸을 보중하시어 행장을 조심하시고, 과거에 급제하시어 이름을 드러내는 데 힘쓰셔서, 후일 금의환향하시는 날 저를 잊지 마셔요."
라고 하였다.

양 공자도 서운하고 섭섭함을 이기지 못하여 홍랑의 손을 잡고 위로하였다.

"세상의 온갖 일들이 모두 하늘에서 정해 놓은 것이라 사람의 힘으로 할 수 없는 것이오. 내가 낭자와 만난 것도 하늘에서 정하신 것이요, 오늘 서로 헤어지게 됨도 하늘에서 정하신 것이지요. 그러니 다시 하늘에서 정하신 것을 이어 부귀와 영화로 기쁘고 즐겁게 지내는 것이 어찌 하늘에서 정하신 것에 없음을 알겠소? 잠깐 이별하는 것을 지나치게 상심하여 떠나는 사람의 마음을 요란스럽게 하지 마시오."

그러자 홍랑이 하인을 돌아보며 말하였다.

"자네는 공자를 모시고 먼 길에 조심하게. 다녀온 뒤에 따로 후한 상을 내릴 것이네."

"예, 예."

양 공자가 일어나 정자에서 내려오니, 홍랑이 다시 술잔을 들고 말하였다.

"이제 헤어진 뒤로 구름 낀 산이 아득히 멀고 소식조차 멀어서 아득해질 것이니, 고르지 않은 날씨와 쓸쓸한 객관에서 저의 애가 끊어짐을 생각하셔요."

양 공자는 아무 대답도 하지 않고 나귀에 올라 동자와 하인을 데리고 돌다리를 건너 표연히 떠나갔다.

홍랑은 난간머리에 기대서서 길에 일어나는 먼지를 바라보고 있었다. 첩첩한 먼 산은 저녁볕을 받아 푸르렀고, 광활하게 펼쳐진 들판의 빛은 저문 연기를 머금어 평평하게 펼쳐져 있었다. 한 점 푸른 나귀가 가는 곳은 보이지 않고, 다만 수풀 사이의 새소리는 바람 따라 들려오고, 하늘가에 돌아가는 구름은 비를 머금은 듯 어두웠다. 홍랑은 비단 적삼을 자주 들어 얼굴을 가리고 눈물이 흐르는 것을 깨닫지 못하였다.

연옥이 주안상을 거두어 돌아가자고 재촉하니, 홍랑은 하릴없이 눈물을 뿌리면서 수레에 올라 집으로 돌아왔다.

이때 양 공자는 홍랑과 작별하고 황성으로 향하는데 마음속에 잊히지 않는 오직 한 가지 생각이 홍랑에게 있었다. 객관에 들면 외로운 등불을 마주하여 잠을 이루지 못하고, 길에 오르면 높은 산과 흐르는 물을 보며 외롭고 쓸쓸하여 비통한 심사를 진정하지 못하였다.

10여 일 만에 황성에 이르니, 궁궐의 장려함과 시정의 시끌벅적함으로 큰 나라 도읍지의 번화함을 알 수 있었다.

객관을 정하고 행장을 정돈한 뒤 며칠간 쉬면서 하인을 항주로 보내고자 하여 편지지를 꺼내 한 통의 편지를 썼다. 그 편지와 다섯 냥의 은자를 하인에게 주며 바삐 항주로 돌아가라고 분부하였다.

하인이 하직 인사를 하고 서운해 하며 말하였다.

"쇤네가 이미 묵고 계시는 객관을 알았으니 다시 낭자의 서간을 가지고 돌아올까 합니다."

하고는 동자와 작별을 한 뒤 항주로 떠났다.

한편, 양 공자를 보내고 돌아온 강남홍은 병이 들었다고 일컬으며 문을 닫고 손님을 받지 않았다. 남루한 의복과 때 묻은 얼굴에 연지와 분으로 화장도 하지 않았다. 하루는 생각하기를,

'내가 이미 자사의 따님 윤 소저를 공자에게 중매했는데, 공자께서는 신의가 있는 남자니 잊지 않았을 것이다. 그렇다면 윤 소저는 나와 평생 고락을 함께 할 사람인데 내 어찌 먼저 정을 두텁게 하지 않으랴?'

하고 즉시 수수한 엷은 화장과 평상복 차림으로 항주 부중에 들어가 자사에게 문안을 드렸다. 윤 자사가 웃으며 물었다.

"자네가 병이 들었다 하더니 어찌 한가롭게 부중에 찾아왔는가?"

강남홍도 웃으며 대답하였다.

"제가 관부에 매인 몸이라 부르시지 않으니 알현치 못했으나 오늘은 이런저런 생각이 있어서 감히 들어왔습니다."

"노부는 요즘 공무가 없고 참으로 무료한 때가 많아 자네를 불러 소일코자 했지만, 병이 났다는 말을 듣고 부르지 못했는데, 무슨 생각이 있는가?"

"제게 요사이 쉽게 고치기 어려운 병이 생겨 청루의 시끌벅적함이 괴롭습니다. 바라건대 부중에 드나들면서 내당의 소저를 모시고 바느질과 길쌈을 배우고 청소와 시중을 들면서 조용히 병을 조리했으면 합니다."

윤 자사는 본디 강남홍의 사람됨이 단정해서 규중 부녀자들의 풍도가 있는 것을 사랑하였으므로 몹시 기뻐하며 허락하였다. 그러고는 그녀와 함께 내당으로 들어가 소저를 불러 말하였다.

"네가 외롭고 쓸쓸하게 있는 것을 늙은 애비가 늘 근심했는데, 강

남홍이 제 집이 어수선한 것이 싫어 너를 따라 조용히 지냈으면 하는구나. 내가 이미 허락했는데, 네 뜻은 어떠냐?"

윤 소저가 마음속으로 생각하기를,

'강남홍은 기생이 아닌가. 비록 재주가 있다고 들었지만 본색이 어찌 전혀 없겠는가? 그녀와의 동거는 안 될 일이지만 아버님께서 이미 허락하셨다니 어쩌겠어?'

하고는 즉시 대답하였다.

"아버님 말씀을 따르지요."

윤 자사는 크게 기뻐하며 홍랑을 불러 자리를 주고 한나절이나 한담을 나누다가 나갔다.

홍랑이 윤 소저 앞에 나아가 말하기를,

"저는 나이가 어리고 배운 것이 없습니다. 청루와 주가의 방탕함만을 보고 부녀자가 지켜야 할 법도나 예절을 듣지 못한 까닭에 매양 소저를 모시고 교훈을 듣고 싶었습니다. 이제 가까이 두시겠다고 허락해주시니 감사합니다."

라고 하자 윤 소저는 미소만 지을 뿐 대답이 없었다.

날이 저문 뒤에 다시 들어오겠다고 말한 뒤 홍랑은 집으로 돌아가 연옥을 불러 집을 부탁하였다.

이튿날 다시 부중에 들어온 홍랑은 바로 윤 소저의 침실에 이르렀다. 소저는 바야흐로《열녀전》을 보고 있었다. 홍랑이 서안 앞에 나아가 물었다.

"소저께서 보시는 책이 무슨 책인지요?"

"《열녀전》이라네."

"제가 들으니,《열녀전》에 이르기를, '주나라 태사는 문왕의 아내인데, 여러 첩들이 〈규목〉이라는 노래를 지어 그녀의 덕을 칭송하였다.'라고 했다던데, 태사가 덕이 있어서 여러 첩들이 감동한 것입니까, 아니면 여러 첩들이 태사를 잘 섬겨서 태사가 감동한 것입니까? 옛말에 이르기를, '여자가 아름답든 추하든 궁궐에 들어가면 질투를 받게 된다.'고 했으니 부녀들의 투기는 예로부터 있었던 것이지요. 한 사람의 덕성과 교화로 여러 첩들의 투기하는 마음을 감화시켰다는 것을 저는 믿지 않습니다."

윤 소저가 눈길을 들어 홍랑을 바라보며 수줍고 부끄러워 하다가 한참 뒤에 말하기를,

"내가 들으니, '근원이 맑으면 흐름이 지조가 있고 깨끗하며, 모습이 단정하면 그림자가 바른 것이다.'라고 하더군. 내 몸을 닦으면 비록 미개한 나라에서라도 내 생각을 행할 수 있다는데, 하물며 한 집안사람들에게야 안될 것이 있겠는가?"

홍랑이 웃으며 말하기를,

"《주역》에 이르기를, '용 가는 데 구름 가고, 범 가는 데 바람 간다.'라고 했다지요. 요 임금이나 순 임금의 덕화로도 후직이나 설 같은 신하가 없었다면 어찌 태평성대를 이루었겠으며, 은나라의 탕왕이나 주나라의 무왕처럼 인의를 갖추어도 이윤이나 주공과 같은 사람의 보필이 없었으면 은 왕조와 주 왕조의 교화가 어떻게 행해졌겠어요? 이를 통해 보면, 태사의 덕이 비록 크시다 해도 여러 첩들이 포사나 달기처럼 간사하다면 〈규목〉시로 나타난 교화를 실현하지는 못했으리라 생각합니다."

라고 하자, 윤 소저가 웃으며 말하기를,

"내가 들으니, 현명하고 현명하지 못함은 내게 있고, 행복과 불행

은 하늘에 달려 있으니, 군자는 내게 있는 도리에 관해서만 말하고 하늘에 달려 있는 운명은 따지지 않는다더군. 여러 첩들 가운데 착하지 못한 첩을 만나는 것은 운명인지라, 태사는 덕을 닦을 따름이니 어찌하겠는가?"

라고 하자, 홍랑은 소저의 말에 탄복하였다.

이때로부터 홍랑은 윤 소저의 현숙함을 심복하고, 윤 소저는 홍랑의 총명함을 사랑하여 친근한 정이 날로 깊어졌다. 앉으면 자리를 함께 하고 누우면 베개를 나란히 하여, 고금의 일을 의논하고 문장을 토론하면서 그 사귐이 늦은 것을 한탄하였다.

하루는 홍랑이 집으로 나와서 연옥에게 물었다.

"황성에 간 하인이 돌아올 때가 지났는데 오지 않으니 어찌 괴이한 일이 아니냐?"

심란하게 난간에 의지하여 버들을 바라보며 근심스러운 마음을 이기지 못하고 있는데, 홀연 한 쌍의 청조가 버들가지를 스쳐 날아와서는 난간머리에 앉아 우는 것이었다. 홍랑은 괴이하게 여겨 혼잣말로,

'내 집에 반가운 일이 없는데, 혹시 황성에 갔던 하인이 돌아오는 것인가?'

하는데, 말을 마치기도 전에 황성에 갔던 하인이 들어와 양 공자의 서간을 바치는 것이었다.

홍랑은 급하게 받아 봉한 것을 떼며 안부를 물었다. 하인은 양 공자가 아무 일 없이 도착했다는 것과 객관에서 안정되게 머물고 있다는 소식을 낱낱이 보고하였다.

홍랑은 기쁨과 한탄스럽고 슬픔을 이기지 못하며 급히 편지를 보았다. 그 편지에 이르기를,

'여남의 양창곡은 강남의 풍월주인인 홍랑에게 글월을 부칩니다.

나는 옥련봉 아래의 한낱 꼼꼼하지 못하고 서툰 서생이요, 홍랑은 강남의 시끌벅적한 청루의 젊고 아리따운 여성입니다.

내 이미 사마상여처럼 거문고로 도발하는 수단이 없는데, 양주의 여인들이 두목지에게 반해 귤을 던지던 풍정을 홍랑이 어찌 본받겠소?

하늘이 도적떼를 보내시어 우리 두 사람의 연분을 이루게 하셨지요. 압강정에서 꽃을 희롱함과 연로정에서 버들을 꺾은 것은 기실 풍류와 여색에 마음을 둔 것이 아니라, 백아와 종자기 같은 지기를 만난 것이지요.

용천과 태아라는 두 자루 보검과 성도의 반쪽 거울이 한때 헤어짐을 어찌 족히 서러워하겠소?

다만 객관의 쓸쓸한 등불 아래 외로이 누워 새벽 종소리와 들릴 듯 말 듯 들려오는 물시계 소리에 잠 못 이루며, 서호와 전당강의 아름다운 경치와 청루의 밀실에서 즐겁게 놀던 자취가 눈앞에 보이는 듯 또렷합니다.

아무 까닭도 없이 남쪽 하늘을 바라보며 외롭고 쓸쓸함을 한탄하고 근심과 슬픔으로 넋이 나가고 애가 끊기는 듯할 뿐입니다.

하인이 돌아간다고 하니, 이제부터는 산천이 더욱 아득히 멀어질 뿐만 아니라 편지를 전해줄 사람도 없습니다.

바람을 맞으며 쓰는 몇 줄 편지글로 끊어지지 않고 이어지는 정을

어찌 다 표현하겠소?

세세한 소망은 애써 식사를 더 많이 해서 부디 보중하고 스스로를 아껴서, 천 리 먼 곳에 있는 나그네의 애틋한 그리움을 달래주소서.'

라고 하였다.

읽기를 마친 홍랑은 흘러내리는 눈물로 옷깃을 적시며 두 번, 세 번 다시 읽어보고 더욱 슬퍼져서 입을 다문 채 아무 말이 없다가 하인을 불러 십 금을 상으로 주며 후일 다시 다녀오라고 분부하였다.

홍랑이 몸을 일으켜 부중으로 들어가려 하는데, 홀연 연옥이 들어와 아뢰었다.

"대문 밖에 소주에서 하인이 왔습니다."

하는 것이었다. 홍랑은 그 말을 듣고 깜짝 놀라 얼굴빛이 달라졌으니, 이 어찌 된 일인가?

한편, 황 자사는 주색잡기에 빠져 여색을 좋아하는 마음으로 압강정 놀이에 뜻을 이루지 못하고, 홍랑이 달아난 것을 분하고 한스럽게 여겼다. 그러나 홍랑을 사모하는 마음이 있으므로 분하고 한스러움은 적었고, 홍랑의 무정함을 근심하며 자나 깨나 그녀만 생각하며 잊지 못하였다.

위력으로 겁박할 수는 없다고 생각한 그는 부귀로 달래고자 하여 황금 백 냥과 채색한 비단 백 필, 그리고 여러 가지 장신구 한 벌을 준비하고 편지 한 통을 써서 홍랑에게 보낼 생각이었다. 마음 놓고 일을 맡길 수 있는 하인에게 그 물건을 호송하게 하여 홍랑에게 전하였다.

홍랑은 그 물건을 펴보고 기색이 참담하고 즐겁지 않아 마음속으로 생각하기를,

'황 자사가 비록 방탕하기는 하나 어리석고 못나서 사리에 어두운 사람은 아니다. 내 한낱 기생으로 아뢰지도 않고 달아난 것에 대해 어찌 노함이 없었겠는가? 이제 도리어 이렇게 달래는 것은 매우 깊은 뜻이 있는 것이니, 내가 장차 어떻게 그것을 모면하겠는가? 또 소주와 항주는 이웃 고을인데 그가 주는 것을 사양하는 것은 도리가 아니고, 받고자 한 즉 내 뜻이 아니니 어찌하면 좋으랴?'

하며 반나절이나 생각에 잠겼다가 회답하기를,

'항주의 천한 기생 강남홍은 소주 상공께 글을 올립니다. 제게 본디 쉽게 고칠 수 없는 병이 있어서 약과 침으로도 고치지 못하고 있습니다. 지난번 성대한 모임에 아뢰지도 못하고 돌아온데 대해 이제 죄를 묻지 않으시고 도리어 상을 주시니, 감히 그 상을 받을 일이 아님을 압니다. 하지만 소주와 항주는 형제간처럼 우애 있는 이웃고을이어서 제가 윗분들을 섬기는 도리는 부모와 다름이 없습니다. 그런데 그 주신 상을 물리친다면 그보다 더한 불효가 없을 것입니다. 감히 봉해 두고 두려워하며 처벌을 기다리겠습니다.'

라고 쓰기를 마치고 소주에서 온 하인에게 주어 보냈다.

그 뒤로 마음이 답답하여 즐겁지 않으므로 도로 부중에 들어가 윤 소저의 침실로 갔다.

윤 소저는 마침 창가에 앉아 붉은 비단에 원앙을 수놓으며, 그 일에 몰두하여 홍랑이 오는 것을 깨닫지 못하였다.

홍랑이 가만히 서서 보니, 윤 소저는 섬섬옥수로 금빛이 나는 실을 뽑아 발 위에서 봄누에가 실을 토하는 듯, 바람 앞의 나비가 꽃송

이를 희롱하는 듯하였다.

홍랑은 불쾌하고 답답하던 마음이 풀어지며 웃음을 띠고 입을 열었다.

"소저께서는 바느질만 아시고 사람은 모르십니까?"

윤 소저가 놀라서 돌아보고는 웃음을 띠고 말하기를,

"참으로 심심해서 시간을 보낼까 했더니, 낭자에게 옹졸함을 드러내 보이고 말았네."

하였다. 두 사람은 큰 소리로 웃었다.

윤 소저가 수놓은 것을 보니, 한 쌍의 원앙이 꽃 아래 앉아 조는 모양이었다.

홍랑은 도로 기색이 참담해져서 원앙을 가리키며 한숨을 내쉬었다.

"저 원앙이라 하는 새는 나면 정한 짝이 있어서 서로 어지럽지 아니한데, 이제 지극히 신령스럽다는 사람은 날짐승만도 못하여 제 마음을 제 뜻대로 못하게 되니, 이 어찌 가련치 않습니까?"

윤 소저가 그 까닭을 물었다. 홍랑은 소주 자사가 자신을 협박하는 말을 낱낱이 아뢰면서 눈에 눈물이 그렁그렁해졌다.

윤 소저가 정색을 하며 위로하기를,

"낭자의 지조는 이미 아는 바지만 어찌 평생을 홀로 늙으려고 하는가?"

하자, 홍랑도 정색을 하며 말하였다.

"제가 듣기로, 봉황새는 대나무의 열매가 아니면 먹지 아니하고, 오동나무가 아니면 깃들이지 않는다고 합니다. 그런데 이제 굶주린 사람을 보고 쥐를 던져 주며, 집이 없는 사람을 보고 가시덤불을 가리킨다면 이 어찌 지기라고 하겠어요?"

말을 마친 홍랑의 얼굴에 야속해 하는 빛이 있으므로, 윤 소저는 얼굴빛을 고치고 사죄하였다.

"내가 어찌 낭자의 뜻을 모르겠는가? 우연히 농담을 한 것이지. 하지만 낭자의 기색을 보니 내심 무슨 난처한 일이 있는 듯하군. 규중의 처녀들이 논할 일이 아니니, 모름지기 아버님께 조용히 말씀드려 보겠네."

홍랑이 사례하였다.

한편, 황 자사는 홍랑의 편지를 보고 크게 노하여 생각하기를,

'제까짓 것이 이웃 고을의 천한 기생에 지나지 않으면서 나를 모욕하고자 하니 내 어찌 법으로 벌주지 못하랴?'

하고는 또 다시 생각하고 웃으며,

'예로부터 명기들의 버릇이 지조가 있는 것처럼 핑계를 대고 일부러 교만하게 굴며 제 뜻을 지키는 체하지만, 끝내는 재물과 위세에서 벗어나지 못하는데, 내게 어찌 묘한 방법이 없겠는가?'

하고는 5월 5일을 고대하며 배젓기 경기에 필요한 여러 가지 기구들을 준비하였다.

세월이 강물처럼 흘러 5월 5일 길일이 되었다.

황 자사가 윤 자사에게 알리기를,

'초나흗날 압강정에서 배를 타고 강물을 거슬러 올라가 초닷샛날 이른 아침에 전당호에 이를 것이니, 강남홍과 기생, 악공들을 거느리고 나오소서.'

라고 하였다.

윤 자사는 강남홍을 불러 황 자사의 편지를 보여주었다. 홍랑은 아무 말이 없이 즉시 집으로 돌아가서는 연일 부중에 들어가지 않고 울적해서는 생각하기를,

'황 자사의 방탕무도함으로 보아 일전 편지에 압강정에서의 여한이 있는 듯하니, 이번 놀이에 헤아릴 수 없는 계교가 허수하지는 않을 것이다. 내게 이미 모면할 방도가 없으니 일이 돌아가는 기미를 보아 차라리 만경창파 넓은 바다에 몸을 깨끗하게 지켜 죽느니만 같지 못하리라.'

하였다. 계교를 정하고 나니 마음이 도리어 태연하였다. 다만 양 공자를 다시 볼 수 없으므로 오래도록 응어리질 원한이 있을 뿐만 아니라, 살아 있을 때에는 멀리 떨어져 있고 죽어서는 영원히 헤어지는 마당에 한 마디 말이 없는 것은 이 어찌 인정이랴?

저녁을 먹고 다락에 올라 북쪽을 바라보며 한숨을 지으며 탄식하니, 이때 둥그스름한 초승달이 처마에 걸려 있고, 반짝이는 은하수는 밤빛을 재촉하고 있었다.

홍랑이 난간에 의지하여 홀연 이태백의 악부시 〈원별리〉 한 곡조를 노래하고는 길게 탄식하며 말하였다.

"인간 세상에서 이 곡이 능히 죽림칠현의 한 사람인 혜강이 죽음을 앞두고 연주했다던 거문고 곡 〈광릉산〉이 되지 않겠는가?"

홍랑은 다시 침실로 돌아와 촛불을 돋우고 채전을 꺼내 편지 한 통을 썼다. 쓴 편지를 촛불 아래서 거듭하여 보고 다시 탄식하다가 침상에 의지하여 뒤척이며 잠을 이루지 못하였다.

동창이 밝아오자, 홍랑은 하인을 불러 편지와 은자 백 냥을 주고 분부하며 눈에 눈물이 그렁그렁하였다. 하인이 괴이하게 여기며 위

로하였다.

"쇤네가 마땅히 빨리 돌아와 공자의 평안하시다는 소식을 알려드릴 것이니, 낭자는 슬퍼하지 마소서."

하고 하인은 황성으로 떠났다.

이때 황 자사는 부귀를 자랑하려고 배 젓기 경기에 필요한 기구들을 모두 새것으로 갈고는 5월 4일 압강정 아래서 배를 타고 항주로 향하였다.

십여 척의 배를 서로 묶고 소주의 기생과 악공들을 열두 패로 나누어 배 위에 싣고 북을 치며 배를 출발시켰다.

강물 위에서 고향이 그리워 부르는 월나라 노래는 물고기들을 놀라게 하고 계수나무로 만든 노와 비단 돛은 큰 강을 덮었는데, 강가에서 구경하는 사람들이 구름 같았다.

윤 자사는 황 자사가 온다는 말을 듣고 홍랑을 불렀다. 홍랑은 곧장 부중에 들어가 윤 소저의 침실에 이르니, 소저가 반겨하며 말하였다.

"낭자는 어찌하여 며칠 동안 발길을 끊었는가?"

홍랑이 웃으며 대답하였다.

"며칠 발길을 끊은 것이 어찌 평생 발길을 끊는 것이 아니 될 줄 알겠습니까?"

윤 소저가 놀라서 묻자, 홍랑이 말하였다.

"제가 소저의 불쌍히 여겨 은혜를 베푸시는 은덕을 입어 평생토록 가까이에서 모시면서 정성을 다하려고 했는데, 조물주가 훼방을 놀아 오늘의 이별이 기한이 없습니다. 엎드려 빌건대, 소저께서는 후일 군자를 맞으셔서 부부간에 금슬 좋게 영화를 누리실 때 오늘 제가 머금었던 마음을 생각해주셔요."

하고 소저의 손을 잡으며 눈물이 비 오듯 하니, 윤 소저는 비록 무슨 연고인지를 모르나 역시 눈물이 흐름을 깨닫지 못하고 말하였다.

"낭자는 항상 불길한 말을 입 밖에 내지 않더니, 오늘 하는 말은 어찌 그리도 예사롭지 않은 것인가?"

홍랑은 더 이상 대답하지 않고 사랑채로 나와 자사를 뵈었다. 자사가 그녀 얼굴의 눈물자국을 보고 혀를 찼다.

"황 자사의 오늘 놀이는 노부도 그 뜻을 알지만, 불행히도 이웃 고을의 일이라 간청하는 것을 괄시할 수가 없었다. 자네도 편협한 마음을 갖지 말고 일의 기미를 보아 잘 되도록 해야 할 게야."

홍랑은 사례를 하고 집으로 나와 행장을 차렸다. 단장도 하지 않고 해진 옷에 병든 모습으로 처연히 수레에 올랐다. 연옥을 보며 소매로 얼굴을 가리는데 눈물이 수레 아래로 떨어지고 있었다. 연옥이 감히 물어볼 수는 없었으나 마음속으로 의아하게 생각하였다.

이때 윤 자사가 내당에 들어가서 전당호로 나간다고 말하니, 윤 소저가 물었다.

"아까 홍랑도 전당호로 간다고 하직하며 기색이 좋지 않던데, 오늘 놀이에 무슨 까닭이 있는 것입니까?"

윤 자사가 잠시 생각에 잠겼다가 말하였다.

"소주 자사가 강남홍을 사모하여 계교로 겁탈하려 하는 듯하더구나."

윤 소저가 몹시 놀라서 말하기를,

"홍랑이 죽게 될 것입니다. 그녀는 여자들 가운데 매우 호방하고 의협심이 강한 사람입니다. 방탕한 자에게 핍박당하지 않을 것이니, 죄 없는 여자가 물에 빠져 죽는 일이 없게 해주세요."

하고는 말없이 눈물을 줄줄 흘리는 것이었다. 윤 자사도 말없이 잠자코 있다가 나갔다.

윤 자사는 본부의 기생들과 악공들을 강가로 대령시키라고 분부한 뒤 수레에 올라 전당호에 이르렀다. 황 자사는 인사를 마치자마자 강남홍이 왔느냐고 물었다. 윤 자사가 웃으며,

"강남홍이 비록 오긴 했으나 요즘 몸에 병이 생겨 몹시 무안해 합디다."

라고 하자, 황 자사도 웃으며 말하였다.

"그런 병은 시생이 잘 압니다. 풍류 명기들이 사내를 낚는 본색이지요. 선생처럼 충후하신 어르신들은 속이겠지만 시생은 속이지 못할 것입니다. 오늘 잔치자리에서 제 수단을 보십시오."

윤 자사는 어이가 없어서 웃으며 대답을 하지 않았다.

어느새 멀리 바라보니 작은 수레가 북쪽에서 오고 있었다. 황 자사가 난간머리로 나아가 앉아 자세히 보니, 하인 두 사람이 작은 수레를 몰아 정자 아래 이르렀다.

수레 안에서 한 미인이 나오는데, 바로 강남홍이었다. 황 자사가 웃음을 띠며 빨리 정자로 오르라고 재촉하였다.

정자에 오른 홍랑이 눈길을 들어 황 자사의 거동을 보니, 오사절각모를 머리에 비스듬히 쓰고 붉은 학창의를 앞섶을 헤친 채 입고, 허리에는 야자대를 느직하게 띠고 있었다. 한 팔은 난간에 걸치고, 한 손으로는 붉은 접부채로 부채질을 하며 몽롱하게 술에 취한 눈을 하고 앉아 있었다. 방탕한 몸가짐과 거칠고 막된 기상이 가까운 곳

의 맑은 물결에 바라보던 눈을 씻고 싶을 정도였다.

홍랑이 마지못해 앞으로 나아가 문안의 예를 마치고 항주에서 온 여러 기생들을 따라 앉았다.

황 자사가 홍랑을 꾸짖었다.

"소주와 항주는 이웃 고을인데, 강남홍이 압강정 잔치자리가 끝나지도 않았는데 가만히 달아났으니, 어찌 윗사람을 섬기는 도리라 하겠느냐?"

홍랑이 옷깃을 여미며 사죄하였다.

"도망한 죄는 몸에 병이 생겨 일어난 일이니, 거의 상공께서 용서하실 일이지만, 그날 저는 세 가지 죄를 지었습니다. 군자들께서 시와 술로 잔치하시는 자리에 천한 몸으로 참석했으니, 첫 번째 죄입니다. 망령되게도 여러 선비들의 문장에 대해 논했으니, 두 번째 죄입니다. 창기라고 하는 것은 모든 사람들의 마음을 기쁘게 해야 하므로 족히 행실을 따질 것이 없는데 당돌하게도 구구한 소견을 지켜 고집했으니, 세 번째 죄입니다. 제게 이 세 가지 큰 죄가 있는데도, 상공께서는 어지시고 관대하심으로 자사로서의 체면을 돌아보시어 교화로 백성을 대하시고 예절로 온 고을을 가르치시고 이끄시어 천한 이 몸을 불쌍히 여기셔서 그 뜻이 그릇되지 않음을 살피시고 도리어 상을 내리셨습니다. 그리하여 저는 더욱 죽을 곳을 모르겠습니다."

그 말을 듣고 황 자사는 낙심하여 허탈해 하며 말하였다.

"이미 지나간 일은 말하지 말고, 내가 벌써 강가에 몇 척의 배를 매어 두었으니 한나절 소일하는 것을 사양하지 마라."

하고는 윤 자사에게 배에 오르기를 청하였다.

이에 두 고을의 자사들이 두 고을의 기생과 악공들을 데리고 정자에서 내려와 배에 올랐다.

넓디넓은 전당강에 바람이 자고, 거울 같은 물결은 먼 곳까지 맑디맑았다.

훨훨 나는 흰 갈매기는 춤추는 자리에서 날개를 퍼덕이고, 콸콸 흐르는 물소리는 노랫소리와 같이 흘렀다.

배를 중류에 띄워 술잔과 안주를 담은 그릇이 어지러이 흩어져 있고, 관현악기의 연주는 신이 나고 흥에 겨웠다.

황 자사가 즐거운 흥을 이기지 못하여 연달아 술잔을 비우고 뱃전을 치며 노래를 불렀다. 그 노래에 이르기를,

아름다운 사람을 이끎이여! 攜美人兮!
흐르는 세월을 거스르는도다. 溯流光.
중류에서 노닒이여! 中流逍遙兮!
즐거움이 끝이 없도다. 樂未央.

라고 하였다. 황 자사는 노래를 마치고 홍랑을 돌아보며 화답하라고 하였다. 홍랑은 사양하지 않고 노래하기를,

맑은 물결에 배 띄우고 다투어 건넘이여! 泛淸波而競渡兮!
강 언덕엔 단풍이 있음이여! 물가엔 난초가 있도다. 岸有楓兮汀有蘭.
강물 속이 초나라보다 큼이여! 水中大於楚國兮!
충신의 외로운 넋을 의탁하였도다. 托忠臣之孤魂.
그대 배를 다투어 건너 외로운 넋을 부르지 말 것이다! 君莫競渡招孤魂兮!

외로운 넋은 어디에서 자연으로 돌아가려나? 孤魂安所返眞?

라고 하였다. 홍랑이 노래를 마치자, 황 자사가 웃으며 말하였다.

"홍랑은 강남 사람이니, 능히 배를 다투어 건너는 놀이의 근본을 알 것인가?"

이때 홍랑이 맑은 강물을 바라보니, 눈에 가득 들어오는 경치가 마음속 깊이 느껴지는 답답하고 울적한 심사를 돕는 것이었다. 숨기고 있던 사실을 밝혀 말할 곳이 없었는데, 황 자사가 묻자 서글픈 표정으로 대답하였다.

"제가 들은 바로는, 옛적의 삼려대부 굴원은 초나라의 충신이었답니다. 충성을 다해 회왕을 섬겼는데, 회왕은 굴원을 참소하는 말을 듣고 강가로 쫓아냈답니다. 굴원은 맑은 마음과 깨끗한 뜻으로 흐린 세상에 살면서 지조를 보전치 못한 것을 서러워하여 〈회사부〉라는 글을 지은 뒤 5월 5일에 돌을 안고 강물 속으로 몸을 던졌다지요. 후세 사람들은 그가 원통하게 죽은 것을 불쌍히 여겨 그날이 되면 강물에 배를 띄우고 충혼을 건지려는 놀이라고 알고 있습니다. 그러나 만일 굴원에게 영혼이 있다면, 맑은 강에 사는 물고기의 뱃속에 깨끗한 지조를 맡겨 티끌세상에서 맺은 속된 인연의 더러움을 면하는 것이 도리어 쾌활하고 안락할 것입니다. 방탕을 일삼는 평범한 사내가 돛대를 희롱하고 물결을 휘저으며 건져주기를 바라겠습니까?"

이때 황 자사는 이미 크게 취하였는데 어찌 홍랑의 말이 빗대어 풍자하는 말이었다는 것을 짐작하였겠는가? 희미하게 웃으며 말하기를,

"내가 성군을 뫼시고 젊은 나이에 공명을 이루어 재상의 반열에 들었으니, 부귀가 족하고 영화는 극에 달하였지. 그래서 때를 만나지 못한 근심으로 파리해졌다는 굴원을 조롱하여 왼손에는 강산풍월을 받아들이고 오른손으로 절대가인을 이끌어, 한 번 웃으면 봄바람이 일어나고 한 번 성내면 눈서리가 일어나 내 마음이 하고자 하는 것과 내 눈과 귀를 즐겁게 하는 것을 막을 자가 없을 것이야. 어찌 적막한 강물 위에서 쓸쓸한 충혼을 말하겠어?"
하고는 여러 기생들에게 명하여 풍류를 아뢰라고 하였다. 관악기와 현악기의 음률이 흥겹게 어우러져 공중에 떨어지고, 무희들의 소맷자락은 느릿느릿 강바람에 번득였다.

곱게 단장을 한 기생들의 모습이 강물 위에 비쳐서 십 리에 걸친 전당강이 꽃빛을 이루었다.

황 자사는 다시 큰 술잔을 기울여 십여 잔을 마시고, 취흥이 크게 일어나자 홍랑의 어깨를 치고는 껄껄 웃으며 말하였다.

"인생 백 년이 흐르는 물 같으니 구구한 심회를 어찌 족히 서로 견주랴? 황여옥은 풍류재자요, 강남홍은 절대가인이라. 재자와 가인이 이같이 아름다운 경치와 쾌활한 강산의 풍정을 만났으니, 어찌 하늘이 주신 인연이 아니겠느냐?"

홍랑은 일이 돌아가는 기미가 점점 위태해지는 것을 보고 묵묵히 대꾸를 하지 않았다.

황 자사는 미친 흥을 걷잡지 못해 좌우에 호령하여 작은 배 한 척을 준비하였다가 강물에 띄우고, 소주에서 온 기생들에게 홍랑을 붙들어 작은 배에 올리라고 명하였다. 그런 뒤에 황 자사는 작은 배로 뛰어들어 홍랑을 휘어잡고 불같은 정욕을 이루고자 하였다.

거문고 두어 곡조를 연주하겠다며 일단 황 자사를 제지한 홍랑은 연주를 마치자마자 강물로 뛰어들고 말았다. 가까운 배 안에 있던 사람들이 깜짝 놀라 급히 붙들려고 하였으나 날랜 몸을 미처 건잡지 못하여 물결 바람에 비단 치맛자락이 나부끼며 간 곳이 없었다.

소주와 항주의 기생들이 모두 울음을 터뜨렸고, 두 자사들은 몹시 놀라 얼굴빛이 변해서는 사공을 호령하여 빨리 건지라고 재촉하였다.

연결하였던 배들을 풀어 강물 위를 덮다시피 하여 찾았으나 기척을 보지 못하였다. 여러 사공들이 서로 돌아보며 말하기를,

"사람이 빠지면 다시 물 위로 떠오르는 법인데, 이는 간 곳이 없으니 수상하지 않은가?"

하였다.

두 자사들은 다른 방도가 없어서 사공과 어부들을 풀어 물목을 지키며 구하라고 하니, 그들이 아뢰었다.

"이 호수 가운데서 찾지 못하면 아래쪽은 조수가 미는 곳이어서 수세가 몹시 급하여 모래에 묻혀서 찾을 길이 없습니다."

두 자사는 그 말을 듣고 더욱 애처롭고 안타까워하며 각각 돌아갔다.

한편, 윤 소저는 홍랑을 보내고 생각하기를,

'홍랑의 성품과 오늘 일이 돌아가는 기미로 보아 반드시 구차하게 살기를 꾀하지는 않을 것이다. 내가 그녀와 더불어 지기로 사귀었는데, 구하지 않는다면 의리가 아니지.'

하고는 구할 방도를 생각하고 있는데 유모인 설 씨 노파가 들어왔다.

설 씨는 황성 사람으로 사람됨이 영리하지는 못하였으나 마음이 정직하였으므로 소저를 따라 부중에 있은 지 이미 몇 년이 되었다. 그러다 보니 항주에 친하게 지내는 사람이 많았다.

이때 윤 소저가 설 씨를 보고 반기며 물었다.

"내가 유모에게 청할 일이 있는데, 나를 위해 주선해줄 수 있겠지?"

설씨는,

"이 늙은 것이야 아씨를 위하는 일이라면 비록 끓는 물에 뛰어들고 불을 밟는 일이라 할지라도 사양하지 않을 것이오. 대체 무슨 일이시오?"

하고 물었다. 윤 소저가 웃으며 말하였다.

"내가 들으니 강남 사람들은 물에 익숙해서 혹 물속에 잠수하여 수십 리를 가는 사람도 있다던데, 혹시 유모가 아는 사람이 있어?"

설 씨가 한동안 생각하다가 대답하였다.

"널리 찾아보면 있을 것도 같소."

"일이 급해서 이 시간이 지나면 쓸 데가 없으니 유모는 바삐 한 사람을 불러줘."

설 씨는 다시 속으로 깊이 생각한 뒤에 먼 산을 바라보며 말하였다.

"아씨는 규중에만 계시는 분인데, 이런 사람을 구해서 어디에 쓰실 것인지 이 늙은 것은 잘 모르겠소."

윤 소저가 눈썹을 찌푸리며 말하였다.

"유모는 사람부터 천거하고 나서 어찌 된 곡절인지 들어."

설 씨가 몸을 일으켜 나가므로, 윤 소저는 그녀를 따라 나가며 신신부탁을 하였다.

설 씨가 고개를 끄덕이고 나간 지 얼마 되지 않아 한 사람을 데리고 들어와 소저에게 말하였다.

"마침 그런 사람이 남자는 없고 여자를 찾았소. 강이나 호수에서 연밥을 줍는 사람인데, 물속으로 오륙십 리를 갈 수 있다는데, 사람들이 손삼랑이라고 합디다."

윤 소저는 그 사람이 여자라는 것이 신통하게 생각되어 불러보았다. 그녀는 키가 8척이요, 머리털이 누렇고 얼굴은 검었다. 곁에 오자 비린내가 코를 찌르므로, 소저가 놀라 물었다.

"손삼랑이라 했는가? 자네는 물속에 잠수해서 몇 리나 갈 수 있는가?"

"제가 일찍이 전당강 어귀에서 연밥을 줍다가 이무기를 만나 서로 싸우면서 삼십여 리를 쫓아다니다가 결국 잡아서 어깨에 메고 나오는데 저녁 조수에 밀렸답니다. 다시 수십여 리를 기어서 물 밖으로 나왔지요. 만일 홑몸으로 잠수를 한다면 칠팔십 리를 갈 것이요, 무엇을 가지고 잠수를 한다면 겨우 수십 리를 갈 수가 있지요."

그 말을 듣고 윤 소저가 놀라 감탄하며 말하였다.

"손삼랑을 잠깐 쓸 데가 있는데, 그 수고를 아끼지 않을 수 있겠는가?"

"마땅히 힘을 다하지요."

이에 윤 소저는 백금 스무 냥을 주며 말하였다.

"이것이 얼마 되지 않지만 먼저 정을 표하는 것이네. 성공한 뒤에 다시 크게 상을 내림세."

손삼랑이 매우 기뻐하며 무슨 일인가 물으므로, 소저는 주위를 물리치고 말하였다.

"오늘 전당호에서 소주와 항주 두 고을의 자사께서 배 젓기 경주를 하시는데, 반드시 한 여자가 물속에 빠질 것이니 자네가 물속에 몰래 숨어 있다가 즉시 구하여 잠수해서 달아나게. 만일 소주 사람들 눈에 띄면 큰 화를 당할 것이니 십분 조심하게. 성공한 후 내가 다시 크게 상을 내릴 뿐만 아니라 남의 목숨을 살려준 은혜가 적지 않을 것이네."

손삼랑이 응낙하고 가려 하자 윤 소저는,

"이 큰일을 누설하면 안 되네."

하고 두 번, 세 번 당부하였다.

손삼랑은 스무 냥의 은자를 집에 가져다 두고 바삐 전당호 물가로 가서 한나절을 앉아 배 젓는 경기를 구경하고 있었는데 끝내 물에 빠지는 사람이 없었다.

석양이 서산으로 질 무렵, 소주에서 온 기생들이 조그만 배 한 척에 한 미인을 붙들어 올리는 것이었다. 손삼랑이 생각하기를,

'반드시 곡절이 있을 것이다.'

하고 물속으로 뛰어 들어가서 몰래 기어서 배 밑에 엎드려 있었다.

조금 뒤에 배 가운데서 거문고 소리가 나므로, 손삼랑은 귀를 기울여 가만히 듣고 있었다. 홀연 배 안이 요란스럽더니 한 사람의 미인이 뱃머리에서 떨어지는 것이었다.

손삼랑은 몸을 솟구쳐 그 미인을 들쳐 업고 쏜살같이 기어서 순식간에 육칠십 리를 가면서 생각하기를,

'인적도 없고, 등에 업은 여자가 살 길이 있을까?'

하고는 물 위로 솟아 언덕을 찾아 나오려고 하였다. 그때 물 위에 어선 한 척이 오는데, 배 위에는 어부 두 사람이 손에 작살을 들고 노래하며 오고 있었다. 손삼랑이 외쳤다.

"급한 사람을 구해주시오!"

그러자 노랫소리가 그치며 배를 빨리 저어 다가왔다.

손삼랑이 그 여자를 업은 채 배 안으로 뛰어 들어가 내려놓고 보니, 구름 같은 귀밑머리가 흩어지고 옥 같은 얼굴이 파랗게 질려 살아날 방도가 조금도 있어 보이지 않았다.

마른자리를 구하여 눕히고 젖은 옷을 짜서 말리며 회생하기를 기다리고 있는데, 어부가 물었다.

"어떤 낭자이기에 이런 액을 만나셨소?"

"나는 연밥 줍는 사람으로 마침 저 낭자가 물에 빠지는 것을 보고 구하여 왔소. 어부 양반들은 어디로 가시는 길이오?"

"우리는 고기 잡는 사람인지라, 강과 호수에서 나서 자란 까닭에 물에 빠진 사람을 많이 보았지만 이런 거동은 처음이오. 이곳에 인가가 없는데 어떻게 구하겠소?"

"조금 기다려 살아날 기미가 있으면 다시 의논합시다."

하고 손과 발을 만져보니 살아날 가망이 있었다.

잠시 후에 정신을 차려 눈을 떠서 보고는 억지로 소리를 내서 물었다.

"댁은 어떤 사람이기에 끊어진 목숨을 살리셨소?"

손삼랑은 이목이 번거로움을 염려하여 말하기를,

"낭자는 정신을 수습하여 천천히 들으시오."

하고는 어부를 돌아보며 물었다.

"해가 이미 저물고 인가가 머니 어쩔 수 없이 중류에서 유숙해야 하겠소. 우리는 한데 있어도 무방하지만 저 여자는 허약한 체질의 부녀자로 여러 번 죽을 고비를 넘기고 살게 된 목숨이오. 바람과 이슬을 맞게 하는 것이 민망한데 혹시라도 배 안에 바람을 막을 만한 게 있소?"

어부가 여러 조각의 짚으로 된 거적으로 의지할 곳을 만들어 주었다. 배는 중류에 닻을 내려 멈추었다.

밤이 깊어 두 어부가 이미 잠든 듯하므로, 손삼랑이 낮은 목소리로 홍랑에게 물었다.

"낭자는 항주자사의 따님인 윤 소저를 아시오?"

홍랑이 놀라 일어나 앉아서 묻는 까닭을 물었다. 이에 손삼랑은 윤 소저가 자신을 찾아내서 보냈던 이야기를 일일이 말해주었다.

홍랑은 서글픈 듯 한숨을 쉬더니 눈물을 흘리며 입을 열었다.

"나는 다른 사람이 아니라 바로 항주 기생 강남홍이라네."

하고는 자신이 죽으려고 하였던 곡절을 자세히 말해주니, 손삼랑이 깜짝 놀라 물었다.

"그러니 낭자가 청루 제일방의 홍랑이란 말씀이오?"

"자네가 어찌 내 이름을 아는가?"

손삼랑은 다시 놀라며 말하였다.

"낭자의 몸종으로 있는 아이가 연옥이가 아닙니까?"

"그렇네만…"

손삼랑은 정신이 아찔할 정도로 깜짝 놀라 홍랑의 손을 잡으며 말하였다.

"이 늙은 몸은 바로 연옥이의 이모랍니다. 매번 낭자의 절개와 이름을 우레같이 칭찬하는 것을 듣고 한번 뵙고 싶었습니다. 하지만 저의 생애가 괴이하여 추하게 된 모습이 부끄러워 다만 바라보며 우러르고픈 마음만 간절했답니다. 어려운 처지를 당해 이처럼 뵙게 됐으니, 이는 하늘이 이끌어 주신 것이네요."

하고는 더욱 공경하였다.

홍랑 역시 놀라서 반겨하며 각별히 친숙하게 서로 위로하며 누워 있었다.

강물 위의 하늘에 달이 지고 밤이 깊었는데 거적 집 밖에서 두 어부가 서로 목소리를 낮추어 주고받는 말소리가 들려오는 것이었다. 손삼랑이 귀를 기울여 들으니, 한 어부가 말하였다.

"분명히 알지도 못하고 어찌 경솔히 하려고?"

다른 어부가 대꾸하는 소리가 들려왔다.

"내가 전날 생선을 팔려고 항주의 청루를 지나는데 다락 위에 앉아 있던 여자가 이 여자와 비슷했어. 지금 늙은 여자와 주고받는 말을 들으니 틀림없는 항주 제일방의 홍랑이로구먼."

"우리가 전당강에서 여러 해 도적질을 했지만 식솔들이 없어 근심했잖아. 강남홍으로 말할 것 같으면 강남의 명기가 아닌가. 묘한 기회를 헛되이 놓칠 수 없지. 우리 둘이 힘을 합쳐 저 늙은 것을 죽이고 나면 잔약한 여자야 근심할 게 뭐가 있겠어?"

그들의 주고받는 말을 다 듣고 난 손삼랑은 홍랑의 귀에 대고 소리를 죽여 말하였다.

"위태로운 지경을 면하고는 죽을 지경에 들고 말았소. 오늘밤 같은 배 안에 있는 사람들이 적인 것을 어찌 알았겠소?"

홍랑이 가만히 한숨을 쉬며 말하였다.

"나는 하늘이 이미 죽이시려는 사람이니 어쩔 수 없거니와, 자네는 도피할 묘책을 생각해두게."

"제가 비록 용맹은 없으나 한 사람 정도면 충분히 당하겠는데, 두 사람을 대적하기는 어려우니 어찌 면하겠어요?"

홍랑이 한동안 생각에 잠겨 있다가 말하였다.

"구차하게 사는 것이 죽는 것만 못하지만, 자네를 위해 한 가지 꾀를 낼 테니 이렇게 저렇게 해보세."

하고는 고요히 잠든 체하니, 순식간에 한 놈이 자신도 모르는 결에 거적 집을 박차고 달려드는 것이었다. 손삼랑이 놀라 크게 소리를 지르며 물로 뛰어들었다. 그 놈은 손삼랑을 돌아보지 않고 홍랑을 보며 협박하였다.

"낭자의 목숨이 우리 손에 달렸으니 순종하면 살 것이요, 거역하면 죽으리라."

홍랑은 냉소하고 뱃머리에 바깥쪽으로 옮겨 앉으며 말하였다.

"내가 나이 어린 여자로 청루에서 놀며 기생으로 허다한 사람들을 많이 겪어 보았으니 어찌 순종치 않겠소마는, 두 사람이 한 여자를 두고 다투는 것은 더욱 부끄러운 일이오. 만일 한 사람이 전담하여 나선다면 내 마땅히 허락하겠소."

그러자 두 어부 중 젊고 장대한 놈이 손에 작살을 들고 뱃머리로 나서며,

"내가 마땅히 낭자를 구해 드리겠소."

하는 말이 채 끝나기도 전에 뒤에 서 있던 한 놈이 손에 들고 있던 작살로 그 놈을 찔러 물에 떨어뜨렸다.

손삼랑이 물속에 엎드려 있다가 그 한 놈이 떨어지는 것을 보고는 그 손에 있는 작살을 빼앗아 들고 배로 뛰어 올라 배 위에 있던 한 놈을 마저 찔러 물속에 던지고는 배의 닻줄을 끊고 강 언덕을 찾아가려고 하였다.

그런데 새벽 조수가 밀려오며 급한 바람이 일어나 나뭇잎같이 작은 배를 쏜살같이 불어 달리게 하는 것이었다.

홍랑은 정신을 차리지 못한 채 배 위에 엎드려 어디로 가는지 알 수가 없었다.

손삼랑이 비록 물에는 익숙하였으나 배 부리는 법을 알지 못하는지라, 배가 가는 대로 갈 수밖에 없었다.

날이 점차 밝아오며 풍세가 더욱 급해져서 배를 걷잡을 수가 없었다. 다만 하늘이 돌고 땅이 꺼지는 듯 아주 가까운 거리의 바람과 물결이 산더미처럼 일어나니, 손삼랑도 역시 정신이 아득하여 홍랑을 붙들고 엎드려 있을 뿐이었다.

한나절 만에야 바야흐로 풍세가 가라앉고 물결이 안정되었다. 홍랑이 손삼랑과 정신을 차려 찬찬히 살펴보니 망망대해일 뿐 섬이나 육지가 보이지 않았다. 방향을 몰라 다만 물결을 따라 배가 가는 대로 향하였다.

멀리 하늘가에 한 점의 푸른 산이 나타났다. 그곳을 향해 배를 저어 다시 한나절을 가니 비로소 언덕이 있고, 그 위에 갈대 수풀이 우거져 두어 채의 시골집이 어슴푸레 보였다.

배를 대고 수풀을 헤치고 가서 한 집의 문을 두드렸다.

한 사람이 당황하며 나오는데 검은 얼굴에 눈이 깊숙하며 낯선 옷차림을 하고 있었다. 그가 수상하게 보며 익숙지 않은 말소리로 물었다.

"어떤 사람이 누구의 집을 찾는 것이오?"

손삼랑이 대답하였다.

"우리는 강남 사람으로 바람과 파도에 떠돌다가 이곳에 이르렀는데, 이곳의 지명이 무엇이오?"

그가 깜짝 놀라며,

"이곳은 남방의 나탁바다요. 나라 이름은 탈탈국으로, 강남에서 육로로 십만여 리, 수로로 칠만여 리나 되는 곳이오."

하므로 손삼랑이 말하였다.

"우리는 여러 번 죽을 고비를 넘기고 살게 된 목숨이라 어디로 가야할지 모르니 하룻밤 머물러 자고 갔으면 하오만."

주인이 허락하고 즉시 한 칸의 객방을 정해 주었다. 갈대의 잎으로 처마를 덮고, 돌을 쌓아 벽을 하고 대나무로 엮은 자리와 방석이 잠시도 머물기 어려운 상황이었으나 날이 이미 저물었으므로 부득이 그곳에 머물러 자게 되었다.

주인이 저녁상을 차려 내오는데, 마름 열매로 밥을 짓고 비린 고기와 거친 나물을 먹을 길이 없었다. 손삼랑은 그런 대로 요기를 하였으나, 홍랑은 먹지 못하여 정신이 가물가물하고 희미해져서 누워 있었다. 축축하게 스며 있는 습기와 찌는 듯이 더운 바람에 잠을 이룰 수가 없었다.

홍랑이 손삼랑에게 말하였다.

"나 때문에 자네가 아무 까닭 없이 떠돌이 신세가 되었으나 이곳은 잠시도 머물지 못하겠네. 나는 죽는 것이 원통할 게 없지만, 자네는 살아서 고국에 돌아갈 방도를 생각해보게."

손삼랑이 개연히 말하였다.

"제가 평소에 사모하던 정을 오늘 시험하여 마땅히 생사고락을 함께 할 것입니다. 이곳에 산이 높고 물이 맑아 반드시 도관이나 사찰이 있을 것입니다. 내일 다시 찾아보는 것이 좋을까 합니다."

두 사람은 앉은 채로 밤을 지내고, 이튿날 주인에게 물었다.

"이 근처에 혹시 절이나 도관이 있소?"

"이곳에 본디 도사나 승려는 없고, 산속에 더러 처사가 있으나 뜬 구름처럼 떠돌아다니는 처지라 오고가는 것이 일정치 않답니다."

두 사람은 주인을 작별하고 대지팡이를 짚고 산길을 찾아 발길 닿는 대로 가다가 한 곳에 이르니 골짜기가 깊고 길이 끊겼으므로 바위 위에 앉아 쉬게 되었다.

홀연 한 줄기 시냇물이 산꼭대기에서 내려오는지라, 홍랑이 손을 씻으며 물을 움켜 마시고 손삼랑에게 말하였다.

"이 물이 이상한 향내가 나니, 우리 그 근원을 찾아보는 것이 어떨까?"

손삼랑이 응낙하고 물을 따라 올라갔다. 수백여 걸음을 가자 골짜기가 있어 그 안으로 들어가니 꽃다운 나무와 기이한 꽃이 피어 경치가 매우 빼어났다. 뿐만 아니라 남방의 눅눅하고 습한 기운이 없었다.

홍랑이 손삼랑을 보고 말하였다.

"내가 고국을 떠난 지 오래지는 않지만 남쪽 지방의 기후와 풍토에 기운을 잃겠더니, 오늘 이곳은 별천지이지 인간 세상이 아니로군."

서로 이야기를 나누며 수십 걸음을 더 가보니, 한 굽이의 시냇물이 흐르고 시내 위에 넓고 평평한 바위가 놓여 있는데, 바위 위에 한 동자가 흐르는 물을 바라보며 차를 달이고 있었다. 홍랑이 나아가 동자에게 물었다.

"우리는 길을 잃은 사람인데, 잠시 길을 인도해줄 수 있을까?"

"이곳에는 다른 길이 없고, 일찍이 행인들이 들어온 적이 없었어요. 그대들은 어떤 사람이기에 이곳에 오셨소?"

홍랑이 미처 대답을 하기도 전에, 머리는 희었으나 붉은 윤이 도는 얼굴을 한 도사가 머리에는 칡베로 만든 두건을 쓰고 손에는 새의 흰 깃털로 만든 부채를 든 채 웃음을 띠며 대숲에서 나오는 것이었다.

홍랑이 다가가 인사를 마치고 꿇어앉아 말하였다.

"이역 사람이 바람과 파도에 떠돌다가 갈 곳을 알지 못하오니, 선생께서는 살 수 있는 방도를 가리켜 주소서."

홍랑 일행을 눈여겨 자세히 들여다보던 도사가 동자에게 명하였다.

"길을 안내하여라."

하고는 몸을 돌려 대숲으로 들어갔다.

홍랑 일행이 동자를 따라 두어 걸음을 가자, 두어 칸 되는 초당이 나타났는데 매우 깨끗하였다.

한 쌍의 백학은 소나무 그늘에서 졸고, 사슴 두어 마리는 돌길을 배회하고 있었다.

홍랑은 평생 시끌벅적하고 번화한 곳에서 자라서 맑고 깨끗한 선경을 처음 보니 가슴이 상쾌하고 정신이 쇄락하여 속세의 정념을 거의 잊게 되었다.

도사가 두 사람을 마루 위로 오르라고 한 뒤 말하였다.

"나는 산야에 묻혀 사는 사람이니, 허물치 말게."

홍랑이 손삼랑과 마루에 올라 방으로 들어가서 좌우에 시립하니, 도사가 말하였다.

“그대의 모습을 보니 묻지 않아도 중국 사람임을 알겠다. 이곳은 그윽한 곳이라 먼 데의 사람들이 왕래하지 못하는 곳이지. 우선 내게 머물러 있다가 고국으로 돌아갈 기회를 기다려라.”

홍랑이 거듭 절을 하며 사례하고 도사의 도호를 물으니, 도사는 웃으며 말하였다.

“노부는 구름처럼 떠돌아다니는 사람인데 무슨 도호가 있겠느냐? 사람들이 백운도사라고 부르더구나.”

홍랑은 이때부터 산속에 몸을 의탁하여 편안해져서 객회를 잊었으나 고국을 생각하니 심사가 슬퍼졌다.

어느 날, 백운도사가 홍랑을 불러 말하였다.

“노부가 네 얼굴을 보니 후일 부귀하게 될 기상이 있다. 내 비록 아는 것은 없으나 약간 들은 술법을 네게 전하고자 한다.”

홍랑이 재배하고 이날부터 스승과 제자 사이가 되었다. 도동들이 입는 옷으로 갈아입고 가르침을 청하니, 백운도사가 몹시 기뻐하며 먼저 의술과 점술에 이어 천문학과 지리학을 차례로 가르쳐주었다.

총명한 홍랑은 하나를 가르치면 열을 깨우쳐서, 배움이 쉽고 가르침이 어렵지 않았다. 백운도사는 한편으로 기뻐하며 병법을 전수하였다.

“예전에 태공망이 지은 《육도》와 황석공이 지은 《삼략》을 합하여 변화시키는 수단과 길흉을 점치는 팔문의 변화 방법은 오히려 세간에 전하는 것이어서 배우기 어렵지 않으나, 노부가 지니고 있는 병법은 이전 세상에서 이루어진 비밀스런 책에 있는 것이다. 그에 알맞은 사람이 아니면 전수할 수가 없다. 그 법술은 전적으로 천·지·인 삼재가 상생하고 오행이 상극하여 털끝만큼도 권모술수가 없다.

바람과 구름이 예측하기 어렵게 변화하는 오묘함과 귀신을 부려 마귀를 퇴치하는 방법이 지극히 정묘하므로, 네 평생 그 방법을 쓴다고 해도 요망하고 허무맹랑하다는 말은 듣지 않을 것이다."

홍랑이 일일이 배워서 두어 달 사이에 모든 것에 통달하니, 백운도사가 깜짝 놀라 말하였다.

"너는 천재로구나. 노부가 감당하지 못하겠다. 이것만 해도 천하에 적이 없겠지만 다시 한 가지 무예를 배워라."

드디어 검술을 가르쳐주며 말하였다.

"옛적 전국시대 조나라의 서씨 부인은 다만 격검하는 법은 알았으나 용검할 줄은 몰랐으며, 당나라 때의 기생인 공손대랑은 용검할 줄은 알았으나 격검하는 법을 몰랐다. 노부가 전하는 검술은 하늘의 천참성관과 천창선관의 비결이다. 이리저리 변통하는 것은 비바람이 치듯 하고, 그 변화는 구름과 비를 일으키니 다만 수많은 사람들을 대적할 뿐만이 아니지. 나의 대나무 상자 속에 두 자루의 칼이 있는데, 그 이름이 부용검이다. 해와 달의 정기와 북두성의 문장을 띠어, 돌을 치면 돌이 깨어지고 쇠를 베면 쇠도 끊어지지. 예로부터 명검으로 알려진 용천태아검이나 간장막야검도 이 부용검에 비할 바가 아니야. 평범한 사람에게는 전하지 않으려고 두었는데, 이제 너에게 주는 것이니 잘 쓰기 바란다."

홍랑은 공경하는 마음으로 절을 올리고 부용검을 받았다.

이때부터 홍랑은 밤이면 백운도사를 모시고 병법과 검술을 강론하고, 낮이면 손삼랑을 데리고 산속에 터를 닦아 진법을 익히고 검술을 공부하며 밤낮을 보내노라니 외롭고 쓸쓸함은 제법 잊을 수가 있었다.

하루는 홍랑이 부용검을 들고 연무장에 이르러 검술을 익히고 있는데, 함께 가르침을 받고 있는 동자인 청운이 어떤 책을 들고 와서 웃으며 말하였다.

"사형이 검술도 배웠으니 이것 좀 보세요. 이는 둔갑술을 익힐 수 있는 책인데, 사부님이 감추어 두신 까닭에 훔쳐 가지고 왔어요."

홍랑은 깜짝 놀라며,

"사부님께서 우리를 사랑하시어 가르쳐주시지 않은 것이 없는데… 이것은 망령되게 볼 필요가 없을 것 같으니 빨리 제자리에 가져다 두어라."

하니, 청운이 웃으며 말하였다.

"밤마다 사부님이 잠드신 틈을 타 이 책을 훔쳐다 보았는데, 아주 신통한 둔갑법입디다. 내가 잠깐 시험해 보겠소."

하고는 풀잎을 뜯어 주문을 외우며 풀 잎사귀를 공중에 던지자, 풀잎이 순식간에 한 청의동자로 둔갑하는 것이었다. 청운이 웃으며 다시 주문을 외우며 풀잎을 무수히 던지자, 채색 구름이 일어나며 그 잎들이 낱낱이 신장이나 귀졸과 선관과 선녀로 변하여 어지럽게 하강하는 것이었다.

홀연 신발 끄는 소리가 나면서 백운도사가 청운을 불러 말하였다.

"청운아, 네가 어찌 요망하고 황당무계한 재주를 자랑하느냐? 빨리 거두어라!"

하고는 홍랑을 보며 말하였다.

"도가의 둔갑술은 허황한 술법이다. 네게 전하지 않으려 했는데, 이미 누설했으니 대강 배우는 것은 무방하겠지. 후일 이 술법을 터득하여 천지신명을 더럽히고 크게 낭패할 사람은 청운이겠구나."

하루는 홍랑이 백운도사를 모시고 둔갑술에 관해 의논하고 밤이 깊은 뒤 침소로 돌아가는데, 문을 나서자 한 여자가 초당의 창밖에서 도사와 홍랑이 주고받는 말을 엿듣고 있다가 홍랑이 나오는 것을 보고 놀라더니 순식간에 사라져 버리고 없었다.

홍랑이 크게 놀라 백운도사에게 알리니, 도사가 웃으며 말하였다.

"이곳은 산중이어서 도깨비나 여우의 정령이 가끔 이런 일을 벌이니 놀랄 게 없다. 다만 불행한 일은 우리가 둔갑술에 대해 주고받은 말을 들었으니, 후일 후환이 되어 잠깐 인간 세상에 소동을 일으키겠구나."

하며 홍랑에게 일렀다.

"산중에 머물 날은 적고 산에서 내려갈 날이 머지않았구나. 이 모두가 한때의 연분이니 한탄하거나 슬퍼하지 말거라."

하고는 대나무 상자에서 옥피리 하나를 꺼내 친히 두어 곡을 불고는 홍랑에게 가르쳐주며 말하였다.

"네가 이 옥피리 부는 것을 배워두면 쓸 곳이 있을 것이다."

홍랑은 본디 음률이 서투르지 않았으므로 삽시간에 배워 곡조에 정통하게 되었다. 백운도사가 크게 기뻐하며 말하기를,

"이 옥피리가 본디 한 쌍으로, 나머지 하나는 문창성군에게 있단다. 네가 후일 고국으로 돌아갈 기회가 여기에 있을 것으로 안다. 잃어버리지 말고 잘 간수해 두어라."

하였다.

세월이 눈 깜짝할 사이에 흘러 홍랑이 산에 들어온 지 거의 이태

가까이 되었다.

어느 날, 백운도사는 홍랑을 데리고 초당 앞을 배회하며 달구경을 하다가 죽장을 들어 하늘을 가리키며 말하였다.

"너는 저 별을 아느냐?"

홍랑이 보니 큰 별 하나가 천제를 상징하는 자미원을 둘러싸고 있었다. 그녀가 대답하기를,

"문창성인가 합니다."

백운도사가 웃고 남쪽을 가리키며 말하였다.

"근자에 태백성이 남두성을 침범하니, 남방에 전쟁이 일어날 것이요, 문창성의 광채가 휘황하여 자미원을 호위하고 있으니, 필시 중국에 인재가 출현하여 70년 태평스러운 다스림을 이룰 것이다."

홍랑이 웃으며 물었다.

"이미 전쟁이 벌어졌다면 어찌 태평스러운 다스림을 이루겠습니까?"

백운도사가 웃으며 말하였다.

"치세와 난세가 순환하는 이치란다. 한때의 전쟁이야 논할 것이 못 되지."

홍랑이 돌아와 잠깐 잠이 들었다. 정신과 넋이 오락가락하는 가운데 한 곳에 이르니, 살기가 하늘에까지 뻗치고 비바람이 요란하였다. 맹수 한 마리가 크게 울어대며 한 남자를 물려고 하는 것이었다. 그 남자를 자세히 보니 바로 양 공자였다. 크게 노한 홍랑이 부용검을 들어 그 맹수를 치며 소리를 쳤는데, 손삼랑이 옆에 누워 자다가 잠에서 깨어 물었다.

"낭자는 무슨 꿈을 꾸셨소?"

하므로 잠에서 깬 홍랑은 이리저리 뒤척이며 잠을 이루지 못하고 내심 생각하기를,

'우리 양 공자에게 반드시 무슨 좋지 않은 일이 생긴 것 같아. 내가 이제 만 리 밖에서 아득히 소식도 모르고 있으니 비록 구하려 한들 어찌 구하겠어?'

하고 은근한 염려와 끝없는 생각이 밤새도록 어지럽게 들었다.

하루는 홍랑이 백운도사를 모시고 병법에 대해 강론하고 있는데, 홀연 산문 밖에서 말발굽 소리가 들리며 동자가 허둥대며 들어와 아뢰었다.

"남만왕이 찾아와 뵙기를 청하옵니다."

백운도사가 홍랑을 바라보며 웃고는 즉시 밖으로 나가 남만왕 나탁을 맞이하였다.

수인사를 마치고 나탁이 자리에서 일어나 두 번 절하고 말하였다.

"과인이 선생의 높은 이름을 우레같이 들었사오나 정성이 얕아 이제야 뵈오니 몹시 불민하옵니다."

백운도사가 답례로 말하였다.

"산중에서 한가히 지내는 사람을 어찌 이처럼 찾아오셨습니까?"

나탁이 또 재배하고 말하였다.

"남방의 다섯 개의 큰 동천은 대대로 전해져 온 과인의 옛 터전이오. 이제 아무 까닭도 없이 중국에 잃게 되었으니, 선생은 불쌍히 여기시옵소서."

백운도사가 웃으며 말하였다.

“산야에 파묻혀 사는 늙은이가 다만 산을 마주보고 물을 구경할 따름인데 무슨 계교가 있어 대왕을 돕겠습니까?”

나탁이 눈물을 흘리며 말하였다.

“과인이 듣기로, ‘월나라 새는 남녘 가지에 깃들이고, 북방에서 나는 호마는 북쪽 바람을 향해 고개를 돌린다.’합디다. 선생도 남방 사람인데 그 땅에 있으면서 환난을 구하지 않으시니, 어찌 의기가 있다고 하겠습니까? 엎드려 빌건대, 선생은 과인이 땅을 잃는 것을 불쌍히 여기시어 땅을 되찾을 계책을 가르쳐주소서.”

백운도사가 웃으며 말하였다.

“노부가 다시 생각해 볼 것이니 왕은 잠깐 밖에서 쉬시지요.”

그 말에 나탁은 몹시 기뻐하며 외당으로 나갔다.

백운도사는 홍랑을 불러 손을 잡고 서운한 표정으로 말하였다.

“오늘은 네가 고국으로 돌아갈 날이다. 노부가 너와 더불어 두어 해 스승과 제자의 정의를 맺어 서로 적막한 회포를 위로해 왔는데, 이제 길이 이별을 하게 되었으니 어찌 섭섭하지 않겠느냐?”

홍랑은 한편으로 놀라고 또 한편으로는 기뻐서 그 곡절을 물으니, 백운도사가 말하였다.

“노부는 다른 사람이 아니라 서역의 문수보살이다. 관세음보살의 명을 받아 너에게 병법을 전해주려고 온 것이지. 이제 너의 액운이 다하고 길운이 돌아올 테니 고국에 돌아가 영화를 누리겠지만, 아직도 미간에 반년 동안의 살기가 있어서 반드시 전쟁을 겪을 것이니 십분 조심하여라.”

홍랑이 눈물을 머금고 말하였다.

“제자는 일개 여자로 비록 약간의 병법을 배웠으나 고국에 돌아갈 길을 알지 못하니 분명히 가르쳐주십시오."

백운도사는 웃으며,

"그대는 본디 세상 사람이 아니라 천상에 있던 별의 정령으로 문창과 숙연이 있어 인간 세상에 귀양 온 것이다. 이 생애에 서로 만나 후일 부귀를 누릴 것이네. 이는 관세음보살께서 지도하신 것이라 자연 만나게 될 것이요, 인력으로 될 일이 아니니 근심하지 말라." 하고 또 이르기를,

"나탁 또한 천상 천랑성의 정령이었지. 만일 그대가 나탁을 구하지 않는다면 의리가 아니라고 생각하네."

홍랑은 재배하며 명을 받들고 눈에 눈물이 그렁그렁하여 말하였다.

"오늘 사부님과 작별하면 언제쯤이나 다시 뵙겠습니까?"

"부평초처럼 우연히 만났다가 우연히 헤어지는 것은 미리 정할 수가 없지. 서로의 길이 달라 천상의 지극한 즐거움을 함께 하는 것은 70년 후에나 있을까 싶네."

말을 마친 백운도사는 나탁을 다시 청하여 말하였다.

"노부는 늙고 병들어 제자 한 사람에게 대신하게 할 것이오. 그 제자의 이름은 홍혼탈이라 하오. 마땅히 대왕의 옛 터전을 영구히 잃지 않게 할 것이오."

나탁이 사례하고 산문을 나갔다.

홍랑이 백운도사에게 하직하며 눈물을 금치 못하니, 도사도 서운해 하며 말하였다.

"불가의 계율에서는 남녀 간의 인연을 맺지 말라고 하는데, 노부가 부질없이 그대와 만나서 그 재주를 사랑하다 보니 절로 마음을

허락하게 되고 정도 깊어졌구나. 이제 비록 푸른 산과 흰 구름처럼 만나고 헤어짐이 무정하나 천상 백옥경의 옥황상제 계신 궁궐에서 다시 만날 약속이 있을 것이다. 바라건대 인간 세상에서의 묵은 인연을 빨리 마치고 천상의 극락정토로 돌아오게나."

홍랑이 눈물을 흘리며 말하였다.

"제자가 만왕을 구한 뒤 고국에 돌아가는 날 다시 산문에 이르러 사부님께 배알하고자 합니다."

백운도사가 웃으며 말하였다.

"노부도 서천 극락으로 갈 길이 바쁘니, 그대가 비록 서둘러 와도 만날 수 없을 걸세."

홍랑이 울며 차마 떠나지 못하자, 백운도사가 위로하며 재삼 떠나기를 재촉하였다. 홍랑은 어찌할 도리가 없어서 하직인사를 올리고 청운과 손을 잡고 작별인사를 나눈 뒤 손삼랑을 데리고 만왕을 따라 남만국의 진중에 이르렀다. 홍랑이 여성의 자취를 감추자 과연 일개 소년명장이라고 칭찬하였다.

한편, 윤 소저는 손삼랑을 보내고 조바심을 내며 앉아 있는데, 윤 자사가 전당호에서 돌아와 강남홍이 죽었다는 소식을 전하였다.

윤 소저는 소스라치며 깜짝 놀라 눈물을 머금고 말하였다.

"그 죽음이 불쌍할 뿐만 아니라 그 사람됨이 아깝습디다."

마음속 한 편으로는 손삼랑의 회보를 은근히 고대하였는데 끝내 소식이 없었다.

며칠 뒤 윤 자사가 내당에 들어와 윤 소저를 보고 말하였다.

"용모로 보나 사람 됨됨이로 보나 강남홍이 수중의 원혼이 될 줄 어찌 알았으랴?"

윤 소저가 깜짝 놀라 물었다.

"홍랑의 시신을 건졌습니까?"

"오늘 절강 어귀를 지키던 사공이 아뢰기를,

'밀물과 썰물이 나는 강가에서 두 사람의 시신이 발견되었는데, 모래와 돌에 상하여 남잔지 여잔지 늙은인지 젊은인지 분간할 수가 없었지요. 그런데 그날 저녁 썰물에 밀려 간 곳이 없었습니다.' 하니, 다만 시신이 둘이라고 하는 것이 괴이하긴 한데 강남홍의 시신이지 싶다."

그 말을 들은 윤 소저는 속으로 더욱 놀랐다.

한편, 연옥은 홍랑이 죽었다는 말을 듣고 발을 구르며 통곡을 하다가 관부의 문을 두드리며 말하였다.

"소녀는 강남홍의 몸종 연옥이라 합니다. 홍랑도 부모와 친척이 없고, 소녀도 부모와 친척이 없어서 외롭고 쓸쓸한 신세를 홍랑과 제가 서로 의지하여 피붙이형제나 다름이 없었습니다. 홍랑이 이제 죄도 없이 강물 속의 원혼이 되어 남은 뼈를 거두어 줄 사람도 없답니다. 바라건대 소녀가 관가의 힘을 빌려 백골을 수습해 묻어줄까 하옵니다."

윤 자사가 그 뜻을 참혹하게 여겨서 즉시 관선 수십 척을 풀어서 홍랑의 시신을 찾게 하였다.

연옥이 십여 일 동안이나 강가에서 울며 찾았으나 흔적도 발견되지 않았다. 어쩔 도리가 없어 집에 돌아온 연옥은 제전을 갖추어 강 위에서 혼을 부르고, 홍랑이 입던 옷가지와 패물을 강물 속에 던지며 울부짖었다. 오고가는 행인들과 보는 사람마다 눈물을 흘리지 않는 사람이 없었다.

연옥이 죽은 넋을 부르는 초혼을 마치고 돌아오니, 적막한 누대에는 티끌이 어지럽고 쓸쓸한 문전에는 풀빛이 깊었다. 전날 풍류의 자취를 물을 곳이 없어서 다만 문을 닫고 밤낮으로 흐느껴 울며 황성에 간 하인이 돌아오기만을 기다렸다.

한편, 양 공자는 고향을 생각하고 밤마다 잠을 이루지 못하고 있는데, 홀연 항주에서 하인이 이르러 홍랑의 편지를 전해주었다. 바삐 뜯어보니 그 편지에 이르기를,

'천첩 강남홍은 팔자가 기박하여 어려서 부모님의 가르침을 받지 못하고 청루에 몸을 맡겼습니다. 한 조각 애타는 마음은 한 번이라도 저를 알아주는 사람을 만나 예전 초나라 영문에서 어떤 사람이 불렀다는 〈양춘백설곡〉 같이 격조 있는 시문을 화답하며 평생토록 품어온 염원을 이루어 보려고 했습니다. 뜻밖에 공자를 만나니 마음 속 깊이 품었던 생각이 서로 통하였고, 군자의 말씀이 쇠나 돌처럼 굳으셔서 저의 소망이 강이나 바다같이 깊었습니다. 그런데 조물주가 시기하고 천지신명이 훼방을 놓으신 것인지, 소주 자사가 탕자의 마음을 먹고 기생이라고 천대하며 이해로 달래고 위세로 겁박하여 압강정에서 남은 풍파가 전당호에서 일어났습니다. 5월 5일 배 젓는 경기를 미끼삼아 저를 낚고자 하니 실낱같이 쇠잔한 목숨이 조롱 속에 갇힌 새의 신세요, 그물에 걸린 물고기 꼴이 되었습니다. 가까이에 맑은 물결을 향하는 공자님을 좇고자 하나 산꼭대기에 올라 님

오시길 기다리다 망부석이 될 지경입니다. 물고기 밥이 될지도 모르는 외로운 넋이라 영예로움과 치욕스러움을 다 잊었으나 전당강의 차가운 조수에 남은 한을 말하기는 어렵습니다. 엎드려 바라건대, 공자께서는 천첩을 유념치 마시고 청운에 뜻을 두십시오. 그리하여 금의환향하시는 날 옛정을 기념하시어 한 다발 지전을 뿌려 물에 빠져 죽은 외로운 넋을 위로해 주소서. 제가 죽은 뒤 아무 것도 모른다면 말할 것이 없으나, 만일 조금이라도 영혼이 사라지지 않는다면 저승에서 발원하여 이승에서 못 다한 인연을 내생에서 기약할까 합니다. 일백 냥의 은자는 객지에서 과거를 준비하는 데 보태시어 죽은 사람으로 하여금 아득히 먼 저승에서 이런저런 생각을 조금이라도 덜게 해주십시오. 붓을 잡았으나 가슴이 억눌리고 막혀서, 살아 있을 때에는 멀리 떨어져 있고 죽어서는 영원히 헤어지는 회포를 다 쓰지 못하겠습니다.'

이때 양 공자는 편지를 보고 깜짝 놀라 안색이 달라져서 책상을 치며 두 줄기 눈물을 흘려 옷깃을 적셨다.

"홍랑이 죽었단 말인가?"

다시 편지를 보고는 술에 취한 듯, 정신이 나간 듯 눈물을 금치 못하며 마음속으로 생각하기를,

'홍랑은 세상에 견줄 데가 없을 만한 절세미인이요, 대적할 사람이 없는 인물인지라 조물주께서 시기를 하시는구나.'

하고 또 생각하기를,

'홍랑의 천성이 너무 강하여 남을 위해 희생하는 기질이 있지만, 그 번화한 기상과 아름다운 얼굴이 물에 빠져 죽는 원혼이 되지는

않을 것이다. 틀림없이 꿈이겠지.'

하고는 침상 머리맡에 있던 편지지를 꺼내 답장을 쓰려다가 다시 붓을 던지며 탄식하였다.

"홍랑이 틀림없이 죽었구나. 내가 지은 압강정 시에 '원앙은 날아가고 꽃떨기만 꺾이네.'라고 한 구절이 어찌 앞날을 예언하는 말이 아니겠는가? 그렇다면 내가 비록 답장을 한들 누가 보랴?"

하다가 또 탄식하기를,

"그렇기는 하지만 내 마음속에 쌓인 정회를 어디다 털어놓으며, 저 하인을 차마 어찌 그냥 돌려보내랴?"

하고는 다시 붓을 잡고 두어 줄을 썼다. 그 답장에 이르기를,

'홍랑아, 나를 속인 것이냐? 그 만남이 어찌 그리도 기이하며, 그 잊음이 어찌 그리도 용이한가? 만일 속이는 것이 아니라면 내가 꿈을 꾼 것이로다. 그대의 번화한 기상과 재기가 두드러진 자질로 설마 쓸쓸한 강물 속에 의지할 데 없이 외로운 넋이 되었겠는가? 홍랑아, 이것이 꿈이냐 사실이냐? 하인의 말을 들어보고 편지를 보니 사실인 듯하지만, 사실인지 꿈인지 누구더러 물어보며, 누구 말을 듣고 갈피를 잡으랴? 이제 남북으로 천 리나 떨어진 곳에서 생사를 아득히 알 수 없으니, 이는 내가 그대를 저버린 것이다. 한때의 협기로 백 년의 기약을 초개같이 여겨 잊었으니, 이는 그대가 나를 저버린 것이다. 오늘 흘러내리는 눈물이 어찌 옛날 여색을 밝히던 초나라의 대부 등도자와 같이 여색을 좋아하는 마음 때문이겠는가? 백아와 종자기 같은 지기가 없음을 슬퍼하노라. 하인이 돌아간다고 아뢰므로 글 몇 줄을 써서 부치는데, 홍랑아 그대가 살아서 이 답장을

볼 수 있겠느냐?'

양 공자가 다 쓴 편지를 하인에게 주며,
"바삐 돌아가 다시 소식을 전하여라."
하니, 하인은 하직 인사를 올리고는 서둘러 떠났다.

한편, 강에서 초혼 의식을 마친 연옥은 집에 돌아와 적막한 빈 방에서 눈물로 세월을 보내며 황성으로 간 하인을 고대하고 있었다.

어느 날, 대문 밖의 벽도 나무에서 까막까치 한 쌍이 울더니 황성에 갔던 하인이 급히 들어오는 것이었다. 연옥은 반가운 한편 슬픔에 땅에 엎어져 숨이 멎으려 하였다.

하인이 양 공자가 하던 말을 생각하고 목 놓아 통곡하며 곡절을 물었다.

연옥이 목 메인 목소리로 세세히 말해주자, 하인은 품속에서 편지 한 통을 꺼내며 말하였다.

"양 공자께서 보내신 편지다. 이걸 어디다 전해야 되지?"
하며 반나절을 통곡하였다.

연옥이 향로를 올려놓을 탁자를 설치하고 편지를 상머리에 올려놓았다. 하인과 연옥은 한바탕 통곡을 하고는 그 편지를 아주 깊숙이 갈무리해 두었다.

윤 소저는 연옥과 하인이 의탁할 곳이 없는 것을 생각하고 항주부중에 거두어 두었는데, 마침 윤 자사가 병부상서로 승진하게 되어 연옥과 하인을 데리고 황성으로 떠났다.

한편, 양 공자는 홍랑의 생사를 분명히 알고자 하여 동자를 항주로 보낼 생각이었다. 그런데 홀연 항주에서 왔던 하인이 소복 차림의 한 여자를 데리고 와서 인사를 하는 것이었다. 양 공자가 자세히 보니 바로 연옥이었다. 초췌한 기색에 외롭고 쓸쓸한 모양으로 섬돌 아래 이르러 공자를 우러러보고는 소매로 얼굴을 가리고 목메어 우는 것이었다.

양 공자도 눈물을 금치 못하며 말하였다.

"네 모양을 보니 큰 재난이 있었다는 것을 묻지 않아도 알겠구나. 내가 구태여 듣고 싶지는 않으나 전후의 곡절을 대강 말해 보거라."

연옥은 목멘 소리로 말을 이루지 못하였다. 홍랑이 양 공자가 떠난 뒤로 병을 핑계로 바깥출입을 하지 않았다는 말과 윤 소저를 사귀어 자매가 되기로 약속을 정한 말과 황 자사의 변을 만나 유골을 강에서 거두지 못했다는 말을 낱낱이 아뢰니, 양 공자는 한숨과 함께 눈물을 지으며 말하기를,

"참혹하고도 참혹하구나! 내가 홍랑을 버린 것이다."

하고는 다시 물었다.

"네가 어떻게 황성에 왔느냐?"

"윤 소저께서 제가 의지할 데가 없는 것을 불쌍히 여기셔서 거두어 오셨습니다."

그 말을 듣고 난 양 공자가 생각하기를,

'윤 소저는 규중처녀로 이처럼 신의를 저버리지 않았으니, 홍랑의 사람 보는 눈이 헛되지 않다는 것을 충분히 알겠구나.'

하였다.

양 공자가 연옥과 하인을 돌아보며 말하였다.

"내가 어찌 자네들의 주인이 없다고 자네들을 잊겠냐마는 아직 거두어들일 힘이 없으니 우선 윤 소저께 의탁하고 있다가 내가 찾을 때를 기다리라."
하니, 연옥과 하인은 울며 사례하고는 돌아갔다.

그 뒤로 세월이 흐르는 물처럼 빨라 과거보러 가는 날이 되었다.
양 공자는 수천 마디의 말로 책문을 지어 첫 번째로 답안지를 제출하였다. 천자께서 보시고 크게 기뻐하시며 양창곡을 제1방의 장원으로 뽑으시고 한림학사 벼슬을 내려주셨다. 이와 함께 붉은 빛의 관복과 옥으로 꾸민 허리띠에 교방의 풍악도 하사하셨다.
양 한림은 천자의 은혜에 감사하는 절을 올리고 사흘 동안 선배들과 친척 방문을 마친 뒤 상소문을 올려 본가에 가서 부모님을 뵙도록 해달라고 청하였다.
천자께서 어전으로 불러 보시고 말씀하시기를,
"짐이 경을 새로 얻어 좌우에서 떠나게 하는 것이 서운하나, 자식이 돌아오기를 기다리는 경의 부모님을 위로해 드리라고 두어 달 말미를 허락하니, 속히 양친을 받들어 황성에 있는 집으로 모이게 하라."
하고 다시 하교하시기를,
"양창곡의 부친 양현에게 예부 원외의 벼슬에 임명하고 본가가 있는 고을로 수레와 말을 보내어 짐을 챙겨 보내도록 하라."
하시니 특별한 은전이었다. 군신 간에 뜻이 잘 맞고 권한이나 책임, 의의 따위가 매우 크고 무겁다는 것을 알아야 할 것이다.
양 한림이 궁궐에서 물러나오자 문전에 수레와 말이 끊임없이 오

가며 곧 도착한다고 하더니 머지않아 주변에서 알리기를,

"황 각로 어르신께서 오십니다."

하는 것이었다.

황 각로는 바로 이부시랑으로 있던 위언복의 사위였다. 위언복의 아내인 마 씨는 황태후와 내외종 4촌 사이였다.

황태후는 마 씨가 현숙한 것을 사랑하여 정이 친자매와 같았다. 마 씨는 아들이 없고 늦게야 딸 하나를 낳았는데, 그 딸이 바로 위 씨였다.

마 씨가 일찍 죽자, 태후는 그녀에게 아들이 없음을 불쌍히 여겨 위 씨를 마음을 써서 돌봐주었다.

황 각로는 매양 부인인 위 씨의 세력을 믿고 의지하는 일이 많았고, 그의 아들인 소주 자사 황여옥이 일찍이 지체가 높고 귀하게 된 것도 황태후가 사랑하였기 때문이었다.

양 한림은 항상 그러한 것을 불만스럽게 여기고 있었다. 급기야 황 각로가 왔다는 말을 듣고는 조정의 체통을 생각하여 뜰에 내려 맞이하였다. 자리에 앉은 뒤에 황 각로가 말문을 열었다.

"양 학사가 젊은 나이에 떨친 이름이 온 세상에 빛나니 오래지 않아 노부의 지위에 오를 것일세. 그러니 어찌 나라에서 인재를 얻은 기쁨이 없겠는가? 또한 내게는 늦게 얻은 딸이 하나 있는데, 예의범절이 군자의 아내로서 시중을 충분히 들 만하다네. 양 학사가 아직 장가를 들지 않았으니 우리 양가가 혼인을 맺는 것이 어떻겠는가?"

양 한림은 온당치 않다고 여기며 대답하였다.

"시생이 위로 부모님을 모시고 있는데 혼인과 같은 대사를 어찌 제 마음대로 정할 수 있겠습니까?"

"노부가 그것을 어찌 모르겠는가마는 양 학사의 의향을 알고자 하는 것이네. 한 마디 대답을 아끼지 말고 노부의 마음을 위로해 주게나."

양 한림이 정색을 하며 말하였다.

"부모님께 말씀을 드리지 않고 장가를 드는 것은 남의 자식 된 도리가 아니온데 어찌 제 마음대로 허락을 하겠습니까?"

황 각로는 낙심한 듯 말이 없다가 잘 다녀오라는 말을 남기고는 돌아갔다.

그 뒤를 이어 윤 상서도 찾아와서 간절한 언사와 은근한 뜻이 말속에 넘치더니 주변이 분주한 것을 꺼려서 몸을 일으키며 말하기를,

"양 학사는 먼 길에 행장을 보중하게. 집에 돌아오는 날 다시 찾아오겠네."

하고 돌아갔다.

이튿날 양 한림은 기구를 갖추고 동자를 대동하여 길을 떠났다. 수십 일 만에 항주에 도착하여 제문을 지어 강물 위에서 홍랑의 제사를 지냈다.

소주 땅에 이르러서는 지난날 다녀갔던 객점을 찾아 백 냥의 돈으로 사례를 하였다.

며칠이 더 지난 뒤에 집에 도착하여 양친을 뵈니, 양 원외 부부가 크게 기뻐하며 천자의 은혜를 길이 축수하였다.

그로부터 다시 며칠이 지난 뒤 양 한림은 길을 떠나 황성으로 상경하였다.

이때, 양 한림이 돌아왔다는 말을 듣고 중매쟁이를 보내 청혼하는

사람들이 끊이지 않았으나 일체 듣지 아니하고 윤 소저와 혼인을 하였다. 그 예법에 맞는 몸가짐이 크고 성대함과 양 원외 내외의 기쁨은 이루 말할 수가 없었다.

윤 소저와 첫날밤을 보내는 양 한림은 기쁨이 가득하였으나, 다만 홍랑의 일을 생각하지 않을 수가 없었다. 윤 소저도 새삼 비통해 하였다.

한편, 황 각로는 양 한림에게 먼저 통혼을 하였는데 윤 상서에게 빼앗긴 것을 분하게 여겨 황상께 아뢰니, 황상은 양 한림 부자를 궁궐로 불러들여 중매를 섰다.

양 원외는 말이 없고, 양 한림은 황 각로가 사사로운 일을 천자께 아뢰어 조정에 이르게 한 것을 온당치 못하게 여겨 천자의 명을 따르지 않았다.

천자는 크게 노하여 양 한림을 강주로 귀양을 보내라고 명하였다.

양 한림은 집으로 돌아와 부모님께 하직 인사를 올리고 곧장 강주로 떠났다.

이때, 강주에 한 미인이 있었으니 그녀의 이름은 벽성선이었다. 일찍이 강남홍과는 의기가 상통하였으나 그 만남이 더딘 것을 항상 한스러워 하였다.

문득 강남홍이 양 공자를 만나 몸을 허락하였다가 소주 자사의 위협으로 강물에 투신하였다는 말을 듣고, 강남홍의 박명함을 슬퍼하고 양 공자의 다정함을 칭찬하였었다. 급기야 양 한림이 강주로 귀양을 오게 되자 마음으로 사귀어 일생을 의탁 하고자 하여 한림에게 말하였다.

"저에게 옥피리 하나가 있습니다. 옛적에 황제 헌원씨가 곤륜산의 해곡 이라는 골짜기에서 대나무를 베어 봉황의 소리에 응답하는 음률을 만들었다고 합니다. 봉황 암수의 소리를 합하여 육률과 육려 등 12율을 만들었는데 수컷의 소리는 율이 되고 암컷의 소리는 려가 되어, 수컷의 소리인 율을 불면 천신이 감동하고, 암컷의 소리인 려를 불면 인심이 호탕해졌다고 합니다. 이제 제가 가지고 있는 옥피리는 수컷의 율에 합하여 세상에 능히 불 사람이 없고 흔히 있는 바가 아닙니다. 제가 어려서 신령스러운 분에게 배워 대강은 알았습니다만 그 분께서 이르시기를,

'천상의 문창성이 음률에 대해 잘 알고 있으니, 너는 이 옥피리를 잘 간수했다가 문창성에게 전하여라.'

라고 하셨으므로 여태 가지고 있답니다. 상공께서 한번 시험 삼아 불어 보시지요."

양 한림이 웃으면서 한 번 불어보니 청아한 소리가 이미 12율에 부합하는 것이었다.

선랑이 크게 기뻐하며 옥피리를 양 한림에게 바쳤다.

세월이 흘러 양 한림이 귀양 온 지 두어 달이 되었다. 이때 마침 천자의 탄신일을 맞아 양창곡의 죄를 용서하고 예부시랑으로 소환하였다.

양창곡이 사은하고 황성으로 돌아가 천자를 알현하자, 천자는 다시 황 각로의 딸과 혼인하기를 권하였다.

양 시랑은 어찌할 수가 없어서 바닥에 엎드린 채 명을 받들고 나와 황 소저를 맞아 혼례를 치렀다. 황 소저는 사람됨이 요조숙녀의

부드럽고 순한 본성이 부족하였다.

한편, 이때 옛날 교지국 자리에 있는 남만국이 자주 반역을 하므로 천자는 밤낮으로 근심하여 매일 조정의 대신들을 모아 변방의 일을 의논하였다.

하루는 익주 자사로 있는 소유경이 장계를 올렸는데 그 글에 이르기를,

'남만국이 또 반역을 해서 남방의 수십 고을을 결딴내고 머지않아 익주 지역을 침범할 것 같습니다.'

라고 하였다.

천자는 그 장계를 보고 크게 놀라 즉시 양창곡을 병부상서 겸 정남도원수에 임명하여 천자의 명을 대신하는 깃발 모양의 절, 도끼 모양의 부월, 그리고 활과 화살 등과 함께 붉은 전포에 황금빛 갑옷을 내려주었다. 뇌천풍을 파로장군에 임명하여 행군을 재촉하였다.

양창곡은 머리를 조아려 천자의 명을 받들고 집으로 돌아와 양친과 두 부인을 하직하고 이튿날 군사들을 이끌고 남쪽으로 향하였다.

이때 남만왕 나탁은 대군을 몰고 중원 땅까지 이르러 수십 고을의 사람들을 습격하여 죽이고 의기양양해 있었다.

그는 이름 있는 장수와 대군이 이른 것을 보고 크게 놀라 도로 남쪽으로 백여 리 밖에 있는 흑풍산에 진을 쳤다.

양 원수는 대군을 몰아 흑풍산 아래 진을 치고 남만국 진영의 형세를 살펴본 뒤 불을 질러 연기를 피우는 연화계로 대거 습격하였

다. 그러자 남만왕 나탁은 크게 패하여 오록동으로 달아났다.

대체로 남만왕에게는 다섯 개의 큰 소굴이 있었다. 첫째는 오록동, 둘째는 철목동, 셋째는 태을동, 넷째는 화과동, 다섯째는 대록동이었다.

이때 남만왕 나탁은 흑풍산에서 크게 패하고 오록동에 웅거하고 있었다.

양 원수는 오록동과 마주하여 진을 치고 거짓 모습으로 적을 교란시키는 계책인 가형계로 오록동을 격파하였다.

남만왕이 또 크게 패하여 대록동으로 달아나자, 양 원수는 또 따라서 경계를 게을리 하는 듯이 꾸며 적을 유인하는 진법인 해태진법으로 대록동을 격파하였다.

남만왕은 또 크게 패하여 태을동으로 가서 군사를 수습하고, 이튿날 다시 태을동 앞에서 도전하다가 양 원수의 기정팔문진에 포위되었다. 기정팔문진은 삼국시대 촉한의 승상인 제갈공명이 창안한 진법이었다. 한나절이나 괴롭힘을 당하다가 돌아온 나탁은 길게 한숨을 지으며 말하였다.

"내가 이제 구차하게 생명을 보전하여 기세가 꺾이고 힘이 다 빠져 꼼짝할 수 없게 되었으니, 제장은 각각 경험에 바탕을 둔 계책을 내어 과인의 부끄러움을 씻게 하라."

그러자 섬돌 아래 있던 부하 한 사람이 오계군 채운동에 은거하고 있다는 운룡도인을 천거하는 것이었다.

나탁은 크게 기뻐하며 즉시 채운동에 이르러 운룡도인을 보고 울며 말하였다.

"저희 다섯 개의 동은 남방에 대대로 전해 내려오는 땅입니다. 이

제 중국에 잃게 되었으니, 엎드려 비옵건대 선생께서는 남만국을 다시 일으켜 세우는 데 힘을 아끼지 마시어 과인이 그 땅을 찾게 해주소서."

운룡도인이 웃으며 말하였다.

"영웅이신 대왕께서 잃으신 땅을 일개 도인인 내가 어찌 찾겠습니까?"

나탁이 울며 말하였다.

"만일 선생께서 구원해주시지 않으시면 과인은 차라리 돌아가지 않고 여기서 죽으려 합니다."

운룡도인은 어쩔 수가 없어 남만왕을 따라 태을동에 이르러 말하였다.

"대왕은 양 원수에게 도전해 보십시오. 빈도가 그 진세를 보고자 합니다."

나탁이 즉시 양 원수에게 싸움을 청하니, 양창곡이 웃으며 말하였다.

"남만왕이 틀림없이 구원병을 청했을 것이다."
하고 대군을 거느려 태을동 앞에 진을 펼쳤다.

운룡도인이 그것을 바라보고 놀라더니, 홀연 주문을 외우며 칼을 휘둘러 사방을 가리켰다. 그러자 비바람이 크게 일어나며 우렛소리가 진동하면서 무수한 신장과 귀졸들이 명나라 진을 에워싸서 반나절을 공격하여도 진을 깨뜨리지 못하자, 운룡도인은 칼을 던지고 탄식하며 말하였다.

"명군의 원수는 예사사람이 아니라 천하를 체계적으로 잘 다스릴 재주를 갖춘 사람이니, 대왕은 그와 승부를 겨루려고 하지 마시오.

명군이 펼친 진법은 천상 무곡성의 선천음양진으로, 동남쪽 방향을 닫아놓아 신장과 귀졸이 침범하기 어렵습니다. 요술로는 이기지 못할 것이오."

그 말을 들은 나탁은 대성통곡하며 말하였다.

"그렇다면 과인이 다섯 동천을 어느 때에나 찾겠습니까? 바라건대, 선생께서는 동천을 되찾을 계략을 가르쳐주소서."

난처하게 된 운룡도인이 말하였다.

"빈도에게 한 가지 계략이 있으나 만일 누설이 된다면 일을 이루지 못할 뿐만 아니라 빈도에게도 해가 될 것이오. 그러니 대왕은 스스로 살피고 알아서 하십시오."

나탁이 즉시 주위 사람들을 물리치고 그 계략을 묻자, 운룡도인이 비로소 입을 열었다.

"빈도의 사부님께서는 탈탈국 총황령 백운동에 계시는데, 도호를 백운도사라고 합니다. 음양으로 만물을 창조하고 기르는 재주와 온 세상의 현묘한 이치를 모르시는 것이 없지요. 이 분이 아니면 명나라 군사를 대적하지 못할 것이오. 그러나 사부님께서는 맑은 덕과 높은 뜻으로 산문 밖으로 나가지 않으시니, 대왕이 성의를 다하지 않으시면 청해도 허락을 얻지 못할 것입니다."

하고 말을 마친 운룡도인은 표연히 채운동으로 돌아갔다.

나탁은 즉시 백운도사에게 바칠 폐백을 갖추고 백운동으로 찾아가서 홍혼탈 곧 홍랑을 데리고 온 것이었다.

한편, 홍랑이 남만왕을 따라 진중에 이르러 그곳의 지형을 자세히 살펴보니, 동쪽에는 연화봉이라는 작은 산이 하나 있었다. 홍랑이 봉우리 위에 올라 사방을 돌아본 뒤 남만왕에게 말하였다.

"내가 명나라 진영을 먼저 구경하고 싶소."

하고 그 날 밤에 화과동에 이르러 지형을 살펴보고는 탄식하며 말하기를,

"만일 명나라의 원수가 화과동 가운데 진을 쳤더라면 한 명의 군사도 살아 돌아가지 못했을 텐데, 이제 왕성하게 살 수 있는 방도를 얻었으니 갑자기 격파는 못하겠소. 내일 대진하여 그가 용병하는 것을 보아야겠소."

하고는 즉시 명나라 진영에 격서를 보냈는데 그 격서에 이르기를,

'남만왕은 명나라 원수에게 격서를 보냅니다. 과인이 듣기로 성덕을 쌓은 임금은 덕을 드러내고 힘으로 싸우지 않는다고 합니다. 그런데 지금 큰 나라가 10만의 용맹한 군사들을 이끌고 외딴 지방인 이곳까지 오셨으니 그 위태로움이 다급합니다. 군령은 어길 수 없으므로 패잔병을 수습하여 태을동 앞에서 다시 뵐까 하니, 귀국의 군사들을 거느리시고 서둘러 만나기를 바랍니다.'

라고 하였다.

양 원수가 격서를 보고 크게 놀라 말하기를,

"이 글이 간략한 가운데도 뜻을 다 담았고, 남만의 사나운 태도나 기상이 없고 중화의 문명한 기상이 느껴지니 어찌 괴이하지 않겠는가?"

하고 즉시 답장에 이르기를,

'대명의 도원수는 남만왕에게 답하노라. 우리 황제 폐하께서 만방을 자식처럼 살피시는데도 남방 야만족의 귀순이 더딘 까닭에 천자의 군사를 징발하여 특산물을 조공하지 않는 죄를 묻고자 하시는 것이다. 대군이 벼락같이 빠르게 이르는 곳에 남방의 야만족들은 손을 쓰지 못하게 무너질 것이다. 그러나 특별히 살려주시는 덕을 베푸시어 인의로 감화하고, 위세와 무력으로 살육하지 아니하려 하니, 내일 마땅히 대군을 거느리고 기약한 대로 나아갈 것이다. 아아! 남만왕은 그대의 군사들을 타이르고 그대의 무기를 정리하여 붙잡혔다 놓여나는 칠종칠금의 후회를 하지 않게 하라.'

라고 하였다.

홍랑이 답장을 보고 정색을 하며 말하였다.

"내가 야만족의 나라에 몇 년간 몸을 숨기고 들어박혀서 고국의 문물을 다시 못 보는 것이나 아닐까 했는데, 이 글을 대하니 중화의 문장을 알겠구나. 어찌 반갑지 않으랴?"

이튿날 홍랑은 한 대의 작은 수레에 올라 남만국의 군사들을 거느리고 태을동 앞에 진을 쳤다.

양 원수도 대군을 거느리고 수백 보 밖에 진을 쳤다.

홍랑이 수레를 몰고 진 앞으로 나아가 명나라의 진세를 보니, 깃발이 우뚝하고 북과 나발소리가 하늘을 진동하였다.

그 가운데 한 사람의 젊은 대장이 붉은 전포에 황금 갑옷을 입은 채 깃을 크게 댄 화살인 동개살을 차고 손에는 수기를 들고 있었다. 전후좌우로 여러 장수들이 옹위하여 높이 앉아 있었다.

홍랑은 그가 명나라의 원수임을 알아보고, 손삼랑으로 하여금 진 앞에 외치라고 하였다.

"우리 남만국은 작은 나라로 남쪽의 외딴 곳에 있어 문무를 아울러 갖춘 사람이 없으나 오늘 진법으로 싸우고자 하는 것은 대국의 용병술을 보려 하는 것이니, 명나라 원수께서는 먼저 한 가지 진을 펼쳐 보십시오."

양 원수는 그 응대하는 말솜씨가 화락하고 조용하여 고전적인 기풍이 있는 것을 보고 내심 놀랍고 의심스러워 남만국의 진영을 바라보았다.

한 젊은 장군이 초록 바탕에 금실로 수를 놓은 소매가 좁은 전포를 입고 푸른 무늬에 원앙 한 쌍을 수놓은 허리띠를 띠고, 머리에는 도사들이 쓰는 칠성관을 쓰고 허리에는 부용검을 차고 있었다. 수레에 단정히 앉아 있는 날씬하고 아름다운 태도는 가을하늘에 밝은 달이 푸른 바다 위로 떠오른 듯하였고, 빼어난 기상은 서늘한 바람을 일으키는 사나운 매가 푸른 하늘에서 내리꽂히는 것 같았다.

양 원수가 깜짝 놀라 여러 장수들을 돌아보며 말하였다.

"저 장수는 틀림없이 남방의 인물이 아닐 것이오. 나탁이 어디 가서 저런 구원군을 청했을까?"

하고 양 원수는 수기를 휘둘러 진세를 변화시켜 여섯 방위로 나누어 육화진을 쳤다.

홍랑이 웃으며 북을 쳐서 만병을 지휘하여 스물네 명의 기병을 쌍쌍으로 열두 분대로 나누어 부채 모양의 호접진을 쳐서 육화진과 맞서게 하고는 손삼랑에게 외치라고 하였다.

"육화진은 태평성대에 선비 출신의 장수들이나 치는 진법이지요.

저의 나라에 호접진이 있어 충분히 대적할 수 있으니 다른 진을 쳐 보시오."

양 원수는 수기를 휘둘러 육화진을 변화시켜 여덟 방위로 나누어 팔괘진을 쳤다.

그러자 홍랑도 북을 치며 만병을 지휘하여 다섯 방위의 방원진을 이루어 팔괘진과 맞서서, 생문으로 들어가 기문으로 나오고, 서쪽과 남쪽을 쳐서 동쪽과 북쪽을 불시에 습격하고서 손삼랑을 시켜 외쳤다.

"한나라 때 제갈무후가 육화진과 음양의 양의진을 합하여 이른바 팔괘진을 만들었지요. 생사문에 기습 공격과 정면 공격을 할 수 있는 기정문이 있고, 만물이 생동하는 동방과 병들거나 죽게 되는 정방이 있고, 서쪽과 남쪽의 음방과 동쪽과 북쪽의 양방이 있지요. 저의 나라에 군사 50명을 배치하여 49명을 운용하는 대연진이 있어 충분히 팔괘진에 대적할 수 있으니 다른 진을 쳐 보시오."

양 원수는 깜짝 놀라 급히 팔괘진을 거두고, 좌우의 날개를 이루어 조익진을 쳤다. 그러자 홍랑도 방원진을 변화시켜 한 줄기 장사진을 이루어 조익진을 뚫으며 외쳤다.

"조익진은 전체 군사들을 상대하여 시살하는 진법입니다. 저희는 마땅히 장사진으로 맞설 것이니 다른 진을 쳐 보시오."

양 원수는 수기를 바삐 휘둘러 좌우의 날개를 합하여 학익진을 이루어 장사진의 머리 부분을 공격하며 뇌천풍에게 외쳤다.

"남방의 어린아이가 장사진으로 조익진을 뚫는 것만 알고, 조익진이 변해 학익진이 되어 장사진의 머리를 치는 것은 어째서 생각하질 못할까?"

홍랑은 미소를 띠며 북을 쳐서 장사진을 나누어 두어 곳에 물고기 비늘 모양의 어린진을 쳤는데, 이는 적국을 속이는 진법이었다.

양 원수가 크게 노하여 대군을 열 분대로 나누어 어린진을 가운데 두고 십면으로 에워쌌다. 그러자 홍랑이 웃으며 외쳤다.

"이는 한나라 때의 회음후 한신이 썼던 십면매복으로, 구태여 진법이라 할 수 없네요. 저희에게 오히려 한 가지 진법이 있어 방비하려고 하니 보시오."

하고는 어린진을 변화시켜 다섯 분대로 나누어 오방진을 쳤다. 그 동방을 치면 남방과 북방이 좌우의 날개가 되어 방비하고, 북방을 치면 동방과 서방이 좌우의 날개가 되어 방비하는 것이었다.

양 원수가 이를 바라보고 탄식하며 말하였다.

"저 소년 장군은 천하의 기재로구나! 이러한 진법은 예로부터 지금까지 없었던 것이다. 오행상극의 이치를 따라 스스로 창시한 진법이니, 비록 병법의 대가였던 손빈이나 오기라고 하더라도 이 진을 격파하지 못할 것이다."

하고 진법으로는 이기지 못하리라는 것을 알고 즉시 쟁을 쳐서 군진을 거두고 뇌천풍으로 하여금 외치게 하였다.

"오늘 양 진영이 서로의 진법을 이미 보았으니, 다시 무예로 싸울 사람이 있거든 나오라."

철목탑이 창을 들고 나가 뇌천풍과 마주 싸우기 십여 합에 자주 칼을 피해 수세에 몰리자, 손야차가 창을 들고 나가며 꾸짖었다.

"너희가 이미 진법으로 졌으니 다시 무예로 져 보아라."

그러자 뇌천풍이 크게 노하여 외쳤다.

"수염 없는 늙은 오랑캐는 당돌하게 굴지 말라."

하고 몇 합을 겨루고 있을 때였다. 홀연 명나라 진중에서 동초와 마달이 한꺼번에 달려 나와 뇌천풍을 거들었다.

그러자 손야차가 대적하지 못하고 말을 빼내어 달아나니, 홍랑이 손야차가 패한 것을 보고 크게 노하여 말에 올라 진을 나서며 철목탑을 불러들이고 외쳤다.

"명군의 장수는 어지러운 창법을 자랑하지 말고 먼저 내 화살을 받아 보라."

말을 마치자 공중에 날아온 화살이 뇌천풍의 투구를 맞추어 땅에 떨어졌다.

동초와 마달이 크게 노하여 일시에 창과 칼을 춤추며 곧바로 홍랑을 죽이려 하였다.

홍랑이 섬섬옥수를 번득이며 활시위 소리가 나는 곳에 흐르는 화살이 뒤를 이어 들어와 동초와 마달 두 장수의 가슴을 가리는 갑옷인 엄심갑을 한꺼번에 맞추어 쨍! 하고 깨어졌다.

두 장수는 더 이상 싸울 뜻이 없어서 말을 돌려 본진으로 돌아왔다.

그러자 뇌천풍이 투구를 집어 고쳐 쓰고 벽력부라는 도끼를 휘두르며 크게 꾸짖었다.

"변변치 못한 남만의 장수는 조그만 재주를 믿고 무례하게 굴지 마라."

하고 또 홍랑에게 달려들었다.

홍랑은 태연히 웃다가 홀연 쌍검을 뽑아 들고 몸을 반공에 솟구쳤다.

뇌천풍이 허공을 치고 급히 도끼를 거두려고 하는데, 머리 위에

쨍! 하고 칼 소리가 나며 날아온 칼이 공중에서 떨어져 투구가 깨어졌다.

뇌천풍은 허둥지둥하다가 몸을 뒤집으며 말에서 떨어졌다.

홍랑은 더 이상 돌아보지 않고 다만 칼을 거둘 뿐이었다.

원래 홍랑이 칼 쓰는 법은 깊고 얕음을 조절할 수 있어서 다만 투구를 깨뜨렸을 뿐 사람을 상하게 하지는 않았다.

늙은 장수가 이미 정신을 수습하지 못하고 자신의 머리가 없어졌나 의심할 정도였으니, 어찌 다시 싸울 뜻이 있었겠는가?

급히 말을 돌려 본진으로 오자, 양 원수가 진중에서 바라보다가 크게 노하여 말하였다.

"입에 젖내도 가시지 않은 한낱 오랑캐 장수를 세 장수가 대적하지 못하다니, 내가 마땅히 친히 나가 저 장수를 생포하리라. 만일 생포하지 못한다면 내 맹세코 군사를 돌리지 않을 것이다."

홍랑이 만진에 돌아와 밤을 지내며 한밤중에 생각하기를,

'내가 비록 여자의 몸이지만 어찌 대의를 모르고 남만왕을 위해 고국을 저버리리오? 만일 내 손으로 명나라의 장수나 군졸을 하나라도 살해하면 의리가 아니지. 그러나 사부님의 명으로 나탁을 구하러 왔다가 그냥 돌아가는 것도 도리가 아니니 어찌하면 양쪽 모두 원만하고 편하게 될까?'

하고 생각하다가 홀연 한 가지 계교를 생각하고 손야차를 돌아보며 말하였다.

"오늘 달빛이 매우 아름다우니 내가 태을동 어귀에 나아가서 연화봉에 올라 명나라 진중의 동정을 구경할 것이다."

하고 달빛을 받으며 백운도사가 준 옥피리를 품에 품고 연화봉에 올

라 명나라 진중을 바라보았다.

북과 나발 소리가 그쳐 고요한 가운데 등불이 깜빡이고 있었는데, 시간은 삼경을 알리고 있었다.

홍랑이 품속에서 옥피리를 꺼내어 한 곡을 불었다.

이때는 서풍이 으스스하고 쓸쓸하게 불어왔다. 하늘엔 별빛과 달빛이 밝고 환하였다.

홀연 한 곡조의 피리소리가 고요하고 쓸쓸하게 들려왔다. 처량한 곡조는 철석같은 간장을 녹이고, 흐느끼는 듯한 소리는 산천마저 빛이 변하는 듯하였다.

이 날 밤 명나라 진중의 십만 대군이 한꺼번에 잠이 깨어 늙은 사람들은 처자를 생각하고 젊은 사람들은 부모를 그리워하며, 어떤 이는 눈물을 뿌리며 탄식을 하고, 어떤 이는 고향 생각이 나서 일어나 방황하였다.

저절로 군중이 요란해지고 군진의 대오가 어지러워졌다. 기마대를 지휘하는 마 군장은 채찍을 잃은 채 멍하니 서 있고, 군영 안의 일을 주관하는 군문도위는 방패를 안고 의기가 북받쳐 목메어 울고 있었다.

명군의 장수인 소 사마가 깜짝 놀라 동초와 마달 두 장수를 불러 군중을 단속시키려고 하는데, 두 장수들도 기색이 처량하고 행동거지가 예사롭지 않았다. 소 사마가 급히 양 원수에게 보고하였다.

양 원수가 시간을 물으니, 이미 사오 경에 가까웠다. 모든 군사들이 이리저리 방황하며 진중이 물 끓는 듯하였다.

한 줄기 서풍이 불어와 수기를 펄럭이게 하는데, 바람결에 들려오는 옥피리 소리가 애원하는 듯 처절하여, 양 원수 같은 영웅의 흉금으로도 비창함을 이길 수가 없었다.

양 원수가 귀를 기울여 한 번 들어보매, 어찌 그 곡조를 모르겠는가? 여러 장수들을 향해 말하기를,

"옛날 한나라 개국에 공을 세운 장자방이 계명산에 올라 옥퉁소를 불어 초나라 군사들을 흩어지게 했다던데, 이곳의 어떤 사람이 이 곡조를 아는 것인지 모르겠군. 나도 또한 어려서 옥피리를 배워 두어 곡조를 기억하고 있는데, 이제 한번 시험하여 전군의 처량한 심회를 진정시켜 보리라."

하고 작은 상자 속에서 옥피리를 꺼내어 한 곡조를 불었다. 그 소리는 화평하고 호탕하여 군중이 저절로 평온을 되찾았다.

양 원수가 다시 음률을 변화시켜 한 곡조를 불었다. 그 소리가 웅장하고 얽매는 데가 없어, 마치 푸줏간에서 술을 마시던 협객이 노래에 화답하고 변방을 지키러 온 장수가 철갑으로 무장한 기마를 울게 하는 듯하였다. 휘하의 전군이 기색이 늠름해져서 창을 어루만지고 칼춤을 추며 한 차례 싸웠으면 하였다.

양 원수가 웃으며 피리 불기를 그치고 도로 침소에 들어가 뒤척이며 잠을 이루지 못하고 생각하기를,

'내가 비록 천하에 널리 노닐어 인재를 다 보지는 못했지만, 어찌 야만족의 나라에 이렇듯 출중한 인재가 있을 줄 알았겠는가? 이제 남만국 장수의 무예와 병법을 보니 참으로 견줄 사람이 없는 선비요, 천하의 기재였어. 옥피리도 예사 사람이 불 수 있는 것이 아니니, 이는 틀림없이 하늘이 명나라를 돕지 않는 것이다.'

하고 잠을 이루지 못하였다.

이때, 홍랑은 사부의 명으로 남만왕을 구하러 왔으나 고국을 또한

저버리지 못해서 조용한 옥피리 소리로 장자방을 본받아 명나라 군사들이 스스로 흩어지게 하려고 하였었다. 그런데 뜻밖에도 명나라 진중에서 한 옥피리 소리가 화답을 하는 것이었다. 비록 곡조는 달랐으나 음률이 틀리지 않았고, 기상은 현격히 달랐으나 생각하는 뜻은 다름이 없었다. 마치 아침 햇살을 받은 아름다운 봉황새의 암컷과 수컷이 서로 화답하는 듯하였다.

홍랑은 옥피리 불기를 멈추고 멍하니 넋을 놓고 머리를 숙인 채 깊이 생각하기를,

'백운도사께서 말씀하시길, 이 옥피리는 본디 한 쌍으로 하나는 문창성군에게 있어서 고국에 돌아갈 기회가 거기에 있다고 하셨는데, 이제 명나라 원수가 혹시 문창성군의 정기를 타고 난 사람이 아니라는 것을 어찌 알겠어? 그러나 하늘이 옥피리를 내실 적에 어찌하여 한 쌍을 내셨으며, 이미 쌍이 있다면 어찌하여 남북으로 짝을 잃고 그 만남을 더디게 하실까?'

하다가 또 다시 생각하기를,

'이 옥피리가 이미 정해진 짝이 있다면, 그 옥피리를 부는 사람들이 반드시 짝이 되겠지. 하늘이 굽어 살피시고 밝은 달이 내리비치니, 강남홍의 짝이 될 사람은 양창곡 한 사람이야. 혹 조물주가 도와주시고 보살이 자비를 베푸시어, 우리 양 공자께서 오늘 명나라의 도원수가 되어 오셨을까? 내가 어제 명진에서 펼친 진법을 보고, 오늘 달빛 아래 피리소리를 들어보니, 명군의 원수는 이 시대에 짝이 없을 만한 인재였어. 나는 마땅히 내일 도전해서 명군 원수의 용모를 자세히 봐야겠다.'

하고는 즉시 돌아와 날이 밝기를 고대하여 남만왕을 보고 말하였다.

"오늘은 마땅히 도전하여 자웅을 결단할 것이니, 대왕이 먼저 동천 앞에 진을 치십시오."

나탁이 응낙하고 군사들을 거느리고 나갔다.

홍랑이 말에 올라 손야차를 데리고 진 앞으로 나아가니, 양 원수도 이르러 진을 펼쳤다.

그런 뒤 홍랑은 부용검을 차고 활과 화살을 휴대한 채 털이 곱슬곱슬하고 눈처럼 흰 설화마에 앉아 진문의 깃발 아래로 썩 나서며 손야차를 시켜 크게 외쳤다.

"어제의 싸움은 나의 무예를 처음 시험한 것이라 용서함이 있었다. 오늘은 스스로 헤아려 나를 당할 수 있는 자가 있거든 나오너라. 만일 당하지도 못할 자가 부질없이 나와서 전장의 백골을 보태지 말라."

그 말을 듣고 동초가 크게 노하여 급히 나가 홍랑을 치려 하자, 그녀는 웃으며 활을 당겨 동초가 번개같이 휘두르는 창끝에 달린 술을 치고 연달아 왼쪽 눈을 맞혔다.

동초가 정신을 잃고 돌아가자, 양 원수는 크게 노하여 분연히 일어나 갈기털이 길고 푸르스름한 백마에 올라탔다. 그는 하늘을 찌를 듯 긴 이화창을 들고, 붉은 전포와 황금빛 갑옷에 활과 화살을 차고 진문 앞으로 나섰다.

홍랑은 양 원수가 몸소 나오는 것을 보고 말을 달려 부용검을 들고 서로 맞아 싸웠다. 미처 한 차례 겨루기도 전에 홍랑의 총명으로 어찌 양 공자를 몰라보았겠는가? 홍랑은 반가움이 극에 달해 눈물이 앞서고 정신이 황홀하여 어찌 할 줄 몰랐다.

그러나 강남홍과 서로 마음이 통하여 지극하고 참되게 알아주었던 양 원수의 마음으로도 무덤 앞에서 영결하였던 홍랑이 너무나 멀리 떨어진 곳에서 마주 싸우고 있는 남만의 장수가 되었다는 사실을 어찌 알겠는가?

이때, 양 원수가 창을 들어 홍랑을 치려고 하므로, 홍랑은 급히 허리를 굽혀 피하며 수중의 쌍검을 땅에 떨어뜨리고 소리쳤다.

"소장이 실수하여 칼을 놓쳤으니, 원수께서는 창을 잠깐 멈추시어 칼을 집게 해주십시오."

양 원수는 그 목소리가 귀에 익은지라 급히 창을 거두며 만장의 용모를 자세히 살피는데, 홍랑이 칼을 집어 말에 오르며 양 원수를 향해 말하였다.

"천첩 강남홍을 상공께서 어찌 잊으셨습니까? 제가 이 길로 상공을 따라야 하겠지만 수하 사람이 만진에 있으니, 오늘밤 삼경에 군중에서 만나기로 하시지요."

말을 마친 홍랑은 말을 채찍질하여 본진으로 표연히 돌아갔다.

양 원수는 창을 든 채 석상이 된 듯이 서서 오랫동안 바라보다가 진중으로 돌아왔다.

소 사마가 맞이하며 물었다.

"오늘 남만의 장수가 재주를 다하지 않은 것은 무슨 곡절입니까?"

양 원수는 미소를 지을 뿐 대답하지 않고 급히 퇴진하여 화과동으로 돌아갔다.

홍랑이 남만왕을 보고 말하였다.

"오늘 명군 원수를 거의 생포할 수 있었는데 몸의 기력이 떨어져서 퇴진했습니다. 오늘 조섭을 해서 내일 다시 싸우겠습니다."

그 날 밤 홍랑은 손삼랑과 마주 앉아 싸움터에서 양 공자를 만나 오늘 삼경에 명진으로 만나러 가기로 하였다는 것을 말하였다.

손삼랑은 크게 기뻐하며 남모르게 행장을 수습하였다.

한편, 양 원수가 본진에 돌아와 장중에 누워 생각하기를,

'오늘 싸움터에서 만난 사람이 정말 홍랑이라면, 비단 끊어진 인연을 잇게 된 것이 기이할 뿐만 아니라 국가를 위해 남만을 평정하기도 쉬울 것이니 어찌 기쁘지 않으랴마는, 홍랑이 능히 세상에 생존하여 이곳에서 다시 만난다는 것은 꿈속에서도 기약하지 못한 일이다. 아마도 남방은 예로부터 물에 빠져 죽은 충신과 열녀들이 많았으니, 홍랑의 원혼이 흩어지지 않은 것인가. 멱라수에 투신한 굴원의 맑은 기풍과 소상강의 얼룩대나무에 피눈물을 흘리다 죽은 아황과 여영 등 두 왕비의 외로운 혼이 여전히 남아 있어서 그들과 왕래하며 노닐다가 내가 이곳에 온 것을 알고 그 평생의 원통한 정회를 설원하려고 하는 것이나 아닐까? 홍랑이 이미 오늘밤 삼경에 군중으로 오겠다고 했으니 다만 기다려 보리라.'

하고 촛불을 돋우고 책상에 기대 시간을 헤아리며 앉아 있었다.

오래지 않아 삼경 일점이 되었다. 양 원수는 주변 사람들을 물리치고 장중에 홀로 앉아 기다렸다.

홀연 서늘한 바람이 촛불을 흔들리게 하더니 한 줄기 맑은 기운이 장중으로 들어왔다. 양 원수가 정신을 차려 찬찬이 보니, 젊은 장수 한 사람이 쌍검을 짚고 표연히 들어와 불빛 아래 서는 것이었다.

양 원수가 한편으로 놀라 자세히 보니 살아서는 멀리 떨어져 있었고 죽어서는 멀고 먼 저승으로 보낸 뒤 자나 깨나 잊지 못하고 생각

하던 홍랑이 완연하였다.

굳어버린 듯이 말이 없다가 한참만에야 물었다.

"홍랑아, 그대가 죽어 영혼이 온 것이냐, 살아서 참모습이 온 것이냐? 나는 그대가 죽은 것을 알지만 살아 돌아왔다는 것은 믿을 수가 없구나."

홍랑도 또한 목에 메어 흐느껴 울면서 말을 이루지 못하다가 입을 떼었다.

"제가 상공의 사랑과 은혜를 입어 물에 빠져 죽은 원혼이 되지 않고 멀리 떨어진 이곳에서 그리던 모습을 다시 뵈오니 가슴속에 쌓인 무한한 말씀을 갑작스레 다하지 못하겠습니다. 주변에서 보고 듣는 사람들이 많아 저의 행색이 드러날까 걱정됩니다."

양 원수는 즉시 몸을 일으켜 휘장을 내리고 홍랑의 손을 잡아 자리에 앉히며 눈물을 금치 못하였다.

홍랑이 양 원수의 손을 붙잡고 줄기차게 바라보는 눈에는 눈물이 그렁그렁하였다. 그녀가 말하기를,

"상공께서는 제가 살아있다는 것을 꿈밖으로 아셨지만, 저는 상공께서 오늘 이곳에 이르신 것이 아직도 꿈속인가 싶어요."

라고 하였다. 양 원수가 탄식하며 말하였다.

"대장부가 일을 하려고 나서거나 들어가 숨는 것은 일정하지 않지만, 그대는 의지할 데 없는 외로운 여자에 불과하지 않은가. 가냘프고 약한 몸이 바람이 불고 큰 물결이 치는 환란을 당해 이곳까지 온 것도 기이한데, 하물며 젊은 나이에 이름난 장수가 되어 남만왕을 구하러 오리라고는 꿈에도 생각할 수가 없었지."

이에 홍랑은 항주에서 액운을 당하였을 때 윤 소저와 손삼랑이 구

해준 이야기와 정처 없이 떠돌아다니다가 백운도사를 만나 백운동에 의탁해서 병법과 검술을 배운 이야기, 남만왕을 위해 사부의 명으로 산에서 나오게 된 곡절을 낱낱이 말하였다.

양 원수도 홍랑과 헤어진 뒤에 일어났던 일을 세세히 말하고, 윤소저와 혼인한 이야기, 벽성선을 데려온 이야기, 황명을 받아 황 씨와 혼인하게 된 이야기를 하였으나 그 사이의 모든 이야기를 다할 수는 없었다.

양 원수가 촛불 아래 홍랑의 얼굴을 보니 맑은 눈썹과 약간 여윈 듯한 뺨에 세속의 기운이 한 점도 없어 곱고 아리따움이 전날보다 한층 더하였다.

새로운 애정이 솟아올라 전포를 벗고 장중에서 동침하였다. 얽히고설킨 옛정과 은근한 새 정을 나누느라 영문의 북과 나발소리가 새벽을 재촉하는 것이 한스러웠다.

새벽하늘이 밝아 오자 홍랑은 놀라 몸을 일으켜 다시 전포를 입고 웃으며 말하였다.

"제가 상공을 항주에서 만날 때 서생으로 변복을 했었는데, 오늘 이곳에서 다시 장수로 변복을 했으니 문무를 겸전한 사람이라고 할 수 있겠어요. 정남도원수의 소실로서 부끄럽지 않으나 다만 규중 여자의 복장은 아니로군요. 다시 산속으로 자취를 감추었다가 원수께서 남만을 정벌하신 뒤 나중에 가는 수레로 따라갈까 합니다."

양 원수가 그 말을 듣고 나서 깜짝 놀라 말하였다.

"내가 다른 나라 땅에 들어와 심복이 없고 군사적인 일을 처리하는 데도 생소함이 많다오. 그런데 만일 그대가 나를 보살펴주지 않는다면 이 어찌 평생 벗으로서 환란을 함께 하는 뜻이겠나?"

홍랑이 웃으며 말하였다.

"상공께서 저를 장수로 부리고자 하신다면 세 가지 약속을 해주셔야 합니다. 고국으로 회군해 가는 날까지 저를 가까이 하지 마셔야 하고, 저의 행색을 숨기셔서 여러 장수들에게 누설하지 마시고, 남방을 평정한 뒤 나탁을 저버리지 마셔야 합니다."

양 원수가 흔쾌히 약속하고 다시 미소를 지으며 말하기를,

"두 가지 약속은 어렵지 않으나 다만 첫 번째 것은 혹시 어기더라도 허물하지 말게나."

하니, 홍랑도 미소를 띠고 말하였다.

"제가 이미 원수의 명을 받아 장수가 되었으니, 상공께서 비록 예전의 홍랑으로 대하고자 하시지만 그러면 군령이 서지 못할까 합니다."

하고는 몸을 일으키며 말을 이었다.

"제가 오늘밤 상공을 모신 것은 사사로운 정입니다. 군중은 지엄하여 출입을 반드시 광명정대하게 해야 할 것이므로 이제 돌아가서 이리저리 할 것이니, 상공께서도 이렇게 저렇게 하십시오."

말을 마친 홍랑은 다시 쌍검을 들고 표연히 객실로 돌아와 손삼랑에게 명진에 가서 양 원수를 만나보고 이리저리 하였다는 말을 해주었다.

옥피리와 행장을 수습한 홍랑은 손삼랑을 데리고 연화봉에 올라 달구경을 하며 방황하였다.

이때, 양 원수는 홍랑을 보낸 후 소 사마더러 연화봉 아래로 가서 홍혼탈을 유인해 오라고 하였다.

소 사마가 명령을 받들고 연화봉으로 가서 달구경하는 홍혼탈을

솔깃한 말과 이로운 조건을 내세워 무수히 꾀였다.

홍랑은 내심 미소를 머금으며 홀연 쌍검을 들어 바위를 쳤다. 그러자 바위가 두 조각이 났다. 그녀는 칼을 잡고 일어서며 말하였다.

"대장부가 일을 결단함이 이 바위와 같을 것이다."

하고 소 사마를 바라보며 말하였다.

"장군은 나를 위해 원수께 나를 소개하시오."

하니, 소 사마는 크게 기뻐하며 홍랑과 손삼랑을 데리고 본진으로 돌아와 양 원수에게 보고하였다.

양 원수는 크게 기뻐하며 진문 밖으로 나아가 홍혼탈의 손을 잡고 웃으며 말하였다.

"온 세상이 넓다 하나 다 같은 하늘 아래 있고, 중국 땅이 크다 하나 천지사방 안에 있는 것이오. 이 사람의 안목이 좁아 영웅호걸을 동시대에 나서 자란 지 몇 년 만에 이곳에 와서 이처럼 만나다니 어찌 부끄럽지 않겠소?"

홍혼탈이 의연한 태도로 대답하였다.

"오랑캐의 장수로 항복한 마당에 어찌 진정한 벗을 말하겠소마는, 이제 원수께서 자신을 낮추시는 기풍을 보니, 이 몸이 칼을 짚고 따르려는 행적에 거의 후회가 없을 것이라 생각합니다."

하고는 서로 손을 잡고 진중으로 들어가다가, 홍혼탈이 데리고 온 늙은 부하를 가리키며 말하였다.

"저 나이 든 장수는 소장의 심복입니다. 이름을 손야차라고 하지요. 약간의 병법을 알고 있으니 휘하에 거두어 쓰시기를 바랍니다."

양 원수가 허락하였다.

날이 밝자 양 원수는 여러 장수들을 모아놓고 홍혼탈을 가리키며 말하였다.

“홍 장군은 본디 중국 사람으로 남방에서 떠돌이 생활을 했다오. 이제 도로 우리 명나라의 명장이 되었으니 각기 인사들을 나누시오.”

하고는 소유경을 좌사마 청룡장군으로 삼고, 홍혼탈을 우사마 백호장군으로 삼고, 손야차를 전부 돌격장으로 삼았다.

이때, 양 원수는 홍랑을 군중에 두게 되어 끊어졌던 인연을 다시 잇게 되니 기쁠 뿐만 아니라, 낮이면 군무를 의논하고 밤이면 객지에서의 회포를 위로하며 한시도 좌우를 떠나지 않았다. 그러나 홍랑은 재빠르고 재치가 있어서 윗사람을 받들며 아랫사람을 거느려 그 사이를 잘 주선함으로써 종적이 탄로 나지 않게 하였다. 그런 까닭에 여러 장수들이나 군사들은 홍혼탈이 여자임을 아는 사람이 없었다.

한편, 나탁은 홍혼탈이 달아난 것을 알고 크게 노하여 마지않았다. 그러자 장중의 한 사람이 운남 축융국의 축융왕을 천거하였다. 나탁이 크게 기뻐하며 즉시 폐백을 가지고 가면서 예하 장수인 철목탑과 아발도를 불러 당부하였다.

“과인이 돌아오기 전에는 출전하지 말라.”

두 장수는 그러겠다고 하였다.

이때, 홍 사마가 양 원수에게 아뢰기를,

“남만왕 나탁이 연일 움직임이 없으니 필시 구원병을 청하러 갔을 것입니다. 이 기회를 타서 태을동을 탈취하는 것이 좋을 듯합니다.”

하자, 양 원수가 말하였다.

“남만왕의 동천은 수많은 군사들이 공격해도 열 수가 없는 철옹성이라던데, 장군은 무슨 묘계라도 있소?"

홍 사마가 은밀하게 아뢰었다.

"만진의 장수와 군졸들은 꾀가 없어 속이기 쉬울 것이니, 이리저리 함이 좋을까 합니다."

양 원수가 칭찬하며 말하였다.

"나는 오랜 군무로 피곤하니, 장군이 나를 대신해서 재주를 아끼지 마시오."

홍 사마가 미소를 짓고, 이 날 밤 손야차를 장중으로 불러 은밀히 약속을 하였다.

이튿날 날이 새자 양 원수는 장수들을 모아 군중의 일을 상의하는데, 홍 사마가 양 원수에게 아뢰었다.

"남만 사람들의 천성이 간교하여 이랬다저랬다 하기를 비길 데가 없습니다. 군중에 생포한 남만병을 오래 두면 우리의 기밀이 누설될 수 있으니 한꺼번에 진 앞에서 목을 베어 화근을 없애는 것이 좋겠습니다."

그러자 손야차가 간하였다.

"병서에 이르기를, '항복한 자는 죽이지 않는다.'라고 했는데, 이제 다 베어 죽인다면 이는 투항하는 길을 막아 적병이 한마음으로 단결하는 것을 돕는 것입니다."

홍 사마가 노하여 말하였다.

"내게도 헤아려 생각하는 것이 있어서 드리는 말씀인데, 늙은 장수가 어찌 감히 쓸데없는 말을 하는가?"

손야차가 말하였다.

"장군의 생각은 모르겠으나 남만국의 백성은 또한 우리 성천자의 적자이자 창생입니다. 어찌 아무 이유도 없이 살육을 일삼겠습니까?"

홍 사마가 크게 노하여 부용검을 빼어 들고 호령하였다.

"늙은 졸개가 어찌 내 앞에서 당돌함이 이 같은가? 너는 백운동 초당 뜰을 쓸던 자에 불과하다. 사부의 명으로 나를 따라 왔으나 어찌 장수와 부하 사이의 의리를 모른단 말이냐?"

손야차가 더욱 크게 노하여 말하였다.

"장군께서 만일 사부님의 명을 생각하신다면 어찌 남만왕을 버리고 태도를 바꿔 투항을 하십니까?"

이 말을 들은 홍 사마는 칼을 빼어 손야차를 베려고 하였다. 주변에 있던 장수들과 양 원수가 만류하며 손야차를 밖으로 내보냈다.

손야차는 밖에 나와 분노를 삭이지 못하였다. 밤이 된 뒤에 손야차는 창을 짚고 달빛 아래 배회하며 장탄식을 하다가 포로가 된 만병들이 있는 곳을 지나갔다.

만병들이 머리를 조아리며 사례하기를,

"저희들이 오늘 생존한 것은 장군의 덕입니다. 장군께서는 다시 살 길을 일러주십시오."

라고 하였다. 손야차는 한숨을 쉬며 말하였다.

"너희들은 모두 동향 사람들인데 속마음을 어찌 숨기겠느냐? 어제 홍 장군의 거동을 봐라. 나도 고향으로 가려 하니 너희도 일제히 도망을 가자."

손야차는 즉시 칼을 빼어 포로들의 포승줄을 끊어주며,

"너희들은 서둘러 성벽을 넘어 달아나거라. 나도 말에 올라 도망갈 것이다."

하고는 말에 올라 동문을 나서서 달빛을 받으며 몇 리를 갔다. 길가에 있던 대여섯 명의 만병들이 말 아래로 달려와 물었다.

"장군께서는 어찌 이제야 오십니까?"

"많던 군사들이 다 어디 가고 너희만 있느냐?"

"저희들은 장군께서 살려주신 은덕을 갚을 길이 없어서 한 패는 먼저 태을동으로 가서 철목탑 장군에게 장군의 성덕을 말씀드리고, 저희들은 장군을 모시고 동중에 들어가서 부귀를 누릴까 합니다."

손야차가 웃으며 말하였다.

"내 어찌 구구한 부귀를 구하겠느냐? 동향인의 정 때문이다. 나는 이제 산중으로 가련다."

하고는 말을 몰고 가려 하므로 만병들이 눈물을 뿌리며 고삐를 잡고 만류하였다.

이때, 철목탑과 아발도는 태을동의 문을 닫고 나가지 않고 있었다.

홀연 십여 명의 만병들이 명진에서 돌아와 홍 장군이 목을 베려고 하였다는 말과 손 장군이 만류하다가 홍 장군에게 욕을 먹고 자신들을 도망시켜 준 말을 하며 손 장군을 만진에 함께 있도록 해달라고 간청하였다.

그러자 아발도가 물었다.

"손 장군은 지금 어디 있느냐?"

미처 그 말이 끝나기도 전에 두어 명의 만병이 급하게 보고하였다.

"손 장군이 지금 필마단기로 동천 앞을 지나는데 저희들이 들어오시라고 청해도 듣지 않으십니다."

아발도가 철목탑을 보며 말하였다.

"우리 군중에 장수가 없고, 손 장군은 백운도사 밑에 있었으니 응당 배운 것이 많을 것이오. 또한 남방 사람이지 않소. 우리가 마땅히 좇아가서 기색을 살펴보고 의심스러운 점이 없으면 꾀여 오는 것이 묘책이지 싶소."

그러나 철목탑은 끝내 주저하였다.

아발도가 창을 들고 만병 다섯 사람을 데리고 말을 바삐 몰아 따라가 보니, 과연 손야차는 필마단창으로 달빛을 받으며 남쪽을 향해 쓸쓸하고 서글픈 모습으로 가고 있었다.

아발도가 다가가서 감언이설로 잠시 머물다 갈 것을 간청하자, 손야차는 마지못한 듯 태을동으로 들어갔다.

철목탑은 그를 데려 온 것이 내키지 않았으나 필마단기로 오는 것을 보고 겁낼 것이 없다고 생각해서 맞아들였다.

자리를 잡고 앉은 뒤 아발도가 철목탑을 향해 말하였다.

"오늘의 손 장군은 어제의 손 장군이 아니오. 어제는 적국의 명장이었으나 오늘은 동향의 친구지요. 마땅히 속마음을 감추지 말고 서로 털어놓아 봅시다."
하며 술과 안주를 가져오라고 하여 서로 권하며 마셨다.

손야차가 산으로 돌아가겠다고 말하자, 철목탑과 아발도는 손야차의 손을 잡고, 함께 지내면서 남만국에서 잃은 동천을 회복하자고 간청하였다.

다시 술을 마시며 한담을 하다 보니, 밤이 이미 4, 5경을 지나 새벽별이 동쪽 하늘에 높이 떠 있었다.

철목탑과 아발도는 술이 크게 취하여 각기 갑옷을 벗고 졸음으로 두 눈이 몽롱해졌다.

홀연 북문 밖에서 함성이 크게 일어났다. 철목탑과 아발도는 깜짝 놀라 급히 갑옷을 입고 대군을 호령하여 북문 쪽으로 가려고 하는데 손야차가 말렸다.

"이는 홍 장군의 병법이오. 장차 남문을 칠 생각으로 북문을 방비하게 하는 것이오."

그러나 철목탑은 그 말을 듣지 않고 북문을 방비하였다. 그런데 과연 북문 쪽은 조용하였다. 또 서문에서 함성이 크게 일어나므로 손야차가 또 간하였다.

"이것은 동문을 치려는 것인 듯합니다."

만장이 또 듣지 않고 서문과 북문을 방비 하였는데, 과연 그 쪽은 기척이 없고 동문과 남문에서 대포 소리가 크게 나면서 바위 같은 쇳덩이가 동문을 깨뜨리려고 하는 것이었다.

철목탑과 아발도는 그제야 손 장군의 말이 맞다는 것을 알고 급히 서문의 정병을 거두어 동문과 남문을 방비하였다.

홀연 손야차가 창을 들고 말에 오르더니 북문에 이르러 문을 지키던 만병을 한 창에 찌르고 북문을 활짝 열었다.

그러자 한 무리의 명나라 군사들이 일시에 화살같이 돌입하는데, 한 사람의 대장이 벽력부라는 도끼를 들고 우레같이 소리쳤다.

"대명의 선봉장군 뇌천풍이 여기 있으니 철목탑은 부질없이 남문을 지키지 말라!"

하고 뒤이어 소 사마가 철기를 거느리고 시살하는데, 손야차는 이미 서문을 활짝 열어 놓았다.

동초와 마달이 한 무리의 군사를 몰아 시살하니, 철목탑과 아발도는 손발을 허둥거리며 방비하지 못할 것을 알고 창을 들어 명장과 대적하였다.

뇌천풍, 소 사마, 동초와 마달 등 네 장수가 힘을 합쳐 시살하니, 철목탑과 아발도가 어찌 맞서서 겨루리오?

손야차는 웃고 창을 휘두르며 말을 달려 남문으로 가서 외쳤다.

"철목탑 장군은 나를 따르라. 내가 남문을 마저 열고 도망갈 길을 빌려주리라."

이 말을 들은 철목탑이 크게 노하여 창을 춤추며 곧장 찌르려 하니, 손야차는 말을 돌려 가며 깔깔대고 웃었다.

손야차가 남문에 이르러 또 남문을 활짝 열자, 양 원수와 홍 사마가 대군을 거느리고 동중으로 돌입하였다.

철목탑과 아발도는 도망을 치려고 하였으나 도망 칠 길이 없었다. 홀연 동문에 장수가 있는 것을 표시하는 깃발이 없는 것을 보고는 동문을 열고 겨우 생명을 보전하여 철목동으로 들어갔다. 패한 만병을 점고해보니 절반이나 없었다.

이때, 양 원수는 다시 태을동을 탈취하고 대군에게 많은 음식을 내려 위로하였다.

소 사마가 홍 사마를 보고 말하기를,

"오늘 싸움은 장군께서 처음 용병을 하신 것이오. 나는 장군을 한갓 무예가 절륜한 젊은이로만 알았는데, 어찌 그 느긋한 기상과 정돈된 지략에 선비 출신 장수의 풍모가 있는 것을 짐작이나 하였겠소?"

라고 하였다.

한편, 나탁이 축융동에 이르러 구원을 청하자, 축융왕은 크게 기빼하며 휘하의 장수인 천화장군 주돌통, 촉산장군 첩목홀, 둔갑장군 가달 등 세 장수와 축융소교 일지련을 데리고 나탁을 따라갔다.

이때, 나탁이 본국에 돌아와서 태을동을 잃은 사실을 보고는 분하고 애통해 마지않았다.

축융왕과 다시 회복할 방도를 의논하는데, 축융왕이 벌컥 성을 내며 며칠 안에 회복할 것을 장담하였다.

이튿날 만병을 보내어 도전하니, 양 원수가 소 사마를 데리고 철목동 앞에 진을 쳤다. 선천수와 사방·사우·상하 등 시방에 응하도록 음양진을 치고 전부 선봉 뇌천풍으로 도전하니, 만장 한 사람이 삼척모라는 창을 휘두르며 말을 달려 와서 말하기를,

"나는 천화장군 주돌통이다. 나를 당할 자가 있거든 바삐 내 삼척모를 받아라!"

라고 하였다. 뇌천풍이 웃고 벽력부라는 도끼를 들고 맞아 싸워 십여 합에 이르도록 승부가 나지 않았다.

홀연 만진 중에서 첩목홀이 개산대부라는 큰 도끼를 들고 나와 주돌통을 도와주자, 명진 중에서 동초가 창을 춤추며 나왔다.

네 장수가 범같이 달려들어 큰 싸움이 십여 합에 이르렀으나 승부를 가리지 못하였다.

또 만진 중에서 둔갑장군 가달이 언월도라는 창을 휘두르며 달려왔다.

그러자 손야차가 급히 창을 들고 말에 올라 나가 가달을 맞아 큰 싸움이 두어 합에 이르렀을 때, 가달이 언월도를 옆에 끼고 몸을 뒤집어 거꾸로 떨어지며 이마와 눈썹 털이 하얀 늙은 범이 되어 달려드는 것이었다.

뇌천풍이 크게 놀라 손야차를 도우려고 하는데, 늙은 범이 다시 몸을 뒤집더니 두 마리의 큰 범이 되어 달려드는 것이었다.

양 원수가 진 위에서 바라보다가 크게 놀라 꽹과리를 쳐서 세 장수를 거두어들였다.

축융왕은 명군의 원수가 꽹과리를 쳐서 세 장수를 거두어들이는 것을 보고 급히 수기를 들고는 주문을 외웠다.

그러자 검은 구름이 사방에서 일어나며 무수한 귀졸들이 온 산과 들을 덮고 입으로 불을 토하며 코로 연기를 뿜으면서 명진에 부딪쳐 왔다.

양 원수는 급히 여러 장수들과 약속을 하고 진문을 닫은 채 방위에 따라 깃발을 가지런히 세우고 대오를 흐트러뜨리지 말라고 하였다. 축융의 귀졸들이 명진의 사방을 에워쌌으나 깨뜨리지 못하였다.

축융왕이 다시 주문을 외우고 북쪽을 가리키며 술법을 쓰자 순식간에 온 세상이 캄캄하게 어두워지고 비바람이 크게 일어나 모래를 날리고 돌멩이가 굴렀다.

그러나 명진에는 기치가 가지런하고 북과 나발소리가 크게 울려서 조금도 요동하지 않았다.

원래 양 원수의 음양진은 바로 무곡성의 정령이 제왕의 별자리인 자미원을 호위하는 진법이었다. 온통 음양과 오행의 상생하는 이치에 응하여 다른 것이 조금도 섞이지 않은 한 덩이의 조화로운 기운이니, 사악한 기운이 어찌 침범하겠는가?

축융왕은 다만 요술을 알 뿐, 진법을 모르는 까닭에 두 번이나 침범하였다가 진을 깨뜨리지 못하고 마음속으로 의아하여 즉시 군사를 거두어 돌아가서 나탁에게 말하였다.

"내일 다시 도전하여 육정육갑이라는 신장과 귀졸들로 하여금 명 원수를 생포할 것이오."

한편, 홍 사마는 병으로 정신과 기운이 편치 않아 이번 싸움을 살펴보지 못하였다가 축융왕이 요술을 부린다는 말을 듣고 깜짝 놀라 일어났다. 장중으로 양 원수를 찾아가서 적의 형세를 물으니, 양 원수가 말하였다.

"나탁이 새로 구원병을 얻어 왔는데, 축융국의 왕이 이끄는 군사라오. 축융왕은 도술이 비상하고 수하에 용맹한 장수들이 많아, 내가 남방에 온 후로 처음 당하는 강적이오. 경솔하게 대적하지 못할 듯해서 진문을 닫고 지키기만 했소. 내일 다시 도전해올 텐데 결승의 계략이 막막하오. 장군에게 무슨 묘계라도 있소?"

홍 사마가 대답하였다.

"소장이 아까 보니 원수께서 치신 진은 선천음양진이더군요. 그 진법으로 지키는 것은 충분하지만 승리를 차지하는 데는 부족하지요. 소장이 마땅히 후천진을 쳐서 도적을 잡을까 합니다. 원수께서는 수기를 잠시 빌려주십시오."

양 원수는 크게 기뻐하면서 허락하였다.

홍 사마가 즉시 원수의 수기를 들고 후천진을 친 뒤 여러 장수들을 불러 각각 약속을 정하였다. 그런 뒤 진중의 한 가운데 방에 휘장을 치고 목욕을 하였다. 그러고는 동서남북 중앙 등 다섯 방위마다 다섯 등잔을 밝혀놓고 부용검을 들어 남모르게 술법을 썼다. 비밀스럽게 조치하였으므로 밖에 있는 사람들은 무엇을 하는지 알 길이 없었다.

이튿날 축융왕이 첩목홀, 가달, 주돌통 등 세 장수를 내보내어 도전해왔다.

홍 사마는 뇌천풍, 동초, 마달로 대적하게 하였는데, 십여 합을 크게 싸워도 승부를 가를 수가 없었다.

몹시 노한 축융왕이 급히 수기를 휘둘러 주문을 외우자 홀연 미친 바람이 크게 일어나며 검은 구름이 일어나는 곳에 무수한 귀졸들이 기괴한 형용과 현혹시키는 거동으로 남만의 장수들을 도와 명진을 들이치는 것이었다.

홍 사마가 급히 북을 치며 수기를 좌우로 휘두르니, 동서남북의 각 사이를 가리키는 간방에 있던 군사들이 일제히 진문을 열고 갈라섰다.

남만의 장수 세 사람이 그 갈라진 틈을 보고 귀졸들을 몰아 세찬 기세로 뛰어들었다.

홍 사마가 다시 북을 치며 검은 깃발을 휘둘러 간방의 문을 닫고 부용검을 들어 오방을 향하여 몰래 술법을 썼다. 홀연 한 줄기 맑은 바람이 칼끝을 따라 일어나며 검은 구름이 사라지고 무수한 귀졸들이 봄눈이 녹듯 변하여 어지러운 풀뿌리와 무수한 나무 잎사귀가 되어 공중으로 떨어지는 것이었다.

주돌통, 가달, 첩목홀 등 장수들이 깜짝 놀라 한 필의 말과 한 자루의 창을 가진 채 진중을 방황하며 사방에 부딪치며 돌아다녔다.

홍 사마가 진상에 높이 앉아서 부용검을 들어 남쪽을 가리키니 북쪽에서 물이 솟아 큰 바다가 광활하게 펼쳐졌다. 동쪽과 서쪽을 가리키자 천둥과 번개를 동반한 비가 억수로 쏟아졌다. 갑자기 쏟아진 비로 눈앞에 큰 연못이 생기자 세 장수들은 정신이 혼미해져서 어디로 가야 할지를 몰랐다.

가달이 몸을 뒤집어 변신하려고 하자, 홍 사마가 또 부용검을 들어 가리키니 한 줄기 기운이 가달의 머리를 눌렀다. 세 번이나 몸을 뒤집었으나 변신을 하지 못하고 외마디 소리를 지르며 말에서 떨어지고 말았다.

주돌통과 첩목홀이 하늘을 우러러 탄식하며 칼을 뽑아 자신의 목을 찌르려고 하자, 홍 사마는 손야차로 하여금 진상에서 외치게 하였다.

"만장은 들으라. 네 목숨을 빌려 죽이지 않을 것이니 빨리 돌아가서 축융왕에게 전하여 일찍이 와서 항복하게 하라. 만일 항복이 더디면 큰 해가 있을 것이다."
하고 즉시 진문을 열어주었다. 세 장수는 머리를 싸쥐고 생쥐같이 도망가서 축융왕을 보고 탄식하며 말하였다.

"홍 장군의 도술은 바르고 떳떳한 것이어서 당하지 못할 것이니, 대왕께서는 승부를 겨루려고 하지 마시고 일찍이 항복하는 것이 옳을까 합니다."

축융왕은 크게 노하여 장수들을 물리치고 주문을 외며 수중의 장검을 공중에 한 번 던졌다. 그러자 삼 척 장검이 변하여 백여 척 장검이 되었다. 다시 몸을 뒤집자 몸이 변하여 키가 백여 장이나 되어 장검을 휘두르며 명진을 향해 오는 것이었다.

그것을 바라본 홍 사마는 미소를 띠며 장중으로 들어가서 사면에 휘장을 치고 조용히 움직임이 없었다.

그러다가 홀연 한 줄기 흰 기운이 장중에서 일어나 백여 장이나 되는 홍 사마가 되더니 백여 장 부용검을 들고 축융왕과 대적하는 것이었다.

축융왕이 다시 변하여 흰 잔나비가 되어 달아나자, 홍 사마는 다시 둥근 탄환으로 변하여 잔나비를 맞히려고 하였다.

축융왕이 다시 뱀으로 변하여 바위틈으로 들어가자, 그 탄환은 다시 벼락으로 변하여 바위를 깨뜨렸다. 그 뱀이 입으로 안개를 토해내어 지척을 분간할 수 없게 되자, 그 벼락은 한 줄기 강풍이 되어 안개를 불어 멀리 쫓아내니 천지가 청명해지며 아무 것도 없었다.

잠시 후에 홍 사마가 웃으며 장중에서 나오자, 여러 장수와 군졸들은 정신이 어질어질하여 홍 장군의 도술에 대해 탄복하였다.

이때 패한 축융왕이 본진에 돌아와 분기를 이기지 못해 자결하려 하니, 딸인 일지련이 만류하였다. 그녀는 부왕에게 출전을 아뢴 뒤 말에 올라 장창을 들고 진전에 나가 도전하였다.

홍 사마가 진상에서 바라보니 붉은 전포에 녹색 의상을 입은 나이 어린 여장군이었다. 그녀가 대완마를 타고 장창을 들어 춤을 추며 나왔다. 백설 같은 안면에 붉게 달아오른 기운을 잠깐 띠어 마치 복사꽃이 반만 벌린 듯하니, 그 나이가 어린 것을 알 수 있었다. 붉은 입술에 흰 치아로 빼어난 자색과 윤이 나는 귀밑머리와 구름처럼 탐스러운 머리에 화려한 기상이 어찌 남방의 풍토에서 태어나서 자란 인물이겠는가?

홍 사마는 마음속으로 깜짝 놀랐다. 쌍검을 들고 말에 올라 맞아 싸우기 십여 합에 홍 사마는 부용검을 옆에 끼고 팔을 늘여 일지련을 마상에서 생포하여 본진으로 돌아왔다.

일지련은 어쩔 수가 없어서 말에서 내려 항복하고, 부왕의 죄를 용서해 달라고 간청하였다.

양 원수가 흔쾌히 허락하자, 일지련이 돌아가 부왕에게 그대로 아뢰었다.

축융왕은 어쩔 수가 없어서 휘하의 세 장수와 일지련을 따라 명진에 투항하였다.

양 원수는 기쁜 마음으로 정성껏 대접하며 털끝만큼도 의심하지 않고 임시 거처에 머물게 하였다.

이때, 남만왕 나탁은 축융왕이 투항한 것을 보고 분기를 이기지 못하여 이를 갈며 성을 굳게 지키고 나오지 않았다.

양 원수가 홍 사마와 계교를 의논하다가, 홍 사마가 몰래 아뢰었다.

"축융왕으로 하여금 이러저러하게 하겠습니다."

하고 축융왕을 불러 약속을 말하자, 축융왕은 크게 기뻐하며 흔쾌히 받아들이고 만진으로 갔다.

양 원수가 홍 사마를 보며 물었다.

"그대는 축융왕에게 어찌 하라고 했소?"

"제가 축융왕에게 철목동에 들어가서 나탁의 머리 위에 달린 장식을 떼어 오라고 했습니다."

얼마 지나지 않아 축융왕이 칼을 짚고 장중에 들어서며 탄식과 함께 말하기를,

"과인이 요술을 배운 지 십 년입니다. 수많은 군사들이 있는 가운데 날카로운 창과 칼이 서리처럼 번뜩였으나 왕래와 출입에 어려움이 없었습니다. 그런데 지금 갔던 철목동은 그야말로 그물을 쳐놓은 듯했습니다. 과인이 하마터면 진시황을 죽이러 갔던 자객 형가처럼 '함양전의 다리 없는 귀신'이 될 뻔했습니다."

라고 하는 것이었다.

홍 사마가 그 곡절을 묻자, 축융왕이 탄식하며 말하였다.

"과인이 철목동 앞에 이르러 성을 넘었더니, 성 위에는 무수한 만병들이 앉거나 서서 잠들지 않고 있었습니다. 과인이 바람으로 변하여 또 아홉 개의 성을 넘으려 할 때 여덟째 성에 이르러 보니 성 위에 쇠그물을 치고 곳곳에 화살이 연달아 발사되는 쇠뇌를 묻어 놓았더군요. 그 성을 넘자 평지에 궁궐 담이 하늘에 닿을 듯 높이 쳐져 있었는데, 그곳이 나탁의 처소였지요. 둘레가 7, 8리에 높이가 수십 장이나 되었습니다. 몸을 솟구쳐 담을 넘으려고 하는데 길이 없고 무슨 쇠가 부딪치는 소리가 나기에 칼을 멈추고 자세히 보니 6, 7리에 걸친 담을 구리 장막으로 덮어 놓았더군요. 그러니 누가 그곳을 뚫고 들어가겠어요? 다시 궁궐 문을 찾아 들어가려고 했더니 별안간에 흉악하고 사나운 소리가 나면서 좌우로 짐승 두 마리가 달려드는데, 모양은 비록 개 같았으나 키가 십여 척에 바람처럼 날랬답니다. 과인과 싸움이 붙었지요. 과인은 사냥을 좋아해서 손으로 사나운 범도 때려잡았는데, 이 개는 당할 길이 없더군요. 나탁이 궁중에 매복시켜 둔 군사들을 불러내 치려하므로 도망해 왔습니다. 나탁의 방비는 예로부터 지금까지 듣지 못하던 것이었습니다."

원래 나탁의 진중에는 사자처럼 생긴 삽살개 두 마리가 있었다. 사자와 헐교라는 사냥개를 교접하여 낳은 새끼를 사자방이라고 하였다. 범과 코끼리를 잡을 정도로 사나웠다. 그 두 마리의 사자방이 진중을 지키고 있었던 것이다.

홍 사마가 웃으며 말하였다.

"뜻대로 되지 않았으니 대왕은 돌아가 쉬십시오. 내일 다시 의논하지요."

홍 사마는 축융왕을 보내고 양 원수에게 말하였다.

"제가 축융왕을 먼저 보낸 것은 나탁을 놀라게 하여 방비를 더하게 한 후 제가 가서 머리에 달린 장식을 떼어 오려는 것입니다. 이제 다녀올 테니 상공께서는 잠깐만 앉아 기다리세요."

양 원수가 놀라며,

"홍랑의 당돌함이 이 같구려. 내가 비록 공을 이루지 못하고 그저 돌아갈지언정 홍랑을 보내지 않을 것이오."

하자, 홍 사마가 웃으며 말하였다.

"제가 설마 상공을 속이고 스스로 위험한 곳에 들어가서 위로 총애하시는 뜻을 저버리고 아래로 제 몸의 안위를 가볍게 여기겠습니까? 스스로 생각하여 헤아림이 있으니 상공께서는 마음을 놓으세요."

양 원수가 반신반의하며 물었다.

"축융왕이 일찍부터 철목동을 출입하여 앞뒤로 난 길을 짐작할 텐데도 오히려 들어가지 못했는데, 홍랑에게는 생소한 곳을 어찌 위험하게 혼자서 들어간단 말이오?"

"검술이라 하는 것은 오로지 정신으로 가고 정신으로 오는 것입니다. 축융왕의 검술은 정신이 부족한 까닭에 전진과 후퇴를 주저하다가 출입에 낭패를 본 것이지요. 제가 비록 가냘프고 약하나 검술을 펼쳐 정신을 얻으면 그 행하는 것이 바람 같고 그 돌아오는 것이 물 같을 것이니, 잡으려 해도 잡지 못하며 막으려 해도 막지 못하는 것이 바로 검술이랍니다. 어찌 생소한 것을 염려하겠어요?"

양 원수가 또 물었다.

"홍랑이 축융왕을 먼저 보내 나탁을 놀라게 하여 방비를 더 굳건하게 한 것은 무슨 까닭이오?"

"철목동 안에 사나운 짐승이 있다 한들 어찌 개를 놀라게 하겠어요? 이것이 축융왕이 거칠고 차분하지 못한 점입니다. 심지어 나탁으로 하여금 방비를 군건히 하게 한 것은 검술의 신통함을 보여줘서 빨리 항복하도록 하려는 것이지요."

그제야 양 원수는 홍랑의 손을 놓고 친히 화로에 술을 데워 한 잔을 권하며 말하였다.

"밤 기온이 서늘하니 홍랑은 술 한 잔을 마시고 떠나게."

홍랑이 웃고 잔을 받아 상머리에 놓으며 말하였다.

"이 잔의 술이 식기 전에 다녀오겠습니다."

말을 마치고는 쌍검을 들고 표연히 나갔다.

이때, 홍랑은 부용검을 들고 바로 철목동의 성을 날아서 넘었다.

때는 한밤중, 달빛이 하늘에 가득 차고 성 위에는 등불이 환하게 비추고 있었다. 무수한 만병들이 창과 칼을 들고 둘러 서 있었다. 이는 축융왕에게 놀라 한층 방비를 강화한 것이었다.

홍랑이 아홉 겹의 성을 지나 내성에 이르니, 성문은 닫혀 있고 좌우로 푸른 삽살개가 놀란 범같이 엎드려 있는데, 두 눈의 광채가 달빛이나 별빛처럼 번뜩여 몹시 사나워 보였다.

홍랑은 즉시 붉은 기운으로 변하여 문틈으로 화살같이 들어가서 곧장 나탁의 궁궐에 이르렀다.

나탁은 얼마 전에 자객이 침입하는 변고를 겪었던 터라 휘하의 만장들을 모아 좌우에 시립하도록 하였다. 그들이 들고 있는 칼과 창이 서리 같고, 등불은 대낮처럼 밝았다.

나탁은 장검을 앞에 놓고 촛불 아래 앉아 있었다. 홀연 촛불이 잠깐 흔들리며 챙! 하는 칼 소리가 머리 위에서 나는 것이었다. 나탁은 깜짝 놀라 급히 장검을 집어 공중을 치려고 하였는데, 더 이상 기척이 없었다.

궁궐 문 밖에서 벼락 치는 소리가 한 차례 나더니 궁중이 크게 놀라 요란하였다. 모든 만장과 만병들이 일시에 내달려 구중성 전체를 뒤집듯이 찾았으나 자취도 찾아보지 못하였고, 다만 사자방 두 마리가 죽어 있었다. 자세히 보니 전신에 칼자국이 어지럽게 나 있었다.

나탁은 정신이 아뜩하도록 날아가서 여러 장수들과 상의하기를,

"예로부터 자객으로 인한 변고가 무수했으나 이같이 신통함은 듣지 못했노라. 이것은 틀림없이 한 사람이 한 일이 아니요, 귀신의 조화로다."

하며 의논이 분분하였다.

이때, 양 원수는 홍랑을 보내고 어찌 안심을 할 수 있었겠는가? 철목동까지의 거리를 헤아리며,

"홍랑이 지금쯤 철목동 어귀를 바라볼 것이다."

하고 있었다.

홀연 휘장이 걷히며 홍랑이 들어왔다. 양 원수는 한편 놀랍고 한편 기뻐서 말하였다.

"홍랑이 병을 앓고 난 뒤 체질이 허약해져서 도중에 돌아온 것을 내가 알겠네."

홍랑은 쌍검을 던지고 끊임없이 숨을 헐떡이며 말하였다.

"제가 병을 앓고 난 뒤라 철목동에 들어가서 두 마리 개 사이에 끼여 목숨을 도망쳐 왔습니다."

양 원수가 놀라 물었다.

"어디 상한 곳이나 없는가?"

홍랑은 눈썹을 찌푸리고 신음을 하며 말하였다.

"비록 상하지는 않았으나 너무 놀라서 가슴이 결리는 것 같습니다. 더운 술을 마시고 만왕의 머리에 달린 장식을 얻어야 완쾌할 것 같아요."

그제야 양 원수는 홍랑이 무사히 다녀온 것을 알고 크게 기뻐하며 사례하였다.

홍랑은 웃으며 품속에서 나탁의 두건에 달고 있던 산호로 된 장식을 꺼내 놓으며 상 위의 술잔을 가리키며 말하였다.

"제가 이미 군령을 두었는데 어찌 감히 헛걸음을 하겠습니까?"

원수가 어이없어 술잔을 보니 아직까지 식지 않고 있었다.

홍랑이 웃고는 나탁의 머리 장식을 떼어 온 이야기를 자세히 말하였다.

"과연 나탁의 방비는 축융왕이 손을 쓸 수 있는 상황이 아니었습니다. 제가 처음에는 장식만 떼어오고 종적을 드러내지 말아야겠다고 생각했었어요. 그러다가 다시 생각해보니 검술로 인한 것임을 알린 뒤라야 나탁의 두려움이 더할 것이라고 생각을 바꾸었지요. 그래서 일부러 칼 소리를 내고 문 밖으로 나오다가 두 마리의 개를 죽였습니다. 오늘밤 나탁은 눈을 뜬 채 앉아 저승으로 들어가는 꿈을 꿀 것입니다. 날이 밝기를 기다려 한 통의 편지를 써서 머리 장식을 철목동에 보내면 나탁이 쉽게 항복할 것이라 생각합니다."

양 원수가 크게 기뻐하며 홍랑에게 편지 한 통을 쓰게 하여 화살에 묶어 철목동으로 쏘아 보냈다.

한편, 나탁은 놀란 넋이 진정되지 않은 채 모든 만장들을 보며 말하였다.

"먼저 다녀간 자는, 어두운 밤이라 아무도 모르는 가운데 뜻밖에 나타났으니 의심될 게 없지만, 이번 일은 예사로운 자객으로 인한 변고가 아니다. 궁중 사람들이 잠들지 않았고, 과인의 방비함이 더욱 굳건하여 밤이 낮같았는데 자취 없이 들어왔다가 기척 없이 사라졌다. 이 어찌 자객으로 갔다가 죽은 형가나 섭정의 부류이겠는가? 더욱 의심되는 것은 이미 궁중에 들어와서 사람을 상하게 하지 않았고, 문 밖의 사자방은 범보다도 더 사나운데도 삽시간에 죽이면서 칼자국이 이처럼 어지러우니, 이 어찌 괴변이 아니겠는가?"
하고는 궁궐에 딸린 사람들을 한 곳에 모아 잠을 자지 못하게 하였다.

날이 밝자 수문장이 보고하기를,

"명진의 원수가 편지 한 통을 화살에 매어 동중에 떨어뜨렸기에 주워 왔습니다."
하는 것이었다.

나탁이 보니 황룡을 수놓은 비단 조각에 두어 줄 글을 써놓았다.

'대명 원수는 대군에게 수고를 끼쳐 철목동을 깨뜨리지 않고 장중에 누워 머리 장식 하나를 탈취해 왔다가 쓸모없어 도로 보내노라. 슬프다! 남만왕은 철목동을 더 단단히 지킬지어다. 내가 머리 장식을 탈취하던 수단으로 이다음에 또 가져올 것이 있노라.'

나탁이 글을 펴 보다가 산호로 된 자신의 머리 장식이 그 속에 들어 있는 것을 보았다. 어찌 자기 머리에 달려 있던 것을 모르겠는가? 그가 몹시 놀라 얼굴빛이 하얗게 질려서 썼던 마래기라는 모자를 다시 벗어 보니 과연 장식이 사라지고 칼 흔적이 완연하였다.

마른하늘에 날벼락이 정수리에 떨어진 듯, 갑작스레 얼음과 눈을 품속에 품은 듯 모골이 송연하고 간담이 서늘하여 손을 들어 머리를 만져보며 주위 사람들에게 물었다.

"과인의 머리가 어떠하냐?"

그러자 주위에 있던 사람들이 말하였다.

"영웅의 풍모를 지니신 대왕께서 어찌 이처럼 놀라십니까?"

나탁이 탄식을 하며 말하였다.

"과인이 잠들었던 것도 아니고 죽은 것도 아니었는데, 제 머리에 달린 것을 칼로 베어 가도 막연히 몰랐으니 어찌 그 머리를 보전하겠느냐?"

모든 만장들이 일제히 한 목소리로 위로하였다.

"위태한 것을 경계하면 평안하게 되는 근본이 될 것이요, 두려움이 있으면 기쁜 일이 생긴답니다. 변변치 못한 자객 하나를 어찌 이다지도 근심하십니까?"

나탁이 한동안 잠자코 있다가 입을 열었다.

"과인이 들으니, '하늘을 거스르는 자는 망하고 하늘에 순응하는 자는 번창한다.'고 하더군. 과인이 오대동천을 잃고, 철목동마저 허망하게 잃을 수는 없어서 온 힘을 다해 지키면서 전후 수십여 차례나 싸웠는데 한 번도 이로운 적이 없었으니 이 어찌 하늘의 뜻이 아니겠는가? 내가 만일 굳이 지키고자 하면 이는 하늘을 거스르는 것이 아니겠소. 또 과인이 누차 위태로운 지경을 당했으나, 양 원수가 죽이지 않고 매우 정성스럽게 배려하였소. 그러니 이제 항복하지 않으면 이는 은덕을 모르는 것이오. 하물며 양 원수는 다시 자객을 보내어 비수를 가지고 머리 장식을 떼어간 수단으로 시험한다면, 과인이 살아서는 제왕의 위엄과 훌륭한 덕을 모르는 사람이 될 것이요, 죽어서는 머리 없는 귀신이 되는 것을 면치 못할 것이니, 어찌 한심하지 아니하랴? 과인은 마땅히 오늘 투항하리라."

하고 즉시 항복의 표시로 흰 깃발을 성에 꽂으라고 하였다.

남만왕은 흰 수레에 백기를 꽂고 인끈을 목에 매고 명진에 이르러 항복을 청하였다.

양 원수는 대군을 거느려 진세를 베풀고 군법에 따라 남만왕의 항복을 받았다. 그는 붉은 전포에 황금갑옷을 입고 깃을 크게 댄 화살인 동개살을 차고 진상에 올랐다. 왼쪽에는 좌사마 청룡장군 소유경, 오른쪽에는 우사마 백호장군 홍혼탈과 전부선봉 뇌천풍, 좌익장군 동초, 우익장군 마달과 돌격장군 손야차 등 한 무리의 장수들이 동서로 시립하였다.

질서정연한 깃발은 햇빛을 가리고, 힘차게 울리는 북과 나발 소리는 산천이 진동하였다.

남만왕이 무릎걸음으로 기어서 휘장 아래 머리를 조아리고 죄를 청하니, 철목탑과 아발도 등 모든 만장이 투구를 벗고 휘장 앞에 무릎을 꿇고 엎드려 죄를 청하였다.

양 원수는 즉시 천자께 승전한 사실을 알리는 표문을 올렸다.

홍 사마는 윤 소저에게 보내는 편지 한 통을 쓴 뒤 동초를 불러 밤낮으로 달려서 이틀에 갈 길을 하루에 가도록 하라고 분부하였다.

이때, 천자는 표문을 보고 크게 기뻐하며 동초를 불러 승전하게 된 경과를 듣고 크게 칭찬하였다. 홍혼탈의 활약상에 대해 듣고는 재삼 칭찬을 아끼지 않았다.

때마침 교지왕이 다스리는 홍도국이 반역하였다는 상소문이 이르자, 천자가 보고 크게 놀라 즉시 양 원수에게 조서를 내려 우승상 겸 정남대도독에 임명하고, 홍혼탈을 부원수로 임명한 뒤 명을 내렸다.

"양 도독은 회군하지 말고 홍도국으로 가서 도적을 마저 평정하라."

이때, 윤 소저가 홍랑의 편지를 받아 바삐 떼어 보니 이르기를,

'천첩 강남홍은 기박한 팔자로 넘치는 사랑을 주신 은덕을 입어 강물에서 놀랐던 넋이 산중에 의탁하여 운수가 사납기는 했으나 하늘의 뜻으로 도동이 되었다가 장수로 변했습니다. 평생에 끊어졌던 인연을 전쟁터에서 이었으니 천한 신분의 몸을 책망할 것은 아니나 대낮에 모습이 변해 귀신과 같으니 몹시 부끄럽습니다. 다만 은근히 생각하고 꿈속에서도 우러러 사모했었는데, 세간에서 죽었던 이 몸이 바깥세상에서 살아남아 맑은 얼굴과 높은 말씀을 다시 모시며 여생을 보내게 되어서 스스로 기쁩니다.'

라고 하였다.

윤 소저는 평생 앞뒤를 뒤바꾸어 말한 일이 없었는데 뜻밖에 홍랑의 편지를 보고는 급히 연옥을 불러 앞뒤를 뒤바꾸어 말하기를,

"홍랑아, 연옥이 살아있구나!"

라고 하는 것이었다.

연옥이 당황하여 대답을 하지 못하고 있자, 윤 소저가 웃으며 말

하였다.

"내 말이 뒤바뀌었구나. 연옥아, 너의 옛 주인인 홍랑이 세간에 생존하여 편지가 왔으니 어찌 기특하지 않겠느냐?"

연옥은 반가움이 극에 달하여 도리어 깜짝 놀라 얼굴빛이 변해서 소저에게 달려들며 울음을 터뜨렸다.

"아씨, 그 무슨 말씀이십니까?"

윤 소저는 그 모습을 불쌍히 여겨 위로하였다.

"생사는 운명에 달려 있고, 고생과 즐거움도 하늘에 달려 있는 것이다. 홍랑의 얼굴이 온화하고 길상이어서 필경 수중원혼은 안 될 것이라 생각했었는데, 과연 살아 있구나."

하고 편지를 내어주었다.

연옥은 편지를 보고 술에 취한 듯, 정신이 나간 듯 한편으로 눈물을 뿌리며 한편으로는 웃음을 띠고 말하였다.

"이 천한 것이 옛 주인을 보지 못한 지 삼 년입니다. 어찌하면 빨리 보겠습니까?"

"상공께서 오래지 않아 돌아오실 것이니, 자연 따라 올 것이다."

한편, 양 원수는 천자가 내린 조서를 보고 즉시 행군하여 가면서 나탁을 도로 남만왕에 봉하고, 축융왕 일지련과는 작별하였다.

양 원수는 수십 일 만에 교지 땅에 이르러 오계동을 향해 가다가 자고성에 이르러 유진하였다.

이때, 홍도왕 탈해는 그의 아내 보살과 더불어 명나라 군사들이 이르렀다는 말을 듣고 크게 놀라 즉시 소대왕 발해와 만나 의논하고는 발해에게 정병 삼천을 주어 자고성을 지키게 하였다.

이때, 홍 원수는 동초와 마달 두 장수와 약속을 정한 후 오천 기를 거느리게 하여 자고성 북쪽으로 보내고, 북과 나발을 울리며 대군을 몰아 오계동을 향해 비바람이 치듯 행군하였다.

소대왕 발해가 성문을 열고 정병을 거느려 달려들었다.

홍 원수와 양 도독이 대군을 멈추고 바라보니, 발해의 키가 십 척이요, 얼굴이 검고 범의 눈에 곰의 허리였다. 흉악하고 사나운 모양이 사람의 모습 같지 않았다. 두 손에 각각 철퇴를 들고 달려들자, 홍 원수가 양 도독에게 아뢰었다.

"소장이 비록 용력이 없으나 한번 싸워 보겠습니다."

양 도독이 깊은 생각에 잠겨서 대답이 없자, 홍 원수가 다시 웃으며 말하기를,

"소장의 쌍검은 평생 사랑하는 칼입니다. 변변찮은 만장의 더러운 피를 어찌 묻히겠어요? 허리에 찬 화살이 다섯 대니, 그 중 세 대로 만장을 해치우지 못하면 군령에 따라 벌을 받겠습니다."
하고는 환도, 활과 화살을 차고 말에 올라 나갔다.

이때, 소대왕 발해는 철퇴를 휘두르며 무수한 욕설로 싸움을 돋우었다.

홀연 명진에서 한 젊은 장수가 머리에 칠성관을 쓰고, 몸에는 황금빛 전포를 입고 대완마에 올라 깃이 달린 화살을 차고, 보석을 아로새겨 붙인 활을 차고 표연히 나왔다. 옥 같은 용모와 별 같은 눈빛에 정신이 빼어나고 풍채가 훌륭하여 화살과 돌이 날아다니는 전쟁터에서는 보지 못하던 인물이었다. 또한 수중에 칼이나 창 같은 무기가 없고 섬섬옥수로 말고삐를 말아 쥐고 천천히 나오는 것이었다.

발해가 바라보고 큰소리로 웃으며 말하였다.

"이는 예쁘장한 소녀로군. 이 어르신께서 한번 소일이나 해보리라."
하고 철퇴를 공중에 던져 홍랑을 놀리고 장난을 치며 말하였다.

"네 얼굴을 보니 귀신이 아니면 경국지색이로구나. 이 어르신께서 마땅히 생포할 것이다."
하고는 철퇴를 옆에 끼고 말을 달려 다가왔다.

홍랑은 미소를 띤 채 말을 돌리며 활을 당겼다. 옥 같은 손이 번득이는가 했는데 발해의 왼쪽 눈을 맞추어 눈알이 솟아올랐다.

발해는 한 마디 소리를 벽력같이 지르고 손으로 눈에 박힌 화살을 뽑으며 다른 한 손으로 철퇴를 들고 노기가 하늘을 찌를 듯이 소리쳤다.

"네가 요사스러운 재주를 믿고 이처럼 당돌하니 한번 다시 쏘아보라. 이 어르신께서 마땅히 가슴으로 받을 것이다."
하고 이를 갈며 달려들었다.

홍랑이 또 미소를 띠며 옥수를 번득여 시위 소리가 나는 곳에 별처럼 빠른 화살이 발해의 입을 맞혔다.

발해는 화살을 뽑으며 피를 뿜고, 남은 눈의 등잔 같은 불빛을 굴리며 분기를 이기지 못하여 말에서 뛰어내려 범같이 달려들었다.

홍랑은 설화마에 채찍질을 하여 허둥지둥 피하며 매우 꾸짖었다.

"너는 눈이 있으나 하늘 높은 줄을 모르는 까닭에 내가 네 눈을 먼저 쏘았던 것이다. 너는 또 입이 있으나 말을 삼가지 않으므로 네 입을 두 번째로 쏜 것이다. 내게 세 번째 화살이 있으니 다시 네 심통을 쏘아 막힌 구멍을 통하게 할 것이다."

미처 말이 끝나기도 전에 옥수를 번득이면서 날아가는 화살이 바로 발해의 가슴을 쏘아 등까지 관통하였다.

그러자 발해는 반 길이나 솟으며 외마디 큰소리를 지르며 땅에 엎어졌다.

홍랑이 환도를 뽑아 발해가 머리에 썼던 홍도자를 벗겨 들고 본진에 돌아와 양 도독에게 바쳤다.

양 도독은 크게 기뻐하며 홍 원수의 궁술과 담대함에 놀랐다.

동초와 마달 두 장수는 자고성 북쪽에 매복하였다가 발해가 산에서 내려가는 것을 보고 한꺼번에 군사들 입에 재갈을 물리고 자고성을 탈취하였다.

양 도독과 홍 원수는 대군을 몰아 패잔병들을 시살하고 성에 들어가서 휴식을 취하였다.

이튿날 양 도독이 홍 원수에게 병을 잘 조섭하라고 하고 대군을 몰아 오계동에 이르러 도전하였다.

탈해와 소보살이 즉시 나와 수십여 합 만에 양 도독이 진을 변화시켜 탈해를 에워싸고 쳤다. 탈해와 소보살이 있는 힘을 다해 몸을 빼어 달아나 본진으로 돌아가서 대책을 의논하였다.

홀연 만병이 들어와 보고하기를,

"성 밖에 명나라 장수 세 사람이 와서 배회하고 있습니다."

라고 하였다.

탈해와 보살이 성 위에서 바라보다가 탈해가 나가 세 장수를 해치우려고 하므로 보살이 말렸다.

"이는 명진에서 우리의 진세를 보고 오늘밤 진을 쳐부수려고 하는 것이니, 그 기회를 타고 주선하는 것이 좋겠어요."

하므로, 탈해가 그 말을 옳게 여겨 허락하였다.

탈해와 소보살은 즉시 각각 군사를 거느리고 진 밖에 매복하였다.

한편, 양 도독은 탈해가 패하여 나오지 않는 것을 보고 소 사마, 동초와 마달 등 두 장수를 보내며,

"오계동의 지형을 살펴본 뒤에 물을 그곳으로 대서 격파할 것이다."

하고 보냈더니 세 장수의 말이 각각 다른 것을 괴이하게 여겼다.

양 도독이 친히 무사 백여 명과 동초와 마달, 뇌천풍을 데리고 그날 밤 삼경에 오계동의 지형을 살폈다.

홀연 오계동 북쪽에서 대포 소리가 진동하며 소보살의 군사와 탈해의 복병이 일시에 일어나서 도독 일행을 겹겹이 에워쌌다.

동초, 마달, 뇌천풍 등의 무사들로 양 도독을 호위하게 하고 일시에 부딪쳤다. 서쪽을 치면 동쪽이 포위되고, 남쪽을 치면 북쪽이 포위되어 어찌 할 방도가 없어서 세 장수가 한꺼번에 아뢰었다.

"소장들이 힘을 다하여 길을 뚫을 것이니, 도독께서는 단기로 따르소서."

하므로 양 도독이 말하기를,

"내가 나라를 위해 죽을지언정 어찌 구구하게 잔명을 보전하랴?"

하고 하늘을 우러러 탄식하며 힘을 다해 막았으나 산과 들에 가득한 만병을 어찌 당하겠는가?

이때, 홍 원수는 자고성에 있다가 시간이 2경을 알리는데 양 도독이 회군하지 않은 것을 보고 의아하여 천기를 보니 문창성에 검은 기운이 끼여 있는 것이었다. 깜짝 놀란 홍 원수는 즉시 말에 올라

쌍검을 들고 오계동을 향해 갔다.

과연 양 도독이 만진 가운데 포위되어 있으므로, 홍 원수는 어찌할 바를 몰라 갈팡질팡하다가 말에 채찍질을 하며 쌍검을 공중에 던지고 만진 중으로 달려 들어갔다. 그녀의 칼날이 이르는 곳에는 다만 안개 같은 기운이 일어나며 진중이 요란해졌다.

소보살이 크게 노하여 만병을 베어 군중을 진정시키려고 하였으나 어찌할 수가 없었다.

난데없는 칼이 동쪽에 번득이며 만장의 머리가 떨어지고, 서쪽으로 지나가며 만졸의 머리가 떨어졌다. 남쪽을 겨우 진정시키면 북쪽이 또한 요란하고, 앞을 겨우 방비하면 뒤가 다시 미처 어찌할 사이가 없이 급박해졌다.

그 칼은 바람처럼 홀연히 나타났다 사라졌고, 빠르기는 번개 같았다. 여럿이 뒤섞여 어수선한 만병의 머리가 일시에 없어지자, 소보살은 깜짝 놀라 일시에 활을 쏘라고 명하였다.

만병들이 일시에 동쪽으로 활을 쏘면 서쪽에 있고, 서쪽을 쏘면 남쪽에 있었다.

공연히 만병들의 주검만 산같이 쌓이자, 소보살이 명하였다.

"도독을 놓아주고 이 장수를 에워싸라!"

그러자 만병들이 일시에 양 도독을 놓아두고 홍랑을 따라가 에워쌌다.

이때, 양 도독은 홍랑이 진에 들어온 것을 알고 즉시 설화창을 들고 홍랑을 찾아 적병들과 부딪쳤다.

이때, 소 사마가 대군을 몰아 함부로 마구 치는데, 홍 원수가 장대위를 바라보고 살같이 빠르게 달려드니, 탈해와 소보살이 깜짝 놀라 본진으로 달아났다.

아무 거리낌 없이 행동하는 홍 원수의 모습은 삼국시대 상산 조자룡이 당양 장판파에서 횡행하던 모습보다도 더 거침이 없었다.

이때, 양 도독과 홍 원수, 동초와 마달, 뇌천풍, 소 사마, 손야차가 일시에 힘을 합쳐 만진을 무인지경처럼 시살하고 본진에 돌아와 즉시 물을 나르는 수차를 발동하여 오계동에 물을 댔다.

그리고 여러 장수들로 하여금 각각 군사를 나누어 오계동의 앞과 뒤, 좌우에 매복을 시켰다.

이때, 탈해와 소보살이 본진에 돌아와 패잔병을 조사해보니 절반이나 전사하여 애통해 하며 한탄해 마지않았다.

만병이 급히 보고하기를,

"오계동 동구에 물이 불어 넘칩니다."

하는 것이었다.

탈해와 보살이 깜짝 놀라 바라보니, 과연 도도한 큰 물결이 오래지 않아 성이 물에 잠길 것 같았다.

탈해는 어쩔 수가 없어 보살을 데리고 몰래 성을 넘어 걸어서 대룡동으로 도망갔다.

한편, 양 도독과 홍 원수는 탈해가 도망가기를 기다렸으나 종적이 없는 것을 보고 몰래 도망간 것을 알았다. 대군을 몰아 가보니 한없이 크고 넓은 바다에 닭과 개, 말들이 부평초같이 떠가고 있었다.

즉시 대군을 거느리고 자고성으로 돌아와 탈해의 종적을 탐지하니, 과연 대룡동에 이르러 수병을 모아 수전을 청한다고 하였다.

홍 원수는 즉시 동초와 마달 두 장수로 하여금 강으로 가서 오가는 배들을 잡게 하고, 산에 올라 수목을 베어 떼를 모았다.

기술자를 불러 그 떼로 전선 수십 척을 만들었는데, 생긴 모습이 자라 같아서 이름을 '타선'이라고 지었다. 오가는 속도가 자라와 같아서 마음대로 운행하며, 여러 가지 모양의 병기와 군사 열 명 정도가 탈 수 있었다. 홍 원수가 운행하는 방법을 일일이 가르쳐주니, 여러 장수들이 모두들 칭찬하였다.

잠깐 사이에 동초와 마달 두 장수가 수십 척의 선박을 탈취하여 왔다. 홍 원수는 손야차와 철목탑에게 운행 방법을 가르쳐주고 약속을 전한 뒤 보냈다.

한편, 탈해와 소보살이 대룡강에서 수군을 훈련시키고 있는데, 홀연 강물 위로 두어 명의 어부가 두어 척의 어선을 저어 내려오는 것이었다.

소보살이 선상에서 불렀으나 어부들은 못 들은 체하고 가므로, 소보살이 크게 노하여 즉시 배를 저어 잡아다가 꾸짖으니 어부가 대답하기를,

"쇤네들은 바다에서 고기를 잡은 어부들입니다. 며칠 전 자고성 앞에서 두 사람의 낯선 장수를 만나 수십 척 어선을 빼앗기고 십여 척만 남았는지라 겁이 사라지지 않아 그랬습니다."

라고 하였다.

그 말을 들은 소보살은 매우 기뻐하며 물었다.

"그 어선 십여 척은 어디 있느냐?"

"강물 위에서 바람을 기다리고 있습니다."

소보살이 만장 두어 사람을 보내어 그 배를 끌어 오니 과연 수십

척의 배에 어부 두 사람이 있었다. 소보살이 즉시 두 어부에게 전선을 보게 하고 수군을 정돈한 후 명진에 도전하였다.

홍 원수는 소 사마에게 2천 기의 병력을 주어 타선을 타고 이리저리 하라고 지시하고, 동초와 마달에게 각각 3천 기를 주어 이리저리 하라고 지시한 후 나머지 장수들과 대군을 거느려 떼를 타고 대룡강을 거슬러 올라갔다.

이때는 4월 보름 무렵이었다. 남풍이 연일 크게 불자, 탈해와 소보살은 돛을 높이 달고 풍세에 따라 북을 치며 배를 저어 중류에 이르렀다.

어선에서 난데없는 불이 일어나며 두 어부가 크게 소리를 지르며 작은 배를 빨리 저어 명진으로 달아나는 것이었다. 원래 이 두 어부는 손야차와 철목탑이었던 것이다. 홍원수의 명에 따라 화약과 염초를 배 안에 감추었다가 대포 소리에 응하여 불을 지르고 달아난 것이었다. 급한 불꽃이 바람결을 타고 백여 척의 전선으로 삽시간에 번졌다.

탈해는 화염을 무릅쓴 채 분연히 창을 들고 전선 한 척을 불길 속에서 빼내어 소보살과 몇몇 만장을 태우고 언덕으로 향하였다.

홀연 명진에서 대포 소리가 진동하며 수십 척 타선이 물속에서 나와 입을 벌리니, 포향과 함께 쇠붙이로 만든 탄환인 처란이 빗발치듯하였다. 탈해는 어쩔 수가 없이 남쪽을 향하여 달아났다. 홍 원수는 급히 떼를 타고 강을 포위하여 따라가며 시살하였다.

홀연 강 위에 무수한 해적선이 북을 치며 쏜살같이 달려오는데, 뱃머리에서 젊은 장군 한 사람이 쌍창을 들고 나서며 외쳤다.

"패한 도적은 달아나지 말라. 대명원수의 한 무리 군사가 여기 있으니 빨리 항복하라."

그 말을 듣고 탈해와 소보살은 깜짝 놀라 급히 배를 저어 가까운 언덕에 올라 대룡동을 향해 달아났다.

이때 해적선에서 쌍창을 든 장수가 군례를 올리며 말하였다.

"홍 원수께서는 그간 별고 없으셨습니까?"

홍 원수가 자세히 보니 그 장군은 바로 일지련이었다. 한편 반기며 놀랍기도 하여 손을 잡고 말하였다.

"철목동 앞에서 헤어져 장군은 고국으로 향하고 나는 남쪽으로 왔기에 부평초같이 이리저리 떠돌아다니는 처지에 다시 이렇게 만날 줄이야 생각지 못했었네."

일지련이 웃으며 말하였다.

"제가 원수께 재생의 은덕을 입었는데 어찌 간략한 몇 마디 말로 길이 고별할 수 있겠습니까? 장차 오늘의 만남을 기약했던 까닭에 잠깐 휘하를 떠났던 것입니다."

홍 원수가 몹시 기뻐하며 물었다.

"장군이 나라를 위해 이같이 충성을 다하니 그 공이 적지 않으리라. 그러나 지금 탈해를 잡지 못하고 있으니…, 장군의 군사는 얼마나 되는가?"

"저의 부왕과 휘하 장수인 주돌통, 첩목홀, 가달에 정병 7천입니다."

홍 원수가 크게 기뻐하며 양 도독에게 아뢰었다.

"소장이 이미 동초와 마달 등 두 장수를 보내어 탈해가 달아나는 길을 막았으니 바삐 대군을 몰아 후방을 습격하는 것이 옳을까 합니다."

양 도독은 즉시 대군을 거느리고 육지에 올라 곧장 대룡동을 향해 기세 있고 힘차게 행군해 갔다.

한편, 탈해와 소보살이 언덕에 오르자 두어 명의 만장이 와서 말을 대령하였다. 즉시 대룡동으로 향하는데, 문득 동문을 바라보니 어떤 장수 한 사람이 기를 꽂아놓고 크게 꾸짖는 것이었다.

"나는 대명의 좌익장군 동초다. 대룡동을 이미 탈취했는데, 탈해는 어디로 가려 하는가? 빨리 항복하라."

탈해와 보살이 그 말을 듣고 깜짝 놀라 얼굴빛이 변하였다. 하늘을 우러러 탄식을 하더니 만장들을 거느리고 남쪽을 향하여 가는데 홀연 함성이 크게 일어나며 한 장수가 길을 막고 소리쳤다.

"대명 우익장군 마달이 여기서 기다린 지 오래다. 탈해와 소보살은 빨리 내 칼을 받으라."

탈해가 크게 노하여 온 힘을 다해 몇 합을 겨루는데, 홀연 등 뒤에서 포향이 일어나며 북과 나발소리가 하늘에 진동하고 깃발이 하늘을 가리며 양 도독의 대군이 이르렀다.

탈해가 황망히 달리려고 하였으나, 백만 대군이 이미 철통같이 에워싸고 급히 공격해오는 것이었다. 탈해는 창을 들고 분연히 나서며,

"이제 하늘이 나를 돕지 않으시어 이처럼 시달리니, 한번 명 도독과 싸워 자웅을 결하고자 한다."

라고 하였다.

왼쪽으로는 뇌천풍 손야차 동초 마달이, 오른쪽으로는 주돌통 첩목홀 가달이 군사를 몰아 북을 치며 일제히 내달아 공격하자, 탈해

는 십여 곳이 창에 찔려 말에서 떨어지고 말았다. 군사들이 일제히 달려들어 탈해를 결박하여 본진으로 돌아왔다.

이때, 소보살은 탈해가 생포되는 것을 보고 크게 놀라 급히 주문을 외우며 몸을 한 번 뒤집자 광풍이 일어나며 무수한 괴물들이 기괴한 모습으로 가득 차서 포위를 풀려고 하였다.

홍 원수는 크게 놀라 주머니 속에서 백운도사가 준 보리주를 꺼내 공중에 던졌다. 백팔 개의 보리주 나무 열매가 목을 조이는 쇠고리로 변하여 귀물들에게 일일이 씌우니, 괴물들은 간 데 없고 소보살 혼자만 머리를 부둥키고 땅에 구르며 살려달라고 애걸하는 것이었다.

홍 원수는 군사들에게 호령하기를,

"빨리 베라."

라고 하니 소보살이 황겁하여 슬프게 빌며 말하기를,

"원수는 어찌 백운동 초당 밖에 서 있던 여인을 모르십니까? 만일 은덕을 베푸시어 전날의 안면으로 남은 목숨을 살려주신다면 멀리 종적을 감추고 달아나서 다시는 인간 세상에 모습을 드러내지 않겠습니다."

라고 하였다.

홍 원수는 이 말을 듣고 어렴풋이 깨닫고 꾸짖었다.

"네 어찌 변변찮은 여우의 정령으로 탈해의 사나움을 도와 남방을 요란케 하느냐?"

"이 또한 이 세상의 운수입니다. 어찌 내가 한 것이겠습니까? 내가 일찍이 도사의 설법을 숨어서 몰래 엿듣고 깨달은 것이 있으니, 이제부터는 천지가 바뀔 때의 먼지를 벗고 부처님 앞으로 돌아가 악업을 짓지 않으려 합니다."

홍 원수는 한동안 생각에 잠겨 있다가 보리주를 거두고 부용검을 들어 보살의 머리를 치며 크게 소리쳤다.

"요물은 빨리 가라! 만일 다시 장난을 친다면 내 부용검이 용서치 않을 것이다."

하니, 보살이 수도 없이 절을 하며 사죄하고 한 마리의 여우가 되어 사라져 버렸다.

이튿날 날이 밝자, 양 도독은 대군을 대룡동 앞에 진을 치고 탈해를 잡아들여 장막 앞에 꿇게 하였다. 그러나 탈해는 기꺼이 꿇지 않고 우러러보며 크게 꾸짖었다.

"과인이 또한 천자인지라 명나라 천자와 대등한 예를 받아야 하는데 어찌 네 앞에 무릎을 꿇으랴?"

양 도독이 여러 장수들을 보며 탄식하고 말하였다.

"이는 이른바 교화가 미치지 못하는 변방의 백성이로군. 죽이지 않는다면 어찌 이역의 백성들을 징계하랴?"

하고 무사에게 명하였다.

"빨리 참하라!"

며칠이 지난 뒤에 대군들에게 술과 음식을 내려 위로하려 하는데, 일지련이 함께 가기를 청하였다.

홍 원수가 허락하고 함께 행군하였다. 선봉장 뇌천풍이 제1대가 되고, 우익장군 마달이 제3대가 되고, 좌익장군 동초가 제2대가 되고, 양 도독과 홍 원수는 대군을 거느려 중군이 되고, 손야차는 제5대가 되고, 소 사마는 후군이 되어 제6대가 되었다. 일지련은 홍 원수의 군중을 따랐다.

양 도독이 행군한 지 수십 일 만에 황성의 남쪽 교외 10리 밖에 이르자, 천자는 자신의 수레인 법가를 타고 나와 성 밖에 3층 단을 쌓아놓고 적장의 머리를 임금에게 바치는 헌괵지례를 받고자 하였다.

천자가 문무백관을 거느리고 단상에 앉은 뒤 도독의 대군이 오기를 기다렸다.

이윽고 흙먼지가 일어나는 곳에 한 떼의 군마가 앞서 이르는데, 이는 전부 선봉장 뇌천풍이 이끄는 군사들이었다.

단 아래 백 보 밖에 진을 펼치자, 양 도독과 홍 원수가 뒤를 이어 단 아래 진을 펼쳤다. 군기와 창검이 해와 달을 가리고 나발소리와 포향이 천지를 진동하여 출전하던 날과 조금도 다름이 없었다.

도성 안팎에 구경하는 사람들이 구름같이 모여 십 리에 걸친 남쪽 교외가 사람으로 바다를 이루었다.

양 도독과 홍 원수는 붉은 전포에 황금빛 갑옷을 입고 활과 화살을 찬 채 수기를 들고 여러 장수들을 지휘하여 헌괵지례를 행하였다. 군악이 울려 승전곡을 연주하고, 전군이 춤을 추며 개선가를 부르니, 그 소리에 산악이 무너지고 바다를 뒤집는 듯하였다.

양 도독과 홍 원수가 탈해의 수급을 친히 들어다가 어전에 놓고 세 걸음 물러서서 군례를 올리니, 천자는 교의에서 내려와 읍례를 하였다. 이는 종묘와 사직을 위한 것이었다.

양 도독과 홍 원수는 헌괵지례를 마치고 본진에 돌아와 전군에 술과 음식을 내려 배불리 먹게 한 뒤 진을 헤치는 음악을 연주하게 하였다. 취하도록 술을 마시고 배불리 음식을 먹은 여러 장수들이 창과 칼을 들고 춤을 추며 즐기는 소리가 우레 같았다.

천자가 계신 앞에서 꽹과리를 쳐서 대군을 일시에 돌려보내니, 군사들이 도리어 양 도독과 홍 원수의 휘하에서 떠나는 것을 아쉬워하였다.

천자는 단상에서 진을 헤치는 것을 보고 크게 칭찬하였다.

천자의 수레가 환궁하자, 양 도독도 홍 원수를 데리고 본가로 돌아가는데, 휘하의 장졸 2백여 기와 일지련, 손야차와 함께 도성으로 들어갔다.

한편, 양창곡 본가의 상하 모든 사람들이 양 도독이 도성에 들어왔다는 소식을 듣고, 부친 양 원외는 사랑채를 치우고, 모친 허 부인은 문간에 기대어 아들이 오기를 기다렸다. 윤 소저는 술과 음식을 준비하고 기다렸다.

양 도독은 홍 원수를 자신의 침실로 인도하고 곧장 사랑채로 들어가 부친을 뵈었다.

양 원외는 반갑게 달려 나와 아들의 손을 잡고 안채로 들어갔다. 허 부인이 아들의 손을 잡고 기뻐 어찌할 줄을 모르다가 물었다.

"며느리에게 홍랑이 생존해 있다는 말을 들었는데, 부원수가 이곳에 이르렀다 하니 그가 홍랑이 아니냐?"

양 도독이 웃으며 대답하였다.

"그렇습니다."

그러자 양 원외가 크게 기뻐하며 빨리 부르라고 하였다.

이때, 홍 원수는 여러 장수들을 물리치고 손야차에게 문 밖에서 지키게 하였다.

이때 연옥이 마음속으로 홍랑임을 알고 내달려가서 보니 손삼랑이 문 밖에 서 있는 것이었다. 총명한 연옥이 어찌 손삼랑을 알아보지 못하겠는가? 반겨 손을 잡고 목이 쉬도록 통곡하였다. 손야차도 눈물을 머금고 말하기를,

"원수께서 방 안에 계시니 시끄럽게 하지 마라."

하고 방으로 들어가더니 즉시 나와 연옥을 불렀다.

연옥은 홍 원수를 부르러 온 시비를 문 밖에 세워두고 손삼랑을 따라 침실로 들어갔다.

홍랑을 영결한 뒤로 목소리도 들리지 않고 모습도 보이지 않아 눈에 삼삼하고 마음속에 기억이 남아 눈앞에 아른거리던 옛 주인 홍랑이 우뚝하게 앉아 있었다.

연옥이 반기며 놀라 홍 원수 앞에 엎드려 목 놓아 우니, 홍랑의 대장부 같은 심사로도 한 줄기 눈물을 금할 수가 없었다. 한동안 말을 못 하다가 연옥의 손을 잡고 말하기를,

"우리 둘이 죽지 않고 다시 만났으니 무궁한 정회는 나중에 두고두고 나누기로 하자. 급히 묻노니, 도독께서 어디서 나를 부르시더냐?"

"안채의 시비가 상공의 명을 받고 문 밖에 와 있습니다."

홍랑은 즉시 연옥을 데리고 안채로 들어갔다. 모든 시비들이 칭찬해 마지않았다.

한 동자와 하인 한 사람도 문안을 여쭈었다. 그 동자는 항주에 왔던 동자요, 그 하인은 홍랑이 자신이 청루에서 부리던 하인이었다. 측은한 표정으로 한 사람, 한 사람 위로하였다.

홍랑이 허 부인 침실 마루 아래 이르러 발을 멈추고 시비더러 아뢰라고 하자, 양 원외와 허 부인이 빨리 오르라고 재촉하였다.

홍랑이 바야흐로 마루에 올라 시부모를 뵈니, 양 원외와 허 부인은 그녀의 자색과 전쟁터의 바람과 습기에 딱하고 어려운 사정이 있었음을 못내 칭찬하였다. 홍랑이 즉시 안채에서 나왔다.

이때, 윤 소저는 홍랑이 허 부인의 침실에 이른 것을 알고 연옥과 모든 시비들을 늘어세워 바삐 홍랑을 인도하여 오라고 재촉하였다.

홍랑이 바삐 윤 소저의 침실에 이르자, 윤 소저는 맞으러 침실 문에서 나오며 말하였다.

"홍랑아, 네가 능히 죽지 않고 옛 친구를 찾아왔느냐?"

홍랑은 윤 소저의 손을 잡고 두 줄기 구슬 같은 눈물을 흘려 전포를 적시며 말하였다.

"저는 이미 죽은 목숨입니다. 차후로는 소저께서 주신 목숨이지요. 저를 낳아주신 분은 부모님이요, 저를 살려주신 분은 소저이십니다."

하고는 서로 붙들고 침실로 들어갔다.

헤어진 뒤의 회포를 풀자니 한편으로는 기쁘기도 하고 한편으로는 슬프기도 하였다. 가없는 정과 회포를 풀면서 이야기를 나누다가 웃다가 하면서 윤 소저가 물었다.

"홍랑아, 그 수중야차로 불리던 손삼랑은 어찌 되었어?"

"그녀도 저를 따라 밖에 와 있습니다."

윤 소저는 기이하게 여기며 연옥에게 불러오라고 명하였다. 손야차가 즉시 들어와 문안을 여쭈니, 윤 소저는 반기다가 놀라서 말하였다.

“자네의 옛날 모습을 알아볼 길이 없네그려. 나로 인하여 수중의 놀란 혼이 되었는가 했는데, 이름이 나라에 빛나게 될 줄 누가 알았겠는가?”

그러자 손야차가 말하였다.

“이는 다 소저와 원수의 은덕입니다.”

양 도독이 후원의 별당을 홍랑의 처소로 정하자, 홍랑은 즉시 일지련 손야차 연옥과 함께 그곳에 거처하였다.

이튿날 천자는 문무백관을 모아 놓고 군공을 의논하였다. 양 도독이 군복을 갖추어 입고 입궐하려 하자, 홍랑이 아뢰었다.

“제가 한때의 임기응변으로 장수가 되어 헌괵지례를 하기 전에 비록 벼슬을 사직하지 못했으나 오늘 공훈을 정하는 자리에 다시 들어가는 것은 안 될 일이니, 이제 상소문을 올려 실상을 아뢰고자 합니다.”

양 도독이 말하였다.

“내가 지금 막 그렇게 권하려고 했는데, 그대의 말이 당연하지.”

하고 양 도독은 즉시 소유경 뇌천풍 동초 마달과 여러 장수들을 거느리고 조회의 자리에 참석하였다.

천자가 홍 원수는 어째서 들어오지 않았느냐고 묻자, 한림학사가 표문 한 장을 가지고 어전에서 아뢰었다.

“부원수 홍혼탈이 조회에 불참하고 표문을 올렸습니다.”

천자가 크게 놀라 바삐 읽으라고 하였다. 그 글의 대강에 이르기를,

'신첩 홍혼탈은 강남의 천한 기생입니다.'

하자 천자가 듣다가 깜짝 놀라 얼굴빛이 변하여 좌우를 돌아보고 말하였다.

"이것이 어찌 된 말인가? 바삐 읽으라."

한림학사가 계속하여 읽기를,

'팔자가 기박하여 바람과 큰 물결이 이는 강물 속에 한 알의 좁쌀처럼 정처 없이 떠돌면서 거의 죽을뻔하다가 겨우 살아나서 가기는 하였으나 돌아오지 못하였습니다. 깊은 산속에 있는 도관에서 도동 노릇을 하다가 멀리 떨어진 곳의 전쟁터에서 장수가 되었던 것은 고국으로 돌아오기 위함이었고 공명을 바라서가 아니었습니다. 뜻밖에도 이름이 조정에 오르고 벼슬이 원수에 이르렀습니다. 남교에서의 헌괵지례 때 이미 두려워 흐르는 땀이 등을 적셨고, 폐하를 속인 죄를 벗어날 수 없었는데, 하물며 금일의 논공에 다시 당돌하게도 참여한다면 군부를 길이 기만하고 조정에 사실을 숨겨 조롱하는 것입니다. 엎드려 빌건대, 폐하께서는 온 천지의 부모님이시니 신첩의 딱한 처지를 측은히 여기시어 분수에 넘치는 벼슬을 삭탈하시고 폐하를 속인 죄를 다스리시어 조정에서 논란을 벌이는 일이 없게 하소서.'

하였다.

천자는 크게 놀라 양 도독을 보고 말하였다.

"이 어찌 된 곡절인가?"

양 도독이 황공하여 머리를 조아리고 아뢰었다.

"신이 불충하여 오늘까지 군부를 기만한 데 가깝사오니 죽을죄를 지었나이다."

천자가 웃으며 말하였다.

"이는 짐을 속임이 아니라 바로 짐을 위함이니, 그 자세한 이야기를 듣고자 하노라."

양 도독은 더욱 황공함을 이기지 못하고, 이에 수재로 과거를 보러 갈 때 강남홍을 만난 이야기와 그녀가 전당호에 빠져 죽은 것으로 알았던 이야기, 전쟁터에서 만나 임기응변으로 부리던 이야기를 일일이 아뢰었다.

천자는 무릎을 치며 말하였다.

"기이하고 기이하도다. 천고에 없던 일이로다! 짐이 홍혼탈을 일개 명장으로만 알았는데, 어찌 남을 위해 희생하는 풍모가 이 같음을 짐작하였으랴?"

하고 즉시 상주문 끝에 비답하기를,

'기이하다, 경의 일이여! 주나라 무왕 때 어지러운 나라를 잘 다스린 열 명의 신하 가운데 여자가 참여했었다. 나라에서 사람을 쓸 때는 다만 재주를 취하는 것이지, 어찌 남녀를 따지겠는가? 경은 벼슬을 사양하지 말고 국가를 도와 큰일이 있으면 남장으로 조정에 참여하고 작은 일은 집안에서 결단하도록 하라.'

라고 하였다.

양 도독이 머리를 조아리고 아뢰었다.

"홍혼탈이 비록 신을 따라 화살과 돌이 날아다니는 전쟁터에서 나라에 자신의 노력을 다 바쳤으나 그 본의를 말씀드리면 제 지아비를 위한 것에 지나지 않는 것이니, 신의 벼슬이 곧 홍혼탈의 벼슬이라 할 수 있습니다. 미천한 여자로 관직을 오래 욕되게 하는 것은 불가합니다."

그러자 천자가 웃으며 말하였다.

"총애하는 여자를 위해 짐의 나라를 지키는 믿음직한 인재를 빼앗고자 하니 평소 믿었던 바가 아니로다. 짐이 다시 홍혼탈을 불러 보고자 하나 대신의 소실이므로 그럴 수는 없지마는 그 벼슬은 사직할 수 없느니라."

하고 군공을 의논하였다. 정남도독 양창곡은 연왕에 봉하여 행우승상을 겸직하게 하고, 부원수 홍혼탈은 난성후에 봉하여 행병부상서를 겸직하게 하고, 행군사마 소유경은 형부상서 겸 어사대부에 임명하고, 뇌천풍은 상장군에 임명하고, 동초와 마달은 어전을 시위하는 좌우장군에 각각 임명하고, 손야차는 파로장군에 임명하고, 나머지 여러 장수들은 각기 공적대로 벼슬을 올려주었다.

양 도독이 또 아뢰었다.

"여러 장수들 가운데 손야차는 또한 강남 출신의 여자입니다. 홍혼탈을 따라 비록 군공이 없다고는 할 수 없으나 관직은 불가합니다."

천자가 그 말을 듣고,

"공이 있는 사람에게 반드시 벼슬을 내려주는 것은 조정에서 사람을 등용하는 법도니라."

하고 벼슬의 임명 사실을 적은 직첩을 주면서 황금 천 냥을 별도의 상으로 하사하였다.

연왕이 천자의 은덕에 사례하고 조회에서 물러나오려 하는데 천자가 또 하교하였다.

"난성후 홍혼탈은 황성에 머물 집이 없을 것이니, 국가의 재정을 맡은 탁지부로 하여금 자금성 제일방에 연왕부에 이어 난성부를 짓고 어린 하인 백 명, 시비 백 명, 황금 3천 냥과 채단 5백 필을 하사하라."

하였다.

연왕과 난성후가 재삼 상소문을 올려 사양하였으나, 천자는 허락하지 않았다.

몇 달 뒤 난성부가 준공되었는데, 웅장하고 화려함이 연왕부와 대등하였다. 난성후는 그 곳에 거처하지 않고 시비와 어린 하인 등 난성부에 딸린 인원들만 그곳에 둔 채 자신은 연왕부에 거처하였다.

연왕이 왕의 작위를 받게 됨에 따라 예부에서 양 원외와 허 부인, 그리고 윤 소저와 황 소저 등에게 직첩을 내렸다.

양 원외는 연국 태공이 되었고, 허 부인은 연국 태비가 되었으며, 윤 소저는 연국 상원부인이 되었고, 황 소저는 연국 하원부인이 되었다. 소실들은 각각 숙인에 봉하였다.

난성후가 연왕과 태공 태비에게 아뢰고 일지련을 소실로 맞게 하였다. 그리하여 연왕은 벽성선, 강남홍, 일지련과 윤 부인, 황 부인 등 두 부인과 세 사람의 소실과 더불어 서로 따르며 함께 즐겼다. 다섯 사람의 아내가 각기 아들과 딸을 낳아 태평함을 같이 누렸다.

옮긴이 **김동욱**

성균관대학교 국어국문학과 졸업
한국정신문화연구원 한국학대학원 문학석사
성균관대학교 대학원 문학박사
전 상명대학교 한국언어문화학과 교수

저서 : 《고려후기 사대부문학의 연구》, 《고려사대부 작가론》, 《따져 가며 읽어보는 우리 옛이야기》, 《실용한자·한문》, 《대학생을 위한 한자·한문》, 《중세기 한·중 지식소통연구》, 《양심적 사대부 시대적 고민을 시로 읊다》, 《한국야담문학의 연구》

역서 : 《완역 천예록》(공역), 《국역 동패락송》(천리대본), 《국역 기문총화》 1-5, 《국역 수촌만록》, 《옛 문인들의 붓끝에 오르내린 고려시》 1·2, 《국역 청야담수》 1-3, 《국역 현호쇄담》, 《국역 동상기찬》, 《국역 학산한언》 1·2, 《국토산하의 시정》, 《새벽 강가에 해오라기 우는소리》 상·중·하, 《교역 태평광기언해》 1-5, 《국역 실사총담》 1·2, 《교역 오백년기담》(장서각본), 《국역 동패락송》 1·2(동양문고본), 《교역 언해본 동패락송》, 《천애의 나그네》(백사 이항복의 중국 사행시집), 《붉은 연꽃 건져 올리니 옷에 스미는 향내》, 《이별의 정표로 남겨 둔 의복》(한유와 태전의 교유를 소재로 한 우리 한시), 《국역 잡기고담》, 《국역 구활자본 오백년기담》, 《국역 매옹한록》 상·하, 《교역 만고충의 벽성선》

교역 강남홍전

2018년 6월 29일 초판 1쇄 펴냄

지은이 홍순필
옮긴이 김동욱
펴낸이 김흥국
펴낸곳 보고사

책임편집 김하놀
표지디자인 손정자

등록 1990년 12월 13일 제6-0429호
주소 경기도 파주시 회동길 337-15 보고사 2층
전화 031-955-9797(대표)
02-922-5120~1(편집), 02-922-2246(영업)
팩스 02-922-6990
메일 kanapub3@naver.com / bogosabooks@naver.com
http://www.bogosabooks.co.kr

ISBN 979-11-5516-806-6 93810

정가 28,000원